1998年大陆作家访台时，在台北书店，几个作家各自举着自己在台湾地区出版的著作。左起：王安忆、张炜、从维熙、陈丹燕、池莉

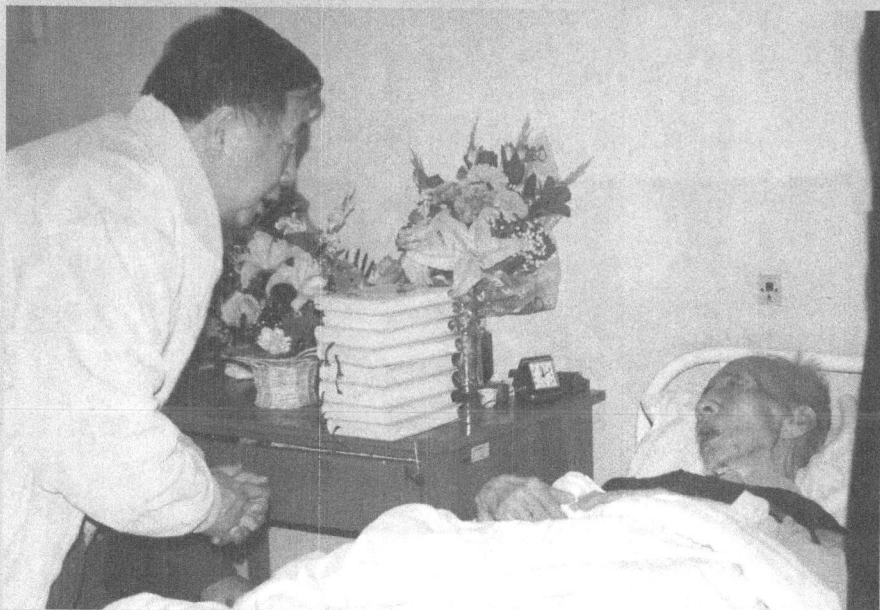

去医院探访作家孙犁

1982 年秋天，与友人聚集一堂。右起：王蒙、从维熙、谌容、葛翠琳、刘绍棠、李滨声、浩然、邓友梅、林斤澜、邵燕祥

1991 年初，与二十多位文友欢聚于书斋。此图为畅饮时的合影。右起：李国文、王蒙、莫言、从维熙、张抗抗

重返文坛后，在全国文代会上见到笔者崇敬的巴金（前排居中者），并聆听巴老教诲。右起：巴金女儿李小林、从维熙、谢永旺、关木琴、吴泰昌

青年时代的从维熙。当时 22 岁

与老诗人——《黄河大合唱》词作者光未然（张光年）

1993年6月，在夏衍家中

从维熙自选集

从维熙◎著

天地出版社｜TIANDI PRESS

图书在版编目（CIP）数据

从维熙自选集 / 从维熙著 . —成都：天地出版社，2019.1（2021.9重印）
（路标石丛书）
ISBN 978-7-5455-4261-5

Ⅰ.①从… Ⅱ.①从… Ⅲ.①小说集—中国—当代 ②散文集—中国—当代
Ⅳ.①I217.2

中国版本图书馆CIP数据核字（2018）第234743号

从维熙自选集
CONGWEIXI ZIXUANJI

出 品 人	杨 政
著 者	从维熙
责任编辑	杨永龙　李晓娟
封面图片	视觉中国
封面设计	今亮后声
电脑制作	九章文化
责任印制	葛红梅

出版发行　天地出版社
　　　　　（成都市槐树街2号　邮政编码：610014）
网　　址　http://www.tiandiph.com
　　　　　http://www.天地出版社.com
电子邮箱　tiandicbs@vip.163.com
经　　销　新华文轩出版传媒股份有限公司

印　　刷　廊坊市印艺阁数字科技有限公司
版　　次　2019年1月第1版
印　　次　2021年9月第2次印刷
成品尺寸　160mm×238mm　1/16
印　　张　38.75
字　　数　634千字
定　　价　98.00元
书　　号　ISBN 978-7-5455-4261-5

序言

王蒙

新华文轩集团在做一套当代作家的自选集，第一批将出版陈忠实、史铁生、张炜、韩少功、王蒙的自选作品，目前签约的则还有熊召政、王安忆、赵玫、方方、池莉、苏童等同行文友，今后还将考虑出版港澳台及海外华语作家的自选作品。好事，盛事！

现在的文学创作并没有太大的声势，人们的注意力正在被更实惠、更便捷、更快餐、更市场、更消费也更不需要智商的东西所吸引。老龄化也不利于文学作品的阅读与推广，因为老人们坚信他们二十岁前读过的作品才是最好的，坚信他们在无书可读的时期碰到的书才是最好的，就与相信他们第一次委身的情人才是最美丽的一样。新媒体则常常以趣味与海量抹平受众大脑的皱褶，培养人云亦云的自以为聪明的白痴，他们的特点是对一切文学经典吐槽，他们喜欢接受的是低俗擦边段子。

孟子早就指出来了，"耳目之官不思，而蔽于物。物交物，则引之而已矣。心之官则思，思则得之，不思则不得也"。他强调的是心（现在说应该是"脑"）的思维与辨析能力，而认为仅仅靠视听感官，会丧失人的主体性，丧失精神的获得。因为一切的精神辨析与收获，离不开人的思考。

当然，耳目也会激发驱动思维，但是思维离不开语言的符号，而文学是语言的艺术，是思维的艺术，是头脑与心灵而不仅仅是感觉的艺术。文艺文艺，不论视听艺术能赢得多多少倍的受众，文学仍然是地基又是高峰，是根本又是渊薮。文学的重要性是永远不会过时与淡化的。

当代文学云云，还有一个问题，"时文"难获定论，时文受"时"的影响太大。学问家做学问的时候也是稀罕古、外、远、历史文物加"绝门暗器"，不喜欢触手可及、汗牛充栋的时文。

但读者毕竟读得最多最动心动情最受影响的是时文。时文时而晒一晒，静一静，冷一冷，筛一筛，莫佳于出版自选集。此次编选，除王蒙一人而外都是"文化大革命"后"新时期"涌现的作家，基本上是知青作家。知青作家也都有了三十年上下的创作历程与近千万字的创作成果。几十年后反观，上千万字中挑选，已经甩掉了不少暂时的泡沫，已经经受了飞速变化与不无纷纭的潮汐的考验，能选出未被淘汰的东西来，是对出版更是对读者的一个贡献。以第一批作者为例，陈忠实的作品扎根家乡土地，直面历史现实，古朴淳厚，力透纸背。史铁生身体的不幸造就了他的悲天悯人，深邃追问，碧落黄泉，震撼通透，沉潜静谧。张炜对于长篇小说的投入与追求，无与伦比，乡土风俗，哲思掂量，人性解剖，一以贯之，未曾稍懈。韩少功更是富有思辨能力的好手，亦叙亦思，有描绘有分解，他的精神空间与文学空间纵横古今天地，耐得咀嚼，值得回味。我的自选也忝列各位老弟之间，偷闲学学少年，云淡风清，傍花随柳，作犹未衰老状，其乐何如？

我从六十余年前提笔开写时就陶醉于普希金的诗：

> 我为自己建立了一座非人工的纪念碑，
> ……所以永远能和人民亲近，
> 我曾用诗歌，唤起人们善良的感情，
> 在残酷的时代歌颂过自由，
> 为倒下去的人们，祈求宽恕同情。
> ……不畏惧侮辱，也不希求桂冠，
> 赞美和诽谤，都心平静气地容忍。

看到文友们的自选集的时候，我想起了普希金的诗篇《纪念碑》。每一个虔诚的写者，都是怀着神圣的庄严，拿起自己的笔的，都是寄希望于为时代为人民修建一尊尊值得回望的纪念碑来的。当然，还不敢妄称这批自选集就已经是普希金式的纪念碑，那么，叫路标石就好。几十年光阴荏苒，总算有那么几块石头戳在那里，记录着时光和里程，记忆着希冀和奋斗，还有无限的对于生活、对于文学的爱惜与珍重。它们延长了记忆，扩展了心胸，深沉了关切与祝福，也提供给所有的朋友与非朋友，唤起各自的人生百味。

自序

从维熙

　　天地出版社选编我的文集时，遴选了我的长篇小说《北国草》，中篇小说《大墙下的红玉兰》和《雪落黄河静无声》，以及部分散文篇章，出版社的编辑是有眼光的。之所以这样说，是因为中国的历史进程和我个人的人生旅程的双重因素；因而无论是小说还是散文，都演绎着中国历史和我个人的感悟。

　　《北国草》是描写北京的年轻人于20世纪50年代中期，奔赴北大荒去开垦荒地的故事。当时我是北京日报记者，两次踏冰卧雪与他们同往祖国边陲开荒。但该书出版于20世纪80年代之初，实因我于1957年后，失去了拿笔杆的权利。直到改革开放的历史新时期，我由"鬼"还原成人之后，小说才在《收获》分两期刊载，并获得了北京市长篇小说一等奖；之后，《中学生》杂志在全国进行优秀作品评比，《北国草》竟然获得了33万多张选票，成为了当时文苑中的一朵奇葩。2009年，《北国草》被纳入共和国建国六十年优秀长篇小说文库。

　　至于中篇小说《大墙下的红玉兰》和《雪落黄河静无声》，也都问世于改革开放初期。因为前者是描写"文革"时期监狱生活的作品，因而小说在《收获》刊出后，赞美与讨伐之声皆有。因此作是巴金拍板刊发的，因而巴老与我一起承担了对小说的声讨。但是因赞美之声远远超过谴责之声，当全国首届中篇小说奖评奖时，出乎我意料的是，此部小说荣获了全国优秀中篇小说奖。《雪落黄河静无声》刊登在当时的《人民文学》上，让我意想不到的是，此部中篇问世后，批评与赞赏之声再次同时出现。胡乔木派他的秘书连续给我送来三封书信，对小说给予极高的评价。我个人并不认为这部小说是花中奇葩，除了在复乔木同志信中言明自识之外，还向批评该小说的评论家表达了我内心的谢意。

　　纪实散文部分，虽然在篇幅上小于小说，但其内容纳天地间悲欢于笔端，览人间万象于视野。文中有探寻秦始皇焚书坑儒之地的《绿为媒》，有写我母亲苦难一生的《母亲的"马拉松"》，还有几篇写文坛前辈伯乐的悼文。

序文忌长，就此停笔——愿倾听到读者的回声。

2018 年 4 月 25 日于书斋

目录

附　　录

长篇小说

北国草

卷头语

　　这部长篇小说的诞生，有着十分坎坷的历程。如果把它比作婴儿的话，作者是经历了长期的阵痛才把它生下来的。我这样写，绝非故作耸人听闻之谈，实因它和我一起经历了时代的磨难，致使它到今天才能分娩。

　　20世纪50年代中期，在新中国历史的晨钟声中，我曾两次奔赴北大荒，和全国第一支拓荒者的队伍——北京青年志愿垦荒队，在冰天雪地的荒原上，同吃一口锅里的苞米粒饭，同在一间茅屋里的大炕上滚。我爱上了这茫茫草原，并和那些充满献身精神的年轻人成为知心的朋友。从那时起，我就立下了描写拓荒者艰苦创业生活的宏愿。为此，我拄着一根防狼棍子，在长满齐腰高野草的荒原上奔走，相继访问了天津和哈尔滨青年垦荒队。当我带着北国霜尘回到北京，伏案准备写这部小说时，人所共知的那场1957年的政治旋风，卷走了我手中的笔……

　　在漫长的改造生涯中，最初，我曾一度放弃了写这部小说的意念。但是那些拓荒者的音容笑貌，像影子一样紧紧地跟随着我，甚至在梦中，也不止一次地出现过那开满野花的荒原——我真是欲罢而不能了。我再次下了决心，一定要把那些让我魂牵梦萦的同时代人写出来，以了却我的夙愿。可是怎么写呢？当时正处在"大跃进"的年代，我和我的许多"同类"在京西一个山沟沟里，干着盖疗养院的"赎罪"劳动：白天，抢着铁锤开山破石；晚上，还要挑灯夜战到更深。一天的劳动之后，浑身就像散了架一般，哪儿还有提笔写作的精力呢？！即便是产生了强烈的创作冲动，手也难以伸出被窝。因为我们住的帐篷在严冬时节不生炉火，因而无法把自己想写的东西变成文字。没有办法，只好靠每月的四天公休，返回京城休息时昼夜进行笔耕。

虽然，这对于自己是过于严酷了，但思想沉湎于北大荒的沃土之中，倒也是苦中有乐。

小说初稿的进展是神速的。我把它命名为《第一片黑土》。按说，我呕心沥血地写这部同时代人开拓北大荒的小说，虽然说不上是积极表现，也绝非一种"反改造"的行为吧！但是在1959年反"右倾"运动开始之后，因为我向党"交心"时谈及了对反"右派"及"大跃进"的真实看法，于是我写这部充满献身精神的小说，亦被视为反党的行为，写进了送我去劳动教养的"结论"之中。机关保卫部门对我进行了查抄。几年后，劳改单位将这部长篇手稿退还给我，上面虽然批注着"小说没发现问题"的字样，但结论却不能更改——我为写它负荆戴冠，因而这部小说的分娩是带着时代的血痕的。

不管怎么说，小说手稿是退给我了，这对于身陷囹圄的我来说，是个莫大的安慰。我借着劳改队休假之际，把手稿带到家中叮嘱我母亲：家中什么东西都可不要，千万不能把这部二十七万字的稿子给丢掉。到了"史无前例"——"落了片白茫茫大地真干净"的年代，我的这部手稿到底还是和我的藏书一块儿化成了纸灰，飞上了九天……

惋惜是没有一点用处的。当1979年党召回她蒙冤的儿女后，我当即恢复了重写这部长篇的力量。当时正值党的十一届三中全会召开前夕，国家百废待兴，迫于革命良知，我暂时把这部长篇小说的写作设想放下，投入了"反思文学"的创作。在写《大墙下的红玉兰》《泥泞》等中篇小说的同时，我开始了《北国草》的重新构思。因为时代向前跨越了近三十年，重写50年代拓荒者生活的小说，既有一个站在历史高度剖析生活的问题，又有一个历史感和时代感融合的问题。当初，杨华、徐世华等青年朋友在荒地上翻起第一犁黑土的地方，现在已经成为拥有四十八万亩土地、每年上缴国家七八千万斤粮食的宝地；小伙子杨华从一个垦荒队队长，已经变成一个国营农场的副场长；姑娘徐世华，经历了北大荒的生活磨炼，已经成为中共黑龙江省委委员。我该用多大的篇幅，才能把这些生活的巨变描绘出来呢？这时，当年的垦荒队队员——现在的机械修理能手杜启发，从北大荒来北京探亲，特意来家里看望我。他建议我着重描写他们初到北大荒时的创业艰辛，刻画出20世纪50年代青年人的精神风采。他的话对我很有启迪，我决定把作品的立脚点放在20世纪80年代，把视线的焦点对准20世纪50年代，力求使这部长篇小说既有历史感，又具有新时期的特色——道理很简单，因为我是写给当代青年朋友们看的，不注意到这一因素，作品将会为之失色！

艰苦的笔耕又一次开始了。

我重新翻开我的朋友——拓荒者文俊峰送给我的"垦荒日记"。这厚厚的日记本，跟随我走过漫长的"驿站"，我把它和几本我最爱的书，放在每个"驿站"的枕边。我曾无数次地翻阅它，今天，我又把它翻开了。但我的心情异常沉重，因为这个对敌人疾恶如仇、在朝鲜战场上因枪毙两个美国战俘而犯过错误、对伙伴却无比宽厚豁达的小伙子，在不久前因雷汞爆炸而双目失明了。当初，他把"垦荒日记"送给我，就是为了让我写出反映拓荒者生活的书，如果这部长篇不那么多灾多难的话，他也许早就读到这本书了。现在，我恢复了写作的权利，他却无法目睹这部书了。我抚摸着这厚厚的日记，心里确有负债之感。为了偿还良心上的债务，我星夜兼程地写、写！我把他挥手之间枪毙敌人，却怎么也不忍心枪毙两匹病马，以及误伤小马驹的真实情节，都写进我的长篇小说里了。

还应当感谢在我危难中保护我的亲友，在我身陷囹圄之时，他们为我保存了我在荒地生活的笔记。历经二十多年的风风雨雨之后，这些笔记本中的纸页虽已变黄，但我拄着防狼棍子走访天津、哈尔滨青年垦荒队的足迹，仍然历历在目。翻开残破不全的纸页，草原的风扑面而来，那么多青年朋友的形象跃出纸面。他们使我热血沸腾，他们给了我坚毅的力量。

我沉睡了多年的童心被他们唤醒了。

我仿佛回到了20世纪50年代青春的摇篮中。

记得，我在哈尔滨青年垦荒队生活的日子里，曾看到这样一个生活场景：一个垦荒队队员从狼穴里掏来了三只待哺的小狼崽，这个调皮而善良的年轻人像喂养婴儿一样喂养它们，给它们找兔肉和狍子肉吃，以求能驯服感化这三只小狼崽。但是这个小青年的善良，受到了严厉的惩罚：有一次他把手伸进笼子里喂食时，一只小狼崽一下咬住了他的食指，几乎把这个小青年的食指咬断。这个小青年哭着对我说："你看，我是一片好心，想不到……"我说："小兄弟，你应该认识大自然的严酷，仅仅用善良是没办法感化北大荒的。"不知道是不是我的话对他起了作用，他用手绢缠住流血的手指，把三个狼崽从笼子里揪出来，挂在一棵小柳树上，拿来车把式用的大皮鞭子，挨个抽打这三只狼崽。他还嫌不解气，又在鞭梢上缠上了细铁丝，抡圆了鞭子狠狠地抽打着，每抽打一下，狼崽就发出嗷嗷的叫声，直到这三只狼崽伸腿瞪了眼，他还不住手地疯狂抽打着。这个小青年给了我很深的印象，虽然我没有把这个生活细节写进小说，但是他使我孕育了小说中石牛子这个人物形象。

因而应当说，这部长篇小说中的人物虽是以北京青年垦荒队为背景，但是融进了北大荒各个青年垦荒队的生活。关于小说创作，鲁迅先生在回答《北斗》杂志社提问时说："模特儿不用一个一定的人，看得多了，凑合起来的。"我在写这部长篇时，极力摆脱生活中人物原型对我的羁绊，开阔眼界，驰骋思维，不但把北大荒几支垦荒队的生活熔于一炉，还把 20 世纪 50 年代青年人所共有的基本素质，糅进了小说的字里行间。因为写小说不是照相，而是高难度的艺术创作。特别是长篇小说，它的最高使命在于塑造出各种不同的艺术典型，使读者既能透过作品，管窥一定历史时期的面貌，又能得到美的启示和美的享受。从这个意义上说，这部小说虽然是以北京青年垦荒队为背景，但书中的人物和故事已跨越出北大荒这个单一的生活舞台，表演的是 20 世纪 50 年代一代青年人的戏剧。我很怀念 20 世纪 50 年代，我用笔表达了我对过早流逝了的春光的眷恋，我用笔表达着我对同时代人的一片挚情。

今天，我把 20 世纪 50 年代青年的群像，呈现给读者了。但面对厚厚的稿纸，自愧之感油然而生。因为落墨在稿纸上的东西，远远没能描绘出他们的理想、情操和对事业、爱情的执着追求。惭愧之余，唯一能自慰的是，我没有拔高他们，力求能概括当时的生活，再现 20 世纪 50 年代的青年形象。他们虽然都绝非完人，但他们的心灵是美好的——他们没有愧对青春这个圣洁的字眼，他们没有虚掷大好年华。

小说在 1983 年《收获》连载之后，我接到很多青年朋友的信函。我想，青年朋友对它之所以如此热情，并非我笔墨之功力，而是 80 年代青年和 50 年代青春儿女灵犀相通之故。在青年朋友们的鼓励下，我对《收获》的发表稿，又进行了一次修改，以求不负青年朋友们的期望。

谨将此书献给当代的青年朋友！

谨把此书献给 20 世纪 50 年代的一代风流！

谨用此书告慰垦荒烈士马俊友的母亲——因为她把唯一的儿子，献给了北大荒的沃土……

1983 年 7 月 20 日夜于灯下

序　曲

公元 1955 年的初秋时节，莽莽荒原上空奔跑着灰色的游云。云层重重叠叠，前呼后拥，像是谁把千万座高山峡谷一块儿抛上了九霄云天。

高空的风，恣意地追逐着、戏弄着、撕扯着云朵。那千奇百怪的云彩，一会儿像温驯的猫儿，一会儿又变成昂首抖鬣的吼狮，一会儿变成甩着长袖起舞的仕女，一会儿又变成面目狰狞的罗汉金刚。风，卷着云；云，驾着风，在广漠的铅色天空中，展示着北大荒粗犷、豪放、暴戾而美丽的性格。

茫茫天穹下的草原，浩瀚如海，疾风推着草浪，起伏跌宕，一直涌向云天相连的远方。草，到处都是枯黄的草，只有在无限远的北方，还保留着夏天的绿意，那儿是小兴安岭森林的支脉——四季常青的骑马岭。浓绿的古松，火红的枫树，穿着白衣白裙的白桦，头戴金冠的柞树……把北国边陲，织成一道彩色的围屏。

湍急的铃铛河，从它脚下流淌而过，哪儿是这条河流的源头？哪儿又是这条河流的归宿？不知道。她就像一个青春妙龄的美丽姑娘，舒展着她的肢体，横卧在渺无人烟的草甸子上，日日夜夜唱着她那永远也唱不完的寂寞而忧伤的歌。

林涛的喧哗声……

河水的低语声……

草叶的摩擦声……

野鸟的啾鸣声……

这，就是浓缩到油画画布上北大荒的肖像和它的全部音响。它原始古老、娇媚婀娜。人类几千年的历史，似乎没有在它的身上留下任何痕迹。

狼在这儿成群结队地奔跑着……

狍子和狡兔在草丛中跳跃着……

几百斤重的大野猪在红松下蹭着脊背……

蹒跚的黑瞎子在舔食着野蜜蜂的蜂房……

但是，在这一年的九月上旬，铃铛河岸的野菊花刚刚吐出嫩黄色的花蕾时，一声马嘶震惊了这块被野兽盘踞的世袭领地。随着马嘶，一匹雪青马驮着一个背着双筒猎枪的老猎人，出现在铃铛河的河岸上。这个老猎人，大约有五十岁的光景，古铜脸，卧蚕眉，高颧骨，大眼睛。当那匹雪青马和那条细腰尖嘴的猎狗贪馋地喝着清澈见底的河水时，老猎人在马背上手搭凉棚，挺直了腰身正向草甸子四处瞭望呢！他似乎在寻找着猎物，但他目光所到之处，都是波浪起伏的草海，既看不到一只麋鹿，也望不到一只狍子。他失望地摇了摇头，索性把猎枪从背后拿了下来，双腿一夹马肚子，朝一群在半空中惊叫着的大雁追了过去。

马，在荒原上奔驰……

雁，在高空中盘旋……

老猎人在马背上举枪瞄准……

猎狗在马前马后汪汪狂吠着……

"砰——"的一声枪响，老猎人打了空枪。他非常懊恼，抖缰向草原深处追了过去。半人多高的灌木丛和野蒿杂草，一会儿就淹没了他的身影，只有风把草海吹成浪谷时的刹那，才能看见雪青马迎风抖擞着的银色鬃毛和老猎人那张古铜色的方脸。

第二枪又响了："砰——"

领头那只肥腯腯的大雁，胸脯上的一团茸毛飘落下来，它扑棱几下翅膀，不想离开它眷恋着的伙伴，但终于失去了再飞的力气，像铅块一样，斜斜地坠落在草丛之中。

"闪电——"

老猎人勒住马缰，呼唤着灰色的猎狗。那条"闪电"，流星追月般地向野雁坠落的地方狂奔而去。

马，悠闲地寻觅着黄草中残存的青草，老猎人在马上解开腰间围着的网袋，里边有飞不高的山鸡，也有一蹦五米的狡兔。他等待着"闪电"把大雁叼回来，塞进网袋，这时，猎狗突然在不远的草丛中狂吠起来。

"驾——"老猎人急抖了一下马缰绳，"'闪电'碰上狼了！快——"

雪青马扬了扬前蹄，"咴咴"地叫了两声，向前疾驰而去。在一排榛子树丛后边，老猎人才看清了："闪电"遇到的不是一只狼，而是一个年轻的后生。猎狗在拼命地和这个年轻人搏斗，它时而前扑，时而后退；那小伙子手里拿着一根木棍，正在左腾右闪地和"闪电"周旋，他嘴叼着大雁的脖子，两手把棍棒舞得嗡嗡山响。尽管他几次险些被猎狗扑倒，但却毫无怯懦之意。

老猎人愣住了。靠近铃铛河方圆百里内的大小屯子，他没有见过这样一个挺拔魁梧的年轻人。他坐在马背上，隔着茅草空隙，仔细端详着这个壮汉：黑脸膛、高鼻梁，鸟翅般的黑眉毛下藏着一对略略内凹进去的细长眼睛，一绺因鏖战猎狗而披落在前额上的短发，已经被汗水粘在额头。大概他是嫌叼着一只大雁，嘴巴太吃力之故，猛然把大雁往身后一甩，从防卫转向了进攻。他把木棍舞得上下翻飞，逼得"闪电"节节后退。当他把棍子举过头顶，向"闪电"头上猛然击落下来的时候，猎狗灵巧地一跳，棍子重重地打在了一棵小柞树树干上，"咔吧"一声，棍子折成两截。猎狗借着这个空隙猛然扑了上去，一下咬住了年轻人的裤子，就在这时，草丛中响起了闷雷似的一声呼唤：

"闪电——"

猎犬松开了嘴。

后生抬头看见了马背上的老猎人，心有余悸地拾起地上的半截木棍，带着深深的戒备望着猎狗和它的主人。

"哪儿的人？"老猎人翻身下马。

"中国人。"那个年轻的后生用衣袖抹抹脸上的热汗，眯着那双细长的眼睛，带着诙谐的口吻回答，"和您一样，黄皮肤，黑眼珠……"

老猎人不无惊奇地望着草原上的陌生来客：他穿着的蓝工作服上衣，被榛子树杈划出一道道长口子，里边已经洗得褪色的灰色绒衣上，印着"抗美援朝"的字样。他脚下蹬着一双破旧矮帮球鞋，上边补着几块圆圆的胶皮补丁。老猎人心里猜测：这可能是个退伍的大兵，便把马往小柞树上一拴，走了过来：

"小伙子……"

"您先把这条狼管住吧！"年轻人后退了两步说，"这家伙真厉害，差点把我吞了！"

"这不是狼，这是条狗。"老猎人被逗笑了。

"狗？"小伙子把头摇得像拨浪鼓，不相信地说，"我看过许多军犬，尾巴都朝上，这家伙怎么尾巴朝下？尾巴朝下的都是狼。"

"我说你想用棍子要它的命呢！你把它当成狼了，哈哈……"老猎人仰着脖子一阵大笑，"不过，你的话也不能算错，这家伙的爷爷是条恶狼，它的奶奶是一条德国种的军犬……日本鬼子在草甸子上盖细菌工厂时，改良狗种，就留下这条尾巴下垂的'孙子'。当时，我从山东德州被装进闷罐子火车，抓到大草甸子上当小工。"

"这么说，老大爷您已经在这块草甸子上生活了不少个年头了？"年轻人的脸上露出喜色。

"你先别盘问我，你是从哪儿来的？"老猎人拍拍年轻人的肩膀，反问说。

"我？"小伙子眼珠转了几转，"您猜猜？"

"你是个转业的大兵？"

"对。"年轻人诡秘地笑了笑，"也不全对。"

"这话是啥意思？"

"过去当过兵，"年轻人指了指绒衣上"抗美援朝"四个字，又指指罩在绒衣外边的工作服，"到这儿来以前，在井底下挖煤。"

"我说你黑不溜秋的呢，原来干过煤黑子。是才从关里来的？"

"嗯。"

"到这儿来干什么？"

"哎呀！我说老大爷，您除了打猎，还在公安局领薪水吧！告诉您，我一不是漏网的地主，跑到草甸子当黑户来了；二不是空投的美蒋特务，跑到草甸子猫着来了。走，到我们那儿去查查户口吧！"小伙子把那只大雁，从草棵子里拾起来，塞进老猎人的网兜；老猎人解下拴在小柞树上的雪青马，分开齐胸的茅草，向正南方向走去。

走了一阵，老猎人还是看不见人烟，停下脚步问道："你把我带到哪儿去？"

"我们的家呀！您看——"小伙子指了指一棵大树，"不远了。"

"那是棵老枫树，到那儿去干啥？"

"您再往大树下看看。"

"那是一排桦木林，有啥看头？"

小伙子咧开宽厚的嘴唇，乐出了声："您再往树缝中间看嘛！"

"噢！帐篷。"

一老一少和一匹马一条狗，穿过一片砍光了的草地，沿着堆放得整整齐齐的草堆，走到桦树林旁的帐篷跟前。这是几座绿色帆布帐篷，在黄澄澄的草海里，如同几片碧绿的荷叶，在秋风中摇摇摆摆。

小伙子替老猎人把马拴在一棵小白桦树上。老猎人担心野狼来咬马腿，揪了揪"闪电"的耳朵说："'孟良'，你就在这儿看着'焦赞'，听见没有？"猎狗哼唧了两声，不情愿地卧在雪青马旁，老猎人掸掸身上沾着的草叶，走进了帐篷。

帐篷里简单得出奇：地铺上垫着干草，干草上散乱地摊开着几个铺盖卷儿，旁边堆放着铁锅、洗脸盆、手电筒一类的物什。对老猎人来说，这一切都显得那么陌生，多少年来，他出没深山老林，偶尔在老乡的屯子里歇个脚，打个盹，都是盘腿打坐在热炕头上。这儿既没有火炕，也没有房子，秋天的风吹打在帆布帐篷上，发出"轰隆轰隆"的声响。老猎人心想：睡在这儿，和他打猎时露宿荒山野岭简直是一模一样，可是对面这个后生，还龇牙朝他笑呢！怪事！

年轻人仿佛看穿了老猎人的心思，眯眼笑着说："老大爷，这儿就是我们的家。"

"家？"

"是啊！家。"

"就你一口人？"

"我一口人怎么能住得了这七八个帐篷。我们大家庭的成员还没到齐，我是打前站的。"

"噢，你这煤黑子是带着人来淘金矿的吧？"

"对！对！"小伙子顺水推舟地说，"我们是来'炼金'来了；不是开矿，是把我们都炼成真金。"

这句话，似乎提示了老猎人什么，他那双卧蚕眉忽闪忽闪地上下动了几下，忽地一下从地铺上站了起来，说："小伙子，这回我可猜着了，你们是从北京来的，到北大荒搭窝开荒来了。"

"您……您算得上诸葛亮，叫您说对了。"

"我哪有那么大的能耐。小伙子，实底告诉你吧：县委书记老宋对草甸子上大小屯镇都下了通知，说最近北京有一批青年志愿到这疙瘩来开荒。"老猎人叩打着自己的脑门，责骂着自己，"你看，我这糊涂糯子，愣是没对上号。都怨我刚才打雁时，打了一响空枪，心里一起火，把正经事都给忘了。"

"我也在战场上打过枪，哪儿有枪枪都叫敌人脑瓜开瓢的呢？"小伙子笑了。

"你叫啥名字？"

"我叫卢华。"

"多大了？"

"二十六。"卢华打着手势。

"是一个人来的？还是带着媳妇来的？"

"您可真有意思。我还是一条小光棍，将来等着您给我找个北大荒的姑娘哪！"

老猎人刚刚装上一袋烟，听卢华这么一说，笑得手都哆嗦起来，烟末撒落在他的皮裤上："我说卢华，凭你这模样，凭你这打'狼'的狠劲儿，还愁找不上媳妇？要是你不嫌北大荒的丫头带着草腥味儿，我那个丫头叫玉枝……"

卢华说的本来是句玩笑话，可是性格豪爽的老猎人却把棒槌当了针（真），他黑黑的脸膛一下就烧红了。他正想对老猎人解释什么，帐篷外边有了细碎的脚步声，一个小伙子和一个年轻姑娘走进帐篷。这小伙子身板显得比卢华纤弱一些，鼻梁上架着一副眼镜，镜片后边那双眼睛带着调皮的神气，他瘦削的肩膀上尽管背着一支"三八式"步枪，但一眼就能看出，这是个不称职的"学生兵"。他身旁的那个剪着齐耳短发的姑娘，眉目清秀，两只晶莹闪亮的眸子像是两泓秋水。她穿着一身天蓝色的无花衣裤，一只手里拿着根丈量土地用的红白花杆，另一只手里攥住一把早开的野菊花。她刚走进帐篷，就用唱歌一样的婉转喉咙兴奋地喊道：

"卢华队长！那条铃铛河美极了。你看，这是我们丈量待开的荒地时，顺手摘的花。"姑娘把花放在鼻子下嗅了一下，伸手递给了卢华。当她看见卢华身旁还坐着一位身穿皮袄皮裤的陌生老者时，拿花的手停在半空中不动了，"这……这是……"

"这是猎人鲁大爷。"

"鲁大爷。"这个嗓音甜甜的姑娘自我介绍说，"我叫俞秋兰。"

"你呢？"老猎人盯着那个戴眼镜的青年，"叫啥大号？"

"我？"那个年轻人好像故意兜圈子，"我只顾看您的皮袄皮裤了。过去在小说里常看见猎人，都是膀大腰圆的彪形大汉，想不到您身不高，膀不圆，竟是个貌不惊人的干巴老头儿。您看，我口袋还装着屠格涅夫的《猎人笔记》哪！"小伙子从鼓囊囊的口袋里掏出一本书来，朝老猎人晃悠了一下，接着说，"过去，在学校里我是个屠格涅夫迷，那《白净草原》写得真美，可是刚才我和小俞往远处走了走，这儿比屠格涅夫笔下的草原还美上十倍。蓝天，绿树，白云，枯草，远山……我真后悔没带上我那块画板。卢华队长，我不夸张，这儿简直是个神话世界。最怪的是，这里的鱼居然不怕人，在铃铛河边，我伸手就抓住一条，不信，你问小俞。"

"鱼呢？"卢华强忍住笑，斜眼瞅着他。

"鱼？我又给放回河里去了，那是一条一巴掌长的红脊背的鲤鱼，我不忍心……"

"我做证明，咱们的'秀才'确实把鱼又放回河里去了。"俞秋兰扭头对老猎人说，"鲁大爷，这是我们垦荒队里的知识篓子，您就记住他大号叫'秀才'就行了。"

"不，鲁大爷，他们都爱拿我取笑，我叫诸葛井瑞。"小伙子站直身子，规规矩矩地向老猎人举手行礼，由于他手臂下甩，那支"三八式"步枪顺着他那敬礼的胳膊，"哐啷"一声滑落到地上。

老猎人朗声大笑起来："这要是枪里顶着门子儿，枪口朝着卢华，卢华就不用开荒，先到酆都城找阎王爷报到去了。"

"没装子弹，我只是背着它威风威风。"诸葛井瑞毫无笑意地从地上拾起了枪。他弯腰拾枪的时候，眼镜又滑落到地上，他忙捡起了眼镜，在衣襟上擦了擦，架在鼻梁上。然后，他蹲到行李卷旁边，从行李里抽出一个破旧的绿色板夹，开始为老猎人画肖像了。俞秋兰怕老猎人发觉诸葛井瑞在偷偷地画他，影响面部的自然表情，有意吸引老猎人的视线，把野菊花插在一个瓶子里说："鲁大爷是当地人，熟悉这儿的地理条件。我们想开的第一片黑土，北边到那棵枯干了的老橡树，南边到那块高土岗子，我丈量了一下，有几十坰地。我看这块地方一马平川，灌木丛比较少，从这块开犁，您看行吗？"

老猎人没有立刻回答俞秋兰的问题，却用慈爱的目光，紧紧地瞅着她："姑娘，你今年多大了？"

"二十。"俞秋兰有点不好意思地脸红了。

"我那玉枝丫头，总共比你才小一岁，只懂得进山砍柴伐木，打黑瞎子。"老猎人吐出最后一缕淡蓝色的烟雾，用烟袋锅儿敲着鞋帮说，"跟你比比，模样俊相倒不比你差，可是装的一肚子草，真是个草妞儿。你们个儿顶个儿的怎么都这么大的学问？"

卢华插嘴说："她是农业学校出来的，还会开'突突'叫的拖拉机呢！"

"要是这样的话，我看从那块地开犁行得通。你们知道那块荒地边上枯干的老橡树是怎么死的吗？是叫北大荒的霹雷给劈死的，你们拿它当地界记号倒是挺醒目的；至于南边那高土岗子，过去是关外的响马修的一个瞭望台，风吹雨淋，土台已经平了，成了一块高土岗子。好！好！你们就在那儿下家伙吧！"

卢华感激地拉着老猎人的手说："感谢您给我们当参谋，没别的，请您尝尝我们从北京带来的'二锅头'吧！"

俞秋兰麻利地把酒瓶子拿来，又在地铺上放下四个饭碗。老猎人从地铺上站起身来，把放在帐篷门口的网兜往俞秋兰脚下一扔说："这里边有天上飞的大雁，地下跑的兔子，姑娘你把它煺了毛，架上木头烤烤，让北京人也尝尝北大荒的野味。"

"这倒挺有诗意的。"诸葛井瑞合上画夹，帮助俞秋兰点起火来，"希望您今后经常光临垦荒队，我们都举双手欢迎您。"

"你这小伙子，倒是挺会说话的。"老猎人笑了。

"您想，诸葛亮在世的时候，有过舌战群儒的历史，卧龙先生的后代，能是个废物点心吗？"

"哗"的一声，帐篷里的几个人都笑了。

片刻之间，大雁和兔子都烤熟了。当四个人以饭碗当酒杯，要进行荒地上的野餐时，老猎人似乎想起了什么心事，朝卢华说：

"叫你们的人都来尝尝野味。"

"老大爷，这儿就我们仨人哪！"卢华笑着回答。

"仨人？仨人就想开几十垧荒地？"

"不是告诉您了嘛，我们是先头部队。我们仨人折跟头、打把式地睡，也占不下这七八个帐篷！就是把吃奶的劲儿都拿出来，也种不上几十垧地的小麦呀！"卢华解释着说道。

"你的伙计们呢？"

俞秋兰看了看腕子上的手表，兴奋地对老猎人说："鲁大爷，咱们这儿要是有台无线电匣子就好了。现在，正是中央电台的新闻联播节目时间，那您就会听到我们大部队的消息。广播员会用铿锵有力的声音向全国广播。北京青年志愿垦荒队正在整装待发，它的发起人之一卢华，已经带领着男兵诸葛井瑞、女兵俞秋兰抵达荒地，做迎接大部队的准备。两天之后，八十一名垦荒队队员，将开赴沉睡了千年的莽莽草原……"

"噢！你们仨原来是头鹰啊！"老猎人举起酒碗，豪爽地大声说，"来！为即将飞来的鹰群喝光了它！"

"干杯！"

"干杯！"

"干杯！"

第一章

一

团中央书记处书记苏坚——这个十四岁就当了红小鬼的中年人，在这些生龙活虎般的男女青年中间，显得格外兴奋。他矮矮的个子，瘦长的脸膛，留着像许多 50 年代青年人一样的学生头。如果不是有年龄上的差异，他的举止动作，几乎和列队集合的垦荒队队员没有一点差别。此时此刻，在团中央礼堂外边的空场上，苏坚那双饱含着欣喜的锋利目光，正从排头的大力士贺志彪看起，一直看到队尾的小姑娘叶春妮。叶春妮比队列的平均身高矮了小半截。苏坚首先向她走了过去：

"喵！你是从赤道上来的吧！不然，怎么脸色那么又黑又红？嗯？"

小姑娘抿嘴笑了："我是从海南岛来的。"

"好家伙，你个头不高，魄力倒是蛮大的哩！你就是接连三次给团中央打报告，请求去开荒的叶春妮吗？"

小姑娘咬着嘴唇点了点头。

"小鬼，"苏坚拍拍她的头顶，"咱们把丑话说在前边，那儿可没有大海，没有海鸥，没有白帆，没有贝壳；那儿有狼，有老虎，有野猪，有冰天雪地和丈八高的'大烟泡'，你吃得消吗？"

叶春妮刚要回答，苏坚用手摸了摸她的衣袖："怎么穿得这么单薄？你是从中国的赤道，到中国的北极，发给你的冬装呢？"

"报告苏书记，"排在队首的贺志彪跨出队列一步，瓮声瓮气地说道，"她的过冬衣裳，都打在我的行李卷里了，我怕她背着太沉……剩下那些零七八碎的东西，石牛子替她提着呢！"

"我就是石牛子。"一个虎头虎脑的小青年，先向前拉了一下歪到后脑勺上的帽子，然后向苏坚报告说，"她……她……她是我小表妹，我妈对我说了，宁可冻着我，也不能冻着她——她写给团中央的信，都是我代她写的。不过，我得向您声明，不是我包办代替，是她自愿到荒地垦荒，只是因为她字写得像蜘蛛爬似的，太难看了，我才为她代笔写的申请。"

"你今年多大了？"

"十七。"

"她呢？"

"十四。"

"你俩都还没有迈进青年人的门槛嘛。"苏坚把石牛子敞开的领扣系好，"怎么冒充青年人哩？嗯？"

"报告苏书记，叫我俩当个候补垦荒队队员也可以，反正……反正您要是说了话不算数，把我俩给除名，我俩就一块躺在火车轮子下边。"

"自杀？"

"不，吓唬吓唬人呗！"石牛子似乎嫌天气太热，把苏坚为他系好的那个纽扣又解开了，"我们一块儿扒着车皮出关。"

这个小青年把苏坚逗笑了。他兴奋地望着面前的青年人，挥舞着手臂说："好！一个革命的大家庭组织起来了。你们到了荒地，要互相关心，互相爱护，要把从海南岛来的小春妮，当小妹妹一样看待！至于你们为什么从舒适的环境去北疆，同志们心里都比我还清楚，我多啰唆一句，就属于废话了。现在，我们步入'宴会厅'吧！"

这是一次别开生面的送别宴会。圆桌上没有鸡鸭鱼肉，也没有五光十色的美酒；只有糠菜各半的老咸菜，剩下的就是不见油星的白菜汤。在吃饭时，苏坚没有慷慨激昂地讲话，只是从第一张饭桌，走向第二张饭桌……他一边啃着窝窝头，一边问道：

"同志们，我们不是没有钱给同志们用盛宴饯行，同志们一定知道为什么叫大家吃——"

他的朗朗话音，被青年们打断了：

"这是叫我们有吃苦的准备！"

"这是叫我们不忘艰苦的岁月！"

"这是给我们打预防针！"

"这是让我们迈好第一步！"

"我们一定不辜负党中央的期望！"

"我们一定给'北京人'三个字增光！"

"……" 粗嗓的、细声的、低音的、高音的回答，给这个别具一格的"宴会"，增加了特殊的青春色彩。决心在无数双眼睛里炯炯放光，热血撞击着每个青年人的胸膛。苏坚在这灼热的气浪中，似乎变得年轻了，他走马灯一样在圆桌之间穿来穿去，两眼闪烁着激动而欢欣的泪光。他走到一个身穿毛料制服的年轻人旁边时，忽然停下了脚步，他看见这个皮肤白皙、头上抹着薄薄发蜡的青年人，一只手拿着窝头，一只手端着白菜汤碗，咬一口窝头，喝一口菜汤，仿佛没有菜汤当调料，窝头就会卡在他喉头无法下咽似的。他还时而把窝头放下，对着白菜汤碗出神。

"小伙子，想什么呢？"苏坚走了过去。

年轻人一抬头，尴尬地笑了笑："是您？我……我没想什么。"

"一个人应当赤诚坦白。"苏坚拍拍年轻人的肩膀，"你说，我的话对吗？"

"当然。对！对！"那个青年脸上泛起红晕。

苏坚思忖了一会儿："如果我记忆力不错的话，你的名字叫白黎生，是吗？"

年轻人惊异地望着苏坚："您怎么会知道？"

"你别考我，我先问问你，你为什么要参加垦荒队？"

白黎生掏出手绢擦着额头上的汗水："为了建设祖国边疆。"

"打头阵走了的俞秋兰同志，临行前特意找我谈了一次话，她希望团市委、团中央不要批准你去垦荒，她说你吃不了那儿的苦。"

白黎生手足无措地解释着："她在农机学校是我们班的团支部书记，她……她并不太了解我。"

苏坚仰脖笑了，他诙谐地说道："她了解你也许比你对自己了解得还要清楚。你去北大荒，是不是对俞秋兰同志的跟踪追击？"他挥舞起手臂，在半空中比画着，"说得形象一点，就如同一架'僚机'，紧紧追踪着'长机'那样，形影不离？嗯？"

窝窝头的宴会上响起了一片笑声。白黎生窘得低下头来，搓着衣角，腼腆地喃喃低语着："不，我不是为了她……"

"年轻人，别不好意思嘛！"苏坚掏出自己的手绢给白黎生擦擦脸上的汗珠，继续说道，"我国古代《诗经》里就有这样的诗句：'窈窕淑女，君子好逑。'青年男女之间总要产生爱情，这没什么奇怪的，你不是在学校里，曾经把小俞同志比喻为普希金小说中的'村姑'吗？你说你用生命追求自然美……"

"苏书记，您……"白黎生连耳根都红了，"您别说下去了。"

"小白同志，我之所以来找你，不只是受俞秋兰同志委托，希望你不要去荒地。"苏坚第二次拍打着白黎生的肩膀，微笑着说，"在半个多钟头以前，你那个在学校教法文的妈妈，又给我打来了一个电话，她说她尊重你个人的意志，但她说你落生在法国，是喝巴黎牛奶长大的，担心你经受不了北大荒的暴风雪。我答应她，再来动员你一下，你看，我这团中央书记，不但做促进工作，还做你的'促退'工作哩！你慎重考虑一下，如果决心不那么大，待会儿从行李堆中找出你的行李来，我叫司机送你回家。"

"不——"白黎生低垂着的头颅猛然仰了起来，"我去北大荒去定了，我受得了那儿的苦。"

白黎生说话的口气是坚定的，"宴会厅"里响起一片掌声。身材矮小的苏坚，一步跨到椅子上，放开豁亮的嗓门，对垦荒队队员们说："同志们！白黎生同志刚才回答得很好。很难设想，你们到了荒地之后会一帆风顺。有斗争有痛苦并不奇怪，重要的是要经得起生活的磨炼。如果叫我谈谈爱情问题的话，我祝愿你们中间，未来的有情人都成眷属，但要牢记一点，对比儿女情来说，'祖国'两个字是至高无上的。我不看谁的口号喊得响，我要看谁最经受得住艰苦生活的磨炼！好了——大家手里的窝头和碗里的菜汤都凉了，快吃饭吧！"苏坚跳下椅子，坐在白黎生身旁，嚼开窝窝头了。

这时候，一个年纪已近三十的老青年——被几个垦荒发起人选为党支部书记的迟大冰，走到苏坚的身旁，面带疑虑地汇报说："苏书记，现在八十一名垦荒队队员中，还有两个人没来报到，离上火车只有三个小时了。"

"谁？"

"马俊友和邹丽梅。"迟大冰翻看着小本子说。

"马俊友？这个青年人我打保票了，他是我战友的独生子。邹丽梅嘛……"苏坚沉思了片刻，说，"就在今天，她爸爸妈妈找到办公室里哭哭啼啼，说他们家只有这一个宝贝女儿。这时候还不到，一定是爹妈当了拦路虎了。谁知道是'虎'截了人，还是人降了'虎'呢？干脆，你把她的名字抹了吧，去掉第八十一个。"他果断地打了个手势。

二

其实，横在邹丽梅生活道路上的不仅是"虎"，这个身材窈窕的姑娘颈上还戴着极其沉重的精神枷锁。

她出身于资本家的家庭。她的家业兴衰，既带有马克思《资本论》中早已指出的吸血共性，又带着暴发户的独特个性。邹丽梅的爷爷是个乡村地主兼城市的资本家。到了她父亲邹达海这一辈，家道中落，万贯家财倾荡在她爸爸手里。邹达海青年时代在北平志城中学读书，几乎门门功课都是零分。他喜欢吃喝玩乐，玩鸟、打猎、斗蝈蝈儿是他三大拿手本领。当时他已经是二十多岁的少爷了，还常常蹲在古老的北平城墙根下，或趴在郊区的乱坟岗上，和一些不务正业的狐朋狗友，用嘴吹着瓦砾杂草，寻找着能征善战的蟋蟀。因此这个纨绔子弟的家里，最大的私藏是五颜六色、大大小小的蝈蝈儿罐子。邹丽梅还没落生到这个世界，邹达海就把老当家的活活气死了。

邹达海失去了家庭的唯一监督，带着一群和他一样的花花公子，在北平的街巷荡来荡去。邹丽梅的母亲——原来邹家的一个使唤丫头，无力拴住这匹溜了缰绳的野马，只能泪眼巴巴地看着他浪荡街头。邹达海右手食指挑着一个鸟笼，左手牵着一条尖嘴瘦腰的洋狗，每天出入赌场、古玩店和晓市，"袁大头"从他指缝间像水泻一样流出，到了30年代中期，他几乎把家业倾荡一光。

1937年，全国抗战爆发了，有志的青年纷纷奔赴抗日战场，为祖国的兴亡捐躯献身。邹达海这个穷公子哥儿，心里没有"祖国"这个概念，仍然像个幽灵似的在北平烟花柳巷进进出出。不过，他不像从前那么悠闲自在了，因为他失去了那支配一切的东西——钱。他先卖掉了鸟笼子里的绿头鹦鹉和金丝雀，又当掉了翡翠玛瑙和金银首饰，最后连那条德国种的洋狗也被人牵走了。家里剩下的只有房产，以及门口那一对搬不动的石头狮子，还有他怀了孕的妻子。

那些年头，北平、天津一带流行着一种新式赌博，它既不像西班牙的斗牛，也不像美国的拳击，让那些阔佬可以把赌注压在公牛的犄角和拳斗士的拳头上，而是用蝈蝈儿进行赌博，把"袁大头"押在蝈蝈儿的利齿上。邹达海自认为是养蝈蝈儿的行家，决心要在这小小的躯体上孤注一掷，要么中兴家业，要么成为抱瓢要饭的花子。他根据多年对各式各样蝈蝈的观察，认定棺木中吃死人骨头的"紫牙"咬架最狠，便到香山脚下一片古墓中，逮来一群"紫牙"，让它们格斗厮拼，进行优选。最后，选出了一只翅膀上挂金星的梅花翅，当成他命运的最后主宰，去和天津一个绸缎资本家对垒。

邹达海那个苦命的妻子听见这一消息，双手紧紧地攀住他的胳膊，苦苦地哀求着说："达海，你行行好吧！肚子里的孩子都九个月了，再有几天就该……

你把瓦片都输光了，让孩子生下来，连个窝都没有，我们可怎么活呀？！"

邹达海甩开妻子的纠缠，抱着蛐蛐儿罐子扬长而去。这个苦命的女人，怎么能知道她的丈夫不但把房产投入赌注，而且连她也押进赌注之内了呢？！天津那个绸缎资本家看上了她的姿色，双方签字立约，除了赌财产之外，还要赌人。邹达海想钱想得红了眼，对于对方的女人是妙龄少妇还是老丝瓜瓢子概不过问——在旧中国，这就是女人的全部价值。

尽管此时国土上已烽火连天，日本铁蹄已经踏过长城，这个轰动北平的赌博新闻还是吸引了无数地痞、劣绅、太太、小姐，以及无聊的新闻记者，他们像苍蝇叮臭肉一样，挤上前门城楼围观。

双方的蛐蛐儿罐子都蒙着红布，公证人掀开红布，把两只好斗的蛐蛐儿同时扣进一个大陶瓷罐里。这时的邹达海，睁大一双布满血丝的眼睛，额头青筋乱蹦，如同一头充了血的公牛。那位绸缎资本家，却好像全然不把这场赌博放在心上，他摇着一把羽毛扇，和围观的观众谈笑自若。他心里是很踏实的，即使这场赌博输了，也输不掉他的全部家业——因为邹达海的赌注对他来说，是微不足道的。他正想把他那难缠的女人甩出去，换个年轻的丫头呢。对于邹达海来说可就不同了：赢了，可以过上从前的日子；输了，花子抱瓢沿街乞讨……

两个黑色的小动物振翅鸣叫了，闷罐里响起沙沙的回音。公证人用挑逗蛐蛐儿的软毛探子，在两只蛐蛐儿中间晃了几下，蛐蛐儿的拼杀开始了。邹达海从墓穴中逮来的蛐蛐儿，抖动羽翅，露出尖尖的紫牙，勇猛地向对方冲了过去，第一口咬断了对方的长须，第二口叼住了对方的大腿，第三口……邹达海十几年苦心经营蟋蟀，在这短短的瞬间得到了回报，不到半分钟，邹达海就成了小报记者拍照的对象。

这场赌博使邹达海成了一个时来运转的暴发户，不但中兴了衰落的家业，而且添人进口，绸缎资本家的女人也成了邹家的人。她是个王熙凤式的女管家，到了邹家如鱼得水：第一，邹达海不但比她那大肚子蝈蝈一样的男人年轻，而且还有着浪荡公子的潇洒外表；第二，邹达海原来的妻子是丫头出身，对付这样的女人，她的能耐是绰绰有余的。

正好，这女人进邹家门那年冬天，邹丽梅落生了。古话说："迈门花，妨三家。"头胎就生了个丫头，对邹家来说不是吉兆。这女人趁邹达海到鸟市买鸟去的机会，在三九天滴水成冰的日子，捅开了产房的窗户。也许是由于邹丽梅的母亲"命硬"，她虽然得了产后风，却没有中风而死，只是瘫在床上不能动弹了。所以，从邹丽梅有记忆那一天起，她的母亲就是个卧床不起的瘫子，她记得母亲对她说的第一句话就是："小梅，你怎么是个女的？"母亲抱着她的头痛哭。邹丽梅当时只会用灼热的小巴掌抹抹妈妈脸上的眼泪——她还不能理解她的全部痛苦。按照新来的女人的邪恶性格，原本打算把母女俩都排挤出邹家门槛的。可是，她偏偏久不生育，无论吃什么有助于怀胎的药物都无济于事。这时候，小小的邹丽梅一天大似一天，开始用审查世界、询问人生的眼睛，观察这个家庭了。那个女人有点恐慌。不知为什么，她越来越怕邹丽梅那双晶黑明亮的大眼睛。而邹丽梅那双大眼睛又偏偏喜欢注视她。面对着家庭的变化，邹达海的二房太太放弃了把母女俩挤出邹家的念头，舵一转，把所有笼络手段都施展出来。她心里很清楚，邹丽梅的亲生母亲，因长期瘫痪已经离"归西"不远了，自己不能生儿养女，没有孩子就拴不住那个浪荡公子，笼络住邹丽梅就能笼络住邹达海的心，巩固她在这个家庭中的地位。

北京解放前夕，邹丽梅的母亲终于与那个罪恶的世界长辞了。十几岁的邹丽梅长成了一个既像浪荡爸爸又像苦命妈妈的漂亮小姑娘。她的继母把她泡在蜜罐里，视若掌上明珠，可是邹丽梅态度冷漠高傲，她——从亲生的母亲嘴里，早已了解了邹家的家史。

历史发展到公元 1955 年，邹丽梅已经是个从护士学校毕业的学生了。她身材修长，亭亭玉立，丹凤眼，菱角唇；再配上她那白皙的鸭蛋脸，简直像她家庭院中那株秋海棠。她性格十分孤僻，把火一样的热情包藏在冰冷的面孔之下，只有到了一年一度的清明节，在母亲那座长满青草的坟墓前，她才表现出她的全部深情。她哭，对着旷野和孤坟号啕大哭，哭她受苦的妈妈，哭她自己的命运。因此，垦荒队要去北大荒垦荒的消息刚一传开，她就毫不犹豫地跑到团市委、团中央，表达了她去开垦处女地的决心。她——需要呼吸草原上的新鲜空气；她——向往着一种新的生活。

邹丽梅的举动，如同在深宅大院里爆炸了一颗地雷。邹达海勃然大怒，她的继母也吃了一惊。这时候，正值党对工商业资本家开始了社会主义的改造，邹家通过绸缎店进行剥削的道路已被堵死。夫妻俩都盼着漂亮女儿能攀上一个有职有权的高级干部，跟着沾光享福。不料就在这个时刻，女儿却在收拾行李，竟然要奔赴冰天雪地的北大荒。

邹丽梅的生父继母经过周密的研究，觉得直接阻拦女儿是愚蠢的下策，上策则是直接和团市委、团中央对话，使邹丽梅的计划落空。于是，夫妻俩背着女儿来到团中央，找到了苏坚书记。苏书记了解到他俩只有这一个女儿，通情达理地回答说："她报名时，我们的有关干部已经做了劝说工作；但邹丽梅同志十分坚决，我们无权阻拦年轻人献身祖国的革命热情。考虑到你们身边无子女，回去你们告诉邹丽梅同志，可以不来报到；但是她如果坚持要走，不要说你们，就是中华人民共和国主席也没有权利干涉！"邹丽梅的父母怀着忐忑不安的心情回到家里，推开房门之后，两人都吃了一惊，邹丽梅已经把行装收拾停当，正对着镜子往脑后盘卷那两条细长的辫子呢！

"小梅，"邹达海蒙哄着女儿，"苏书记已然答应了，叫你留下。"

"小梅，你体谅一下爸爸妈妈吧！"邹丽梅的继母对着镜子里的邹丽梅，指点着自己的头发说，"你看，你爸和我的头发都挂白霜了，你怎么能把我们撇下呢！你可是咱们一家子的魂哪！"

邹丽梅厌恶地瞧着她继母脸上的一脸脂粉，十几年的积怨一下都涌上心头。她冷冷地说："人，活到老头发都要白的，这是自然规律，不但头发要白，最后还要进火葬场哪！至于你说到魂，魂早飞上九天了——那是我母亲的冤魂，她是被你们折磨死的。"

平日沉默寡言的邹丽梅此时如火山爆发，她望着呆若木鸡的生父和继母，尖声地喊道："今天，我走定了，你们去找苏书记拦不住我，就是去找毛主席，也拴不住我的心。"说话之际，她把行囊往肩上一背，匆匆走出房门。

邹丽梅的父亲和继母在后边追逐着，央求着女儿停步。邹丽梅头也不回，穿过浓荫遮蔽的曲径，跨过庭院中的那棵秋海棠，一口气跑到院门之前。她一拉大门，愣住了，门上早被她父亲挂上了一把铁锁。她低头看看手表，已经快到集合时间，不觉怒火中烧。她略略沉思了一下，甩下行囊，顺手抄起一把修剪花木的利斧，把它用力举过头顶，朝锁头劈砍下去。

"哎呀！我的姑奶奶！你别砸锁呀！"她继母追了上来。

邹丽梅什么也不听了。她奋力地劈着门锁，铁器和铁器相撞，震得她手腕生疼，她顾不得这些，她圆瞪二目，抡圆利斧，终于把门锁砸落下来。

邹丽梅的父亲被女儿的举动惊呆了，连声喊着："小梅——小梅——"那个女人比她浪荡了多半生的爸爸心计要多得多。她死命地扑向邹丽梅的行囊，抱着这个行囊，像是抱住了她的命。在她看来，扣下行李就能留住邹丽梅，这是她最后的一张"王牌"。可是邹丽梅只是回头瞪了他俩一眼，甩了甩刚才砸锁时从脑后垂落下来的两根长辫，丢下行囊，跑上了大街……

三

她跑着、跑着……

风吹着她额前的散发……

风吹起她的两根辫梢……

风吹鼓了她单薄的衣衫……

跑出老远，她停步喘气，回头望望她每天出入的铁门，铁门泛着冷光，铁门旁边的两只石头狮子朝天张着大嘴，它那两只外突的圆眼睛似乎在为她送行。

一阵凉风吹来，邹丽梅哆嗦了一下，她感到了北京初秋季节的凉意。怎么办呢？回去取行囊，显然是鱼儿入网，那是他俩求之不得的；不去取行囊吧，衣物都在行囊之中，又怎么能抵御北大荒的风寒呢？不，不怕！有那么多青年朋友同行，有那么多颗火热的心，你怕什么呢？！

她很想再去看一眼母亲的坟茔。因为从今以后，她就是北大荒人了，很难再有回北京的机会。但是时间已经不允许她向母亲告别了。她想来想去，决定顺路到天安门广场走一趟，对着那面用鲜血染红的五星红旗为母亲默哀。虽然，邹丽梅知道她的母亲并不是为推翻旧世界而牺牲的烈士，但她是旧世界毁灭掉的一个生灵，她和新世界是心心相通的——尽管她没能活到新中国诞生。想着想着，她的泪水夺眶而出……

秋天的天安门广场庄严肃穆，一群响着"嗡嗡"哨音的白鸽，在蓝天上展翅飞翔。"多么可爱的北京啊！我今天就要和你告别了。"邹丽梅凝视着广场周围每株松柏、每个行人。在银色的旗杆前，她微微低下头，用只有她自己能听到的轻微声音悄悄地说："妈妈，您要是活到今天，一定会同意我走这样一条献身祖国的道路的。妈妈，再见了！"

"妈妈，看见了这面五星红旗，我就想起了爸爸。"在邹丽梅身后，响起了一个浑厚的声音。邹丽梅情不自禁地回头看看：这是一个穿着草黄色旧军服的年轻人，微黑的脸膛，宽大的额头，厚厚的嘴唇，闪亮的眼睛，那股子憨实样儿，使人联想起他是从外地来逛北京的农村青年。他身上背着沉甸甸的行李，正侧着身子和一个两鬓花白的老母亲说话。邹丽梅听见这种亲切招呼"妈妈"的声音，看见母亲凝视儿子的眼神，不由得想起了自己苦命的妈妈。还是在童年的岁月，她用小手抹去妈妈眼角上的泪水时，母亲注视她的神态，就像这位老母亲凝视儿子时的眼神一样。邹丽梅心碎了，她不敢再多看这位老母亲一眼，平静一下紊乱的心情，扭身走开。

"邹……邹丽梅同志！"小伙子在呼唤她。

邹丽梅惊讶地回过头来，她上下打量着这个年轻人，觉得确实面熟，但就是回忆不起来究竟在哪儿见过面了。她下意识地摸着自己的上衣纽扣，回忆着小学、初中的男同学，结果她失望了。

"你真不认识我了吗？"年轻人咧开厚厚的嘴唇，朝她憨笑着。

邹丽梅抱歉地摇摇头。

"报名去垦荒队的那天，我们不是在那小窗口见过面吗？我叫马俊友。"

"噢——"邹丽梅记起来了，那天他曾借她的自来水笔填过申请书。

小伙子敏锐地发现了她眼窝中的泪痕："怎么，离开家还得哭一鼻子呀？"

"不，我没……我没哭。"邹丽梅难为情地转过脸去。

"妈妈，"小伙子向母亲介绍说，"这是我们同去开荒的战友。"

老母亲早就在注视邹丽梅了，这位漂亮文雅的姑娘，使满脸皱纹的老母亲联想起电影里常见的女演员。她慈祥地笑着说："多端庄的姑娘啊！今年多大了？"

"二十了，大妈。"

"妈妈，"马俊友憨笑着说，"您看见了吗？来这儿辞行的，还不只我一个人哪！我想，邹丽梅同志的爸爸或妈妈，一定也是个烈士，不然……"

邹丽梅的心像被刀子戳了一下。她很怕这个小伙子真的询问起她的家庭，便告辞要走。不理解姑娘隐痛的马俊友，招呼着邹丽梅说："等我一下，咱们一块儿走嘛！妈妈，您还有什么要对我说的？现在时间已经不早了。"儿子抬头看着母亲，他想听她的临别叮咛。

老母亲缓缓地打开了小提包的拉锁，拿出一个包得四四方方的小手绢："拿去。"

"妈妈，您不是叫我去吃苦吗？为什么还给我这么多的钱？"

"拿去。"老母亲神色肃穆地盯着儿子。

"我不要您的钱，我是二十二岁的大小伙子了。"马俊友推却着说。

母亲没有多说什么，她用枯干的手指缓缓地解开手绢小包。儿子看见了，那手绢里包的不是钞票，而是一条叠得整整齐齐的牛皮皮带。这是一条没有铜环的半截皮带。由于年代久远，皮质已经变成了黑褐色，软得像面条一样了。

邹丽梅对母亲给儿子的临别赠礼感到迷惑不解。"这真是奇怪的告别。"她想，"送点什么当纪念不好，偏偏送给儿子半条不能使用的皮带。"可是马俊友好像完全理解了老母亲的心，他庄重地把半截皮带叠在一起包好，目光深沉地凝视着老母亲说："妈妈，我理解您在这儿送给我这件纪念品的意义。您把爸爸牺牲前在长征时吃剩下的半截皮带传给我，是叫我走前辈人曾经走过的艰苦道路。"说着，他一手搀扶着母亲的胳膊，一手托着那个手绢包，虔诚地向着国旗鞠了一躬。当母子俩重新站直了身子的时候，眼角都潮湿了。

站在一旁的邹丽梅眼圈也红了，她怕母子俩觉察到这一点，轻轻挪动了几步，把脸扭开。尽管这样，她还是留心谛听着母子的对话：

"您不想我吗？"

"想。"

"您想我时怎么办？"

"坐上火车去看看你，顺便去看看这位好姑娘。"老母亲绕到邹丽梅面前，用深情的目光，望着脸色绯红的邹丽梅说，"你们到了荒地要互相帮助。我没有女儿，战争就使我留下这一个儿子。我有一句话，不知该说不该说。"

"大妈，您说吧！"

"别看他比你大两岁，但他办事毛躁，你多照顾一点你这个大哥哥，行吗？"

"妈——"马俊友扯了母亲袖口一下，"您这是怎么了？"

老母亲轻轻地笑了。

敏感的邹丽梅，脸红得像鸡冠子花。她低头看看手表，扭转话题说："来不及去团中央集合了，咱们直接奔前门火车站吧！"

老母亲走在中间，邹丽梅和马俊友走在老人两旁。邹丽梅看马俊友身上背着行李，还挎着一个草黄色的帆布包，便把背包抢过来，背到自己肩上。

"小邹同志，"马俊友突然发现邹丽梅没带任何东西，奇怪地问道，"你的行李呢？"

邹丽梅绯红的脸苍白了。她是多么想把她劈落门锁夺门而出的情况，告诉她身旁的母子俩啊！但是这不是一句半句话能说得完的，姑娘的自尊心使她不愿意谈起她的隐痛，因而苦笑了一下回答说：

"早运到火车站去了。"

"你看，姑娘家就是心细。"老母亲把一绺被秋风吹散的白发，按到耳根上，赞叹地说，"你就毛躁，要上轿了，才现扎耳朵眼儿。"

邹丽梅心如火焚，多少悲凉的回忆一起涌上心窝。她几乎无法控制自己要向身边慈祥的老妈妈倾吐心声的冲动，但她到底还是把到了舌尖的话咽了回去。她不愿意看见老母亲为她垂泪，也不愿意叫马俊友分担她任何一点忧伤。也许是由于她久处逆境，她非常喜欢读杰克·伦敦的小说，这些小说中的人物几乎没有弱者懦夫。"我应当也是生活中的强者"——她咬着嘴唇，对自己下着无声的命令。

四

古老的前门火车站，今天显得格外年轻。那欢送垦荒队北上的大幅标语，那艳丽的、飞舞着的七色彩旗，那欢送者摇动的鲜花，那垦荒队队员的一张张笑脸，把陈旧的火车站打扮得花团锦簇、热气腾腾。虽然此时已是初秋时节，团中央书记苏坚，上身却只穿着一件短袖单衫，他眉眼间漾出无法掩饰的激动，挨个儿和北去的年轻人握手话别。这时候，邹丽梅、马俊友和老母亲出现在站台上。

"噢，你终究来了。"苏坚习惯地扬起手臂，向马俊友的母亲招呼，同时开玩笑地说，"我想你这个医学院的党委书记，总不会叫儿子没上阵就当逃兵的。"

"老苏，"马俊友的母亲解释说，"刚才我和儿子一块儿去了天安门广场……"

邹丽梅低垂着头，她不敢接触苏坚那锋利的目光，但苏坚早已注意到她了，也许是她的头垂得太低的缘故吧，苏坚一时没能分辨出来她是谁，因而做出了失准的判断。他对马俊友诙谐地说："迟到的原因，恐怕不那么简单吧！是不是和这位姑娘的辫子梢缠住你那脚有关联？"

马俊友的脸腾地红了："您真是有点'那个'……您看看她是谁？"

"我是邹丽梅。"她难为情地抬起头。

"是你？！"苏坚露出惊喜的神色，"你爸爸妈妈不是不同意你去吗？我们已经从垦荒队的名单里，勾掉了第八十一个呀！"

"那为什么？"马俊友首先为邹丽梅鸣不平了。

"小伙子，刚才你批评我有点'那个'。我了解'那个'两个字的含义，不外乎是说我犯了'官僚主义'。小伙子，你是不是也犯了'那个'……"苏坚朗声大笑着，伸出一个手指头比画着说，"你知道吗？她爸爸、妈妈找到团中央，哭天抹泪地对我说，他们身边只有这么一位独生的'千金公主'，这个……你知道吗？"

"是这样？"马俊友向邹丽梅投过去一瞥不解的目光。

"苏书记说的都是实话。"邹丽梅皱起眉头，"可是，我能不能问您一个问题？"

"有问必答，你说。"

"按照您的说法，独生子女，您都要一律关'绿灯'了？"

"不是关'绿灯'，是开'红灯'！"

"那为什么偏偏留下我邹丽梅，而不照顾一下马俊友的家庭？他是独子，父亲爬过雪山草地，在解放战争中牺牲了。他无兄弟姐妹，北京只有一个老妈妈，为什么他这个独子能去，却对我……"邹丽梅因激动而说不出话来了。

"好厉害的姑娘啊！"苏坚像老师回答一个喜欢发问的学生似的，认真地向邹丽梅解释说，"马俊友是他妈妈主动送去开荒的，用棒子打都打不回去，你爸爸、妈妈——"

邹丽梅猛然打断苏坚的话说："您以为我就能用棒子打回去吗？我是和家庭彻底决裂才跑出来的。他们想把我当成商品，我是个人，不是商品；他们想把我当成他们的拐棍，我不是木头，我有灵魂！他们……他们把院门锁了，妄想锁住我的腿；他们扣留了我的行李，企图拴住我这颗心！苏书记，我是用斧子砸开门锁闯出牢笼的……"她跺着脚，抽搐着双肩，轻声地哭了，"您……您怎么能叫我再回那个牢笼呢！"

苏坚的眼睛突然湿润了。他审慎地凝视着她，像是用心秤重新称量这个年轻人的分量。站台上鸦雀无声，无数目光，都飞向邹丽梅那张悲愤的面颊，刹那间，那些目光又转向了苏坚——他们在等待着苏坚的回答。

苏坚跨步向邹丽梅走来，他一下握住了邹丽梅的手，一字一板、铿锵有力地说："邹丽梅同志，你提的问题很好，你'将'了我这个团中央书记一军。我们团的干部是党的助手，是为青年们开路的火车头！我们欢迎你这样勇敢的年轻人参加开拓荒地的队伍。你挥动斧头砸落的不是一把铁锁，也不只是一个牢笼，而是挥着斧头向旧世界猛力地一击，你有理由成为这支队伍中的一员。"他松开邹丽梅的手，高举双臂，带头为邹丽梅鼓掌。

站台上响起一片欢呼声：

"欢迎这样的伙伴——"

"欢迎邹丽梅同志——"

"欢迎第八十一个——"

"欢迎……"

当马俊友和邹丽梅并肩站到垦荒队的队伍中时，邹丽梅激动得嘴唇哆嗦，睫毛上沾满泪花——她笑了。

马俊友的老母亲走过去，掏出手绢：

"好姑娘，擦擦——"

"是共青团员吗？"苏坚问道。

"还不是。"邹丽梅恢复了姑娘的羞涩，她低下了头。

"迟大冰同志！"苏坚扭头喊道。

"有！"忙于登车启程工作的迟大冰，从车厢门口跑了过来。

"我当邹丽梅同志的入团介绍人。"苏坚说，"你们到北大荒以后，第一个先讨论邹丽梅的入团问题。"

"是！苏书记。可是，她还没有行李呢！"迟大冰关切地打量着邹丽梅，"您看她还穿着单衣……"

"这不成为问题。"苏坚回答说，"从全国青年捐款中，给她购置全套的行李衣物。火车越往北走越凉，到车上先把垦荒队队员的冬装发下去。"

"是。"

开车的预备铃响了，垦荒队队员们从车窗口探出头来，呼喊着：

"苏书记，您再对我们说两句吧！"

"我们爱听您的讲话——"

苏坚笑了："让我说点什么好呢？祝愿你们不但为国家生产出粮食，把北大荒建设成北大仓，还要摔打成各式各样的行家。没有知识和技术是不能很好完成这项任务的。还是我在吃饭时说过的那句话，我祝愿你们中间的有情人都成眷属，几年以后，让荒凉的北大荒鸡叫、狗咬、孩子哭——"

列车徐徐开动了。

苏坚像年轻人一样敏捷，他和许多送行的亲属一起追逐着列车，向前奔跑着：

"年轻的朋友，一路平安——一路平安——"

五

列车——这条不知疲倦的钢铁长龙，奔驰了一天一夜，天色微明时，早已穿过了"天下第一关"，并把沈阳、长春远远地抛在了后边。

白黎生第一个从硬卧床板上爬了起来，他看见窗外抖落着成串的小水珠。啊！原来车外下着蒙蒙秋雨。

对于久居在城市鸽子笼式楼房里的白黎生来说，北方旷野的雨简直是一种奇观。水云如烟似雾，田野迷迷蒙蒙，村舍、树林、水塘、野花……都淹没在一片混浊的水雾之中。他睁大眼睛望着、望着，心头上那团"雾"，也升腾了起来。

他很烦闷，昨天夜里他引起了一场不小的风波。他睡的是下铺，最初他躺在铺位上感到十分惬意。车轮有节奏地响着，车厢有规律地晃动着，好像是为他的遐想进行伴奏。他想到草原、鲜花、天鹅、鹤群，最后他想到了俞秋兰。他有点抱怨她，为什么要把青年之间的儿女情告诉苏书记呢？结果苏书记把他比作追"长机"的"僚机"，在餐厅里弄得他面红耳赤。但转念一想，他又为自己不疲倦的追求而感到自豪。白黎生不知从哪一本法国小说中看到过这样两句格言：轻而易举得到的东西，都没有值得珍惜的价值；只有经过艰难曲折获得的东西，那才是最珍贵的。他觉得自己正在进行着艰苦的"八千里路云和月"的追逐，"精诚所至，金石为开"，他相信自己能够敲开俞秋兰那两扇紧闭着的心扉。想着、想着，他微笑地闭合了眼睛。

啊！草原是那么美，那么辽阔。蔚蓝的天，碧绿的树，橙黄的草，艳红的花……俞秋兰穿着那身浅蓝色的衣衫走了过来。她走路依然那么轻盈，一边走一边用草帽扇着她红润的面颊，斑斓多姿的野花在她身旁摇曳，她那张流露着自然美的脸，简直可以和这些花儿媲美。她笑着向他跑了过来，那双水汪汪的眼睛，像早晨滴落在花朵上的露珠，她边跑边朝他喊："你真的来了？"他迎了上去紧紧地攥住了她的两只手。 "六弦琴带来了吗？" "你想能忘吗？"

"弹一支曲子吧！"

"弹个什么呢？你说。"

"墨西哥的《鸽子》。"

白黎生调了调琴弦，戴上指套，刚要拨动琴弦，突然"嘭"一声，睁眼一看，原来是个梦，他正躺在北去的列车上。

他沮丧地看了一眼，刚才打断他梦幻的，是从中铺掉下来的一件老羊皮袄。他的"楼上"，是大个子贺志彪，这个从北京门头沟山区来的车把式，对皮袄滑落下来竟然一无所知，依然鼾声如雷。这一下，白黎生再也无法入睡了。

白黎生越是回忆刚才破碎了的梦，越觉得贺志彪的呼噜声刺耳，"哼——哈——哼——哈"的巨响，有时居然掩盖了车轮的隆隆声响，这使白黎生到了无法忍耐的程度。他从铺位上坐起来，想把手伸到中铺上去，把贺志彪捅醒，但他想了想，觉得欠妥当，苏书记已然在众目睽睽之下点了他一次名了，还没到荒地，就为呼噜引起纠纷，那就更显得白黎生是鸡群之鹤了。可是不去捅他吧，那高质量的呼噜震得他脑仁颤动。该怎么办呢？他清了清喉咙咳嗽几声，想用声音把"雷公"唤醒，结果自己嗓子干哑了，那"哼——哈——"的雷鸣声依然如旧。终于他脑瓜一转，计上心来：他弯腰捡起了那件老羊皮袄，把它当成制止呼噜的合法武器，用劲往上一甩："哎！大个子醒醒，你的皮袄掉地下了。"这回，白黎生的计谋发生了效能，贺志彪果真翻了翻身，探头向他说了声"谢谢"，但没过两分钟，他那口"风箱"又"哼哈哼哈"地拉开了。

白黎生落生在法国，从小是喝牛奶吃面包长大的。小时候由于他长得又白又胖，法国一家牛奶商曾把他的照片当成广告印在报纸上，下附一行法文小字："瞧！本公司牛奶喂养的中国婴儿，又白又胖。"用他的形象招揽牛奶订户。1945年抗日战争胜利后，十一岁的白黎生，跟着爸爸、妈妈、哥哥从巴黎回国。他的二老分别在大学里教法文，生活非常优裕。白黎生从小喜欢唱歌，从七岁起，父亲把他抱到钢琴前的椅子上，叫他像音乐大师贝多芬童年时那样，模仿着窗外马车的奔跑声，叮咚叮咚地按着琴键。到了十八岁，和俞秋兰同学相遇时，他对吉他、小提琴……已经掌握得十分娴熟。每逢国庆、"五一"学校里演出节目时，白黎生总是舞台上的中心人物。白黎生虽然有一定的艺术资质，但他缺乏成为一个艺术家的恒心。他今天吹笛子，明天弹琵琶，因此在音乐这个行当中，他属于"十八般武艺样样皆通，又样样稀松"的人物。由于他小时候在巴黎耳濡目染的结果，爱情方面比同龄的年轻人要早熟得多，他讨厌大城市里姑娘的修饰美，而喜欢不加修饰的自然美。在他投考音乐学院附中落榜，不得已而上了农机学校后，他发现了一颗命运中的星辰——俞秋兰。她在女同学中，衣着比谁都朴素，不但衣衫很少花色，就连扎系头发的发绳，都用的是"猴皮筋"；她一颦一笑，没有一点矫揉造作，一举一动，都显得那么完美和谐。这对于从小就看厌了红嘴唇、青眼窝、描眉画眼一类少女的白黎生来说，如同觅到了田园诗情，嗅到了大自然的新鲜空气一样——他开始追求朴素得像村姑一样的俞秋兰了。这次他报名到北大荒垦荒，固然有一点年轻人开垦"北大仓"的激情，但更大的成分是对"村姑"的追逐。尽管他在那个奇特的"宴会"上，向苏坚下了保证，他对惊扰他美梦的呼噜声还是难以忍耐，他赌气地把一张纸撕了，揉成两个小纸团塞进耳朵里，懊丧地躺在铺位上。"嘻嘻嘻嘻……"上铺的伙伴，不知谁在偷偷地发笑。白黎生朝上看去，黑脸庞的小春妮和她的小表哥——调皮蛋石牛子，分别从左右的三层铺位上，朝他笑呢。石牛子瞅见白黎生发现了他，便带着点不友好的讥讽态度，嘟哝着说："神经病！"白黎生一肚子怨气正无处发泄，从铺位上坐起来，质问石牛子说："你说谁？""谁有神经病，我说的就是谁。"石牛子从上铺上探长了脖子，"你干吗用纸蛋塞上耳朵？"

"像火车拉笛一样的呼噜，别人受得了吗？"白黎生不觉声音高了起来。他正想把贺志彪弄醒，这回找到了茬口。

"你这个人怎么不通情理？"石牛子像猴子摆秋千那样轻轻一跳，从上铺上跳了下来，"刚才你往大个子身上扔老羊皮袄，就存心把人家给鼓捣醒了。现在你又出高声，你的心真像日本皇军说的：大大的坏了坏了的有！"石牛子学着电影里日本军官的声调，半开玩笑半认真地朝白黎生扮了个鬼脸。

"睡觉时间，没人跟你开玩笑。"白黎生瞪了石牛子一眼。

石牛子用眼角斜睨着白黎生说："自个儿失眠，就该找找自个儿脑袋里的虫子，拿别人撒什么气？你就知道他打呼噜，妨碍你睡觉了，你知道他有多累吗？他从门头沟区野花岭背着行李，翻山越岭地走了几十里山路，才到门头沟坐上公共汽车，上火车时，他又帮助那些'长头发的'往车厢搬运行李。你是瞎子，还是聋子？""你干什么要挖苦人？"白黎生觉得这个比喻对他是十足的不敬，马上对石牛子带刺儿的话做出了反应，"谁是瞎子、聋子？"

"别忘了，"石牛子撇着嘴角说，"这是去北大荒，不是你坐飞机去巴黎。"这下，白黎生更受不住了，他白净的脸涨成紫红色，朝石牛子喊道："你这是什么意思？难道只有你知道这是去开荒？"叶春妮从上铺溜了下来，横在两个人中间，批评石牛子说："牛子哥，你话里别带犄角嘛！"

"带犄角有什么不好？"石牛子像个相声演员似的，抖抖肩膀说，"犀牛的犄角、羚羊的犄角还能治病呢！就怕他不吃。"白黎生还想说什么，一扭头，看见车厢里的伙伴都拥向这儿，只好闭住嘴，坐在铺沿上呼呼喘气。带队的迟大冰迈着两条螳螂腿，人没到跟前，"炮弹"就飞过来了："真不自觉，还没到荒地，你们就争吵个没完了，到了荒地还不把北大荒给翻个个儿？"

虎里虎气的石牛子不服气地说道："要是用嘴能把北大荒翻个个儿，我和白黎生订合同，一年365天，天天吵，那就不用马拉犁和拖拉机了。"

迟大冰抖抖肩上披着的棉袄：

"小同志，你怎么这样说话？"

"怎么说？你来了不分青红皂白，各打五十大板就对头吗？贺大个子累了，打几声呼噜，犯了哪条法啦？我就看不惯白黎生的斯文劲儿——"

叶春妮一边往后推石牛子，一边对白黎生解释说："我表哥脾气不好，家里给他起个外号，叫刺猬。"

白黎生缄默了。迟大冰接上茬说："谁到北大荒多刺儿，我们就拔谁身上的刺儿！"

石牛子满不在乎地摇晃着脑瓜说："别吹牛，在初中老师都管不了我，就凭你这带队的小'官僚'，能吓唬住我？我要叫你狗咬刺猬——看着着急，下不了嘴。"

争吵的声音终于把贺志彪给搅醒了，他揉揉眼窝，训斥石牛子说："你这小子吊哪门子歪，有劲到荒地去驾辕拉套，别在这儿耍嘴皮子，上'楼'睡觉去。"

"我说大个子，你也真有点狗咬吕洞宾，不分好赖人了。我为你拔创，你倒猪八戒抢耙子——打开孙猴儿了，真是把别人的好心当驴肝肺。"石牛子不示弱地摆出一副天不怕、地不怕的架势。

"上'楼'去。"贺志彪从中铺上坐了起来。

"不，就不！"

贺志彪没有多说废话，从中铺上翻身下来。他一只大手揪着石牛子的脖子，另一只手抓住石牛子的后胯，像当年的项羽再生，轻轻一举就把虎里虎气的石牛子举到半空："石牛子，你服不服？"

石牛子在卧铺的夹缝里踢蹬着两只脚，肉烂嘴不烂地说："不服——不服——"

"好！"

随着这一声"好"，贺志彪两脚已经蹬上了下铺，他像篮球运动员投掷篮球那样，一下子把石牛子塞进了第三层铺位上。奇怪的是，石牛子没有着恼的神气，朝白黎生斜楞一下眼珠，就规规矩矩躺在那儿不动了。

本来，事情到此就告一段落，并不伤白黎生的面子。偏偏白黎生自尊心极强，他反复向周围的伙伴解释他拾皮袄的好意，反而引起伙伴们的不满来了。

"小白，"马俊友第一个发了言，"你这个男同志怎么这样絮叨？你给他拾起滑下来的皮袄，悄悄给他扔上去就完了嘛！为什么还要大声地告诉他？结果，车厢里的伙伴没被老贺的呼噜搅醒，倒被你的声音吵醒了。"

"是啊！你这个大哥哥也真有点怪，睡不着就躺在那儿待着不挺好吗？"叶春妮轻声悄语地说，"我在三'楼'，始终没睡着，脑子里想着那'大烟泡'的样儿，怎么想也想不出来。"

"这是资产阶级思想的具体反映。"迟大冰板着面孔，给白黎生的行为上了纲。他原是北京郊区团区委的一个组织干事，也是垦荒队的发起人之一。由于他在团区委工作过，又因为在倡议书上用手指的血签的名字，一下被卢华、马俊友、贺志彪等十几个党员，推选为党支部书记。在垦荒队中，他不但年龄居于全队首位，个子也为全队之冠。迟大冰长着一张刀条形的长脸，瘦身板，长脖颈，再配上两条鹭鸶般的长腿，在这群年轻人中间，就像羊群里的一只骆驼。他平日少言寡语，嘴角微微下沉，在这群生龙活虎般的伙伴当中，是个最严肃老成的青年。由于他是垦荒队的党支部书记，自然说话落地成声，"资产阶级思想"几个刺耳字眼，不但使白黎生的脊梁往外冒凉气，也使其他垦荒队队员吃了一惊。大个子贺志彪说："老迟，我看没那么严重。一家子过日子还有个马勺碰锅沿哩！过去也就算完了。哎！这事情都怨我，据我娘告诉我，生下我那天，我出气就像拉风箱，哼哈——哼哈——"

垦荒队队员们都笑了。小姑娘叶春妮笑弯了腰，她抹着笑出来的眼泪说："让贺大哥哥给我们讲点他的故事吧！真有意思极了。""对！反正也睡不着觉了。"石牛子从三'楼'探出头来首先响应。"不行。"迟大冰阻拦着，"白黎生的生活检讨会，可以暂时不开，觉可不能不睡，咱们从鹤岗市下了火车，还要长途行军呢！"他挥挥手，把男女垦荒兵都轰开了。但是，当迟大冰爬上自己的铺位之后，几个小青年又悄悄溜了过来，他们央求贺志彪讲点什么，以驱赶夜间行车的寂寞。

"说点什么哪？还是说说有关我睡觉的事儿吧！"贺大个子从那件老羊皮袄里掏出一条白纸，卷了一炮烟，鼻孔里喷云吐雾似的说，"有一回，我牵着一头毛驴，上门头沟山货收购站，去送生产队打猎打的野猫皮。去的时候，响晴的天，回来的路上，雷公奶奶哇哇地哭开了。那天阴得像黑锅底，雨下得如同天上银河扒开了口子，哗哗地下成一个点了。该咋办呢？走是走不成了，只好拉着毛驴到山坡上的一个石洞里去歇脚。我知道我有睡不醒的毛病，只要眼皮子一打架，就像死过去一样，连身旁响炸弹我也听不见。我怕再犯这个毛病叫毛驴跑了，就用捆野猫皮的长麻绳，一头捆在毛驴的肚带上，另一头拴在我的腰上。那扣儿刚刚系完，我就进了梦乡。好家伙，你们猜怎么着，我这一觉就睡了半天一夜，等我醒来的时候，我已经躺在家里热炕头上了。我想：这大概是做梦吧！明明我在山洞里嘛，咋就会到了家呢！我睁开眼仔细看了看，房柁上挂着高粱穗子，墙上贴着胖小子骑鲤鱼的年画儿，不是到家又是到了哪儿了哩？我问我爹：'我咋就回到家了呢？'我爹用烟袋锅子敲打着炕席骂道：'我哪辈子作孽，生下来你这个睡不醒。你半天一夜不回村，乡亲们都以为你叫山洪卷走了呢！村里派人到处找你，哪儿都没你的影儿。当乡亲们正在着急时，忽然从山洞里传出来声音——'我说：'爹，一定是那头驴饿得哇哇叫起来了吧？'我爹说：'驴可能也叫了，可乡亲们都没听见，却听见你打雷一样的呼噜声，这才把你找着，用担架抬回来了。'我说：'真也怪了，我咋就不知道哩！'我爹照着我脑门就是一烟袋锅子，气得脸发青、嘴发白，跳着脚朝我嚷道：'你咋会知道哩？你躺在担架上还呼噜呼噜地打雷呢！'由这，乡亲们给我起了'呼噜贺'的大号。同志们，你们想想，我这样打呼噜，能不搅乱邻里的休息吗？所以这事儿不能怨小白，应该批评我。"说完，贺志彪站起身来说："白黎生同志，你好好睡觉吧！我睡足了，到车门口去吹吹风。"他抱着皮袄转身向车门走去。

　　这时候，垦荒队队员们才知道上了大个子的当了。他们看出贺志彪之所以讲这段真真假假的笑话，不单是为了取笑，更重要的是缓和车厢里的紧张气氛，以安慰白黎生的心。别看这个山里人面孔粗里粗气，两手结满了老茧，心眼还细得如同针尖、麦芒哩！白黎生不禁感到了内疚，他拦住贺志彪的去路，难为情地说：

　　"大个子，原谅我吧！"

　　"赖我不好。"贺志彪回答说，"你的身板比不了我这山里人，下了火车，还要赶挺远的一段路呢！听我的话，去睡一会儿吧！"

白黎生只好躺下睡了。由于耳旁再也听不见呼噜声，他很快就睡着了。一觉醒来，他看见窗外下起了迷离秋雨。雨，勾起了他的心事，他马上记起了梦中邂逅引起的风波，心里觉得很不是滋味。他抬起头来，看看上铺空无一人，内疚之情油然而生。他穿上鞋，悄悄地去找贺志彪了。

黎明时的车厢里静悄悄的。垦荒队队员们都在酣睡中。白黎生从车厢这头，找到车厢那头，也没发现贺志彪的影子。当他拉开车厢门，准备到另一个车厢去找贺志彪时，他一下呆愣地站住了：贺志彪蜷曲着身子，披着老羊皮袄，坐在车厢与车厢连接的车门旁，嘴角淌着口水，嘴里发着鼾声。还用问吗？贺志彪之所以到这儿来睡，是怕他的呼噜声打扰伙伴们的睡眠。白黎生脸红心跳，眼睛发酸了，他走到贺志彪跟前想招呼他，但张了几次嘴唇，就是喊不出声。

冷风从车厢的缝隙钻了进来，吹动着贺志彪老羊皮袄上的茸毛，吹拂着他那山桃木颜色的脸膛。他睡得是那么香甜，似乎忘记了这是北国的秋风，身子悠然自得地随着车厢摆动而左摇右晃。

白黎生终于无法克制自己的冲动，他蹲下身子，摇晃着贺志彪的肩膀说："大个子，到车厢里去睡吧！"说话之际，他似乎感到有什么东西掉在了自己的手背上——那是白黎生从心河里滴下的泪珠……

六

雨。连绵不断的秋雨，一连下了两天。

通往垦荒队驻地——青年屯的土路，被秋雨切断，无边无际的草甸子，到处是泥水汤浆。凤凰镇——县委所在地的北国边陲小镇，街头巷尾张贴着欢迎青年垦荒队的标语，被雨水冲刷得干干净净，十几辆迎接垦荒队队员的马车，被阻拦在凤凰镇街头。

在县委书记办公室里，宋武用他那短粗有力的胳膊，不断地摇着一台老式的摇把电话。好不容易把电话摇通了，他"喂喂——"地喊了半天，向被秋雨截在鹤岗市的垦荒队队员下达命令。他指示去迎接垦荒队的县委秘书，叫垦荒队队员在市招待所待命，雨过天晴之后，县委派大车去接他们。可是县委秘书在电话里用豁亮的嗓门，向他报告说："宋书记，垦荒队队员已经冒雨徒步上路了，他们……他们说把这次泥泞中的跋涉，当成第一个考验。"

宋武是南满草原"抗联"队员出身，脸膛如刀削斧砍，鼻子、嘴巴、额头棱角分明，一脸永远也刮不净的黑硬胡子茬，显示出他有着充沛的生命力。他虽属于五短身材，但粗犷的嗓门正和他的身材成反比。他听到垦荒队队员已经上路的回话后，用拳头擂着桌子，高声地责怪他的秘书说："你是怎么搞的？天下刀子，你也叫他们上路吗？"

"我阻拦不住，宋书记。"话筒里说。

"你知道这些青年是从哪儿来的吗？北京！北京！"宋武咆哮地喊叫着，"党中央身边来的这些娃娃都是嫩苗苗，不是像我这样的铁疙瘩！""宋书记，这我都清楚。可是……""你清楚个屁。"宋武的脖筋蹦跳着，"有一个娃娃掉到'大酱缸'里，你负得了责吗？草甸子有多少'大酱缸'你知道不知道？嗯？""宋书记——"

"别他娘的'书记''书记'的嘴上甜了，马上给我去追，告诉卢华就说是我宋武的意见，不，是县委的决定。"

"宋书记，这是卢华……还有新来的迟大冰、马俊友、贺志彪他们决定的。我把嘴唇都磨破了，他们说：'北京人不是泥捏的，雨一浇就趴了架，风一吹就变成灰。'"电话听筒里的声音显得可怜巴巴的，"我……我已经尽到最大努力了，根本不起效用。"

"别啰唆了，快去追他们——"宋武差点跳起来，"快——"

"是！是！"

宋武放下电话，粗声地喘着大气。他两条短粗的眉毛拧在一起，两眼盯着他脓肿的左脚脚背。这是他在半个月前，去大草甸子里为垦荒队选择庄点时，被荒地上的大花蚊子叮的，青年屯的木牌挂在帐篷上了，他的脚却化脓不能走动了。此刻，他从补丁摞补丁的制服口袋里掏出烟斗，放到沾着泥巴的烟荷包里，装上一袋关东烟，默默地抽了起来。一袋烟还没抽完，他又猛地把烟斗磕了，高声吆喝小通信员给他备马。小通信员看看他那只脚，似乎想说什么，但一看见他短眉下的冷峻目光，喉头蠕动一下，赶快到马棚牵马去了。

片刻之后，身穿帆布雨衣的宋武，已经抖缰驰进了雨幕茫茫的草原。这是一头黑鬃白蹄的儿马蛋子，生下来就没安静过一天，要么，抖鬃扬蹄和骑手调歪；要么，不等你坐上马鞍，开蹄就跑。宋武很喜欢这匹劣性的小马，他觉得这匹小马很像童年的他。

1938年，年仅十五岁的宋武，在佳木斯市市郊给日军一个军马场当童工。

他每天背着柳筐，去给军马割青草。这个胆大如虎的娃娃，不但往青草里掺铁蒺藜，还从他爸爸开的那个小裁缝铺偷出大号的绣花针，插在土豆里，一连弄死过两匹日本军马。当他第三次干"阴谋活动"时，被喂养军马的日军军曹发现。他扔下草筐就跑。他爬过木栏围墙，跳上一匹放青的日本洋马，一直向北奔逃。宋武凭着熟悉道路，逃脱了追捕。可是他的爸爸妈妈和他十岁的小妹妹，顶替了他的一条命。两代三口人被拉到佳木斯的闹市中心，砍了头。从那时起，宋武脾气变得十分暴躁。他逃进南满密林之中，伐过木，淘过金，最后在吉林长白山跟着抗日联军拿起了枪。1940年，杨靖宇将军在濛江（现已改为靖宇）县的密林中壮烈殉国后，他和他的战友从南满草原撤到北满草原。千里沼泽莽莽林海留下了他的血迹和汗滴。因而，宋武对这里每一座小山包、每一个移民屯都了如指掌。他抖着马缰，绕过泥潭"酱缸"，在泥泞的草原上策马飞驰……

尽管刚才他在电话里指示县委秘书，把垦荒队拦回鹤岗市，但凭着他的直觉，卢华是不会接受这项指令的，这个矿工出身的小伙子，浑身骨节硬得如同一块在石头上穿孔的合金钢，哪儿硬偏往哪儿钻。宋武判断，垦荒队队员此时正行进在风雨交加的进军路上，他到荒原上迎接垦荒队队员来了。他那只脓肿的脚，无法踩进马镫的铁环之中，就把那只脚耷拉在马肚子旁边，任秋风冷雨吹打。吃苦对于他这个老"抗联"来说，是有传统的，当年的杨靖宇将军因吃草籽而全身浮肿，两只脚肿得穿不进鞋袜，就是这样垂着两只脚板，在一匹黄马上行军的。

路，越来越难走了，泥水把漂亮的小黑马变成一匹泥马。宋武感到燥热难耐，索性解开雨衣纽扣，让九月的冷雨吹打他结实的胸脯。他朝前望望，雨雾茫茫，看不见垦荒队队员的影子，只有逃避凄风苦雨的狍子在枯黄的草原上争先奔逃。他有点暗暗得意。也许垦荒队队员们真的返回鹤岗市招待所了，那将使这群娃娃免受雨中行军之苦；但他得意之余也有点失意，假如遇上这点风雨都要退缩，何以能开垦古老的处女地呢？

宋武怀着十分矛盾的心情翻身下马。他把马拴在一棵多孔的老枫树上，歇脚抽烟。蓬蓬松松的高大枫树，在他头上支撑起一把天然的大伞，他把雨衣铺在湿漉漉的草地上，身子靠着树干坐下，伸直了他那只疼痛的伤脚。就在这时，他恍恍惚惚地听见人声，不，那是一支气势雄浑的歌：

告别故乡，

背起行装；

大雁南飞，

我们北上。

再见，亲爱的母亲！

再见，天安门广场！

我们是——

新中国第一代年轻人！

建设祖国——

是我们最大的理想。

前进！迎着那狂风暴雨！

前进！踩碎那千里冰霜！

歌声，震荡在渺无人烟的古老荒原上。那一双双在泥浆中跋涉的脚，像一支支笔，谱写着亘古荒原崭新的篇章。

宋武忘记了脚上的伤痛，从老枫树下一跃而起，跳上黑马冲进雨幕，朝歌声响起的地方冲去。当他看见垦荒队在雨中高擎着的红旗和红旗下的这支铁流时，情不自禁地高喊起来：

"卢华——"

队伍中有了反响。"你是谁？"

"我——宋武来接你们了！"

"县委书记来了。"卢华在雨幕中分辨出那匹马，用劲摇晃着那面鲜红的旗帜喊道，"宋武同志接我们来了！"

"同志们！辛苦啦！"宋武骑马飞奔过去。

"宋武同志辛苦啦！"垦荒队队员们向县委书记问候。

这匹马和这支队伍的距离在迅速缩短，垦荒队队员们已经能清楚地看见宋武脸上的黑胡茬了。就在这个时刻，一件意想不到的事情发生了：宋武只顾早一点和这些青年人握手，两眼没有注意选择道路；而那匹野性未驯的儿马，又不像老马那样识途，它一脚迈进了草原上的"大酱缸"。儿马凭着狂力，猛然腾空一跃，从泥沼里蹦了出来；宋武毫无精神准备，一下被摔进泥粥当中，稀泥一下陷到肚脐，很快又淹没到胸部，泥潭之外只留下宋武向上伸着的双手和那张国字形的方脸。

女垦荒兵惊叫起来。

卢华、贺志彪、马俊友、迟大冰……都甩掉雨布包着的行囊,一齐朝泥潭扑了过去。宋武的脸,被淹没到脖子的泥浆憋得青紫,他着急地摇晃着双手,用手势阻止他们走近泥潭。

"那……"卢华一时没了主意。

"绳……绳子。"宋武好不容易喊出了一句话。

对!绳子。垦荒队队员们纷纷解下自己的行李绳,可是那些绳子太细了,只有贺志彪的行李是用农村辘轳把上的断井绳捆的。他匆匆把这根井绳解了下来,把绳子一头甩进泥潭,看宋武抓住绳索之后,小伙子们像在运动场上进行"拔河"那样,硬是把宋武从"大酱缸"中拔了出来。

"同志们,这个见面礼倒真不错。"宋武张开手臂,让天上的雨冲刷着他浑身的泥浆,他大声地笑着说,"不过这也算歪打正着,叫同志们领教一下北大荒的脾气秉性。"

"这样的'大酱缸'多吗?"白黎生第一个发问。

"不多,可也不少……"宋武回答。

"哎呀,真怕人……"姑娘叶春妮两眼呆呆地望着宋武跌落进去的泥潭。

"我才不怕呢!"石牛子以小表兄的身份狠狠瞪了叶春妮一眼,"要怕,当初干吗非要参加垦荒队?"

叶春妮眼里含着泪,争辩道:"还不许人家说实话啦?'酱缸'就是可怕嘛!我又没说北大荒可怕。相反,这儿可真美、真美!您看,"叶春妮把手里一束迟谢的野玫瑰,向宋武摇了摇,"它多好看,多好看!"说着,她破涕为笑了。

"我呀,我才不稀罕这花呀草的哪!"石牛子又横出一杠子。

"你喜欢什么?"

"我喜欢你骑的那匹马。"

"马?"

"我爸爸在北京是捏泥人的手艺人。我从小就玩涂着油彩的泥马。那玩意儿经不起磕碰,这匹马倒真带劲。"石牛子神往地说。

"同志们!咱们别在这儿淋雨了。"宋武把马缰塞到石牛子手里,拍拍他的头顶说,"你把它牵上。你们垦荒队有九匹马哩,有一匹母马,八匹儿马蛋子，将来叫你们骑个够。"

"是。"石牛子接过马缰欣喜地说。

"小姑娘，你骑上。"

"不，不，不。"叶春妮脸红了。

宋武双手向上一托，把叶春妮托到了马背上。他扭过头来，问卢华说："刚才这支歌儿，是谁编的？"

"白黎生。"

"他在哪儿？"

"我在这儿。"白黎生流露出得意的神色，欣然地朝俞秋兰瞟了一眼。

"编得真不错嘛！"宋武望着在风雨中也不失翩翩风度的白黎生，高兴地说，"这支歌使我想起了在'抗联'唱的歌，'火烤胸前暖，风吹背后寒'。来，你带个头，咱们唱着歌往你们的新家——青年屯进发。"

雨，还在下着……

风，还在刮着……

垦荒队队员们只顾兴奋地唱着，没有人发现宋武那只脚在滴血……

第二章

一

俞秋兰怎么也没想到，白黎生会真的来到了荒地。

深夜，秋风摇撼着帐篷，发出"哗啦——哗啦——"的声响，五号帐篷里的姑娘，都因几天的疲累而睡得非常香甜。唯独俞秋兰难以入睡，她给小春妮掩了掩被角，披着垦荒队队员草黄色的棉袄，半坐在被窝里，对着帐篷支柱上那盏马灯默默地出神。

她难以理解，那个身材矮小、幽默豁达的团中央书记为什么批准这个公子哥儿到荒地来开荒。几天以来，她从垦荒队队员的眼睛里已经敏锐地发现了异样的目光，似乎所有的小伙和姑娘都知道白黎生到北国边陲来，和她有着千丝万缕的联系。就连队长卢华，都含蓄地暗示过她，要她给白黎生一点光和热——真是活见鬼！

马灯的灯光随着帐篷在夜风中摇晃，一会儿变长，一会儿变短，就像大海里一条带舱的轮船，载着俞秋兰这颗苦涩的心在浪峰和浪谷中起伏着。她下意识地从铺位下抽出一根长长的茅草，吮在嘴里，闻着草香，她情不自禁地想起了这几天使她神往的生活。这铺位下的厚厚茅草，是大队人马到达荒地之前，她和卢华、诸葛井瑞，挥镰割下来的，那把疙疙瘩瘩的镰刀把儿，把她掌心磨出几个血泡。她一只手无法包扎破了皮的伤口，是面孔黝黑的卢华用他那长而有力的手掌帮她把手绢绑在她掌心的。他像大哥哥哄小妹妹玩似的，先在她掌心上吹了吹，问道：

"疼吗？"

"有点。"

"吹吹就不疼了。"

其实，卢华吹气之后，她掌心还是火辣辣地疼，但是像有一种看不见摸不到的东西，如同灵丹妙药一般，正在抑制她的痛感。这是什么仙丹膏散呢？只有在这万籁无声的静夜，她才发现自己的爱情开始萌发。

她清楚地记得，当她把自己的手掌从卢华手心中抽缩回来时，虽然没泄露一点内心的蛛丝马迹，但是她的心还是扑通扑通地跳个不止。她认为在这样短促的几天中，就在一个男人面前泄露心机，那是轻薄的行为——就如同白黎生对她一见倾心那样廉价。

草原正在日落，那个比北京看上去大几倍的红火球从一望无垠的草海里徐徐下落，几只浑身被落日染得红红的长腿鹭鸶在草海的浪尖上低飞寻窝。诸葛井瑞甩开镰刀，打开速写本，急忙捕捉着这草原奇景。而俞秋兰也被眼前的景色惊呆了，那个大红火球渐渐西沉时，周围的云朵像被烧着一样，瞬息之间变成万朵耀眼的红花，她跑上去一把拉住卢华的衣袖：

"先别割草了，快看——"

卢华直起腰来："看什么？"

"火烧云，多好看。"

卢华一笑，两眼眯得细长，沉吟了一会儿说："这有啥看头，就像美国飞机投下燃烧弹，烧着了的朝鲜草房。"

俞秋兰笑了："我看它像钢厂出焦，红得扎人眼睛。"

"你看过出焦？"

"我家就住在钢厂。"她说，"我爸爸是机修车间主任，我哥哥是个炉前工。"

卢华蛮有兴味地斜靠在他们割下的草垛上，不无好奇地注视着俞秋兰，那目光里仿佛在说：满口学生腔的她，能和这个钢铁家庭挂上号吗？

俞秋兰本能地拍拍身上的茅草叶，敏感地做出反应："不像吗？"

"有点不像。"

"那钢铁工人家里的孩子，总该挂着铁锈味儿啦？姑娘家不穿花衣裳，穿工服工裤，是吧？"她不知道为什么要笑，但她还是笑了——对于这个，俞秋兰自己也觉得是个谜。

在许多垦荒队队员面前，俞秋兰是个严肃而矜持的姑娘，可是在卢华面前，她感到自己像个笨拙幼稚的孩子。在垦荒队初到荒地那几天，北大荒成群的饿狼包围了他们搭起的帐篷，在一片狼嗥中，她唯一的本事就是敲盆敲碗，用声音给自己壮胆。不声不响的卢华，从猎人洪奎老汉那儿要来几只兔子，把雷管炸药下在死兔肉中，"轰隆"一声巨响，贪食的狼群丢下无头的狼尸，争奔而逃。卢华把狼尸倒挂在一棵大枫树上，浇上煤油，在夜晚时点着狼尸当驱魔天灯。尤其使俞秋兰惊讶的是，卢华干这些活时，一声不吭，他剥狼皮的安然样儿，好像那不是在剥狼皮，而是在剥鸡蛋皮。而她自己，则像个不懂生活的小娃娃，只会用孩子吓唬麻雀的办法，对付荒地给予他们的考验，她为此常常感到耳根发烧……

到做饭的时候了，俞秋兰争抢着去做饭。当时，垦荒队的马匹没到，没有办法去铃铛河驮运净水，她只好用面盆去舀帐篷旁边泥坑里的水下锅。老天！那是什么样的水呀？混浊得如同稀稀的芝麻酱。这时候"小诸葛"献计，用白矾可以沉淀水中污泥，卢华便步行到几十里之外的屯子，找来白矾。当俞秋兰看见清水潭里自己的面影时，她的脸上火烧火燎。在她看来，卢华面前，没有困难这个词汇，北大荒的一切艰辛都好像是专门为她而设置的，只有她是个百无一用的累赘。

这些感触，曾使矜持的俞秋兰偷偷地抹过眼泪，可也怪了，在泪瓣滚落脸腮时，她感到一种甜蜜，她意识到一颗种子在她心窝里破土而出。谁在她心窝里播下种子呢？还用问吗？就是沉默寡言而又行动果敢的卢华。

不过，今天的卢华一反沉默少言的常态，靠着茅草垛，和俞秋兰兴致勃勃地聊起家常来：

"小俞，你家在钢铁厂，咱们还算得上'亲戚'呢。"

俞秋兰摇摇短发，发鬓间一朵野菊花掉落下来，她拾在手里，放在鼻子下闻了闻，说："我不懂你的意思。"

"我爷爷那辈人，原是个给圆明园看宅的。我爸爸告诉我说，他从小力气大得像头牛，九十五年以前，八国联军火烧圆明园时，他从燃烧的火里拆下一根房檩，举着带火的房檩和那些洋鬼子拼命。用光板脊梁对抗洋枪洋炮，那后果就不用说了……"卢华抿了抿被北国劲风吹得干裂的嘴唇，"我们一家子，逃到京西山沟，为了度日糊口，我爸下了煤窑，我从小和我娘挎着篮儿捡煤渣，可以说，我们一家人都是煤黑子。解放后，我是在煤矿井底下报名参加的志愿军。"

俞秋兰听得很入神，但还是迷惑地望着他："那……咱们怎么能算'亲戚'呢？"

卢华嘿嘿地笑了："你动动脑筋嘛！"

"你三姑、六姨的拐弯亲戚，有认识我们家的吗？"俞秋兰对"亲戚"这个字眼很感兴趣，不觉把那朵野菊花又插上发鬓，认真地寻思着，"我怎么没听爸妈说过……"

卢华这回放声地笑了起来："哎呀！小俞，你们这些'大学生'的算术怎么学的，这道题都回答不出来？没有煤，能有钢吗？你们钢铁厂里出焦的火焰，是煤在那儿燃烧放光，我们算不算工业上的'老亲家'？……"

俞秋兰简直失望到极点了，她怎么也没想到卢华脑子里还会有这么一个"方程式"，但她仔细琢磨了一下，从钢铁和煤炭的关系上讲，卢华说得天衣无缝。她突然感到这个脸膛黑黑的小伙，心里装的东西比她要博大得多，在这北国边塞草原，他居然联想起大工业的依存关系来了——真是个难以揣测的怪人。不过，这对俞秋兰来说也不无用处，这句可以作任何解释的词儿，她可以把它变成"问路"的石块，也可以把它变成划向她那条心河的"船桨"。对！就是这样，她沉默了片刻，缓缓地对卢华说："你这话也对，也不对。"

这次轮到卢华不理解了："为啥不对？"

俞秋兰认真地选择着词儿说："钢铁和煤炭是'亲戚'关系，算你说对了；可是……你用亲戚这个字眼，不能准确地概括我们目前的关系。"俞秋兰忽然感到话说得太露了，急忙把话锋又转了回来，"比如说，你和'小诸葛'，以及你和俞秋兰，还有所有的男女垦荒兵，不都比亲戚还亲吗？"俞秋兰为自己没有在卢华面前流露心声，而感到自慰。

卢华更是毫无察觉，这个征服荒地时称得上一条硬汉子的年轻人，脑子里还缺乏爱情这根弦儿。他脑子里每个细胞都为开荒而活动着。眼前，就是多打茅草，给大部队到来做好准备。俞秋兰不愿意在这时候，过多分散他的精力，因而抄起绳子开始捆草。

诸葛井瑞兴冲冲地跑过来，把速写本举到她面前说："瞧！草原日落，可惜没有带颜料和画笔。"俞秋兰看看这张速写，不但画上了落日、彩霞和长腿鹭鸶，还把她和卢华的背影也画了进去，一种朦胧的快意，立刻涌上她的心扉。好在夕阳似火，戴着眼镜的"秀才"没有看见俞秋兰脸上泛起的红晕。

"把它送给我吧！"俞秋兰说。

"这是劣等货色。""小诸葛"咬文嚼字地回答，"等我有了佳作，一定送你一幅。"

"秀才！我就喜欢这张。"俞秋兰坚持着。

"小诸葛"奇怪地望着她说："这有什么意思？铅笔勾得乱七八糟的。小俞，你如果……真想要一张，那好办，趁着大队人马没来，我勾一张水粉画儿送给你。"

两天之后，他们三个先行官割够了地铺用的茅草，诸葛井瑞果真把一幅《草原日落》的水粉画儿送来。画面上的草浪、鹭鸶、彩云、夕阳都很逼真，但俞秋兰却十分失望，因为这个戴近视镜的秀才，偏偏把她和卢华的背影从画面上抹掉了。她把画还给"小诸葛"说：

"谢谢你，这幅画儿还给你吧！"

"小俞，你怎么没有一点鉴赏能力？这幅画算得上……"

俞秋兰搪塞着说："正因为它太好了，我才不能夺人之美呀！"

"我诚心诚意地送你。"

俞秋兰推托着说："帐篷里没有挂画儿的地方，等帐篷变成房子，我一定叫你给我画一张好的。"

俞秋兰神色的反常第一次引起了"小诸葛"的猜疑，他镜片后边的眼珠忽悠忽悠地转了半天，心里那算盘珠儿三下五除二那么一扒拉，好像推算出了俞秋兰一点心事。第三天早晨，"小诸葛"又把一幅新的水粉画儿拿来，不露声色地递给俞秋兰说："小俞，昨晚上，我耗干了马灯的灯油，又画了一幅新的，你看看合意不？"

俞秋兰看看，画面上不但多了草垛，更显眼的是多了她和卢华的背影。卢华酱紫色光板脊梁上闪着汗珠，她发髻上那朵白色的野菊花也被抹上画面。俞秋兰简直无法掩饰自己的喜悦之情，立刻想向"小诸葛"致谢，但话到嘴边又把嘴唇合上，因为她分明看见了"小诸葛"那带着探索意味的目光，便说："越画越糟了，你拿回去吧！"她嘴上虽然这么说着，手却紧紧握着那幅画儿。

"噢！原来是这么回事！"诸葛井瑞笑了。

俞秋兰白了他一眼："你笑什么？"

"醉翁之意不在酒，在乎山水之间也。""小诸葛"指指画面上她和他的背影，含而不露地说。

"我不要。"俞秋兰脸红了，急忙伸出手，把画儿交给"小诸葛"，"我才不想要它呢，拿走。"

"小诸葛"没有接画儿，扮个鬼脸一扭身跑了。

其实，俞秋兰哪里舍得这幅画儿呢！这个从小只在照相馆照过升学考试相的姑娘，难得看见自己窈窕的身影，何况这幅画儿里不但画上那朵野菊花，还有卢华那淌着汗水的宽厚背膀呢！但是她想到"小诸葛"刚才那番话和他那狐疑的目光，她追到"小诸葛"、卢华住的那座男帐篷，硬是把那幅面儿违心地交给了诸葛井瑞。

瞧！连"小诸葛"都有了觉察，而卢华竟然像根木桩子似的毫无反应。不，不仅是毫无反应，他反而劝她给白黎生以热和光，这使她有点伤心。现在，白黎生和垦荒队队员都到齐了，她不知道该怎么摆脱白黎生的纠缠。她越想越理不出个头绪，索性把嘴里叼着的茅草棍一扔，披上棉衣，悄悄地走出五号帐篷。

站在荒地看星空，显得比北京要清晰得多，这里没有大气污染，没有高大建筑遮挡。俞秋兰望着迷乱的星空，两耳听着远处的狼嗥和鹿鸣——那是骑马岭原始森林中狼在追逐梅花鹿。俞秋兰毫不恐惧，她身旁有马儿为她壮胆——这是用全国青年捐款买来的九匹蒙古马，它们被围在一个简易的马棚里，不时地打着响鼻，安闲地嚼着草料。猎人洪奎老汉又把那条"闪电"当成防狼狗留给了垦荒队，它不时警觉地鸣吠几声，表示它尽忠职守。

俞秋兰沿着帐篷后边那排小白桦树，漫无目的地走着，那低声絮语的小白桦树旁边，停放着两台"斯大林80"号拖拉机。俞秋兰手抚着一棵小白桦树的银色树干，不知为什么想起了自己的童年：当她还瘦得像小白桦上的一根枝条时，在钢铁厂当七级钳工的爸爸就把她带进厂房。她身穿爸爸穿剩下的过大工服，站在老虎钳子旁边，惊讶地看着爸爸那两只青筋暴突的手，把铁条一类的东西弯成各式各样的玩意儿。她不明白爸爸怎么会有那么大的力气，铁棍在他手里像面条一样，忽儿变弯了，忽儿又圆了。当她年龄逐渐大了，才知道爸爸也是个凡人，钢铁之所以在他手下变形，都是因为机械的神奇力量。因此，俞秋兰还是个小姑娘时，就找来一截废旧的八号钢丝，在老虎钳的工作台上，自造了一个打鸟的弹弓，和小伙伴们一块儿打树上的老鸹窝，一起追逐坟头间出没的黄鼠狼。

由于童年时代的影响，俞秋兰初中毕业后没有报考高中，而成了农业机械中等专业学校的学生。命运使她在这儿结识了白黎生。其实，白黎生对农机毫无兴趣，对土疙瘩更是绝缘，怎奈他理工科考分太低，也只好在这所不起眼的学校里栖身了。就在这棵"矮树"上，白黎生发现了一只凤凰——俞秋兰。白黎生几次给俞秋兰写信说，她具有一种和谐的自然美，过耳短发围着的那张红润脸庞，像深秋时节带着银霜的红海棠，是一块不需雕饰的天然璞玉。这些绝美的献词，没有引起俞秋兰的任何回响。她喜欢蓝天，喜欢田野，在发起组织垦荒队的决心书上，她写道："让我去北大荒开垦祖国的新粮仓吧，我应当成为——也一定能成为梁军那样的女拖拉机手。"

一轮皓月挂在中天，满天银钉子似的星星眨着睡眼。俞秋兰没有一丝睡意，她围绕着这两台"斯大林80"号铁牛转来转去。她在学校抚摸过铁牛，还开着铁牛去京郊农场熟悉性能。可那是草绿色的"德特56"，对比这"斯大林80"，简直就像一个是孙子，一个是爷爷。京郊农场的土地虽然也很开阔，但比起这一望无际的大草原来，就像大海里的一朵浪花，这儿，只有这儿，才是实现她宏愿的最好场地。

明天，垦荒队要开始耕第一犁了，一种跃跃欲试的欢欣心情支配着她蹬着履带，想进到驾驶舱里看看。可是她前脚刚刚迈了进去，不由"啊"地叫了一声：原来，舱座上蜷缩着一团白茸茸的东西，她的腿碰到这白茸茸的东西时，想不到这团白茸茸的玩意儿竟然蠕动了起来。她正想抽身出来，贺志彪从老羊皮袄里露出脸来。

"该死的，真吓死我了。"俞秋兰嚷道，"我还以为是一只大白熊呢！"

贺志彪从舱座上爬起来，揉揉眼窝，只是憨笑着，不言语。

"这儿是能睡觉的地方吗？"俞秋兰被他的神态逗笑了，"你这大个子伸不开腿，浑身弓着像个大虾米。"

贺志彪指指另一台"铁牛"，津津有味地说："那里边也睡着一口子。"

"谁？"

"队长卢华。"

俞秋兰心里蓦地吃了一惊。

"小俞，说起来也真算巧，我原来以为就我一个'呼噜贺'呢，嘿嘿，世界上这万物就没有不成双成对儿的，卢华跟我就算是天生的一对儿，夜里，一哼一哈，风箱拉得震天响，不过，他比我更有本事，打呼噜带咬牙……后来，俩人一合计，这两间小屋倒蛮不错，既不影响大伙睡觉，隔着玻璃还能看马防狼。"贺志彪越说越来劲儿，愣愣地问道，"半夜三更，你到拖拉机上来干啥？"

"你该知道我为什么来。"

贺志彪摸摸后脖颈："我不知道。"

"我是拖拉机手，明天……"

"我看你是高兴得太早了。"贺志彪憨直地对俞秋兰说，"明天不但你开不上拖拉机，就连在朝鲜战场上开过坦克的队长卢华，也开不上铁牛。"

"为什么？"俞秋兰不觉睁大了眼睛。

"明天用马拉犁开荒。"

"这两台机器呢？"

"原地睡觉。"贺志彪嘿嘿一笑。

"大个子，你是在说梦话吧？"俞秋兰半信半疑地说，"为什么不叫铁牛和马拉犁一块儿上阵，突击开荒？"

"是啊！在党支部支委会上，马俊友说，'这不是守着烙饼挨饿吗'？我说，'这叫守着男人当寡妇'。可是支书老迟认为，我俩的话里没有政治，他说所以要用马开第一犁，是要让垦荒队队员认识一下创业的艰难，《青年报》的记者拍下来，在报纸上一登，政治影响可就大了。"

俞秋兰急切地问道："卢华是什么看法？"

"你还用问吗？"贺志彪一边用纸条卷着烟叶，一边说，"他说拖拉机是三江国营农场借给垦荒队使用的。眼下正是开荒时节，人家克服困难，支援咱们，咱们倒让它睡觉，是不是有点浪费机器？可是迟大冰两句话，就给卢华顶了回去，他说'政治影响是无价的，粮食生产是有价的'。卢华又说：'叫摄影记者不拍拖拉机开荒的镜头不就行了吗？人有两条腿，干啥单腿蹦着往前走？'老迟说：'需要一条腿蹦时就用一条腿，需要两条腿跑时，就用两条腿。我当过两天小干部，多少学了点领导艺术，就这么定了。'"贺志彪"噌"的一声，把"大炮皮"点着了，呛得一连咳嗽几声。

俞秋兰用手扇扇扑面而来的烟雾，突然站了起来："我找卢华去。"

"你坐下。"贺志彪拉住俞秋兰的衣襟，"刚到荒地，还没开第一犁就鸡鸣狗叫的像个啥？你别叫卢华坐蜡了。"

"我可不是你这号老莺。"俞秋兰再次站了起来，钻出驾驶舱，跳下机车。贺志彪甩下"大炮皮"也跟了出来，两个人各顺一边的舱门，爬上另一台拖拉机，他俩都愣住了：机舱里空无一人，鬼知道卢华到哪儿去了。

夜，静极了，只有"闪电"在"汪汪"地叫着。贺志彪抖了抖老羊皮袄，和俞秋兰朝犬吠的地方走去，他俩看见马棚的角落里闪着一明一暗的亮光，走近一看，灯光下晃动着三个人影：马俊友紧挽住马缰绳，石牛子高举着一盏马灯，卢华手拿着一把剪刀，正在马屁股上剪毛。随着剪刀的一张一合，骏马浑圆的臀部上出现了"北京一号""北京二号"的字样。原来，在进军处女地的前夜，卢华正给马儿起名哩。

俞秋兰手扶着马棚的木栏，一动不动地凝视着卢华，她估摸不出这个小伙子身上，究竟蕴藏着多少热力，居然在这凉冷的秋夜，干着谁也想象不到的工作。她是最蔑视女人流泪的，但是在清冷的月光下，俞秋兰凝视着卢华瘦削的面颊，眼圈有些酸胀。她赶紧侧过脸去，以逃避贺志彪的目光……

"你不是要找卢华吗？"贺志彪提醒她说。

俞秋兰摇摇头。

"你也真有点怪。"

"我不想再往他身上坠石头了。"俞秋兰说，"我反正有我的打算，明天你就会看见的。"

"能不能透露给老哥一点？"

"这……暂时还是个秘密。"

俞秋兰突然感到冷了，她扭身朝五号帐篷走去。刚走了几步，突然身后"砰"的一声，俞秋兰回身一看，灯光消失了。她想一定是野马踢伤了人，便风风火火地跑过来。可不是嘛，野马发了野性，当卢华剪到最后一匹儿马——"北京九号"时，这匹儿马蛋子突然扬蹄，不偏不斜，正好踢碎了石牛子手里那盏高举的马灯。石牛子吓得一溜滚儿，坐在地上。

俞秋兰长出了一口气。

卢华一手把石牛子拉起来。

贺志彪教训石牛子说："这也不赖，叫野马先给你上一课。这可不是你家玻璃橱柜里泥捏的马。"

"不管它是死马活马，"石牛子拍拍裤子上的干马粪，气鼓鼓地骂道，"'牛'比'马'也大一辈，我石牛子要是收拾不了你这'九号'杂种，我石牛子就改名'石马子'。你等着瞧，老子要骑着你腾云驾雾！"他对"北京九号"使劲地晃着拳头。

二

女垦荒兵里除了留下邹丽梅和小春妮当火头军，负责做饭和送饭之外，按照布置，一律在天将破晓时，在迟大冰带领下，开往待耕的处女地去烧荒。

星斗还没有隐没，荒地上就燃起了冲天火柱。为了防止大火向小兴安岭的原始老林蔓延，两天之前，全体垦荒队队员打了一个长方形防火道。此刻，烈火在处女地上腾空而起，火借风势，风助火威，照亮了夜空，照亮了草原。火舌席卷过的地方，茅草、枯藤、杂木、树丛发出噼噼啪啪的响声，待火舌过去，地面上一片黑灰。没有被烧透的榛子树丛，无精打采地低垂着头，冒出的股股浓烟随着夜风在地面上飘荡。草丛中的长腿狍子、短腿狡兔拼命朝四下争逃；笨拙的山鸡，翅膀带动不了肥腩腩的身躯，"咯咯咯"地惊叫着，在烈火浓烟中化为乌有……

北京来的姑娘们还是第一次享这种眼福。她们跳着、叫着，当她们喊得喉咙发哑时，才发现彼此都变成了黑脸丫头：额头、鼻窝、脸腮……无一例外地蒙上一层黑灰。

"哎！非洲的姐妹们——"长着圆圆脸蛋儿、绰号叫"小皮球"的刘霞霞姑娘，挑着尖尖的嗓门喊道，"来呀！这儿有条小水沟，想还原成黄种人的，快过来——"

"来喽——"

姑娘们像喜鹊炸窝一样，都奔向那清澈的小水沟。太阳偷偷从草原上露了脸，姑娘们把那小小溪流当成梳妆镜子，左顾右盼地端详着自己的脸庞。

全队人员只有一个人没来洗脸，那就是迟大冰，他脸上带着黑灰，双手叉腰站在一个高土岗上，踮着脚向青年屯眺望。

刘霞霞招呼姐妹们说："瞧！要是支书脖子上再配上一副望远镜，像不像个指挥战争的将军？"

"嘻嘻嘻……"一阵清脆的笑声。

迟大冰皱着眉头，朝笑声响起的地方瞪了一眼。

"干吗绷着个脸儿？""小皮球"挑战般喊着，"这么大的火，还化不了你脸上那块冰吗？"

"'小皮球'，别和他开玩笑了。"刘霞霞身后有人搭话说，"他踮脚朝青年屯看，是等着马拉犁来荒地开荒呢，他肩上担着咱们全队的挑子，心里一定急如星火。"

姑娘们的笑声戛然而止，扭头看去，说话的竟是个火头军。这时候，女伴们才突然发现她们队伍中，少了个短头发的俞秋兰，多了个长辫子的邹丽梅。她正站在小溪旁，编她那双散开的长辫子。

"丽梅姐，你怎么来了？""小皮球"两步蹦到邹丽梅面前，"你不给我们在家点火做饭，剩'小不点'一个人，能蒸那么多窝窝头，填饱我们的肚子吗？"

"有人帮她蒸窝头，你放心吧！"

"谁呀？""小皮球"喜欢刨根问底。

"俞秋兰。"邹丽梅轻声说，"她……她说她今天身体不太方便，我俩互相换一下，你明白了吗？"

"我不明白。"姑娘们谁也没有看见迟大冰什么时候走过来的，他严肃地直视着邹丽梅说，"你们这样搞自由主义，通过谁了？"

邹丽梅一愣，正编辫子的双手不自觉地一松，那条编了一半的辫子"扑啦"一下松散开来，乌黑的长发一下遮住了她半个脸颊。"小皮球"一下跑上来说："丽梅姐，我替你编。哼！干吗这样吓唬我们丽梅姐，要是吓出毛病来，这儿可没有医院，支书，那你就该抓脑瓜皮，干瞪眼睛没主意了。"她一边为邹丽梅编着辫子，一边回头斜眼看着迟大冰说。

"邹丽梅同志，别误解我的意思。"迟大冰从不会笑的脸上，露出一丝有限的笑意，"我……我不是批评你，刚才的话是针对俞秋兰同志说的，一个钢铁工人家庭出身的女儿，又是垦荒队发起人之一，竟然自己留下干做饭的轻活，换你出来烧荒……你马上回青年屯，把工作再换回来。"

"老迟，"邹丽梅苍白的脸上泛起一片羞红，"你是怕我干不了这个开荒的活吗？"

"不是，这是对你的照顾。"迟大冰解释着说。

"我要是需要照顾，当初为什么要到垦荒队里来？我在家饭来张口、衣来伸手，不比在这儿蒸窝头、熬苞米粒粥、当火头军更舒服吗？"邹丽梅把刘霞霞编好的那根辫子甩到胸后，轻声慢语地说。

姑娘们的目光一下都集中在迟大冰的脸上。迟大冰向后拢了拢乱蓬蓬的头发，依然微笑着解释说："我不是那个意思，叫你回去，一是把俞秋兰同志换回来；二是叫你去催催卢华，太阳都快一竿子高了，马拉犁还没出村，这还有垦荒队的样儿吗？"

"别叫丽梅姐跑冤枉路了，支书你看——"刘霞霞朝青年屯方向一指，"那不是来了吗？"

这一声呼喊不但解了邹丽梅的围，而且把姑娘们的目光都吸引到草原上去了。黄黄的草原上，出现了马队的影子，闪亮的五铧犁犁尖在太阳光下闪闪放光。大约过了一刻钟的光景，卢华骑着一匹黄骠马，第一个驰到了处女地，他刚刚跳下马来，迟大冰就指着腕子上的手表，不满地说：

"你看几点钟了？"

没容卢华说话，迟大冰又火辣辣地说道："你在朝鲜打过仗，打仗的时候能耽误一分一秒？今天开荒，你们晚出来将近一个小时。"

"马匹出了点问题。"卢华抹抹额头上的汗珠，略带愧意地说，"本来三匹马拉一张铧犁，九匹马正好配三张铧犁，可是我们早晨去拉马时，那匹'北京九号'儿马蛋子不见了。"

迟大冰吃惊地张开嘴巴："溜缰跑了？"

"男队员各处寻找，没有找到，后来清点人数时，发现少了个石牛子。我估摸着是他骑跑了。"

这条不愉快的新闻等于给迟大冰满肚子的火气又浇上了一瓢油，他把五指攥成拳头，捶打着自己的大腿："这些小京油子，在团中央表态，说得比黄鹂还好听，到了荒地，就成了各处乱窜的野狍子。"

"昨天夜里那匹儿马蛋子，踢了他一蹶子，我琢磨来琢磨去，石牛子可能和那匹野马较上劲了，一骑上马背，就难下来。我派一个队员背着枪，找石牛子去了。"

"看，这也叫垦荒队队员？开第一犁的时候，他骑着马逛大草原，赔上一个壮劳力去找倒是小事，这儿住着记者，政治影响……"迟大冰长叹了一口气，"还有俞秋兰，身为团支部书记，把重担子推给邹丽梅，自个儿留家当后勤。"

"她不是那号青年。"卢华摇摇头说。

"事实胜于雄辩。你看，那不是邹丽梅吗？"

卢华朝姑娘群里望了一眼，果然看见了身材修长的邹丽梅，她脸上带着没有洗净的污黑，双手捧着几个在小溪旁捡到的天鹅蛋，正和女伴们叽叽喳喳地议论不休。卢华急想解开心中疑团，把马缰绳拴在一棵没烧尽的老树根上，朝邹丽梅走去。

"这究竟是咋回子事？"卢华开门见山地问道，"是小俞主动提出留在家里的吗？"

邹丽梅捧着天鹅蛋，轻轻地点点头："大概是她今天……今天……不方便……"

"啥不方便？"卢华一时没听明白。

"小皮球"一下蹦起来，唾沫星子差点溅到卢华脸上："你们男人用不着打听姑娘家的事，等你将来娶了媳妇就全懂了。"

女兵们哈哈大笑起来。

卢华的脸猛地红了，他后悔自己的莽撞，为了解嘲，他挥动胳膊高声说道："姑娘们，你们任务完成得呱呱叫。待会儿，马拉着铧犁头前走，你们在后边平地，这儿冬天太冷，我们只能明年开春种春麦。来年，团中央书记苏坚同志来咱们这儿视察时，咱们招待他的，不会是他招待咱们的糠窝窝、白菜汤，而是白馍烙饼摊鸡蛋……"

荒地上响起响亮的欢呼声。可是沉睡了几千年的古老荒原，丝毫不为口号和宣言的响亮而显出半点怯懦。当八匹马拉着三台铧犁，进入烧过荒的处女地时，马俊友钻进只有两匹马拉着一台铧犁的牲口套具里，补了真马的空缺。即使垦荒队队员全力以赴，那盘根错节的枯藤，千百年间埋在地表之下的树根，像一个个钢筋水泥的地下堡垒，阻挡着拓荒者对每一寸土的开拓。每每犁尖碰到枯藤上，大地便发出击鼓似的"咚——"的一声巨响，随着这"鼓"声，钢铸的铧犁尖一下就被弹出地面。如果犁尖耕在老树根上，那就如同踩响了地雷，不但铧犁被弹出地面，连扶犁手也会被甩出丈八尺远，摔上一溜跟头。这点困难，对垦荒队队员说早有了准备，爬起来再干就是了，但出乎他们意料的是，地下的"软钢丝"和"硬地雷"居然有那么大的蛮力，三震五震，扶犁的卢华、贺志彪和迟大冰，个个虎口破裂，鲜红的血和晶亮的汗，一块儿滴进了古老的处女地……

迟大冰被顶替下来。卢华用手绢包上虎口再干。只有大个子贺志彪，既不换班，也不包扎虎口。这个从小和土疙瘩打交道的大老鸦，用两只淌血的铁巴掌，灵活地按着铧犁，半截黑塔一样的身躯，一会儿随着铧犁左摇，一会儿又随着铧犁右摆。尽管他脚步蹒跚，活像个喝多了酒的醉汉，但那台缺一匹真马、多一匹人马（马俊友）拉着的铧犁，却一路领先。男女垦荒队队员不禁为大个子鼓起掌来。

给贺志彪这台铧犁掌鞭赶马的白黎生，在掌声中更是神采飞扬。他左顾右盼，希望俞秋兰能看见他晃着大红缨鞭子的样儿，可是眼皮眍得酸涩了，也没看见俞秋兰。正在自叹晦气的当儿，摄影记者举着照相机出现在前方，他像打了气的皮球一样，马上来了劲头。他把红缨鞭子举得高高的，并使劲抽了野马一鞭子。这架势确实不错，可惜没打在马身上，不偏不倚，恰好抽在被真马挡住身影的"人马"——马俊友——的脸上，他的脸上立刻浮起一道血印。

荒地上立刻怨声四起：

"鞭子是赶牲口的，还是叫你抽人的？"

"他不会掌鞭，还要充个大把式的样儿。"

"……"

有一个垦荒队队员上前来夺他的鞭子，马俊友从牲口夹板里钻出来制止说："谁一生下来就是大把式？叫人家学嘛！我这挨鞭子抽的'马'还没说话，你们怎么倒叫唤起来了。"马俊友用袖口擦了擦脸上的鞭痕，朝白黎生说："没关系，小白同志，继续赶你的马。"说着，他弓身一钻，又和两匹真马一块儿拉起铧犁来了。

这下，白黎生仅有的那点兴致一扫而光。他正在左右为难的时候，旁边担任广播员的诸葛井瑞跑上来，一下把话筒塞在他的怀里："来！咱俩换换班吧！你能说能唱，唱个歌儿活跃活跃气氛，把鞭子给我。"

"这……"白黎生口头推让着，却没有推让那只话筒。

"小诸葛"接过他的鞭子，在空中抽了个响鞭，野马吃惊地竖起耳朵，奋力地拉紧了套绳，朝前奔去。白黎生赶不了牲口，对于口头宣传倒是个行家，他镇静了一下自己的情绪，又咽了两口唾沫，开始唱一支《草原情歌》。

百灵鸟，

双双地飞，

是为了爱情来唱歌！

大雁它，

双双在草原上降落，

是为了寻找安乐！

啊——

我们赤臂在草原上，

是为了建设幸福的生活！

我们赤臂在草原上，

是为了建设幸福的生活！

姑娘们用尖细的嗓子，配合着白黎生浑厚男中音的领唱，立刻使古老的荒原充满了一片盎然生机。在这草原一片欢腾的时刻，耳朵最尖的刘霞霞似乎发现了另一种声响，她闭着嘴巴听了又听，声音越来越大，她三蹿两跳蹦到白黎生跟前，一把夺过话筒喊道：

"荒地特号新闻，大家快看，青年屯开出来一台拖拉机——"

这个广播无异于一声霹雳，荒地上男女垦荒队队员都朝"隆隆"作响的方向看去。迟大冰惊奇地跑上高土岗，想看看是真是假；卢华手搭凉棚，想分辨一下，究竟是谁把拖拉机开来助威；贺志彪伸长脖子看了看，头脑里突然轰鸣了一声："啊！是她——好个厉害的俞秋兰，和邹丽梅换班，原来是一出假戏。"他紧蹬着两腿，跑到卢华耳朵边上，迫不及待地把这件事告诉他。

卢华半信半疑："你怎么知道？"

"昨天半夜，她对我说过这句话：'我有我的打算'，这就是她走的一步'卧槽马'！"

卢华舔了舔风干的嘴唇："但愿真是她，靠这三台马拉犁，几百垧地要开到猴年马月去。可是……她一个人开不了'斯大林80'，后边还要有农具手掌犁呀！"

贺志彪的热乎劲儿一下凉了半截："这……我倒没想到，家里只有小春妮了，她干不来，那个扛枪找石牛子的队员刚才也空跑一圈而归，那……是谁掌犁舵呢？"

垦荒队队员面面相觑，大伙都为这台拖拉机的突然出现感到高兴，可谁也猜不到是谁开来的。灰色的"斯大林80"越来越近了，它游弋在黄色的草海里，像一艘破浪而进的舰艇，笔直地朝处女地开来。人们终于看清了机舱里坐着的驾驶员：她穿一身"学生蓝"的制服，脖子上围着一条白毛巾，正是俞秋兰！机后掌握铧犁升降的农具手，是个满脸胡茬的中年汉子，卢华一下把他认了出来，那是县委书记宋武。

男女垦荒兵潮水般地向拖拉机涌去。

尖嗓的姑娘喊着："俞姐——"

粗嗓的小伙子叫着："宋书记——"

宋武从农具手的座位上站起来，粗声粗气地喊着："干吧！今天中午主食是窝窝头，副食你们可想不到，一人一条胖头鱼。"

拖拉机没有停下，它隆隆地轰鸣着驶向黑色的大地。它驰过的地方，留下一溜像鱼背一样的黑土。

荒地上沸腾起来，有的拍手，有的欢呼，只有迟大冰低垂下头，想着他自己的心事……

三

宋武突然在处女地露面，这要感谢驯马的石牛子。

夜里，"北京九号"踢碎了石牛子手里的马灯以后，他如同受了奇耻大辱一般，躺在被窝里怎么翻身也睡不着觉。他自己骂着自己说："你这个过了年就十八岁的石牛子，降服不了一匹马，算是哪门子垦荒队队员？！"他偷偷爬起来，穿好衣裳勒紧了腰带，来到马棚旁边，围着"北京九号"打起了主意。

本来，石牛子无意去草原奔驰，只是想在原地骑上它，先试试儿马的本事，可是当他蹬着马棚立柱，骑在马背上时，儿马就不由他支配了。这匹儿马蛋子在原地尥几个蹶子，没能扔下石牛子来，便猛一仰脖子，"嘎巴"一声挣断了马缰，脱弦箭一样朝草原冲去。

石牛子慌了神儿。他想喊，喊不出话；想叫，叫不出声。他索性紧紧揪着野马鬃毛，两腿紧紧夹住马肚子，任野马在草原上施威了。"北京九号"是匹银龙马，浑身雪白，没有一根杂毛，又长着一副好骨架，它撒开蹄子，越跑越快，石牛子伏在马背上，耳旁只听呼呼风响，就像腾云驾雾一样。石牛子看看四周，天还没有放亮，到处一片漆黑，真是连哭爹喊娘都不管用了。他只好把吃奶的劲头，都使在手和腿上，野马越跑得欢，他那两条腿越夹得紧，两手像钳子一样，拼命攥紧马颈上的长长银鬃。

野马奔驰了好一阵子，有点累了。石牛子听见它的喘气声，不由心中由惊转喜，他盼望着马儿越跑越慢，那样的话，他就真成为一个"草原骑士"，成为荒地上第一个"驯马英雄"了。马儿步子果然逐渐缓慢下来，鬃毛里渗出来湿漉漉的汗水，这下他可来了劲头，抬起头来得意地向前张望，前边有一条闪着亮光的玩意儿，他辨认出来了——这是离青年屯几里地远的铃铛河。石牛子心里一块石头落了地，他想：前边河水挡路，马儿出了汗，一准想喝水，那时候它自会停下蹄子，我翻身下马，立刻抓住那半截缰绳，牵着它走回青年屯。

假如这时候没有女兵们点火烧荒，石牛子马背上的幻想也许能够成为现实。偏偏这时候石牛子身后，亮起冲天火柱，银龙马先支棱一下耳朵，随后昂头嘶叫一声，猛然开蹄狂奔了起来。石牛子马背上的"梦"还没做完，身子向后一仰，两手离开了鬃毛，受惊的野马奔到河边已无法收住四蹄，腾身向河的对岸跃去。石牛子感到一阵眩晕，还没意识到发生了什么事情，他已经从马背上滚了下来，掉在荆草丛生的河坡上，昏了过去……

是梦吗？真像是个梦。他恍恍惚惚觉着自己是飞在天上的孙悟空，一个筋斗栽进了龙宫，正在各处寻找那根定海针——金箍棒呢！可是海底龙宫太冷了，他不停地打着冷战，便"啊"地叫了一声醒了。这时，他才发现天已大亮，自己上半截身子躺在河坡上，两条腿浸在冰凉的河水里，那匹"北京九号"早不知跑到哪儿去了。他支撑起身子看看自己：全须全尾，没有缺胳膊短腿，除了树丛给他胳膊上留下一条长长的血迹之外，唯一的损失，就是那两只鞋摔丢了，他赤着的双脚，在深秋的河水里，已经泡成胡萝卜似的颜色。石牛子本能地动了一下双脚，想把脚抽出水面，就在这个当儿，他发现了一个奇迹，两条半尺多长的胖头鱼（东北人称之为"傻大姐"），一动不动地紧紧贴在他的脚腕上。

石牛子最初以为自己是"瞎猫碰上了死耗子"，那只是两条死鱼，但他分明看见那两条"死鱼"还不时晃动一下尾巴，嘴里吐出一个气泡儿。石牛子马上精神了。他忘了浑身酸痛，弯下腰，小心翼翼地去抓那两条鱼。真也怪了，那两条胖头鱼一动不动，静待石牛子把它们抓在手里，扔到岸上。石牛子从水里抽出双脚，想站起来，但一下又坐在河坡上，原来他双脚已经冻麻了。麻木就麻木吧，它的代价是换来了两条大鱼，这使石牛子琢磨出一个道理来：鱼儿之所以贴在他脚腕上，是贪他身上的一点微热，温暖它们自己。他望望清澈见底的铃铛河，还有许多胖头鱼，卧在向阳的浅水窝。他照方抓药，再次把两只脚悄悄伸进水里，果然又有两三条胖头鱼游了过来，靠在他的脚背上。他惊喜地张大嘴巴，伸手又抓住它们，扔上河坡。

石牛子抹了一把嘴巴上的草叶和泥巴，像发现新大陆的探险者，为他"伟大的发现"而欣喜若狂。这儿多像他小时候读过的童话啊！铃铛河敲着悦耳的铃铛，从他脚边潺潺流过；太阳光下，草尖上的秋露像颗颗珍珠在闪闪放光；河坡上柞树和白桦在微风中摇晃着金黄的叶子；南归的雁阵，在湛蓝的天空中"嘎嘎"地飞鸣……石牛子有些看呆了。至于那匹"北京九号"，石牛子认为它是会自动回马棚的，因为他听大个子贺志彪讲过：马儿都认识道儿，也许"北京九号"早已飞回垦荒队马棚里去了——但愿如此。石牛子朝垦荒队的方向瞧了瞧，草原一片枯黄，除了草还是草，看不见那几顶荷叶一样的绿帐篷。他开始在河坡上寻找他那两只鞋，找了半天，在草丛里只寻到一只，另外那只鞋竟甩出去那么远——它沉在铃铛河的河心。他看看周围寂无一人，便脱掉湿淋淋的长裤，又脱掉上衣，只穿一条短裤，下河去摸鞋了。

这儿是铃铛河的浅水地段，水只有大腿深。还没容他蹚到河心，他觉得两腿发痒，低头一看，嗬！五六条大个儿的胖头鱼紧挨着他的两条大腿，好像他那两条腿是两根导热的炉火烟筒，鱼儿都游到"烟筒"周围来寻求热源。石牛子两腿虽然痒得钻心，但还是被逮鱼的冲动压抑住了，他把手伸进河水里，毫不费力地把一条条胖头鱼甩上河坡。

他心里乐滋滋的，甚至怀疑在做白日梦。记得小时候，他常到郊区水塘，给爸爸养在玻璃缸里的金鱼去捞鱼虫，当那蚊帐布缝成的小捞子探进水塘时，那些比小米粒还小的红鱼虫，立刻竟相逃命，它们看见人都知道溜之乎也，可北大荒这些胖头鱼，都像是"傻大姐"，硬往人身上靠。石牛子扔上去几条，立刻又游来几条，直到他感到猎物已经不少了，才到河心捡起那只五眼布鞋，湿漉漉地套在脚上，跳着蹦着跑上了河岸。可是上岸后，他突然发现，那么多条胖头鱼都不见了。他顾不上穿衣裳，赤着身子，睁圆了眼睛，抱着两个冷得哆嗦的肩膀，细心地搜索起来，就在这时，他赤条条的身子突然被一件棉大衣从后边包裹住了，石牛子拼命扭转脖颈，想看看这个人是谁，但身后给他披大衣的那个人，紧紧地用两手夹住他的头，使石牛子怎么转动脖子，也难以回过头来。

"你……你是谁？"

沉默。

"不回话，老子可要骂了。"

"你骂吧，你要是敢吐一个脏字，我就用这把'钳子'，夹碎你的脑袋，把你扔进铃铛河，去喂'傻大姐'。"

石牛子听着这口音既耳生又耳熟。说耳生，这个人讲的满口东北话；说耳熟，这个人的声音似乎在哪儿听见过。猛然，一阵惊喜掠过他的心头，他想起在雨幕中迎接垦荒队到来的县委书记宋武，便大声嚷道："我知道了，你是那个满脸黑胡茬的宋书记。"

宋武松开双手，板起面孔说：

"你怎么到这儿来了？"

石牛子摸着被宋武的大手夹得疼痛的脑袋，眼神迅速在宋武那张"李逵脸"上打了个滚，小脑瓜里盘算着，该怎么回答他的提问才能滴水不漏。想了一会儿，他眼珠一转，立刻来了词儿：

"宋书记，我是想……给垦荒队改善生活，到这儿来弄点鱼呀虾呀什么的。"

"噢！是这么回事。"

"嗯。"石牛子嘻嘻地笑着。

"可是也真怪。你那只布鞋，怎么会跑到铃铛河里去的？"宋武不动声色地盯着石牛子。

"这……"石牛子两眼滴溜溜地转了半天，像机关枪卡了壳一样，憋得满脸通红，也没回答出半句话来。

"为啥脸上'烧牌儿'了？"

石牛子搓着两只沾着鱼鳞的手，鱼鳞片从指缝间滑落下来。

"其实，第一次骑马，叫马给扔下来，并不是什么丢人的事儿；那马又不是你爸爸泥塑的'三彩泥马'，是蒙古来的儿马蛋子，这不算丢人现眼的事嘛。"宋武拍拍石牛子的肩膀，对石牛子进行着"火力观察"。

石牛子怎么也想不到，宋武会这么了解他的秘密，不觉惊奇地睁大了滴溜圆的眼睛，心里"嗵嗵"地打起鼓来。

"怪吗？"宋武问道。

"是怪。"石牛子咽了口唾沫。

"你抬头看看。"

石牛子顺着宋武示意的方向瞟了一眼，脸色由红变紫了。他扔在河坡上的胖头鱼，被一根柳条穿成一串挂在树杈上；那小柞树树干上还拴着匹马，石牛子马上认了出来，那匹马就是"北京九号"。

石牛子头低得挨近了胸脯，变成了哑巴。

"快去穿上衣裳，你的脸都快成紫茄子了。"宋武躬身拾起石牛子的衣服塞给他，"会编瞎话蒙县委书记了？哼！本事多大！"

石牛子虽然穿上了衣裳，却感到自己在宋武眼里仍像是光着身子，因为他变的戏法被县委书记揭了盖儿，再找不到一件护身符了。他有点害怕，开荒第一天就捅了这么大的娄子，迟大冰脸上那块冰，使他想起来就有点发怵。该怎么办呢？他抓开脑瓜皮了。

宋武对石牛子全然没有在意，他背对着石牛子，从大衣口袋里掏出一块什么东西，用手搓揉着，往河边水里扔。石牛子跑上去一看，县委书记搓的是他吃剩下的高粱面饼子，他把这些碎末当成诱饵，吸引河里的鱼群纷纷向河边游来。原来县委书记也有逮鱼的兴趣，石牛子马上把烦恼都忘了。

"宋书记，您真有高招儿。"石牛子笑嘻嘻地说，"您不用下水，蹲在河坡伸手就能逮鱼了。"

"甭净说好听的，丢马这笔账，该算还得算！"

"对！我一定检查，一定检查。"石牛子看宋武脸色怒中带笑，便顺水推舟地说，"现在需要我帮您干点啥？是逮鱼，还是……"

"你先把柳条上的鱼数一数，"宋武一边挽起袖子逮游到河边的胖头鱼，一边命令石牛子说，"凑够八十二条时，告诉我。"

"干吗要逮八十二条？我们只有八十一个垦荒队队员啊。"石牛子纳闷地问道。

"我是个活人，不是庙里的泥佛爷。"宋武说，"我既吃五谷杂粮，也吃大鱼大肉。第八十二条鱼，是我的嘛！"

"您也去荒地吃中午饭？"石牛子问。

"不欢迎吗？"

石牛子乐得两眼眯成一条缝："欢迎您，要是没有您，这匹'北京九号'跑丢了，我……石牛子赔不起，准得找歪脖子树上吊不可，我太感谢您了。"

太阳有一竿子高的时候，宋武把几串用柳条穿在一起的胖头鱼，扔在马背上，石牛子手挽马缰，牵着"北京九号"，和宋武一块儿离开了铃铛河。这条河在石牛子眼里，既神秘又可爱，他真有点舍不得离开它；可是另一个喜悦在引诱着他：当垦荒队队员们吃到鲜鱼时，都会说，这是石牛子搞来的，谁又知道他马失前蹄的事儿哩！但这匹马到底怎么到宋武手里的，在石牛子心中还是个谜。为了解开谜底，他问宋武说："这匹'九号'，您是从哪儿捡来的？"

"捡？这是四条腿的野马蛋子，不是野鸭蛋，不是铃铛河里的'傻大姐'，上哪儿捡去？"

"那……"

"国家要开发这块睡了几千年的'黑金子'，急需地质、土壤和水文资料。我给一个综合考察队当向导，今天早晨刚离开一个考察点不久，这匹银龙马就嗷嗷地叫着朝我们的马队跑来了。"宋武说，"这家伙和大雁一样恋群，跑到我们马群旁边，就跟着我们走。考察队里有人看见马屁股上剪着'北京九号'四个字，我想一准是你们的马溜了缰，可没想到是你骑出来的。我从附近屯子把洪奎老爹找来，顶了我向导的缺，骑上它，抽了它一缰绳，它就朝青年屯的方向跑来，在这儿碰上了你这位驯不了马、可是能驯'傻大姐'的英雄。"

石牛子连后脖子都发红了，求饶地说：

"您别寒碜人了，我……我并不想骑上它来逛草原，这儿有什么好逛的？到处都是黄草。我当时只是想在原地骑骑它，谁想到这家伙一撒野，挣断了缰绳……"石牛子两眼看着鞋尖，平日在垦荒队的"牛气"劲儿跑得一干二净。

宋武是个处事果断的人，要是在县委机关干部中出现石牛子这样的马大哈，他会拍桌子大喊大叫，甚至粗声骂人，而眼前这个石牛子不过是个乳毛刚刚褪净了的大孩子，他们在家里都是宠儿娇女，能跑到这漫无人烟的地方来垦荒，已经很不错了。他觉得他在这些垦荒队队员面前，首先应当是父亲，然后才是县委书记。所以，他始终没对石牛子发脾气，反而帮他在铃铛河逮鱼，让这个不太安分的大孩子感到身在荒地的温暖，然后，再启发他认识自己。石牛子看看宋武没有继续责怪自己，便向宋武提出了他不能理解的问题：

"宋书记，这儿的鱼怎么都是'傻大姐'？"

"这没什么奇怪的。这儿是沉睡了几千年的荒地，鱼儿没有见过人，也就不把人当成敌人；当你把它提出水面时，它才知道你石牛子不存好意，但是那已经晚了。北大荒不是有两句流传下来的顺口溜吗？'棒打狍子瓢舀鱼，野鸡飞进饭锅里'。"

石牛子神往地听着。

"可是鱼受刺激多了，就会产生自卫的本能，到那时候，这些'傻大姐'

也就会变成像你这样的机灵鬼了。"宋武嘿嘿地笑了。

"那么说，将来鱼就难逮了？"

"当然，你学过生物学吗？"

"在初中时学过几天。"

"你知道有个达尔文吗？"

"是个生物学家吧？"石牛子回忆着。

"他是哪国人？"宋武有意考考他。

"是……是……"石牛子拍拍脑门，"是苏联人吧！"

宋武哈哈大笑："你真会胡诌，在学校一定不是个好学生。"

"门门功课都在六十分左右。"石牛子坦白地说，"我就爱摔跤、逗鸟、踢足球。"

草原上空传来几声"光棍好苦"的鸟鸣，宋武向石牛子说：

"你爱逗鸟，说说这是啥鸟儿？"

"布谷鸟，是催人布谷的。"

"傻小子，眼下都快入冬了，谁还布谷？记住，这叫'四声杜鹃'。它唱的是'光棍好苦——我是绝户——'。"

"绝户？"石牛子还是第一次听见这样的解释。

"当然，它也不是真'绝户'，北大荒的老乡恨这种鸟，说它唱的是'我是绝户'。"宋武笑了笑说，"北大荒有几百种鸟儿，天鹅、大雁、百灵、黄莺……这些鸟儿都勤勤恳恳地搭窝筑巢，抚育后代，只有这种'绝户鸟'杜鹃，不爱劳动，还要坐享其成。它把自己的蛋偷偷下在别的鸟窝的蛋群里，让别的鸟儿替它孵化儿女。屯子老乡说，它唱'光棍好苦'活该，它唱'我是绝户'是自作自受。"

"可是它叫得挺悦耳啊！"石牛子说。

"叫唤得好听的，不一定都是好鸟儿。"宋武含蓄地说。

石牛子一时没有听出弦外之音，央求着宋武说："想不到您还是个故事篓子，再给我讲个新的吧！"

"'绝户鸟'的故事，你听懂了吗？"

"听懂了。"石牛子不假思索地回答。

"我说你没听懂！"宋武瞥了石牛子一眼。

"真的听懂了。"他拍拍自己心口说，"这种鸟儿自个儿到处去'扇哨'，让别的鸟儿为它劳动。"

"这是不是有点像你，嘴头倒挺甜，开荒第一天，男女垦荒队队员都在拼命，你……"宋武故意留下后半截话，叫石牛子去琢磨滋味。

"哎呀，宋书记，您是在比喻我呀！"石牛子如大梦初醒，苦笑了两声说，"对了，我还忘了，垦荒队今天全部用马拉犁，可这匹马还在这儿哪！真是要了命啦！"

宋武一愣："不是有拖拉机吗？为啥全部用马拉犁？"

"反正队长卢华是这么布置的，我这个大头兵，也不知道为了什么。"

"真的？"宋武脸色突然变得阴沉了。

"您……这是……怎么了？"石牛子觉着奇怪，刚才县委书记的脸上还是个大晴天，忽然一下就爬满了乌云。他好像很生气，连那一根根胡子茬都翘了起来。

"上马，快——"宋武跃上马背，伸手把石牛子也拉上马背，他用脚踢了踢马肚子，一溜烟似的朝青年屯奔驰而去。

到了青年屯，他把马往槽头一拴，吩咐石牛子帮小春妮蒸鱼做饭，就急如星火地奔向了拖拉机。俞秋兰围着一块杏黄色头巾，正给"斯大林80"加油，宋武满脸火气地出现在她面前：

"小俞子，你们怎么还没出车？"

俞秋兰吃了一惊："宋书记，队里今天不让用拖拉机，我是自作主张留下来开车的，您……"

"上车。"宋武粗暴地一挥手，"卢华白当了几年兵，坦克不用用刺刀，简直是个浑蛋！"

俞秋兰想对宋武解释事情经过，叫县委书记知道这并非卢华的过失，但她看着他那暴怒的脸，把话又咽了回去。

"斯大林80"的马达响了，立在它庞大身躯前边的排气筒，冒出股股淡蓝色的青烟——拖拉机带着闪亮的巨齿铧犁，驶向了处女地。

四

午饭前后，是迟大冰来荒地后最懊恼的时刻了。

垦荒队队员们一边吃着窝头，一边品尝鱼香的时候，迟大冰却如鲠在喉，既咽不下去，也吐不出来。男兵女兵们围住石牛子，听他讲逮"傻大姐"的事儿，笑得前仰后合，迟大冰躲得远远的，饭后把碗一推，躺在拖拉机翻起的黑土上。他下意识地摸了摸自己的脸颊，脸上还带着汗水没冲净的烟灰；他看看手，手掌上残留着虎口破裂时留下的斑斑血迹。他仰面望着蓝天，沉郁地叹了一口气。

蓝天上没有一丝白云，显得那么宁静悠远。一只老鹰在天空中回旋，一会儿东，一会儿西，一会儿扎了下来，一会儿又展翅飞了上去。迟大冰的心情就像那只老鹰，忽上忽下飘飘悠悠……

中午，宋武在饭前主持了一个简短的地头会：他表扬了俞秋兰敢于独立思考的实事求是精神，把队长卢华狠狠地敲了一顿。他双手叉腰，激动地说："……到北大荒干什么来了？不是镀金，不是要别人给我们拍巴掌，不是为了把照片登在报纸上；我们是为开拓'北大仓'来的，是为增产粮食来的。北大荒这个鬼地方，头场大雪说来就来，要是开不出荒来，明春怎么下种？我们怎么向全国青年交代？我们要讲实效。马拉犁嘛，用上很好，我们没那么多机器，就该艰苦点。马俊友以人力代替马力，肩膀磨掉了一块皮，血都粘在拉套的夹板上也不吭声，这种干劲我宋武都要学习。可卢华你是怎么指挥开荒的？虎口流着血，拖拉机却睡大觉，宁用鸟枪，也不用大炮，有这样组织攻坚战的吗？你当过坦克兵，又是一队之长，马上把那台拖拉机开上来，让'重炮'和'轻机枪'一块儿上阵！"

北京来的男娃娃和女娃娃都有点蒙了。他们没有想到满脸黑胡子的宋武，对卢华发了这么大的脾气。卢华黝黑的脸膛，一会儿红，一会儿紫，他没有向宋武解释这是迟大冰的决定，他把责任往肩膀上一担，没顾上吃中午饭，骑着马回屯开那台拖拉机去了。

卢华走后，贺志彪和马俊友估摸着迟大冰会站起来，主动承担点责任，可是迟大冰只是低着头，用一根树枝在黑土上画着圈圈。马俊友有点耐不住性子，两次想站起来，向全体垦荒队队员说明真相，可是他两次都被贺志彪揪住了衣襟。

"大个子，你……"

贺志彪轻声地对马俊友耳语说："牛蹄子——分八瓣，垦荒队不就乱了套了？"

马俊友眼里容不得一星沙土，第三次从地上站了起来。他首先检查自己，有追求浮名的虚荣心，在队委会上没有坚持真理。然后，他把昨天晚上开会的经过，都摆在了垦荒队队员面前。还没容他提出迟大冰的名字，迟大冰就甩掉手上的半截树枝，先入为主地说："用不着马俊友同志介绍了。这马拉犁的方案是我提出来的，可这是为了我自己吗？我是为了垦荒队的集体荣誉。"他说到这儿，伸出两只被震裂虎口的手掌，"同志们可以看看，这上边的血，能证明我没有私心。在北京的时候，几个党员同志选我当支部书记，我要考虑垦荒队的政治影响。"

宋武是个土疙瘩里滚出来的实干家，在县委工作中最忌讳空头政治，他对迟大冰的辩解十分恼火，但他考虑到迟大冰是支部书记，又看见他脸上汗痕掺着烟灰，还不属于"瘫子打围——坐着喊"的一类青年，便用力拍了迟大冰肩膀一下，离开了开会的地头，两个人沿着被拖拉机翻起的黑土垄沟，向远处走去。走到寂静无人的一个小土丘时，宋武的"炮弹"出膛了：

"迟大冰同志，你觉着你刚才那番话，像支部书记该讲的话吗？"

"我不认为它有什么错误。"迟大冰喃喃地低声说。

"你原来在哪儿工作？"

"团区委。"

"具体干些啥？"

"在组织部填写报表。"

"那时候你面前堆着的是格格道道，这儿可没格格道道可循，你面前是没边没沿的荒地。在北京，你往表格里填的是团员姓名和出生年月，这儿你要向人民填写小麦产量，你知道你肩膀上的担子吗？"

迟大冰从第一次遇见这位黑脸干部时起，就对宋武不感兴趣。他感到他说话粗声大气，没有北京的负责干部那么文质彬彬。一种莫名其妙的优越感在他心田里萦绕，他不但没有回答宋武的质问，反而把视线冷漠地转向了旷野，以表示自己的不满。

这下，可把宋武激怒了，他绕到迟大冰面前，习惯地把双手往腰间一叉，高声吼道："你咋想的？你到荒地是想出风头来了，还是想生产粮食来了？你考虑集体荣誉是假，钓你的个人名誉是真。说得粗鲁难听一点，你的行为是往粮食里拌糠，往酒里掺水，用糟蹋北京垦荒队的名声，贩自个儿的私货！"

迟大冰受不了宋武的尖刻批评，反唇相讥说："我不是买卖人，我是共产党员。"

"嗬！共产党员里就没有借革命营私的？你要是不好好照照自个儿，将来就很难说。没别的，忙过这段之后，老老实实给我交一份检查。"宋武迈开两条略带罗圈的短腿，愤愤地走了。他围着小土丘转了一圈，似乎又想起来什么，重新走到迟大冰面前，在披着的那件棉大衣口袋里掏了半天，掏出两张皱巴巴的"伤湿止痛膏"，扔给迟大冰说："这是我那只受过枪伤的手腕上常贴的，剩了两张，拿去贴在你扶犁的腕子上。记住，北京人，小病不及时治，会酿成大病的，你……你明白吗？"

宋武一走，迟大冰把那两张"伤湿止痛膏"揉成一个团儿，往远处一扔。此刻，他躺在松软的黑土垄上，望着天上盘旋的老鹰，回想着吃饭前的地头会和宋武对他的批评，越想越不是滋味。他无论如何也想不到，刚到北大荒不久，就"败走麦城"。

迟大冰来荒地之前，是有一番雄心大志的。当时，他发觉在人口密集的北京，类似他这样的小干部多如牛毛，要想有所作为，必须具有超人的智慧；而他的天性，又不甘于干些平凡的工作，总想平地而起，出人头地。团市委酝酿成立垦荒队时，他觉得这是一个难得的机会，几乎没经过任何犹豫，就挥笔写了一份垦荒倡议书。他的名字和卢华、贺志彪、马俊友、俞秋兰等一起印在报纸上时，他把它比喻为生活中新的起跑线。跑向哪儿呢？他早在幼年就为自己设计过蓝图。

他生于郊区的花农之家，温室里一年四季百花盛开，他从小时候就听父辈人讲过花的等级："牡丹为花中之王，荔枝为果中之鲜"，他在初中的一篇作文里，借花草抒发过自己萌发的理想："宁做草中的鸡冠子花，不做花中的狗尾巴草"，这个朦胧的哲理概念支持着迟大冰的个人奋发。他上初中时——北京刚刚解放——就第一批参加了青年团，高中入党，毕业前，他是学生会主席，毕业时，他没有报考大学，积极要求参加工作。在迟大冰看来，生活竞赛的跑道有许多条，他适合在政治跑道上起飞。他被分配到团区委后，特别留意上级的举止言行，他看见许多领导很少嘻嘻哈哈，他也收敛起自己脸上的笑容，力求做到严肃老成。垦荒队开往萝北草原时，他在这些小青年面前，尤其不苟言笑。难怪石牛子根据他的表象，又因为他名字中有个"冰"字，在火车上给他起了个"冰棍书记"的绰号。迟大冰对这个带有讥讽意味的雅号，并不反感，他认为当个领导，脸就得像块冰——这是迟大冰从一年多的工作中总结出来的又一条哲理。

他很不理解自己为什么会处处碰壁。邹丽梅是来荒地后发展的第一个团员，他提议把她留在家里当后勤，可是她偏偏不接受照顾，上了开荒第一线，石牛子顶了她的炊事员工作；特别是俞秋兰，有意违抗指示，把拖拉机开到处女地，显示她是个英雄；马俊友居然当着宋武和全体垦荒队队员的面，向他提出意见，弄得他挨了一顿宋武的"炮轰"……他原以为凭着他的能力和支部书记的身份，驾驭这些小青年是绰绰有余的，生活第一次启示了他：这些男兵女兵各有各的个性，不是篱笆上稚嫩的喇叭花，也不是依附于墙头的爬山虎，而是一朵朵扎手的刺梅……

老鹰的影儿融化在蓝天里了，两只雪白的长颈天鹅缓慢地扇动着翅膀，围着迟大冰身旁的土丘飞来飞去。迟大冰心情烦躁，无意去欣赏天鹅的身姿。可是女兵们却对这两只美神有着极大的兴趣。第一个端着饭碗跑过来的姑娘是俞秋兰，她吆喝女兵们说：

"快来看哪！姐妹们——"

长辫子盘在脑后的邹丽梅和圆头圆脸的"小皮球"，都跑了过来。

"看！这对天鹅总在这儿转，似乎在找什么东西哪！"

"我想起来了。"邹丽梅扭身跑了，过了片刻，她双手捧着几个天鹅蛋，兴冲冲地回来，"小俞，这几个天鹅蛋，是烧荒时我在这儿捡的，这对天鹅一定是找它们的'儿女'来了！"说着，她跪在土丘上，把几只天鹅蛋放在那儿，然后跑到远处，和几个女伴静静地看着那两只天鹅。

果然，那两只天鹅越飞越低，还不断伸长脖子嘎嘎地啼叫着，眼看快要飞到土坡上，去和它们未出世的儿女亲昵了，这时，火头军石牛子和小春妮被天鹅的叫声吸引了过来。石牛子一看这两只肥腯腯的天鹅，解下送饭时背来的三八步枪。

小春妮从背后拉着他的胳膊：

"你要干什么？"

"中午吃鱼，晚上吃天鹅肉，我来掌勺，咱们给垦荒队改善改善生活嘛！"

"小皮球"从前面拦上去，制止他说："我们不吃，只有癞蛤蟆才吃天鹅肉哪！"

俞秋兰白了他一眼："馋鬼！"

"我馋？你干吗吃我逮的鱼？"石牛子看着越飞越低的天鹅，躲开小春妮和"小皮球"的纠缠，重新举起了三八枪。"小皮球"急了，拦腰抱住石牛子，小春妮从背后用手蒙上了他的眼睛，石牛子挣扎着喊道："松开我，快点！过了这个村就没这个店了。"小春妮和"小皮球"死活不放，俞秋兰借这个机会去抢石牛子手里的枪，石牛子一躲，无意间碰到了步枪的扳机，"砰——"的一声巨响，震惊了整个荒地。

天鹅惊恐地飞跑了……

迟大冰从土坡的另一侧，愤愤地站了起来。

石牛子和几个女兵脸色都吓得煞白，他们内疚地瞧着走近他们的迟大冰。迟大冰满肚子的怒火从枪走火里找到了突破口，他把每个人都盯上几眼，邪火如地下岩浆喷发而出："这还像个垦荒队的样儿吗？要套犁杖时，马没有了。好容易回了屯子，又背出来枪，谁叫你们背枪出来的？"

小春妮眼泪汪汪地说："我们怕半道上遇见狼，背着它壮胆子。"

"刚才要是打伤人，"迟大冰瞪着石牛子，"你……你要蹲监狱的，你知道不知道？"

石牛子惊魂未定，第一次在迟大冰面前服了软："支书……我……我错了，今后，我……"

迟大冰的目光向女兵们巡视一周，冒火的眼睛停留在俞秋兰脸上。他觉得荒地上的风波都是俞秋兰开拖拉机引起的，但是这件事得到宋武的支持，没法直说，便含沙射影地说道："刘霞霞、叶春妮都还小，邹丽梅是刚入团的新团员，你俞秋兰在学校是个模范团员，在这儿是团支部书记，就用这样的行动向青年示范？团是党的助手，你知道不？"

"知道。"俞秋兰听出了弦外之音，"团是党的助手，它可不是任何个人手里的拐棍。迟大冰同志，这点你清楚吗？"

迟大冰忙把话题扭了回来："这么说你和石牛子夺枪还是对的喽？"

"要是不夺他手中的枪啊，支书，""小皮球"替俞秋兰回答说，"那两只天鹅就变成地鹅了，还有那几个天鹅蛋，就成了没爹没娘的孩儿了，那有多可怜……"

"小资产阶级意识。"迟大冰下结论。

"这一点上我同意支书的意见。"石牛子的魂儿还阳过来，马上来了劲儿，他用手一指说，"这几个长头发的，都是小资产阶级，连我小表妹妮子也不例外，都是林黛玉。我说姐妹们，要摘这小资产阶级的帽子也并不难，没打着天鹅，把天鹅蛋交给我这个火头军吧，我给你们摘这顶帽子。"他朝女兵们伸出手掌。

这时候，女兵们才发现少了一个女伴——邹丽梅早已不见了。

"邹丽梅——"石牛子把手卷成喇叭筒喊着。

没有回声。

"你把天鹅蛋拿哪儿去了？"石牛子不甘心空手而归，跑上了高土岗，扯着嗓子叫喊。

垦荒队队员们东倒西歪地躺在荒地上。他们太疲累了，任凭石牛子喊破嗓子，也没有唤起一点回声。只有不远处，拖拉机"突突突"地喧闹着——那是卢华把第二台"斯大林80"开进了荒野……

五

还带着顽皮孩子气的石牛子，根本不能理解邹丽梅的精神世界。在他拼命呼喊她名字时，她就在土丘下一棵老橡树后。她手捧着几个天鹅蛋，既不应声，也不答话。她甚至做了这样的准备，万一石牛子真向她来索取天鹅蛋，她要和他讲理；讲理不通，她会拿出用斧头劈落门锁的劲头，使出全力来保护这几个没出世的小生命。

早晨烧荒时捡起这几个天鹅蛋后，她把它们放在一个显眼的地方，希望天鹅来寻觅它们的子女。她一边劳动，一边仰望天空，弄得她心神很不安宁。现在，她终于发现了它们的父母，便决心把它们送到父母身边。她从老橡树后向土丘上望望，石牛子和那几个女伴已经走了，便从树影后出来，捧着天鹅蛋向荒野走去。

她要到哪儿去？她要给它们寻找一个能躲避风雨的安乐窝，哪怕走向无限远的天际。她没走出多远，那两只思恋儿女心切的天鹅飞了回来，它们发现邹丽梅手中的儿女时，就尾随着她，在半空发出幽怨的哀鸣。这种凄厉的声音，使她想起了自己苦命的母亲。它们一定像她母亲爱她那样，宠爱自己的儿女。她必须尽快把这些天鹅蛋转移到垦荒队耕不到的生荒地上去，因而一路小跑起来。

那两只"美神"，似乎不理解邹丽梅的心情。她跑得越快，天鹅叫声也越缠绵，并在她头顶上锲而不舍地盘旋。可气的是，当邹丽梅跑进一米多高的茅草中时，两只天鹅大概发觉她远离了人群，就像飞机俯冲一样，笔直地向她头上扎来，白色的羽翅，几次拍打到她脸颊，惊慌失措的邹丽梅差点把手中的天鹅蛋滚落到地上。想不到这善良温驯的天鹅竟然对她这样凶蛮，她真有点惧怕这两只天鹅了。

不远的草丛里，有个小伙子赤着脊背，抡圆了铁镐，在叮咚叮咚地刨树根，干着给拖拉机和马拉犁清除"地雷"的活儿。别的垦荒队队员都在休息，他干得倒蛮带劲，一镐下去，脊梁上晶莹的汗珠便跟着掉落下去。邹丽梅不想向这个男伙伴求救，她只是想从他身后绕过去，借助他劈树根的"当当"声响，威慑一下天鹅。她走到他背后时，不由得收住了脚步——因为她看见了小伙子肩膀上的血斑，她一下分辨出来那是以人力代替马拉犁的马俊友。

他俩从天安门广场见面以来，虽然一块儿来了荒地，但还没有单独在一起谈过话。邹丽梅呆呆地望着他的背影，不知说什么好了。马俊友用大手抹去额头上的汗珠时，突然发现了头顶上的白天鹅，又顺着天鹅的飞绕方向，看见了站在身后的邹丽梅。

他扔下铁镐："是你？！"

邹丽梅微微笑了笑，她在最激动的时刻，表情也常常是淡漠的。幼年的生活遭遇，使她养成深埋感情的本能。

"你……你是来找我的吗？"马俊友看看周围静寂无人，做了这样的判断，"有什么事？"

邹丽梅先摇摇头，表示不是来找他的，后又举了举手中的天鹅蛋，用圆圆的下颏，示意了一下头顶上追逐她的天鹅："明白了吗？"

马俊友思忖着，他觉得自己在邹丽梅面前有点笨拙，竟然没猜透这是什么意思，脸微微涨红了。邹丽梅正要告诉他，马俊友忽然猜到了："你这是去给它们安个家。"

"得离开耕地远点。"邹丽梅说，"走到这儿，想不到碰到了你。"

"说什么哪？说'有缘千里来相会'？"马俊友想到这儿，脸都发烫，转口说，"是啊！上次在天安门广场也非常巧……"

沉默。

邹丽梅心里说：但愿这样的巧事多发生几次。嘴里却说着别的："看你胸脯上的汗，你的手巾呢？"

马俊友用巴掌胡乱地抹了两把，发现没有擦净，弯腰从地上捡起小褂，揉成布团，擦了擦胸膛，披在肩上。他忘了肩上磨掉一层皮，汗碱板结在一起的小褂碰到伤口，他一歪肩膀，小褂溜了下来。可是他感到这样赤着胸膛站在邹丽梅对面，有点别扭，硬是咬着牙，又把小褂披在身上。

邹丽梅笑了："你走过来一下。"

马俊友有点惊愕："干什么？"

"叫你过来，你就过来嘛！"邹丽梅眉眼里藏住笑，不露声色地说。

马俊友走到邹丽梅对面，邹丽梅把手里捧着的天鹅蛋，先递到马俊友手里，腾出自己的双手，解下自己脖子上的一条白毛巾，又猛然掀掉马俊友那件充满汗酸味的小褂，亲自动手，给马俊友擦伤口附近的汗痕。马俊友想推拒，怎奈手里捧着的那几个天鹅蛋如同手铐一般，使他无法动弹。这时，他才发觉邹丽梅心里的弯弯绕比他多多了，几个天鹅蛋塞在他手里，使他只能尴尬地站在那儿，无条件地接受邹丽梅的照顾。

他很不好意思，喃喃地说：

"这……"

"我应该做的。"她淡淡地笑着说，"我在护士学校学过……弄不好，你肩膀上的伤口会感染的。这块毛巾就留给你吧！"邹丽梅把毛巾搭在他那宽宽的肩膀上，把天鹅蛋从马俊友手里接了过来。

马俊友双手恢复了自由，第一个反应就是把毛巾从肩上拿下来，他非常感激地说："谢谢你，我……不要。"

"为什么？"邹丽梅问道。

"你……你也要用它，我……"他扭头看看地上的小褂，"我有它就行了。"

"俊友同志，你那件褂子硬得像搓板了。你用毛巾擦汗吧！你们的活儿比我们累得多。"邹丽梅诚挚地说，"忘了吗？在天安门广场，你老妈妈曾经叮嘱我们，要互相照顾……"

"那我谢谢你了。"马俊友把毛巾系在自己脖子上，他立刻闻到一股淡雅的幽香，他的脸立刻飞起一片绯红。他语无伦次地说："丽梅同志，我……我……能帮你干点什么呢？"

"你看——"邹丽梅向他们头上的两只天鹅瞥了一眼，"它们欺侮我一个人，用爪子抓我，又用翅膀打我，你陪我把这几个蛋送到安全地带就行了。"

这儿是荒火没有烧过的生荒地，茅草很高，马俊友走在前边，不断用胳膊分开树丛和茅草，好让邹丽梅脚下的路平坦些。他们走了好一会儿，找到一个向阳的土坡，邹丽梅把几个天鹅蛋摆在软土窝窝里，和马俊友躲在草丛后，好奇地窥视着天上的两只白天鹅。显然，这对天鹅夫妇早已心急如焚了，看他俩刚刚离开土坡，就双双合拢了翅膀，从半空中一头扎下来，它们把几个天鹅蛋，紧紧地搂在羽翼之下，同时昂起白雪般的长长脖颈，惊魂未定地向周围望着，唯恐失而复得的儿女再遭到劫难。

邹丽梅眼里盈出欣喜的泪光："瞧！这一家子！"

"你怎么知道这是一家人？"马俊友不以为然地问道。

"那瘦高一点的天鹅——是父亲，那矮胖一点的——是母亲。"

"你真能幻想。"马俊友说，"听说天鹅和鸳鸯，和人相反，都是雄性的最漂亮。"

"它们还有习性。"邹丽梅补充说，"彼此非常忠实于爱情，其中一个死了，另一个也要忧郁而亡。"

他俩都不再说话了，似乎有什么看不见的东西，同时闯入他们的心扉。

草原没有一点声响。特别是中午，天空中没有一丝风，树不动，草不摇，天和地都笼罩在一片静谧之中。远处，拖拉机唱着单一的歌，近处只有那两只天鹅亲昵地说着什么，剩下的就是这两个青年的心跳声了。邹丽梅是个十分爱干净的姑娘，但她今天不知怎么了，却十分爱闻马俊友身上的汗酸味儿。马俊友家中无姐无妹，从小到大只受过母亲的抚爱，今天他和邹丽梅在这儿相遇，使他血撞心怀，一种从来没有过的甜蜜感觉充填了他每一个细胞。他很想对邹丽梅说点什么，但感到口燥舌涸。

静……

"我妈来信了。"过了许久，马俊友说，"叫我问你好哪！"

"老妈妈好吗？"邹丽梅白皙的脸上浮起两朵红云。

"好。"

谈话又断了线。

幸好，这时在空旷的草原上传来诸葛井瑞的广播喇叭声。那是呼喊开工的讯号。邹丽梅和马俊友从草地上站了起来。

他们穿过一片白桦树林时，邹丽梅叫住了马俊友。她思忖地抚摸着小白桦树的树干，似乎有什么难以出口的事情。马俊友有点惊奇：刚才邹丽梅是那么兴奋，两眼都闪露着喜悦的光芒，现在她显得那么忧郁，和刚才的样子判若两人。他热诚地问道：

"你这是怎么了？刚才还是响晴的天，这会儿又像要下雨！"

"怎么对你说呢？"邹丽梅咬着哆嗦的嘴唇。

"你说吧！"

"……"

"你不相信我吗？"马俊友焦急地说。

邹丽梅摇了摇头，轻声地说："相信，可是……"

"干吗还留着半句？"

"我考虑该不该对你说。"

"哎呀！你心眼怎么那么细。"马俊友说，"荒地上都开工了……"

邹丽梅看了马俊友一眼，扭身就跑了。

"丽梅同志——"马俊友在后边吆喝。

"小邹——你停一下。"

邹丽梅不但没停下，反而越跑越快——她哭了。

邹丽梅是个既有强烈自尊心又有浓厚自卑感的姑娘。她的家庭和她的生活遭遇，在她身上涂了两种极不谐调的色彩。来荒地之后，她虽然是第一个新团员，介绍人又是团中央书记苏坚，但她还是比其他女伴矮上半头，"资本家小姐"这几个字眼，像坠在她心里的一块石头。她沉默地工作，劳动之余，每天主动收拾五号帐篷，照料不会生活的小春妮……女伴们跟她很亲，都叫她丽梅姐。尽管这样，她总觉得家庭像跟随她的影子，摘不开也抹不掉。

大概是到荒地的第五天，她被批准为新团员的晚上，迟大冰找她在马棚后边一根倒木上谈话。

"你今天一定很激动吧？"迟大冰问。

邹丽梅回答："是的。"

"咱们垦荒队八十一个人，家庭出身就数你的不好了。"

"这我知道。"邹丽梅虔诚地回答。

"今后要继续和家庭划清界限。"迟大冰严肃地说。

"支书放心吧！"邹丽梅坚毅地点着头，"我把家里寄来的罐头点心都给女伴们分着吃了。"

"吃了？"迟大冰皱起眉毛。

"是呀！"邹丽梅发表自己的看法说，"倒在草原上喂老鼠太浪费，退回去，还要麻烦伙伴们去县城邮局，往返一百多里地……"

"这样处理不够妥当。"迟大冰说。

"支书你说怎么处理才对呢？当时，我征求过团支部书记俞秋兰同志的意见。"邹丽梅睁大眼睛，认真地倾听着迟大冰的意见。

迟大冰半天也没有回答出办法来，但结论却做出来了："这是你和家庭藕断丝连的表现。今后再碰到这样的问题，事先和我谈谈。"

邹丽梅思想虽然没通，嘴里还是"嗯"了一声。她对迟大冰是很尊敬的。这不但因为迟大冰的年龄在垦荒队中最大，也不仅因为他是党支部书记，使她感动的是，迟大冰对她生活上非常关心。她从家里跑出来时一无所有，途经哈尔滨时，他带着她去服装商店，用全国青年支援的钱款帮她购置冬装、棉被和生活用品。她感到党组织的温暖，因而自觉不自觉地把迟大冰看成党的化身、党的形象。她怎么能不慎重对待迟大冰的意见呢？

后半截的谈话，可就使邹丽梅费解了。迟大冰忽然询问起她对马俊友的看法来，他说："听说，你和马俊友同志很接近？是吗？"

"他老妈妈说，叫我多照顾他一点。"

"你不必那么认真嘛。你想想，马俊友同志是革命家庭出身，爸爸过去是老红军，妈妈是老革命。"迟大冰意味深长地提示她说，"全垦荒队，人家根子最红，你呢？出身最……"迟大冰唇下留情，没有吐出那个"黑"字来。

邹丽梅不由得打了个哆嗦。

"要注意影响，不要叫人家议论你……你明白了吗？"迟大冰拍拍屁股走了。

邹丽梅当天晚上失眠了。她仔细地琢磨着迟大冰最后的几句话，想来想去，觉得这是"门神爷卷着灶王爷——画（话）里有画（话）"。在她百思不得其解时，她只好请教睡在她旁边的女伴——被姑娘们称为大姐的唐素琴。唐素琴在女兵中年龄稍大一点，平日沉默寡言，作风端庄持重。她来垦荒队的原因，只有邹丽梅一个人知道，那还是在北上的火车上，老大姐为了安慰邹丽梅那颗苦涩的心，向她袒露的痛苦心声。她原来是个刚上任的小学教师，被一个花言巧语的男人欺骗了，她打了胎，毅然走向了新的生活。邹丽梅觉得她比自己身世还苦，有些心里话特别愿意说给这位大姐听。她把迟大冰的谈话内容，全盘告诉了唐素琴后，大姐用大拇指舒展着邹丽梅两条美丽的长眉毛，说："小邹，一个姑娘要是太漂亮了，常常不是福而是祸。你可要记住这一点呀！"

"你是说……说他……"邹丽梅惶恐地问道。因为这对她来说，太突然了。这是她根本没有想到的事情。

"日子还短，对谁也别先下结论。"大姐和她轻轻耳语着，"但是我告诉你，怎样去透视男人。如果一个男人，只对你一个人好，对所有的人都很糟；或者只关心你一个，一点也不关心周围的同志，十之八九这个男人是有贪心的。"

"大姐……"邹丽梅拉着唐素琴的手，"我不相信他是这样的人，他是……"

"小邹，夜深了，你静静心睡吧。"大姐不知是怕她们的轻声谈话惊醒了别的女伴，还是她真的困了，从被窝里翘起身子，把马灯捻灭了。

　　从这时起，这个"谜"就锁在邹丽梅心田里了。两天之后，迟大冰又特意告诉她，把她留下来做饭，是他在队委会上提出的。邹丽梅心里有了一点戒备，只是冷漠地点点头，没有表现出对迟大冰有任何感谢之意。说实在的，她是来开荒的，谁愿意当后勤呢！这些锁在她心窝里的事，她本想和马俊友详细地谈谈，但她看见马俊友那诚挚的目光，生怕自己判断失准，误伤了迟大冰，影响迟大冰和马俊友之间的同志情谊，因而她欲言又止。同时，迟大冰告诫邹丽梅的话"人家出身最红……你出身最……"，突然莫名其妙地闯进了她的脑海，自尊和自卑像两只手撕扯着她的一颗心，她矛盾，她内疚，她甚至后悔刚才不该冒失地送给他那条毛巾。当她头脑陷入一片混沌时，扭身就跑开了。

　　马俊友只是觉得邹丽梅是个怪人。在他眼里，生活都是透明的，就像他头顶上的蓝天，它虽然无限遥远，但透明如同水晶。他不理解邹丽梅的脸上为什么一会儿万里无云，一会儿又乌云满天，居然还滴下几颗雨珠——眼泪。越是不理解的事情，他越想理解，他在后边呼喊她、追逐她。邹丽梅头也不回，只管朝前跑着。马俊友追出茅草地时，邹丽梅已经在黑土地里弓下腰身，和女伴们一起往外抱犁头割断的枯藤了。

　　他用邹丽梅送给他的那条毛巾擦着脑门上的汗，正在失意地张望着，迟大冰赶着的那台马拉犁，停在他的身旁。迟大冰手扶着铧犁把儿，意味深长地说：

　　"小马，这是到哪儿去了？"

　　马俊友说："借大伙休息的时候，我去刨刨老树根。"

　　迟大冰不冷不热地说道："……刚才，好像是邹丽梅从草丛里跑出来，我以为后边有狼追她呢！"

　　"我……"马俊友解释着说，"我在那儿刨树根，她去给天鹅蛋找窝，碰巧……"

　　"开荒这么紧张，"迟大冰木然地说，"我们党员更该注意自己的影响。刚才，地头会上你对我提出的意见，是对我的提醒，我也想给你提个醒，你是革命烈士的后代，多少双眼睛都在看着你——"

　　"老迟，我不太明白你的意思。"马俊友直率地说。

"俗话说,'响鼓不用槌,一点就通(嗵)'。"迟大冰含蓄地说,"你看荒地上都开工了,你却刚从茅草地里钻出来。"说完,他吆喝了一声"驾——",三匹马拉着一台铧犁,从他身旁走过去了。

马俊友又急又气,他很想和迟大冰把事情说清楚,可是迟大冰两手狠狠地按着铧犁,头也不回,直奔向了荒地深处……

六

尽管剽悍的小伙子们整个下午都投入了给拖拉机和马拉犁清道的工作,大自然还是以它无穷的蛮力,给开荒设置重重路障。"斯大林80"这样庞大的铁牛,碰上树根就像战船触礁一样,机后驾驶农具的农具手,常常被弹起老高,抛出座位,甩出去四五米远。因此,这两台拖拉机后的农具手,已经更换几个人了,俞秋兰和卢华开着的两台拖拉机还常常为这些路障停车。

对爱情的追求,究竟能给人增添多大的动力?增加人体内的多少热能?世界上没有一个心理学家,对此做出过比较精确的统计。可是,这朦朦胧胧、没有形状、没有轨道的玩意儿,在白黎生身上,产生了奇异的力量——他爬上俞秋兰那辆拖拉机农具手的座位后,任凭铧犁上上下下地跳蹦,左左右右地倾斜,竟没被甩下来。

犁尖下翻起一缕缕的黑土,使他感到无比快慰,尤其是他看到垦荒队队员的目光中,流露出对他的惊讶和称赞时,他的心乐得似乎要从嗓子眼里蹦出来。那些垦荒队队员的目光似乎在说:"瞧啊!白黎生并不像石牛子形容的那样,像个纸糊的人,谁一捅一个窟窿,风一吹就散了架子,火一烧就化成纸灰。"只有白黎生最明白自己,他所以没有从掌握犁舵的座位上被抛下来,除了俞秋兰对他的强大吸引力使他在掌握犁舵时处处小心之外,他在农机学校时,曾在京郊农场实习过在拖拉机后掌舵的活儿。那时候他无心学的玩意儿,今天在荒地用上了——这真是歪打正着。

一轮红日从草海里跌进了地平线,被暮色吞噬了的荒地寂静下来了。男女垦荒兵们牵着马匹,扛着工具,回青年屯了,荒原里只有两台"斯大林80"上的四个人——卢华、刘霞霞和俞秋兰、白黎生,留在这儿进行夜耕。

在单调的马达声响中,天完全黑了。拖拉机睁开了两只"亮眼睛",黑沉沉的大地被照得银白雪亮。秋夜的风从黑龙江对岸的西伯利亚卷了过来。白黎生感到一股逼人的寒意。他很后悔,为什么不把他那件垦荒队队员的老羊皮袄穿来，要是披上一件老羊皮袄，给俞秋兰开的拖拉机掌犁，那简直是人世间最惬意的事儿。他又想起去年北京的一个秋夜，他拿着一架望远镜，坐在天桥大剧场的后排座位上，观看着苏联芭蕾舞剧团演出的《天鹅湖》，舞蹈大师乌兰诺娃的表演虽然也使他神往，但最吸引他的还是"四只小天鹅"中紧靠右边的一只，除了她鼻子略显高些之外，她的面孔和身段都极似俞秋兰。他从望远镜镜筒中紧紧地盯住她一个人，并尽量使俞秋兰的身影和舞台上那只小天鹅合二为一……

机车突然晃动了一下，停了下来。白黎生还没从幻觉中醒过来，俞秋兰已经从车舱里跳了下来，站在铧犁的旁边：

"冷了吧？"

白黎生惊愕地说："不冷，不冷。"

他刚要跳下座位，俞秋兰把手里的老羊皮袄，往上一扔说："我在车舱里用不着，你在露天用它挡挡风寒吧！"

白黎生接过皮袄，从机座上探着脖子向俞秋兰说："咱们夜耕到几点？"

"连轴转。"俞秋兰清脆地回答了三个字。

"到天亮？"

"宋书记回县城之前说了，要机上的成员辛苦点，因为这儿只有卢华和我会开拖拉机。"俞秋兰一边系着被风吹开的黄头巾，一边回答白黎生说，"你和"小皮球"，犁舵掌得还不错，夜班留下你们，明天早晨找人来顶替你们。"

"你和卢华呢？"白黎生追问道。

"恐怕要连续顶班了。"

"那……我也要连续作战。"白黎生说，"你什么时候换班，我也什么时候换班。"

"那何必呢！学掌握犁舵总是容易点，全队那么多小伙子。"俞秋兰回避着白黎生的目光，淡淡地说，"比不了学开拖拉机。"

"我想接受考验。"白黎生为了表示坚决，从铧犁的座位上站了起来，"我想和你一块儿接受考验。"他把"一块儿"这几个字说得特别响亮。

俞秋兰抬头看看他，本想说两句提醒他的话，叫白黎生头脑清醒一点。看见他浑身上下已被尘土打扮成了"土猴儿"，眉毛、鼻子、脸腮都铺着一层厚厚的尘埃，她把话又咽了回去，转身蹬上机车履带，爬进车舱。

"秋兰同志——"白黎生喊她。

俞秋兰探出头来："还有什么事儿？"

"多谈几句再开车嘛。"白黎生低声地说。

俞秋兰沉默地望着这个"土猴儿"，她不忍心立刻开动机车马达。

"唉！"白黎生习惯地用手指拢拢头发，"你真不理解我为什么到荒地来？"

"理解。"

"你是怎么理解的？"

"你对苏坚同志回答得很好，'我是为了去开垦北大荒'。"俞秋兰滴水不漏，她想用白黎生自己说过的话，来封住他的嘴。

"这只是目的之一嘛。"白黎生解释着说，"其实，我进农机学校第一天，就喜欢——"

俞秋兰赶忙岔开话题，打断他的话说："就喜欢上开荒这个工作了，是吧？"

白黎生对俞秋兰的回避毫不介意，他继续向她表白心愿说："……我们同学三年，眼下，又是'八千里路云和月'的追随，秋兰同志，你……不觉得你太残酷了一点吗？"

俞秋兰最怕听见的话，终于从白黎生嘴里倾吐了出来。她真想给他泼上一盆冰冷的水，以从根本上熄灭他心中的火焰，可是她又怕他经受不住打击，真的扑灭了他心中对开荒仅有的一点亮光，便尽量做出和颜悦色的神态说："小白同志，我们的生活习惯、志趣爱好，都有着非常远的距离。你多才多艺，能拉会唱，应该找一个能说到一起的伙伴。荒地上的姑娘，比我好的多的是，你何必……这样……折磨自己呢？你该懂得，在这个问题上，强扭的瓜是不会甜的，不，这条藤上根本也结不了瓜。"

"秋兰同志……"

"别说了。"俞秋兰指了指另一台拖拉机，"人家在争分夺秒地开荒，明白吗？"她"砰"的一声，关闭了车舱舱门。

白黎生重新坐在铧犁的舵手位子上时，顿时觉得荒野是那么黑。虽然俞秋兰那件羊皮袄足以抵御夜寒，但他还是感到心内很冷。月亮偷偷地升起来了，草原变成一片闪亮的银海，远处一排排小白桦树，像一群身穿素衣素裙的窈窕少女；骑马岭下的落叶松，笔直挺拔，像大海上一根根高耸的船桅。月光下，草原就像是桅帆下的一艘偌大的船，正载着这群亭亭玉立的少女，驶向不知的去处。草原之夜，如此诱人遐想，可是白黎生，却对它失去了兴致。他不知为什么想起了他童年生活的巴黎，每到夜深人静时，听着《蓝色多瑙河》悦耳的乐曲，喝着妈妈送到手里的咖啡。而这里，不要说是咖啡，连一杯热开水也喝不上，响彻大地的不是"华尔兹"的优美旋律，而是"突突突突"的刺耳声音。

过了午夜，白天担任宣传员任务的诸葛井瑞，才一头担着苞米粒饭和咸菜，另一头挑着白菜汤，手里拉着一根防狼棍子，出现在夜耕的荒地。地头上有一间用桦树皮和野荆条编织成的三角窝棚——县委书记宋武的手艺——这是供卢华、刘霞霞、俞秋兰、白黎生夜班休息和吃饭的地方。白黎生刚刚钻进窝棚，诸葛井瑞忙揭开饭桶上的棉絮，给他盛了一碗热苞米饭：

"小白，饿得肚皮挨脊梁骨了吧？快吃了它。"

白黎生没有理睬"小诸葛"的热情，拿了个空碗，舀了一碗菜汤，大口大口地喝个没完，然后，他把空碗一扔，就靠着窝棚合上眼皮。

卢华接过"小诸葛"手中那碗饭递到白黎生面前："人是铁，饭是钢，吃下去再打盹。"

白黎生推开饭碗，说："我……我不饿！"

"小皮球"调皮地瞅了白黎生一眼，嚷道："哎呀！我说歌唱家，你白天唱的歌多带劲，'百灵鸟，双双地飞，不是为了寻找安乐'，现在，怎么变成了霜打的丝瓜瓢子了？"她坐在白黎生身边，用筷子扒拉一下白黎生的嘴唇，嘻嘻地笑着说，"来，白大哥，张开嘴，我来喂你吃饭。"

白黎生能推开卢华和诸葛井瑞送到嘴边的饭碗，却难以摆脱刘霞霞的纠缠。他只好端起饭碗，机械地往嘴里填着苞米粒饭。

"小皮球"开心地笑了好一阵子，说："白大哥，为了不让眼皮子打架，我们一块儿唱支歌吧。"

"你安静会儿好不好？"白黎生心烦意乱地说，"咱们要干到天亮呢！"

"哟——""小皮球"拉长声调说，"还是男子汉哪！我刘霞霞都不怕熬夜，你还怕？咱俩儿一唱歌，就不困了。"

白黎生指指风干的嘴唇，表示他没有唱歌的兴致。

"你不唱，我可要唱了。不过，你可得给我挑挑毛病。答应不答应？"

白黎生沮丧地点点头。

"小皮球"抖开嗓子，真的唱开了。她唱的是流行于古老北京的儿歌：

水牛儿，

水牛儿，

先出犄角后出头。

你爹，

你妈，

给你买来烧羊肉。

……

"小皮球"在窝棚里和白黎生纠缠的时候，俞秋兰把卢华叫出了窝棚。他俩走过拖拉机旁，卢华见俞秋兰愁锁眉梢，问道：

"你这是怎么了？"

"跟你商量个事情。"

卢华说："在窝棚里说不好吗？这儿夜风多凉。"

"你把刘霞霞和白黎生调换一下吧。"俞秋兰神色痛苦地说，"叫白黎生给你去掌犁舵，叫'小皮球'跟我那台拖拉机。"

"多此一举。"卢华不以为然地摇着头。

"人家可是在正式给你提意见。"俞秋兰嗔怪地瞪着卢华。

卢华毫不犹豫地回答："我不同意。"

俞秋兰不快地把头扭向一边。

"小俞，你想想，白黎生给你那台机子掌犁，不是对开荒，对你们……都有利嘛。"卢华说服着俞秋兰，"他来荒地，思想不那么踏实，你正应该多关心他嘛。"

俞秋兰猛然回过头来："你和我都有责任。"

"别激动嘛，小俞。"卢华微微笑着，"你说得很对，我们都有责任，可是你们的关系，不是比我更……"

"你这是说的什么话呀！"俞秋兰跺了跺脚，"真是……真是……叫人怎么和你说哪！"

"我说的是大实话。"卢华大咧咧地劝解着，"荒地上谁不知道你们同学三年，他来北大荒，一部分原因是为了你。"

俞秋兰揉搓着头巾的下摆，她感到既委屈又生气。她目不转睛地看着卢华那张黝黑的脸，眼皮忽然一阵酸胀，晶莹的泪花夺眶而出，她赶紧低下头来，背过身去。

卢华毫无察觉地继续说着："刚才，小白哭丧着脸出神儿，我估摸着也是因为你的原因。你是不是对他耍态度了？"

俞秋兰沉默地咬住头巾一角，把头埋进了头巾中——她的心哆嗦了。使她伤心的是，卢华竟然对她的心事一无了解。记得，她在农机学校时，为了未来从事农垦工作，曾读过苏联作家肖洛霍夫的小说《被开垦的处女地》，小说中的主人公名叫达维多夫。他虽然也是一个把身心献给大地的人，但感情细胞绝不像卢华这样贫乏，路希卡·华丽雅对他的任何一点细致的感情，都能激起他内心的强烈反应；而卢华在这方面，则痴呆得像个婴儿，不——他已经是二十六岁的青年人了——像个笨拙的傻瓜。俞秋兰觉得再不能沉默了，应当打开心灵上那把锁，让卢华知道她深藏着的渴望和憧憬，便松开咬住的头巾角，迅速地擦掉泪痕，反问卢华说：

"我能不能问你一个问题？"

卢华两手一摊："当然可以。"

"白黎生是喜欢我，可是我不喜欢他，而心里喜欢另一个人，你真的看不见吗？"俞秋兰鼓起勇气，直视着卢华那双细长的眼睛说，"难道为他这'八千里路云和月'的追逐，为他来了荒地，为叫他在荒地安心，就必须要我这个不喜欢他的人，用感情来回报吗？你刚才说我们同学三年，三年怎么了？就是相处了三十年，也不一定就能互相吸引。你怎么能用相识时间的长短，当裁决感情的尺子呢？我是工人的女儿，既不信奉资产阶级那套'一见倾心'，也不按舆论的跑道行事，我是我，我叫俞秋兰，就像有人要用马拉犁耕地，我非开出来拖拉机一样，我有我自己在生活中的选择。"

卢华从来没有见过俞秋兰如此激动。荒地上空一轮夜月，把清冷的幽光洒在她的脸上，她两条蛾眉高挑，嘴角紧闭，眸子闪光……就像一尊坚毅肃穆的大理石雕像。平日对他言听计从的温顺姑娘，割草时叫他吹她手上磨起大泡的腼腆的少女，今天在他面前一下大了几岁——卢华蒙住了。

生活中常有这样的现象，当一个人把全部心血投入一项宏伟的事业中去时，他的两只眼睛只盯着他所追求的那个目标，他不知疲惫地向着那个目标疾行，就像个夜行者一样，不会发觉他的脚下，有花，有草，有清清的河水。但是生活中的某一刹那，突然升起了撕裂阴云、照亮夜路的闪电，他才发觉他脚下的路不是空旷的沙漠，而是充满了绚丽的色彩：花儿是红的，草是绿的，清澈见底的小溪在他脚下唱着歌。卢华也是这样，来荒地这么多日子，他思恋的是黑土，他向往的是麦穗，他的憧憬是一顶顶荷叶形的帐篷早日变成一幢幢房屋；即使在他的梦里，也没有出现过一次俞秋兰的影子，而总是梦见自己扛着沉沉的粮食口袋，登着一块颤颤悠悠的跳板，到粮囤去入仓。这条跳板怎么那么长啊！怎么走也走不到头，他咬紧牙关，拼命地向前走啊，走啊……因为他常常做这个梦，垦荒男兵们都知道卢华睡觉比"呼噜贺"还多一手，那就是不断的咬牙声。

深秋的午夜，俞秋兰的话比得上一道闪电，称得起一声霹雳，第一次把这个结实年轻汉子的另一个梦震醒了。他朦朦胧胧地感到俞秋兰提到她喜欢的那个人，和他不无关联。他之所以有这样的感觉，不是出于他的敏感——正好相反，他在这方面迟钝得近于一根绝缘的木桩；也不是由于俞秋兰流露出的心声使他产生自我联想——他重实际，缺乏感情上幻想的细胞；而是俞秋兰说的那些话，使他想起诸葛井瑞那幅画儿来了——

那天，诸葛井瑞送画儿给俞秋兰，被她婉言谢绝后，诸葛井瑞把两幅画一块儿摊在卢华的面前。当时，垦荒队队员还没开到荒地，男帐篷只有他和卢华两个人，所以"小诸葛"说话非常随便：

"卢华，你看我画的两幅《草原日落》，哪一幅好？"

卢华漫不经心地看着。第一幅有草原、彩云、落日、低飞的鹭鸶和他们割起的一垛茅草；第二幅除有上述景物外，主要突出他和俞秋兰的背影。卢华拍拍"小诸葛"的肩膀说："你不愧是个秀才，我看这两幅都不错，将来出壁报时，保证一鸣惊人。"

"小诸葛"龇牙一笑，试探地追问着卢华说："别模棱两可嘛！你到底喜欢哪一幅？"

卢华仔细地看看画儿，指着没有他和俞秋兰背影的那幅画儿说："这幅好，把北大荒的开阔劲儿，都画出来了。"

"小诸葛"说道："你和俞秋兰审美观点可不太一样。"

"她喜欢哪幅？"卢华顺口搭音地问。

"当然是有人的那一幅了。"

"我不喜欢人，喜欢风景。"

"她呀，正好和你相反。"诸葛井瑞说，"她喜欢人，而不喜欢风景。画面上这两个人，她特别喜欢他——"诸葛井瑞指着卢华在画面上的身影儿，拿腔作调地说。

卢华纳过闷儿来了，瞪了"小诸葛"一眼："别胡说八道，你再胡乱揣摩，我用镰刀剜去你的舌头。"

诸葛井瑞煞有介事地告诉卢华说："不是吹牛，诸葛亮的后代，不但上知天文，下知地理，而且会测人间的婚姻八字。在这点上，我比祖宗——卧龙先生多一招哩！"

卢华揪着"小诸葛"的耳朵说："这儿可不欢迎你这小阴阳先生。"

诸葛井瑞"扑哧"一声笑了，他掰开卢华的手，揉着被揪红了的耳梢说："队长，说实话吧，我这些话不是算命算出来的，是我察言观色看出来的。""小诸葛"把俞秋兰对这幅画儿的前前后后，仔细地向卢华追述了一遍。

卢华虽然无心细听，但诸葛井瑞的话还是在他心里留下了影子。大队人马一到，卢华天天忙得脚丫朝天，把"小诸葛"的推算早就忘得一干二净。今天，俞秋兰含而不露地提起了"那个人"，在卢华心里荡起了强烈回声，他陷入茫然不知所措的境地。

"卢华，"俞秋兰催问着，"你怎么不吭声？"

卢华手指上的泥都搓掉了，他还没找出合适的回答。

"我的看法对不对，你总得表个态呀！"俞秋兰微皱眉心，语气里流露出急躁。她等待着卢华的回答。

"你的话说得没有错。"卢华终于开口了，"不能为了使一个垦荒队队员安心荒地，就把爱情当作牺牲，可是——"

俞秋兰马上接过他的话说："可是，你知道我说的'那个人'是谁吗？"

"小俞，我已经猜个八九不离十了。"卢华避开了俞秋兰的目光。

"谁？"俞秋兰悄声地问。

"你的心思我了解了。"卢华坦率地说，"你是个很好的同志，开荒第一仗，就表现出你的泼辣劲儿来了，我很喜欢你……你的性格。可是你想过没有，如果我们表现出超越同志的关系，白黎生会有啥想法？假如由于我们，增加了白黎生的痛苦，难道就完全合适吗？万一他思想上钻了牛犄角尖，闹出啥问题来，不要说我这个垦荒队队长心里过意不去，你这个青年团团支部书记心里也不会安宁。你说对吗？"

俞秋兰默默地凝视着卢华，她既没点头，也没摇头；但心里暗暗承认，卢华考虑问题要比她周全得多。她记起在割草的日子里，卢华曾对她讲过他因感情用事，而犯了严重过失的一个故事：那是在朝鲜白云山反击战之后发生的，部队要他和另一个战士押送两个美国俘虏去战俘营，当他路过一个燃烧着的朝鲜村庄，看见一个婴儿依偎着母亲躺在血泊中时，他愤愤地揍了两个美国佬一人一枪托。那两个美国佬叽里呱啦地用英语提出抗议，意思是抗议他虐待俘虏，卢华看了看路旁的母亲和婴儿，无法压抑心中的怒火，他突然扣动了扳机，朝美国佬开了一梭子。归队之后，陪同卢华押送战俘的战士向首长汇报，说战俘要逃跑才被迫开枪，可是卢华则坦白自己违反了俘虏政策，请求处分。结果，卢华被关了十天禁闭，从班长降到战士，和那个没开枪但是说了谎话的士兵一块儿被遣送回国，重到矿山。卢华非常悔恨这次过失，因为这次感情冲动，导致他离开朝鲜战场，没能跟随志愿军的坦克部队一直打到"板门店谈判"。俞秋兰记起了这段故事，觉得更应该尊重卢华的意见，她自己不过是个来开荒的学生兵，而卢华经历了战火的磨炼，是值得她完全信赖的。想到这里，她对卢华说："依你看，我该怎么办呢？"

"你要是真正爱护我，"卢华说，"你就不要要求调换农具手了。"

"那我该多么痛苦……"俞秋兰叹口气，"他要是总对我纠缠呢？我……我……"

"你也要关心他，告诉他这是同志情谊。他是个有自尊心的人，经过一段痛苦，也许会正确地对待你的。"卢华说，"绝不能因为个人痛苦，就抛开一个同志不管，小俞，我相信你能做到这一点，是吗？"

俞秋兰脸红了，不十分情愿地"嗯"了一声。

白桦树的叶子在这深秋的午夜，无声无息地飘落着，有一两片被秋风卷着，坠落在俞秋兰起伏的胸脯上，她把叶片拿在手里，下意识地擦着自己灼热的脸腮。她渐渐意识到站在自己身边的黑脸膛的卢华，心胸比她博大宽广得多，他的心田就像眼前的广漠原野，她则不过是它胸膛上一株稚嫩的小树；他的心田像头上的浩荡天空，她自己只是它怀抱中的一颗不起眼的小星而已。她愈发感到卢华性格的浑厚、开阔、善良，愈发觉得自己的心难以和他分开了。她几次想跨上两步，紧紧握住卢华的手，甚至起了想吻一下他那黑黑脸膛的念头，可是当她刚要迈步时，羞涩抑制了她的脚步。为了平息自己狂乱的心情，她抬脚登上了拖拉机。

后半夜，俞秋兰的心如同沉浸在一口蜜缸里，尽管驾驶舱里很凉（她那件老羊皮袄刚才给白黎生穿了），可是黄头巾下那张秀气的脸还火烧火燎，红涨得像一朵鸡冠子花。她很后悔刚才的怯懦："为什么不吻一下他的脸呢？荒原里没有第三个人，只有你和他，还有就是月亮下的人影儿了！哎呀！俞秋兰，你真是个天字第一号的傻丫头！"她无声地骂着自己。

拖拉机剧烈地颠簸了一下，俞秋兰从幻觉中惊醒过来。她把头探出机舱，向后看了看，不觉吃了一惊：农具手座位上空了。她赶紧停机跳下车来，向后眺望，距离铧犁两三米远的地上躺着一团白茸茸的东西。她立刻想到，这是白黎生被树根甩下车来了，忙跑上去：

"小白同志，你……"

老羊皮袄蠕动了一下，诸葛井瑞从地上爬了起来。

"怎么……是你？白黎生呢？"

诸葛井瑞从地上捡起眼镜，抹了一把脸上的泥土，把眼镜戴好，所答非所问地说："想不到树根这玩意儿这么厉害，不过，这也算不了什么，一回生，两回熟，三回变成老师傅。"

俞秋兰有点急了："白黎生呢？"

"替我挑着空饭担回青年屯了。"

"为什么？"俞秋兰脸色由红变白。

"刚才，'小皮球'唱着老北京的儿歌：水牛儿——水牛儿——我听着蛮有老北京的味儿，随手掏出小本本给刘霞霞画人头素描，光线虽然暗点，可画得不算差……"

"'小诸葛'，我问你白黎生的事情。"俞秋兰打断诸葛井瑞的话说，"你怎么这么絮絮叨叨，说简单点嘛！"

"我画画的时候，不知白黎生什么时候出了窝棚，过了会儿，他回来了，把这件老羊皮袄往我怀里一扔说：'白天咱俩换一回工了，是你主动塞给我的喇叭筒，现在我头疼得厉害，我主动请求你替我干这后半夜吧！'这有什么问题，我满口答应了，他拿起我那根防狼棍，挑起空饭担就走了。"

俞秋兰愣住了。

"小俞，"诸葛井瑞掸掸皮袄上的黑土，胸有成竹地说，"你用不着发愣，根据我的分析，刚才他一定嫌'小皮球'的尖叫声扎耳朵，才出窝棚。出了窝棚以后……是不是看见什么了，比如，你和卢华在谈什么——这是我的揣测——也许他听见一耳朵半耳朵的，引起他的条件反射。没错！"

俞秋兰没有反驳"小诸葛"的推想，她沉思着。

"小俞，我看这倒好。卢华、你和我，是垦荒队的'先行官'，我了解你俩，赞成你们俩……该怎么说呢？"诸葛井瑞咬文嚼字地说，"现在是 20 世纪 50 年代，你们之间的感情应当公开。小白当然痛苦点，可那有什么办法呢？！爱情这码子事，不能迁就，不能怜悯，不能……"

"别说了。"俞秋兰心里虽然对诸葛井瑞的话没有反感，嘴里还是制止他再往下说，"卢华刚才为这事批评了我一顿，我应该多给白黎生一些同志间的温暖。"

"可是他要的不是同志间的温暖哪！""小诸葛"不服气地说，"我建议就这件事情，在团支部公开讨论一下，因为咱们这儿都是年轻人，迟早要经过这一关。"

俞秋兰心乱如麻，她觉得"小诸葛"的建议是很有道理的，但是这会导致什么结果呢？会不会增加白黎生的精神压力？她理不出个头绪来，纵身迈上拖拉机，回过头来叮嘱诸葛井瑞说："你身子不要太僵太死，身子要随着铧犁摆动，这样，碰上树根，顶多打个趔趄，不会把你甩下来，你听懂了吗？"

诸葛井瑞还想继续对俞秋兰发表他的高论，一滴冰凉的雨点打在他的脸上。他打了个冷战，抬头一看，月亮和星星都不见了，夜空不知什么时候爬满了阴云，它乌黑得如同一个倒扣的锅底，铜钱大的雨点破天而落。

"给你这个。"俞秋兰从驾驶舱里扔出一件雨衣，"省得把你淋成水鸭子。"

诸葛井瑞抱着雨衣，朝落雨的荒野望着。他想起了白黎生，此时连一半路也走不了，恐怕要挨一场雨淋了。他想叫俞秋兰晚开一会儿车，容他去追上白黎生，把雨衣让给他穿，可是这当儿，天地之间，亮起一道银亮的闪电，雷声响过之后，瓢泼大雨切断了他的视线……

第三章

一

雨，一下就是七八天，仿佛天上的银河决了大堤，滂沱的大雨下个没完。

"小诸葛"献计用白矾沉淀杂质的水塘，已经平了槽了，垦荒队队员重新喝开混浊的"芝麻酱汤"了。帐篷里铺垫的厚厚茅草，经不起潮气的渗透，男女帐篷里发出茅草霉烂后的呛鼻苦涩气味，铺在上边的被褥，湿得一拧就能滴水。这对于住惯了北京四合院和四白落地楼房的娇儿宠女们，已经是个难题儿了。但更艰苦的是，连绵不断的秋雨把大草甸子变成了水洼、泥塘，开荒时节又不能耽误，北大荒的泥又黏得如同乳胶，男女垦荒兵们只好赤着脚板冒雨下地。他们在雨里淋、泥里滚，每到傍晚收工时，除了从头发的长短和胸部的凹凸上，还能分出是男是女之外，都成了清一色的泥猴儿。

如果仅仅是来自大自然的压力，那倒也好——这些北京儿女不是来北大荒睡"席梦思"床、喝牛奶、吃面包的，他们早有了迎接困难的准备。偏偏伴随着荒地上的雷雨，垦荒队队员心里也响了一声霹雳：白黎生在雨夜失踪了。

那天夜里，诸葛井瑞把空饭担儿给了白黎生。天亮时，他还没有回到青年屯。这个不愉快的消息，给垦荒队队员心里蒙上一层浓重的阴影。在这愁云密布的日子，卢华和大个子贺志彪带着垦荒队队员抢种。迟大冰、马俊友和几个来荒地后学会骑马的小伙子，骑上九匹蒙古马，驰进茫茫雨幕，分头到四面八方去寻找白黎生。第四天黄昏，马俊友失望而归时，在一片榛子林里发现了扁担、饭桶和一只陷在泥浆里的鞋。马俊友觉得这个发现很重要，骑着马返回县委，向宋武报告了这个新的发现。回到青年屯后，这只鞋成了各号帐篷猜测的话题：

"会不会陷进'大酱缸'里了？"十四岁的小春妮两眼闪着泪花说，"咱们来荒地时，连宋书记都差点淹在里边。"

"也许是在暴雨里迷路了。"年纪最大的老大姐唐素琴猜测。

"会不会遇上狼了？""小诸葛"的神机妙算也失灵了，他忧心忡忡地说。

"哪有那么多的狼！"石牛子不同意"小诸葛"的看法，"我敢肯定这小子脚丫上抹油——溜了。你们还记得不？在火车上大个子打呼噜，他都受不了，能受得了这苦？瞧！咱们这几个帐篷味儿得都像公猪圈和母猪圈了。"

没有人笑，也没有人应声。谁还有心思笑呢？雁群中有一只大雁离群掉队，它们还会在长空中哀鸣徘徊，何况白黎生是八十一个伙伴中的一个，他的安危福祸紧紧地拴系在每个垦荒队队员的心里。

卢华眼窝塌陷进去，眼白里出现了青年人少见的红丝。在拖拉机上连轴转的俞秋兰经受住了秋风苦雨的磨炼，却难以承受因白黎生失踪而给予她的严重打击。这件事实在太出乎她的意料了，虽然她不喜欢白黎生，可是她也不相信，他会采取当逃兵的方式和荒地告别。年轻人的血管里，流淌的不是冰冷的水——尽管他有着许多缺点——循环在他肺腑之间的血也应该是热的。一连几天没寻觅到白黎生，她急得嘴唇起了一圈火疱：难道真像迟大冰判断的那样，白黎生借着雷雨之夜当烟幕，当了垦荒队的第一个逃兵吗？这简直使她难以相信。

最使她痛苦的是，她从一部分垦荒队队员的目光中发现了对她的问号，尤其是迟大冰，那张本来就冰冷的脸上，似乎又结上了一层冰，好像那张窄长的刀条脸颊，马上就要发生雪崩。在马俊友找回白黎生一只泥鞋的晚上，她终于被迟大冰从五号帐篷叫到了队委会开会用的小帐篷里，迟大冰把放在木条桌子上的那只泥鞋，举到俞秋兰面前。

"找到这只鞋的那片榛子林，离凤凰公共汽车站不太远，它说明一个问题，白黎生确实是当了逃兵。"迟大冰的声音比脸色还冰冷。

俞秋兰舔舔疼痛的嘴唇，没有回答。她一开口说话，那些火烧火燎的火疱就会疼得钻心。

"卢华不同意给白黎生的母亲拍发电报。"迟大冰放下那只泥鞋继续说，"他怕白黎生的母亲如果没见儿子归来，接到电报会找到荒地来。依我看，白黎生这时候正坐在他家饭桌上吃夜宵呢！"

俞秋兰感到茫然，她两眼直直地望着那只泥鞋，心里想：那么讲究面子的白黎生，能赤着一只脚板，穿着沾满泥浆的衣裳，登上返回北京的火车吗？

"你怎么不说话？"迟大冰察觉俞秋兰没有反响，声音一下变高了。

俞秋兰为难地指指自己的嘴唇。

迟大冰看看俞秋兰嘴上的火疱，毫不动情地绷着脸儿说："你当然要比别人更着急，因为白黎生雨夜逃走，你有一定的责任。"

俞秋兰的心如同被针扎了一下，她顾不得嘴疼了："老迟，你……你……说的什么话呀？！"

"白黎生刚刚有了点积极性，跟着你第一天夜耕就撒了丫子！你是给他温暖，还是给他一块冰？"迟大冰脸上开始"雪崩"，两眼射出冷峻的光。

"该给的温暖我都给了，他没带皮袄，我把我的让给他穿，怕他受凉。"俞秋兰说，"他……向我索取……索取……超越同志情谊的东西，我没有给，我也不能给，这……这难道是我的过失吗？"俞秋兰不知是因为嘴上火疱疼痛之故，还是感到了极度的委屈，她眼角有些酸胀，忙把头掉转开来，她不愿意叫人看见她的眼泪——这是她的性格。

迟大冰虽然看不见俞秋兰的脸，但是他看见俞秋兰哆嗦着的双肩，他想象到俞秋兰哭了。到底是她脸上的热泪融化了他脸上的那块"寒冰"呢，还是他意识到了她的为难之处呢？不知道。反正俞秋兰一哭，他的脸色稍稍回暖了一些，声音也和缓了下来。他在这方寸大的帐篷内来回地踱着步说："是啊！人挨批评，心情总是痛苦的，前几天，我提出用马拉犁开荒，不过是想为集体增添荣誉，可是宋武狠狠剋了我一顿，我嗓子肿了好几天，连声音都沙哑了。那有什么办法呢？该做检查还是得做检查。俞秋兰同志，那时候，你把拖拉机开出去了，受到县委书记的表扬，赢得垦荒队队员的喝彩……那是应该的，眼下，你做检查，那也责无旁贷！"

"那件事和白黎生逃跑有什么相干？"俞秋兰忍不住心中的愤懑，朝迟大冰喊了一声。她扭过头来，仔细地打量着高高的迟大冰："难道他真是个把自己的名誉看得比垦荒事业还贵重的人吗？"她自己问着自己，"为什么在这节骨眼上，他还重提那件事情？"

老实说，初到荒地的日子，这个身材干瘦的"老青年"曾经赢得她的信赖。他老成持重，严肃认真，处理工作绝少年轻人的毛躁，干起活来，身子弓得如同一个虾米，无论从年龄和行动上看，都无愧于一个垦荒队的领导者。马拉犁事情发生以后，并没引起俞秋兰的疑窦：青年人嘛，哪个不喜欢荣誉！干出点出格的事情来在所难免。但在这短短的几分钟内，他的形象在她眼睛里开始模糊了。俞秋兰恍恍惚惚觉得，在迟大冰严肃的面孔后边，隐藏着什么她看不透的东西：难道他的心胸，真像他的刀条脸那样狭窄吗？难道是因为我开出去拖拉机，他一直耿耿于怀吗？俞秋兰脑子乱成一团麻，她陷入重重矛盾之中。

迟大冰似乎也觉察到自己泄露了心机，可是泼出去的水已经难以收起，便舌头拐了个弯儿说："我只不过用我的事情打个比方，意思是说，我们都应该正确对待批评，严格对待自己。白黎生当逃兵以后，垦荒队里议论纷纷，大家都说这件事情和你有关系，你就该好好检查一下自己。"

"我问心无愧。"俞秋兰毫不含糊地说，"不能做违心的自我检查。"

"俞秋兰同志——"迟大冰发了脾气，他目光直视着俞秋兰含泪的双眼说道，"你眼里不要没有党，也不要无视我迟大冰，告诉你一句实底吧，你要是不做检查，就召开垦荒队全体大会，解决你的问题，整整你这个闹独立性的青年团团员。"

"什么时候开？"俞秋兰咽着苦涩的泪水问。

"开完荒地。"

"那……好，我等着。"她挑开帐篷帘儿，愤愤而出。

帐篷外边雨还在稀稀拉拉地落着，俞秋兰心里如同揣着一盆火，根本没发觉淋在她灼热面颊上的冷雨点，更没发觉帐篷角上站着一个身披雨衣的人，直到她几乎和他撞在一起了，才突然止步：

"谁？"

那个人影没有回答，用袖子里藏着的手电，照照自己的脸，并努了一下嘴，示意俞秋兰不要出声。俞秋兰看出来了，这是诸葛井瑞。她跟在他身后，穿过沉睡着的帐篷，在遮雨的马棚旮旯里站下：

"什么事？"

"刚才我出来解手，听见迟大冰正在剋你，我心里很不是滋味。"诸葛井瑞嗫嚅地说，"当天夜里的具体情况，是我向老迟汇报的，我当时讲那些事儿的目的，是想叫领导知道得细致一点，能够使队里对白黎生的去向做出判断，没想到……老迟把这些话，变成他手中的一根鞭子，抽向了你。"

俞秋兰舔舔嘴唇上崩裂开的火疱，安慰诸葛井瑞说："你应该把情况告诉老迟，你没任何错误。"

"哎！智者千虑，必有一失。"他摘下眼镜，用掌心擦着镜片上的雨滴，思索着说，"小俞，有一句话，我不知道该说不该说……"

"你怎么了？"俞秋兰觉得奇怪。

"刚才老迟的行为纯属报复。"

"你也是这么看？"

"不然，他为什么提你开出'斯大林80'的事情呢？会说的不如会听的，刀砍的不如旋的圆。我看老迟私心太重了，这样的党员给垦荒队掌舵，弄得不好，非把船开得翻个儿不可。"

俞秋兰低垂着头，静听着。诸葛井瑞这番话，和她朦朦胧胧的感觉是一致的——她沉默了。

"小俞，用不着垂头丧气，脚正不怕鞋歪，伙伴们了解你。"诸葛井瑞反过来安慰起俞秋兰了，"何况小白到底是不是真回了北京，那还是个问号，只要他不遇上狼群，总会回来的。"

"他会碰上狼吗？"俞秋兰明明知道不能排除遇上狼群的可能，她还是希望诸葛井瑞给她个吉祥的回答。

诸葛井瑞叹了口气说："这是我最担心的事。可是我又一想：天下着暴雨，狼都会躲进洞穴里去……只要不出事，那，我真要念阿弥陀佛了。"

"你分析得有道理。"俞秋兰沉郁的脸上有了一点生气，"他要是能够平平安安地归队，'小诸葛'你得帮我办一件事。"

"我知道了，给他感情上寻找另外的慰藉是吧？""小诸葛"毫不费力地识破了俞秋兰的心机，"那好办，咱们垦荒队姑娘有的是，依我的眼光看，比你漂亮的还有那么几个，也真怪了，他怎么会死死咬住了你？"

"我也说不清楚。"俞秋兰说，"他爱艺术，爱大自然，在学校时，他在信里称我为'村姑'，我一直不理解这个称呼是什么意思。后来，有一个女同学告诉我，'村姑'是俄国诗人普希金小说里的一个人物。我不爱看小说，而迷恋机械，也没去找这本书来看一看。'小诸葛'你要是帮他物色对象的话，就寻找像'村姑'那样子的姑娘吧！"

"真有意思。"诸葛井瑞暗自笑了。

俞秋兰认真地问："你读过这篇小说吗？"

"读过。《村姑》那幅插图，画得真美。"诸葛井瑞神往地说，"原来白黎生的罗曼蒂克寄托在大自然的'女神'身上。"

"你了解他的选择标准，就好办了。"

诸葛嗑着牙根，面有难色地摇着头说："听你这么一说，我反倒觉着不好办了。"

"为什么？"俞秋兰浑身的每根神经都绷紧了，她是多么急切地想为白黎生的感情寻找一个归宿啊！

"咱们垦荒队漂亮姑娘虽说不少，都属于'城市美'的类型，只有你有那么一点点'自然美'，难怪他锲而不舍地追求你了。"诸葛井瑞不无感慨地叹了口气。

俞秋兰的心一下凉了半截，仿佛刚刚出现在她面前的那缕微光，又被乌云吞噬了似的，她重新陷入忧郁当中。她恍恍惚惚感到自己好像是一只飞翔的蜻蜓，突然被结在马棚檐柱上的蛛网粘住了翅膀，简直找不到一个从蛛丝缠绕中脱身之计。

诸葛井瑞也被俞秋兰的情绪感染了，他说："其实，刚才咱俩说的都是梦话，白黎生去向不明，生死未卜，咱们倒为他设计起未来的生活图画来了，这等于是画饼充饥。"

俞秋兰沮丧到极点了。

天，黑沉沉……

雨，号叫着……

马棚里那盏桅灯，在秋风苦雨里飘飘摇摇——它就像俞秋兰那颗不安的心。

诸葛井瑞说道："小俞，别难过了，这样下去，你会病倒的。"

俞秋兰望着黑茫茫的荒野，把身子靠在马棚支柱上。拓荒的紧张，精神的负荷，心灵的伤痛，以及等待她的队员大会，真使她觉得身体难以支撑。她感谢诸葛井瑞在她困难的时刻给予她的友谊，她淡淡地笑了笑说："谢谢你，我挺得住，要是软面条儿，我当初就不在开荒的倡议上签上俞秋兰的名字了。"

"说得太好了。"诸葛井瑞镜片后的眼睛里闪耀着激动的光，"小俞，你放一百个心好了，老迟不是想借着白黎生失踪，对你进行打击报复吗？你在会上用不着表白，瞧我'小诸葛'的。他会'顺水推舟'，我会'将计就计'！我早就对你建过议，应该在全队讨论一下青年人的爱情问题，现在是歪打正着，把你逼上梁山了。"

"'小诸葛'，会不会枪走了火儿？"俞秋兰忧虑地说，"误伤了好同志，老迟他……"

"他……他怎么了，刚才那番话，像个支部书记该说的吗？"诸葛井瑞咬文嚼字地说道，"古人早有训导，'明察秋毫，必细观其纹理'，从做人的极其细微的地方，更容易透视一个人的灵魂。小俞，在劳动上你是我的老师；在这方面，你可是我的学生。"

"不，在会上用不着你说，我自己会把这件事谈清楚的。"俞秋兰依然不同意诸葛井瑞的意见。

"别浪费时间了。"诸葛井瑞看看腕上的手表，"都三点了，天亮我们还要接拖拉机的班呢！你心放宽点，睡上美美的一觉，六点钟我到女帐篷门口叫你。"

二

诸葛井瑞虽然对白黎生的去向揣摩失灵，可是对迟大冰的分析却比较贴谱，但是他远远没能琢磨透迟大冰的全部心机。

这个老青年躺在队委会开会用的那间单人帐篷地铺上，仔仔细细地总结自己倒霉的原因。他想来想去，觉得俞秋兰开出去拖拉机的刺儿头行为，是他走背字的祸根。首先使他的威信大受冲击，砍了高粱，就显出谷子来，不但卢华一下子显得比他高了，就连马俊友和贺志彪的个儿都无形中增高了几分。这一点，使迟大冰心里如同塞进一把蒺藜，站不安，坐不宁。诸葛井瑞向他汇报白黎生逃跑的细节之后，他第一次知道俞秋兰在偷偷爱着卢华，这既使他恼火，也使他欣慰。他恼火的是，队里的骨干力量在感情的天平上，重心越来越倾向于卢华，使他感到孤单。他欣慰的是，卢华和俞秋兰夜间密淡，刺激了白黎生，白黎生当夜失踪，这是给卢华、俞秋兰制造舆论的大好时机：看哪，垦荒队队长竟然干挖墙脚的勾当，迫使白黎生伤心而逃。这合乎逻辑的推理，不但一下子可以激起民愤，而且一箭双雕。看上去，箭是朝俞秋兰射去的，其实则是透过俞秋兰，射向卢华的靶心。

迟大冰思考周密后，在开荒即将结束的前夕，把诸葛井瑞和邹丽梅叫到了小帐篷，说道：

"下午有个硬任务，交给你们俩去办。"

邹丽梅本能地低下头来，回避着迟大冰的目光。"小诸葛"仰着脸，直视着迟大冰的眼睛，他想从迟大冰的眼睛中揣摩出迟大冰的心机。

"你们知道为什么留下你们俩？"

邹丽梅把脸转向墙壁。自从唐素琴给她衡量男人的那把尺子后，她对迟大冰产生了一种本能的戒备，不愿意看见迟大冰那张刀条脸。诸葛井瑞却显得蛮有兴趣，躲在镜片后边的那双眼睛，足足凝视了迟大冰有半分钟，然后点点头说："我猜着了。"

"说说看。"

诸葛井瑞向上推了推下滑的眼镜说："今天翻地就要完了，明天全队就该休整，支书把我们两个小知识分子留下，一定有什么舞文弄墨的事儿。"诸葛井瑞自鸣得意地掰着手指头，"第一，可能叫我俩写什么欢庆开荒战役胜利的大标语；第二，可能是给开'讨论白黎生问题'的会做准备，整个材料什么的；第三……"

迟大冰没有正面回答"小诸葛"的这些猜测，却绕到邹丽梅面前，露出少见的微笑，说道："小邹，你应该向诸葛井瑞同志学习嘛！他脑子里，就像有一台 X 光机，很能透视领导意图，垦荒队需要这样的秀才，你完全有条件成为队里的一个女秀才，协助党支部把工作干好。"

诸葛井瑞不眨眼皮地看着迟大冰的表情。说他是表扬自己吧，迟大冰两眼却朝邹丽梅看着；说他是给邹丽梅唱喜歌吧，说的又都是自己的事情。他咂了半天滋味，终于纳过闷儿来了：原来道貌岸然、面孔如冰的迟大冰也有七情六欲，对身材颀长的淑女，起了"好逑"之心。因此，与其说他那番话是表扬自己，不如说是献给邹丽梅的一支颂歌。诸葛井瑞看透这步棋，觉得在垦荒队又发现了一桩稀罕事。

邹丽梅好像并没领会迟大冰的心意，要求说："老迟同志，留诸葛井瑞一个人就够了，还是叫我去干活吧！我一不能写，二不能画。"说着扭身就走。

迟大冰拦在帐篷门口说："这是政治任务，你怎么能抱这个态度？！你留下来，给诸葛井瑞打个下手也是好的嘛。"迟大冰看邹丽梅仍然面有难色，就从地铺上拿起一件雨衣说："你的活儿，我去干，你和诸葛井瑞帮支部做两件事。先贴一条庆祝拓荒胜利的大标语，再出一个壁报专栏，把诸葛井瑞画的画儿统统贴上，对了，把白黎生写的那首诗，也贴在壁报上。明天开始休整，活跃活跃垦荒队的文化生活，不是有人叫喊这儿是'绿色沙漠'吗，咱们要改变这种状态。"

迟大冰说得句句在理，邹丽梅只好留下来。诸葛井瑞挑开帐篷帘子，望望天空，问道："老迟，标语挂在帐篷里还好说，这壁报牌往雨地里一竖，我那些画儿不都淋坏了吗？"

"你看，这是贺志彪加夜班打的雨遮，你们用钉子钉在木牌上就行了。"迟大冰指指帐篷的一角，含蓄地说，"你那些描绘垦荒队的画儿，你珍惜，我也珍惜，就拿卢华和俞秋兰在草垛旁边那幅画儿，简直余味无穷。"他似笑非笑地朝诸葛井瑞瞟了一眼，掀开帐篷帘儿走了。

诸葛井瑞心里"咯噔"一跳，到这时他才明白了迟大冰的用心：原来他是想用他画的那幅画，陪衬即将召开的垦荒队队员大会，借助画面上卢华和俞秋兰站在一起的背影，暗示垦荒队队员们去认识白黎生失踪的原因。诸葛井瑞如同被雷击电打，他简直难以想象，比他仅仅大上几岁的迟大冰会用这样的办法来对待俞秋兰，并巧妙地把卢华也拉到被告席上。

邹丽梅看诸葛井瑞一直发愣，便催促他说："工作量不小，咱们赶紧着手干吧！"

诸葛井瑞手指哆嗦着，下意识地摸着褂子上的一枚纽扣。

"你是不是发烧了？"

诸葛井瑞摇摇头。

"你的手……怎么直哆嗦？"

诸葛井瑞狠狠地一挥手，褂子上的纽扣被他扯了下来。

邹丽梅睁圆了两只秀气的眼睛："你……"

诸葛井瑞把那枚纽扣往地上一摔，坐在地铺上粗声喘着气说："你学过护士，爱从医学上解释问题。其实，我身上什么病也没有，只是这儿——"诸葛井瑞指指心口，"堵得厉害，憋得难受。"

邹丽梅对眼前这个文质彬彬的书生感到费解，对于他瞬息万变的情绪，更觉得难以捉摸，因而，只是茫然地看着他。

"奇怪吗？"

邹丽梅诚实地点点头："嗯。"

"该怎么对你说呢？"诸葛井瑞用手指叩打着自己的脑门，"当初，你为什么愤怒地挥动斧子，劈开你家门上的铁锁？"

"因为家里人阻拦我走向新生活。"

"我生气也为这个，这儿也有'绊马索'。"

"谁？"邹丽梅眸子里流露出无限惊讶。

"老迟就扮演着这样的角色。"

显然，诸葛井瑞这个提法太出乎她的意料了，她愣了好一会儿，轻轻摇了摇头，表示对诸葛井瑞的话不能理解。

"我不强迫别人接受我的看法。"诸葛井瑞叹口气说，"让时间当我们的检验官吧！"

邹丽梅是个对一切事情都非常认真的姑娘，不甘心就此中止和诸葛井瑞的对话。她追问他说："你有什么依据？"

"依据？依据就是他今天给我俩布置的工作。"

邹丽梅在大姐启示下，对迟大冰生活上有点看法，她并不认为迟大冰在个人品质上存在着诸葛井瑞说的缺陷。听诸葛井瑞把布置出壁报当成判断迟大冰的依据，她不禁莞尔一笑说："你可太偏激了。老迟叫咱们弄标语，出壁报，是开展垦荒队的文化生活嘛！小马前两天还从荒地上扛来一根被雷电剥了皮的老树，立在咱们帐篷前边，准备用几根八号铁丝拧在一起当篮圈，开辟个篮球场呢！老迟叫咱俩干的，也不过是这个意思。"

诸葛井瑞望着心地和外貌同样纯正的邹丽梅，真想告诉她：他俩干的工作，貌似协助垦荒队开展文化生活，实际上充当的不过是迟大冰个人小算盘上的两个算盘珠儿。他通过他俩，在算俞秋兰的账，和卢华暗中较劲儿。可是，他想来想去，还是不告诉邹丽梅为好。因为在诸葛井瑞看来，邹丽梅尽管是个要求上进的好同志，但她单纯、幼稚、善良，对生活缺乏洞察能力。护士学校只教会她护理病人，她还不善于使用医生剖析病人的手术刀。想到这儿，诸葛井瑞对她说："邹丽梅同志，我去男帐篷取我的画儿，你去找火头军，打点高粱面的糊糊来。时间不早了。"

邹丽梅还想询问什么，诸葛井瑞走了。

该枪毙的老天爷，真像是有意和垦荒队队员开玩笑，拓荒的日子，它"哭"个没完，休整的第一天，它就露出了笑脸。早晨，久别的太阳从草海的浪尖上爬出来，把一道道金色光束投向雨后的大地。树叶子上滴着水，草尖上滴着水，帐篷滴着水，马棚滴着水。放眼望去，荒原到处滚落着"珍珠"，滴滴答答的单调声响，像是谁在缓缓地弹着一把古琴……

多日听不见的鸟鸣，此时显得格外悦耳，这些鸟儿不知从哪儿钻了出来，拼命地卖弄着它们的歌喉，"花腔女高音""悠扬的男中音""浑厚的男低音"以及音域概括不了的婉转啼鸣，像是举行"蓝天音乐会"，把连日被秋风苦雨笼罩的沉郁草原，唱得眉开眼笑，返老还童。就连洪奎老汉留下的那只拴在马棚旁边的防狼狗"闪电"，也放开嗓子"汪汪汪汪"地叫了起来，像是催促垦荒队起床，又像是召唤连日来在泥泞草原上跋涉的伙伴们，快来看看草原放晴后的绮丽美景。

五个帐篷里一片死寂，除了卢华和贺志彪骑着两匹快马，天没亮时，就去县委询问白黎生的音讯，顺路汇报一下完成开荒的消息外，剩下的几十个年轻人都还在梦乡。这些日子，他们如同进行了一场大战役的士兵，头上雷鸣闪电，脚下泥水汤浆，个个疲累得如同一把把折了骨儿的伞，难得有睡足的时候。不要说是鸟鸣狗叫，就是帐篷旁边爆炸了重磅炸弹，也难使他们惊醒过来，离开那散发着浓重霉味儿的被窝儿。

这可愁坏了小火头军叶春妮，苞米粒粥凉了热、热了凉，已经反复几次了。最后，石牛子从灶膛旁边一拍屁股站起来，拿起一个破脸盆"当当"地当锣敲。他一边敲一边绕帐篷可嗓子喊着："哎——哥儿们、姐儿们！雨停了，天晴了；鸟叫了，狗咬了；该晒晒长了白毛的被窝了，该洗洗衣服上的泥疙瘩了。"当他绕到帐篷中间那块壁报牌前，像发现了什么稀罕玩意儿一样，沙哑的破锣嗓音一下又高上了八度，"哎——哥儿们、姐儿们快来看哪，'秀才'出画展啦！还有白黎生的诗哪！"

石牛子的吆喝发挥了作用，一群男女垦荒兵陆续走了出来，不一会儿就把壁报围了个严严实实。石牛子装出一副斯文模样，摇头晃脑地念着白黎生的诗：

> 白桦，白桦，
> 你披着一身白纱！
> 像是大自然的女神，
> 在对谁说着默默的情话！
>
> 白桦，白桦，
> 你披着一身白纱！
> 像是亭亭玉立的北国村姑，
> 梳着她永远梳不完的长发！
>
> 白桦，白桦，
> 你披着一身白纱！
> 风吹你像白云远去，
> 不知道哪儿才是你的家？
>
> 白桦，白桦，
> 你披着一身白纱！
> 我愿化作送白云远去的风，
> 哪怕你飘向海角天涯！

"充满了'小资味'儿。"石牛子摇头晃脑地读完了诗，撇着嘴说，"什么呀！'白云''风'，还不是比喻他和俞……"他伸伸舌头，合上了嘴巴。

迟大冰站在人群中，用赞赏的口吻说："都说石牛子浑，我看还挺有眼力嘛！"

"不是吹牛，"石牛子拍拍胸脯，"这种狗屁歪诗，我也能写。"

"你看那幅画画得多好！"叶春妮兴奋地叫着。

"哟！这不是咱们队长和俞秋兰嘛！"石牛子伸长了脖子，踮着脚边看边说，"咱们秀才真有两下子，把那劲儿都画出来了，真是妙笔传神！"

叶春妮挤到人群里，揪着石牛子一只耳朵说："叫你喊人开饭，你在这儿出什么洋相？"

"谁出洋相？你瞧嘛！比我爸爸捏的泥人还帅，我爸爸捏贾宝玉和林黛玉，都没这么逼真。"石牛子逞能地说，"是啊！贾宝玉和林黛玉这边一热乎，这儿又这么苦，那个'不怕追到海角天涯'的公子哥儿就鞋底子抹油了。"

"噢？还有这么回事？"

"小俞她……"

"她当然有责任！"

"……"

鸡一嘴，鸭一嘴，喧哗声越来越高。有的向着灯，有的向着火。诸葛井瑞早就躲在人群后边，留心观察动静了，为了不露声色，他竭力克制着一肚子怒火，装出十分平静的样子说："议论我的画儿，可饱不了肚子，我看还是先去喝苞米粒粥吧！把肚子填饱，好有劲头在全队大会上发言。"

"秀才的话说得很对。"迟大冰接过诸葛井瑞的话茬，顺水推舟地说，"吃过早饭，大伙先晾晾被褥，洗洗衣裳，搞搞个人卫生。下午两点，全队在这块报牌下集合，讨论白黎生的溜号问题，大家不妨动脑筋想一下：究竟白黎生为什么要溜号，我们有没有责任，谁应当承担责任，这件事又给我们带来多大的影响。好！现在开饭！"

围观壁报的人群慢慢散开的时候，迟大冰启发诸葛井瑞说："你和刘霞霞都是当事人，要勇于向不良倾向斗争。你明白我的意思了吗？"

"我早就明白了。"诸葛井瑞貌似虔诚地回答，"我在会上第一个发言，你就瞧好吧。"

三

浑身像泥猴儿一样的女兵们，今天都恢复了姑娘的本色。她们把沾满泥巴的衣裳扔进水盆，换上各式各样的女性装束，如同在帐篷里绽开了几十朵艳丽的鲜花。她们笑着、闹着、唱着、叫着……像是春天的鸟群，飞向草地，寻觅干净水塘，去洗脏衣裳。

十四岁的叶春妮，看见俞秋兰吃过早饭，就躺在地铺上，望着打了蔫的一束野菊花出神儿，就从伙房舀来一瓢水，浇在那即将干了底的花瓶里：

"秋兰姐，我知道你喜欢花，特别喜欢野菊花。"

"小妹妹，你喜欢它吗？"

"当然喜欢啦！"叶春妮晃着两根小辫回答。

"哟！都扎上小辫了，快成大姑娘了。"

"大哥哥大姐姐们，泥里来，雨里去，可我……"叶春妮噘着小嘴说，"我干了什么呢？真没出息。"

"没有你和石牛子做饭，"俞秋兰摸着叶春妮黑红的脸蛋说，"我们瘪着肚子能干活吗？"

"那你早晨为什么只喝了两口粥？"

俞秋兰指指嘴唇，又指指喉咙："明白了吗？"

"那……我帮你干点什么吧！秋兰姐，你的脏衣裳呢？"叶春妮两眼向四下寻觅着，"我总觉着我给集体干的事儿太少太少了，把衣裳给我。"

俞秋兰坐起身来："你还要给大家做饭，我自个儿洗。"

"不，今儿个几个大哥哥和石牛子，一块儿到铃铛河逮鱼去了，我放假一天。"叶春妮欣喜地说，"马俊友大哥哥抢了我那根烧火棍，把我赶出了伙房。我没他劲儿大，想来想去，大哥哥帮助我，我要帮助大姐姐。快点，把衣裳给我。"

俞秋兰怕脏衣裳真被小姑娘发现，忙掀开帐篷旮旯的茅草，她一下愣了，一堆待洗的衣裳，包括背心裤衩，都不翼而飞，只在茅草堆上发现了一封短笺：

小俞：

姑娘们都还年轻，不太理解你心情的痛苦，只有我这个"过来人"，知道你的心比嘴上的火疱还疼。

今天，卢华和贺志彪去了县城，我把他们的衣裳和你的一块儿拿走了。我很笨拙，劳动很差，用这点心意弥补我的不足吧！

卢华是全队最好的人，你选择得不错，虽然现在你非常痛苦，但终究会获得痛苦的报答——你会非常幸福的。

没时间给你那束野菊花浇水了，你自己舀水浇浇它吧！你喜欢野菊花，也应当像野菊花那样耐寒耐霜。

大姐唐素琴早上匆匆

俞秋兰握着这个短短信笺，眼泪一下涌出眼帘，滚下脸腮。她怎么也没想到，这个平日默默无言，最不引人注意的唐素琴，在极其平凡的外貌下，深藏着这样一颗深邃的心。泪珠儿滑下她的脸腮，滚落到那短短的信笺上，湿了上面的笔迹，她忙把这张薄纸折叠起来，锁进自己的小木箱。

"秋兰姐！你……为什么哭了？"叶春妮睁大了眼睛。

"你还不太懂。"俞秋兰抹抹脸上的泪痕微笑着说。

"你怎么又笑了？"

"大姐姐高兴了。"俞秋兰一下从地铺上站起来，拉着叶春妮的手说，"跟我一块儿到草原上去玩玩吧！顺路再采点野菊花。"

"你的脏衣裳呢？"

"有人拿走了，谢谢你，小妹妹。"

"不，我去伙房帮厨去，我每天送饭，在半路上净玩了。"她跑到帐篷口，一甩小辫回过头来说，"你是病号，我这小伙夫，得照顾照顾秋兰姐，中午，给你做碗白面片汤吃。"

"别……"

叶春妮扭身跑了。

不知是哪儿来的力量，俞秋兰突然感到了生命的充实。她抱出湿漉漉的被褥，晾在阳光之下，然后迈步走向荒原。路过伙房时，马俊友带着一脸烟灰，从一个简易棚子里出来，迎住了她，用他那张不太善于讲话的嘴，对俞秋兰低声说道："我真想不到老迟他借着开会搞……"

"你怎么也知道了？"

"诸葛井瑞全告诉我了，刚才我又特意去看了看壁报……当初，在北京支部选举，贺志彪提名选老迟时，我不该举我那只手。"马俊友喃喃地说，"想不到，他是这样一个同志。"

俞秋兰急于去找唐素琴。她不愿意把痛苦分给别人承担，因而扭转话题说："你的脏衣裳呢？我给你洗洗去。"

叶春妮从棚子里探出头来，抢着回答说："秋兰姐，你也和我一样，'马后炮'了，人家丽梅姐走在你前边了。"

马俊友的脸"腾"地红了。

俞秋兰恍然大悟，她含笑说："有什么话儿捎给她吗？我这就到姑娘群里去。"

"没有！没有！"马俊友低下头，搓着手上沾着的高粱面。

"小马，你的表现可不像个男子汉。"俞秋兰开导马俊友说，"要是你……真喜欢她，就把你在开荒时代替真马拉套的劲头，使出来，勇敢地往前冲！"

踏进湿漉漉的大草原时，俞秋兰不禁自己对自己笑了。她不知道刚才那几句话，到底是开导马俊友呢，还是开导自己呢？自己不也需要拿出勇气来往前冲吗？她脚下顿时觉得有了力量，连这枯黄的草甸子，在她眼里，都显得比往常更加宽阔而壮丽。

她手搭凉棚，举目四望，寻觅着女伴们的踪影，没有看见一个人影儿，耳朵里却传来游丝般细弱的歌声。她顺着歌声召唤的方向走去，歌声越来越响，终于，她听清楚了，不知哪个女伴在唱着俄罗斯民歌。

草原漫无边，
路途遥又远，
路上一车夫，
饥寒快冻死！
……
他在临死前，
挣扎站起来，
告诉他朋友，
托他把信传。
……
我的大黑马，
交给我爸爸，
再向我妈妈，
行一鞠躬礼。
……
告诉我老婆，
千万莫悲伤，
若有知心人，
尽管嫁给他！
……

这是流行在学生中间的一支歌，俞秋兰嫌歌词过于悲凉，不太喜欢唱它。在这空旷的草原，她听见这支忧伤的歌，不觉心中为之颤抖。她把帐篷里的姑娘，挨个儿在脑子里过了一遍，竟然想不起谁有这样的金嗓子，想来想去，只有邹丽梅能唱这样忧郁的歌，因为她常常回忆起童年时死去的母亲。

她渐渐看见唱歌人的背影了，歌者不是留着两根长辫子的邹丽梅，而是把黑发扎成一个发髻的姑娘，她从发型上认出来了——那是唐素琴。她在草甸子上一块水洼旁，一边弓着身子搓洗衣裳，一边独自唱着这支歌。俞秋兰有点不相信自己的眼睛，这位大姐，在日常生活中虽然沉默寡言，但从没流露过忧伤的情绪，此时她面对着一洼碧水，眼里还闪动着泪花呢！

"大姐——"俞秋兰两步迈过去，攀住了她的胳膊，"你这是……"

唐素琴迅速地用手背擦拭一下眼角，露出笑靥说："你怎么来了？"

"你有什么不痛快的事？"俞秋兰两眼闪烁出恳求的目光，"能不能对我讲讲？我太不关心大姐了，对你，我一无所知。"

唐素琴擦擦手上的水，握着俞秋兰的一只手："小俞，你别瞎想了，我那几滴眼泪，是为歌里的'马车夫'流的，和我自己没有关联。"

"不，你的眼睛告诉我，你在撒谎！"

"你还会察言观色？"唐素琴语音里充满了欢快。

"当然。"

"跟谁学的？"唐素琴笑了。

"你就是我的老师。"俞秋兰说，"这些日子，我们忙得脚丫子朝天，几乎没有说过一句话，可你……我的好大姐，对我了如指掌。我看，你那双眼睛可以和'小诸葛'媲美了。"

"这也是生活教给我的，我吃过不能分辨人的大亏。"唐素琴轻轻地叹了口气。她仿佛想说些什么，嘴唇翕动了两下，摇摇头，又闭合了。

"大姐，你留给我的那封信，使我感动得掉泪了。那不是信，简直像是一团火，既给我安慰，又给了我光热。"俞秋兰诚挚地说道，"该怎么感谢你的友情才好呢？在我最痛苦的时候，你那些话如同强大电流，输送到我这台快要停转的马达上，我感到不能躺在帐篷里自找痛苦了，就到草地上来找你。大姐，你分担了我的痛苦，难道就不能把你的不幸，叫我分担一点吗？"

唐素琴目视着茫茫荒原，木然地说："那已经是沉在记忆中的往事了，只有邹丽梅知道一点点，我是怕她在爱情上陷进我那条车辙，拐弯抹角地提示过她。"

"大姐，你也提示我一下吧！"俞秋兰恳求地摇着唐素琴的手，"你也知道，我很喜欢卢华，就因为这一点，有人想把白黎生的失踪和我勾连在一起，对我开出拖拉机的行动进行报复。我从小性格就十分执拗，倒是不怕流言蜚语，可是……我不愿意因为我，损伤卢华的信誉——哪怕一丝一毫。而有人就是想通过我中伤卢华，我又急又气又难过。昨天，开荒到了尾声，我实在憋不住了，对卢华说：'你知道老迟最近要召开全队大会的事儿吗？'他说：'我表态了，同意。'我说：'你知道他借开会，要达到什么目的吗？是想通过开会，诋毁你……'大姐，你猜怎么着，他既不着急，也不生气，只是眯着那双眼睛，对我嘿嘿地笑着。我有点火了，朝他嚷道：'火都快上房了，你还有心思笑？'他说：'抢耕完了，马上要组织人马进骑马岭森林去伐木，正经八百的事还考虑不过来，哪有心思琢磨那乱七八糟的弯弯绕。如果我们真有什么错误，也不能给人家嘴上贴封条，不叫人家提嘛！'他明明知道今天下午要开会，而且这个会对他至关重要，可是天没亮，他就和贺志彪打马奔凤凰镇，找县委请示伐木的事情去了。"

"小俞，这更说明卢华值得你爱。"唐素琴亲昵地对俞秋兰说，"他心中没有自己。"

"大姐……"俞秋兰觉得老大姐的话很对，可还是感到有点委屈。

唐素琴悄声细语地说："古人不是留下这句话吗，'君子坦荡荡，小人长戚戚'。卢华心胸很宽，这样的胸襟不是任何男人都具有的。小俞，在这一点上，你不该责怪他，而应当责怪你自己。是吧？"

俞秋兰脸红心跳，她低下了头。

"你向他明确表白过你的心思了吗？"老大姐问。

"嗯。"俞秋兰把头埋在自己的掌心里，声音轻得像柳絮落地，"他说他知道我这片心了，没有表示拒绝，可也没有感情上的回答。有点冷。"

"凡属于内向的男同志，都不善于外露自己的感情，可是心里边埋着的是一座火山。"老大姐抚摸着俞秋兰的短发说，"有朝一日，'火山'爆发，小俞呀，你会在他怀里熔化的。那时候，你一定会幸福得哭起来。"

俞秋兰紧紧地依偎着唐素琴，闭着眼睛喃喃地说："大姐，你真好……你真好！"

静谧的草原没有一点声响。

风儿似乎也在沉醉中睡去了。

两个女伴，就这么在大草原的水洼旁依偎地坐着，直到俞秋兰感到有什么东西掉在她的脸上，她才睁开了眼睛：天上一片水蓝，没有一丝云影，怎么会有水滴掉在她的脸上呢？她扭脸看看唐素琴，原来是她脸上淌下来的泪滴。俞秋兰立刻从甜蜜的遐想中清醒过来，用自己的手绢，擦着唐素琴的眼窝说："大姐，你……把你的心事对我说说吧！我把我心里的一切都对你说了，你该相信你这个妹妹。是吧？"

"我本来是可以有你这种幸福的，它被我自己毁掉了。"唐素琴打开她心河的闸门，愁楚地回忆着说，"我是中等师范学校毕业的，在学校里，有一个男同学对我很好。他老实，内向，不修边幅，不善谈吐，是学校里品学兼优的高才生。我影影绰绰地感到他很喜欢我，可是从来没有一句表白。当时，我不理解'深沉'和'浅薄'这两个字眼的含意，还讥笑过他对我的感情。那是在毕业典礼之后的晚会上，我正和一个女伴跳着华尔兹，他硬是把我从《杜鹃圆舞曲》的旋律中拖了出来。我很高傲，明明知道他要对我讲些什么，还摆出一副外交家的面孔：'你是主人，我是客人，你有什么事，请说吧！'他平日就不会讲话，一下子像枪弹卡壳，站在月亮光下，硬是说不出一句话。我转身就走，这时他才慌了，尾随在我后边语无伦次地说道：'快走向生活了，让……让我们做一对……忠实的朋友吧！'他的诚恳态度，让我受了感动，可是他那毫无风采的呆板样儿，又使我非常犹豫，我含含混混地回了他一句：'我们都还年轻，日后了解一段时间再说吧！'他像一根木头一样愣在那儿，我，一阵风似的跑了。

"唉！当时我还没有透视一个人的能力，过多地注意了人的表象。到郊区一所小学里当了教师之后，我结识了一个区教育局的视导员，按照有些姑娘的选择标准，他确实够'帅'的，大学毕业，身材颀长，谈吐文雅，每次听我讲课之后，都把我夸奖一顿。这已经叫我动心了。后来，他把他用笔名发表在教育杂志上有关儿童心理学的文章，拿给我看，我一下就为他倾倒了。我们开始了恋爱，为了表示我对他的忠贞，我还把那个'木头人'寄给我的一封封信，都呈给他看。当时，学校的女伴们就告诫过我：'小唐，我看这个人有点飘。'我心里回答：'那是你们嫉妒。'她们又说：'这个人口若悬河，是不是个绣花枕头？'我更火了，心想：'这是恨人不死，人家是个党员，理论水平就是比你们高。'我到他的机关去过，连他们机关的人也委婉地提示过我：

'你还年轻嘛，何必这么着急，好好了解了解，这是一辈子的大事！'我用眼睛回答他们：'谢谢你们一片好心，对不起，我唐素琴王八吃秤砣——铁了心了。'这时候，那个'木头人'不知深浅地还来找我，说是给我送什么教学参考资料，我干脆拒之门外。

"小俞，这就铸成了我一辈子都追悔不完的过错。我太天真了，太轻信了，太缺乏对人的认识能力了。在一个星期六的晚上，女伴们都回家过周末，他打电话给我，叫我在学校等他，然后，他送我回家。我在女教师的宿舍正给他织一件毛衣时，他来了。他第一个动作就是把门插上，接着拉灭了电灯，我还没有来得及考虑，他就把我紧紧抱在怀里，拼命地吻我。小俞，我不能在你面前粉饰自己，我……我当时也吻了他，可是当他用手解我衣扣时，我清醒了过来，我用各种理由说服他。他平日的斯文都没有了，听也不听我的话，像一头野兽那样扑倒我，我挣扎着、推拒着，最后我没有一点力气了……后来我怀了孕。

"等我认识了自己也认识了他的时候，已经太晚了。从此以后，他就开始躲避我了，更回避提结婚。若不是一次爆炸性事件引起一连串的恶性反应，我也许下不了决心和他决裂。那是我怀孕五个月时发生的：他又拿着那些文章去引诱另一个年轻女教师时，那个女教师认识文章的真正作者，到区教育局揭发了他的欺骗行为，经过调查，他用这个卑鄙手段已经玷污了许多姑娘，我——不过是其中的一个。最使我灵魂受到震动的是，那些文章的作者就是我那位性格十分内向的同学。那个视导员窃取别人的笔名当成钓鱼钩，而被我看成没有风采的同学，却从不外露自己的成绩，他写了许多封要求友谊的信给我，但一句也没提过他曾发表那么多文章。

"那个坏蛋被开除党籍，去了坏人应该去的地方。我不想要肚子里的这个孽种，去医院打了胎。亲戚、朋友对我一片责骂声，我父亲还为这件事打过我两个耳光。唯独我的那个同学，依然故我，经常来学校找我。我很感激他，但我回绝了他，因为我不仅玷污了教师这个光荣的职业，而且亵渎了我那位同学真挚的感情——我曾把他的信件当成取悦那个坏蛋的礼物——我对他是有罪的。老实说吧！小俞，我来荒地垦荒，当然是为祖国贡献力量，具体到我这样一个人，还有一个愿望，那就是呼吸草原的新鲜空气，用汗水来洗涤自己，叫从前的唐素琴死去……这，就是我要向你祖露的痛心的往事……"

"大姐，我了解你了。"一直在俞秋兰眼里打转的泪水，这时候像断了线的珠子一样滚落下来，"都是我不好，一直没能发现你的痛苦。"

唐素琴倾吐出心中的苦水，轻松了许多，她反而安慰起俞秋兰了："快别那么说，怨我太孤独。我常想，帐篷里的女伴都是一朵朵刚刚开放的花苞，不该对她们讲这些事情，给女伴纯洁的心灵留下阴影。可是，我有时又觉得女伴们太单纯，比如丽梅，她在咱们女兵里长得最美，心眼又善良，我就对她讲过我简单的经历，生怕她……"

"大姐，今后你就当姐妹们的生活顾问吧！"俞秋兰说，"我代表团支部聘请你。"

唐素琴笑了。

"还有，不要总回忆过去的事了。姐妹们公认你是大姐，是因为你做事沉稳安静。其实，你才比我大三岁，在北京丢了的东西，还可以在这儿找回来的。"

唐素琴摇摇头："不会了。"

"我帮你找。"

"小俞，你千万不能这样做。在'那个'问题上，我的心已经化成了灰。"

"死灰还可以复燃嘛！"俞秋兰说，"这儿可有的是火种。再说，你又不老，仔细看看大姐，还挺漂亮呢，不信你自己在水里照照影儿。"

唐素琴有意无意地往水洼地瞟了一眼："别拿大姐开心了。"

"真的，大姐你注意过没有？姑娘的美，大体可以分为两种。一种是经得起远看，经不起近看；另一种是远看不怎么样，可是挨近了一看，简直美得不得了。你就属于后一种，眉眼那么匀称，那么安详，有点像拉斐尔画的圣母像。"

唐素琴惊奇地皱起眉毛："你……懂得这么多？"

俞秋兰"扑哧"一声笑了："你问着了，我这是鹦鹉学舌——贩卖'小诸葛'对女伴们的评价。这几天，我俩总在一台机子上翻地，歇歇时，我爱听他闲聊，他从天上的星星月亮，扯到地上的男人女人，这个家伙，满肚子学问。有一次他问我：'小俞，用你们姑娘的眼光看，哪个姑娘最美？'我说：'还用问吗，邹丽梅呗！'他说：'这算一个，还有一个经得起近看的，大概你们都没注意。'我问他指的是谁。他说：'你们真是不懂美学，唐素琴哪！眉眼匀称安详，好像拉斐尔笔下的圣母活了。'我笑了好半天，问他：'为什么你不给她画两张素描？'他连连摇头说：'她太肃穆了，那种庄严的美，我都不敢正眼去看。'我说：'那你怎么知道大姐那么美？'他诙谐地回答说：'我偷偷看的。'瞧！这就是秀才对大姐的评断。"

唐素琴脸上突然飞起一片红晕："我不信。"

"姐妹们不是爱起誓嘛！"俞秋兰笑着说，"如果我有一字不实，叫我这嘴上的火疱，化脓变疮。"

"小俞……"

"大姐……"

"喜欢美术的人，眼珠子都特别奇特。常常把别人认为丑的夸张成美的，那叫'浪漫主义'。不过，他说得并不全面，还有第三种美，你知道吗？"唐素琴显得兴奋起来。

"大姐，你说说看。"

"那就是远看近看都美的东西，比如草原上大朵大朵迟开的玫瑰。"唐素琴凝视着俞秋兰，"姑娘群里也有经得起远看近看、前看后看的，那就要数坐在我身边的俞秋兰了。"

俞秋兰很不好意思，忙搪塞地说："哎呀！咱们只顾说心里话，忘了洗衣裳了。"

唐素琴抬头看看，太阳真的快要升上头顶，她把卢华的几件脏衣服递给俞秋兰，两个女伴说说笑笑，在清清的水洼旁开始洗衣裳了。

四

中午，小火头军叶春妮晃着两根像燕子翅膀一样的扫帚小辫，真把一碗病号饭——白面片汤，端到了俞秋兰面前。

"秋兰姐，你吃了它。"她两只晶黑的眼珠里流露出童真。

"我病好了。"俞秋兰把那碗面片转给了唐素琴，"她就是给我治病的大夫，大姐有功劳，让大姐吃了它。"

"你还当了我的医生哩，怎么能给我吃？"唐素琴说，"我看给你小表哥石牛子吃吧！他给队里去抓鱼，功劳最大。"

"他逮'傻大姐'去，还没回来呢！"叶春妮摇摇脑后的两把"小扫帚"说，"就是回来，也不能给他吃，他天天胡说八道，满嘴喷粪。"

帐篷里的姑娘都笑了起来。

"那……给霞霞吃了，她跟着卢华的拖拉机，连轴转，转日莲一样的皮球脸，都瘦了一圈，成了'瘦皮球'了！"

"我才不吃呢！""小皮球"刘霞霞说，"依我看，该叫丽梅姐姐吃！"

"哪儿的话？！"邹丽梅白了刘霞霞一眼，"我干活最差，连小俞的一半都不如。"

"听我说嘛！""小皮球"说，"丽梅姐是六七十只小天鹅的妈妈，垦荒的日子里，她帮六七十个天鹅蛋找到了它们的妈妈。我看，这个功劳最大最大。"

邹丽梅没有反驳刘霞霞，只是把面片碗传给了另一个女伴。就这样，一碗面片汤在帐篷里周游了一圈，又传回小春妮的手里。在北京时，这些姑娘对于白面、大米，吃得都腻歪了，而来到荒地的一个多月，她们谁也没见过白面的样儿。苞米粒、高粱面，高粱面、苞米粒，周而复始。有时，姑娘们蹲在茅厕里，一连蹲上一个小时也拉不出大便，她们急得哭天抹泪，但没有一个人叫过一声苦。

眼前这碗面片汤，上面浮着一层油花，那香喷喷的味儿，溢满女儿国的帐篷。小春妮端着这碗面片汤，急得泪花在眼睛里转，最后，她小心眼一活动，端着面片汤去找"小诸葛"。她噘着嘴对诸葛井瑞说："这碗面片，姐姐们谁也不吃，你转交给大哥哥们吧！人家都说你是诸葛亮的后代，你要是推销不出去，就自己吃了它。"她怕葛诸井瑞不接，放在地铺上就跑。

诸葛井瑞对着汤碗，皱了半天眉头：女儿国都不动一筷子头儿，男儿国就能找到货主吗？忽然，他皱着的眉头舒展开了，端着汤碗进了小帐篷。迟大冰正往本子上写什么东西，诸葛井瑞把汤碗放在他的木条钉成的小桌子上，笑嘻嘻地说：

"老迟！伙房想慰问慰问辛辛苦苦的支书，叫我给你端来了。"

迟大冰喉头蠕动了一下，面孔严肃地说："这怎么行呢！"

"革命不能搞平均主义嘛！"诸葛井瑞词儿来得很快，"用戏剧台词儿来说，你是开垦处女地这出戏的戏胆。龙无首不走，鸟无翅不飞嘛！"

迟大冰苦笑着："不行，我不能吃它。"

诸葛井瑞一本正经地说："老迟，我的心可是到了，话也说透了，吃不吃在你。我觉得凭着你的水平、资历和辛苦劲儿，都有资格……"诸葛井瑞含混地没说完他的话，扭身走了出来。他转到帐篷后边的一个小小洞眼，朝帐篷里张望着——心眼比筛子孔还多的诸葛井瑞，想透视一下迟大冰的灵魂。

迟大冰端起面汤碗，又放下，放下后又端了起来……最后，他挑开帐篷帘儿，向左右看了看，大概认为平安无事，便用两分钟的速度，把面片灌进了肚子。

诸葛井瑞失望地叹了口气。本来，诸葛井瑞心里还有一点矛盾。他想：尽管迟大冰表现了以自我为中心、唯我独尊、心胸狭窄、沽名钓誉等许多与集体主义水火不容的缺陷，但毕竟还是乘一趟火车来的开荒战友。在开拓处女地的苦斗中，他汗不少流，累不少受，而且他又是个支部书记，要是在下午的会上，自己说得太尖刻了，会影响他今后的工作。可是，诸葛井瑞用一碗面片汤测试了迟大冰之后，他心里仅有的一点点矛盾也消失了。迟大冰在诸葛井瑞眼里的形象，又矮了半截，他甚至感觉个子高高的迟大冰，比矮矮的叶春妮还要矬得多。为了对集体负责，对迟大冰负责，他决心要对迟大冰狠狠击一猛掌了。

开会的地方选在壁报牌前——这是迟大冰精心选择的地点。除了石牛子和一群男伙伴去铃铛河逮"傻大姐"还没回来以外，其他垦荒队队员都按时到了壁报牌前坐下。迟大冰站在一棵略高出地面的老树树根上，开始讲话。起初他用和蔼的声音表扬了一大串在开荒中埋头苦干的垦荒队队员，俞秋兰是他表扬名单中的最后一个。当他念完她的名字之后，话锋一转，声音马上高了起来："……我们也应当看到，垦荒队存在着十分严重的问题，白黎生惧怕艰苦劳动，雨夜当了逃兵。这当然是属于他的个人问题。但是使我们不解的是，当天下午他情绪还蛮不错，主动要求跟拖拉机当扶犁手，干又苦又脏又累的活儿，怎么……怎么……他就会跑了呢？世界上的任何事情都是复杂的，既有内因，也有外因，为了总结教训，我们不妨来寻找一下原因。好！现在大家可以发表自己的看法了。"

垦荒队队员的眼睛情不自禁地转向了俞秋兰。俞秋兰围着一块黄头巾，静静地坐在一个不显眼的地方，她神态自若，毫不回避投射在她脸上的各种目光。

静……

"我们不了解情况，"一个从京北山沟来的男垦荒兵——绰号"疙瘩李"的李忠义第一个举手发言，"是不是叫当天参加夜耕的几个同志解释一下：白天白黎生还像打足了气的皮球，夜里那皮球的气儿咋个又泄了？这是啥原因？"

有几个人响应这个提议：

"对！"

"叫当事人谈谈。"

"这是对白黎生负责！"

俞秋兰刚要站起来，诸葛井瑞示意她安静，她嘴唇翕动了几下，又坐下了。

迟大冰面色不快地说："人贵在自觉，如果缺乏自觉，就得用外力来促一下了。目的只有一个，通过批评，使不自觉的同志认识自己的错误。我看叫刘霞霞先谈谈吧！她心直口快，说话不会拐弯。"迟大冰给"小皮球"打着气！他认为石牛子不在场的情况下，叫"小皮球"打第一炮是最合适的，因为人们都更相信童真，而小皮球仅比十四岁的叶春妮大三岁，还不到一个成人的年龄呢！

刘霞霞站了起来。别看平日她天不怕地不怕，能和石牛子一块儿摔跤，可是在这会场上，面对着那么多双眼睛，她那张圆圆的皮球脸上却流露出害羞的神色。她忐忑不安地说道："叫我说，我就说……反正那天半夜吃夜班饭时，白黎生像是被霜打了的树叶似的，只是喝汤不吃饭。后来，我为了逗他高兴，就唱儿歌给他听，我唱：'水牛儿——水牛儿——先出犄角后出头——'想不到我这歌没能逗出他的笑，反而引得龙王奶奶大哭一场，雨点吧嗒吧嗒地掉下来了，一哭就哭了好几天。诸葛哥哥说，天之所以没完没了地下雨，都是我唱'水牛儿'唱来的。完了！"

"哗"的一声，垦荒队队员都笑了。

迟大冰瘦长脖子中间的外凸喉头不安地蠕动了好几下。他满心希望刘霞霞能够打响第一炮，把矛头引向俞秋兰，结果她喷射出膛的是一发不响的哑炮，不，比哑炮更坏，不但冲淡了会议主题，而且带来一片嘻嘻哈哈的笑声。他心里火烧火燎，但又无法发泄心中的邪火，只好苦笑了一声，把目光转向了诸葛井瑞。迟大冰对诸葛井瑞是信得过的，单凭那一碗面片汤，就足以表明诸葛井瑞的一片诚心。眼下，他迫切需要诸葛井瑞把会议拖上轨道。诸葛井瑞对迟大冰投过来的目光，敏感得如同含羞草，他分明看出来迟大冰对他下达了发言的命令，却故意装作毫无所知的样子，仰着头，欣赏着排成人字形的雁阵，从他们头上抖翅南归。

会议冷场了。

许多垦荒队队员都抬头看着天上的雁群，它们队形整齐，时而把人字形变换成一字长蛇阵，时而又把一字阵飞回人字形。直到迟大冰克制不住愤懑，直呼俞秋兰的名字时，垦荒队队员才把视线拉回到现场。

"俞秋兰！"迟大冰急于要达到预期的会议目的，已经不愿再转许多弯子了，"白黎生那天跟你一个拖拉机，大家又知道他一直在追求你，你那天是怎么对待他的，向同志们交代一下嘛，怎么你总像没事人一样坐着！"

俞秋兰刚要说话，诸葛井瑞抢在她的前头站了起来："这件事情的始末，我都门儿清，让我先说。大伙刚才一定看见了那群大雁，看看人家多么齐心，特别是那只头雁，简直就像咱们垦荒队队长卢华，一个心眼带着咱们往前飞！飞！飞！"诸葛井瑞喘了口气，抓抓头皮，话里带刺儿地说："咱们的小俞同志也不错嘛，大伙可以想一想，如果我们当初沉迷在用鱼竿钓来的'荣誉'，一直用马拉犁跳独腿舞，表演'金鸡独立'的话，咱们的拓荒任务恐怕要差到姥姥家去了。我们之所以今天能坐在这儿开会，这一功应记在俞秋兰同志身上。青年团员就得像个青年团员的样儿，敢于向不合理的事情挑战——"

诸葛井瑞的活被迟大冰打断了，迟大冰脸绷得能掉下冰碴儿似的，高声喝道："现在是什么会？谈白黎生为什么会逃跑，你谈那些陈谷子烂芝麻的事干什么？"

"你慢慢听嘛，我马上就要书归正传，谈白黎生的问题了。刚才我只是表示我的一点意见，你把俞秋兰同志排在表扬名单中的最后一名，我有点意见。我甚至想：咱们支书不会因为提倡跳独腿舞，受了县委书记的批评，而给俞秋兰同志小鞋穿吧！"

迟大冰脸红了，还没容他说话，马俊友在会场的角角上说话了：

"诸葛井瑞的意见很对！俞秋兰同志维护了咱们真正的荣誉。"

平日不爱说话的唐素琴，接着马俊友的话茬说："咱们要是到时候没完成开荒任务，怎么向团中央交代，怎么向全国青年交代？老迟把小俞放在表扬名单的最后一名，也许是老迟一时疏忽了。我建议把她放在第一名。"

"说得有理。"

"我同意这个意见。"

会前，迟大冰曾对会议充满信心，他根本没有想到，浪头会朝他席卷而来。他，简直有点呆了，多亏了那位叫"疙瘩李"的小伙子，站起来高喊一声"别乱吵吵了，听支书的——"，才把乱哄哄的声音压了下去。

李忠义来自长城脚下的一个山区农业社，他之所以被冠以"疙瘩李"的外号，不仅因为他脸上长满了大大小小的青春痘——粉刺儿，更因为他有爱抬死杠的毛病，撞了南墙也不回头。初到荒地的日子，北大荒的上空曾发生过一件怪事儿，垦荒队队员正在用绳子加固帐篷时，石牛子仰着脖子喊了一声："瞧哇！半天空是什么玩意儿？"所有的垦荒队队员都仰起了脖子，看着在蓝天下出现的奇迹：葫芦形的古塔，奇特的街道，头扎缠布身穿裹身长袍的行人和在街道上奔跑着的各色汽车。大伙看得目瞪口呆，直到这个奇景迅速在蓝天消失之后，垦荒队队员还是懵懵怔怔茫然无知。这时候，李忠义第一个发表高论说："我小时候就听家里人说过，天上有玉皇大帝和十八罗汉，这是玉皇和天神显圣哩！"小青年对他的结论虽然都不表示同意，但是找不到理由驳倒他。只有诸葛井瑞告诉他说："别胡说八道了，这叫海市蜃楼，是阳光和天空水汽中的沙尘，发生了折射作用，把世界上哪个地方的投影，显示在天空了。"

垦荒队队员中的多数都读过高小、初中，一下勾起来书本上学过的知识，因而同意诸葛井瑞对这个天空幻影的解释，只有没上过学的李忠义死死咬住是"玉皇显圣"不放。他"抬死杠"地问：

"秀才，到底是谁胡说八道？你说刚才那玩意儿，是世界上哪块地方？"

"这我弄不清楚，反正不是咱们中国。"

李忠义粗脖子红脸地抬杠说："我认为那是玉皇大帝的皇宫。"

诸葛井瑞笑了："李忠义我问你，中国玉皇大帝如果存在的话，信奉什么教？"

这一点，李忠义还是有个耳闻："信佛。"

"那葫芦形的大肚子古塔，是佛教寺院吗？我告诉你那是清真寺，是伊斯兰的教堂。十八罗汉头上缠头巾吗？穿裹身长袍吗？那是伊斯兰教徒的装束。"诸葛井瑞掰着手指头给他上课，"就按你说的，它真是天上玉皇显灵，哪儿来的屁股冒烟的小汽车，大概是玉皇大帝也进入 20 世纪了吧？因而叫他的天兵天将都学会了开小汽车，是吧？"

垦荒队队员捧腹大笑。

李忠义脸涨得一片紫红："反正……"

"李忠义同志，我告诉你，这个海市蜃楼所显示的投影，是世界上一个伊斯兰国家的城镇，但究竟是哪个国家、哪个城镇，我不会神机妙算，无可奉告。"

"不行！"诸葛井瑞扭身要走时，李忠义拦住了他，"你非讲清楚是哪个国家不可，不然你就得承认你是胡说八道。"

"你这个同志，怎么这么难缠？"

"不瞒你说，我李忠义就是这个脾气。""疙瘩李"把抬死杠的劲儿拿了出来，"当着大伙的面回答吧！不然你就对我认输。"

"你……"诸葛井瑞想夺路而走。

李忠义再一次挡住诸葛井瑞的去路。诸葛井瑞无计可施，只好连连点头："我……我……我是胡说八道。你说的都是科学道理。我认输，行了吧？"

垦荒队队员们笑得前仰后合。石牛子当场送给李忠义一个绰号——"疙瘩李"，从此，这个雅号不胫而走。李忠义也没有愧对过这个绰号，在开荒期间，使这绰号有了更为丰富的内容。比如：垦荒队队员们干活累了，想叫笑声驱赶疲劳，先找一个腕子上戴手表的人，问好时间，然后再询问"疙瘩李"，现在是什么时间了，"疙瘩李"俨然以标准钟自居，他抬头看看太阳，"三点差两分""四点过二十七分"的回答就会脱口而出，好像他比格林尼治天文台的报时钟还准，连分针的指向都给你报告出来。如果戴手表的人提示他的报时不准，就会引起"疙瘩李"没完没了的纠缠："怎么会不准呢？！""分明是你的手表不准！""你承认不承认你的手表有毛病？"直到戴手表的人口头服"输"，这场口头官司才算结束。垦荒队队员们常常被"疙瘩李"执拗而认真的神色，逗得开怀大笑。

虽然，这个山沟来的青年常常以愚昧代替科学，流露出与20世纪50年代青年极不协调的色彩，但是他力气过人，在贺志彪和卢华等几个大力士中，也算得上一个"力拔山兮气盖世"的猛士。他干活像一头竖着鬃毛的狮子，从来不知疲累，也许正因为他具有这样的素质，对垦荒队中学生出身的伙伴，他有一种先天性的轻蔑。除此之外，这个小伙子还有一个显著特点，那就是对于领导说的任何一句话，他都言听计从坚决照办。在那抬头只见一线天的山沟沟里，支部书记就是党的形象、党的化身。因而，在会场上迟大冰遭到垦荒队队员们议论的时刻，他本能地站了起来。他挥动一只胳膊说："这是支部书记召开的会议，咋能像鸽子踩蛋一样瞎咕咕呢？！这儿又不是苇塘的蛤蟆坑，不分公母一齐乱叫唤，成了啥样子？！依咱看，老迟召开这个会正开在点子上。白黎生溜号逃跑，就是该刨刨根子。咱们这儿有的姑娘就是成问题，人家为她跑到这儿来开荒，她攀高枝儿，给人家冷脸子看，这是啥行为？要我是那个姑娘，凭人家那点诚心就宣布：咱们算对上象了，等垦荒队盖好房子，成亲。嘎巴利落脆，这多好，一下就把白黎生给拴在槽头上了。"

迟大冰深深地长出了一口气。他没有想到会议中途杀出来一个程咬金，不但为他一举解了围，还把矛头直直地指向了俞秋兰。这真是"山重水复疑无路，柳暗花明又一村",他马上感到腰杆子硬了许多。他望望会场,有人不以为然地摇头,有人在捂着嘴偷偷地笑,便站起来说道:"笑什么?李忠义同志讲出一个最朴素的道理,为了开荒事业,一切个人的东西都可以牺牲嘛!"

"支书,我问你一个问题。"诸葛井瑞避免和"疙瘩李"的目光接触,直直地注视着迟大冰说,"如果你根本不爱那个人,而那个人为你来了荒地,你该怎么办?咱们别来纸上谈兵!要讲点真格的嘛!咱们干脆把问题抖落开吧!俞秋兰同志对白黎生没有爱情细胞,只为了把白黎生'拴在槽头上',而来了个'嘎巴利落脆',这符合中华人民共和国前年刚刚颁布的宪法吗?符合一解放就颁布了的恋爱自由的婚姻法吗?你是支部书记,说话时,应该掂掂分量。现在是 20 世纪 50 年代中期了,别把封建主义的东西披上好看的罩衣叫我们穿!这一点,我可以对老迟回答一句:我们没人再穿它。因为新民主主义革命推倒的三座大山,其中有一座就叫封建主义。"

会场哗然。

有人拍手。

有人叫好。

迟大冰脸如青灰。"疙瘩李"脸涨得发紫,他蹦起来指着诸葛井瑞叫道:"别用大理论吓唬人,我们山旮旯来的人听你这些话扎耳朵,中国都解放六年了,哪儿还有封建主义,这等于他放个臭屁——"

"你说的玉皇显圣,算不算是封建的玩意儿?"诸葛井瑞知道已经被"疙瘩李"缠上了,退路是没有的,只有背水一战了。

"那……""疙瘩李"结巴起来,"那……"

"人和人虽然都长着一个脑袋两条腿,性格和爱好都不一样,我们不能把自己的一孔之见强加于人。"诸葛井瑞被"疙瘩李"激起了斗性,他下意识地摘下自己的小眼镜,在手心里擦了两下又戴上,"不要说人了,就是一个国家和另一个国家,喜好也大不一样。中国人常常颂扬菊花,意大利人就最忌讳菊花,中国人也喜欢荷花,可是日本人讨厌荷花。狼,在许多国家,都是残忍的象征,是猎人们捕猎的对象,就连咱们垦荒队,卢华还在兔肉里炸药炸死它,点着了它'挂天灯';然而罗马的城徽却是母狼哺育婴儿……世界之大,无奇不有。说到恋爱这个问题上,也是一样,谁想爱谁就爱谁,谁也没有权利干涉。白黎生同志失踪的那个夜晚,俞秋兰同志给了他温暖,把自己穿的羊皮袄让给了他,劝他寻找别的姑娘,尽到了同志之间的关心。俞秋兰同志不喜欢他，没有给他爱情，白黎生因此闹了情绪，这和俞秋兰同志本身毫无关联，举个不恰当的例子说，如果老迟爱上咱们队一个最漂亮的姑娘，而那个漂亮姑娘拒绝了他的爱情，老迟就噘嘴了。大家评断一下，这是那个漂亮姑娘的责任，还是老迟自己的责任？"

唐素琴只当诸葛井瑞是个文质彬彬的书生，平日只是腼腆地画画儿，今天看见他雄辩的口才、渊博的知识，不觉失口叫了一声：

"好——"

假如换个别人，这声"好"不会引起人们的反响，因为她平日是出了名的老实人，这一个"好"字，犹如一块石头掷进静水里，立刻引起了圈套圈的涟漪。唐素琴因为失口而脸红，可是姑娘们却从这个"好"字中受到了鼓舞，刘霞霞站起来，满不在乎地和"疙瘩李"对阵说："别人怕你，我刘霞霞可不怕，你干吗欺侮我们秋兰姐？！你呀！你搞个木头棍儿当对象，我们管不着，可是要想管我们姑娘家的事儿呀，告诉你，没门儿！"

"疙瘩李"在男儿国是个人物，碰到能和石牛子一块儿摔跤的"小皮球"，有点怵阵，但是当着这么多双眼睛，又不能示弱，便反驳刘霞霞说："谁爱管你们妇女的事了，头发长，见识短——"

刘霞霞两步迈到"疙瘩李"面前去："你说话可别太伤众了，没有长头发的秋兰姐开出拖拉机去，现在你小子还在地里和泥巴打交道哪！"

"疙瘩李"正想回答刘霞霞两句刺儿话，俞秋兰上去用胳膊把两个人拦开了。她撩开散落在耳边的一绺短发，心情沉重地说："别为我争吵了，我作为一个团支部书记，净忙生产，思想工作没跟上，我应该向同志们做检查。至于老迟说的那种责任——因为我喜欢别人，而导致他溜号，那是我不能接受的。刚才诸葛井瑞同志已经说了，青年人有选择爱情的权利，今天借着这个大会，我向大家宣布——"俞秋兰走到那块壁报牌前，指着那幅《草原日落》的画儿说，"从到荒地第一天，我就喜欢卢华，虽然他不会弹吉他，不会唱歌，也不会作诗——但是，我喜欢他，究竟为什么，我一时也说不清楚，也许这就是'小诸葛'说的人的爱好各不相同吧！白黎生同志身上具有好多优点，他热情，又多才多艺，会有姑娘喜欢上他的，但不会是我。当天，我可能刺激了他——因为我拒绝了他超越同志关系的感情，我不能像李忠义同志说的那样，为了叫白黎生同志安心，就把爱情许诺出去，把他'拴在槽头上'，那是对他的欺骗，也是对同志的不忠。还有，对于老迟召开这个会，我有一个疑问，尽管白黎生同志怕苦怕累，是溜号了还是出了别的事情，谁也没有把握，县委不是派人到各个屯子去调查了吗？因此，我建议老迟把会议的调子改一改，不如专门讨论一下青年人该怎样对待爱情。因为咱们八十一个伙伴都是青年人，早早晚晚都要过这一关……"

俞秋兰之所以这样说，有两个目的：第一，这确实是青年人面临的问题；第二，她有意识地给迟大冰找个台阶下。会议的趋向显然对迟大冰越来越不利，迟大冰不如借此机会改弦易辙，以改变他极为尴尬的处境。其实，这个倡议是在秋耕之夜，诸葛井瑞向俞秋兰提出来的，但此时的诸葛井瑞却无心讨论这一问题，他急于想揭出迟大冰开这个会的真正目的，因而打断俞秋兰的话说："小俞同志提的问题，今后有时间讨论，我想，咱们还是谈谈垦荒队目前最主要的问题比较恰当。我认为主要问题不存在于下边，而存在于领导成员身上。比如队里的领导，对新生事物是应该爱护呢，还是应该打击？对于在开荒中善于独立思考、对集体做出贡献的同志，是要打击呢，还是应该欢迎……"

"应该欢迎！同志们看看是谁回来了——"不知哪个小伙子，借着诸葛井瑞的话茬，大喊起来，"瞧！白桦树林旁边，两个人里边有一个像白黎生。"

这句话如同一声霹雳，震惊了整个会场，几十个人的视线立刻都投向了白桦树林。桦树林里走过来两个人，一个人牵着一匹雪青马的缰绳，另外那个年轻人，不是白黎生又是谁呢？！

人们蜂拥浪卷般地朝桦树林跑过去：

"小白——"

"这不是活见鬼吧！"

"你没叫狼叼走？"

"真把我们急死了。"

身穿老乡土布裤褂的白黎生，也跑了过来："同志们好——同志们好——"他的眼泪顺眼角盈了出来。

迟大冰愣在了他站的老树根上——会议中断了。

俞秋兰激动地挤进人群，紧紧地握住白黎生的手，不知说什么话才好。白黎生也显得异乎寻常的激动，他扭头望着身后的桦树林说："这些天，我……都亏了她……"

这时，人们才注意到那个牵马的人，原来是个姑娘。女伴们围拢过去，姑娘们不约而同地都被这个北国少女的美丽惊呆了——她身穿一身粗布的毛蓝色裤褂，乌黑的头发上别着一圈草原上迟开的野玫瑰花：红的、黄的、紫的、粉的，花瓣下，藏着一张微微红涨的鸭蛋脸。长长的柳叶眉下的那双丹凤眼，一张一合地流露出妩媚而调皮的波光。她好像有什么话要说似的，那菱角形的嘴唇翕动了一下，又闭上了。当她闭紧嘴唇的瞬间，嘴角露出一丝难为情的微笑。大概她意识到了头上还插着一圈野玫瑰花的缘故，于是松开手里紧紧挽住的雪青马的缰绳，去摘头上五彩缤纷的花朵，一边摘一边羞涩地笑着。

刘霞霞怜惜地制止说："别摘它，多好看，你就像是一个戴花的新娘。"

姑娘把花儿都摘下来，捧给刘霞霞说："这个新娘还是叫你当吧！"

姑娘们都笑了。

"哪位姐姐叫俞秋兰？"牵马的姑娘问道。

"我。"俞秋兰亲昵地拉起她的一只手，"你……"

"我爹叫我找你。"姑娘一笑，露出两排嫩苞米粒似的整齐牙齿，"我爹他认识你。"

俞秋兰惊异地望着她。

姑娘抖了一下马缰："你认识这匹马吗？"

俞秋兰瞭了一眼这匹雪青马，似乎确实在哪儿见过，但是到底在哪儿见过，她回忆不起来了。

"那时节，你们垦荒队打头阵来了三个人。我爹打猎时碰上了你们，他还告诉过你们，他有个草妞儿，没啥文化，只是会打黑瞎子！"姑娘用手背捂住嘴角，不好意思地笑了。

"噢！你……你是老猎人鲁洪奎大爷的闺女！"俞秋兰用手绢擦着姑娘额头上的细碎汗珠，"鲁大爷说，将来叫她领我们进山伐木哪！"

"对！对！我叫鲁玉枝，小名就叫草妞儿。"鲁玉枝爽朗地说，"本来，这事情轮不到我头上，县委书记老宋叫我爹陪你们进深山老林，小白哥哥他……该咋对你们说呢？"她低头沉吟了一会儿，"反正我爹跟我说了，咱们得互相换工，我带你们进山伐木，姐妹们可得帮我学文化，就这。"

"玉枝姐，你怎么和小白碰上的？"刘霞霞无法抑制自己的好奇，滴溜圆的眼珠盯着鲁玉枝的脸蛋说，"他离队已经快半个月了，你们……"

唐素琴打断"小皮球"的话说："咱们先回帐篷里去，叫玉枝喝口水，你看这匹马都跑出汗来了。"

刘霞霞根本没理解大姐的意思，孩子气地追问着："看这匹马跑得浑身是汗，一定是从远处来的，那就是说，玉枝姐你和小白是同骑这一匹马来的啦？"

俞秋兰偷偷捏了刘霞霞一把。邹丽梅用身子挡住刘霞霞，接过鲁玉枝手中的马缰说："走吧！咱们女儿国又添人进口了，咱们姐妹们该好好庆祝一下。"

姑娘们簇拥着鲁玉枝，在小伙子们火一样的目光下，奔向了女儿国的五号帐篷……

五

卢华、贺志彪已经从县委书记嘴里知道了白黎生离队后的劫难，为了庆祝白黎生的归来，特意从凤凰镇买了两箱北大荒的烧酒，驮在马背上。宋武觉得这群年轻娃娃，生活实在太苦了，从县里拨了二百斤白面、半扇肥猪，犒劳按期完成开荒任务的北京儿女们。

行前，宋武再三询问卢华关于迟大冰的情况。卢华只是说："没啥！老迟心胸狭窄一点，会在集体的大熔炉里熔掉私心杂念的。"

"你该知道，多大火候的炉，既出钢材，也出废渣。要是实在不行，支部就改选。把品行纯正、有公无我的好同志选上来。"宋武看看贺志彪，拍了大个子肩膀一下说，"你这傻大个儿，啥都好，就是农民意识太浓，啥事都讲随和。上次在地头上，马俊友站起来要揭发迟大冰沽名钓誉的行为时，你在后边还搞了个小动作——捅了他一下；你以为我没看见你哩？其实，我这老粗在学问上比不过你们的'小诸葛'，眼珠子可赛得过齐天大圣孙悟空的火眼金睛。"

贺志彪憨笑着回答："我总觉着人心都是肉长的，感化感化他就行了……"

"大个子，咱们共产党员不排斥宗教，可不是抱着瓢化缘的和尚。如果迟大冰还在集体里边搞名堂，坚持他那一套不改，我个人的意见是把马俊友换上去。"宋武那双窄小的眼睛直直地逼视着贺志彪说，"县里工作这么忙，我还坚持不懈地学习各种知识哪！生理学课本上说得好，人要不断地吸收氧气，吐出二氧化碳，才能保持正常的血液循环。你这个党员，只知道埋头干活可不行，要在思想上成为卢华的一条胳膊、一条腿，你清楚吗？"

"我记下了。"贺志彪不会说什么好听的话，瓮声瓮气地回答。

"那就行了。"宋武把卢华和贺志彪送出凤凰镇的一字长街路口，又叮嘱他俩说，"好好休整三天。县委已派人到骑马岭划了你们的伐木区，那儿是一片不成材的林子。你们好好把劳力组织一下，要叫北京娃娃们准备吃苦。"

卢华和贺志彪回到青年屯，已是傍晚时分。石牛子带着人逮来的"傻大姐"已经炖熟，卢华和贺志彪又从马背上卸下来白面、烧酒、猪肉，垦荒队呈现出一片欢腾。卢华提议，集中各个帐篷的照明马灯，到一号大帐篷里，开个欢迎新伙伴鲁玉枝来队、老伙伴白黎生归队的"酒会"，马上赢得垦荒队队员们的热烈响应。

只有迟大冰踌躇地锁着眉梢。他记得上次在地头上挨剋，就是赶上吃鱼；今天又是吃鱼，他开了那么一个背兴的会议。幸亏会议因为白黎生的归来而突然中断，不然诸葛井瑞放的那把火会直接烧着他的睫毛。白黎生归来，虽然给他解了围，可是也给他带来了极为不利的影响，因为他曾判断白黎生逃跑了；而白黎生归来时的神色，似乎没有内愧和恐惧的表情。如果白黎生确实未曾逃跑，传播出去，等于是他又一次"马失前蹄"。几经思考之后，没等白黎生向伙伴们谈他雨夜失踪后的情形，迟大冰先把他叫到小帐篷里来。他给白黎生倒了一杯温开水后，开始了谈话。

"怎么样？同志们都为你急死了。"迟大冰带有诱导性地启发着白黎生说，"是不是那天夜里受了点刺激？"

白黎生笑笑，老实地说："是的。"

"于是就产生了离队回北京的想法，是吗？"

白黎生被问愣了："老迟，我没有回北京啊！当然，在这个问题上我脑子里有过斗争，但没有产生过要当逃兵的念头。那天夜里，我挑着饭桶，精疲力竭地往青年屯走，没走多远，就赶上了滂沱大雨。我想找个地方躲雨，周围都是一片草甸子，我想寻找拖拉机的灯光，再跑回拖拉机上去，可是那瓢泼大雨切断了我的视线，天地之间哪儿都是一片墨黑。怎么办呢？雨打在脸上比鞭子抽得还疼，我只好低着头，朝我认为的正确方向走。我想：青年屯离荒地不过几里地，我爬也能爬到家。可是越走越看不见帐篷影儿，雨还没有一点停下来的意思。我害怕了，因为我读过一本小说，上边写着大雨能淋死行人。我就赶上这样的大雨了，真是叫天天不应，叫地地不灵——"

迟大冰打断白黎生的叙述说："对！就在这艰苦的考验面前，你想到了小时候在巴黎的生活，也会想到你北京温暖的家。我猜得不错吧？"

"是那样，支书你听我说。"白黎生喝了一口温开水，激动地说，"人的脑瓜也真是个怪物，我平常很少回忆的巴黎，在这个时候钻进我脑子里来了。也许是大雨淋得我神志迷糊的原因吧，我好像记起坐着爸爸开的小汽车，去巴黎西南十八公里远的凡尔赛宫，那天阳光充足，我吃着夹心的巧克力糖，仰着头看那黄金与黑铁铸成的大门、用阿波罗太阳神和竖琴图案装饰的铁栅栏。后来，我不知道怎么一下子又好像进了北京我那间小屋，叮咚叮咚的钢琴正演奏着《土耳其进行曲》……后来，我清醒了一点，才知道那叮咚叮咚的声音，不是来自我幻觉中的钢琴键盘，而是暴雨敲打饭桶发出来的声响。这声响一下提醒了我，我索性把一只空铁桶，当成防雨的钢盔罩在头上，鞭子雨是抽不到我的头了，可是顶上铁桶之后就无法看路，没走出几步，我就被一个树墩子绊倒在乱泥塘里，头上顶着的铁桶和手里提着的另一只铁桶，连同扁担一块儿滚出两三米远。没有办法，我只好重新戴上'钢盔'，坐在泥塘里静待雨停。可是那雨下成了一个点儿，就像瀑布一样往下泻，我戴着那顶'钢盔'，'两个我'开始在思想上打架了：

"'早知如此，何必当初？'

"'不能这么说，这是开垦北大仓的神圣事业。'

"'就缺你一个人哪？你一个人开得出北大荒来吗？真是幼稚！'

"'如果每个青年都这样想，谁该来呢？！你是新中国第一代青年，该为建设祖国出力流汗。'

"'你到北大荒来就那一个动机吗？'

"'……'

"'人家根本就不喜欢你，你这"八千里路云和月"的追逐，不是一场自作多情的滑稽戏吗？'

"'……'

"'你能强迫人家爱你吗？'

"'……'

"'你回答不出来吧！与其这样，还不如回北京城。如果你在北京，这时候正在席梦思床上睡着香甜的觉；现在你却坐在烂泥塘里，风吹着，雨淋着，头上顶着一只洋铁桶，活像草原上的一个树墩子。'

"真正的我，猛然清醒了，回答扯我后腿的那一个白黎生说：在团中央，你怎么向苏坚同志下保证的？你那首《垦荒队队员之歌》又是怎么写的，其中不是有'迎着那狂风暴雨，踩碎那千里冰霜'的词儿吗？现在，真的是狂风暴雨来了，你怎么能胡思乱想呢？！

"想到这儿，我觉得自己陡然有了力气。我对自己说：要是冷雨下上一夜，淋不死也得冻死，还是得奔回青年屯。打定主意之后，我摘下'钢盔'，开始往前走。我借着天空中瞬息之间亮了又瞬息之间灭了的闪电，辨别着我行走的方向。

"风吹着……

"雨打着……

"霹雳在我头上像炸弹开花……

"老迟，你可以想象，那是多么艰难的里程。我在暴雨里奔走了两个多小时，还是没有找到家，举目四望，只能看见水！水！水！我的心发颤，脚发软，生怕碰上饿狼和黑瞎子，真是心急如焚。可是心里越急，脚下越没劲儿，开始两脚像踩着棉花，后来两脚互相磕绊，走到一片榛子树丛中时，我实在迈不动那两只脚了。

"怎么办？已经迷路了。荒地通往青年屯没有这片榛子林，这一点我是记得十分清楚的。还算好，这时候雨稍稍小了一点，我必须借着这个空当儿逃命。我放下水桶和扁担，记住是放在了榛子林里，以便过后来取，然后朝着有一丝光亮的地方奔去。泥粘掉了我一只鞋，榛子枝儿扎破了我的脚，我也顾不上了，只顾往闪着光亮的地方走。我蹒蹒跚跚地挪动着双腿，后来挪也挪不动了，我就爬着走。光亮越来越大了，影影绰绰我看出那是个老乡的屯子。如果没有这个发现，我也许连爬的力气也没有了。那光亮儿，给了我死里求生的勇气。我爬呀！爬呀！当我爬到离老乡屯子还有几百米的地方时，突然，脑袋朝下掉进一个坑洞里，我失去了知觉……"

迟大冰是个非常冷漠的人，但在此时此刻，也被白黎生的讲述，拨动了心弦。白黎生说得那么真切，那么合乎逻辑，几乎完全推倒了他对白黎生的判断，这使迟大冰茫然不知所措，甚至产生了一点良知的回升。他隐隐约约地感到在白黎生身上，无法达到他所要达到的目的；而自己已经泼出的水，又难以再收回来——他陷入了进退维谷的境地，一时之间，不知该怎样应付眼前的局面才好了。

"老迟！"白黎生继续说，"你无论如何也猜不到，我掉进去的那个坑洞，是个什么玩意儿！那是屯子里老猎人鲁洪奎为了防止饿狼来叼猪而挖下的捕狼阱。他们没有逮住狼，倒是把我给捉住了。当时，我已晕了过去，什么也不知道，这一切一切都是我在医院的病床上苏醒之后，鲁大爷的女儿，小名草妞儿的鲁玉枝对我说的。她对我说，都亏了我命硬，在那洞里躺了两天多，居然没有断气儿。连阴雨的第三天，她戴着一顶草帽，挎着篮儿，到荒野里去采蘑菇，回家的路上才发现捕狼阱里躺着个死人。这可把她们母女俩急坏了，老猎人进山一个星期没有回来；母女俩拦了一辆从骑马岭往鹤岗市送木头的卡车，把我拉到了市里一所医院。简单地和你说吧，老迟，我清醒过来时，已经是第五天了，脑门前悬着葡萄糖注射液的玻璃瓶子，我只能翕动嘴唇，但是吐不出来声音。我非常着急，我想到我没归队，同志们会到处去找我，说不定还要给我家里拍电报，问我是不是当了逃兵。因为我在这个集体里，显得最懦弱、最无能，同志们肯定会朝这方面猜想。我想叫'草妞儿'替我写封信，她只是笑着朝我摇头，真是急死我了。直到我能坐起来，第一件事就是给队里写信，可是这儿不像北京投递书信那么方便——北大荒连降暴雨，把邮路冲断了。不要说是邮车停驶，拉木料的汽车断了线儿，北大荒的暴风雨把电话线也给折断了。电信局还算帮忙，说我是北京来的垦荒队队员，有线电话接通的第一天，就把我的消息告诉了县委。可是，那已经太迟了，因为第二天，我就离开医院，乘刚刚恢复通行的公共汽车回到了荒地。我先到了鲁大爷的家，谢人家的救命之恩，正好，鲁玉枝要领咱们去伐木，我们一块儿来了。老迟，这就是我离队以后的全部经过。你看，我穿的衣裳，还是乡亲们的呢！"白黎生白皙的脸上浮现出喜悦的微笑。

迟大冰木然地点点头。白黎生无懈可击的自叙，把他想象的东西击得粉碎。白黎生看见自己的喜悦没能唤起迟大冰的欢欣反应，以为是迟大冰对自己讲的话缺乏信任，便急忙解释说："老迟！我说的句句属实，我没给北京人丢脸！不信，你问鲁玉枝同志去。"

"相信。"迟大冰露出一丝欢快的神色，握着白黎生的手，"你受苦了！回帐篷好好休息去吧！"

白黎生看出迟大冰心事重重，问道："你……不舒服？支书？"

"这些天开荒累的，歇两天就好。"迟大冰很想静静心思，忙给白黎生挑开帐篷帘儿。嗬！吓了他一跳，原来小帐篷四周围满了人。显然，这些年轻人也非常关心白黎生离队后的详细情况，情不自禁地聚拢到这儿。因而，白黎生刚走出小帐篷，就被伙伴们抬起来，像对待赢得荣誉的运动员那样，绕帐篷游行一周。诸葛井瑞用大喇叭喊着：

"白黎生同志是好样儿的！"

"伙伴们！快出来看哪！"

"北京青年万岁！"

"垦荒队万岁！"

一呼百应，连姑娘们也跑出帐篷，刘霞霞把鲁玉枝摘给她的玫瑰花，别在白黎生胸前一朵，逗笑地说："小白哥哥！别人都不配戴这朵花，只有你配戴它。有空的时候，是不是向我们大伙交代一下，你们是怎么骑着一匹马来垦荒队的？"

鲁玉枝的脸烧得比野玫瑰花还红，娇嗔地追逐着刘霞霞："死丫头，你……"

刘霞霞边跑边喊："干吗烧牌了？大伙细细看看，咱们这个新伙伴，在姑娘群里可是盖了帽了。告诉你，小白哥哥，你可得感谢我，要是那天我不唱'水牛——水牛——'把雨求下来，你能碰上这么一位漂亮的草妞儿？"

笑声……

闹声……

迟大冰听见这欢快的声音，心里非常不是滋味。此刻，鱼香掺着酒香又飘进他的帐篷，更增加他的一层愁楚。他想：该怎么对付这个联欢酒会呢？不去，那显然不行。带着一脸愁云去，更丢自己的威信。"识时务者为俊杰"，不如在全体垦荒队队员面前做个姿态，以平息由于白黎生归来可能引起的连锁反应。他很清楚，由于他召开了下午的会议，已经成为垦荒队队员们的议论中心。虽然在会上表态是他极不愿意干的事情，但是只有这一步棋，才能缓和他的厄运。

迟大冰对着小镜子，用刮脸刀开始刮胡子，他不想带着满脸晦气出现在"酒会"的帐篷。他刚刮完脸，还没洗净嘴巴上的肥皂泡沫，卢华走了进来：

"老迟！大伙在等你哪！"

"你看！我正修理门面。"

卢华笑笑："你这'老青年'变成小青年了。"

"不但相貌老，我思想也好像老了。"迟大冰用毛巾擦掉脸上的肥皂，试探地说，"卢华，这一点上我比不上你，白黎生归来给了我深刻的教育。"

"也给了我启示。"卢华说，"我越来越觉着我们的伙伴，个个都那么可爱。"

"县委有什么指示吗？"迟大冰问道。

卢华迟疑了一下："'酒会'以后再说，现在咱们先高高兴兴地喝上几口酒，赶赶连日来肚子里留下的寒气。"

迟大冰从卢华的话里，闻出什么味儿来了，他更感到在会上检查一下自己，是势在必行了。因而，当垦荒队队员们举起酒碗，叮当叮当碰"杯"之后，迟大冰第一个从地铺上站了起来。他脸色沉重地说："同志们！在这欢快的场合，我本来不该说这些和气氛不协调的话，可是不说出来我心里像压着块石头，还是把心上这块石头搬开吧！我错怪了白黎生同志，在不知道他准确的去向时，我冒失地召开了今天下午的会议。当然啦！我也是一片好心，但是白黎生同志并没有当逃兵，而且在考验面前打了胜仗，所以下午的会议成了'无的放矢'。这都是因为我工作中过于主观造成的，既耽误了同志们的休息，也是对白黎生同志不负责任的表现。今后，我一定要在工作中重调查，避免主观主义。今天是欢迎白黎生同志归来的'酒会'，我就不多占同志们的时间了。现在，我提议，为咱们开荒的胜利，为白黎生同志和鲁玉枝同志来队，举起碗来干杯！"

帐篷里沸腾了。在这欢乐的时刻，有谁愿意对迟大冰的检查去刨根问底呢？迟大冰在激流中，驾着飞舟，越过了横在他面前的险滩，便趁热打铁地说："叫小白同志弹琴，咱们唱支歌吧！"

白黎生来荒地之后，还没受到过如此隆重的表扬，特别是没受到过支部书记迟大冰的表扬。青年人的荣誉感，升腾在他心田，爬上他的脸腮。他从帐篷上麻利地摘下六弦琴，吹了吹琴上的尘埃，兴奋地向大伙说："弹个什么呢？同志们今天喝着大碗酒，我弹个《茶花女》中的《饮酒歌》给大家助兴吧！"

"那太'洋'了，最好弹个'土'一点的。"诸葛井瑞脸上出现醉红，用眼睛看看鲁玉枝说，"比如，什么东北民间小唱，或者……电影插曲什么的。"诸葛井瑞不露声色地把矛头引向了鲁玉枝。

没心没肺的石牛子立刻上了"小诸葛"的鱼钩，他蹦起来叫道："对！对！咱们这儿有个现成的北大荒大姑娘，欢迎她来一个怎么样？"

"欢迎——"

"鲁玉枝为我们唱一个！"

帐篷里沸腾了。

"叫白黎生用六弦琴伴奏。一个'洋'的，一个'土'的。俊逸的琴手弹琴，漂亮的'村姑'伴唱，这叫土洋结合。"诸葛井瑞一反平日的腼腆，醉意十足地端着一个酒碗，大声地嚷嚷着，"大家知道'村姑'这个词儿吗？这是俄国诗人普……普……普希金小说里的一个人物，她美极了，就像刚才头上戴着一圈野玫瑰花的鲁玉枝……"

"你喝醉了？"俞秋兰从旁边夺下诸葛井瑞手里那只碗，"怎么胡说八道开了？"

唐素琴把碗从俞秋兰手里抢过来，又递给了诸葛井瑞说："喝吧！今天是欢快的日子。"

"大姐，你……"

唐素琴对着俞秋兰的耳梢，轻声说："你真傻！'小诸葛'在装醉，他那碗里倒的是白开水。"

"那为什么？"俞秋兰不能理解"小诸葛"的行为。

"为你呀！"

"为我？"

"也是为白黎生。"

"大姐，我不明白。"

"告诉你，刚才大伙抬着白黎生游行的时候，刘霞霞把鲁玉枝的玫瑰花献给白黎生，就是'秀才'在幕后导演的，"唐素琴声音轻得只能让俞秋兰一个人听见，"现在这家伙，当众又为白黎生和鲁玉枝穿针引线哩！目的很清楚，这是为了解除你的苦恼，给白黎生的感情寻找寄托嘛！"

俞秋兰顿时清醒了，她紧紧拉着唐素琴的手："他真是个好同志，前两天我才对他说起过……"

"现在他正在表演月下老人的本事呢！要是玉枝不唱，姐妹们可得给她烧一把火！"唐素琴说，"这个诸葛井瑞鬼点子真不少。"

鲁玉枝并没有大城市姑娘的扭捏习气，在众目睽睽之下，她大大方方地站了起来，自问自答地说："我唱个啥歌儿哩？唱个《翻身五更小唱》吧！这是土改时，我当儿童团员时学的哩。"鲁玉枝喉头蠕动了一下，唱开了这支歌儿。

> 一更里，
> 月牙儿没有出来呀！
> 农会会员，
> 你们要听明白呀！
> 要诉苦！
> 在今天！
> 哎哟我说那个苦哇苦哇，

诉也诉不完哪哎呀……

二更里，
月牙出在正东呀！
……

白黎生忘记了弹他的六弦琴。

垦荒队队员们目瞪口呆。

一个悦耳的声音震惊了整个帐篷。尽管她唱得不太合乎歌曲本身的节拍，但是她那圆润质朴的歌喉，使这些听惯了洋嗓子唱歌的北京儿女，耳目为之一新。谁也想不到这个草妞儿，竟然有百灵啼叫那样清脆而响亮的歌喉。因而，当她唱完小调之后，"疙瘩李"和石牛子不约而同地喊起来：

"再来一个——"

"简直气死了郭兰英！"

"欢迎——"

巴掌声和呼喊声摇晃着帐篷。鲁玉枝脸红了，求饶地说："我就会唱这支歌，真的。"

"没新的，就再唱一遍这个小调吧！"卢华为鲁玉枝解围说，"看看，大伙把你比作民歌手郭兰英呢！没说的，再唱一遍吧！"

"寿星佬弹弦子——总是一个调，又有啥唱头哩！这么办吧！"鲁玉枝静静神儿说，"我和北京的兄弟姐妹们一块唱那支《垦荒队队员之歌》吧！这歌儿，是在医院的时候，小白同志教我唱的哪！"

诸葛井瑞见缝插针地说："噢，原来还有这么一回事！他还教你唱什么歌儿了？……"

白黎生猛然拨动了琴弦，六弦琴的悦耳音响压住了诸葛井瑞的声音，垦荒队队员们借着热酒烧胸膛的豪兴，随着琴音高唱起来：

告别故乡，
背起行装，
大雁南归，
我们北上。

长篇小说

125

再见，亲爱的母亲！
再见，天安门广场！

我们是——
新中国第一代年轻人！
建设祖国——
是我们的伟大理想！
前进！迎着那狂风暴雨！
前进！踩碎那千里冰霜！

俞秋兰正在激动地唱着歌，诸葛井瑞到她耳旁低声地说："阿弥陀佛！我担保你再不会受到'雷达'的跟踪追击了！据我观察，'雷达'已经改变了跟踪的方向，你的警报宣布解除，'雷达'的目标转向'村姑'！"

六

正像诸葛井瑞判断的那样，白黎生这些天好像掉进了蜜缸里——他从鲁玉枝身上，得到了许多在俞秋兰那儿根本无法得到的东西。那简直是个出乎他意料的、色彩绚丽的梦……

在迟大冰询问他离队后的情况时，他有意避开了许多环节。好在迟大冰当时无意去追查他和鲁玉枝的关系，他把这些记忆珍藏在心里。白黎生是这样想的：全队八十一个伙伴都知道他在追求俞秋兰，而自己流露出感情上的突变，会叫人骂他是轻浮浪子。尽管伙伴们也都知道俞秋兰对他紧闭心扉，他心上那条河流被阻拐弯，似乎也是可以理解的。但他仍不愿意把它公之于众——这是自尊心在对他进行制约。"酒会"之前，冒失的刘霞霞把从鲁玉枝头上摘下来的野玫瑰花献给他，他已经非常尴尬；刘霞霞又提出他和鲁玉枝骑着一匹马归来的猜测，使他心里如荡秋千，既感到甜蜜，又感到"露馅"的恐慌。尤其是在"酒会"上，"小诸葛"三下五除二，单刀直入地直捣他的五脏六腑，白黎生简直是慌了神儿，他急忙拨动了琴弦，用代之而起的歌声中断了"小诸葛"对他的火力侦察。

"酒会"散了，帐篷里的伙伴们都进入了梦乡，白黎生怎么合眼也不能入睡：和草妞儿的突然相遇，归队后同志们给予的温暖，以及他面临的"摊牌"

问题，像一堆乱麻，紧紧拴系着他那颗心。他躺在地铺上来回翻身，弄得茅草吱吱乱响，挨着他睡的诸葛井瑞，像是在说着梦话：

"心中若有疑难，请问卧龙先生！"

白黎生吃惊地望望他，诸葛井瑞睡得正香，顺着嘴角淌着口水。白黎生觉得蹊跷，仔细看看"小诸葛"的脸，他睫毛微动，分明是在装睡。白黎生捅了他一拳说："你这小子，出什么洋相？"

"怎么是出洋相呢？小白，我的祖宗诸葛山人，在梦里常常口吐真言，预卜人生福祸安危。传到我这辈上，虽然没有'草船借箭'的本事，在睡梦里无意道破别人心机也还是有可能的。小白，刚才我梦见一个死里逃生的人，明明是喜兆临头，他却愁锁眉梢，不觉说了句梦话。你告诉我，我梦话里讲了些什么？"诸葛井瑞从地铺上坐起来，正经八百地说道。

"你这套玩意儿，能骗'疙瘩李'，"白黎生笑笑说，"我不会把'海市蜃楼'说成是玉皇大帝显圣。"

诸葛井瑞扑哧一声乐了："说实话吧！你翻身翻得我也睡不着了，有什么心事，能跟我说说吗？"

白黎生思考着。

"小白，你来荒地后，我对你怎么样？"诸葛井瑞发动了攻心战。

"不错。"白黎生回答，"马拉犁的时候，我赶不好牲口，你把鞭子接过去，把广播喇叭塞给我。那天夜耕，你去送夜班饭，又替换下我扶犁。"

"是啊！没有我你能走桃花运，碰上鲁玉枝？"

"嘘——"白黎生怕诸葛井瑞声高，惊醒了帐篷中熟睡的伙伴，便朝外一指，两个人穿上衣裳，一前一后走出帐篷。

夜，静悄悄……

风儿不动。

星儿不摇。

连老猎人留在马棚旁边的那只防狼狗，都蜷缩着身子睡着了。

一钩新月，像把银亮的弯镰，挂在夜空，远处的骑马岭森林和近处的柞树丛，在幽暗的月光下，显得朦朦胧胧——整个荒原都沉浸在一片静谧之中。

"这儿多美！"两个身披翻毛老羊皮袄的伙伴，在一棵老橡树下坐定之后，诸葛井瑞不无感慨地说，"你应当为它写一首歌。"

"别来浪漫的了，咱们谈点现实的吧！"白黎生紧紧靠着诸葛井瑞的身子说，"'小诸葛'，你说什么叫爱情？比如，有那么一个人，他原来总追求一个人，在这个人根本不喜欢他的情况下，那个人碰上了一个更合心意的姑娘，于是就……就离开了原来的爱情跑道，这算不算'朝秦暮楚'？算不算轻浮的行为？"

"当然不算。"诸葛井瑞响亮地回答。

"真的？"

"真的。"

"其实，我也明明知道不是问题。"白黎生长出一口气说，"可是不知道为什么，我总怕有人戳我脊梁骨，骂我是浪荡公子。也许是'当事者迷'了，你给我参谋参谋吧！"

"我是诸葛亮庙里的那块匾——有求必应。"诸葛井瑞说，"但是有一个条件。"

"什么条件？"白黎生急切地望着他。

"心诚则灵。你得竹筒子倒豆儿，对我抖落得干干净净，连头发丝那么细微的事儿，也不能漏掉。"诸葛井瑞本来就为斩断白黎生对俞秋兰那缕情丝而煞费苦心，眼前白黎生向他袒露心声，当然是诸葛井瑞求之不得的事情。

"该从哪儿说起呢？这样吧！凡是大伙知道的我都一笔略去，只说我和鲁玉枝的事情。"白黎生看了看满天星斗回忆说，"这些天，我能够活下来，坐在这儿和你聊天，都靠了她。她从'诱狼洞'里把我背上卡车，由于那医院人手不够，需要患者家属陪住，她和我在一个房顶下生活了半个月……"

"太简单了，说详细点。"诸葛井瑞提醒白黎生说，"我这张嘴是把铁锁，绝不会把这些儿女情泄露给第二个人。"

"那天我刚刚苏醒过来时，仿佛是在做梦，迷迷糊糊地看见身边有一个姑娘。这是在哪儿呢？她为什么两眼都噙着泪花？我恍恍惚惚感到她有点像俞秋兰，她为什么哭？忽然，我记起来了，我是在雨夜里掉进一个洞穴里去的，忙睁开一双酸涩无力的眼睛。这时我把一切都弄清了，我头上悬着输液的葡萄糖大瓶子，病床旁边站着一个俯视着我的北国少女——噢！这是医院，她不是荒地上的俞秋兰，也许是个没穿白衫的医院护士。我嘴唇翕动着，想询问些什么，可是没有吐出声音来，这时我才发觉自己身体软弱得说不出一句话。她看我还了阳，已经有开口说话的欲望了，便微微地笑了，同时向我摇摇头意思是告诉我不要说话。摇头之际，眼中噙着的两滴眼泪一下滚落下脸腮，不偏不倚地掉在我的脸上。她有点慌了，不知是她没有手绢，还是没找到手绢，伸出手心在我脸上轻轻地抹着泪水。我仔细地端详着她，真是美极了，她那张又掉泪珠儿又在笑着的脸儿，马上使我想起了读过的普希金的《村姑》。'小诸葛'，我落生在巴黎，对于那种欧洲风格的美，我很厌恶，我喜欢宁静的田园美，也喜欢牧歌式的野性美，站在我身旁的这位北国少女，可以说是这两种美的和谐统一。她穿着对襟的土布上衣，乌黑的头发自然下垂，她对你笑时，好像不是眼睛在笑、嘴角在笑，而是整个身心都在笑。我认为在生活中一切奇丽的珍宝中，没有比没经过修饰、没经过雕琢的透明璞玉，更具吸引力。她——就是一块这样的璞玉。"

"她看我睁大眼睛望着她，没有一点扭捏的表情，她擦净脸上的泪花说：

"'真是吓死人了，我以为你……'

"我眨眨眼睛，表示在听着她的话。

"'我真担心抢救不过来呢！这回可好了。'不知为什么，她明明是在笑，眼角却又涌出泪花，'我从你的穿着上看，是北京垦荒队的吧！'

"我轻轻蠕动了一下下巴颏，说明她猜对了。

"'我爹认识你们里边的三只头鹰，一个叫卢华，一个叫啥诸葛……还有个女的叫俞秋兰。'她搬个凳子坐在我床头，显出十分欣喜的神色，忽然她脸色又阴沉下来，直溜溜地盯着我说：'你不是想溜回北京的逃兵吧？要对我说实话。'

"我摇摇头。

"她马上相信了我，嗔怪地说：'我想北京来的青年，个儿顶个儿都该是天上的鹰，而不会是遇着点风雨就往草窝里扎的山鸡。'

"我点点头，并用目光表示了谢意。

"之后，她喂我吃饭，替我擦脸，在我不能下床的日子，连大小便都是她来收拾。我对后一点很难为情，因为我从她嘴里知道：她是猎人的女儿，是以患者家属陪住的身份来照顾我的，并不是一个真正的护士。叫一个姑娘家干这些事，总是不太合适。可是鲁玉枝满不在乎，有一次她居然羞开我了：'还是大城市来的青年人哩！比咱这草妞儿还封建！你今年多大咧？'

"我回答她：'二十整了！'

"'那好，我比你大一岁，你就把我看成姐姐，就不会脸红了。'她虽然不叫我脸红，但我看见她说这句话时，脸上却飞起红晕，为了逃避我的视线，

她把脸儿转向窗外。过了一会儿，她把头扭回来，低声问我说：'你家里有姐姐吗？'

"我说：'有个哥哥，没有姐妹。'

"'还有啥人哩？'她追问着。

"'一个妈妈。'

"'还有别的人吗？'

"我分明听出她问起的'别的人'是个双关语，故意装作不明白似的，反问她说：'……别的人，是指什么人？'

"'是……'她语塞了。

"我直视着她。

"'你真坏！'她用拳头顶着低垂下的头，瞪了我一眼。我似乎看出她的心，对我萌发了姐弟之外的那种微妙感情。老实说吧，我也动了感情，这不仅因为感情有传染作用，而且因为我喜欢她的自然美。但是我拼命地克制住了自己。道理很简单，我曾追求过俞秋兰，我不知道这样的感情冲动是人的本性流露，还是真的在感情上有了转移。何况鲁玉枝是个在北大荒长大的姑娘——尽管她是我的救命恩人，我无法预测和她有没有共同语言。

"'你怎么不说话了？'她问。

"'我在琢磨你刚才问我的问题。'

"'我是问着玩哪！'她笑着。

"'你那双像黑杜梨一样的眼睛告诉我，不是问着玩，而是很认真。'我转守为攻地说，'我可以坦白地告诉姐姐，我在家和在这儿，都没有你说的什么人！'说过之后，我脸红了，似乎觉得应该把我和小俞的事告诉她，可是'小诸葛'，我和小俞之间又有什么呢？我们同学三年，在荒地上又在一起一个多月，但小俞从没给过我一瞥爱的眼波，小俞给我的是同志之间的友爱。而在这个病房之内，和我巧遇不久的鲁玉枝已经向我敞开北国少女的心扉了。我为什么要在她心上落下一个根本不存在的暗影呢？！

"我的表白显然对她有着无可估量的影响，她本来十分爽朗大方，忽然变得娇羞起来。她告诉我，她家是在旧社会时，从山东逃荒来荒地的。她只有高小文化程度，在凤凰镇上到五年级时，她爹把一杆猎枪塞给了她，从此弃学，父女俩常常到深山老林中去打野猪和黑瞎子。她希望我能帮助她学文化，便从医院里借来一摞报纸书刊，叫我给她讲解。她很聪明，记忆力又非常好，我讲过的事情她从来不忘。比如有一次，她借来一本苏联的《卓娅和舒拉的故事》，问了我一些她不认识的字，两天后，居然能通读下来。她高兴地说：'小白，人家姐弟生活得多有意思！'

"我说：'姐姐，咱们不也挺好吗？'

"'以后，你不要再叫我姐姐了。'

"'那为什么？'

"'哪有弟弟当姐姐老师的！'

"'你不是比我大一岁嘛！'

"她调皮地笑了：'告诉你实话吧！当时我故意骗你，要不你不让我帮你端大小便，现在，你能下床自己走动了，可以告诉你实话了，我今年刚刚二十，生日还比你小四个月哩！今后，你叫我妹妹吧！'说完，她不好意思地用双手捂起了脸，并且羞涩地踩起双脚。过了一会儿，当她把手从脸上垂下来的时候，我发现她眼窝湿漉漉的——她竟然哭了。

"我拉过她沾着泪水的手，握在掌心：'妹妹就妹妹，你干吗要哭一鼻子？'

"'我……怕什么时候……再离开你。'她的手在我的掌心中微微颤抖着，'我爹叫我草妞儿，你是大学堂出来的洋学生，我……我……胡乱想得太多了。'

"'小诸葛'，我无法抑制自己的感情了。她那么单纯、透明、朴素、自然，当时她就像一棵在暴风雨中颤抖的小树，如果我在这时候吝啬自己的感情，还能算个男子汉吗？我把她拉到我的身边，大胆地吻了她含着泪花的眼睛。我浑身战栗着，用行动对她的疑虑做出了勇敢的回答。这个纯洁的姑娘，被我这突然的表示弄呆了，她深情地望了我一会儿，便把头埋进我的胸前，嘤嘤地哭了。

"'你……这是怎么了？'我有点慌了。

"'我高兴……'她仰起了泪脸儿。

"'人家高兴的时候都笑，你这么爱哭，还能打黑瞎子？'

"她破涕为笑了。好像阵雨过去，天空突然晴朗似的，她那泪珠挂在睫毛上，就像露珠镶嵌在草丛中，晶亮发光。她向我讲了一个打黑瞎子的故事。那年深秋，她刚十六岁，跟着她爸爸进了大森林。在满地都是坠落的橡子果的橡树丛中，父女俩碰见了一只蹒蹒跚跚的黑熊。老猎人首先开的第一枪，但没能打中黑熊的要害部位，这只熊发了脾气，它用前爪抓起一把碎枝乱叶，塞进受伤的肚子，凶狠地向她爸爸扑去。鲁玉枝为了给爸爸解围，从侧面连发两枪，都没能打中黑熊，这家伙扭头发现了树后的鲁玉枝，便转过笨重的身躯朝她扑了过来。她向后奔跑时，森林里的一棵倒木绊倒了她，眼看她就要变成黑熊爪下的猎物了，她忙爬起来，急中生智爬上一棵大橡树。黑熊暴怒地摇撼着树干，把橡子果摇落了一地。没等黑熊爬树，鲁玉枝忙脱下自个儿的棉袄，把猎枪的枪筒裹在棉袄袖口里，慢慢地顺下去。这只'黑瞎子'早已怒不可遏，没顾得上树，先张嘴叼住了鲁玉枝的棉袄，鲁玉枝扣动了猎枪的扳机，'嘭——'的一声，弹丸顺着黑熊的咽喉，飞进它的五脏，这个庞然大物摇晃了两下，瘫倒在橡树根下。

"'小诸葛'，这就是鲁玉枝的一幅肖像。爱哭鼻子是她的女儿气，可是在眼泪的背后，有着那么一股子豪爽劲儿。那所医院病房前，有一棵钻天杨，一群老鸹在树杈上搭了窝，每天'呱呱呱'地叫得病员不能好好休息。有一天，我无意间谈起鸟类中最讨厌的莫过于乌鸦，玉枝当即扒去了鞋袜，光着脚丫跑出病房。我看出她的心思，便一瘸一瘸地追了出去，向她喊道：'玉枝，你去医院问问再干，树这么高……万一……'她听也不听，身子一弓一伸地爬上了这棵钻天杨，到了上边就把老鸹窝给拆了。我仰着脖子向上望着，心都要从嗓子眼蹦出来了，她倒安然地坐在树杈上，向我投下来一抹野性的微笑。

"她溜下树来，我对她说：'以后，别再耍这样的把戏了，让人提心吊胆！'

"她指着我的鼻子尖，调皮地说：'你呀！一准是胆小的兔子托生的吧！看样儿，你只能在文化上当我的老师，在别的方面，都要当我的学生！对不对？'

"我能回答什么呢？只能回答一个字：'对！'

"'小诸葛'，你说这样一个北国女儿，怎么能不牵动我的情怀呢？！后来，我身体渐渐复原了，只剩下在榛子丛中扎坏了的那只脚，脓肿还没有消失。她每天为我洗那只伤脚，往伤口上抹药膏。我每天教她读报、看书、学文化。她在学习上非常认真，有时我在病床上已经睡醒了一觉，她还坐在那张陪住的长椅上，翻弄着书报，并用一支半截铅笔，在白纸上写出她不认识的字。我看她实在太疲劳了，为了叫她休息一会儿，常常教她唱一两支歌，那支《垦荒队队员之歌》，就是在那些日子里，我教会她的。她嗓音很甜——刚才在'酒会'上你已经听见了——比听那些打哆嗦的洋嗓子唱歌，心情要舒服得多，只是唱起歌儿来不讲节拍，没有板眼，我想，今后，我在这方面帮助帮助她……"

"想不到你小子因祸得福。"诸葛井瑞挪动了一下被夜寒冻得半僵的双脚，又把皮袄往身上裹了裹，神往地说，"这样的姑娘，比普希金小说里的'村姑'更有色彩，不要说你，就是我碰上，也不会让她跑了的。"

"真的？"白黎生语音里流露出欣喜。

"可惜，那天我和你换了班，不然的话，我挑着饭桶回来，碰上荒地上的大雷雨，我也许会迷路跌进那个防狼洞，那……"诸葛井瑞拍拍白黎生的肩膀，"那……完全是另一个罗曼蒂克的梦了。我祝贺你，在生活中找到这样一个知音。"

白黎生望着灿烂的星空笑了。

"后来呢？"诸葛井瑞追问着。

"看你，穿着皮袄还直哆嗦，干脆讲简单点吧！"白黎生往诸葛井瑞身上，紧紧地靠了靠，"我把我这段经历，在医院里写信告诉了我妈妈，为了表示我对玉枝的挚诚，我把信读给她听了。你知道，我妈妈是舍不得我来荒地受苦的，所以在信里编了点童话，我说荒地有鱼吃，有狍子肉吃，主食是白面、大米……粗粮只有一点点，以安慰她那颗心。我怕她接到信后，扔下教学工作，跑到鹤岗市医院来看我，就说发信的同时，已返回开荒火线，您只要把钱汇到医院就行了。鲁玉枝对我信的前半截很满意，对我信的后半截非常生气。她说她已经把卖兽皮、熊胆、鹿茸的积蓄带在身上。你想，她给予我的已经够多的了，我能再花她的钱吗？尽管猎人的收入并不算少，可那是从老虎嘴里掏出来的呀！为这件事，她和我闹了一场小脾气，最后，市里和草原的电话线接通以后，县委书记宋武决定，医疗费从全国青年支援的专款里拨，她才不对我噘嘴了。为了答谢草原一家人对我的深情，回荒地时我先去了她的家里。当时，老猎人鲁洪奎从深山老林打猎归来才一两天。老人告诉我们，县委叫他去垦荒队，给这群从没进过深山老林的北京娃娃当向导，玉枝便恳求老爹叫她去挑这副担子。最初，老人没有同意，但是他经不起女儿的死缠活磨，终于'嗯'了一声。想必是玉枝也和他谈起了我和她的事情，当老猎人给我们牵出马来，送我们上路时，老人对我提出了直截了当的告诫：'年轻人，我们闯关东来的山东汉子，最重品德，最重情义，要是成心戏弄我们乡下佬，对草妞儿办出缺德的事儿来，可别怨我们猎户人家心狠手辣。我要像对待狼崽子一样——赏他一颗枪子儿！'

"我的脸腾地红了，正想说些什么，玉枝抢在我头里说：'爹！您……您这是说的啥话呀！'

"'草妞儿，'老猎人瞪着她说，'还没离家，心就野了？你可是个女孩儿家，要懂得自重。'

　　"'您放心吧！我……'当时我不知道对老人下什么保证才好了，结结巴巴地说，'我一定好好照顾她，不辜负您和大娘那片心！'

　　"玉枝娘怕老头儿再讲出什么刺儿话来，便催促着女儿说：'快走吧！多听你白哥哥的话，人家是大学堂出来的人，比你见识多。'

　　"'上马吧！'玉枝向我递过来一个眼色。

　　"我迟疑了：'这……'

　　"老猎人埋怨我说：'你这个年轻人，怎么像戏台上的酸秀才，扭扭捏捏的没一点痛快劲儿！你那只脚不是还没好利落吗？你不骑马怎么归队？真呆！'

　　"原来这匹马是专为送我上路的，我骑在马背上时眼圈不觉红了：'谢谢大爷、大娘一家人，我……'我本想说点更能表达我感激之情的话，但就是说不出来。'小诸葛'，别看我这个人表面上挺机灵，一到节骨眼上比谁都窝囊。就这样，我没说出一句完整的感谢话，就匆匆踏上归程了。

　　"玉枝挽着马缰绳，走着……

　　"我在马背上，坐着……

　　"马铃叮咚叮咚地响着……

　　"我们的身影儿湮没在一片草海之中。

　　"这时，她突然停步不走了，仰头对我说：'你回头看看，还能看见我爹娘吗？'

　　"我扭转脖颈看了看，'看不见了'。

　　"'你往后坐一点。'她说。

　　"'为什么？'我有点惊奇。

　　"'你呀！让我当你的马夫，一点都不知道心疼人。'说着，她翻身一跃，跳上了马背。

　　"我慌了：'那叫我下去走一会儿，当当马夫吧！不然叫人家看见……'我心跳得连说话的声音都变了。

　　"'你呀！真呆！'她在马背上回过头来，娇嗔地盯了我一眼，'大草甸子百里无人烟，谁能看见？再说，有人看见能咋的？管天管地还能管得着咱俩骑一匹马？'

　　"'……'我成了哑巴。

"'你揪紧我的衣襟，不然马跑起来，可会把你从马屁股上摔下去的。'她命令着我，'我可要抖马缰绳了。'

"马小跑起来，一开始，我紧紧揪着她的衣襟。可是这匹雪青马越跑越快，有两三次差点把我摔下去，我……我……只好抱住了她的腰，我的前胸和她的后背紧紧地挨在了一起。风吹拂着她的头发，拂着我滚烫的面颊……我……我……我该怎么对你说我当时的心情呢？我想不说你也能体会得到。"白黎生说到这儿，把头缩在老羊皮袄里，不说话了。

"我体会不到。"诸葛井瑞开了腔，"能不能讲给我听听？"

"没有准确的形容词，能表达我那时候的感觉。"白黎生坦率地说，"我朦朦胧胧从心底升起一个异常的念头……可是我同时，看见了老猎人的猎枪枪口。"

诸葛井瑞笑了："我相信你的话。"

"后来，我们在马背上看见了垦荒队的帐篷，就一同下马，朝家里走了过来。完了！"白黎生结束了他的追述，然后叮嘱诸葛井瑞，"我把这些'绝密'材料都掏给了你，你可得为我保守秘密。"

"如果你和'村姑'不对别人泄露，将来再有别人知道了，你们可以拿我问罪。"诸葛井瑞对白黎生下着保证。

"还有一件事也得托你办。你和小俞一块儿先到荒地里来的，感情又不错，在你认为方便的时候，替我向俞秋兰同志道个歉。过去，我不断打扰她的平静生活，是很冒失的失礼行为……还求她多多帮助玉枝。"

诸葛井瑞心里暗暗发笑，生活多么有趣，这两个"对头冤家"都求到他一个人身上来了。他本想告诉白黎生俞秋兰的心情，话到唇边又咽了回去，因为那会挫伤白黎生刚刚复萌的自尊心，便舌尖一转说道："这真应了古人说的'有意栽花花不开，无心插柳柳成荫'。看起来，爱情是个奇怪的数学函数，是几何学里的抛物线，虽有规律，但难以捕捉，你说对吗？"

白黎生无心研究爱情中的哲理，他忧心忡忡地说："'小诸葛'，人家把你和我称呼为'阳秀才'和'阴秀才'，你这'阳秀才'的称号受之无愧，我……我可是遇事则迷，今后，你多提醒我一点。"

"现在我就提醒你一件事！"诸葛井瑞开门见山地说道，"你要花出心血去浇灌这朵爱情之花。土生土长的鲁玉枝，心地亮得像一块水晶，她重实际，轻虚荣，你要在开荒中埋头苦干，这就是给这朵花浇水施肥。你听明白我的意思了吗？"

“明白了。”白黎生紧紧地握住诸葛井瑞的一只手，忽然又像想起了什么事情似的，皱起眉头说：“你通过小俞，向她的女伴们讲讲，叫她们不要向玉枝谈起我的过去，特别是我曾对小俞表示过感情的事儿，以免伤了玉枝的心。”

“这事儿包在我身上了，你放心！”诸葛井瑞摇着白黎生的手说，“天不早了，咱们回去睡一会儿吧！”

天色已近拂晓，黎明前的苦寒笼罩着荒野。诸葛井瑞呼出的哈气，在眼镜上凝成一层薄霜，他把眼镜取下来，用皮袄上的柔软羊毛擦了擦，和白黎生一块儿从地上站了起来，向帐篷走去。当他俩路过简易伙房时，里边火光闪烁，在休整三天中义务担任帮厨的马俊友已经开始淘米熬粥。熊熊火光映照着他那张憨厚的脸，他正吃力地搬起一个大麻袋，把苞米粒往铁锅里倒。

“多好的同志！”诸葛井瑞对白黎生耳语说。

“我……我缺的就是这种踏实劲儿。”白黎生把老羊皮袄扒下来，往诸葛井瑞怀里一塞说，“你给我把它抱回帐篷去，我和马俊友同志去做伴儿。”他迈着一瘸一瘸的腿，向那熊熊的火光走去……

第四章

一

鲁玉枝的出现，白黎生的回归，像是一股清风，吹散了笼罩在荒地上的阴云。如果比作下棋的话，由于这两个棋子的移动，带活了整个一盘棋。俞秋兰摆脱了烦恼，白黎生心底升起了一颗希望新星，迟大冰尽管很不如意，但也避免了在群众中出丑——像荒地上的大雷雨结束了一样，垦荒队队员头上出现了万里蓝天。

清晨，帐篷里的女垦荒兵醒得最早。邹丽梅对着镜子编长辫子的时候，发现镜子里多了一张花儿似的笑脸，那是鲁玉枝正在圆镜子里对她笑哩。

“玉枝，”邹丽梅回过头来，把自己的镜子递给她，“你梳头吧！”

“不。”

“那你笑什么呢？”

鲁玉枝只是抿着嘴笑，不言语。

邹丽梅生怕脸没洗净，引得鲁玉枝发笑，便对着镜子仔细端详着，发现自己脸上既没有污斑，也没有沾着地铺上的草叶，便有点嗔怪地对鲁玉枝说：

"你这是怎么了？"

"丽梅姐，你真好看。真的！"

邹丽梅脸红了："别瞎说了，昨天你在晚会上唱歌的时候，那些小伙子眼睛都睁得像鸡蛋了。"

"我爹管我叫草妞儿，哪点也比不上丽梅姐。"鲁玉枝用手轻轻抚摸着邹丽梅垂到腰间的长辫子说，"留这么长辫子的姑娘，在北大荒还是头一份。"

"这是我妈妈小时候给我留下的。"邹丽梅说。

"我的意思是……你把它剪了。"

邹丽梅心中有点不快。在鲁玉枝到荒地之前，姑娘们都喜欢邹丽梅的一双辫子。邹丽梅自己，更是把它看成她生命中的一部分。这是因为：第一，她留长辫已经留了十几年，对她来说，每天对着镜子梳理长长的头发，是个惬意的享受；第二，邹丽梅牢记饱受苦难折磨的母亲，辫子是她母亲给她编成的，她不愿意剪断这珍贵的记忆；第三，她下意识感觉到，马俊友很喜欢她留着辫子。休整的第一天，她去取他们的脏衣裳时，由于她心神慌乱，辫梢一下勾在男帐篷圆柱挂马灯的钉子上。小伙子们哈哈大笑，马俊友一时找不到为邹丽梅解围的办法，又怕邹丽梅难为情，便从地铺跳到地上，笨拙地从钉子上拔出邹丽梅的辫梢，他脸烧得像灶膛中的火炭。邹丽梅低着头，一溜小跑闯出"男儿国"的帐篷。从到荒地以来，邹丽梅只是在给天鹅蛋找窝时，碰到过马俊友的手指，除此之外，就是马俊友为她解开被挂在钉子上的辫梢了。她感到辫梢上留着马俊友的憨厚和诚挚的友情，也留下了马俊友手掌的温热，因而不愿意把辫子剪去。

"丽梅姐，你怎么不说话了？是不是生我的气了？"鲁玉枝问道。

"没有。"邹丽梅反问说，"你不喜欢我留的辫子吗？"

"喜欢。"

"那……"

"不是要进山伐木了吗？伐木时，森林里枝枝杈杈要是缠住你的辫子，跑不开，容易出危险。"鲁玉枝关切地望着邹丽梅，"我替你剪了它吧！你要是喜欢留辫子，出山后再留起来。"

邹丽梅不出声了。她无论如何也想不到，自己的辫子还和进山伐木有着关联。怎么办呢？真剪掉它，这是她十几年留起来的，这双辫子留着她许多记忆；不剪吧，留着一双长辫进大森林，也确实有点不像垦荒队队员的样儿。她想了片刻，咬了咬牙，从铺盖下拿出一把剪刀，递给鲁玉枝说："跳河一闭眼了，你……你替我剪掉它吧！"

鲁玉枝刚刚张开剪刀，"小皮球"刘霞霞手端着刷牙缸子蹦跳着进来，向女伴们喊道："最新消息！最新消息！丽梅姐你留在青年屯庄点，不进山了。其余的姐妹们明天统统开进骑马岭——"

"谁说的？"邹丽梅心里"咯噔"一跳。

"队委会连夜开会，刚刚贴出大布告来了。兵分三路：卢华、马俊友，还有咱们玉枝姐，领着伐木队；呼噜贺担任运输木料的大队长，往青年屯运送木料；迟大冰和'疙瘩李'领着留下的人起墙盖房。你呀，丽梅姐——""小皮球"带着满嘴牙膏的白沫，兴冲冲地嚷道，"当火头军！"

"石牛子和小春妮呢？"邹丽梅着急地问。

"伐木队也需要吃饭哪！他俩随着'大部队'进山。"

邹丽梅心急火燎地跑出帐篷，挤在人群中看着贴在墙报牌上的名单，又旋风似的跑了回来，把剪刀往鲁玉枝手里一拍说：

"快！给我剪了它。"

鲁玉枝不解其意地说："你不是不进山了吗？"

"别问了，下剪子吧！"

"你不进山，我倒舍不得下手了。"鲁玉枝把剪刀放在铺位上。几个姐妹一起劝说着邹丽梅：

"留着它吧！丽梅姐！""小皮球"央求着。

"嫌干活碍手，把它盘起来嘛！"俞秋兰给邹丽梅出着主意。

"……"

只有唐素琴默不作声，她很理解邹丽梅的心情——邹丽梅害怕和迟大冰编在一起，她回避和他发生任何接触。邹丽梅看看姐妹们都不动手为她剪辫子，猛然把两条长辫拢到了胸前，"咔嚓咔嚓"两声，辫子被剪了下来。她手掌哆哆嗦嗦地捧着剪断的长辫，眼泪一下湿了睫毛，滚下脸腮。

"丽梅姐！"

"你这是何苦呢！"

邹丽梅攥着剪下来的辫子，疯了似的跑出帐篷，直直地朝灶房跑去。马俊友正在往桶里舀粥，回身之际看见了满脸泪痕的邹丽梅，他把舀粥的铁勺放在锅台上，直起腰来愣愣地问道：

"和女伴吵架了？"

邹丽梅紧咬着嘴唇，不出声。

"怎么……"马俊友终于发现了她手中的辫子和飘散在肩上的乱发，"你把辫子剪了？"

邹丽梅两眼直视着他，仍然没有回答。

马俊友用围裙擦擦手，走近邹丽梅说："到底是怎么回事？你说句话嘛！"

邹丽梅把手中发辫往马俊友手里一塞，用与其说是商量不如说是命令的口吻，厉声对马俊友说："你是垦荒队队委，请你拿着这双辫子去找卢华，就说我邹丽梅要求进山！"

从马俊友认识邹丽梅以后，这是他第一次看见她发脾气。她白皙的面孔涨得绯红，两条舒展的黑眉毛，因过度激动而微微上翘，她胸脯起伏着，以至于马俊友都能听见她急剧的喘气声。他看看自己手里的辫子，一时之间没了主意，不知道该怎么对邹丽梅解释才好。

"真也怪了。"邹丽梅长出了一口气，"我总是被当作照顾的对象，荒地开第一犁的时候，我就被指名当炊事员，多亏秋兰解了我的围，石牛子顶替了我的角色。现在，垦荒队要进山伐木了，我……我又被留下，你们队委会是怎么看待我的？是不是总把我当成资产阶级的小姐？要是这样，我马上卷铺盖离开荒地。"邹丽梅感到委屈，眼圈不觉红了起来，她气愤地扭过头，把脊梁甩给了马俊友。

"丽梅！看你想哪儿去了？"马俊友解释说，"咱们总得有个分工嘛！不留下你，也得留下别人。其实，我非常希望你和我一块儿进山，有的同志提出来，你留下比较合适。"

"谁提出来要留下我的？"邹丽梅猛然回过头来。

"已然形成决议，你就甭问谁提的了。"

"我就要问。"邹丽梅睁大她那双清澈的眸子，直直地注视着马俊友，"这不是什么国家机密吧！我想知道是谁提出来的。"

马俊友怕邹丽梅去队部耍脾气，支支吾吾地回答说："你只当是我提出来的，行了吧！"

"我知道是谁提出来的。一不是卢华，二不是贺志彪……一准是迟大冰的馊主意。"

马俊友想不到邹丽梅一锤定音。留下邹丽梅确实是迟大冰提议的，他提出的理由是：第一，邹丽梅来荒地表现很好，她工作细致认真，适合留下看管垦荒队的家底儿；第二，邹丽梅出身资产阶级家庭，吃得了开荒的苦，不一定能经受得住在森林中伐木之苦，应当叫她对艰苦生活有个适应过程；第三，邹丽梅是资产阶级家庭的叛逆典型，培养好这个典型，对全国出身不好的青年都有推动作用。马俊友对这三条理由，都不以为然。他想：为了邹丽梅更好地成长，应当叫她到森林中去干艰苦的活儿。但是，因为他是伐木队的成员，唯恐有人说他出于私心——想到森林中和邹丽梅去谈恋爱，才反对迟大冰意见的，便把话压到舌根底下。卢华和贺志彪觉得，把邹丽梅留下看家兼火头军，比留下小不点叶春妮要合适一些，因而没有提出和迟大冰相悖的意见，迟大冰的提议就算通过了。此时，虽然马俊友内心非常渴望邹丽梅能和他一块儿去森林，但木已成舟，他不能推波助澜地给邹丽梅增加精神负担，便嘿嘿地憨笑两声，解释说："你猜对了，确实是老迟提出来的意见。我看，进山伐木是为了开荒，留守'大营'也是为了开荒，你就服从队委会的决定吧！"

事情果然不出邹丽梅的揣测，她惶惶不安地低下了头。

"别想不开，到了森林我给你写信。"马俊友压低了声音安慰着邹丽梅说，"运输大队长'呼噜贺'，可以当我们的邮差。"

邹丽梅脸上依然没有笑容。她暗暗思忖着，不知道该不该把她对迟大冰的直感告诉他。不说吧，心里总也抹不掉这个阴影；说了吧，又没有任何真凭实据。那天夜里，唐素琴提示她的，仅仅是唐素琴对迟大冰的主观感觉。万一曲解了迟大冰，她不但觉得对不起迟大冰一路上对她的关心，还会给马俊友心田里压上一块石头。尽管这样，邹丽梅一想到她和为数不多的几个盖房的小伙子留在这儿，心里便忐忑不安，她希望马俊友能解脱她这种惶惶的心情，便焦躁地对马俊友说："我求求你，你去找一趟卢华吧！就说我出身剥削阶级家庭，渴望着艰苦的锻炼。行吗？"

马俊友看看他手里的两根断辫，又看看邹丽梅那双恳求的目光，他动心了，便把两根辫子递还给邹丽梅说："白黎生、石牛子和小春妮，上铃铛河拉甜水去了，伙房只剩下我一个人，为了不误大伙开早饭，你把锅里的粥都舀在桶里，准备开饭，我去找找卢华。"

"把辫子也带上嘛！"邹丽梅说。

马俊友摇摇头："我用嘴说就行了，拿着它去太招眼，让人家说长道短，多难为情！"

邹丽梅喜上眉梢地笑着："就托你的'吉言高照'了！"

马俊友"嗯"了一声，连围裙也没解，就匆匆出了灶房。他边走边想：邹丽梅真是个倔强得出奇的女孩子，她用一把斧头劈落门锁，连行李也没带就登上来荒地的火车，到了这儿，之所以能赢得垦荒队队员们的爱戴，就是因为她有着一股子超人的坚毅力量。使马俊友特别难忘的是，在荒地上的雷雨时节，一天傍晚，他照例把垦荒队队员用过的劳动工具收拾进地头的窝棚，最后一个离开荒地，当他顶着瓢泼大雨快要走到青年屯时，他看见雨幕中有个一瘸一拐的人影。由于这个人也和马俊友一样，赤着一双泥脚，身穿绿帆布的雨衣，使马俊友一时难以分辨出是谁。他走近这个在雨幕中蹒跚前行的身影后，本能地架起这个人的胳膊，这个人一回头，他才看清竟然是邹丽梅。

"你……怎么一个人留在后边，女伴们呢？"马俊友惊奇地问。

"我叫她们头前走了。"她看见是马俊友，笑了。

"为什么？"

"何必陪我在大雨里挨淋。"她淡淡地说。

"她们就忍心丢下你这个瘸子？"

"我没告诉她们枯藤刺儿扎伤了我的脚掌。你想，我要是显出瘸子模样来，姐妹们能把我甩下吗？我说我内衣里进去雨水了，容我系好雨衣扣子，姐妹们没有生疑，一会儿我们就被雨幕隔开了。你看，这荒地上的雨怎么这么大呀！"

马俊友深受感动，他说："我背你走吧！"

邹丽梅夹紧了马俊友架着她的那条胳膊，低声说："就这么走吧！挺好。"

虽然荒地的雨是冰冷的，马俊友那只搀扶她的胳膊，隔着两层雨衣，还是感觉到了邹丽梅的体温。他脸上火烫，内心狂跳不止，他似乎发现邹丽梅滚动着雨珠的脸腮，也像罩上了一层晚霞。可是这儿哪有晚霞呀！雨！雨！雨！他们身前身后，都是雨柱筑成的水墙，他搀扶着她，弓着腰，在泥水汤浆的荒原上往前走。

走了好一阵子，马俊友感到他那只胳膊酸了，他趁邹丽梅停步喘气的机会，从她腋下抽出胳膊，不容分说，骑马蹲裆式地往邹丽梅前边一站，诚挚地对邹丽梅说：

"别受洋罪了，我背着你。"

"不。"邹丽梅说，"我能走。"

马俊友一动不动地催促着："快点！天快黑下来了。"

过了半天，马俊友也没听见邹丽梅的回声，他抹了一把脸上的雨水，才看见邹丽梅已经一瘸一拐地走进雨幕中了。马俊友激动得几乎不能自制，他无论如何想不到邹丽梅会有这样大的韧性，匆忙跑上两步，硬是把邹丽梅背在自己的脊背上。

泥是黏的。

路是滑的。

马俊友背着邹丽梅一歪一斜地向前走。邹丽梅没有在他背上挣扎，因为她任何一点反抗动作，都会增加对马俊友的压力，使他摔倒。当马俊友把邹丽梅背到一棵老枫树下时，他突然听到她嘤嘤的哭声，他以为是自己不小心碰到了她那只伤脚，忙把她从背上放了下来，问道："你……怎么了？"

"我想起了我的母亲。"邹丽梅低垂下头。

"你真怪！"马俊友憨笑地说，"这么大的雨，你怎么还有这样的心思？"

"我想……除了母亲之外，你对我最亲了，从小到大，还没有一个人抱过我、背过我。"邹丽梅抬起头，泪水和雨水在脸上同流。

"丽梅，"马俊友握着她冰冷的手指，结结巴巴地说，"如果你信得过我……我……就是你的哥哥。"

邹丽梅脸色由红而白，她足足凝视了马俊友有半分钟，尖叫了一声"哥哥"，便把头扎在马俊友的胸前。她声音颤抖得厉害，语不成声地问道："你……你不嫌弃……我的家庭吗？我……把心事一直埋在心里。"

"丽梅，从在天安门广场相见，我就……就喜欢上你了。妈妈来信总问起你，真的。"马俊友笨拙地抱着邹丽梅，安慰着邹丽梅那颗苦涩的心。

邹丽梅解开马俊友的雨衣扣子，又甩下自己的雨衣，她整个身躯钻进马俊友的雨衣里，用自己的温热暖着马俊友的胸膛。他俩浑身战栗地拥抱在一起，邹丽梅激动得哭了起来。

马俊友给邹丽梅披上雨衣，重新把她背起来，直到和寻找她的女伴们在雨幕里碰在一起。可是第二天，邹丽梅那只扎破了的伤脚穿上一只雨靴，她又一瘸一拐地出现在处女地上了。

马俊友回忆起这次雨中的相遇，陡然对邹丽梅去森林增强了信心。他想，卢华会为邹丽梅去伐木开放绿灯的。他匆匆走进一号帐篷，卢华的铺位空着。他又去卢华的第二宿舍——拖拉机舱里，也空无一人。后来，马俊友在刚刚开辟的篮球场上发现了卢华。他在球场上龙腾虎跃，和一帮小伙子玩得正带劲呢。马俊友几次想喊他出场，但是总没有喊出口。他想到这个黑脸汉子从筹建垦荒队起，到开出荒地止，把全部精力和全部时间都献给了处女地。今天他出现在篮球场上，是他第一次享受个人时间，第一次把垦荒队的事儿抛在脑后，马俊友不愿意把这个刚刚松弛一点的生命之钟再拧紧了发条，让卢华的脑子像走马灯一样，重新紧张地思考起垦荒的事情来。

正在这时，迟大冰站到篮球场旁边观战来了。他看见马俊友穿着围裙，心事重重地盯着打球的卢华，便上前问道：

"你也喜欢打篮球？"

"我是想找卢华研究个事情。"马俊友坦率地说，"你来了正好，干脆和你研究一下吧！"

本来，马俊友不想和迟大冰谈起邹丽梅要求进山的事情，但转念一想，迟大冰向全体垦荒队队员已经做过了"表态检查"，也许他真从对待俞秋兰和白黎生的错误上吸取了教训。况且留下邹丽梅是迟大冰提出来的，即使卢华同意邹丽梅进山伐木，也许还得和迟大冰磋商。索性，不如自己直接和迟大冰谈谈，更便当一些。

深秋之晨，荒原的风冷飕飕的。马俊友和迟大冰躲开喧闹的篮球场，漫无目的地向开阔的草原走去。走着走着，马俊友感到肩上多了一件挡风的东西，扭头看看，那是迟大冰把他披着的皮袄，披在自己肩膀上了。马俊友推却地说："我身体比你结实，还是……"

迟大冰说："你从灶房出来，容易感冒。"

迟大冰主动关心别人，几乎是绝无仅有的，这点微小的变化使马俊友内心非常激动。他开门见山地说："老迟，邹丽梅请求进深山老林伐木。"

显然，迟大冰没有预料到马俊友会提出这个问题，他愣了片刻，反问马俊友说："队委会不是已经做了决议吗？"

"是啊！"

"为什么你不在队委会上提出意见。"迟大冰的刀条脸上流露出惊奇的神色，"你也是队委之一，亲自参加了会议的呀！"

"她刚刚找了我，要求在艰苦的劳动中磨炼自己。"马俊友暗暗感到事情并不如意——他从迟大冰的话音中嗅到了某种不愉快的东西。

"老实说，留下的几个垦荒队队员都想进山。就连我还想到深山老林里去走走呢！"迟大冰拍拍马俊友的肩膀说，"可是我接受队委会的决定，留下盖房，怎么好向卢华说我要进山呢？！"

马俊友是不善于谈吐的，迟大冰几句话，他就没词儿了。尽管他内心感到邹丽梅要求进山，动机中没有一点游山玩水的个人私念，但还是难以找出说服迟大冰的语言。他下意识地揪着皮袄上的羊毛，不知所措地站在那里。

"小马，咱们都是共产党员，应当互相帮助。"迟大冰嘴角挂着一抹微笑，重提旧事说，"在开荒的时候，你帮助过我，我思想受到了很大震动，今天，我也想给你提点意见。"

"提吧！"马俊友诚恳地说。

"我是这样想的。"迟大冰摸着刚刚刮了胡子的下巴，思忖说，"你是烈士后代，在咱们垦荒队能算上革命家庭出身的，只有你一个，因此，你更应当检点自己的行为，珍爱自己的家庭光荣。"

马俊友不走神地倾听着。

"垦荒队员们对你反映很不错，只有一点，大伙对你有点非议，说你这个老红军的后代，和哪个姑娘亲近不好，为什么总和斗蛐蛐起家的'蟋蟀公主'来往？！说得更具体一点吧！开第一犁时，你和她钻进大荒草甸子，听说开荒后期……还有过你背着她的事儿？一个老红军的儿子，一个共产党员，可不能让资产阶级小姐牵着鼻子走，更不能叫人家当马骑。"

马俊友的脸色陡地变了，他把老羊皮袄往地上一甩，忍无可忍地分辩道："老迟！你讲清楚点，谁是资产阶级小姐？邹丽梅砸开门锁，参加垦荒队，是资产阶级小姐的行为吗？邹丽梅脚上带伤，咬牙坚持上处女地，是资产阶级小姐的行为吗？如果她是你形容的那号人，苏书记为什么当她的入团介绍人？你是个共产党员，为什么又同意她加入青年团？在会上你是怎么说的？你说她是资产阶级的叛逆，锅盖嘴，来回翻？到底哪个认识是真的？迟大冰同志，你要把这些问题对我解释清楚！"长期郁积在马俊友心中的阴云，此时响起了隆隆雷声，平日憨厚的马俊友此刻俨然如同一头愤怒的狮子。他圆睁着两只眼睛，等待着迟大冰的回答。

如果在过去，迟大冰一定是拧紧眉毛，和马俊友展开一场唇枪舌剑的争辩。自从俞秋兰和白黎生的事件发生后，他没有从正面认识自己，却从反面接受了教训。他不像从前那样盛气凌人了，和垦荒队队员说话时，尽量做到和蔼，脸上挂着笑容，做出对人谦恭的样子。但在这些表象背后，迟大冰坚信自己早就信奉的生活哲理：要当花圃中的牡丹，而不能当野草中的狗尾巴花。面对马俊友那双冒火的眼睛，他回避开马俊友的锋芒，从地上捡起老羊皮袄，重新给马俊友披上肩上，和颜悦色地对马俊友解释说："小马！何必那么激动呢！其实，大伙这些背后议论，我个人并不同意。我这个支部书记，只不过是转达给你，当作参考而已。党的政策是：既有成分论，又不唯成分论，重在个人表现。邹丽梅同志虽然出身不太好，可是来荒地的表现很不错嘛，你千万不要误解了我的意思。"

"我想找对我有意见的同志去谈谈心。你能不能告诉我他们的名字？"马俊友认真地说。

迟大冰开导马俊友说："只当他们是放了个屁，不就完了嘛！何必去找这个苦恼呢！关于邹丽梅请求进山伐木的事情，依我看就算了吧！不然的话，几个留在家里的垦荒队队员都来找咱们，事情就麻烦了，你说对吗？"

马俊友装着一肚子气走回灶房。邹丽梅从他闷闷不乐的神态上就判断出来事情的结局，但是她哪里知道马俊友和迟大冰刚才那幕戏呢？马俊友也不好把刚才的情况全盘托出，因为那会大大地伤害邹丽梅的自尊心。因而，他只好长叹了一口气，安慰邹丽梅说："算了，你就留下吧！"

"这是卢华的意见？"邹丽梅问道。

"你不用细打听了。"马俊友说，"人家说得也有道理，要是为你开了绿灯，其他留在庄点的人再提出来进山，就没法办了。也怨我，应该在召开队委会时，就提出你的进山问题，当时怕别人说闲话。丽梅，你就埋怨我一个人好了，行吗？"

邹丽梅望着马俊友的一脸灶灰和因疲累而塌陷进去的眼窝，不忍心再给马俊友肩膀上增加一点压力，便掏出手绢，一边擦着马俊友脸上的烟灰，一边说："不怨你，怨我既任性又懦弱！"

"你一点也不懦弱。"马俊友校正她的话说。

"懦弱。"

马俊友摇摇头："懦弱的人，不会请求到森林里去伐木。"

"该怎么对你说哪！"邹丽梅真想把她对迟大冰的恐惧告诉马俊友，可是理智提醒她，这样做的结果只能增加马俊友在森林中对她的牵挂。考虑再三，还是把它埋在个人的心底为好。因而，她转口说："我应该坚强，我应该自信。这儿没有狼，有狼我也不怕，你就放心地走吧！"

"你胡说些什么呀？"马俊友被邹丽梅颠三倒四的话逗笑了。

邹丽梅没有笑，她看灶房旁边静无一人，伸手从灶房的桦木支柱上，撕下来一块软软的桦树皮，并迅速用那双纤巧的手，把那两根断辫包在桦树皮里，神色肃穆地递给马俊友："这是我生命中的一部分！你收下吧！"

马俊友被邹丽梅突然的举动惊呆了，他憨实地说："我该把它收在哪儿呀？"

"带着它，去森林。"

马俊友自问着："我该回赠你什么呢？"

"爱情又不是商品，谈什么回赠！快，先把桦树皮包儿藏起来，外边好像有脚步声。"邹丽梅看马俊友笨手笨脚地不知往哪儿放才好，伸手撩开他的围裙，"装在裤兜里。"

这时，随着一阵"吱扭吱扭"的车轮声，帮厨的白黎生和石牛子、叶春妮，拉着一车从铃铛河运来的甜水，进了木栏围起的灶房。石牛子那双比猫儿还尖的眼睛，滴溜溜地转了一阵，放下水车车把，问道："丽梅姐，给我们'这匹马'送什么好吃的来了？干吗偷偷摸摸的。"

小春妮也搭腔说："我看好像是个大白馒头。"

邹丽梅笑了："要是馒头，先给你们吃。"

"那是什么东西？"石牛子两眼紧盯着马俊友圆鼓鼓的裤袋，"能不能叫我们见识一下？"

到底是白黎生阅历广些，他看看邹丽梅剪去了辫子的散发，又看看两人红头涨脸的样儿，已经猜透了事情的八九分。他忙为马俊友和邹丽梅解围："石牛子，画饼不能充饥，这儿没有馒头，只有窝窝头。来！先吃个窝头解解饥吧！"说着，他拿起一个窝窝头，直接送到石牛子的嘴边——他用窝窝头堵住了石牛子那张刀子嘴。

二

大部队进山了。青年屯只剩下八个"男兵"和一个"女兵"。这使过惯了集体生活的邹丽梅感到十分冷寂。她在北京就听说过，北大荒一年十二个月，有六个月是冰铺雪盖的冬天，邹丽梅现在才承认这不是耸人听闻的传说。垦荒队队员们进山不过半个月，冷雨在空中凝成了碎盐一样的雪粒，雪粒又变成纷纷扬扬的大雪，从天空抛撒下来。最初，这覆盖着荒原的大雪，在阳光下化成一汪汪的水，夜里北风一吹，雪水凝成了一层坚冰。

她的心也像是结了冰。每每拿起马俊友使用过的炊具，无论是一把炒菜的铁勺还是一个饭碗，她总是想起深山老林中的马俊友。其实，青年屯离骑马岭不过八十多里地的路程，但她感到和他距离那么遥远，他像是在另一个神秘的世界。那个世界使她遐想，使她神往，使她常常对着北方影影绰绰的大森林踮脚眺望……

这几天，她竭力摆脱和八个"男兵"的接触。开饭的时候，她端着粥碗躲进女帐篷；一到晚上，她把帐篷帘儿系得紧紧的，并在紧挨着帐篷帘儿的地方，堆起了几个破木箱子。她不是害怕"疙瘩李"以及其他几个"男兵"，唯独怕那其中的"八分之一"。按道理说，迟大冰对她够照顾的，不但常到灶房来问寒问暖，还想把到铃铛河挑甜水的艰巨任务，交给"疙瘩李"去完成。邹丽梅不接受这些照顾，为了去铃铛河挑水的事儿，她曾奋力地和"疙瘩李"争抢过扁担。"疙瘩李"在垦荒队中是从不服输的固执汉子，可是邹丽梅用比他还执拗的犟劲，直到"疙瘩李"把扁担交给她为止。她用这些行动暗示给那"八分之一"看，邹丽梅不再是温室花草，她既不是泥捏的柔弱仕女，也不是草叶绑成的稻草人，而是带刺儿的草原野玫瑰。

初雪的第二天，荒原一片银白，她握着一根防狼棍子，照例为用木料搭屋墙的"男兵"去铃铛河挑水。她挑着两只空桶，已经身不由己东倒西歪了，待她的桶里舀满了水，更感到脚下的路滑得如同溜冰场，没离开铃铛河坡几步，就连水带桶摔出去老远。她心急如焚，因为她还要赶回去为伙伴们做饭，只好不顾浑身疼痛地爬起来，重新回到河边去舀水。这时，一阵清脆的马铃声从雪原上传来，她扭头看去，一挂三匹马拉着的爬犁沿着骑马岭的方向跑了过来，爬犁上拉着木料，中间坐着挥鞭的贺志彪。邹丽梅解下缨红的头巾向他晃着，同时高喊道：

"贺大哥——"

"老贺——"

"呼噜贺"看见河边的邹丽梅，唤住牲口，从爬犁上跳了下来，往她这儿跑来。到了铃铛河边，他把邹丽梅舀起的半桶水，哗啦一声倒了；用扁担钩儿钩住水桶往河里一扔，然后往怀里一拉，满满的一桶水就提出了水面。他打满两桶水之后，说了声"跟我走"，就一手提着一桶水，大步地奔向爬犁。

他把水桶夹在木料的空隙间，一伸手把邹丽梅也拉上了爬犁。

"真谢谢你了。"邹丽梅擦擦额头上的汗珠。

"真也邪了门儿啦！"贺志彪奇怪地说，"为什么你来挑水？那几个小伙子吃枪子儿啦？"

"贺大哥，我是炊事员，这是我的责任哪！"邹丽梅淡淡地一笑说，"'疙瘩李'和我抢扁担，到底没有抢过我。"

"嗬！还真不简单哪！"贺志彪拿出车老板的架势，在空中抽了一声响鞭，三匹马拉着的爬犁，在荒原上奔跑起来。他似乎想起了什么，扭头问邹丽梅说，"哎！小邹，我想问你个事儿。"

"我知道的，一定告诉贺大哥。"邹丽梅系着被风吹开的头巾回答。

"你那双辫子哪？"

"剪了。"

"为啥剪了它？"

"这有什么奇怪的！"邹丽梅漫不经心地回答，"留着它碍手碍脚的，就赏了它一剪子。"

"不那么简单吧！"贺志彪往身上围了围老羊皮袄，斜了她一眼，"我这脑瓜虽然比不上'小诸葛'，可也吃二十多年咸盐了，你别用谎话蒙我。"

邹丽梅心想："是不是马俊友向大个子泄了密？不然，贺志彪为什么不说别的，专说这双辫子？"她低头盘算着，该怎么回答贺志彪的提问才好。

"哎！说话呀！干啥耷拉下脑袋了？"

"贺大哥，你……你把进山伐木的情况对我说说吧！"邹丽梅脸红了，央求着说，"一个姑娘家剪辫子，没啥好说的。"

"你不坦白是不是？"贺志彪把手伸进老羊皮袄，摸了好一阵子，忽然拿出一个桦树皮包儿来，在邹丽梅眼前一晃，又塞进他的羊皮袄里，蔫蔫乎乎地一笑说，"这就是事实。"

这一手可把邹丽梅镇住了，那桦树皮的包儿分明是她送给马俊友的，尽管贺志彪是个忠厚老实人，马俊友怎么能把她的辫子交给第二个人呢？邹丽梅想来想去，一定是马俊友不小心把它弄丢了，被"呼噜贺"捡到了，不然，那辫子包儿怎么会到贺志彪手里呢？没有办法，她只好向贺志彪如实地讲了她剪辫子是为了进山伐木，后来她把辫子送给了马俊友，请求贺志彪把辫子还给她。

贺志彪忍不住咯咯地乐了，他把怀里那个桦树皮的包儿交给邹丽梅说："别看我大大咧咧，和黑脸张飞一样，我还粗中有细哩！那天，在森林里小马帮助我往爬犁上装木头，忽然从身上掉下一个小白包，我恍恍惚惚看见里边包着的是姑娘的发辫。这家伙马上拾起来装到衣兜去了，我怎么'审问'他，他也没对我老实交代。我想了想，姑娘群里只有你一个人剪去了辫子，一准是你送给他的，可是心里吃不准。幸好，我赶着爬犁要离开伐木点时，马俊友追上了我，递给我一个桦树皮的包儿，叫我代交给你。我看看这个小包儿，和他藏到衣袋里的包儿一模一样，大小也差不多，就计上心来，诈你一下。瞧！从小马嘴里掏不出来的话，从你嘴里说出来了。"贺志彪在爬犁上笑得前仰后合。

邹丽梅脸色一红一白，她急忙打开那个桦树皮包着的小包儿：里边不是她的辫子，而是断了铜环的半条旧皮带。到这时，她才知道上了贺志彪的当。邹丽梅想狠狠捶打贺志彪几拳，报复一下大个子，怎奈贺志彪装出一副可怜相，连连求饶说："小邹！我给你们中间既当义务邮差，又当穿针引线的红娘，还不能将功折罪吗？"

"只饶这一次，可不饶第二次。"邹丽梅被"呼噜贺"的憨傻神态逗笑了。

她小心翼翼地把这半条皮带用桦树皮包好，塞到紧贴心扉的内衣口袋里。她很理解马俊友回赠她这份礼物的意义，因为邹丽梅记得在天安门前，马俊友的母亲将这半条牛皮带交给儿子时的肃穆神情。那是马俊友的父亲——解放战争中牺牲了的老红军，当年过雪山草地时吃剩下的半条皮带。马俊友把这半条皮带托贺志彪带给她，不但有开荒中共勉的含意，而且有爱情上坚贞的象征。

"这回，你高兴了吧！"贺志彪眯眼笑着说，"还想捶我不？"

邹丽梅摇摇头："不了。贺大哥，你真好！"

"还有好的呢！"贺志彪像变魔术一样，从皮袄里掏出来两个像孙悟空的脸一样的玩意儿，递给邹丽梅说，"这是小马带给你的第二件礼物，你看它长得如同齐天大圣孙悟空的脑袋，名叫'猴头'，是筵席上的名菜。"

邹丽梅把两个猴头举在眼前看了看，不解其意地说："这没有多大意思，只是挺好玩的。"

"不，这里边意思可大啦！"贺志彪抽了马一鞭子，侧过身子对邹丽梅说，"这猴头生在深山老林的柞树上，它有个特殊的脾气，没有单生，只有双生，进了森林你就看吧！柞树三股六权十二枝上，只要这边树权上有一个猴头，那边树权上也必定有个猴头，它们雌雄虽然不在一起，可是总在偷偷相望。你明白这礼物的意思了吗？"

邹丽梅的脸"腾"地红了："贺大哥，你……你可真够坏的。"

"你看，这不是狗咬吕洞宾——不分好赖人了吗？我当'运输大队长'，压根不了解这东西的脾气，是马俊友告诉我的。他还特意叮嘱我，叫我把这双生猴头的习性告诉你哩！怎么……我倒成了坏人了呢？！"

邹丽梅咬着头巾一角："我怕你像刚才一样，用谎话骗人。"

"唉，天下真没好人走道的地方了！人家好心好意地给你捎来小马的口信，你倒抽起拉磨的毛驴来了。"贺志彪装出一副受了委屈的样子，连连叹气说，"要是这样的话，第三件礼物不转给你，归我自个儿好了。"

"还有第三件？"

"当然。"贺志彪故意卖关子，扭回身去，目视前方，不再理睬邹丽梅。

"贺大哥，拿给我看看。"邹丽梅说，"只当我刚才的话没说，还不行吗？"

"行。我可有一个条件。"

"只要不叫我上天揽月摘星，我都答应。"

"真的？"贺志彪回过头来。

"真的。"

"要是变了卦呢？"

"今后就不再给我和小马当义务邮差。"

"一言为定。"

"驷马难追！"

"好！"贺志彪第三次把手伸进了他的老羊皮袄，好像他的怀里藏着童话中的百宝箱一样，"嗖"的一声，他拿出来一封信，在邹丽梅面前晃了晃说："小马把信口用红松树黏儿封了个结结实实。没别的，你看完了这封信，把信中的热乎话，向我转达转达，我这半大老粗好学习学习咋给姑娘写情书。就这一个条件，你应不应？"

邹丽梅为难地思忖着："这……这……"

"好吧！那你就甭看了。"贺志彪顺手把信揣进老羊皮袄。

"贺大哥，你……"

"我怎么啦？"

"蔫坏！"

"瞧！自个儿拉的屎，又自个儿坐了回去。这不是叫你去干摘星揽月的事儿吧！照本宣读就行了嘛！"贺志彪又眯缝起他那双不大的眼睛，拿起"糖"来了。

马蹄嗒嗒地响……

爬犁嘶嘶地叫……

爬犁在冰雪覆盖的荒原奔跑着。

邹丽梅心里思谋着对付贺志彪的主意。

"怎么！想好了没有？邮封信你们还得贴八分邮票钱哩！没有我'呼噜贺'，谁给你们传信儿，是靠火车，还是靠直升机？"贺志彪向邹丽梅展开了攻心战。

邹丽梅爽快地答应道："行了，贺大哥，你把信拿出来吧！"

贺志彪把信掏给了邹丽梅。邹丽梅用眼睛匆匆把信扫了一遍，觉得把马俊友信中那些热烈的词儿删掉后，完全可以读给贺志彪听。于是，她对贺志彪说："用不着我转达了，我给你读来信的全文好了。"

"你可别跳着念。"贺志彪诙谐地指指心口，"咱们可要对得起天地良心。"

看着贺志彪的诙谐模样，邹丽梅的心里忍不住要笑，不过，她脸上还是一本正经地捧着信读道：

丽梅（少读了"亲爱的"三个字）：

你没能来森林伐木，真是一件遗憾的事儿。

祖国的原始森林，真是美极了。这儿有高耸、笔直的落叶松，它尖尖的脑袋，一直伸向云彩之中。如果把森林比作绿色大海的话，那么，挺拔、矫健的落叶松，就像绿海中一只大船的桅杆，它载着它的兄弟：红松、白松、美人松……以及它的伙伴——红枫、橡树、曲柳、白桦、黑桦、椴树、柞树、云杉……驶向迷茫的云雾之中。

我虽然在上高中时，作文算是不错的了，但我无法把森林的美描述给你。队伍刚开进这深山老林时，我们都愣了：由于哪儿都是翠绿色，以至于引起视神经的错觉，觉着每个伙伴的脸也都是绿色的了。只有走进林木比较稀疏的地带，阳光能从森林的枝叶中漏下来时，在金色的光束之下，像童话似的，姑娘和小伙子们才又恢复了原来的肤色。海南岛来的小不点——叶春妮，像只受惊的鸟儿，不断尖声地叫喊；诸葛井瑞面对着美丽的大森林，画架不知往哪儿支才好了；白黎生见景生情，拨动了六弦琴的琴弦，我们随着他的琴声，唱起了我们永远也唱不腻的歌儿：

告别故乡，

背起行装；

大雁南飞，

我们北上。

歌声惊得林鸟乱飞，松鼠奔逃。石牛子逮着一只尖嘴巴大尾巴的小松鼠，卢华开枪打死了一只有七八十斤重的小野猪。我们进山后的第一顿饭，就吃上了肉丝很粗、带有酸味的野猪肉。伙伴们都说不好吃，可是连猪蹄都给吃光了，这也许是因为我们肚里太缺动物脂肪吧！

我们在向阳的山坡上，支起了男、女两个帐篷，在用大肚子锯伐木之前，鲁玉枝向我们讲述了伐木工序，并根据她的口令"顺山倒""逆山倒"，演习了安全伐木的全套程序。我们对于生活充满了神秘和新奇，尤其使我感到新鲜的是，老虎原来算不上兽中之王。据玉枝同志说，在这莽莽森林中，秃雕是最厉害的动物。有一年，她和鲁洪奎老爹在这个地方打猎，目睹了一场老虎和大野猪的厮拼。老虎比野猪动作灵活，是主动进攻者；大野猪则以守为攻，像是处于被动。可是任凭老虎怎么施威，也咬不动大野猪身上的皮肉，因为几百斤重的大野猪爱在红松树根下蹭痒痒，身上裹上了一层松树油，再到沙土上一打滚，皮质又硬又滑，使老虎对它望洋兴叹，最后还是老虎被野猪的獠牙剖开了肚子。

丽梅，这种森林奇闻多么稀罕！它和我们在动物学课本上学到的不太一样。大野猪虽然称得起森林霸王，但却最怕秃雕。我到森林后的第三天，已经看到过这玩意儿了：它浑身灰黑色，长长脖颈上顶着的脑袋秃秃的，展翅飞起来以后，两只巨翅扇动得枝叶沙沙作响。玉枝同志指点着它告诉我们，森林的秃雕是大野猪的对头冤家，它追赶野猪猪群时，专门戏弄几百斤重的野猪之王。它从空中俯冲下来，不断用尖嘴鸽野猪的脑门，那儿不但是野猪的脑子，也是大野猪浑身上下最柔软的地方。野猪在地上奔跑，它在空中追鹘。大野猪确实是愚蠢的家伙，在对付来自秃雕的袭击上，竟然不如森林中的狡兔：狡猾的兔子每每遇到这样危险的追捕时，便施展"老兔子，架死鹰"的本领，它不往开阔的地方奔跑，却偏往密密的树棵子里钻。秃雕或老鹰捕食心切，常常紧追不舍，这样追击的结果是，老鹰、老雕的翅脉经常被低矮的树丛枝杈架住而不能动弹，狡兔则逃之夭夭，鹰、雕则被活活架死。玉枝在和她老爹打猎时，就发现过这样的"飞禽木乃伊"。大野猪不具备兔子的狡猾，老雕越鹘它的脑门，它越往森林外的开阔地带狂奔，直到奔跑得精疲力竭被老雕鹘死为止。瞧！大森林里有多少北京人从不知道的有意思的趣闻啊！

......

"还有新鲜的没有？"贺志彪不耐烦地打了个哈欠，"你念的这些事儿，我都不爱听。"

"多有意思的事儿呀！"邹丽梅放下信纸，惊奇地说，"这封信把我都带进了原始森林。"

"对你和小马是稀罕事儿，对我这个从门头沟西边大山洼里蹦出来的乡巴佬来说，这些事儿，在我吮着老娘奶头吃奶的时候，就在耳朵里磨成了茧子。"贺志彪从老羊皮袄里，掏出二指宽的纸条，卷着烟叶，嘿嘿地笑着说，"我想听的，就写在那信里头，你又偏偏不念，成心捉弄我这'呼噜贺'。"

"真的，贺大哥，信里就写了这些事儿。"邹丽梅向贺志彪表白着。

贺志彪哈了哈冻得发紫的手，用舌头上的唾沫粘住卷成的大炮皮，斜眼看着沉浸在幸福之中的邹丽梅说："'贺大哥贺大哥'叫得倒挺勤快的，就是心里没有我'呼噜贺'。其实，我在山沟沟里就听说过，丫头的心和小子不一样。傻小子的心，像钻天杨直上直下；丫头的心眼，如同一根枣木枝子，十八个疙瘩，三十六道弯儿。"

邹丽梅笑出了声："那是贺大哥你胡诌的。"

"我胡诌？哼！你就不如小马那么老实坦白。你以为我不知道信里写了些啥热乎话儿哪？实话对小邹你说了吧！马俊友把信早给我念着听了。我让你念，不过是考验考验你是不是老实。"

"我不信。"邹丽梅试探地说，"你又在蒙哄我了。"

"让我学学舌吧！信里开头就有三个热乎的字儿，你没念。中间有比这三个字还亲热的词儿，你漏掉了。小邹，你的嘴可以比作一盘筛子，把碎糖渣子筛下来给我吃，自个儿含大块的冰糖，对不？"贺志彪逗趣地看了看邹丽梅，"噌"地划着了火儿。

"……"邹丽梅卡壳了。

"别烧牌嘛！小邹。"贺志彪吸了一口烟，鼻孔里喷出两道烟龙，"老实告诉你吧！小马最初也不愿意念给我听，他那扭扭捏捏的劲儿，和他干活时风卷荷叶的虎劲儿一比，像是两个马俊友。后来，我亮了底牌，他不念信我不给他当邮差，他傻眼了。这小伙子就缺你那么一个心眼，没有跳着念，而是照本宣读。瞧！这就是丫头和小子的不同。将来呀，小马和你……和你……'那个'了以后，准得受媳妇的气。"

邹丽梅把头埋到了胸脯上，她有点气马俊友太憨了。信中那些话儿只能两个人知道，怎么能读给贺志彪听呢！尽管贺志彪是个头号的大好人，也难免传播出去，成为垦荒队的新闻，那多难为情啊！

"用不着担心。"粗中有细的贺志彪向邹丽梅解释说，"你贺大哥对你们这对儿的事儿负责保密。告诉你吧！小邹，马俊友当时没法封信口，是我抠了点松树黏儿，当着他的面把信口粘上的。你就甭心里打小鼓了，把头抬起来，听我再给你聊点有意思的事儿吧！"

邹丽梅缓缓地抬起了头。对于贺志彪，她和垦荒队的所有成员一样，都有着说不出原因的好感。他心地善良，一天到晚总是嘿嘿地笑着，似乎荒地上没有什么能使他发愁的事儿。他走起路来摇摇晃晃、蹒蹒跚跚，说得形象一点，有点像马戏团里用两条后腿蹬球的黑熊，无论他走到哪儿，哪儿都会出现笑声。但是小伙子和姑娘们都敬重他，虽然人们用"呼噜贺""大个儿""大力士""黑狗熊"等雅号称呼他，里边却不带一点轻蔑的含意，而是一种十分亲昵的爱称。此时，贺志彪狗皮帽子下的那双眯成一条缝的眼睛，正因回忆起什么事情来，对着雪原微微发笑哩！

这种淳朴的笑意，马上感染了邹丽梅，她的窘态迅速地消失了，轻声问道："你想起了什么事儿？贺大哥！"

"嘿嘿……说起来，也真有点儿怪。"贺志彪咂摸着烈性的关东烟叶的滋味，大口大口地嘬着大炮皮说，"我没被姑娘爱上过，也没有爱上过哪个姑娘，可以说对你们这些长头发的，啥也不了解。森林里最近发生了一起搞对象的新闻。依我看，责任都在女的身上。你也是个女的，听了不吃心吧？"

邹丽梅摇摇头。

"谁也想不到，脑瓜比算盘子儿还精的'小诸葛'，找比他大几岁的唐素琴谈'那事'，碰了一鼻子灰。小邹，你说说，'小诸葛'哪点配不上唐素琴？按照我们山沟里的说法，'大过五，赛老母'，'小诸葛'找唐素琴，我就觉着怪了，可是唐素琴摇晃脑袋就更怪了。据说，这次伐木，正好分配'小诸葛'和唐素琴使一盘大肚子锯，拉锯的时候，'小诸葛'当面说你们大姐是啥……啥……名词来着？对！对！我想起来了，他叫她啥……'圣母'。小邹，'圣母'是个啥东西？"

邹丽梅轻声地笑了："那是夸我们大姐长得好看，'小诸葛'把她比喻为意大利画家拉斐尔笔下的圣母像。"

"你感觉她的长相值几分？"贺志彪不拐弯地问。

"比谁都强。"邹丽梅回答得非常干脆，"心眼和你一样，比谁都好。"

贺志彪"咯咯"一乐："这真应了'情人眼里出西施'这句话了。垦荒队那么多姑娘，'小诸葛'居然和唐素琴王八看绿豆——对上眼了。要依我的眼光来看，唐素琴和你比，和草妞儿比，相貌只能算是这个！"贺志彪伸出手掌上五指的最后一个手指。

邹丽梅难为情地低下头，又迅速仰起头来问："贺大哥，说点正经八百的事儿吧！'草妞儿'和白黎生到伐木队以后，感情怎么样？"

"一个'洋人'，一个'土人'，能那么一样吗？"贺志彪用手摸摸后脖梗子，眯缝着眼睛说，"最近，两个人闹了点矛盾，白黎生还找我去给他们往一块儿撮合呢！"

"真的？"邹丽梅心里吃了一惊。

"你慢慢听嘛！"贺志彪掩了掩老羊皮袄，正襟危坐地拉开说话的架势，"说起来，这件事情也怨我。那天傍黑时分，伐木队的姑娘和小伙子们，往拖拉机的拖斗车和爬犁上扛运木料，为了鼓励伙伴们的干劲，我一边负责装车，一边不断向伙伴们公布每个人扛运木料的数字。小邹，我这样做的目的既是为了给同志们打气儿，也是为了计算出拉运木料的总数儿。

"大概是由于白黎生过去干活稀松一点，他急于想在'草妞儿'面前扭转印象的缘故吧，好家伙，他在扛运木料时，来了一股疯劲，我发现别人扛一根的时间，他竟然扛来两根。当时，天已经完全黑了下来，为了尽快把拖斗车和雪爬犁装满，我便用手卷成喇叭筒，不断向伙伴们吹打着：'哎——同志们！小白同志今天干劲十足，效率比大伙高出一倍——'嘿嘿！小白这天不但木料扛运得比别人多，还用不着我装车，比如：我站在拖斗车上，他就自动到爬犁上去卸肩上扛着的木料；我站在雪爬犁上，他就把木料卸在拖斗车里。这样的劳动态度，不但感动了我，甚至连宣传员诸葛井瑞都抖着嗓子喊起来：'向小白同志学习，快跑多装，多装快跑——'嗬！谁都为白黎生拍手叫好，在林子里立刻掀起了一个追赶白黎生的热潮。

"当时，草妞儿觉得有点奇怪，几次问我是不是为小白谎报了数字。我说：'你这不是寒碜我吗？谁要是谎报数字天打五雷轰！'草妞儿了解白黎生的体力，既比不上卢华，也比不上她自己，便暗暗地跟定了白黎生，看看他的高效率是咋个创造出来的。这一下不要紧，白黎生可露了馅了：原来别的伙伴都自觉地扛红松和曲柳，而小白专门挑白桦、黑桦扛。小邹，你没进山伐过木，不了解各种木材的分量，我要告诉你，三根桦木的分量，也没有一根松木和曲柳沉，这就是小白高效率的窍门儿！我说他怎么拼命摆脱我去接他的木料，而自个儿去装车呢！

"草妞儿气得蛾眉倒竖，杏眼圆瞪，她当着伙伴们的面，训斥白黎生说：'真……想不到你……是这样跑的第一，要是肩膀上扛着一片树叶跑，效率不是更高了吗？！还是男子汉哩！真不如当初叫你饿死在捕狼洞里。'我怕白黎生脸上挂不住，为白黎生解释说：'玉枝，用两根桦木折一根松木的办法计算，小白同志也没少扛嘛，他还比大伙儿多跑了几倍远的道儿了呢！'草妞儿听也不听，扭身跑了。

"从这次事情发生后，草妞儿几乎和小白闹翻了。草妞儿成天噘着嘴，白黎生要面子，也不好认错。后来他们究竟怎么好起来的，据说是卢华做了工作。我怕他俩在感情上再产生裂缝，有一天，我说：'小白，你要用男子汉的勇敢，改变你稀泥软蛋的行为。我和草妞儿都算是土坷垃里爬出来的虫儿，'土人'专看实际，不看你嘴巴子是不是能说。小白，长点志气，拿出男子汉的样儿，给她看看！保险她对你会变成另一个样儿。'小白果真按我的话去做了，也赢得草妞儿的欢心了，可是我这匹马就遭了殃了。"贺志彪用鞭子把儿指指马屁股说，"你看——"

邹丽梅这才注意到拉爬犁的辕马屁股上，留着一片血迹斑斑的伤痕，她好奇地问："这和白黎生也有关系？"

"你慢慢听嘛！"贺志彪往下拉了拉遮风的狗皮帽子，摆开了龙门阵，"白黎生决心要扭转草妞儿对他的印象，改变同志们对他的看法，就闹出这么一档子事来。话说那天森林里飘出了一场大雪，那山山树树都披麻戴孝，哪儿都成了老天爷的'孝男孝女'。伐木的伙伴们歇歇儿的时候，我那挂爬犁就成了都想坐一坐的玩意儿了。石牛子牵出那匹'北京九号'来套上爬犁，摆擂台说：'喂！各路的英雄豪杰，哪位敢试试这草上飞？'大伙都知道石牛子曾骑过这匹'北京九号'，并有过被这匹儿马蛋子扔进铃铛河里的记录，因而面面相觑，没人应声。这时候，忽听有人喊了一声：'我来试试！'哥儿们、姐儿们扭头这么一看，不由得笑了起来。小邹，你猜猜打擂台的是谁？对！你真聪明，叫你猜对了，站出来的就是白黎生。三国演义的戏里边，只要有貂蝉往那儿一站，吕布就爱抖他脑后插着的翎翅。白黎生虽然没有吕布之勇，却有着吕布的脸庞和吕布那股劲儿——因为姑娘群里站着草妞儿。大概是他想在草妞儿面前表现一下自个儿的要强心理吧！俗话说'人逢喜事精神爽'嘛！他抹抹伐木留在他额头上的汗珠子，就迈上了爬犁。这匹'北京九号'是马群中的小兄弟，最调皮，也最通灵性，只要身子一吃分量，就立刻开蹄。所以，有几个胆小的哥儿们想把白黎生从爬犁上拽下来都来不及了，只见'北京九号'拉着爬犁，沿着伐木队员踩出来的雪道一溜烟似的不见了。

"大伙儿七嘴八舌地怨开石牛子了，只有卢华和我不动声色。这匹儿马我俩都使出来了，它既不会像初来荒原时把石牛子抛进铃铛河那样，把白黎生甩出爬犁，也不会撒欢尥蹶子，把爬犁拉翻了个儿，叫白黎生在雪地里打滚，变成个大雪球。可是，那群姐儿们小心眼，总怕白黎生出啥问题，像喜鹊出窝一样噪叫个不停。我惹不起你们那些长头发的，捂着耳朵跑了。卢华可不是我这号老蔫，他朝姑娘们一挥胳膊喊道：'你们瞎叫唤个啥？小白从只会扒拉六弦琴，到能跟着拖拉机扶犁，会拉大肚子锯伐木，是个了不起的变化。人家不满足这些进步，想练练赶爬犁，变个能文能武的荒地建设者。人家经受过大雷雨的考验了，思想越来越坚强。我们该支持小白在生活中闯荡，别像白黎生同志失踪那几天似的，人家在医院还活得挺好，这儿就给人家'烧香念经'了！

"卢华的话，落地出声，不但说得长头发的姐儿们哑口无言，对我这短头发的，也是个启发。仔细琢磨一下，可不是嘛，要总当怕风怕雪的雏儿，啥时候才会飞？道理虽然是这么说，卢华也为白黎生捏一把汗，因为左等右等也不见白黎生驾着爬犁回来，直到歇歇儿的时间过了，林木外的雪原上还不见爬犁的影儿。

"伐木的工地上开始不安了，伙伴们一边拉锯，一边瞧着卢华。卢华为了安定军心，叫我去补了白黎生的缺，和草妞儿去拉一盘锯，他解下拴在老橡树上的'北京三号'——就是这匹拉梢子的小马，背上'三八式'沿着爬犁留下的辙印，追了下去。

"直到天晌午了，卢华和白黎生才回来，不过空爬犁上多了一件玩意儿，上边躺着一只灰黄色的老狼。小邹，你猜是咋回事？原来，白黎生驾着爬犁飞出林海以后，那匹儿马蛋子可就来了劲儿了，它拉着白黎生在一色白的荒地上撒开了欢，任凭白黎生怎么拉缰绳，马儿也不回头。这家伙大概是在森林里待得太闷了，拉着爬犁在雪原上东蹿西逛。

"白黎生心里直起急，他想扭头看看离开骑马岭多远了。这一看，可不要紧，白黎生魂儿都飞出了七窍。小邹，你猜发生了什么事？原来爬犁的尾巴梢上，不知什么时候跳上来一只老狼，它吐着嫩红的舌头，正朝白黎生滴着口水呢！过去，白黎生在瓢泼大雨里迷路时都没碰到过这玩意儿，想不到在这小小的爬犁上，和饿狼狭路相逢了。白黎生的头发立刻竖了起来，他'哎呀'叫了一声，就从爬犁上滚了下来。他心想：这回可完蛋了。可是他在雪地上趴了一会儿，并没发现饿狼咬他的脖子。他抬头一看，可不得了啦，那只狼虽然没有来叼他，可是嘴没有闲着，它伸长着脖子，用利齿獠牙在咬着马屁股。马儿套在爬犁上，挣扎不开，一边被咬得'咴咴'乱叫，一边扬蹄尥蹶儿。白黎生急了，一骨碌爬了起来，摇着鞭子去诈唬那只老狼。他把鞭子抽得'噼啪'山响，想吓走那家伙。谁知道，那只狼在雪地里无处寻食，饿疯了，白黎生怎么抽鞭子，老狼还是不放弃儿马臀部上的肥肉。它咬着、撕着、嚼着……多亏卢华骑着马赶上来了，他先朝空中放了一枪，接着抖着缰绳追到和爬犁平行的五六米远的地方。

"儿马被狼咬得狂奔。

"卢华紧追不舍。

"狼不愿意丢下嘴边的马肉……

"卢华不想叫狼逃出他的枪口……

"就这样，在雪原上相持了几分钟，卢华趁儿马跑累了，稍微喘口气的时候，他在奔马上朝那只老狼开了两枪……

"当卢华和白黎生返回伐木点时，白黎生担心自个儿闯下大祸，要挨批评了。可是卢华不但没责备白黎生一句话，反而兴冲冲地向伙伴们描述了白黎生拿着鞭子追狼时的情景。他把那只死狼从爬犁上往下一扔，宣布说：'为了奖励小白的勇敢，这条狼皮褥子归白黎生同志所有。拿去，剥了它当纪念吧！'

"白黎生转惊为喜，可是这匹'北京九号'却受了委屈。小邹，你看它的屁股蛋子上……我给它抹上了'二百二十'红药水，又抹上了防冻膏。多好的一匹马呀！当时心疼得我都快哭了。"贺志彪叹了口气，结束了他讲的故事。

"真有意思。"邹丽梅不无感慨地说，"小白胆儿越来越大了！要是我呀，哼！恐怕早就吓死在雪地上喂狼了。"

"干啥长人家志气，灭自己的威风？"贺志彪给邹丽梅打气说，"冰天雪地的跑几里地以外来挑水，不是勇敢的行为吗？小邹，啥事都是一个理儿：你怕它，它欺辱你；你不怕它，它就怕你。万一你在荒地上碰上狼，先敲水桶吓唬它；它要是不怕你吓唬，你就抡圆了扁担跟它拼。这块大荒草甸子，就是欺软怕硬。"

"贺大哥，我一定记住你的话。回去，我就把这些话写在日记本上。"邹丽梅严肃地说。

三

入夜，千里荒原起了大风。那声音像受惊的牛群发出的吼叫。

邹丽梅披着垦荒队队员的老羊皮袄，在四面透风的帐篷里，坐在一个破木箱上，在晃动的桅灯的灯光下，记着日记。她不断用嘴里仅有的那点热气，哈着不听指挥的手指。日记刚写了个开头，钢笔就不下水了。她细看了看，含有防冻化学成分的墨水竟然在笔尖上结了冰。无奈，她甩下皮袄，拉开棉被，穿着厚厚的毛衣毛裤，钻进了冷被窝儿。

在北京时，屋里生着炉火，她还嫌冷；在荒地躺在这冰冷的帐篷内，她只好每天和衣而卧。先把老羊皮袄盖在棉被上面，然后，戴上一顶男式的狗皮帽子（垦荒队队员每人一顶），再捂严了一个大口罩，掩严了棉被被角，用一切能够御寒的东西，抵御北大荒零下三四十度的严寒。

按说，她是垦荒队中最富有的人儿，继母不断给她邮来生活给养品。糕点，姐妹们分而食之；皮手套，她赠给了女伴中的大姐唐素琴；一条新鸭绒被，她生怕海南岛来的小春妮经不起北国暴风雪的吹打，在伐木队启程前往骑马岭时，她偷偷地打在叶春妮的行李中间。她身旁从不留下一点家庭的影子，只有那条破旧的缨红头巾是她家里的——那是她亲生母亲曾经围过的东西，她舍不得送给自己的女伴。

桅灯在帐篷柱子上摇来晃去。邹丽梅"武装到牙齿"之后，躺在被窝里，借着微弱的灯光，第五次读马俊友写给她的信，她含笑睡着了。她实在太疲倦了。挑水、做饭之余，邹丽梅还常常抽出时间给八个男伙伴打下手：她给房上的小伙子递椽子、递钉子、递铅丝。当她干这些本职以外的活儿时，心里虽然充满了建设新生活的激动，但是她从不喜形于色，而是把缨红的头巾，拉得遮过眉毛，不，甚至盖上半个面孔。为什么？她尽力回避着和迟大冰目光相撞。尽管这样，她总是下意识地感觉到迟大冰的目光，穿透她的头巾在盯着她。

忽然，她感到那双眼睛变了，似乎是马俊友那双含笑的眼睛在眯眯地望她。她眼前不是在起来的房架上，而是在雪地上疾飞的爬犁上。

马儿在奔跑。

爬犁在飞驰。

她和马俊友坐在这个奔驰的爬犁上。

"这是去哪儿呀？"邹丽梅问。

"拉你去森林伐木。"马俊友答。

"真的？"

"我什么时候说过假话！"

"那可太好了，我俩拉一盘锯。"

"行。可是那大树倒下来的时候，非常吓人，你不怕吗？"

"不怕。"

"森林里可有黑瞎子……"

"不怕。"

"森林里还有巨齿獠牙的大野猪……"

"不怕。"

"为什么？"

"有你在我身边。"

马俊友两只闪亮的眼睛望着她。

邹丽梅用同样的目光望着他。

爬犁在封冻的铃铛河上奔驰时，他和她依偎在一起了。突然，冰冻的河面断裂了。"轰隆"一声马拉爬犁掉进冰水里……

邹丽梅被吓醒了，原来是一场梦。那"轰隆"一声的怕人巨响，不是铃铛河冰层断裂，而是她摞在帐篷帘里的木箱垛倒了下来。邹丽梅从被窝里跳了出来，高喊着：

"谁？"

没人答话。

只有牛吼似的北风，似乎在回答她：我——我——我——

好大的风啊！连枯黄的草梢都发出尖厉的嘶叫，偌大的帐篷在狂风中"噼里啪啦"地左右起舞，那盏像荡着秋千一样的桅灯，不知是耗尽了灯油，还是玻璃罩子里钻进了冷风，火苗儿忽地一下子灭了，帐篷里立刻一片幽暗。

邹丽梅一边怨自己懦弱，心里还一边咚咚地跳个不停。她屏住气细听了一会儿，牛吼似的风声中还夹杂着"沙沙沙"的声响。最初她以为是人的脚步声，她大着胆子，从透风的帐篷缝儿向外望了望。哪儿有人影儿，那是天下雪了，风把雪屑卷到帐篷上发出的声响。风助雪势，雪借风威，在帐篷周围筑起了一道雪墙。

望见这天然屏障，邹丽梅反倒安心了。这时她才感到透骨的奇寒，忙钻进自己的被窝。她很想再睡一会儿，可是怎么也睡不着了。不知为什么，她回忆起刚才那个梦，又由梦想起马俊友带给她的两件礼物。白天，她按照贺志彪说的"猴头"习性，把两个"猴头"挂在自己地铺两旁帐篷上，让它俩含情地默默相望，以寄托她对马俊友的思念。此刻她借着白雪从帐篷缝反射进来的微光，看见那两个像人脸一样的东西，仍然挂在那儿。尽管帐篷外风如牛吼，它俩仍然静静地对看着，她想：这也许寓意着这一对相望的人，经得起暴风雪的考验吧！

她尤其珍视马俊友赠给她的另一件礼物——半截皮带。在她看来，她把自己躯体上的一部分——辫子，赠给了马俊友，是自己对他的生命的许诺；马俊友把这半截皮带回赠给她，同样是对她生命的许诺。虽然它很破旧，按经济价值核算，也许不值一角钱，但它却比金子还贵重，因为在这半条皮带上，不但记载着一个革命家庭的家谱，还抒写着一个革命家的忠贞情操。也许由于自卑感作怪的缘故吧，她生怕自己什么地方有失检点，愧对了这珍贵而圣洁的东西。

此时，她抚摸着这半条皮带，觉得自己不能再睡了，因为下雪之后，木柴潮湿，难以点火做饭，不能因为自己贪图温暖的被窝儿，而叫伙伴们吃"冷餐"。她穿好棉衣棉裤，又裹紧了老羊皮袄，拿起手电筒，又揣上火柴盒，解开帐篷帘儿。

出了帐篷，她就惊讶地停住了脚步：大雪下了有二尺厚，但她帐篷出口的积雪，已经被人用铁锹铲过了。这条铲过雪的路，一直通向灶房。她再朝帐篷四周看看，每个角落都留有一片杂乱的脚印。显然，她在梦中时，有人到她帐篷旁边来过。她立刻猜到：这一定是贺志彪干的事儿，因为深雪中留下的脚印很大，只有他才能穿那样大号的大头鞋。

吐口唾沫就成冰的严冬寒夜，贪睡的"呼噜贺"能把伙伴的冷暖系在心上，为她清扫门前积雪，使邹丽梅十分感动。当她走近灶房时，更使她激动的事情出现在她眼前：里边火光熊熊，一个反穿着老羊皮袄的高个儿背影，正在灶火旁烤火哩！邹丽梅捂着被冻得生疼的鼻子，一股风似的跑进灶房，兴冲冲地叫了一声：

"贺大哥，你可真是个好人。"

反穿着老羊皮袄的高高背影，扭动了一下脖颈，邹丽梅倒吸了一口凉气——他不是贺志彪，而是迟大冰。

空气似乎凝固了。

邹丽梅惊愕地睁大了眼睛。她像一根不会动的木桩子一样，站在离迟大冰有三米远的灶房门口。

"怎么，只是'贺大哥'是好人，你'迟大哥'不也是好人吗？"迟大冰往后脑勺上推推狗皮帽子，用冷热兼而有之的目光注视着邹丽梅，"夜里来了一场暴风雪，我怕八级白毛旋风卷走你住的帐篷，在你的帐篷周围，我加固了绳索。看——"迟大冰掀开锅盖，"高粱米都下锅了！"

邹丽梅自知没有退路，索性装出十分平静的样子说："是支书你干的，我还以为是贺志彪呢，太感谢你了。"

"他连夜赶回骑马岭去了。"

"会不会被截在半路上？"邹丽梅忧心地朝灶房外边看看。

风吼着……

雪飘着……

"用不着担心。爬犁喜欢雪，就像船喜欢水一样。没听说水大把船淹了的。"迟大冰像个耐心的教师，微笑着给邹丽梅解忧，"'大个子'真是咱们垦荒队的脊梁柱，别看大字识不了二斗，可是心地最纯。"

邹丽梅心想：他弦外之音，是不是在说卢华和马俊友心地不纯？不然，为什么说到"最纯"两个字时加重了语气？诚然，贺志彪是垦荒队队员中的表率之一，可是卢华、马俊友、俞秋兰、诸葛井瑞……不也都把满腔热血献给了垦荒事业吗？她心里尽管闪过一串疑问号，还是点头应着：

"嗯。"

"小邹，你也不错嘛。"迟大冰说，"支部把你看成是资产阶级家庭中的叛逆典型，这几天我正在给县委整材料，看能不能在省报上刊登一下你的事迹。"

邹丽梅庄重地说："我不同意支书这个做法。"

"为什么？"迟大冰脸上闪过一丝阴影。

"连十四岁的叶春妮同志都比我强，卢华、俞秋兰、诸葛井瑞、贺志彪、唐素琴、白黎生都比我有成绩。"邹丽梅有意地漏下马俊友的名字，她认为推荐和自己亲近的人，是浅薄者的行为，"如果老迟你要选典型材料，小白同志比我典型得多，你也知道，他从落生后就住洋楼，坐屁股冒烟的小汽车，巴黎的牛奶喂大了他，这样一个同志，经历了荒地大雷雨的考验，最近，在伐木队……"

迟大冰往灶膛里扔了两块劈柴，岔断她的话说："别站在那儿冻冰棍了，来！坐在灶火旁边来。"他把一个老枫树木墩子，摆在灶火旁边。

邹丽梅犹豫了一下，走过去把树墩子挪得尽可能离迟大冰远一点，她坐下之后说："支书，感谢你帮助了我的工作，现在，让我自己干吧！待会儿，你还要领着人盖房呢！"

"今天没法儿干活了。借着雪休，我学习马俊友同志的精神，"迟大冰自我表白说，"当一天义务炊事员。你看，我怕把水缸冻裂了，围上了一圈茅草，省得你去挑水，我在缸里存上一缸雪块。这些湿木头，我把它在灶火旁烘干了……这一切，都……表示我对你关心的一贯性。你还记得在哈尔滨时，我带着你跑遍大街，去置买过冬的行装吗？"

"记得。"邹丽梅下意识地感到，她最害怕的事情向她走近了。

"那你为什么对我那么冷？"迟大冰把自己坐着的树墩子，往前挪了挪，伸出自己的手背说，"你看，为了加固你的帐篷，我手上冻出了几个大紫疱。"

如果说邹丽梅过去对迟大冰还有几分敬重的话，眼前，这种心情则被迟大冰赤裸裸的表白一扫而光。身为垦荒队的支部书记，按邹丽梅的想法，应当是个埋头苦干、身体力行的楷模。他应该具有卢华的坚韧、马俊友的踏实，而迟大冰短短几分钟的表白，使他的形象在邹丽梅面前马上矮了半截。尽管他个子在全队最高，精神上比全队最矬的叶春妮还要矮小。她望了望迟大冰手上的大疱含蓄地说："小春妮当小火头军时，去荒地砍柴，手心都磨烂了，疼得半夜哭爹喊娘。女伴们被她哭醒了，问她为什么哭，她都没有伸出手掌来给姐妹们看，而是说：'我做梦哩！梦见我爸爸妈妈了。'后来，还是石牛子来找我，叫我这个学过护士的人，给她缠绷带，我才发现她的掌心血迹斑斑。现在，这个'小不点'，用棉手套遮盖着伤手，进山伐木去了。"

邹丽梅这番话是棉花团里裹蒺藜——柔中含刺的。她希望激起迟大冰对她的恶感，以堵住迟大冰对她进一步的表白。也许是条件反射，邹丽梅听见迟大冰述说他如何关心她时，情不自禁地想起她的继母来：她那描眉擦粉的继母，在邹丽梅成长为一个亭亭玉立的大姑娘后，就常常对她进行类似于迟大冰这种对她的感情包围。唯一不同的是，她的继母是个旧社会遗留下的少奶奶，而他——迟大冰，却是个新社会里的共产党员。这一点，邹丽梅简直难以理解。

迟大冰眉毛紧皱在一起了。他已经品出邹丽梅话中的滋味。可是使邹丽梅失望的是，他紧皱着的眉毛又舒展了，迟大冰似乎毫无恼怒的神色，他嘴角挂着冷静的微笑，向邹丽梅说道：

"小邹！请你正确理解我的意思。我伸出手来给你看，不过是向你寻找绷带或药膏，请你替我包扎一下，手一化脓就干不成活儿了。"

"绷带叫唐素琴带到伐木队去了，因为那儿比这儿更需要。药膏我帐篷里还有一点，你等一下。"邹丽梅匆匆走出灶房后，拼命平静着自己的紊乱思绪。她借着这一会儿难得的时间，思考着如何处理眼前的棘手问题。虽然，她已经看清了迟大冰对她关心的目的，但是，她不能出于私怨而吝惜同志之情——因为他到底还是八十一个垦荒兵中的一个吧！她在帐篷里找到防冻药膏，又从背包里拿出一条洗过的干净手绢，用于包扎以防止细菌感染，然后快步跑回灶房。她神色严肃地为迟大冰包扎着冻坏了的手背。这一瞬间，她和他挨得较近，邹丽梅敏锐地觉察到他那只手在颤抖，同时听见了他急促的呼吸声。她知道这是十分危险的讯号，便把在护士学校学到的战场抢救的本领施展出来，以极其迅速娴熟的动作把他的手背包扎完毕，然后，霍地从树墩上站了起来："老迟，你手上有伤，休息去吧！我来看粥锅、蒸窝头。"

迟大冰神色恍惚地苦笑了一下，摇摇头说："帐篷里冷得如同冰窖，这儿比那儿暖和得多，我再帮你干点什么吧！切不切咸菜疙瘩？"

"够吃了，用不着。"

"那……我劈点木柴。"

"你忘了？你手上有伤！"

"不要紧。"迟大冰从灶火旁边站了起来，提起帐篷旮旯的一把劈斧。

"老迟同志！"邹丽梅有点急了，声音不觉高了起来，"我有个习惯，就是不愿意麻烦别人。我非常感谢你那片热心，假如你真要当一天业余火头军的话，我回帐篷睡觉去了。明明是一个人的活儿，何必两个人干呢！"邹丽梅回身就走。

"站住！"迟大冰终于被邹丽梅不亢不卑的态度激怒了，他把劈斧往帐篷角上一扔，恢复了在垦荒队员面前讲话的姿态，双手往腰里一叉，冷冷地对站在灶房门口的邹丽梅说道，"我看你快变成鸡群里的凤凰了，这么骄傲是会摔跟头的，你眼里还有党的概念没有？"

邹丽梅面无惧色地说："没有党，我早就变成丑恶家庭中的一条拐棍了，怎么能参加到开拓新生活的队伍中来呢！"

"你还记得你那个家庭？"迟大冰抖抖老羊皮袄上的灰烬，"那就该有点自知之明。马克思是怎么剖析资本主义恶行的，它的本质就是吸血。你读过吗？"

"没有。"邹丽梅回答，"我认为那个吸血的词儿和我无关，我到这儿和老迟你一样，是靠劳动生活。"

迟大冰只是想给邹丽梅点颜色看，并不想把关系弄僵，因而往前走了两步棋，又把棋子退回到原来的"大本营"，貌似感慨地叹口气说："你说得不错，可是一个人的家庭烙印不是一朝一夕就能改造没了的。就拿你来说吧！到荒地以后，确实表现不错，可是也还流露出一些虚无缥缈的思想。"

邹丽梅不想回答，也不想发问，她站在灶房门口，静静地听着迟大冰对她的讨伐。

"你想想，你追求马俊友的想法实际吗？"迟大冰对邹丽梅进行了详尽的分析，"虽然在婚姻法中没有明文规定，红军的后代不能和资产阶级子女结合，可是你该明白，婚姻法是受阶级斗争的关系所制约的。北京城有几百万人口，我这个在团区委工作的干部，还没有看见哪个将军的儿子娶了地、富的女儿，也没听说哪个部长的女儿，嫁给被推翻的没落阶级的儿子。这是生活的现实，你这么一个聪明的人，怎么连这一点都不懂！"

邹丽梅承认迟大冰说的都是事实。初到荒地时，她为这一问题痛苦过。邹丽梅记得，在为天鹅蛋找窝的那一天，她莫名其妙地哭了，后来突然又从马俊友身边跑开，任凭马俊友怎么喊她，她也不回头。几天之后，马俊友琢磨出邹丽梅的痛苦起因，曾主动来找她，马俊友说："我知道你想些什么了。那种龙找龙、凤配凤的观点，是封建主义遗留下的旧玩意儿。说起来，你也许不信，我爸爸原来是地主家的一个羊倌，我妈妈是地主家的小姐。他俩先后都接受了革命思想，离家参加了红军。后来，我妈妈在部队卫生队里当护士长，碰到了我爸爸，于是他们结合了。这么多年，他们感情很好，一直到我爸爸牺牲。小邹，你不用苦恼，让我们在共同开拓新生活的路上，一块儿反击血统论的封建恶俗吧！"邹丽梅的灵魂受到强烈的震撼，从这时起，她像脱壳而出的雏鹰，感到天地无比广阔，她决心把整个生命献给荒地，献给她爱的人，爱她的人。

此时此刻，邹丽梅很想把马俊友说的话，奉告给迟大冰以代替自己的回答，转念一想，自己的命运掌握在自己的手心，何必把前辈人的经历，告诉这个貌似最最革命实际上心地并不干净的伪君子呢？索性不如顺水推舟，叫他把心里的东西都抖搂出来，看看这个人到底几两重。想到这里，她说："你刚才说的，是个现实问题。依老迟你看，我该和什么样的人谈恋爱呢？垦荒队的男伙伴，都比我出身好，就连看马的那条狗——'闪电'，也是穷苦的老猎人喂养大的……看样子，我得出家当尼姑了！"

迟大冰一笑，刀条脸显得长了三分："我只是说你应该务实一点，并不是叫你自暴自弃。其实，咱们队里这么多小伙子，喜欢你的还不少嘛！"

"你说吧！谁？"

"这个嘛……"迟大冰仰脸看了看，又低头思忖了一会儿，用手指敲打着自己的脑门说，"该怎么对你说呢？"

"老迟，你平常讲话多利索！"邹丽梅故作惊讶地说，"今天是怎么了？"

"这话实在难出口。"迟大冰脸上窘态暴露，张开的嘴唇，又马上闭合了。

"有什么难出口的？该说谁说谁嘛。反正你对八十一个伙伴，家底儿都了解得非常清楚。"邹丽梅心里已经火得不行了，但她拼命克制着自己的情绪。她在生活中没演过"戏"，却强迫自己把这苦中作乐的角色演好，因为这有助于她更深入地透视迟大冰的灵魂。

严冬之夜，迟大冰额头上爬出了汗珠，他憋了半天，才吞吞吐吐地说："我……我……我对其他同志的家庭情况并不摸底。我只了解我自己的家。我家过去种花卖花，土地虽然很少，经济收入却很可观。土地改革时，给我家定了个小业主，比你家稍微强点。"

邹丽梅马上明白了迟大冰的用意：他在从出身上缩短她和他的距离，暗示他和她的门庭相差不多，从而得出的结论则是，他才是她应当寻觅的合适对象。邹丽梅佯作不知迟大冰用意似的，摇摇头说："老迟，你为什么只谈自己？谈谈别人的情况嘛！"

"我想使你了解我。"迟大冰抬起了汗淋淋的头。

"了解你？"

"对！"迟大冰狼狈地用狗皮帽子擦擦脸上的汗水，恳求的目光直视着邹丽梅。

邹丽梅实在无法压抑她的厌恶心情了，她避开迟大冰的视线，鄙夷地说："老迟，你是垦荒队的支部书记，应当检点自己的言行。刚才，你不叫我对小马表示感情，却叫我多了解你。你们都是共产党员，你不感到这样做是缺乏道德吗？"

迟大冰看见邹丽梅脸色变了，双手揉着刚才摘下来的狗皮帽子，极力缓和着紧张气氛说："我不过是摆摆你和小马的家庭差距，并没有干什么不符合道德标准的事儿呀！我向你谈谈我的家，不过是加强同志间的了解嘛！垦荒队是个革命大家庭，彼此应当互相了解、互相帮助。我不是三更半夜巡查完帐篷，又帮你来烧火熬粥了吗？你干什么用这样的口气对我！"

迟大冰几句话，就把邹丽梅变成了"被告"。她站在灶房门口，因气愤而两眼涌出了泪花。"不，我不能哭。"邹丽梅对自己下着无声的命令，她用手绢擦擦眼睛，咬着下嘴唇，庄重地说："过去，我一直很敬重你。今天，我才算是了解你了。说穿了吧！你不过是想叫我把对小马的感情掏给你。刚才，你的理论说得多妙！叫我对小马要现实点，难道一个党支部书记追求一个'资产阶级小姐'，就现实吗？为什么对你自己，就不讲现实了呢？"邹丽梅真想骂一声"卑鄙"！但她骂不出口。为了不再和迟大冰纠缠，她裹了裹老羊皮袄，迎着北国的暴风雪，一头扎进了空旷的帐篷。

风吼着……

雪飘着……

单薄如纸的帐篷，在风中左摇右摆地跳着舞……

邹丽梅蒙上被子，哭了。

四

早晨，邹丽梅迷迷糊糊地正在睡梦之中，绰号"疙瘩李"的李忠义，站在帐篷外边喊她：

"小邹——"

邹丽梅撩开被子，才知昨天夜里是穿着老羊皮袄躺下的，她略略揉揉红肿的眼泡，对李忠义说："你进来吧！外边多冷！"

"疙瘩李"挑开帐篷帘儿，走了进来。这个"脚踩黄泥瓣，头顶高粱花"，经历过塞外寒风吹打的来自长城脚下的农村小伙子，在这北国的严寒季节，既没穿老羊皮袄，也没戴狗皮帽子，他半敞着胸怀，摇着光葫芦头说："老迟叫你去吃饭呢！今天太冷了，咱们九个人就在灶旁守着火堆吃饭。"

邹丽梅笑笑："我还不太饿，你们先吃吧！"

这个缺少心眼的壮实小伙，扭身走了。邹丽梅刚想躺下，李忠义去而复来，他一只手端着一碗冒着热气的高粱米粥，另一只手拿着一个窝头、一块咸菜，走近邹丽梅身旁放在邹丽梅面前的破木箱上："趁热吃！喝下这碗热粥就不冷了。"

"谢谢你。"

"别谢我。""疙瘩李"直愣愣地说，"我这个人，一个人吃饱了，一家子不饿。根本就想不到你还没有吃饭，还是老迟说你可能冻感冒了，叫我把饭送来。"

本来，邹丽梅对这个满面青春痘的小伙子，并没什么好感。因为他在白黎生失踪后的辩论会上，公开站在迟大冰的立场上和诸葛井瑞唱过对台戏；前两天，因为去铃铛河挑水的问题，他又和她抢过扁担。迟大冰任何一句话，好像对他都是法律，他毫不考虑地遵命照办。这在八十一个伙伴中，他算是蝎子拉屎——独（毒）一份，因而格外引人注目。但在这冷得透骨的早晨，邹丽梅捧着一碗热粥时，她不感谢命令他来送粥的人，却有点被这个剽悍的"雪里送炭"的人感动了。

"吃嘛！干啥总发愣？"李忠义督促着说。

邹丽梅开始喝粥。几口热粥下肚，她感到身上有了一点热力。她说："谢谢你了，待会儿我把碗送回去。"

"不行，老迟交代给我了。这碗喝下去，再叫你喝上两碗热粥，才算我完成任务。"

邹丽梅被他的坚决样儿逗笑了："我没有这样大的肚子，比不了你呀，一顿能喝一桶粥。"

"小邹，没有肚量也得吃。"李忠义认真地说。

"那为什么？"

"听党的话，不能打折扣。"李忠义脱口而出，"这是党对你的关怀。"

邹丽梅笑得合不上嘴了："迟大冰一个人就能代表党吗？"

"坦白地说吧！你们这些喝过墨水的垦荒兵，就是跟党三心二意，总不是那么听话。"李忠义来了词儿，像大河拉开了泄水闸门一样，滔滔不绝地说了下去，"比如说俞秋兰吧，是个团支部书记，居然不听迟支书的话；诸葛井瑞狗掀门帘子——全凭那张嘴，还和迟支书唱洋梆子。你是个刚入团不久的青年团员，那天迟支书叫我去铃铛河挑水，你就敢抢我的扁担，这都是不尊重党的表现。我在长城根下农业社的时候，我们党支部书记说过，'谁是党？我就代表党，听我的话就是听党的话'。别看我肚子里没有墨水儿，我对资产阶级的玩意儿，看得可清楚了，哪个是白瓤的葫芦，哪个是红瓤的西瓜，都瞒不过我的眼睛。我的双眼，就是一杆不镶秤星的标准秤。"

"那我算白瓤葫芦还是算红瓤西瓜？"邹丽梅还从来没有见过这样一个青年，也没听说过这样的革命理论，惊异使她忘记自己内心的隐痛，因而一直专注地凝视着"疙瘩李"的面孔。

"你嘛，我说了你可不要生气。"李忠义说，"你是个白瓤葫芦。"

"我什么时候才能变成红瓤西瓜？"

"就像你这样不听党的话，说句不好听的，来世托生个贫下中农以后再说吧！"

邹丽梅丝毫也不见怪李忠义。邹丽梅认为：他赤裸裸地讲述他的"真理"，虽然带着明显的荒谬，却是极容易分辨的。而迟大冰则不同了，他读过一些革命理论书刊，总是善于把他个人的一切行为，用富有革命色彩的理论包装起来。和李忠义的愚昧相比较，邹丽梅越来越感到迟大冰的可鄙。她遵照李忠义之命，匆匆吃完第二碗粥，并把窝头咽进肚子之后，趁"疙瘩李"给她去端第三碗热粥时，她麻利地戴好狗皮帽子，从帐篷后边，独自奔向了茫茫雪原。

邹丽梅之所以离开帐篷，与其说是怕再听李忠义的刺耳语言，莫如说是怕迟大冰突然闯进帐篷更为准确。好在雪原上的狂风停了，太阳从灰蒙蒙的云缝里钻了出来，邹丽梅走进冰铺雪盖的草原，顿时有小鸟飞出了牢笼的欢快之感。

不是吗？在北京到哪儿去看这么多的白雪！记得在北京飞雪的冬天，她喜欢踏着吱吱作响的白雪，攀上北海的白塔，俯视粉雕玉琢般的北京城。可惜由于高大建筑物的阻拦，尽管她站在全城的制高点，视线仍然不断地被高楼大厦所切断。这儿多么开阔啊！极目四望，千里荒原银装素裹，绿树不见了，远山不见了，拖拉机和马拉犁翻出的黑土不见了，就连远看像一条绿色屏风似的骑马岭也消失了。大自然巨笔一挥，大地易色，一切都变成了白的、白的。太阳出来，那跳动着的晶莹光斑，比镜子的反射还要明亮，它几乎使邹丽梅难以睁大她的眼睛。

她躬身捧起一把白雪搓洗着她的脸。那冷得透骨的雪粉，使她昏热的脑子一下清醒了许多。她突然感到，她的忧郁是毫无意义的。在这个冰封的雪原上，在看不见的远方，有着多少心灵洁白得如同白雪一样的伙伴，在和她心贴心地开拓新生活啊！更使她欣慰的是，在这雪原下面，不但有她亲手开拓出来的黑土，也有她和马俊友共同播种的爱情，这些种子，正在冰雪覆盖之下经受着考验，它们在沃土中默默地萌发着嫩芽、叶片，等待着未来的收获。

邹丽梅心情豁然开朗了。身材矮小的苏坚书记，在前门火车站上送行时叮嘱的话"要叫北大荒鸡叫、狗咬、孩子哭"突然闯进了她的脑子。来年春天，新房落成，鸡叫狗咬的日子离得并不遥远。"孩子哭"的日子，使她感到朦朦胧胧，难以揣测。谁将是荒地上的第一个母亲呢？俞秋兰？鲁玉枝？刘霞霞？唐素琴？……还是自己呢？这种下意识的遐想，使邹丽梅感到充满神秘的快意，特别是当她头脑里的幻觉中出现一个婴儿，噙着她的乳头时，她羞涩地笑了。

"哎呀！我说同志！你真叫我好找！"李忠义出现在邹丽梅的背后。

邹丽梅心中升腾起的母性感觉，随着这一声呼唤而烟消云散。她不知道迟大冰对李忠义又"颁布"了什么新的"圣旨"，她心神不安地望着他。

"这雪有啥看头？它又顶不了白面，蒸不成馒头，烙不成大饼，擀不成面条，捏不成花卷，一化一摊水，一冻一层冰，你可对它发什么愣，小邹？"李忠义毫不掩饰他对邹丽梅的不满，粗声粗气地说。

邹丽梅站在淹没膝盖的雪原里，只是静静地听着。她不想对他解释什么，因为这种心情是难以用语言解释的。即使她寻找到准确的语言，把她站在雪原上的情思解释给他听，李忠义也无法消化、无法理解这些东西。

"你怎么不说话？"李忠义问道。

"我不知道该说什么。"邹丽梅回答。

"难怪我们支书说你是……"一根筋的"疙瘩李"吭吭哧哧地说，"说你是……红色楼房（红楼梦）里做梦的林……林……啥玉。我学不了舌，可那意思我懂，就是资产阶级小姐的意思。"

"嗯。"邹丽梅点点头，"你找我有什么事？"

"啥事你还不知道？"李忠义觉得奇怪。

"我怎么能知道？"邹丽梅同样感到诧异。

"支书叫我给你送三碗热粥，你刚喝两碗就跑了，我还没有完成支书交给我的任务哪！哎！"李忠义摸摸葫芦头上被冻红的耳朵，长叹一口气说，"你不喝下最后那碗粥，我咋向支书交代？我沿着脚印找你来了，粥还在锅里热着，没别的，你回去喝了它。"

邹丽梅心里既生不起气来，又笑不出口，她真不知道该怎么对付李忠义才好。他是个撞到南墙也不回头的固执人，要想用道理说服他，等于是白费唾沫。想来想去，她找不出妥当的办法，便推托说："小李同志！我真心地感谢你了。可是我不能再吃了，医院离这儿百十里路，要真撑破肚子可就麻烦了。"

李忠义摇晃着光葫芦头说："我执行支书的指示不能差分厘。如果你真的吃不下，去找一趟支书，只要他点了头，就没我的责任了。咋样？"

"你这个人，真是死心眼儿。"邹丽梅说，"你就说我吃了三碗热粥不就完了嘛！何必蹚着大雪，到这儿来找我呢！"

李忠义把脸一绷，脸上小米粒儿似的"青春痘"显得格外醒目。他说："你咋给我出这样的道道儿？这样做不是对支书说瞎话吗！支书代表党，那就是欺骗党。告诉你吧，从我钻出娘胎，对我爹、娘都说过瞎话，对我们那支部书记，可没撒过一回谎。"

面对这个"一根筋"，邹丽梅真是无计可施，并且开始怜悯起这个年轻人来：如果这样一个魁梧的小伙子能碰上一个好样的带头人，准能造就成刀山敢上、火海敢闯的英雄好汉；可是他偏偏在生活中遇到了一个迟大冰，迟大冰利用他对党的崇敬之情，像耍驴皮影那样，把他拴在指缝之间，叫他变成迟大冰屁股下的一匹马或者一头驴。邹丽梅常常感叹自己过去命运的不幸，但她感到这个壮实小伙比自己更加可悲。想起这些，她不想使小伙子为难，便扭身说道："行了！我跟你去完成喝粥任务！"

奇怪的是，李忠义并没挪动脚步，他像是有什么新发现似的，两眼直直地朝远方眺望。

"走啊！"邹丽梅反客为主地催促着。

"等等。"

"你这个人是怎么了？"邹丽梅愠怒地说道，"我不走，你非叫我走；我要走了，你又不走了，真是个怪人。"

"你看——"李忠义指着雪原说，"那个小黑点越来越大了，兴许是雪后打猎的吧！"

邹丽梅踮脚望了望说："那像是一挂爬犁，朝咱们的青年屯来了。"

"是不是贺大个子被雪截回来了？你看，那鞭子上的红缨穗——"

邹丽梅在满地皆白的雪原上，看见那鞭子上的红缨穗了。它红红的，像开在雪原上的一朵冬梅花。这一瞬间，邹丽梅的忧郁立刻化为乌有，她张开两臂，踏着淹没膝盖的深雪迎了上去："老贺——老贺——"

李忠义这时突然想起那"第三碗粥"，朝邹丽梅喊道："小邹——粥——粥——粥——我到灶房去等你。你和'呼噜贺'一块儿来喝粥——"

邹丽梅什么也没听见，她高一脚低一脚地朝那越来越近的爬犁飞跑。她心里高兴极了，几次绊倒在雪地上，顾不得拍掉身上的雪屑，趔趔趄趄地跑近了爬犁。当她气喘吁吁地抬起头来时，不由得愣住了：爬犁上不只坐着贺志彪，还坐着个身穿草黄色军大衣、满脸长着黑密胡子的中年人。她定睛细看，高兴地叫道："是宋书记！"

"怪吗？"宋武摘下皮帽子，擦擦眉眼之间的冰霜说，"大雪封了进山的路，'大个子'到县委去喂肚子。酒足饭饱之后，我说：'走吧！咱们去踏雪寻梅！'你看在这儿就碰上邹丽梅了。来，上爬犁，咱们一块儿回青年屯。"

"我跟着爬犁跑吧！"邹丽梅说，"在雪地上走路心里特别痛快。"

宋武一个鹞子翻身，从爬犁上跳了下来，赞赏地说："你这话讲得很好，要是不喜欢雪，那就算不上北大荒人。来！大个子！"他向贺志彪招招手说，"你也下来，咱们在这儿一块儿堆个大雪人。"

贺志彪不十分情愿地下了爬犁，眯眼笑着问道："您都多大年纪了，咋还喜欢玩雪？"

"告诉你，这雪还救过我一条命呢！那年冬天，日本鬼子在尚志县一个屯子，想抓抗日联军。当时，抗日联军的主力部队早就进深山老林了，屯子里只留下我一个挂了彩的伤号。由于时间紧迫，我来不及向别的屯子转移，当时住在那个屯子的鲁玉枝她爹——鲁洪奎大爷，一拍脑瓜门想出来个绝招，他和几个乡亲把我架到小学操场上，那儿有一溜孩子们堆成的空心雪人。本来，那雪人是捉迷藏玩的，孩子们可以钻进雪人的肚子里去，躲避开伙伴们的寻找。没想到，歪打正着，鲁大爷把我塞了进去，随手还递给我一竹篮熟白薯。然后，他封上了进口，又在所有的雪人上都浇上几桶凉水，不一会儿，高矮不齐的雪人都变成了冰疙瘩……"

邹丽梅插嘴问道："那还不把您给冻成冰棍儿？"

"小邹，你看你说了外行话了吧！"宋武笑了笑说，"你只喜欢雪，还不了解雪的性格。雪打的墙，雪盖的房，里边最暖和。北风呜呜叫得越凶，冰疙瘩冻得越结实，雪人肚子里温度越高。科学书上记载，到北极探险的人，都愿意住冰块搭成的房子，而不愿意住帐篷，就是这个道理。我这个孙悟空在牛魔王老婆的肚子里，日子过得还挺不错。日本鬼子在屯子里住了三天，早上，还常到这块小操场上出操，就想不到他们脚边的冰疙瘩里，藏着一个养伤的联军伤员。有一个军曹，他想挥刀砍下雪人的脑袋，以发泄他们'两手空空'的怒火，可他忘记了，零下三十多度天气下的冰疙瘩，硬度赛过铁板钢锭，那口军刀锩了刃还不算，他的虎口也被震裂了。这个军曹疼得吱哇乱叫，从腰后摸出一个田瓜式手榴弹，'轰'的一声，雪人虽然被炸开了一个大窟窿，可是没能炸穿雪人厚厚的肚皮，在'轰隆轰隆'的爆炸声中，我正在雪人肚子里安然地吃白薯呢！"

贺志彪和邹丽梅都被宋武说得笑个不停。贺志彪笑出的眼泪，在脸上迅速结成冰珠，他用手抠着"泪冰"问道："这些鬼子，咋不架起大火烧呢？"

"他们怎么能想到冰疙瘩里藏着个共产党！就连我这个土生土长的东北佬，都没想到过这一招，鲁大爷真是个能人。"宋武一边堆着雪人，一边兴冲冲地说，"'老猫房上睡，一辈传一辈'，他把这套能耐都传给了玉枝，这'草妞儿’是咱北大荒呱呱叫的猎手呢！”

邹丽梅问：“她和白黎生对上象了，您知道吗？”

“听说了。你们觉得这一对怎么样？”宋武反问说。

贺志彪用嘴哈着被冷雪冻得紫红的手指，嘻嘻地笑着：“该怎么说哪！卢华和俞秋兰、邹丽梅和马俊友，搭配得都挺自然。至于白黎生和草妞儿嘛……叫我这庄稼人看，总觉着两个人中间缺点什么。小白那么洋，草妞儿那么土……”

“洋的‘土化’，土的‘洋化’，土洋结合嘛！”宋武捧起一捧白雪，捏着雪人的脑袋说，“大个子，你这脑袋瓜里，装的旧玩意儿也不算少。告诉你吧！我也是土疙瘩里蹦出来的，可我老婆是水利学院毕业的洋学生。爱情这玩意儿可怪了，它不像你赶爬犁那样，有个车辙。王八看绿豆——只要一对上眼，你拿刀也难切开了。这方面，你可得向小邹他们学习着点。”

邹丽梅唯恐话题转到她和马俊友的事情上，有意岔开话题说：“宋书记，您家庭生活幸福吗？”

宋武摸摸满脸黑而硬的胡子茬儿，笑了：“在这地方搭窝，生活当然清苦点，可是我老婆把这个窝还当成蜜罐罐哪！她不但心疼我这个半大老粗，还硬逼着我读了许多本书，什么生物、史地、中文。最近，她别出心裁，叫我学什么俄文‘达哇列士’（同志）、‘列巴’（面包），老天爷，我脑瓜皮都发麻了！可是怎么办呢，她说没有知识领导不了北大荒的建设，这话不是很有理吗？”

“那您对她怎么样？”邹丽梅想不到宋武有着这么一位生活的伴侣，因而感到十分惊奇，“总不能是剃头挑子——一头热吧！”

“还用说嘛，她对我一百一，我对她二百二。”宋武抽象地回答说。

“唠点具体的嘛！”贺志彪央求着，“好叫我学习着点。”

“反正我心里总装着她。”宋武一笑，额头堆起三道皱纹，“老夫老妻了，陈谷子烂芝麻地说一通，对你们没有什么借鉴意义。”

“有相片吗？”邹丽梅对这位人情味十足的县委书记，简直无法压抑内心的好奇。在北京，她见到过一些基层领导，有的只谈工作，不谈“私话”；有的只谈别人，不谈自己。想不到在这冰铺雪盖的荒原，遇到这么一位说粗不粗、说细不细，说洋不洋、说土不土的宋武——她完全被他吸引了。

“有。”

“拿出来叫我们看看嘛！”贺志彪拍打着手上的雪屑说。

"远在天边，近在眼前。"宋武嘿嘿地笑了，指着堆成的雪人说，"你们看看这尊雪雕，就是我老婆的头像。她细眉细眼，额前有一绺散发披下来，快要遮住她的眉梢了。她鼻子直而端正，嘴角好像南方的菱角。如果说有一点不好看的地方，就是这两片菱角嘴唇，显得薄了一点。小邹你知道吗？薄嘴唇的女人都很厉害，这话不假吧？"

"哎呀，宋书记！原来你在这冰天雪地里还惦记着她呀！"邹丽梅用狗皮帽子捂着嘴角，轻声地笑了起来。

贺志彪打诨地插嘴说："宋书记，告诉您吧！小邹和小马在这一点上，也不比您和您那位老伴差。小邹把她那双辫子，叫马俊友带进山去了；我这邮差，又把马俊友他爸在雪山草地吃剩下的半条皮带，从山上带给了邹丽梅。您看——"

邹丽梅用脚狠狠踩了贺志彪的大头靴子一下。这个极其细微的动作，没能逃过宋武的眼睛，他说："用不着扭扭捏捏的。爱情是人类生活中的重要组成部分，你们年轻人应该张开双臂迎接它，该爱的就使劲去爱嘛！爱情不是温吞水，是滚开的开水；爱情不是冒烟，而是熊熊地燃烧。我祝贺你选择了马俊友这样一个伴侣，到那一天……我和我那口子一块儿来给你们道喜。"

邹丽梅低垂下头，她脸红了。这短促的时间内，她忽然想起了迟大冰。邹丽梅很想把迟大冰的行为告诉县委书记，但她想来想去，还是锁在自己心里为好。因为尽管迟大冰表现了与共产党员极不相容的品德，但对她并没有什么越轨的行动，也许，这次她在迟大冰头上泼了一盆冷水，会使他头脑清醒一些，从而改弦易辙了呢！

"干啥低下脑袋？"贺志彪接着宋武的话茬儿往下说，"到时候，你还得感谢我这'呼噜贺'给你们当过信差，做过红娘呢！昨天夜里，我本来想赶回伐木队，临走前，想问问你有什么话儿要带给小马。好家伙，你那帐篷里不知设着啥埋伏，我手刚碰到帐篷帘儿，'哗啦'一声像是一面墙倒了，我赶紧缩回手来。"

"原来是你呀！我还以为是风吹的呢！把我也吓了一大跳！"邹丽梅红涨着脸说，"后来我问是谁，你干吗不答应？"

"吓得我的魂儿都没了，我还敢答话吗？我一想，半夜三更叫醒你，实在不太合适。看看你的帐篷一个劲儿地在大风中跳舞，生怕帐篷被'大烟泡'卷走，就把连在地上的拉绳紧了又紧；怕大雪堵住你的门，便用铁锨铲了你门口的积雪；怕你死心眼再去铃铛河挑水，给你那口缸里装满了雪块；怕严寒冻炸了那口水缸，又把水缸周围缠上一圈厚厚的茅草……"

邹丽梅脸色陡地变了，急不可耐地问道："灶房的火，也是你烧着的吧？"

"是啊！我想高粱米太吃时候，不如我给你早点下锅，省得你起五更，挨冷受冻了。"

"后来呢？"邹丽梅浑身都气哆嗦了。

"我临上路时，看看天冷得不行，没忍心把你叫醒，便到小帐篷里把老迟叫醒了，叫他一边在灶火旁边取暖，一边看着点快要熟了的粥锅。"贺志彪漫不经心地说，"小邹，贺大哥对你够关心的吧！将来到那一天，可得多给'呼噜贺'抓把喜糖吃！"

"真卑鄙——"邹丽梅在灶房没能骂出口的话，终于在这儿骂出口来了。她无论如何也想象不到，迟大冰会把贺志彪干的这些事情，无一遗漏地都当成金粉，涂到他那刀条脸上。她怒火中烧，忘记了身旁还站着县委书记，狠狠对着雪地"呸"了一口，唾沫星儿险些吐到贺志彪身上。

"你这是咋的了？"贺志彪懵懵怔怔地捅了邹丽梅一下，"你是唱的'贵妃醉酒'，还是表演的'太后骂殿'？咋推完磨宰驴，跟我贺志彪干上了？"

邹丽梅猛然清醒过来，连忙解释说："贺大哥，你别多心，我谁也没有骂！我……我……我在骂自己。"

宋武觉察出邹丽梅的反常情绪，揣摩邹丽梅一定有事闷在肚子里，便开导她说："我宋武眼里容不得沙子。我看得出来，你不是骂自己，而是骂一个蒙哄欺骗了你的人。我说小邹，能不能叫我知道一下情况？你要相信我这个'县太爷'虽然算不上黑脸包公，可也一向铁面无私、秉公断案。怎么样？"

邹丽梅思忖着。

宋武怕有贺志彪在场，邹丽梅不好开口，把手一挥说："大个子，你先把爬犁拱回去，我随后就到。"

贺志彪心领神会，立刻抓起鞭杆。邹丽梅一把夺下贺志彪手中的鞭子，激动地说："老贺，你别走，你也是党支部的成员，和宋书记一块儿听我说说迟大冰这个人的灵魂吧！现在，我把昨天晚上的事儿，从头说起……"

五

宋武还没听完邹丽梅的汇报，就已经怒气冲冲了。

这个喜怒皆形于色的直肠人，虽然从他知识分子出身的妻子身上汲取了不少文化水儿，却无法改变他在长期戎马生涯中形成的粗犷甚至带点暴戾的性格，他从书本上知道"踏雪寻梅"一词的出处，却完全没有一点"踏雪寻梅"的雅兴——他是检查垦荒队盖房情况来了。

昨夜，北大荒席卷过第一场暴风雪，他隔着窗户玻璃，看见夜空上升腾起来的白色雪柱，心里惦记起这群北京娃娃来了。他不太担心伐木队——尽管那儿饮冰卧雪、生活艰苦卓绝，他相信卢华能带好这支队伍。不知为什么，他对迟大冰这位老青年，总不是那么放心，宋武生怕延缓了盖房进度，到春节前后垦荒队队员还搬不进宽敞明亮的新房，那将是县委的失职，他为此会受到革命良心的谴责！

远远望去，房屋的木墙已经立起，有的还上了房梁木檩，他感到出乎意料的兴奋，因而童心复活，竟然和贺志彪、邹丽梅在雪原上堆起雪人来了。邹丽梅的陈述，使他复苏的童心一下结了冰，接着如烈火烧膛。当他听完邹丽梅讲完迟大冰的行径时，他已经怒不可遏了。他脸上的肌肉抽搐着，双手不自觉地攥成了拳头，猛然朝那雪人狠踢了一脚，纵身跳上了爬犁。还没等贺志彪和邹丽梅上来，他已经挥鞭往青年屯疾驰而去。

往常，在县委机关里，每每遇到宋武愤怒到极点时，提醒他冷静的常常是他的秘书；在家里，提示他应当理智一点的是在县水利局当技术员的妻子。今天，茫茫雪原上寂静无人，贺志彪和邹丽梅又远远被抛在雪爬犁的后边，宋武驾着爬犁，像一股白毛旋风，闯进青年屯的庄点。他没有先把三匹马卸下来，就直奔迟大冰住的小帐篷。

小帐篷里空无一人。

他返身进了大帐篷，大帐篷里也空空如也。

幸亏宋武不知道八个"男兵"正围坐在灶房里烤火，不然的话，他一定会重重赏迟大冰一记耳光，这时候，套在爬犁上的马"咴咴"地昂头嘶鸣起来，宋武火辣辣的头脑突然清醒了。为了平静一下昏热的头脑，他先去卸套，然后又去给牲口拌料。他很感谢这三匹马，"没有它们的嘶鸣，我宋武当真会犯下打人的错误哩！"——他想。

"疙瘩李"听见马嘶，第一个从灶房火堆旁跑了出来，他是想来帮助贺志彪卸马套的，在槽头旁碰到的却是宋武。他愣了片刻，走上两步说："宋书记，是您？我还以为是'呼噜贺'哪！"他对比支部书记还要高得多的县委书记，态度更为虔诚。

"是我。"

"您去灶房烤烤火吧！我给它们拌料。"

宋武拿着根拌草料的棍子，乜了一眼"疙瘩李"说："这活儿交给你干我不放心。"

李忠义表白说："我是从长城脚下农村来的，懂得咋样喂马。"

"我不信。"

"疙瘩李"急了："您这不是寒碜人嘛！我在农业社干过饲养员。"

宋武停下手中的草料棍，问道："那我考你一个问题，牲口吃多了草料，会得什么病？"

"肠梗阻、胃破裂。"李忠义滚瓜烂熟地背诵着。

"要是人吃多了粮食呢？"宋武把话纳入正题。

"人？人？……"李忠义一时没醒过神儿来，翻着眼皮看着马棚棚顶，琢磨着回答的词儿，"人吃多了粮食，也会闹毛病，因为人的肠胃比牲口娇嫩得多。"

"那你为什么硬拖着邹丽梅去喝第三碗粥？"宋武把闷在肚子里的邪火，一股脑发在了李忠义身上，"难道邹丽梅同志在你眼里，还不如这四条腿的马吗？"

"不，不……"李忠义结结巴巴地说，"那是支书的吩咐，对他说的话，我一律照办。"

"要是他说的话不对呢？"

"支书代表党，党指的道儿，都是没缝的桥，我只管往前走就是了。"李忠义愣愣地回答，"您是县委书记，当然就更代表党了，我相信您每句话都是对的。"

宋武望着这个一脑门糨子的青年，心里虽然急得火烧火燎，却无计可施。他猛然拔出腰里掖着防狼用的手枪，递给李忠义，命令他说："你把那匹母马拉出来，给我毙了它！"

李忠义神色惶惶地说："宋书记，这为个啥？垦荒队一共才九匹马呀！那匹母马肚里还揣着驹子哪！"

"吃马肉。"

"这……这……""疙瘩李"葫芦头上渗出汗珠。

"快，先把它拉出马棚。"

"您……您……"李忠义脸色变了,"您这是图个啥呢?贺志彪拉着它到附近屯子配了种,开春都该产马驹子了。"

"你为啥不执行命令?"宋武脸绷得如同一块铁板,两眼狠狠瞪着他。

"宋书记……"李忠义恳求说,"您咋能下这样的命令呢?那匹母马……"

"噢!原来县委书记的话,也不都是对的呀!"宋武从李忠义手里拿过手枪,意味深长地说,"看样子,你这个年轻人的脑瓜,还不是架在脖子上当摆设的,还能辨别个黑的白的嘛!我提醒你,无论哪个党员、哪个支部书记说的话,都不会绝对正确。你要开动这个家伙,"宋武顺手掏出手绢擦擦李忠义脑门上的冷汗说,"多想想,他的话是不是真有道理。有理的,你去办;没理的,你要顶回去。说个名词,这叫'独立思考'。俞秋兰在开荒时勇敢地把拖拉机开出去,就是这样的行为,党喜欢这样的青年,不喜欢'磕头虫',你明白了吗?"

李忠义懵懵怔怔地说:"我……在山沟沟,从没听过这些个道理,今天,您……给我开了窍了。"

宋武不相信"疙瘩李"能把他的话立刻全部消化掉,变成他今后的行动指南,为了加深他对这次谈话的记忆,宋武采取了"填鸭"式的灌输。他对李忠义说:"你把我说的话背一遍。"

李忠义颠三倒四地把宋武的原话重复了一次。他脸色通红,手足无措,直愣愣地像初进学堂的小学生,在宋武面前垂手而立。

"迟大冰呢?"

"在灶房烤火。"

"为什么不在帐篷里生火,都到灶房去烤火?"

"支书说,这叫锻炼。"

宋武的火气真是不打一处来:"荒地那么多枯根野藤,你们倒自愿守着烙饼挨饿。现在,我给你个任务,把拖拉机用过的废机油桶,做一个烧木头的大火炉。"

"疙瘩李"一提干活,马上来了劲儿:"就做一个炉子?还有迟支书和邹丽梅的帐篷呢?是不是做上三个火炉?"

"迟大冰愿意锻炼,叫他一个人在小帐篷冻冰棍去。他如果不愿意受冻,搬到大帐篷去住。"

"那……邹丽梅呢?她……是个女的。"李忠义刨根问底追问着,"总不能和我们一块儿住去呀！"

"她准备进山！"

"进山？谁当火头军？"

"迟大冰。"

"谁领着大伙盖房呢？"

"你。"

"我？"李忠义不太相信自己的耳朵，"您是说我？我只会卖苦力气，脑子太笨，您千万别给我套上这个夹板。"

"就得叫你开动脑筋，拉这挂车。"宋武说，"人的脑袋也和机器一样，总不转动就该锈住了，你要在工作中好好磨磨你那一脑瓜铁锈。现在，你把灶房中烤火的人带上，先解决挨冻问题——用废油桶打一个炉子。把迟大冰给我叫这儿来。"

李忠义吭吭哧哧地还想说什么，宋武一板脸，对他下了命令：

"立正——

"向后转——

"目标——存放废旧油桶的工棚。齐步走——"

"疙瘩李"挺着腰板，神色庄重地走了。

看着李忠义的背影，宋武心里有些回暖。他觉得对这个素质并不坏的青年，是不是过于严厉了？由李忠义他联想到迟大冰，回暖的心立刻封了冻：他正在把李忠义这号青年变成木头疙瘩，不，变成他手中的棍子。他怒气冲冲地在马棚前踱步，等待着迟大冰的到来。但这时候，一件出乎他意料的事情打乱了他的计划：卢华骑着一匹马，闪电般出现在他面前。他披着的老羊皮袄像鸟翅般飘飞着，皮袄内的棉袄棉裤上都挂着冰凌，就像天兵天将穿着一身亮晶晶的银色盔甲从天而降一样。

"你怎么来了？"宋武感到十分惊讶。

卢华脸色冻得紫青，他翻身下马，强笑着说："我琢磨着爬犁上不了山了，为了赶紧把木料抢运下山，不耽误家里盖房，我和俞秋兰用拖拉机拉着拖斗，装了一车圆木送回家来。在过铃铛河河面时，拖拉机履带已经爬上了河坡，冰层突然断了，阿弥陀佛，幸亏'斯大林80'上了岸，可是拖斗陷进河谷里，拖拉机怎么使劲，也拉不上来这斗圆木。没办法，我和小俞只好下了冰河，一根一根地往下卸木料。可是卸完木料把拖斗拉上来以后，我俩没劲再把那么多根又沉又滑的圆木装上车去了。我从附近屯子里借了匹马，跑回家来求援。离老远我就看见你这件草黄色的军大衣，就直接奔你这儿来了。"

"冒失鬼！"宋武貌似责备，实为心疼地说，"要是拖拉机开到河心陷下去，你和小俞连拖拉机的舱门都推不开，就得成冻死鬼！"

"过去，我们坦克群横穿清川江追歼美国鬼子时，没有一辆坦克陷下去。"卢华抹抹脸上的泥巴，嘿嘿地笑着说，"想不到在这不宽的铃铛河里翻了'船'。也怪了，这儿地理位置比朝鲜靠北得多，白黎生吹吹口琴，一下子就沾掉嘴唇上的两片肉，这么冷的天，冰层怎么会裂开呢？"

"你了解铃铛河的底细吗？这条河里之所以有那么多'傻大姐'，是因为河的上游经过一个温泉地带，隆冬天气，冰层比黑龙江要薄上一尺，今天，没叫你们俩去酆都城找阎王爷报到就算便宜了你们。"宋武不忍心再批评站在眼前的"冰人"，转身朝李忠义的背影喊道，"这儿一共十匹马，除去邹丽梅一个人留下给卢华擀热面条以外，把贺志彪、迟大冰等九个男子汉都叫出来，骑马奔铃铛河。快——"

卢华说："我不能留下。"

宋武说："我命令你留下。"

卢华翻身上马。

宋武敏捷地抓住马缰。

卢华在马上央求着说："宋书记，我是垦荒队队长，把别人撵到铃铛河去装圆木，我怎么能留在家里？"

宋武在马下指指自己鼻子尖说："你是垦荒队队长，我是个啥？我是北大荒的垦荒总管！你趁早下来，把马交给我！"

卢华争辩地说："您年龄大了，我——"

"你……你怎么了？"宋武脸上又黑又硬的胡子都翘了起来，"照照镜子，你的脸又青又紫，盖上一个纸幡，都哭得过了。别废话，快下来去灶房烤火。"

卢华还想磨蹭，宋武猛地往下一拉卢华的腿，卢华没有防备，一下从马上栽倒在雪地上。还没容卢华站起来，宋武纵身一跃跨上马背，抖缰奔向了茫茫雪原。

后边，屁股上剪着"北京青年垦荒队"字样的九匹野马，风驰电掣般地追随着宋武那匹坐骑，直奔铃铛河而去。邹丽梅追出来，想拉卢华到灶房去烤结了冰的棉衣裳时，卢华不见了。她喊着："卢华——卢华——"没有回声。

她不知道，卢华和另一个小伙子，合骑着一匹马，重新奔向了铃铛河……

六

夜。

静谧而温暖的夜……

空寂的女帐篷因为多了一个女伴，立刻焕发出奇异的光彩。俞秋兰结了冰的棉衣，挂在灶房烤着，又因为她的行囊留在了伐木队，当晚便和邹丽梅合钻了一个被窝。这两个姑娘，已经和衣而卧快一个月了，为了偿补两个异姓姐妹离别后的思念之苦，也为了彼此用身上的温热抵御这北国严寒，她俩第一次脱得只剩内衣短裤，亲热地搂抱着睡在一起。

她俩脸贴着脸，小声地说着悄悄话儿。

"小马好吗？"

"好！"

"怎么好法？"

"瞧你！想他想疯了吧！"

"谁问你这些，"邹丽梅赶紧改口说，"我问的是他的工作。"

"他伐木的数字，仅次于鲁玉枝，名居第二。"俞秋兰说，"除了这个新闻之外，小马还提了个呱呱叫的倡议。他提出伐多少株树，埋上多少个松子。他从一本书上读到过杨靖宇将军的事迹：当年抗日联军被围困在小兴安岭时，杨靖宇将军和他的部下，饿得吃树叶、嚼棉絮，却舍不得用松子充饥；他饿得摇摇晃晃时，亲自动手，和抗联队员把松子埋进向阳的山坡上。小马说：'今天咱们伐下来的松树，兴许就是当年抗联种的呢！咱们伐了多少树，再种上多少松子。北京青年只有建设的义务，没有享受烈士们血汗成果的权利。'丽梅姐，小马这个提议有多珍贵呀！"

邹丽梅心里满足地笑了，脸上却不露声色，她问："骑马岭冰天雪地的，能埋下松子吗？"

"你没进过森林，落叶几尺厚的地方，冻层很薄。"俞秋兰兴致勃勃地说，"我们先把落叶扒开，用大镐刨成树坑，下种后再把落叶盖上，让它起棉被一样的保温作用。"

"哎呀！真有意思。"邹丽梅羡慕地说，"可是你们比我累多了，我这火头军总离不开火。"

"我们伐木、运木、刨坑、埋籽……每到晚上，穿着棉衣往帐篷里一躺，被子往身上一盖，就都睡着了。"俞秋兰对着邹丽梅的耳朵说，"说一件事，丽梅姐你就知道我们疲累到什么程度了：昨天夜里，席卷荒地的第一场'大烟泡'，居然没能吹醒我们。卢华怕他的呼噜搅人，还是蜷缩在拖拉机机舱里过夜，第二天早上他醒过来一看，吓了他一大跳，男男女女的垦荒兵都躺在冰天雪地里。篝火早就熄灭了，各色花被一律变成白的。抬头一看，男女帐篷都被风卷到树杈上去了。他忙跳下拖拉机机舱，大喊一声：'哎！白毛女和白毛男们！睁眼看看吧！山当枕头冰作被了！赶快起来活动活动筋骨！'他上下嘴唇一碰，说话倒是不费劲儿，可是我们起得来吗！甭说姑娘们动弹不了，就连小伙子尽管呜呼呐喊地瞎叫，也支撑不起自己的身子。丽梅姐！你猜这是怎么一回事？原来，夜里下的大雪，经过零下二三十度的冷风一吹，和被褥冻在一块儿，成了一张张的'冰床'了。无论怎么用劲，也甭想坐起来。没有办法，卢华只好手拿一根木棍，挨个地敲打'冰床'，把被褥周遭的冰震开，叫小伙子和姑娘们爬起来。

"'冰床'冻得最牢固的，要数小春妮了。她盖着你给她的那床鸭绒被，外边整个冻成了冰棍儿。因为鸭绒被最暖和，放出来的热量也最多，因而冰冻得也最结实。石牛子抢着的木棒打折了两根，才算把小春妮从'冰床'上给'解放'出来。

"我们笑着、闹着、嚷着……只有石牛子扯着嗓子大哭起来。他不是哭他的被褥上出了圈套圈的雪水痕迹，而是哭那只和他形影不离的小松鼠——在白黎生帮助他捶打被角的冰雪时，把和他一个被窝睡觉的小松鼠给打死了。"

"真好玩。"邹丽梅掩掩俞秋兰的被角，身子贴紧俞秋兰，追问着说，"后来呢？"

"后来那浑小子去找白黎生，要求白黎生给他赔松鼠。白黎生只会一个劲儿地道歉，他到哪儿去给他找松鼠呢？这时候，就看出玉枝的真本领来了。她说：'傻小子别哭了！小白毁了你支'鸟枪'，我赔你一门'大炮'还不行吗？'小伙子和姑娘们都想看看稀罕事，她身后跟了一群人，踏着没了膝盖的深雪，向老林深处走去。我猜不透玉枝葫芦里卖的什么药，也跟她去了。约莫走了半个钟头，她似乎从雪地上发现了什么痕迹，接着两眼盯在一棵枯树的树洞口上。她悄声告诉我们说：'看见了吗？这树洞里有一只刚离奶窝的小黑熊。'石牛子半信半疑问：'你两眼又不是 X 光，怎么会知道里边是什么玩意儿呢？'玉枝抿嘴一笑说：'熊冬天睡在树洞里，你看洞口像个碗口大，说明里边是只刚断了奶的小熊。'白黎生对她的推断也提出了疑问：'这儿树洞多了，你怎么知道这里住着熊，而别的树洞没有熊呢？'玉枝瞟了白黎生一眼，嗔怪地回答说：'哎哟！我说洋秀才，你白喝那么多墨水了。你瞧这个树洞口，比别的树洞口多一圈白的东西，这是熊崽呼出来的热气凝成的白霜。来！石牛子，张开你那条麻袋吧！'说着，玉枝手拿着木棍，往洞里乱捅起来，'要是出来的不是一只小黑瞎子，我卷铺盖下山。没这点本事，还敢给你们北京青年当伐木队的向导。哼！'

"果然不假，玉枝用棍子戳了好一阵子之后，树洞里有了爪子抓树的声响。石牛子平日那点硬劲不知飞哪儿去了，他把麻袋塞进玉枝手里，躲在人群背后踮着脚张望着。玉枝有意锻炼白黎生的勇气，她把麻袋往白黎生手里一拍说：'你和狼已经打过交道了，这回再和熊崽交个朋友吧！'小白对玉枝的话言听计从，马上骑马蹲裆式地往树洞口前一站，抖开麻袋，等着小黑熊入'瓮'。那只小黑熊，黑茸茸的脑瓜探出树洞一看，见这么多人围着它的'宅院'，马上想缩回头去，但是为时已晚，玉枝一把揪着它的天灵盖，往上一提，就扔进白黎生的麻袋。

"白黎生如释重负地把熊崽递给石牛子说：'鸟枪换炮，这回你高兴了吧？'

"'这是你赔的吗？'石牛子撇着嘴、斜楞着眼，耍赖说，'这是玉枝姐送给我的，那只松鼠的欠账，将来你还得还我！'

"玉枝说：'小兄弟，你可真够胡搅蛮缠的。这只小熊崽，是经过小白的手给你的嘛！'

"石牛子嘻嘻一笑说：'玉枝姐，暂时你还代替不了他。等到你们合盖一条被子，在新房里闹'开荒'的时候，这笔账才能勾销！'

"石牛子这句粗话，把伙伴们都逗得哈哈大笑。玉枝脸红得像朵石榴花，从地上攥起几个雪团，朝背着麻袋逃之夭夭的石牛子掷去。石牛子回过头来，和白黎生取闹说：'你看见了吗，王宝钏抛"彩球"选夫，"彩球"都抛在我身上了，这是什么意思？'

"伙伴们'哗'的一声又笑了。

"诸葛井瑞凑热闹地怂恿白黎生说：'普希金不但写了大自然的女神《村姑》，还写了一篇出名的小说《决斗》。决斗者一只手握着枪，一只手托着帽子里的樱桃，一边决斗，还一边惬意地吃着樱桃，姿态真是高傲极了。普希

金就像他笔下的勇士一样，死在了决斗场上。我说咱们'打狼捉熊'的勇士，你能亮两手给我们看看吗？'

"丽梅姐，我怎么也想不到白黎生真的拉开了架势。这个在村姑面前不愿流露一点懦弱的'洋秀才'，朝石牛子喊着：'哎——石牛子！你站住！看看你那牛犄角到底有多硬！咱们比试比试。'石牛子本来就闷得难受，难得找到一个和他较量的对手呢，听白黎生一叫阵，他把麻袋口扎好了，往雪地上一放，捋胳膊挽袖子地朝白黎生走来。这时候就看出玉枝对白黎生那片挚情来了，她跨上一步，把白黎生挡在背后，说：'石牛子！你别吓唬"洋秀才"，干脆咱俩摔个跤吧！不过，我们屯子老乡有句俗话，"好斗的公鸡脑门上总是带着血的"，现在退回去还不算你输。'

"'退？'石牛子来了那股子邪劲儿，'宁叫你摔死，也不能叫你吓死。我是天桥宝三的徒弟，今天要和你这替杨宗保打头阵的穆桂英试巴试巴。'

"'要是你输了呢？'

"石牛子一拍胸脯：'三拜九叩，认你为师。要是你被我摔倒了呢？'

"'再给你逮一只小黑瞎子！'

"在诸葛井瑞为首的啦啦队助兴下，玉枝和石牛子选择了一块平坦一点的雪地，开始了摔跤比赛。别看石牛子叫得欢，脑瓜还挺封建的呢！他只是拉着玉枝的棉袄袖子，前推后搡地拖她，企图用蛮力把玉枝弄倒。玉枝不愧是咱姑娘中的一面旗，她一把抱住了石牛子的后腰，上前一个绊儿，石牛子闪过去第一个绊儿，没想到玉枝接着又是一个绊儿，他腿还没抬起来，就'咣'一声倒在了雪地里。玉枝不用劲地按着他：'当着大伙的面，三拜九叩磕头拜师吧！'石牛子笑嘻嘻地说：'你得叫我先站起来，趴在雪地上怎么磕呀！'玉枝一松手，石牛子像兔子一样拔腿就跑，他背起那个麻袋，跑了老远才回过头来喊道：'伙伴们！你们看过《穆桂英大破天门阵》这出戏吗？杨宗保打了败仗，就是向他媳妇穆桂英三拜九叩的！'"

邹丽梅忍不住在被窝里轻声地笑了起来。笑过之后，她感慨地说："伐木队的生活真有色彩，小俞，你接着往下讲吧！"

俞秋兰亲昵地抚摸着邹丽梅一条光滑的胳膊，突然笑出声来。

"小俞，你怎么了？"

"我想起了小马着急的样儿。"俞秋兰还是笑个不住。

"他……他怎么了？"

俞秋兰抽出胳膊，摸摸邹丽梅的短发说："那儿的伙伴们都知道你把辫子送给他了。"

"真的？"邹丽梅的心猛烈跳了起来。

"嗯！"

邹丽梅摇摇头："小马不是那样的轻浮人！"

"你听我说嘛！"俞秋兰想使邹丽梅更温暖些，把身子紧贴着邹丽梅，饱含笑意地说道，"在这一点上你还要感谢石牛子哩！没有他，小马会找歪脖子树上吊的。"

"事情经过是这样：玉枝领着我们掏小黑熊时，卢华、马俊友、唐素琴等几十个同志，在家里处理着被刮到树杈上的帐篷，清扫'宿舍'的积雪和冰碴。他们看着太阳出了山，天放晴了，便在森林的空隙之间拉上铅丝，为伙伴们晾晒像是尿了炕一样的被褥。小马这个人，一向是先人后己的，他先去晾晒掏熊伙伴的东西，等到他搬自己的被褥时，已经有人为他把被褥挂到铅丝上去了。当我们掏熊回到家里时，小马简直如同热锅上的蚂蚁，他额头上滚着豆粒大的汗珠儿，正在雪地上转来转去找什么东西。我有点奇怪，问他说：'丢了什么？我帮你找！'他神色恍惚地说：'桦树皮……桦树皮……'我以为他是寻找铺在铺位下隔潮用的桦树皮，便说：'这儿白桦、黑桦有的是，何必费劲找它呢！从树上剥几块铺上不就完了吗？'小马欲言又止地说：'不，不，我得找……我非找着它不可！'说着，他抄起一把铁锨，摊开了刚才铲起来的雪堆。丽梅姐！当时我并不知道他在寻找你的辫子，直到后来石牛子逗那只小黑熊玩的时候，那小黑熊从绑着铅丝的大橡树下面，似乎闻到了什么异样的气味，一下叼起一个桦树皮包着的小包儿。这时候，这小包儿并没引起人们的注意，大伙觉得挺好玩的，用欣赏动物杂技表演那样的目光，盯着那只胖嘟嘟的小黑熊。忽然，小马挤进了人群，他风风火火地闯到那只小熊面前，就从熊嘴里'夺食'！小黑熊还真有点拧劲，叼着那桦树皮包儿死不撒嘴。伙伴们都以为小马和小熊在取闹，因而还为这别开生面的场面拍手叫好呢！那只小熊到底没有小马的劲儿大，那小小的桦树皮包儿被马俊友从它嘴边夺了下来。不过，小熊的小牙尖咬破了桦树皮，包儿一下子散开了。马俊友像个大魔术家那样，从小熊嘴里拉出来两根细长的辫子。围观小熊的伙伴们，愣了半天，终于醒过'酒'来了，'小诸葛'第一个喊起来：

"'大伙想想，谁的辫子这么长啊？'

"'邹丽梅的！'

"'哎呀！都热乎到这样的火候了，消息封锁得可真叫严哪！'

"'我还以为小马丢了手表呢！'

"石牛子上前一把拉着辫子梢说：'马哥！这可是小黑熊立的功，将来你怎么报答它吧！你不说，这辫子可不能归你！'

"马俊友本来就不大会说话，汗珠子顺着他脸膛一个劲儿往下掉，他连连对着小熊鞠躬说：'将来……将来……我请它吃糖！'"

邹丽梅在被窝儿里用双手蒙上了自己的眼睛，两脚踢蹬着被窝，边笑边说："真是羞死人了……"

俞秋兰掰开邹丽梅的指缝说："我为你高兴。"

"多难为情啊！我那双辫子成了展览品！"邹丽梅柔声地说，"都怨他太马大哈了！他……"

"怎么能怨他呢！"俞秋兰凝视着邹丽梅那双美丽的大眼睛，为马俊友开脱说，"如果他有什么'错'的话，就是'错'在他心中无私。他忙着先为别的伙伴晾晒被褥，而没想到自己。他把你给他的那两根辫子，压在自己枕头边上，伙伴们抢起他的被褥去晾晒时，把那桦树皮包儿掉在了那棵大橡树下。看！小马对同志多么热诚，对你又有多钟情啊！"

邹丽梅脸贴着俞秋兰的脸，笑了。

夜已更深，两个女伴在这冰封雪冻的北国之夜，静听着垂挂在帐篷周围的冰槌的断裂声。那嘎巴嘎巴的声响，和掠过夜空的野鸟寻窝的苦苦啼鸣声，使邹丽梅和俞秋兰更加感到热被窝儿的温暖。

"你知道这是什么鸟在叫吗？"

"不知道。"沉醉在遐想中的邹丽梅说，"那一长一短的叫声，叫得人怪难受的。"

"听玉枝说，这叫打更鸟，一更时分叫一声，二更光景叫两声，刚才叫了三声，说明已经到了半夜了。"

邹丽梅看了看腕上的手表，果真时针正指向零点。她奇怪地问道："它躲在窝里报更不行吗？干什么总得在半天空报时？"

"该怎么对你说呢？据说，报更的都是雌性鸟儿，它必须用它的声音呼唤起雄性鸟儿的回答才能进巢。如果那个雄性鸟儿一夜也没有回声，它就要一直叫到五更天亮。你看，它要获得一点点爱情该有多难！"

"那雄鸟太残酷了。"

"有点。"

"它为什么那么冰冷无情？"

"不是说，树林子大，什么鸟儿都有吗！"俞秋兰感叹地说，"人也是一样啊！并不都像马俊友那样，用感情回报感情，冷冰冰的人也还是有的……"

"谁是那号男人？"

"……"俞秋兰沉默了片刻说，"你听，打更鸟都报了三更了，咱们睡吧！"

俞秋兰翻了个身，想把脊背甩给邹丽梅，但这条棉被太窄了，背对背地睡觉，被窝儿四处冒风，她只好又把身子翻转过来。

邹丽梅那双探询的眼睛望着她："你在影射什么人吧？是不是说咱们大姐？"

俞秋兰伸出手来，用手指强硬地合上邹丽梅的眼皮说："丽梅姐！睡吧！素琴大姐处境正好相反，诸葛井瑞扮演的是打更鸟儿的角色，'圣母'对他冷得像块冰。"

"难道诸葛井瑞配不上她？"邹丽梅重新睁开眼睛，她有些吃惊。

"人和人不一样，因此世界上没有一支笔，能画出各式各样爱情的曲线来的。"俞秋兰说，"比如说白黎生，生活中突然来了一个急转弯儿，碰到了他退想中的'村姑'，短短的日子，他们的感情像火箭一样升腾，使许多垦荒队队员难以理解的东西，竟成为一个铁的事实。相反，大伙都认为诸葛井瑞是全队的秀才，他向大姐发动'攻势'，一定能拿下这座'感情碉堡'，而大姐却对他冷若冰霜。这事儿甭说我感到奇怪，丽梅姐你也会认为反常。你还记得吗？在讨论'白黎生失踪事件'的那个会上，平日那么稳重的素琴大姐，第一个失声地为诸葛井瑞的发言叫好。咱们对男人心理分析不了，可是对咱们自个儿总能透视个八九不离十，我看得出来，在垦荒队的小伙子当中，叫大姐最动心的，莫过于诸葛井瑞了。那天，她为诸葛井瑞发言喝彩时，脸上泛起了少见的红晕，还用问嘛！那是她流露出来的真实心声……可是，还是这个素琴大姐，当'小诸葛'把他偷偷画下她的几幅肖像拿给她时，她冷漠地拒绝了。瞧！多怪！怪得简直使人难以理解！大伙儿谁也想不到，神通广大的'诸葛山人'，在咱们素琴大姐面前吃了闭门羹。他那么聪明，可是他那把钥匙就是捅不开大姐紧闭的两扇心门！"

"姐妹们帮帮'小诸葛'的忙嘛！"邹丽梅惋惜地说，"男'秀才'和女'秀才'，真是珠联璧合的一对儿。"

"帮了，我和大姐聊过几回，她只是朝我摇头。事后我想，也许是因为大姐心灵上那块创伤还没有愈合吧！"

"也许……"邹丽梅轻轻地说，"她真是比我还不幸。"

"你有什么不幸？"

"我是说我过去的生活！"

"现在呢？"俞秋兰把邹丽梅额前的散发向后拢了拢。

"在新生活里，我寻觅到了应当属于我的幸福。"她笑了笑，反问俞秋兰说，"你呢？你不是比我更幸福吗？你们一块儿在冰天雪地的森林里伐木，多有诗意！"

俞秋兰没有回答。

"对我还封锁消息呀？"邹丽梅追问着。

俞秋兰闭上了眼睛。

邹丽梅摇着她的肩膀："讲讲你和他的生活吧！一定很有意思！"

俞秋兰睁开眼睛，涌出来两滴泪花。

"小俞，你……"

"我就像那只打更鸟儿，只管叫，可是很少听见他的回声。"俞秋兰明明是在笑着，可是那两眼泪泉，却不断涌出大颗大颗晶莹的泪珠，"你都把辫子交给小马了，我们可还像是在原地踏步。原来，我以为小白是横在我和他之间的一道墙，眼前，这道墙已经不存在了。按说，他会像小马对你那样，热乎点吧！没有，他没往前走一步。他心里好像有我，又好像没有我。就拿刚到伐木队头几天的情况来说吧，卢华颇费心机地把小白和玉枝分在一盘锯上，把'小诸葛'和大姐分在一个伐木小组里，唯独把我和他分开，一个在大东头，一个在最西边……甭说看，就是他的话音我也听不到。他的心就这么冷！"

邹丽梅给俞秋兰擦着眼窝说："快别说傻话了。这不正是卢华做事公正的表现吗？你刚才说小马因为忘我才丢了辫子，卢华不也是因为无私，才有意识这样做的吗？你挺聪明的，怎么能当事者迷呢！"

其实，邹丽梅这些评论卢华的话儿，也正是俞秋兰内心感到生命充实的支柱。不知是出于一种什么心理，她愿意从伙伴嘴里听见这种声音，而不愿意从她自己嘴里倾吐出来一句对卢华的钦佩。姑娘们大都有以抱怨的口吻，对自己钟爱的人进行表扬的本能，俞秋兰也不例外。她从邹丽梅的话中得到了满足，得到了安慰，于是埋怨卢华的话就像大河决堤一样，滔滔不绝地说开了："有一天，他端着饭碗，站在诸葛井瑞搞的宣传木牌前，两眼看着'小诸葛'用苍松翠柏的枝叶组成的'青春万岁—祖国万岁'的大字。我悄悄溜到他的身边，为了刺激他一下，有意不喊他的名字，对着他的耳朵用劲咳嗽一声。

"'是你？'他侧过头来望着我，'吓了我一大跳。'

"我说：'原来你还有感觉神经啊！我以为你的神经被冰雪给冻麻木了呢。'

"他嘿嘿一笑说：'怎么着，小俞对我有意见了？'

"'你还知道我叫小俞？'我话里带刺地说，'没把我的姓忘掉，还真不错！'

"他马上品出味儿来了，看看周围没人，压低了嗓门说：'别挖苦我了，我咋能忘了和我一块儿打前站来荒地的小俞同志呢！她勇敢，有个性，又有文化，比我这肩上扛过枪、怀里抱过挖煤电钻的黑脸汉子强多了。'

"'你别净拣好听的说。'我瞥了他一眼，'我问问你，你两眼看着'青春万岁'这四个大字，你懂得该怎么度过青春吗？'我不等他回答，就又给他加了加温说，'我知道，你会说忙啊忙啊！对！革命工作总忙，将来在北大荒还要盖大楼呢！盖完大楼还要盖电影院呢！盖完电影院还要修公园呢！修完公园还要……大概你就是这样的逻辑。可是你想过精神生活没有？比如文化生活、爱情生活，还有……'

"你说可气不可气，他用筷子敲着空饭碗，只是对我嘿嘿地笑着，笑了好一阵之后，他对我说：'小俞，看样子，我要耽误你的青春了。说老实话吧！我有时也想想这方面的事，当然会想起你来，可是我更多的时间，是想"北大荒"和"北大仓"这两个相互关联的词儿。苏坚同志那几句风趣的话，你没忘吧！他要求我们要向祖国贡献粮食，要北大荒"鸡叫、狗咬、孩子哭"，你想，这副担子是轻松的吗？'

"'对！咱们全队的小伙子和姑娘都该向你学习。'我心里暗暗笑了，脸却绷得像块铁板，'可是有一个问题我要请教你，鸡叫好办，狗咬也不难，要是都和你那样，那孩子哭可怎么实现哪！'

"他脸腾地一下子红到耳根：'你……小俞……'

"'我怎么了？这是实际问题嘛！'看着他那副窘样儿，我咬住了嘴唇。看着他到底怎么回答这个问题。

"丽梅姐！别看他是个堂堂的男子汉，遇见这样的问题，他比咱们姐妹还腼腆哩！他把空饭碗从左手倒到右手上，又把它从右手倒回到左手里，转悠了老半天，才说：'这不是秃子脑袋上的虱子——明摆着的事吗？小白和玉枝、小马和丽梅……人家用不着我这当队长的操心，也用不着你这团支部书记发什么号召。水到渠成，瓜熟蒂落。'

"我用眼睛问他：'别忘了，还有你自个儿呢！'

"卢华对我的目光，反应并不迟钝，他似笑非笑地说：'该怎么对你说呢？我们这次伐木，盖不起那么多单间宿舍。我们要优先盖会议室、图书馆、卫生室、仓库、马棚、灶房。按照我脑瓜里那张图纸，最后那间单人宿舍，才能属于我卢华。我算了算，至少还得等上两到三年。'他说出这些话来之后，大概发觉到还没能说清楚，便又补充说：'这些都是大实话，我不强求任何人依从我这个计划，但我自己必须执行它。小俞，我劝你还是考虑得多一点。'

"你听，他不但没对我说上一句热乎话，反而对我下了通牒令。当时，我气鼓鼓的，要不是围上来一群伙伴，我准会甩给他几句话，叫他也难受难受。可是，那群小伙子拉着他进森林采'猴头'去了，我只好把气咽进肚子里。夜晚，我躺在帐篷里前思后想：难道卢华的想法不对吗？一只领头的大雁如果只顾自己，而不顾身后的伙伴，能当好那只头雁吗？想着想着，我不禁心疼起他来了。就拿他那一双手来说吧，由于都是冻裂的大口子，上面缠满了横一条竖一条的橡皮膏，远远看去，就像医院里打的石膏一样了；他那双棉胶鞋，前边裂了嘴，后边露出了棉花，说得形象一点，简直像个要饭花子穿的棉鞋。对比一下马俊友，你把他从头武装到脚，我突然感到自己向卢华要求得太多了，而自己付出得太少了。第二天早上出工之前，我把我爸从北京给我寄来的一双'毡疙瘩'，垫上茅草，又把一双新棉手套给他拿了去，一块儿递给他。这个执拗的家伙，死活不接，还是那群小伙把他按倒在地铺上，硬把他那双裂了嘴的棉胶鞋扒了下来，扔到帐篷顶上去，把那双'毡疙瘩'给他套在脚上，他才没咒念了。就在扒下他那只又臭又破的鞋时，伙伴们都惊呆了：原来他两只脚上的大拇指，由于开花棉胶鞋不挡寒，两个指甲盖儿都冻掉了。什么时候掉的？谁也不知道，因为他没有声张过，也没有向伐木队的卫生员——唐素琴大姐，索取过药膏和绷带。

"丽梅姐！我从那个时候起，就甘心当卢华身旁的打更鸟儿了。虽然这非常清苦，但苦中有甜。你也一定有这样的体会，为一个值得你爱的人去受罪，苦也是甜的！对吗？昨天，卢华宣布了雪停休息的命令，他自个儿可没休息，开着'斯大林80'往咱们庄点送木料。我知道主动请求和他一块儿来，会碰钉子，索性穿上所有的衣裳，在他发动拖拉机的时候，偷偷爬上后边的拖斗，找个木料间的空当儿坐下来，跟着他一块儿返回庄点。

"他坐在不进风的机舱里。

"我坐在露天的拖斗车上。

"他心里没有我。

"我心里可有他。

"他把皮袄甩在座位旁。

"我把皮袄裹得紧紧的。

"他在车舱里悠然地抽开了烟。

"我在拖车上不断用热气哈着我冻僵的手……

"丽梅姐！爱情就是这样不平等，而我心甘情愿为他做出牺牲。我冷得实在不行了，就对自个儿说：'秋兰！秋兰！打更鸟儿虽然可怜，可是它的感情是崇高的。'就这样，我尾随着他，一直到了铃铛河。我想他可能会绕远走那座拱桥过河，没想到他把拖拉机开上了冰面。我站起身来喊他停车，可是那冰层断裂声和'斯大林80'的轰鸣声，湮没了我的喊话声。还算万幸，拖拉机倒是爬上河坡了，拖斗可一下陷进了冰河里。木料都用铅丝捆在车上，没有下滑，我穿着老羊皮袄像一个大雪球一样，一下滚进冰水里去了……

"卢华是怎么发现我的，我不知道，我冻得半僵了。反正当我稍稍清醒一点的时候，第一次感到他的那双细长闪亮的眼睛和我离得那么近。我原来以为这是个梦，当我睁大眼睛时，才发现他用他那件没沾水的老羊皮袄紧裹着我，让我半躺半靠地坐在他的怀里。丽梅姐！你别笑我！当时我似乎没有第二个念头，只希望他能轻轻吻我额头一下，我就满足了。这儿是茫茫雪原，不要说人，连一只狍子的影子也没有，我渴望着他的爱抚，可是他没有这样做，他发觉我还活得挺好时，立刻挺直他的身腰，我们脸颊的距离一下拉远了好多，好像从方寸之远，突然变成了南极北极。我不由得浑身打起了寒战……这就是我和他的故事！"

邹丽梅激动得几乎语不成声了。她抱紧了俞秋兰说："小俞！你……真好！可惜我的吻代替不了卢华，不然的话，我吻你一夜。"

俞秋兰的泪脸紧紧贴着邹丽梅的泪脸，她把邹丽梅当成了遐想中的卢华，用力地吻了邹丽梅脸腮一下——两个浸沉在青春的酸楚与幸福之中的女友，互相拥抱了……

在苦寒中寻找爱情巢穴的打更鸟，又啼叫开了。那划破夜空寂静的凄苦声音，提醒这两个女伴已经到了四更天了。

"睡一会儿！"俞秋兰说，"天都快亮了。"

被激情燃烧着的邹丽梅，睁着那双大眼睛，还浸沉在遐想之中，她自言自语地说："看样子，各人有各人的爱别人和被别人爱的方式。在爱情这个问题上，幸福和痛苦是孪生姐妹，好像谁也离不开谁。小俞，你刚才说我幸福，可我也有痛苦，只不过和你痛苦的方面不同罢了。"

俞秋兰摇摇头说："你是一个例外。"

"不，我承受的痛苦，并不比你轻。你还不知道，迟大冰他——"

"嘘——"俞秋兰制止了邹丽梅的话，"你听！有脚步声……是不是有人在偷听我们的谈话，那可真羞死人了。"

"小俞，别胡想了。只要站在帐篷外边一会儿，人就会冻成冰棍的……"邹丽梅还没说完她的话，似乎也听见了脚步声，她惊愕地闭住嘴巴，屏气细听着。

沉重的脚步声……

积雪的"吱吱"声……

宋武、卢华、贺志彪的低语声……

两个女伴的四只眼睛对视在一起了：他们到帐篷外干什么呢？

第五章

一

由于迟大冰和会议顶了牛儿，四更时分，宋武、卢华和贺志彪，举着一根松树明子，来到五号女帐篷外"评雪辨踪"。

本来，宋武并不想为迟大冰的品德问题召开支委会。他想个别找迟大冰谈谈，叫他认识一下他对邹丽梅的行为是和共产党员称号水火不容的，但因拖拉机拖车上的圆木陷进冰河，抢救圆木的战斗把这场谈话给搅了。宋武想了想，趁着卢华在青年屯，支部委员中只缺一个马俊友，干脆开个支委会，对迟大冰动一次挽救性的"小手术"。

世界上是不是所有自认为聪明的人，都把别人看得比自己愚蠢呢？至少迟大冰是这样认为的。宋武算个什么？没有一点风度的土包子干部。卢华有几两重？充其量不过是个不穿军装的大兵。至于贺志彪，虽然身体如同半截黑塔，大脑发展和身子不成比例，叫他"呼噜贺"真是最恰当不过了。迟大冰虽然有这样的一个基本估计，但是鉴于"马拉犁事件"的教训，他对其貌不扬、两腿轻度罗圈的宋武，多少产生了一点畏惧之心。因而，他对宋武表现出十分的谦恭。在他看来，宋武召开这个支委会，不过是例行一个县委书记的公事：抓抓盖房进度，了解了解垦荒队队员的思想情况。因而，会议一开始，迟大冰就以"一把手"的身份，向宋武汇报盖房的进度。他侃侃而谈："依我看，伐木队的同志们完成伐木任务，全体人员一起投入盖房工作的话，春节前后就能搬进宿舍。到那时，我们把这几顶创业时用过的帐篷，送到储藏室内好好地保存起来，以教育祖国的第二代、第三代青年人。到搬进新房时……"迟大冰本来想说下去的话是"通知省报，叫他们来个摄影记者，把帐篷和新房的照片，对比地发表在省报上"，但在这一刹那，开荒时宋武批评他"沽名钓誉"的声音雷鸣般地闯进他的脑海，他来了个急刹车，改口说："……到新房落成时，宋书记到我们这儿来，就不会住这四面透风的冷帐篷了。您还可以通知苏书记，叫领导同志到我们这儿来做客！"

灶房中间燃烧着的炭火发出"噼噼啪啪"的声响。跳跃着的红色火苗，把灶房中四个人的人影儿，一会儿拉长，一会儿缩短——从迟大冰做了富于"浪漫主义"的发言后，空气就似乎凝固了。

贺志彪埋着头，在火堆前卷着那张"大炮皮"。其实，那窄窄的纸条儿不过只有四指长，可是不知怎么回事，贺志彪好像永远也卷不完那张"大炮皮"似的，纸屑和烟末一个劲地在他指缝间转来转去。卢华披着老羊皮袄，坐在一个小板凳上，耷拉着脑袋，两眼出神地望着那双俞秋兰送给他的"毡疙瘩"。由于他脖子弯得太低了，以至于别人无法看见他脸上的表情。只有宋武站在地上，迈着那两条罗圈腿，在火堆旁来回地踱步，他似乎在听迟大冰的发言，又好像没听迟大冰的发言，他那两只短粗的手掌，互相捏来捏去，指骨发出"咔吧咔吧"的声响。

迟大冰好像闻出一点气味来了——这不是个一般的会议。他心里盘算半天，也没计算出宋武、卢华、贺志彪已经知道了他对邹丽梅的行为。在迟大冰眼里，邹丽梅由于家庭出身的问题，是个把一切事情都深埋在肚子里的人，特别是有关男女感情的问题，一个姑娘是羞于向男人出口的——而他身旁的三个人都是男人。

贺志彪手里那张"大炮皮"终于停止了转动，他像给自己打气似的咳嗽两声，开口说："老迟，过去我总是强调团结。特别是怕几个支委的心变成牛蹄子——分八瓣，所以，啥意见也没给你提过，甚至别人给你提出意见，我还在当间抹过稀泥。看来，我这个'泥水匠'的行当，今后不能再干了，今天我就开始改我这个老好人的毛病，给你提点意见。"

意见首先由贺志彪提出来，这是迟大冰无法想象的。他苦笑了笑说："欢迎！欢迎！"

"你文化水平比我高，工作能力比我强。干活嘛，也够泼辣，这些我今天都不说。"贺志彪拿起一个火炭儿，点着了呛人的关东烟，吸了两口，憋足了劲儿说，"你是个党支部书记，怎么能那样对待邹丽梅呢？小邹来荒地后表现得很不错，咱们支部该给她烧火，不该增添她的痛苦嘛！可你……"贺志彪一谈到邹丽梅说的那些具体问题，就觉得难以启齿，不觉结巴起来，"你……你……还是你自个儿说吧！"贺志彪恨自己一到正篇上就说不出一句整话，心里骂了自己一句"窝囊废"就低下头来。

贺志彪的发言尽管有点窝囊，但还是提出了核心问题。宋武嘴角上闪出了一丝笑意，卢华昂起了他的头。他俩的目光，不约而同地投在迟大冰那张刀条脸上。

迟大冰镇静自若地说："我没听懂贺志彪同志的意思。听来听去，是不是说我没有给邹丽梅同志以应有的帮助？当然啦！这一点上我工作做得是不够的，但是宋武同志可以作证，支部准备树邹丽梅为垦荒队积极分子的材料，半个多月之前就送到县委去了。"

"材料整理得倒是不错。"宋武从来不会掩饰自己的感情，话里带刺地说，"就是缺乏一点最新的东西。比如说，你这个支部书记是怎么'关心'她的？都做了哪些'鼓励'她的工作？"

"宋书记，材料里怎么能写这些东西呢？您曾批评过我私心太重，不能用集体的事业去为个人沽名钓誉……"迟大冰振振有词地说，"您对我的帮助，我记忆犹新，怎么能把我对她做的工作，写进材料里去呢？"

宋武真想走过去，赏这个口是心非的迟大冰一脚，可是他发现裤腿被卢华的手抓得牢牢的，只好往前迈了半步又退回来。他焦躁不安地甩掉军大衣，蹲在火堆的旁边，粗声粗气地说："好！你把你最近对她做的'工作'，抖搂抖搂叫我们听听吧！"

迟大冰已经敏感地意识到宋武叫他"抖搂"的内容了。他心里开始打鼓，脸上却安然如故，他沉默了一会儿，以攻为守地反问宋武说："宋书记，您说过，人活着多想集体，少想个人，对邹丽梅进行一点教育，是一个支部书记的本分工作，有什么可以自我炫耀的呢！"

卢华看见宋武的手在哆嗦，生怕这个性格如霹雳闪电的县委书记在迟大冰身上犯什么错误，便严肃地对迟大冰说："老迟，这个会上不是叫你摆功，直截了当地说吧，据邹丽梅同志直接向县委书记反映，你最近的行为有失检点，干了一个共产党员不应该做的事情。当初，队委会研究进山名单时，你提议把小邹留下来当火头军，大家并不认为你有什么个人企图，甚至连马俊友同志也没提出相反的意见，可是你怎么能这样对待一个同志呢？如果你不知道小邹和小马已经对上象了，你追求她，还可以理解。年轻人嘛，谁都有寻觅爱情的权利。问题在于小马和小邹的事已经在全队公开，八十一个伙伴没有一个人不知道这件事，你还扮演了第三者的不光彩角色，挖人家墙脚，拆人家感情。老迟，我不是扣帽子，这是典型的利己主义行为……"

卢华的话还没说完，迟大冰霍地从火堆旁站了起来。他面孔赤红，神色激动地嚷道："这是从哪儿说起的，简直是对我的诬陷！我迟大冰尽管有不少毛病，可是还懂得起码的道德。"说着，他从棉衣兜里掏出一张照片来，气鼓鼓地往卢华手里一拍说，"我在北京郊区早有未婚妻了，还有什么必要搞这种名堂？今天宋书记在这儿，我要求把这问题搞清楚。卢华，我们是一块儿发起垦荒的倡议人，不能为了突出自己而打击别人！"

卢华的脸变得煞白，他把那张照片递给宋武，用手擦擦额头上的冷汗说："这个会是宋书记提议召开的，而不是我卢华。我是个半大老粗，没有九九八十一道弯的肠子，而是嗓子眼直通屁股眼的直肠人。要是叫我说一句难听的话，老迟你这是在欺骗组织、欺骗同志。你忘了吧！我们几个垦荒队的发起人，在团中央招待所住着的时候，你曾把这张照片给我看过，说她是你唯一的一个妹妹。我之所以记忆那么深，是因为后来她又亲自来过招待所一次，你当时不在，她托我转交给你一个小包包哩！你怎么能把你妹妹说成是未婚妻，搪塞同志的帮助呢？"

"智者千虑，必有一失"，迟大冰只顾急中生智地应变，却忘记了卢华曾经见过他妹妹一面。经卢华一提，他猛然记起来了，他还有过把他在农业社当会计的妹妹介绍给卢华的念头，以便于把卢华也变成他手中的一支船桨，后来他发现卢华虽然说话不多，心里却有蔫主意，加上俞秋兰开出去拖拉机的冲击波，使迟大冰不但放弃了原有的念头，反而把卢华视若他身旁的一颗碍手碍脚的钉子。此刻，"钉子"露出其锐利的锋芒，一下戳穿了他变的"戏法"，指出这是欺骗组织、欺骗同志的行为，这使迟大冰非常后悔刚才的毛躁。怎么办呢？他略略沉吟了一会儿，马上找到了辩解的理由，他拉长了刀条脸说："对！卢华说得对！那确实是我妹妹的照片。你们刚才对我发动了一个突然袭击，把我都搞蒙了，才错把我妹妹的照片掏出来。"他煞有介事地摸摸另一个口袋说，"我未婚妻的照片，我经常放在这个口袋里，今天下冰河去抢救木料，我怕照片湿了，临时把它放在铺位下边了。这……这怎么叫欺骗组织呢！"

"迟大冰同志，"宋武愤愤地从火堆旁站了起来，"如果你没有未婚妻，你的行为是可鄙的；如果你确有未婚妻，再对邹丽梅同志进行诱惑、挑拨，灵魂就更加肮脏。我想，那天夜里，当你在灶房灵魂大暴露时，你未婚妻在北京一定正打喷嚏哩！我为你那个未婚妻感到可悲！当然，更大的可能是，你根本就没有什么未婚妻，她只不过是你临时编造出来的一个根本不存在的人物，以对卢华的尖锐批评设置屏风。迟大冰同志，我们希望你不要玩弄小聪明，你已经不止一次'聪明'反被'聪明'误了。共产党员应当敢于正视自己的错误。"

"老迟，我看你还是说说吧！"贺志彪接着宋武的话茬，顺水推舟地说，"我们都是党内的同志，一切情况都不会传到外边去的。"

"让我说什么呀？！"迟大冰委屈地摊开两只手，皱着眉头说道，"不错，那天夜里，我是对她说了一些话，比如，我叫她正确认识吸血的家庭，并且从道理上说明，一个资本家的女儿和一个老红军的儿子……是不太合乎生活逻辑的。也许，我这个观点不怎么对头，但充其量不过是认识上的问题，怎么会成了品质上的问题呢？！"

"当然是品质问题。"卢华诚恳地分析着说，"你在材料里称呼小邹为'资产阶级的叛逆'——她确实没有愧对这个称呼，可是，你那天晚上，为什么总揪人家的小辫？为什么你又告诉她，你家是花农，给你家定了个'小业主'的成分呢？会说的不如会听的，你的目的就是离间邹丽梅同志和马俊友同志的亲密关系，叫邹丽梅把感情转移到你身上。老迟啊！这不是品质问题是什么呢？"

迟大冰猛然把一根干木柴往火堆里一扔，气鼓鼓地站了起来："我没有对小邹谈自己，你说话要有证据。"

贺志彪看迟大冰毫无检讨自己的意思，把烟屁股往火堆上一抛，也站了起来："真也怪了，连我和卢华都不知道你的家庭出身，小邹咋会知道的？难道她会'分身法''隐身术'，用'分身法'从北大荒溜回北京查了你的家谱？还是用'隐身术'偷偷进了县委组织部翻了你的履历表？很清楚，这一切都是你告诉她的。老迟啊！我真不知道该咋说你才好了……初到荒地来时，我很敬重你，可是你办的这些事，真有点叫人寒心。你对邹丽梅同志说：灶房缸里的雪水，是你给她存上的；早饭吃的一锅高粱米粥，是你给她熬的；帐篷周围的绳子，是你给她加固的；她门口通往灶房小路上的雪，是你为她清扫的……我说老迟同志，你怎么能这样蒙哄邹丽梅同志呢？这不叫品质问题还能叫个啥？！"

贺志彪这一"闷炮"射出之后，迟大冰开始乱了阵脚。他无论如何也想象不到邹丽梅向宋武汇报时，将这些琐碎的东西也没漏掉，而现在站出来和自己对质的，恰恰是曾经帮助过邹丽梅的贺志彪。他一时无言以对，便蹲下瘦高的身子，装出烤火的样子，实际上则是借这喘息之机，寻找解围的出路。他虽然心跳得如同擂鼓，脸上却尽量装出平静的神气。迟大冰意识到，如果从这儿被贺大个子打开缺口，将意味着他的彻底失败；不，不仅仅是失败，甚至连支部书记这个位置都会因这次会议受到撼动，因而必须迅速地堵上这个漏洞。主意打定之后，他做出一副若无其事的样子，一边伸出手来烤火，一边反问贺志彪说："照你的说法，只有你才有帮助同志的觉悟了，别人都是冷血动物，是不是？"

"不！我不是那个意思，我只是说……"

"老贺！难道你干的那些事，就不能允许别人再干？"迟大冰摆出一副咄咄逼人的样子，直视着贺志彪说，"你套着爬犁走了以后，我又把那些活儿找补了一遍。人说话要有证据，在我们支委之间应当彼此尊重，不要把一切功劳都归于自己，把错误信口开河地加在别人身上。"

贺志彪顿时蒙住了！不是吗？何以见得迟大冰就没干过这些活儿呢？他掏出一张"大炮皮"来，开始卷烟了——他无法回答迟大冰的反问。

迟大冰看见贺志彪耷拉下脑袋，仿佛赢得了反攻的初步胜利。他没有到此为止，继续向纵深突破说："毛主席说过，要重视调查研究，结论产生在调查的结尾，而不是产生在它的前头。"说着，他从棉袄口袋里掏出来一块手帕递给卢华说，"你看看，这手绢上绣着一朵梅花，它是小邹在那天晚上送给我的。明白了吗？"

灶房里沉默了。

卢华看看手绢，把手绢递给了宋武。宋武看见手绢的一角上确实绣着一朵艳红的梅花。尽管宋武不相信这是邹丽梅送给他的，但是手绢又确实在迟大冰手里，他翻过来掉过去看了半天，一时无法解释这个问题。他沉思了片刻，把手绢装进自己的衣袋说："你是不是说我们冤枉你了？"

迟大冰很有分寸地回答道："不，宋书记，我有好多好多的毛病，可是品质上还是纯洁的。因为我是一个共产党员！那天夜里，我帮助小邹熬粥，她送给我这块手绢之后，我感情上有点冲动，也可能说了些不得体的话，比如像家庭出身等，我可能顺口说出来过……我确实记不太清楚了，但有一点我很清楚，那就是她和小马的关系，我怎么能往人家的中间打楔子呢？"

"那你当时为什么不把手绢还给她？"卢华觉得惊异。

"她说她不要了。"迟大冰坦然地说，"我想过一阵还给她，省得伤害她的自尊心。倒也不错，我如果当时还给她，现在就任何凭证都没有了。"

"这都是真实的吗？"宋武皱起了两条浓眉。

"是的。"

"如果都是真的，我宋武会做自我批评。"宋武说，"如果你酒里掺水，欺骗组织该怎么办？"

"我……我愿意接受任何处分。"迟大冰孤注一掷地回答。

"好。暂时休会。"

迟大冰迟迟不愿离开灶房，他对宋武说："您就住我那儿吧！我和卢华、贺志彪到大帐篷去凑合一夜。"

"我这个人有个毛病，心里有事睡不着觉。"宋武下逐客令说，"你去睡吧！我和卢华、大个子还有事要研究。"

迟大冰还不想走，但是他看见宋武的脸阴沉得像锅底，只好怏怏而去。迟大冰才出灶房，宋武就问："你们谁有手电？"

"没有。"贺志彪说，"找那玩意儿干啥用？"

卢华已经揣摩到了宋武的用意，他从火堆里抽出一根燃烧的松木枝子，举在手里说："用它照明吧！贺大个儿，你带路。"

"上哪儿去？"

"你那天夜里帮小邹干活的地方。"宋武说，"雪还没有化，我们去检查一下鞋印，看看迟大冰到底是真帮小邹干活了，还是在和党组织变戏法。"

"宋书记！这主意真高。"贺志彪摸摸后脖颈子笑了，"要是我呀，碰到这号事情，就洋车上马路——没辙了。"

三个党员举着燃烧的松树枝，沿着贺志彪那天夜里走过的地方，整整转了一圈。雪地里到处是贺志彪大头鞋的偌大足迹，却看不见迟大冰的一个脚印儿。最后，三个人来到女帐篷旁边，仔细地检查了贺志彪加固帐篷绳索的四角，满地都是贺志彪两只大象脚的印儿，哪儿有一个迟大冰棉胶鞋的印儿呢！

宋武从牙缝里挤出来几句话："好个迟大冰！和党组织打开游击战了！想让我上这个当。几年侦察员的老八路，还能叫你蒙住眼睛？！"

这时，天空的打更鸟儿鸣叫了四声。

二

早晨，俞秋兰正给"斯大林80"加油，卢华走了过来，他抢过俞秋兰手里的油桶，说："来，让我干！"

"嗬！这真是太阳从西边出来，垦荒队队长学会体贴人了。"俞秋兰娇嗔地瞥了他一眼。

"你腾出手来，去办一件事。"卢华开门见山。

"除了工作，你没有别的。"

"小俞，是这样……"卢华朝站在房脊上钉椽子的迟大冰背影望了一眼，把事情简略地说了一遍，"这是宋书记叫你办的，因为男同志不便于了解。"

片刻之间，俞秋兰出现在灶房了。她一边帮助邹丽梅捏窝窝头，一边和她聊天：

"丽梅姐！我……这次回来，忘了带手绢。有富余的能不能借我一块用用？"

邹丽梅擦擦手上的玉米面，顺手掏出一块手绢来："送给你留个纪念吧！我离开家时，行李没拿出来，口袋里装了三条手绢，我估计上火车以后，少不了哭鼻子，用来擦眼泪的。"

"这梅花绣得可真好看，是你亲手绣的吧！"

邹丽梅笑笑："我名字上挂个梅字，我临来荒地前，用红丝线绣上梅花的意思，就是以傲雪而开的红梅给自己打气儿。"

"真有诗意。"

"哪有那只打更鸟儿有诗意呀！"

"还有几块这样的手绢？"俞秋兰问。

"怎么，给你一块还不够啊？"

"不，不……是……我想小马也应该有一条。"俞秋兰说，"他一看见梅花，就想起了丽梅姐！"

邹丽梅笑了："辫子不比手绢更情深吗？何必给他手绢呢！"

"你真傻！"俞秋兰点了邹丽梅脑门一下，"小马劳动累了的时候，能用你的辫子擦汗吗？"

"我倒没想到这层。没关系，可以给小马一块。"邹丽梅突然想起什么，"哎呀！小俞！真糟糕……剩下的那条手绢，那天夜里，迟大冰的手冻破了，他身上没带手绢，这儿又没有绷带，我拿了我一条手绢，抹上点冻疮膏，给他扎在手上了。"

"真卑鄙！"俞秋兰把邹丽梅给她的那条手绢，往邹丽梅手里一塞，愤怒地喊了一声。

"小俞，你……"

"我说的不是你，是那个伪君子。"俞秋兰匆匆地站起来，顾不得擦掉手上的玉米面，就朝灶房外边跑去。

"小俞，这是怎么一回事？"邹丽梅追上去，在灶房门口拦住了俞秋兰。

俞秋兰气愤地说："那个迟大冰往你身上抹狗屎了，他说……说你……哎！丽梅姐，你甭打听了，宋书记现在正查处这件事！"

邹丽梅顿时清醒了。她想起昨天向宋书记谈迟大冰的问题时，忘记了谈她为迟大冰扎系伤手的事儿，一定是迟大冰在那条手绢上做了什么文章。想到这儿，邹丽梅急得跺着脚说："我完全是一片好心哪！他……怎么能……能……这样没有德行？！"

俞秋兰安慰了邹丽梅好半天，才去找宋武汇报这块手绢的始末。宋武处理问题，是个一竿子插到底的人，听俞秋兰把情况述说后，他拿出那块手绢仔细看了又看，果然上边留有药膏的油渍。他铁青着脸，披上军大衣，就直奔垦荒队的库房而去。

被垦荒队队员们称为库房的地方，其实并无房屋。那是用枯干的桦树树干和枝叶围起来的一个长方形篱笆圈儿，篱笆顶上遮着一块防雨的绿帆布。里边堆着铁锹、镰刀、牲口套、废旧机油桶等杂物。当宋武走进这间四处通风的库房时，"疙瘩李"正遵命抡着一把十八磅的铁锤，用废机油筒打炉子。此时虽是严寒时节，这个浑身都是疙瘩肉的魁梧小伙子，只穿着一件薄薄的短袖单衫，他那单衫上没有扣子，随着他"嘿——嘿"的咬牙使劲声，胸脯的肌肉一起一伏。由于他干活十分专注，以至于宋武在他对面站了足有三四分钟，他竟然毫无觉察。

"疙瘩李"停锤擦汗时，宋武脱下自己的军大衣，给他披在后背上。

"噢！是宋书记！"

"歇会儿吧！小伙子！"

"该咋说呢？人家都说北大荒可怕，我看还蛮不错哩！院子里盖的新房，比我们那块儿娶媳妇的房子还亮堂。"他坐在一个翻扣过来的背筐上，兴冲冲地说，"不瞒您说，就是用鞭子抽、大炮轰，我也不离开这个地方了。"

不知为什么，宋武看见这个青年人，火气立刻泄了许多。宋武记得很清楚，昨天铃铛河冰破陷车时，这个满脸青春痘的小伙子和卢华、贺大个子一块儿跳下冰河。卢华和贺志彪冻得浑身哆嗦，牙齿打战，"疙瘩李"嘴唇失去了血色，他还在冰河里笑着叫着，好像他生来就是冰雪里长大的虫儿，特别喜欢北国的严冬。宋武很喜欢这个年轻人的蛮勇劲儿，他暂时把向李忠义了解情况的意念扔在脑后，坐在一根架空的扁担上，和这个小伙子攀谈起来：

"听说你有两个外号？"

"您怎么也知道了？"

"一个叫'疙瘩李'，一个叫'标准钟'，对吧？"

李忠义不情愿地点了点头："这都是我们队里那个秀才——诸葛井瑞给我起的。这些喝过墨水的洋学生，专门捉弄我这号土包子！"

"这话就离谱了。俗话说'人不得外号不富，马不吃夜草不肥'嘛！依我看，这两个外号起得都不错。"

"为啥？"

"听说你不是爱砸死理，撞上南墙也不回头吗？"宋武微笑着说，"有一回把海市蜃楼的科学现象，硬说成是玉皇显圣，有这回子事吧？"

"……"

"说嘛！有就是有，没有就是没有。"

"有。"李忠义脆脆地答应一声。

宋武来了谈话的兴致:"那我再问你另一个问题,你回答我一下,现在几点钟了?"

"宋书记,您这是……"

"你看,我没戴手表。"宋武将起棉袄袖子,给他看了看手腕,"听你这'标准钟'报报时嘛!"

李忠义本来有点胆怯,但他看看宋武确像有诚意的样子,便伸长脖子,看了看太阳,然后煞有介事地说道:"日头告诉我,现在差一刻九点。说天上玉皇显圣,我不敢说那是真的,可是看日头影报时间,十拿九稳,和手表保险差不了三分钟。可惜这儿没有戴表的……要是能找个戴表的看看,您就会知道我不是胡说八道了。"

"我没戴手表,可是有怀表。"宋武像变戏法的魔术师那样,伸手从内衣袋里掏出来一块怀表。他看了一眼时间,连连点头说:"不错,不错……"

李忠义有点得意地说:"这回您信实了吧!"

"不错一点,错了不少。"宋武哈哈大笑地把怀表递给了李忠义,"你说差一刻九点,可表盘上正好是九点过一刻,整整错了半个小时呢!"

李忠义红着脸,两眼盯着表盘说:"是不是您的表有毛病?"

"小伙子,这只表我早上上的弦。它没有毛病,而是你的思想有毛病。"宋武感叹地拍了李忠义肩膀一下,"我很理解你。旧中国山沟沟的老百姓穷得掉渣,有的地方大姑娘都没有裤子穿,整个山沟也不一定有一块表,祖祖辈辈抬头看太阳,用太阳的偏斜程度和地上的树影估摸时间。这个手艺一辈传一辈,一直传到你。小伙子,我从这一点上揣测你家里一定是个贫雇农。"

"我爸爸、叔叔是扛大活的。您真猜对了!"李忠义愣愣地回答,"我家那时候房无一间、地无一垄。说出来不怕您笑话,我有两个叔叔、两个爸爸……那时候他们哥俩合着娶了一个媳妇——那就是我妈。"李忠义把脑瓜耷拉到胸脯上。

宋武半天没有说出话来。接着,这个烈性汉子眼里竟然盈出了泪光。他不愿意在李忠义面前掩饰自己的情绪,用手指揩了揩湿润的眼角,但是眼泪并不受那只粗糙手指的制约,顺着他那长满黑胡茬的脸膛淌了下来。

"宋书记,您……"

"小伙子,我完全了解你了。"宋武含泪的双眼里露出了笑意,"愚昧不是你的过错。今后，为了矫正你这个'想当然'的毛病，树立相信科学的观点，这块破怀表就留在你身边吧！每逢你想抬头看太阳的时候，就低下头来看看这块怀表。记住！那罗盘上的指针，它才是准确的时间，它才是真理。"

"宋书记，我不要。这太贵重了。"李忠义一下站了起来，"毛病我可以改，可不能要您这块怀表。"

"它快老掉牙了，但对你是个治病的药方。你收下它，我家里还有一块手表哩！"宋武深情地说。

"不！不……"李忠义把手中的怀表递还给宋武。

宋武火了，板起脸来吼道："你想咋的？想愚昧一辈子吗？撒泡尿照照你自己的影儿，还有点新中国青年的样儿没有？'标准钟'，哼！诸葛井瑞讥谕你的愚蠢，才给你起了这个雅号，你还拿驴粪蛋子当甜饽饽吃哪！四肢发达，大脑简单，像个机器人似的——我这个土包子就要改造你这个土包子。把表拿去！"

李忠义嗫嚅地说："我……我……"

"你把它先拿去。如果你不想要它，等垦荒队艰苦创业后，你有钱买了新手表，再还给我。"宋武口气略略和缓了一些，"以后，你不能再以土包子当光荣匾，要向诸葛井瑞、白黎生和一切有知识的伙伴学习文化，我不允许你把苦难的穷家谱，在这儿传宗接代！你听清了吗？"

李忠义接过那块怀表，语不成声地说："宋书记，我那既是爸爸又是叔叔的长辈，都没这么教育过我。您……您对我真比他们还亲，我要记住您的这番心意，在这儿编出新家谱。"

"这就对了。"宋武笑了。

"可是……""疙瘩李"欲言又止地搓着手掌，"我脑子里还有糊涂的地方，想问问宋书记。"

"说。"

"都是共产党员，咋就两样说法呢？我们支书就对我说过，只有我这样的才是真来垦荒的，那些知识分子都是来装门面的。他还说，俞秋兰、诸葛井瑞、唐素琴、白黎生……别看他们有文化，后脑勺上都有一块反骨，专门和党作对，叫我不要接近他们，还叫我拿出劲头儿来和他们斗争。将来，他说要发展我入党哩！"

"还给你灌什么米汤了？"

"远的不说，就说昨天夜里吧！我白天下冰河捞圆木太累了，一躺在那儿就睡得像条死狗。约莫快天亮时，他把我扒拉醒了。我以为又有啥紧急任务哩，不然干啥这时候叫醒我呢！我一个鲤鱼打挺，披上衣服坐起来，蹬上裤子跟着他往马棚这边走。半路上我一边走一边想：坏了，一准是哪匹马闹了毛病。可是走到马棚跟前一看，九匹马都在槽头安闲地嚼着草料。支书为啥把我叫这儿来呢？莫非叫我骑马进凤凰镇办什么急事？我心里正在猜谜儿，他在马棚拐角处站住了，对我说：'小李子！有个事儿跟你说一下……'我看他皱着眉头，好像有什么使他为难的事情，便说：'有任务，党只管吩咐，只有上天摘星揽月我干不来，地上的事儿无论多难，我都能完成任务。'他看了我好半天，好像不十分放心的样子。我第二次向支书保证说：'我是开荒来了，这把骨头就交给北大荒了。有啥硬任务，你就布置吧！'他拍拍我的肩膀说：'小李子，党是信任你的，我交给你一个机密任务，跟谁都不许说。'我立即向支起誓说：'我要是向别人泄露机密，天打五雷轰。'他说：'昨天白天，你看见我那只伤手包扎着什么东西？'我想了想，好像是块手绢。在铃铛河抢救木料时，他包扎伤手的那块手绢松了，叫我帮他系紧点。我看见上面有一朵红花儿，还曾问过他男人怎么系一块花手绢，当时抢救木料火烧眉毛，他没有回答我是咋回事，但他手上系着的是块手绢我是记住了。我回答他说：'支书，是块带花的手绢。'他说：'你的记性还真不错，可是你知道这块手绢是谁的吗？'我摇摇头，宋书记，您想我咋会知道这块手绢是从哪儿来的呢。他说：'你知道！'我说：'不知道。'他瞪了我一眼说：'你咋会不知道哩！那天夜里你到灶房去……去……去干什么了？不是亲眼看见是邹丽梅送给我的吗？她当时还低着头、红着脸，你当时扭头就跑了！'哎呀！我的天！我夜里从没去过灶房啊！也许是支书做梦，梦见我去了吧！所以我说：'支书！你别急，你好好想想，是不是你把张三当李四了，把别的垦荒队队员当成我了？'宋书记，支书对我从来没有发过那么大的火，虽然石牛子管他叫'冰棍书记'，但对我总是挺和气的。我愣了半天，也找不到他发火的原因，便说：'支书！我那天一夜都没翻身，一觉睡到大天亮，真的。你还是想想是谁半夜去灶房了吧！'他忽然不发脾气了，对我低声说：'你还想在荒地争取入党吗？'一提'党'这个字，我立刻激灵一下子，爽快地回答说：'没有党哪有我李忠义的今天，活着我愿意当党里的人，就是咽了气，我也愿意做这个殿堂里的鬼！'宋书记，这话可能说得很不合适，可是当时我太激动了，不觉又把封建词儿带出来了。迟支书说：'很好！你苗子正、根子红，解决你的问题并不难，你要办好一件事……！'我高兴得心里如同揣着一只兔子，咚咚咚地乱蹦起来。他说：'如果有人问你这块手绢的事，你就说亲眼看见是邹丽梅送给我的。她属于资产阶级，目的是用手绢拉拢支部书记。你记住了没有？'汗立刻钻出我的头皮，我像热锅上的蚂蚁，手脚不知道往哪儿放才好了。我懵懵怔怔地站了老半天，问道：'支书！这到底是啥意思？'他两眼瞪圆了，怒气冲冲地说：'这是机密，你要是心里真有党，坚决照办就是了。'我想：也许这里边真有机密，我这个党外人不便多问，一口答应他说：'支书！我听党的话。只要有人问到这件事，我就按你教我的话去回答。'他纠正我的话说：'不是我教你的，是你看见的。'我说：'对！不是支书教我说的，是我到灶房去喝开水，亲眼看见的。'回到帐篷，重新躺在地铺上睡觉时，我反复琢磨支书这个布置，也不知道到底是个啥机密。想着想着，我耳边忽然响了一声雷——'对的，你办；错的，你顶，不能当磕头虫'——这是您在马棚和我谈话时，叮嘱我的。我的脑子里打开架了：都是共产党员，咋就两个说法哩？到底谁是公公，谁是婆婆？虽说您的纱帽翅儿比他大，可他也是共产党员哪！我该听他的，还是听您的呢？"李忠义竖着粗壮的脖颈，两眼直溜溜地盯着宋武。

"你不是起誓不对别人说吗？"宋武想不到没经询问，就了解到了他十分需要的情况，因而兴奋地捅了他一拳说，"你就不怕天打五雷轰？"

李忠义咧开宽厚的嘴唇笑了："您这话可就说远了，党是'别人'吗？我没有对'别人'说呀！是在和党谈话哩！"

宋武对质朴但又愚昧的"疙瘩李"说道："你说得很好。至于你刚才提到谁是公公、谁是婆婆，不根据纱帽翅的大小而定，而是看谁说的是真理。就拿那块手绢的事儿来说吧！你明明没有看见，他硬要叫你说看见了，这就叫'牛不喝水强按头'，你脖子那么粗，就那么驯服？如果我是李忠义，我就会这样对他说：'滚你娘的蛋吧！我没看见的事儿，你为啥硬叫我说看见了？共产党办事一就是一，二就是二，你叫我吞柳条下笊篱——在肚子里瞎编哪？没门儿！'他要是朝你瞪眼，你不用客气，用你那粗粗的大巴掌，憋足了劲儿，赏他一记脆脆的耳光，然后教训他说：'我打你这个挂羊头卖狗肉的假共产党员！'"

李忠义还是没有纳过闷儿来，嘴里叨咕着："他……他是假共产党员？这是咋回事？"

"你知道小马和邹丽梅的关系吗？"宋武反问李忠义说。

"全队都知道哇，两人正在搞对象。"

"这就行了。你们支书迟大冰不但在中间插了一腿，还对邹丽梅说了许多违反党的政策的话。最可恶的是人家小邹主动为他包扎伤手，他反过来诬赖人家对他有意思，送给他一块手绢。我们在党的会上追查了他的问题，他怕露了馅儿，就深更半夜地把你喊起来，用威逼利诱兼而有之的恶劣手段，叫你编造假话，当他的旁证。小伙子，你说说这是人干的事吗？这号人还能不能算个共产党员？"宋武揭开了事情的帷幕，他想使李忠义清醒过来。

李忠义惊呆了："原来是……这么回子事！"

"小伙子，你们这儿有七八个垦荒队队员，为啥他偏偏找你这根拐棍呢？叫我说句难听的话吧！就是因为你愚昧，只会当磕头虫。"宋武关切地望着李忠义说，"小伙子，下决心学文化吧！叫诸葛井瑞当你的老师。如果你不好意思开口，我给你们搭桥。对你来说，叫北大荒长出粮食来并不难，难的是开垦你脑瓜子里那片荒地。在给大地播种的同时，也在思想上播种上知识的种子——你才称得起是名副其实的垦荒队队员。"

李忠义专注地倾听着宋武的话。虽然他不太懂那些名词儿，可还是理解了宋武这番话的主要意思。这个不善于表达自己心情的山沟青年，一时难以找出准确的语言来感谢宋武对他的深爱，便猛然从筐上站起来，身子挺得笔杆条直，像个军人似的对宋武喃喃地说："我咂摸过滋味来了。说来说去，我吃了没有文化的亏。伐木队员回来，不用您搭桥了，我找诸葛井瑞去拜师……今后，我不能再像猪八戒似的，叫那'孙猴儿'牵着鼻子走了。我要长志气，学本事，做个能文能武的垦荒队队员，叫那'孙猴儿'在我身上变的戏法失灵……"

"很好。现在我交给你个任务：穿上棉袄去找俞秋兰，叫她代笔把你刚才谈的那件事写个书面材料。"

"那打炉子的任务，我就完不成了。"李忠义两眼盯着那只破旧的机油桶。

"你真是'一根筋'！我宋武是干啥的？活见鬼！"宋武手里握起十八磅大锤。

李忠义转身走了。宋武忽然又想起了什么，朝他喊道："你站一下。"

李忠义回过头来。

"给你这个玩意儿。"宋武从内衣兜里掏出一个黑绒做的表套，"这是我老婆的手艺，你把怀表装进去，省得磕磕碰碰。"

李忠义小心翼翼地把那只旧怀表装进表套里。他没有急于把它装进口袋，双手捧着它看来看去。这个从来不知道什么叫苦——在冰河里还一个劲傻笑的蛮实小伙，此时对着这个咔嗒咔嗒走动着的小玩意儿竟然冒泪花了。他一反常态地哽咽着，吭吭哧哧地说："我娘……娘死时，只留给我一张破席头，一口掉了耳朵的破锅……宋书记，您……"

"没出息。顶天立地的男子汉，哪有掉泪疙瘩的！"宋武用手拍了拍他光秃秃的头顶，"今后，不要歪着脖子看太阳了，这小玩意儿能帮助你认识科学，能替你摘掉'标准钟'的帽子。等卢华、贺志彪他们回山之后，你每天七点钟，叫醒伙伴起来吃饭，八点钟准时开工盖房。"

"这……用不着我叫，迟……支书腕子上戴着手表——"

宋武打断他的话说："垦荒队不能跟着他的指针转了。天亮前，我和卢华、贺志彪研究过了，你在这儿领导盖房，叫迟大冰顶替邹丽梅火头军的工作——让他一个人好好反省他的行为。"

"我领导盖房？"李忠义两眼瞪得像鸡蛋大，"您是说叫我领导盖房？"

"怎么，要打退堂鼓哇？"

"我……我倒是愿意干。可是我一直是磨道上的驴，听别人吆喝的。"

"那你就练习着吆喝别人吧！卢华叫你当'留守处处长'！"宋武半开玩笑半认真地说，"可有一宗，你要是延误了盖房时间，或者叫那几匹马掉了膘，我拧断你的牛脖子。执行命令，你先去找俞秋兰吧！"

其实，垦荒队从来就没有"留守处处长"这种头衔，宋武不过是说了句玩笑话，但就是这个虚称，顿时使李忠义像打了气的皮球似的，感到浑身有了说不出来的劲头。出了库房，他觉着自个儿长高了许多，就连太阳留在他身后的影儿，都似乎长出了一大截。

站在房顶上钉房檩的迟大冰，从宋武走进这间库房后，两眼就没离开过库房的荆笆门儿，他揣摩着宋武去找李忠义，一准和他的事情有关，因此，当李忠义刚刚走出库房，他就从房顶上溜了下来，在墙角等候着李忠义。他很焦急，没容李忠义走到跟前，他就迎上前去：

"小李子，你这是去干什么？"

李忠义看见瘦高个的迟大冰拦住他的去路，不觉怒火烧胸膛，赌气回答说："去厕所。"

"厕所在那边，"迟大冰疑惑地问，"你往这边来，不是走错道儿了吗？"

"我到漫荒野地去拉野屎，你管得着吗？"李忠义拿出蛮横劲儿，眼皮子往上一翻说，"管天管地，你还管得着拉屎放屁？！"

迟大冰敏感地闻出了李忠义话里的火药气味，不祥的预感立刻涌上他的心头。他探询的目光在李忠义脸上转了好一阵子，装作若无其事的样子问道："你……你……这是怎么了，为什么对我这个态度？"

"该对你啥态度？还想叫我对佛龛烧香、磕头？"李忠义两眼一眨不眨地直视着迟大冰，"过去，你把我当成驴使还不算，怕我看清道儿，还给我捂上了眼睛。今天，多亏宋书记把我的捂眼给揭了，我才分清黑白，数清了你有几根肠子。"

事情变化如此之快，大大出乎迟大冰的意料。为了把变化了的情况摸清楚，他开始了对李忠义的侦察："我有什么毛病，你可以提嘛，何必用刺话伤人！"

"你自己干的事，自己心里清楚。"

"我要是清楚，为什么还要问你？"迟大冰步步紧逼地说。

"你为啥今天早上把我叫起来？"李忠义被愚弄之后，积郁在心里的一肚子火气突然迸发出来，"叫我把没看见的事儿，硬说成看见了，还逼着我对天起誓，你……这是搞的啥名堂？简直是把我往冰窟窿里推。"

"谁……谁逼你对天起誓了？那不是你自己表态的吗？"迟大冰发觉连一缕希望的荧光都不存在了的时候，像一只走投无路的困兽，想在李忠义身上寻找突破口，"我拉你到马棚去，是叫你喂马，那匹母马——'北京三号'怀了驹子了，你在农村里当过饲养员，叫你看看它——你怎么满嘴喷粪！"迟大冰放开喉咙，有意在盖房的垦荒队队员中制造舆论，因而话音一声比一声高，"我是共产党员，一不信神，二不信鬼，能逼你对天起什么狗屁誓吗？你才相信什么……'玉皇大帝显圣'哩！"

李忠义红涨的脸，唰地一下变得雪白，他一言不发，两眼直棍似的瞪着迟大冰。迟大冰本能地感到不妙，他还没来得及躲避，李忠义已经像老虎扑食一样蹿了上来，他一只手揪着迟大冰的棉衣衣领，跳蹦起来，另一只手左右开弓，打了迟大冰两个耳光，然后狠狠一推迟大冰，迟大冰跟斗流星地坐在了雪地上。

"你……敢打人？"迟大冰色厉内荏地从雪地上爬了起来，"咱们去找宋书记。"

"告诉你吧！迟大冰！"李忠义上牙狠狠咬着下嘴唇，以至于嘴唇滴下来鲜红的血珠，"宋书记还怨我夜里没给你个耳光呢！现在，我把这耳光补上，我'疙瘩李'今天要教训一下你这个挂羊头卖狗肉的假共产党员！"

"这么说，是宋书记支持你打人了。"迟大冰如同挣扎在大海波涛中的落水者，突然抓住了一根救命绳索似的高声嚷道，"走！咱们找宋书记对质去！"

脑子里只有一根筋的李忠义，发觉自己嘴上"走了火儿"，蹦上去两步，拍打着自己的胸脯说："打你两个耳光，我'疙瘩李'负责，你扯上县委书记干啥？"

迟大冰不愿放弃这个反攻时机，抓住李忠义棉袄袖子说："走！走！"

李忠义一抡胳膊，迟大冰踉踉跄跄地被甩出去几步远，他两眼喷着火，直视着迟大冰说："迟大冰，你要是再摸我一下，可别怨我李忠义手下无情！我在村里时，一拳头可打倒过一头牛！"

他俩的吵嚷声惊动了盖房工地。几个正在上檩的垦荒队队员放下手里的活儿，跳下房来劝架；卢华、俞秋兰、贺志彪也从拖拉机房和马棚里奔了过来。他们在李忠义和迟大冰中间，横上了一道人墙，才算把这场风波平息下来。迟大冰看见留守在庄点的垦荒队队员都聚在这儿，反而不依不饶地来了劲儿，他含沙射影地喊道："李忠义敢于动手打人，是有后台的。我迟大冰是有不少的缺点和毛病，可以通过批评和自我批评来解决嘛！为什么要诉诸武力？同志们！你们想一想这是什么性质的问题！"

"是啊！为什么要打人呢！"

"'疙瘩李'，你疯了？"

"向老迟道个歉吧！"

不了解内情的小伙子低声地议论着。

卢华、贺志彪和俞秋兰虽然知道宋武在亲自调查迟大冰的问题，但不了解怎么会发展到这样的程度，因而面面相觑，难以表态。正在这僵持不下的时刻，宋武手提着那把十八磅大锤，从库房奔向了争吵现场。他走到人群中，把铁锤往雪地上一戳，环顾了一下四周，朗声说："大家不要抱怨李忠义，打了迟大冰的责任在于我。该怎么对同志们说呢？当我了解到迟大冰威逼李忠义为他做伪证，以诬陷邹丽梅和逃避组织审查时，我曾对他说过这样的话：迟大冰叫你吞柳条下笊篱——在肚子里瞎编，你就该憋足了劲儿，赏他一记脆脆的耳光，打他这个挂羊头卖狗肉的假共产党员！同志们！我当时对迟大冰的行为，气得牙根发麻，顺口冒了这么几句违反政策的气话。李忠义同志是个大炮筒子，真的照方抓药，打了迟大冰的耳光，这是我没有预想到的。

所以，这里迟大冰追问得很对，我确实是客观上造成李忠义打人的后台。一个共产党员应当襟怀坦荡，自己说错的话自己承担。我仅就这一点向迟大冰道歉，回到县委之后，我还要深刻检查我的老毛病，听取同志们的批评。"宋武的面孔是平静的，态度是诚恳的。他刚才在库房抡锤淌下的汗滴，此刻凝成一串串冰疙瘩，挂在他的眉宇和脸颊之间，像一粒粒晶莹的珍珠在闪闪放光。"可是，你们还不知道迟大冰的丑恶行为，你们也不了解李忠义为什么要打他的耳光。现在，我把调查结果向大家公布一下……"

还没容宋武把话说完，雪地上就像开了锅一样，小伙子们纷纷向迟大冰开炮了。

"有你这号支部书记吗？简直是骗子！"

"你玷污了北京青年垦荒队的大旗！"

"你就是在挂羊头卖狗肉……"

"应该把这样的人清洗出党！"

"再不能叫这号人当支部书记啦……"

"……"

迟大冰面无血色地听着。虽然，他极力想找一些理由为自己的行为辩护，但人证都在现场，他难以启齿。这只"好斗的公鸡"终于垂下它带着血的冠子——他无力地靠在一棵早已掉光了树叶的白桦树干上……

他，苦心编织的个人梦幻，在严峻的生活中破碎了；他，精心构筑的个人宫殿，在集体的大熔炉中，一下化为乌有……

三

当盖房工地发生李忠义和迟大冰的纠葛时，邹丽梅靠在灶房的木栏旁，默默地张望着。她内心的感情十分复杂：她憎恶迟大冰的行为，但当李忠义打了迟大冰耳光之后，邹丽梅的心跳到嗓子眼，不知为什么，她反而怜悯起迟大冰来了。她想来想去，纠葛的产生都是因为她，她甚至后悔不该把迟大冰那天夜里的言行告诉宋武，如果把它永远埋在心底的话，就不会导致眼前这场纠纷。

此刻，纠纷已经过去，各人都去干各人的活了，邹丽梅还靠在木栏的角上，看着迟大冰。他很沮丧，在秃秃的白桦树干上靠了老半天，才奔向宋武干活的垦荒队库房。他脚步蹒跚，经过灶房门口时，她和他目光对视了一下：

尽管迟大冰的目光中已无那种盛气凌人的气势，邹丽梅还是如同受了雷击一般，浑身打了个冷战，慌忙地闭合了眼帘，就好像犯错误的不是迟大冰，而是她自己一样。

迟大冰已经走进库房，邹丽梅还在木栏边上发呆。她想起在秋天的哈尔滨，迟大冰帮她选购冬装、添置棉被时的情景。同志间的情谊曾温暖过她那颗苦涩的心。才几个月时间啊！严峻的生活竟然剥去了他道貌岸然的华装，使迟大冰露出了他原始的底色——多么难以思议，她居然成了揭发他劣迹的人。

一种莫名其妙的惆怅，像一把铁钳，紧紧咬住了她的心。她突然感到浑身冷得不行，忙转身跑向灶房，这时她才发现俞秋兰正在被白雪覆盖的水车旁边，惊异地望着她。

"我手冻僵了，来烤烤火。"俞秋兰和邹丽梅同时在灶膛旁边坐下，俞秋兰脱下沾满机油的手套，伸出冻得红红的手掌。

邹丽梅往灶膛里扔着劈柴。她侧着头，回避着俞秋兰的目光。

"丽梅姐，你不舒服了？"

"没。"

"那为什么脸色发青？"

"冻的。"

"刚才我在你身后站了半天了，你一直对着雪原发呆，好像有什么心事似的。咱们俩在一个被窝睡，如同亲姐妹，有什么心事可不能瞒着我呀！"

邹丽梅突然昂起头来，焦急地问："迟大冰会不会因为……被开除出党？"

"根据我的看法，这要看他认识错误的态度好坏了。"

"我想去找宋书记说说，千万别……"邹丽梅忧心忡忡地说，"他还是有许多优点的，比如干活泼辣，又有一定的工作能力……"

"组织上会比你我考虑得更周到的。"俞秋兰单刀直入地说，"你是不是有点怜惜他了？"

"导火线是我，我心里很难过。"邹丽梅郁郁地说。

"丽梅姐！你心地善良。开荒时，你怜惜那几只失去父母的天鹅蛋，并为它们去寻找安全的洞穴，这是怜惜美好的东西，珍视美好的感情。"俞秋兰柔声细语地说，"可是人世间的弱者，并不是都值得同情的：蚊子只有几十天的寿命，可是它吸吮人体的血，维持它的生命；北大荒的小咬，比小米粒还小，叮得人火烧火燎的；苍蝇的体积也不大，它传播霍乱和许许多多疾病。表面上看，它们都是弱者，可是由于它们的行为是恶者的行为，即使是以'慈悲为本'的虔诚的佛教徒，也没有因为拍死一只蚊子、捏死一个小咬、打死一只苍蝇而忏悔的，你说对吗？"

邹丽梅完全听懂了俞秋兰话中的寓意，她默默地听着。

"我想，对于万物之灵的人来说，也不例外。'可怜之人，必有可恨之处'，你想想迟大冰来荒地以后的行为吧！他想把咱们八十个垦荒战友，筑成一块他个人沽名钓誉的垫脚石。为了达到他个人的欲望，他不惜伤害你和小马的纯洁感情。组织上调查时，他又用十分卑鄙的手段，诬陷同志以保护自己。你可以这样设想一下，如果你没有把迟大冰的问题揭出来，他能够停止对你的纠缠吗？他能认识到自己灵魂的丑恶吗？从开荒起，他的极端个人主义行为，已经表现得不少了，再要膨胀下去……"

"你别说了，小俞。"邹丽梅打断了俞秋兰的话，她诚挚地望着俞秋兰说，"这是我的思想毛病。不知为什么，我总是缺乏宋书记那种疾恶如仇的劲头，虽然，我心里也知道迟大冰卑鄙，可是一看见他刚才的样儿，心里就……"

"丽梅姐，咱们谈点高兴的吧！"俞秋兰转移了话题，"有一个好消息，你想听吗？"

"关于我的？"邹丽梅惊异地问。

"不是你的，还是谁的？"

"我不相信，你在故意给我唱喜歌听，好叫我不再想迟大冰的事儿。"邹丽梅摇了摇头。

"你想念小马吗？"俞秋兰问。

"你说呢？"邹丽梅反问道，"是不是他托你带什么信来，你忘了交给我？"

"我又不是耗子，能那么健忘？"俞秋兰撇撇嘴，故意卖关子，"这是比带信来，更让你高兴的事儿！"

"小俞，你快说吧！"

"叫你进山，不是大喜事吗？"俞秋兰说，"卢华叫我通知你，今天准备一下行李，明早开拔。"

"真的？"邹丽梅一下把烦恼都丢开了，她激动地站起来，高喊着："卢华万岁！卢华万岁！"

"你不要感谢卢华，"俞秋兰说，"这是宋书记提议的。丽梅姐，别看咱们这位县委书记像个黑脸金刚，心可善良得像个菩萨娘娘。听卢华告诉我，宋书记那脑瓜里想的事可多了，这儿盖成房子以后，不但要办学校，还要成立个文工队，叫诸葛井瑞、白黎生、草妞儿这些能拉会唱的青年，到北大荒屯子里去巡回演出哩！他的胃口大得很，不满足只出拖拉机手和劳动模范，还想造就北大荒自己的艺术家哩！"

邹丽梅神往地问道："那我能干什么？"

"你也有你的专业呀！你不是学过护士吗？将来是咱们医院的大夫，或者是医院的院长。"俞秋兰脱口而出，"丽梅姐，我对你说的这些话都不是笑话，宋书记正叫卢华他们制定一个符合实际的远景规划呢！宋书记说，如果把有专业知识的人变成一个只会生产粮食的机器人，那叫向原始人倒退，那叫搞愚民政策。建设共产主义大厦要人尽其才，物尽其用，在最大程度上解放人的才能智慧……"

邹丽梅听呆了。老实说，这是她从来也没想到过的问题。此刻，她脑子里似乎容纳不下这么博大的内容。当初，她劈落门锁，逃出那石头狮子看守的铁门，并没有这样一个宏大的目标，而只是想到草原呼吸新鲜空气，在劳动中建立新的生活，做一个自食其力的劳动者。俞秋兰转述宋武的话，如同一片绚丽的彩霞突然升起在她的心窝中。她望着木栏外的荒芜雪原，既感到振奋，又感到惊愕；既感到欢欣，又有些迷茫。因而，一时之间，她不知道该怎么回答俞秋兰才好。

"宋书记这席话说得多好啊！"俞秋兰摇着邹丽梅的肩膀说，"你怎么毫无反应？"

"我……我……正在消化这席话的内容。"

"这又不是吃高粱面贴饼子，有什么难以消化的？"俞秋兰觉得奇怪。

"小俞，咱姐妹俩感情虽说很好，可是你和我之间，还有许多许多不同的东西。开荒时，你敢于违抗决定，把拖拉机开出去；而我比你懦弱，比你接受新事物要慢得多。实话对你说吧，我没有你想得那么长远，更没想到我身上还有一技之长，甚至将来还要发挥这一技之长……"

"现在呢？"俞秋兰深情地望着她的女伴。

"现在……好像有一把钥匙，打开了我眼前另一扇大门，我似乎看见了我不曾发现过的另一个天地。虽然它很遥远，但是它是诱人的，我……我……应该和伙伴们，为那一天早日到来而忘我奋斗！"

"丽梅姐！这就对了。"俞秋兰扑哧一声笑了，"看你刚才那个样儿，活像一个女哲学家，两眼凝神地望着雪原，好像在思考什么人生哲理似的。其实在我眼里，这如同 $2 \times 2 = 4$ 一样，是个既简单又明确的算术答案。可你……"

"在这方面，你要多帮助我。行吗？"邹丽梅抬起了头，她那双晶黑的眸子和俞秋兰对视在一起了。

"我的好姐姐，告诉你个实底吧！卢华现在正钻在咱们堆书的帐篷里，为你们选择书籍呢！有关音乐方面的，带给白黎生；有关美术方面的，带给'小诸葛'；有关魔术一类的玩意儿，带给石牛子；有关病理学方面的，给……"

"给我？"

"你说呢？"

邹丽梅两条黑细的眉毛一挑，笑了。

"同时他还为我查找一本书。"

"有关拖拉机方面的？"邹丽梅猜测着。

"不。"

"文艺小说？"

"不。"

"那……"

"丽梅姐，我和诸葛井瑞同时申请入党了。"俞秋兰爽朗地说，"卢华钻在书堆里，给我找那本《论共产党员的修养》哩！"

"我祝贺你们早日成为埋葬旧世界的正规军。"邹丽梅自卑地低下头来，下意识地拧着自己的衣裳角说，"我比不了你们。你们出身比我好，在荒地上贡献比我大……"

"你怎么总把'出身'挂在嘴边？宋武同志说了，只要你经受得住荒地的磨炼，苏书记介绍你参加了共青团，宋书记介绍你参加共产党。"俞秋兰用手托起邹丽梅的下巴颏儿，凝神地望着她那双眼睛。

"这话是真的？"邹丽梅嘴唇颤抖了。

"我说过谎话吗？"俞秋兰说，"从冰河里抢救圆木回来的半路上，宋书记向人挨个询问了你的表现。大伙异口同声说你应当出席省社会主义建设积极分子会议，还建议宋书记发展你入党。"

邹丽梅的眼睛湿润了，两滴硕大的泪珠涌出眼眶。她连连摇头说："不，不，我还不够条件。刚才我还想给迟大冰去说情呢！你看，我患得患失有多严重啊！可是，我下定决心，改正我的这些毛病。等我真正觉得自己和党员标准差不多的时候，我会向党组织开口的。小俞，请你当我最严格的老师吧！"

"你也当我最严格的老师。"俞秋兰握住了邹丽梅的手，"我还得去检修一下拖拉机，明天咱们一块儿去森林。"

第二天，宋武和李忠义抡锤打成的木炭炉子搬进了"男儿国"的帐篷。当炉子里跳动起橘红色的火苗时，卢华、贺志彪、俞秋兰和邹丽梅不能再贪恋炉火的温暖——他们返回骑马岭的时间到了。

雪原上刮起了七八级的白毛旋风，被狂风卷起的雪屑漫天飞舞，在冷漠无际的原野，堆起一道道银色雪墙。"大烟泡"的中心，雪尘掺着杂枝乱叶拔地而起，在天地之间竖起一根直抵灰蒙蒙天空的雪柱，就好像神话中的巨人怕飓风从天吹落下来，而顶上一根汉白玉石的擎天柱子似的。

尽管天冷得吐口唾沫就成冰，邹丽梅还是无法抑制内心的喜悦，她想乘坐贺志彪三匹马拉着的爬犁，领受一下"大烟泡"的滋味。可是卢华推推搡搡，硬是把她塞进"斯大林80"的舱座之内。

邹丽梅拍打着舱门："我不会开拖拉机。"

卢华在舱门外嘿嘿地笑着说："小俞会开嘛。"

邹丽梅坚决要下机车："你上来和她换着开嘛！"

俞秋兰从身后拉着她的胳膊说："你就安稳点吧！在爬犁上，白毛卷风会把你吞了的！"

"你就不怕白毛卷风吞了卢华？"邹丽梅用力挣脱着俞秋兰的手。在她看来，这样的风雪里程，正是俞秋兰向卢华倾吐心声的好机会，她不能占据这个卢华应当占有的位置。

俞秋兰紧紧抓住邹丽梅的胳膊不放，高声地喊着说："吞了他活该！谁叫他来青年屯的路上，让我在拖斗上挨冻呢！这叫一报还一报。"

"对！对！"卢华隔着机舱门儿，打诨地笑着回答说，"善有善报，恶有恶报。现在报应我的时候到了，叫'大烟泡'把我卢华吞了吧！"

机舱内外，顿时笑成一团——"斯大林80"载着笑声，开向了茫茫的雪原。

雪是白的。

树是白的。

路是白的。

拖拉机车窗外的一切都是白的。白毛旋风卷起的一团团雪粉，扑打在挡风玻璃上，像一缕缕的浓雾障人眼目；如同惊牛号叫一样"嗷嗷"的北风，湮没了拖拉机的轰鸣。邹丽梅只有从拖拉机的不断颤动中，才感到"斯大林80"在"大烟泡"中缓缓前进，她的身体随着拖拉机摇摆，双眼望着车窗外的迷离世界，陷入了沉思之中……

"你在想什么？"俞秋兰用胳膊肘碰了她一下。

"真也怪了。"邹丽梅说，"我忽然想起北京家里的火炉，火炉上边那只水壶，这时候正发出咝咝的声响；我家里养的那只蓝眼珠的波斯猫，这会儿也许正抬起前爪，洗它那个圆圆的猫儿脸呢！"

俞秋兰笑了："你想家了，是吗？"

"不，我想我过去，就像卧在炉台上的那只猫儿一样，不知道中国还有这样一个冰铺雪盖的世界，也不知道北大荒有这样的暴风雪。"邹丽梅眯着眼睛，把头靠在俞秋兰的肩上说，"虽然，看上去那样的生活很安闲，实际上是坐吃等死。小俞，我真爱上了拓荒者的生活，甚至喜欢这漫天飞舞的'大烟泡'！真的！"

"我忘了是在哪本小说里看到的了，小说的主人公说：如果说'吃了睡'是猪的生活，难道'睡了吃'就能算人的生活？这话说得多好啊！不同的人对幸福有着不同的理解，我认为幸福这个字眼，就是开拓，就是搏斗，就是把光和热献给别人，就是把青春献给祖国！"俞秋兰往邹丽梅身上靠了靠，和她挤得尽量紧一些，以抵御从舱门缝儿刮进来的透骨寒气。

邹丽梅裹了裹自己身上的老羊皮袄，又帮俞秋兰把皮袄领子竖了起来，有点忧心地说："卢华和贺大个子受得了吗？他们可是在露天地里的爬犁上啊！"

两个女伴不约而同地从机舱后的玻璃窗，向后望去：三匹马在雪地上奔跑着，卢华和贺志彪在爬犁上，只露着黑黑的眼珠；老羊皮袄上埋着一层"大烟泡"卷起的雪粉，活像两只蜷缩着身子的白熊。

俞秋兰猛地刹住机车，开始脱自己的老羊皮袄。邹丽梅了解了女伴的意思，也解开老羊皮袄上的纽扣。当三匹马拉着的爬犁赶到拖拉机旁边时，俞秋兰打开舱门，想把她和邹丽梅的皮袄都扔下去，可是贺志彪一晃鞭子，三匹脖子上挂着响铃的马，"叮叮当当"地从拖拉机旁疾驶而过。

"大个子！站一下——"俞秋兰喊。

"干啥？"贺志彪从爬犁上把脖子拧成麻花，嬉皮笑脸地朝俞秋兰说，"你不是说叫'大烟泡'吞了卢华吗？我们男人不要妇女的施舍！"

"你……"俞秋兰还想喊住爬犁，一股白毛旋风吹进车舱，堵住了俞秋兰的嘴，俞秋兰被噎得喘不过气来，只好"砰"的一声关住了车门。她朝邹丽梅嘟哝道："瞧！这贺大个儿有多坏！"

邹丽梅给俞秋兰打气说："追上他们！"

"这家伙在开荒时，顶得上八十匹马力，在雪地上可追不上一挂爬犁。既然他俩愿意喝西北风，吃'大烟泡'，就叫他俩去受吧！这些男兵，个个都是别扭种！"俞秋兰嘴里虽然这么说，还是开足了马力，力图追上卢华和贺志彪。

那挂爬犁似乎有意和她俩开玩笑似的，一会儿快，一会儿慢，总和拖拉机保持着大约十米的距离。贺志彪还不时扭过头来，用那两只饱含笑意的黑眼珠望望她俩。那眼神好像是在挑战：喂！有本事你就追上来呀！

俞秋兰后悔地说："早知受这窝囊气，当初咱们姐妹俩就该上爬犁，叫这俩小子开拖拉机。"

"可是你会赶爬犁吗？"邹丽梅问。

"白黎生都能赶，我们还不能赶？"

"那好办。"邹丽梅向俞秋兰献计说，"你把车停下，咱俩下车装作修理拖拉机的样儿，卢华和贺志彪看见拖拉机抛锚，一准把爬犁赶回来，帮助修车，这时候咱俩跳上爬犁就跑。我……我……真想尝尝坐着爬犁，在'大烟泡'里冲锋陷阵的滋味呢！"

俞秋兰皱着的眉头一下舒展开了："丽梅姐，就依你说的办。"说着，俞秋兰停了车，和邹丽梅一块儿跳下车来，围着拖拉机转来转去，静待着"叮当叮当"的马铃声。

风的牛吼声……

树梢的尖啸声……

唯独听不见爬犁上的马铃声。

两个女伴朝前望望，"大烟泡"切断了她们的视线。正在她俩感到失望的时刻，迷迷茫茫的雪原上传来一声马嘶。俞秋兰和邹丽梅彼此相视而笑，但马上就失望了——因为跑过来的不是三挂套的爬犁，而是一匹雪青马。俞秋兰认识马背上的来者，不是卢华，也不是贺志彪，而是她初到荒地时认识的第一个北大荒人——鲁玉枝的老爹鲁洪奎。

身穿鹿皮裤褂的鲁洪奎没等两个姑娘发问，在马背上向邹丽梅瞥了一眼，就迫不及待地对她俩说："伐木队发生了工伤事故，卢华和贺志彪已经拱着爬犁奔凤凰镇医院了。我找宋书记去汇报。"说完，策马抖缰，飞也似的钻进了"大烟泡"里。

两个女伴雀跃的心，一下从欢乐的高峰跌进万丈冰谷……

四

路，显得那么漫长、漫长……

拖拉机在雪原上像个灰色的小甲虫，爬行得那么慢。俞秋兰额头鬓角已经急出了汗珠，但挡风玻璃之外，还没出现凤凰镇的影子。

邹丽梅索性闭合了眼帘，任拖拉机摇摇晃晃像蜗牛似的向前行驶。不知为什么，她总是想老猎人那撇目光：为什么他单单盯我一眼呢？又为什么不等我俩发问就匆匆策马疾驰了呢？是不是马俊友出了什么不幸？她真是不敢再想下去了。

记得，在她幼年时，母亲是最相信命运的。母亲曾告诉她，在她落生的那个夜晚，后花园的一棵老槐树上，有只夜猫子在"咯咯"地笑着，因而，母亲断定她是灾难的化身——扫帚星托生。邹丽梅当时听得毛骨悚然，但当她年纪逐渐大了，重新回忆起母亲那段话时，觉得像听神怪故事那么可笑了。解放后，她认识到她们母女的不幸不是由于夜猫子进宅，而是门口那两只石头狮子的罪过。那两只凶狮血口朝天，似乎把天都吞进它的腹内，它才满足哩！这多么像她继母那一副贪而无厌的形象啊！

可也怪了，邹丽梅此刻却想起了母亲说过的夜猫子。尽管她在生活中，只是从美术作品中看见过这种鸟儿的形象，但不知为什么，那只鸟儿的样子总是萦绕在她的面前，甚至连那"咯咯"的阴森笑声，都传进了她的耳鼓。她忙睁开了眼睛，面前什么也没有，只有旋风卷起的雪团，在拖拉机的挡风玻璃外咆哮。

"你在想什么？"俞秋兰看女伴眼神发呆，问道。

"我……有点怕……"

"是担心小马了吧？"

"是的。"

其实，俞秋兰心里也正在揣测着发生事故的人，但她不相信小马会有这样的厄运。她说："小马是个细心的小伙子，你犯什么神经病？"

"小俞，你……你……难道真没看见鲁大爷刚才朝我扫了一眼？"邹丽梅愁楚地说，"那目光像天空的闪电，不，简直是响在我内心的一声沉雷。"

俞秋兰马上回忆起鲁洪奎刚才那撒目光，但是为了安顿邹丽梅的心，她装得十分坦然："我没看见。"

"但愿是我的神经过敏。"邹丽梅淡淡地说，"你知道吗，小马已经成了我生活中最亲的人了，我不能没有他……"

"看你瞎说些什么呀！"俞秋兰尽量安抚着女伴的紧张心理，可是不知怎么搞的，她反而被邹丽梅的情绪感染了，她感到老猎人刚才那撒目光似乎是个暗示。暗示什么呢？莫非真是小马在伐木中出事故了？她的心一下子跳到了嗓子眼。

沉默。

冷寂。

一只奔逃的狍子屁股一颠一颠地从拖拉机前跑了过去。往常，两个女伴一定会尖声惊叫起来，并且把视线转向那野生动物；今天，她们却对此毫无反应。本来嘛，无论伤了八十一个垦荒队队员中哪一个人，她们都会产生五指连心的疼痛，何况她俩遐想中的伤号是最受伙伴们爱戴的马俊友呢！

两匹跑马，一青一红，风驰电掣般从拖拉机旁闪过去了。雪青马上坐着鲁洪奎，枣红马上坐着宋武。显然，他们内心急如星火，竟然对他们身旁的庞然大物——"斯大林80"视而不见，甚至都没招呼她俩一声，就流星赶月一样从拖拉机旁飞驰而过。两个姑娘眼巴巴地看着两匹马消失在风雪深处，真是从心里凉到了脚跟。

"看样子，事故还不小呢！"邹丽梅忧心忡忡地判断着。

"只是不知道是谁出了事故！"俞秋兰思索地皱起双眉，"我想，不会是小马。宋书记最重感情，如果是小马的话，他怎么也会停下马来，告诉你一声的。"

"你看，那两匹马拐回来了。"邹丽梅向前一指。

俞秋兰用手套擦擦挡风玻璃，果真看见那两匹马又奔驰回来了，笔直地向拖拉机跑来。俞秋兰的心紧缩成一团，邹丽梅的脸陡地变得煞白，两个女伴顿时意识到，不幸向她们一步一步地逼近了。

宋武到拖拉机前翻身下马，向站在雪地上等待着命运审判的邹丽梅盯望了一眼，缓慢地说："邹丽梅，本来不该把这消息告诉你，又考虑到你和马俊友同志的关系，你骑上马随我去县医院吧！"

"小马，他……他……"邹丽梅的预感终于成了事实，她心里一连打了几个冷战，身子无力地靠在拖拉机上。她觉得自己这样显得太懦弱了，强打精神挺直了身躯问道，"……他伤势重吗？"

宋武脸色阴沉得像黑锅底，下巴颏微微蠕动了一下："很严重。一棵红松倒下来，砸在他的后背上。现在，没时间谈详细情况了，你骑上马，和我一块儿去凤凰镇吧！还有……"宋武扭头对俞秋兰说，"你赶回伐木队以后，和卢华商量一下，再派一个细心的姑娘来，和小邹一块照料马俊友和诸葛井瑞！"

"什么？诸葛井瑞也……"俞秋兰惊愕地瞪大了眼睛。

"凤凰镇医院很小，没有陪住的护士。"宋武所答非所问地继续说，"冰天雪地的严冬，伤号又经不起折腾，不能往市医院送了，你听明白了吗？"

俞秋兰两眼含泪直直地站在雪地上说："是，我听明白了。"

宋武翻身上马。为了叫邹丽梅早些见到马俊友，他叫邹丽梅和老猎人合骑一匹马，并叮嘱她牢牢地揪住鲁洪奎的鹿皮袄，然后，一抖马缰向凤凰镇奔驰而去。

雪原上风更大了。嗷嗷叫着的白毛旋风卷着雪屑团团旋转，就像天空垂落下来的灰白的云朵，一会儿把宋武和老猎人连人带马吞噬得无影无踪，一会儿又把他们从"大烟泡"中抛出来。邹丽梅坐在鲁洪奎身后，两手机械地揪住老猎人的鹿皮袄，任寒风割面，任冷雪扑脸，她无所觉察，就连她头上戴着的那顶狗皮帽子，猛地被旋风吹掉，像一片树叶一样飘上半空，她也没有一点反应——她完全陷入对马俊友的担忧之中……

宋武打马，从后边追了上来，他摘下自己那顶古铜色的驼绒军帽，递给邹丽梅，用不容争辩的严肃声音命令她说："把它戴上。"

邹丽梅推拒着："不，不……"

"你脸上已经冻起大疱了。快——"

邹丽梅看看宋武被冷风吹得如同黄蜡一般的脸，还是不接那顶帽子。

宋武火了，当那匹枣红马靠近雪青马时，他猛然把那顶帽子套在邹丽梅的头上，同时粗声粗气地喊着："系上扣儿，不然风还会把它卷走的。"

"宋书记……"邹丽梅眼里涌出一串泪珠，"我真怕……怕小马有个好歹，他妈妈只有他这一个儿子。"

"别胡思乱想了。"宋武竖起了军大衣的领子，"我比你心里更急，你们这群北京儿女来到荒地，出了任何问题，都是我县委书记的过失。我们要全力抢救他俩。"

"诸葛井瑞伤势也很重吗？"邹丽梅问。

"他不是被树木砸伤的，而是和鲁玉枝往凤凰镇抬担架时，被冻僵了的。"宋武对邹丽梅解释着，"真是不巧，爬犁和拖拉机都在青年屯，他们只好绑了一副担架，连夜把小马抬下骑马岭。"

鲁洪奎扭回头来安慰邹丽梅说："姑娘，我估摸着不会有性命危险，为了不叫小伙子留下什么伤残，我把积存多年的鹿茸、獾油、虎骨、熊胆……都送到县医院去了。话虽然这么说，可也不能担保不会有啥意外，华佗那么有能耐，也有他治不好的病人哩！姑娘，你可要把心放宽一点。"

雪原上开始出现凤凰镇的模糊影子。在一片迷迷茫茫的雪雾中，房舍的屋脊、树木的轮廓逐渐变得清晰了。之后，邹丽梅看见了北国小饭馆门前挂着的红布条招幌和县医院门口醒目的红十字图案。

她心跳得如同乱了点儿的小鼓，险些从马背上掉下来……

第六章

一

马俊友的工伤事故，出得十分偶然。

尽管当时卢华拉着木料返回了青年屯，不在伐木现场，但工地上还留有鲁玉枝，这个草妞儿对伐木安全操作规程，要求得十分严格，因此，伐木队一直平安无事。

这天，伐木队完成伐木任务后，照例要在天黑之前，埋种下松子。石牛子和叶春妮为了减少伙伴们吃饭时的路耗，主动把晚饭送到了伐木现场。叶春妮肩上挑着两个柳条编的饭笸箩，一头装的是窝头，另一头装的是咸菜疙瘩；石牛子肩上担着两桶热粥，手里还牵着那只刚刚长出牙尖的小熊崽——自从鲁玉枝把它从树洞里掏出来，送给石牛子，他和它简直成了形影不离的好朋友。

黄昏时的森林是阴冷的，特别是夕阳从树梢上收起它的最后一缕光束之后，跳动着斑斑光点的森林像是一个生机勃勃的美丽少妇变成了老气横秋的老太婆，不但斑斓的色彩没有了，就连气温也随之下降十度。由于寒冷和肚饥，每当两个小火头军担着热饭来工地时，用不着石牛子吹哨，也用不着叶春妮吆喝，伐木队队员都立刻放下手里的活儿围拢过来，趁热喝粥，以驱赶北国森林的奇寒。

叶春妮和石牛子目睹大哥哥大姐姐们风卷残云般的吃饭样儿，心里非常不安：他们的生活实在太艰苦了，吃窝头嚼咸菜自不必说，北国的风雪，几乎给每个人脸上都留下青一块、紫一块的冻伤，边陲的冰霜如刀刻般地给他们手上留下横七竖八的口子。放眼望去，那一双双端着饭碗的手，都缠着横一条子竖一道子的胶布。而叶春妮和石牛子就不一样了，他俩一天到晚不离灶火，手上没有裂口，脖子上没有黑鬏，虽说脸上也带着黑一块、紫一块的冻伤，但到底比大哥哥、大姐姐们舒服多了。

正因为如此，这两个小火头军总是想为大哥哥大姐姐们做点什么，使自己的良心得到安宁。可是干点什么呢？石牛子想：这儿离铃铛河很远很远，没法去破冰捞"傻大姐"，为伙伴们改善生活。至于叶春妮，就更无计可施了，过了年她才十五岁，人长得还没有伐木用的大肚子锯高，她能为大哥哥、大姐姐干些什么有益的工作呢？

后来，他俩看见森林的枯木倒树上，生着一丛丛的蘑菇、木耳，便常常借伙伴们吃饭之际，去采摘这些森林的特产，用盐水煮煮，代替冻得像秤砣般啃也啃不动的咸菜疙瘩。可是老天爷丝毫也不怜惜这两个小火头军的苦心，接二连三地飘落几场大雪，厚厚的积雪覆盖了地面上的一切，他俩无法再寻找倒木上的木耳和蘑菇了。石牛子跺着脚骂天骂地，小春妮眼泪汪汪——有什么办法呢？北大荒就是这样的暴戾脾气。

这天傍晚，伐木队员正在吃饭时，叶春妮忽然有了一个新发现，她看见离开饭地点不远的林子里，好多棵柞树上都对生着一个个的"猴头"。在黑色树干上，"猴头"凸着脑袋，上边蒙着一层白雪，简直像是一颗颗硕大闪光的珍珠。她的两眼立刻闪亮了，扯了石牛子一下说："瞧！"

石牛子两眼笑成一条缝，拉着小春妮的手说："走！咱们去采树上的'珍珠'。"

小春妮跟随石牛子往林子里走了几步，停下不走了，犹豫地说："玉枝姐有规定，在采伐区禁止任何人爬树，说有危险。"

"你呀！又想吃，又怕烫。"石牛子两眼瞪得滴溜圆，"你就忍心叫哥儿们和姐儿们天天啃咸菜呀！"

"那……"叶春妮心动了。

"咱们不爬那些已经开锯的树不就行了吗？你怕什么？"石牛子对叶春妮下命令说，"咱们俩，我是将，你是兵，你得听我的。快去把盖窝窝头用的面口袋拿来，快去——"

叶春妮手提着面口袋赶到林子时，石牛子身子一弓一伸地正往一棵柞树上爬着。叶春妮细心检查一下树根，树根上没有锯口，她放心了，笑嘻嘻地朝上喊着：

"喂——小心点，别摔下来。"

石牛子逞能地回答："这么高的树，对我来说不在话下，我挂着红领巾的时候，就爬过香山的'鬼见愁'！你见过吗？"

"别吹牛了。"叶春妮仰脖向上望着，"快摘'猴头'吧！"石牛子没去摘"猴头"，却坐在树权上摇晃起树枝来了。压在枝叶上的白雪，一团团地飞了下来，掉在叶春妮的脖子里。叶春妮尖叫着：

"坏骨头——坏骨头——"

石牛子在树权上哈哈大笑。突然，他捂住了自己的嘴，不再吱声了——没顾上吃饭、忙于清点伐木数字的马俊友，朝他这儿跑来，他一边跑一边喊道："石牛子！快下来！这儿是采伐区，不许爬树！"

"这棵树上没有锯口，没关系！"石牛子一边强辩着，一边摘下两个戴着雪帽的"猴头"，扔给叶春妮，同时又向另一个树权爬去——那儿有两颗"珍珠"在诱惑着他。

马俊友气喘吁吁地跑到树下，朝石牛子连连摆手说："快下来，别去摘那两个'猴头'了！快——"

"叫他把那两个'猴头'摘下来嘛！反正他已经爬树了，一个两个，不都是摘嘛！"叶春妮一边为石牛子求情，一边用手指着树根说，"你看，这棵树上没有锯口，倒不下来。"

"这棵柞树虽说没有开锯，可是这周遭的树都开锯了呀！伐木人有句老话：不怕下晃，就怕上摇，一阵小风就能把留下锯口的老树吹倒。当初，我对这老话也不太相信，那天玉枝在一棵没有锯透的水曲柳上，给我们做过实验，她抓起白黎生的狗皮帽子，轻轻往那棵树上一扔，就那么一丁点力量，那棵水曲柳就倒了下来。你看——这棵柞树枝叶和几棵红松都搭在一起，树枝的晃动力量会把——"马俊友还没把话说完，小春妮就惊叫一声捂上了眼睛。柞树枝叶碰到的那棵红松，"咔嚓嚓"一声巨响，倾倒下来，直直地倒向那棵柞树。还算侥幸，那沉重的树干没砸着石牛子攀住的树杈，马俊友心里刚松一口气，哪知那棵红松在柞树另一侧的树杈上滚了两滚没有停下，却又兜头盖顶地朝叶春妮垂落下来。叶春妮吓傻了，笨拙地用手抱起她的头，似乎这样就可以保护住她的头部似的。马俊友高喊了一声："闪开——"叶春妮像个泥胎一样，动都不会动了。在这千钧一发之际，马俊友不顾一切地扑上去，把叶春妮狠命地一推，叶春妮被推得一溜滚儿，摔在几米外的雪地上。那棵从柞树上滚落下来的红松，没砸着叶春妮，却一下子把马俊友砸倒了。

这是在短短几秒钟内发生的事情。之后，寂静的山林不再寂静，伐木队员放下饭碗奔了过来，他们迅速搬开压在马俊友后背上的红松，又把马俊友背回伐木队的帐篷。

叶春妮放声大哭……

石牛子低头不语……

马俊友两眼紧闭，脸色如同青灰，嘴角挂着一缕血痕——他心脏虽没停止跳动，但已经不省人事了。

该怎么办呢？拖拉机和爬犁都不在伐木队，骑马岭的周围又没有老乡的屯子。鲁玉枝应急地叫小伙子和姑娘们绑了一副桦木树条的担架，她叫白黎生点着松树明子照亮，她和诸葛井瑞抬着担架，连夜钻出深山老林，奔凤凰镇疾行而去。

这是一个乌云遮月的夜晚，天冷得像刀刮骨头，松树明子的光亮在茫茫林海像个小小的萤火虫儿，根本无法起到照明的作用。多亏了那遍地的银雪反光，使鲁玉枝几次避免了和老树相撞，她熟悉骑马岭的每条羊肠小路，因而两脚快得如同雪上的一股清风。这就苦了抬后杠的诸葛井瑞，他还没有走出骑马岭，由于脚下树根葛藤的磕绊，眼镜就掉进积雪里，可是他连一声也没吭，诸葛井瑞清楚地知道，在路上多耽误一分钟，马俊友的危险系数也就大一分。他像个机器人，一边沿着鲁玉枝踩出的脚印儿往前走，嘴里还不断地轻声呼喊着："小马——小马——"当他听到裹在几层棉被中的马俊友发出蚊子般的一丝回声时，诸葛井瑞忘了疲累，忘记了夜寒，像疯了一样，兴奋地向鲁玉枝和白黎生报告讯息说："哎——有希望！小马还活着！刚才他'嗯'了一声！快走！"他的两条胳膊已经酸痛难耐，两条腿已经开始"绊蒜"了，他还在催促着鲁玉枝加快脚步："快——玉枝！不用担心我，我……我跟得上。"

本来，伐木队里有许多魁梧小伙，在月黑风高天抬担架这个活儿，有许多比诸葛井瑞这样的白面书生更为合适的人选，但诸葛井瑞力排众议，非要护送马俊友到凤凰镇不可。之所以如此坚决，甚至和抢着要抬担架的小伙子们瞪圆了眼睛，除了他和马俊友结下的深厚友谊之外，诸葛井瑞心里还感到深深的内疚。诸葛井瑞认为：这起意外灾祸的起因，不在于石牛子爬树去采"猴头"，而是由于自己在伐木中缺乏高度的责任感。那棵砸了马俊友的红松，是他和唐素琴的"责任树"，本来再拉上几锯，就可以放开喉咙喊"顺山倒"或者"逆山倒"了，偏偏这时候石牛子和小春妮送饭来了。饥饿、寒冷和疲倦，支配着他和唐素琴的脚步，直奔向那桶暖肚子、增体温的热粥。他俩都没有料想到，石牛子和叶春妮会来这儿采"珍珠"，以致造成了砸伤马俊友的事故。所以，当伐木队队员纷纷责怪石牛子的行为时，诸葛井瑞把伙伴们射向石牛子的"炮弹"，引到了自己身上。他沉痛地说："同志们！石牛子虽然违反了纪律，但他的动机是想为伙伴们改善生活，心里还装着集体！我为了什么呢？为了早点暖肚子，这是彻头彻尾的个人主义行为！同志们！你们责怪我吧！处分我吧！"之后，他毅然地推开了和他争抢着要抬担架的伙伴，和鲁玉枝抬着战友开拔了。

　　唐素琴这些天来一直躲避着诸葛井瑞的追求：尽管他俩合拉一盘大锯，她没主动和诸葛井瑞说过一句话。此刻，她被诸葛井瑞主动承担责任的坦荡行为感动得泪水蒙蒙，她紧紧追逐着诸葛井瑞说："你戴着眼镜走夜路很不方便，还是叫我和玉枝抬吧！我……在这场事故里也是有责任的，我应该……"诸葛井瑞冷冷地回答说："你回去！几十里路，你抬得了吗？！"唐素琴愣了片刻，猛然摘下自己脖子上蓝色的毛线围巾，套在诸葛井瑞的脖子上，转身跑了。

　　夜路崎岖……

　　白雪皑皑……

　　诸葛井瑞胳膊已经酸了。

　　诸葛井瑞腿开始打软了。

　　白黎生感到诸葛井瑞的脚步慢了下来，便甩掉手中燃尽的松树明子，跑上来接过诸葛井瑞手中的担架。这时他才惊异地发现：诸葛井瑞不但鼻梁上少了眼镜，连脖子上的那条围巾也不见了。

　　"你的眼镜呢？"白黎生提醒诸葛井瑞说。

　　"掉进雪地里，顾不上找了。"诸葛井瑞擦着脑门上的热汗，"呼哧呼哧"

地喘着气回答。

"围巾呢？"白黎生又问。

"哎？"诸葛井瑞摸了摸自己的脖子，"刚才还围在脖子上，怎么……"他回过头来，两眼巡视着身后的雪地。

"秀才！找找去吧！眼镜丢了还不要紧，大姐那条围巾要是丢了……"白黎生一边抬着担架往前走，一边含蓄地告诫着诸葛井瑞，"那恐怕不太合适吧！不要小看这条围巾，她不给玉枝围脖子上，也不给我围脖子上，这明明是向你暗示她回暖的心声……"

"别说了！我去找找看。"

鲁玉枝和白黎生抬着担架头前走了，诸葛井瑞沿着雪原的脚印往回走。他无暇考虑对他冷若冰霜的唐素琴为什么把一条长长的蓝色围巾围在他的脖子上，而只是想在短时间内把围巾找到，然后追上抬担架的伙伴。他以心度心，估计鲁玉枝也已经筋疲力尽了，他应当追上伙伴，把鲁玉枝替换下来——三个人竭尽全力，尽早把马俊友抬到凤凰镇。

雪是白的，围巾是蓝的，按道理说并不难找，怎奈诸葛井瑞鼻梁上没了那副眼镜，就像信鸽在天空失去了辨向的功能，就如同孤舟在大海里丢掉了船桨，他弓着腰，在雪原上转来转去，就是寻觅不到那条围巾的影子。刚才，他抬着担架走啊走啊，没有感到北大荒雪夜的寒冷，此刻，北国边陲的透骨奇寒把他热汗淋淋的内衣和棉袄棉裤，迅速凝成一层冷冰。他感到冷得难耐，下意识地摸摸身上，想裹紧垦荒队队员的老羊皮袄，他头脑轰鸣了一声：他怕冻坏伤号，把那件老羊皮袄盖在马俊友身上了。他丝毫也不悔恨自己的行动，但精神上的安慰却无法抵御雪夜零下二三十度的刮骨冰冷。他紧紧抱着自己的双肩，哆哆嗦嗦地在雪地上寻找围巾。继而上下牙齿互相磕碰了，全身也像筛糠一样哆嗦起来。就在这个时刻，他看见了那条围巾，它没有丢在雪地上，也没有践踏在奔波的脚窝里，而是挂在一棵七枝八杈的小桦树的树枝上——那是诸葛井瑞抬着担架在树丛中穿行时，被树枝从他脖子上扯下来的。

意外的发现使诸葛井瑞陡然有了力气。他高一脚低一脚地迈上去，把围巾从乱枝条中摘了下来。他是个聪明人，知道把围巾围在脖子上不如围在胸前更能御寒，便把长长的毛线围巾绕着前、后胸转了两圈，然后在心口部位打个死结，避免再因围巾松动而丢失。这下，诸葛井瑞感到暖和多了，毛线围巾紧紧箍着他的心胸，他仿佛又穿上了一件贴心棉袄。要知道，这不是一件普通的"棉袄"，是诸葛井瑞心中的"圣母"一针一线织成的贴心"棉袄"啊！他立刻感到脚下有了跋涉的力量。

举目四望，天地之间一片漆黑。只有那漫漫无际的白雪赐给诸葛井瑞星星点点的微光。他睁大眼睛，想发现鲁玉枝和白黎生的背影，两个抬担架的伙伴早已消失了踪影。很显然，他俩意识到抢救马俊友的生命，比等待诸葛井瑞更为重要，已经头前走下去了。诸葛井瑞到荒地之后，第一次感到了北大荒雪原的冷寂和孤独。他真想呼喊他的两个伙伴，叫他俩回应一声，以使他感到在这广漠的大地上，还有和他内心紧紧相连的同志存在。但他转念一想，叫鲁玉枝和白黎生在雪原上等他一分钟，不，哪怕是几秒钟，都是他儒弱的表现，都是他极端自私自利的行为……丢了眼镜，难以辨认伙伴留在雪地上的脚印不要紧，远处不是闪烁着若隐若现的豆粒大的灯火吗？那儿就是凤凰镇。灯火就是指南针、就是罗盘，沿着这个方向追上去就行了。

诸葛井瑞自信这个追赶伙伴的方案是绝对可靠、万无一失的。可是这个上知天文、下知地理的北京秀才，却没有想到这北国风雪遮盖着的小镇，没有北京城内彻夜不灭的长明灯火，这儿没有电灯，而是桅灯、马灯、豆油灯的世界，发电站、火力电网、长明灯……都只是建设蓝图上的小小圈点。因而，诸葛井瑞没有走出去多远，那星星点点的光亮儿，都渐渐从雪原上消失了……

诸葛井瑞失望到了极点，他悔恨自己不该回来寻找围巾。如果他没离开担架的话，即使看不见路也没关系，因为抬着的担架棍儿，就好比盲者握住的竹竿，有鲁玉枝在前头引路，他只管往前迈步就是了。而眼前，这根引路的竹竿没有了，远处的灯亮像童话似的，又一盏接一盏地熄灭了，被漫长冬夜笼罩着的北大荒，在他面前简直变成了一座迷宫，诸葛井瑞分不清东西南北，真不知往哪儿迈步才好了。

打更鸟儿似乎发现了比它还不幸的夜行者，在他头上叫了四声便飞掠而过。是同情，还是嘲笑？鬼才知道！诸葛井瑞只知道已交四更。黎明前的苦寒是北大荒的夜行者最难耐的时刻。他想坐在雪原上歇一会儿，怎么能歇呢？天地之间冷得如同冰窖。他迈步想走，可是该往哪儿走呢？遍地都是雪，到处都是黑影幢幢的树丛。站在这儿发愣是不行的，北大荒的酷寒会把人冻成冰棍！百般无奈，他只好按照记忆中的灯光方向，匆匆而行，用剧烈运动产生的热能，防止自己在这荒芜的雪原上变成一具冻僵了的"木乃伊"。

究竟在雪原上走了多少路，他不知道。

究竟这儿离凤凰镇还有多远，他更不知道。他只知道走啊走，跑啊跑！

寒冷。

疲倦。

饥饿。

他发现自己转了半天，如同遇见"鬼打墙"似的，又转回丢围巾的小树林里来，他的意志和体力再也支撑不住了。虽然，诸葛井瑞心里明白：停下脚步就意味着被冻死，但他两腿软得如同豆腐，只要再迈出一步就会跌倒——他牢牢地抓住一棵树，冷得用指甲抓破了又硬又粗的树皮……

当鲁玉枝和白黎生把马俊友抬到镇上医院，回来找到诸葛井瑞时，他，已经失去了知觉。

二

北国小镇上的医院是极其简陋的。几排没有围墙的红砖房，既是诊室，又是住院部。马俊友和诸葛井瑞合住的那间病房，是医院遵照县委书记的指示，特意拨给他俩的特等房间。室内泥巴墙上刷着浓稀不均的灰浆，在黄一块白一块的四壁上，有几道十分醒目的黑色烟柱——那是豆油灯喷出来的烟龙留下的痕迹。病房中间，有一座碎砖砌成的木炭火炉，炉子上架着通向屋外的喇叭口形的烟筒。那形状和颜色，活像帝俄侵略我国边陲时，丢下的一门古铜色火炮。这一切，把病房装扮得十分原始、十分简陋。它正和它周围荒芜的草原一样，等待着时代阳光的普照，期待着建设者的脚步把它震醒。

和这古老气息很不谐调的是：病床上的被褥十分干净——这是邹丽梅把自己的行囊，分铺在两张病床上。病床旁边的两张小木桌上，各摆着一束金黄色的蜡梅花。花束插在浸水的玻璃瓶子里，花枝挺拔，花蕾初放，金灿灿的色泽给这间充满原始色彩的小屋带来了蓬勃的朝气。

当马俊友和诸葛井瑞在急救室的病榻上恢复了知觉，卢华和贺志彪为了祝贺和勉励战友的生命复苏，驾着爬犁，特意跑到雪原上采来了两株浴雪盛开的蜡梅。白黎生还激动地挥笔写了一首短诗。诗中写道：

　　黄花留在床前，

寄托思情一片。

此花一身风骨，

多似战友容颜！

生命艳若冬梅，

傲开风雪寒天。

热血化作长虹，

谱写青春画卷！

此刻，伙伴们已经返回深山老林。白黎生用毛笔蘸着蓝墨水书写在白纸上的《咏梅》诗，醒目地张贴在黄白间杂的泥巴墙上。这短短的几行诗文，凝结着荒地上北京儿女的挚意深情，激励着两个负伤的伙伴早日康复。

边陲小镇是寂静的，小镇的医院病房尤其寂静。这里既没有大城市的嘈杂音响，也听不见草原上的鸟儿喧叫。当黎明把一束橘红色的阳光照在病房双层防寒玻璃窗上时，唯一的声音，就是马俊友和诸葛井瑞生命复苏后的轻微呼吸声……

邹丽梅已经两夜一天没合眼了，虽然脑子昏昏沉沉的，但她却毫无睡意。她睁着酸涩的眼皮，望着两个卧床的病友，回味着这十几个小时内感情的沉浮，简直像做了一场噩梦。她从马上掉下来，顾不得掸掸身上的雪尘，就跟跟跄跄地跑进医院。当时的情景是多么可怕啊！宋武、卢华、贺志彪、白黎生，以及鲁家父女，围在手术室的玻璃窗外，神色肃穆地向里张望着。马俊友面色灰白，像早已停止了呼吸似的趴在手术台上，他的双足被悬空吊起在手术架上。邹丽梅只看了一眼，眼泪立刻淌下脸腮，她拍着玻璃窗呼喊了一声："俊友——"室内的医生拉上了窗帘，走出手术室对垂泪的姑娘说："姑娘，这儿虽说是小医院，也有规矩，你怎么能这样不冷静呢？"

邹丽梅低垂下头："医生，我担心他……"

任何一个称职的医生都是个心理学家，他似乎从邹丽梅的情态里捕捉到了病理之外的东西，便耐心地向她解释说："马俊友同志患的是腰椎第一节屈曲性骨折，我们给他打了麻醉，正进行'双足悬吊复位'的救治，你明白了吗？"

"有瘫痪的危险吗？"卢华焦急地询问。

"这很难说。送到医院来的时候，他下肢已经失去了知觉……"

"医生，你救救他吧！"邹丽梅低垂的头昂了起来，她的声音像颤抖的弦子。

"您行行好。"贺志彪恳求着，"他是独子……"

"……"

医生笑了："我的话刚说一半就叫你们给插断了，你们听我说嘛！从照的片子来看，好像没伤及脊髓，很可能是由于强大外力刺激而引起的脊髓震荡。如果我们诊断得正确无误，再经过精心护理，在几小时、几天或几周内下肢可以恢复知觉。"

邹丽梅当即向医生表示："您把护理任务交给我吧！我学过护士！"

医生疑惑地摇摇头："姑娘！我不太相信你的话。"

"医生！我当证明人。"白黎生说，"我们全体垦荒队的人都知道她的学历。"

医生眯眼一笑："学过护士的人，还能捶窗户玻璃？不像。"

"当事者迷嘛！"站在旁边的宋武说话了，"我们把她驮到医院来，就是为照顾这两个伤号的，其中的马俊友同志，是这位姑娘的……你想，她办出点反常的事来，不也是合乎逻辑的吗？"

有县委书记做证，邹丽梅才被允许留在了小镇医院。医生匆匆回到手术室里去了。他为了叫关心两个伤友的伙伴们和县委书记了却心事，把窗帘重新拉开半分钟。在这短促的时间内，邹丽梅看见了躺在另一张急救床上的诸葛井瑞：他床前立着一个输液瓶，滴滴答答的葡萄糖液正通过导管流进他的躯体。他仰卧在床上，闭合着眼睛；头发蓬乱，额头上沾着雪泥。昔日的书卷气质和秀才风度，已经被北大荒的风雪扫荡尽净。几个医生撩开棉被，正忙着往他冻得紫迹斑斑的大腿上涂着药膏，缠着药布。由于他的双脚伸向窗户，邹丽梅清楚地看到他发青的脚趾上，十个指甲全部被冻掉了。

邹丽梅一阵心酸，她捂起了双眼。

想起这些，邹丽梅似乎更理解了白黎生留下那首《咏梅》诗的深切意义。现在，马俊友和诸葛井瑞都已经从急救室里搬到这间病房里来了，生命的忧虑虽然已经不复存在，但另一种痛苦却在邹丽梅心中升腾而起。一天多来，马俊友始终沉默不语，她多次在他耳边轻声呼唤他，也唤不起马俊友感情上的回声。邹丽梅抚摸过他的额头，并有意向苏醒过来的诸葛井瑞问候——以向马俊友暗示，她就在这间病房之内，她就站在他的身边，可是这些炽热的电流如同碰在绝缘体上，没有产生一丝火花——这使她陷入迷惑不解之中……

诸葛井瑞的情绪恰好和马俊友相反，在他刚刚恢复了知觉之后，就朝邹丽梅点头、微笑，就好像不应该是她来照料他，而应当是他来安慰她似的。

"俊友真的意志消沉了？"

"别胡想了，他不是那样的人。"

"那他为什么一言不发呢？"

"也许他昏昏迷迷的，不爱说话吧！"

"可是他总该睁开眼睛看我一眼哪！"

"你真自私，干吗这样苛求俊友呢！"

邹丽梅心里自问自答。她心绪很乱，总预感着有什么不吉祥的东西要突然降临到她面前似的。此时，她见旭日已经东升，知道在唐素琴来到医院之前，临时顶替唐素琴值白班、照顾两个伤号的鲁洪奎大爷快要到病房来了。她轻手轻脚地走到马俊友的床边，想把他喊醒，说上两句他们之间该说的那些话，可是她看见马俊友熟睡的样子，又不忍心打搅他的睡眠。这种难言的痛苦撕裂着邹丽梅的心，她正俯视着马俊友那张瘦削的脸，房门"吱扭"一声，鲁洪奎穿着一身鹿皮裤褂走了进来。他发现邹丽梅红着眼圈，奇怪地问道：

"姑娘！是不是小马出啥问题了？"

"他睡得很香，看样子熬过危险期了。"邹丽梅掩饰着内心的不安，露出一丝微笑说。

"你应该高兴嘛！为啥……眼里含着泪花？"鲁洪奎惊异地看着邹丽梅，小声地追问，"姑娘！你有啥心事，不妨跟大爷我唠唠！"

"没有。"邹丽梅回避着鲁洪奎的目光，顺手拿起插着蜡梅花的玻璃瓶说，"鲁大爷，我去给花儿添点水。"

"这花喜寒，别往瓶子里倒温水！加点冷水就行了。"鲁洪奎叮咛着。

"嗯！"

邹丽梅到医院伙房的水缸旁，给两束蜡梅加了点水，转身回到病房时，她忽然听见了马俊友的轻微说话声。她高兴得心嗵嗵乱蹦，伸手去推病房房门，但当她推开房门一条窄缝时，不知是出于一种什么心理，她后退了一步，又把门合上了。她屏住气，静听着马俊友和老猎人的对话。

"谢谢您，鲁大爷。"他的声音很细弱。

"别谢我，你该谢谢医生和小邹。"鲁洪奎回答，"她一夜没睡，守在你们俩旁边。你们睡熟了，大概啥也不知道吧！"

"我什么都知道。"

"她眼里直转泪疙瘩，你也知道吗？"

"知道。"

"那为个啥？"

"……"

"你欺侮那姑娘了？"

"……"

"为啥哑巴了？"鲁洪奎声音高了些，他似乎在为邹丽梅鸣不平，"听老宋说，你们正对着象呢！是吗？"

"是。"马俊友声音仍然那么细微，"大爷，那是过去的事情了。从现在起，我该忘记过去的事情。"

"你是说胡话吧？"

"不……不是胡话。我昨天躺在 X 光机下，就下了这个决心。您没听说吗，医生说我是腰椎骨折，往好里设想也是个半残废了。您想，我还能把自己的不幸，传染给她吗？大爷，您说呢？"

"别胡思乱想了。我给你拿来自己酿的真正虎骨酒、麝香膏，等你身体恢复点，医生给你骨折的地方合上位，再用上中医的偏方，说不定会完全复原哩！你咋能自己先咒自己呢？！"

"大爷！"马俊友的语音颤抖了，"要是我不能复原呢？能叫小邹和我这个半残废在一起……在一起……生活吗？我不怕自己身子残了，怕影响同志们开荒的情绪，怕耽误小邹未来的幸福。我向您说说掏心窝子的话吧！从我苏醒过来以后，我就对自己说了这样的话：'马俊友呀马俊友！过去战争年代，为了打出一个新中国，要有人牺牲。现在开拓北大荒，也要有人献出青春，献出热血！对于这一点，我心甘情愿。对于小邹的感情，你要横下一条心，不能因为自己，而毁了她的一生。她纯洁、善良，陪伴她的应当是个最出众的小伙子，而不能是个残疾人。'所以，我紧闭嘴巴，对她一言不发。鲁大爷，您了解我了吧！"

邹丽梅的心紧缩在一起了，到现在她才知道马俊友冷落她的缘由。听着马俊友颤颤嗦嗦的絮语声，她真想推门而进，但她冷静想了想，如果这时她破门而入，将使马俊友陷入十分尴尬的境地，甚至导致马俊友彻底封闭自己的心扉，那就连他任何一点心声都难以听到了。邹丽梅最担心出现这样的结局，但又急于想看到马俊友谈话时的神态，便把插花的玻璃瓶放在窗台上，用手绢擦着窗玻璃上的灰尘。她擦了好一会儿，好容易把玻璃擦干净了，这时她才发觉北国小镇的窗户，都是双层玻璃，外层玻璃窗虽然擦净了，里边那层玻璃窗上却结满哈气凝成的冰花。那晶莹的冰花，有的像怪兽，有的像云朵，有的像流淌着的小河，有的像重重叠叠的峰峦……邹丽梅失望地摇摇头，她仿佛感到马俊友和她的心田之间，真的耸立起一座峰峦似的——马俊友在用这座高山隔绝她对他的感情。

严冬之晨，荒原上冷得透骨。邹丽梅站在病房门口，泪珠儿迅速在她脸腮上结成冰滴。她忘记了寒冷，把脸贴在门框上，默默地听着屋内的谈话。大概是老猎人和马俊友的对话把诸葛井瑞惊醒了，诸葛井瑞在病床上也参加了爱情问题的讨论：

"小马！我不同意你对小邹采取这样的态度。"

"为什么？"

"你这样做，自认为是对她最深的爱，可是小邹会接受你这种爱吗？她会说'好吧！咱们就这样分手吧'？我想，这只是你的幻想，你这样冷落她的结果，只能增加她的精神痛苦。"

马俊友说道："你说得不错，我这样做也许会增加小邹的痛苦，但从长远来说，正是为了解脱她一生的痛苦啊！'小诸葛'，你回答我一个问题：如果你的腰椎骨被严重砸伤，你该怎样对待你爱的人和爱你的人呢？你能为了自己的幸福，而使别人痛苦一生吗？"

能言善辩的诸葛井瑞语塞了。沉默了好一阵子之后，他说："你怎么知道你一定会变成残废？如果一切尽如人意，你没留下任何伤残，这么早你就在你和她之间开凿天河、修筑路障、铺设壕沟……不是会造成人为的互相折磨吗？"

"'小诸葛'！你重幻觉，我重实际。"马俊友十分平静地说，"我妈妈虽说在医学院搞党的工作，家里却有许多医学书籍。那些医书告诉我，砸伤腰椎骨，十个有九个要致残的。即使医生给我把骨位接上，鲁大爷那些特效药又帮助我的骨骼复原，我侥幸地成为不留重残的十分之一，恐怕也要靠'钢背心'来支撑身体的负荷了。与其那时叫丽梅受苦，还不如我早下决心。这一点对我也并不轻松，我是经过痛苦的思想斗争才下了决心的。"

沉默。

老半天没有声音。

诸葛井瑞那挺"机关枪"似乎被马俊友道义的火力射击压了下去。站在窗外的邹丽梅，血液仿佛凝固了一样，一连打了几个冷战。这时，屋内传出老猎人鲁洪奎的声音，他对马俊友说："小伙子！眼下你的任务是养伤，不要胡思乱想。至于你和那姑娘的事情，不是你一个人能说了算数的，还要看小邹的态度。当然啦！我喜欢你这男子汉的气概，遇事总是先为别人着想，如果那姑娘是我的闺女，我就会对她说：'丫头！这样好心肠的小伙子，打着灯笼也难找，他越是冷淡你，你越该热乎他。丫头！你就跟定了这个小伙子吧！没错！'"

　　邹丽梅如同受了什么启示似的，老猎人的话陡然使她有了勇气。她抱着那两束蜡梅花，推门而入。马俊友看见邹丽梅，马上闭上双眼，诸葛井瑞忘却伤痛，用胳膊支撑起身子，兴冲冲地喊道：

　　"啊！蜡梅？"

　　"嗯！"

　　"哪儿来的？"

　　"卢华和大个子留下的，他们昨天晚上回了伐木队。"邹丽梅尽量装出欢快的样子，"你看！白黎生还在墙上留了一首《咏梅》诗呢！"

　　诸葛井瑞虽说鼻子上少了眼镜，但墙上的几行大字，他还能看个清清楚楚。他匆匆读了一遍，不禁喊出了一个"好"字。

　　"小伙子，安静点！"老猎人鲁洪奎提醒他说，"你的伤势也不轻，医生吩咐只能卧床静养，不能胳膊腿乱动。"

　　"鲁大爷，您也是从年轻时走过来的。我们不正处在不会安静的岁数吗？您别向医生报告就行了。"诸葛井瑞虽然这么说，还是把身子躺平了。他瞧了瞧邹丽梅脸上没有融化的泪疙瘩，沉吟了一会儿，若有所思地说，"依我看，白黎生这首诗，不单单是写给我和小马的，也是留给你的！"

　　"留给我？"邹丽梅惊异地睁大眼睛。

　　"没错。"

　　"我没叫树砸伤，又没冻坏腿脚，怎么是留给我的呢？"

　　"有的人伤在外表，有的人伤在内心。"诸葛井瑞斜睄了马俊友一眼，"小马！你说我的话对吗？"

　　马俊友除了喉头蠕动了一下以外，没有任何反应。

　　"你看，这首诗叫作《咏梅》，你的名字里不是有个'梅'字吗？那意思就是说，这首诗不单是为两个伤号写的，也是为你写的。"诸葛井瑞意味深长地说，"小白祝愿你像这束蜡梅一样对待生活，特别是在爱情上要经得起风雪的考验。这样，你才对得起你名字中的那个'梅'字！对吗？"

邹丽梅正愁没有一个表白自己心情的机会，经诸葛井瑞这么一暗示，她立刻接上了话茬，说："谢谢你的鼓励。我一定要对得起小白这首诗，我一定要对得起我名字中的那个'梅'字。记得我在护士学校的时候，女伴中曾传阅一个苏联抒情诗人的爱情诗。其中有一首是这样写的：在爱情中寻找安宁的人未免天真，爱情没有安宁，——就算找到也不要轻信！我祝贺相互钟情的人们，心儿永远心心相印，爱情既是一首优美的歌曲，但也是难谱的乐章、难弹的琴……

"我想：这就是爱情两个字的全部含意。因而不论在我的生活中发生了什么不幸的事情，我的心始终如一。"

邹丽梅激动地凝视着紧闭双目的马俊友。

诸葛井瑞也翘起身子向马俊友望去。

老猎人虽然不懂什么是诗，但却品出了诗中的主要含意，揣摩透了邹丽梅读这首诗的心思。他用两只大手爱抚地摸了一下马俊友的脑门说："小伙子！你听见了吗？这姑娘有一颗金子般的心。"

马俊友在炽烈感情的包围中，仍然没有看邹丽梅一眼，但老少三个人同时看见他的喉头上下抽搐着，随着他喉头的蠕动，两颗晶莹闪亮的泪滴溢出他的眼角。邹丽梅看见他淌下脸腮的热泪，再也无法抑制自己的感情，两步迈到床边，想对马俊友倾吐一些闷在心里的话，可是马俊友似乎察觉到邹丽梅正俯下身子注视着他，便又筑起一座堤坝——把棉被蒙到自己的脸上。

这时，窗外传来匆匆的脚步声。鲁洪奎告诫病房里的三个年轻人说：

"安静点！医生来了。"

话音才落，病房门被推开了。进来的不是身罩白色长衫的医生，而是一个头戴皮帽、身穿皮袄的垦荒队队员。由于来者眉眼之间挂着夜行人的霜雪，病房内四个人没能看清来者是谁，直到她甩掉头上的皮帽子，邹丽梅才惊喜地叫出来："大姐，是你！你怎么这么早就到了？"

唐素琴脱掉老羊皮袄，搓着冻红的双手说："伙伴们都为他俩担心哪！卢华他们昨晚赶回伐木队后，马不停蹄，贺大个儿连夜赶着爬犁，把我送到医院来了。"她急切地巡视着两张病床上的战友，焦虑地询问，"听说，已经脱离危险期了，是吗？"

　　马俊友把头伸出棉被外，默默地点点头，表示一切都好。诸葛井瑞不知是受了马俊友的传染，还是心理上条件反射的缘故，他像刚才的马俊友对待邹丽梅那样，紧紧地闭合着双眼。

　　唐素琴红扑扑的脸立刻变白了："怎么……诸葛……他还没有苏醒过来？"

　　鲁洪奎迷惑不解地说："真是怪事！刚才他还有说有笑的呢！"

　　邹丽梅为鲁洪奎解疑，说："鲁大爷，您还不了解他和她的事情。这是诸葛井瑞故意在测试她的感情雷达，大姐她……她当真有了反应，脸都白得像张窗户纸了。"

　　唐素琴的脸腾地又变得绯红——她无意间泄露了锁在心底的心声……

三

　　唐素琴的到来，消除了邹丽梅的孤独。

　　姑娘们总是有些只能对女伴们才能倾吐的话，这是老猎人鲁洪奎无法代替的角色。尽管老猎人性格粗犷、豁达，把北京来的年轻人都看成和鲁玉枝一样，是北大荒的好儿女，但是儿女们不也有向父辈长者难以启齿的事情吗——女孩儿家尤其是这样。

　　老猎人骑上他那匹雪青马，背上双筒猎枪，到骑马岭伐木队去了。垦荒队一连出了两个伤号，使他感到脸上无光。在鲁洪奎眼里，砸伤马俊友的根本原因，不在于石牛子上树去采"猴头"，也不在于诸葛井瑞和唐素琴没有伐完那棵树就去吃饭，而在于他那个草妞儿亵渎了指导垦荒队伐木的职责。冻伤了诸葛井瑞，也不赖诸葛井瑞午夜掉队迷路，而完全是由于鲁玉枝不会照顾同志造成的。正因为老汉有着严于律己的习惯，鲁洪奎在医院里当着许多医生的面，把女儿训得呜呜直哭。白黎生想为草妞儿解释什么，一下勾起老汉的火气，他指着白黎生的鼻子尖吼道："你姓白的，就会白吃北大荒的高粱米，你还想包庇她，哼！一对儿废物点心！"鲁玉枝知道老爹的雷公脾气，把白黎生拉跑才算了事。性格好强的鲁洪奎生怕伐木队再出现第三个伤号，唐素琴一来，他跳上马就离开了凤凰镇。

　　小镇医院的病房里，走了说话粗声大气的老猎人，只剩下四个彼此相爱又彼此冷漠的年轻人。马俊友的精神虽然一天好似一天，但由于腰椎骨难以完全愈合，他不得不依然躺在那张病床上。在邹丽梅面前，他不再紧闭着那双眼睛，也不用被子蒙上自己的脸颊了，但他对邹丽梅冷若冰霜，偶尔和她谈话，或喊她做什么事情时，改变了过去"丽梅"的亲昵称呼，总是不忘在"丽梅"后边加上"同志"这两个字，这使邹丽梅敏感地觉察到，她和他虽然近在咫尺，又如同远在天涯。

唐素琴和诸葛井瑞的情况，正好和那一对儿相互颠倒。诸葛井瑞像一团火，唐素琴是一块冰。尽管唐素琴刚进病房的瞬间，曾流露出对他的一片挚情。当她发现诸葛井瑞活得比马俊友还健康时，她把心扉之门重新上了一把铁锁。她在诸葛井瑞面前，只是个体贴入微、端庄稳重的护士大姐，聪明过顶的诸葛井瑞真不知道怎样才能找到一把打开她心扉的钥匙。

诸葛井瑞几次想求助于邹丽梅，可是他分明看见邹丽梅和他的命运近似，正陷入苦恼的深渊之中，他怎么好意思增加她的负担呢？出乎意料的是，有一次邹丽梅在病房值夜班时，她经不起苦恼的折磨，倒主动先向诸葛井瑞来求助了。她听见马俊友发出轻微的鼾声时，悄声地对诸葛井瑞说：

"你看！我该怎么办呢？"

"他也是出于爱你，才这样决定的。"

"我不想接受他这样的爱。"

"他要是真残废了……你严肃地考虑过没有？"

"我在生活中照料他。"邹丽梅说，"你那么爱大姐，如果她残废了，你能离开她吗？"

诸葛井瑞毫不犹豫地回答："不！我加倍地体贴她，让她生活得和健康人一样快乐。"

"我能比你做得更好。"邹丽梅说，"像英国女作家夏洛蒂·勃朗特《简·爱》中的女主人照顾双目失明的罗切斯特那样，去伺候小马。其实，道理很简单，如果相爱的双方，一方发生了什么不幸，另一方就展翅飞了，他们当初的爱情就不是酒，而是冒充陈酒的白开水。"

"小邹！我同意你在爱情上的哲理。"

邹丽梅紧皱着眉头，沉思片刻之后说："这个爱情中的 ABC，小马不会不懂，可是他为什么这样果断？是不是有意对我进行考验？我在护士学校到医院去实习时，曾碰到过这样一件事：有个年轻的雕塑家在搞一尊大理石雕像时，被石碴儿崩坏了眼睛。最初，有五六个姑娘总去看望他，这几个姑娘都是追求他的。后来，他的眼睛已经快要医治好了的时候，他突然告诉这几个姑娘，他的眼睛已经无法医治，等待他的是双目失明。我很不理解他为什么要对她们撒谎，便趁病房中空无一人的时候问他：'一个艺术家的基本素质是忠诚，您刚才……'他绷带下边外露的脸变得紫红，内疚地说：'我十分厌恶说谎，可是我无法判断这几个姑娘中，究竟哪一个心地最美好、最忠诚。我觉得在生活中这是考验感情的最好时刻，看看她们中间，谁真正爱我这个瞎子！'诸葛井瑞，你说小马他是不是也在……"

诸葛井瑞低声地笑了："他没有那位雕塑艺术家富于幻想的大脑，想不出这样的点子来。小马向你表示的不是手段，而是目的。"

"我觉得也是这样。"邹丽梅叹了口气，眉心皱起一个小丘，"我倒希望他只是考验我的手段，可惜，事实并不是这样。"

"别难过了！小邹！"

"别空空洞洞地安慰我。"邹丽梅沉郁地说，"你给我拿点主意吧！"

"你决定和他永不分离了吗？"

"还用问吗！"

"那……"诸葛井瑞用五指叩打着脑门，忽然眼神一亮说，"我有一个主意，只怕你没有魄力！"

"你忘了？我用斧子劈开过门锁。"邹丽梅含蓄地回答。

诸葛井瑞精神为之一振，说："好！你去找县委书记宋武，叫他帮助你进行结婚登记！"

邹丽梅一下愣住了。显然，她虽然意识到这是她和马俊友的爱情归宿，但她不同意这么早就跨进人生新的里程，她咬着下嘴唇，沉思了老半天，摇摇头说："这个……恐怕不太合适，房子没有盖起来，我们还没有向国家贡献粮食，倒先……"

"你呀！真迂！"诸葛井瑞说道，"这是你的爱情宣言嘛！是手段，而不是目的嘛！保险老宋同志会为之动情的。"

邹丽梅紧紧锁住的眉头松开了："主意倒是不错，可是结婚登记要两个人一起去的。"

"你还是没听明白我的意思。你去找县委书记的目的，不是立刻举行婚礼，而是叫老宋对马俊友施加影响。"诸葛井瑞诡秘地眨眨眼皮说，"保险能解除你的苦恼，劈开小马的思想疙瘩！"

邹丽梅嘴角浮现出笑容："谢谢你，给我出了这么一条锦囊妙计！我……

我天亮以后就去。"她站起身来低声说，"睡吧！快两点了。"

"我……睡不着。"

"冻伤的地方还疼？"

"……"

"是不是吃两片止疼片？"邹丽梅从小桌上拿起医生留下的药袋。

"哎呀！小邹！你有你的心病，我不是也有我的心病吗？"诸葛井瑞含而不露地说，"咱们应该同舟共济呀！"

邹丽梅猛然悟出诸葛井瑞的心意来了，她带着歉意淡淡一笑说："你看！我多自私，这么多天，我净念我自个儿这本'经'，居然把你这个抱着瓢化缘——请求大姐施舍的苦行僧给忘了。'小诸葛'，你放心吧！大姐跟我最知心，最早在耳边提示我注意老迟这个人的，就是她。她过去关心我，现在我要关心关心你和她了。"

马俊友在睡梦中不知呢喃着什么。他俩唯一听清楚的字眼，就是呼唤"妈妈"。在静夜中，这是个令人心碎的字眼，一下把诸葛井瑞和邹丽梅刚刚回暖一点的心，重新笼罩上一层寒冰。还用问吗？这是卧床的战友想他年迈的妈妈了，不然的话，他的脸上为什么露出赤子般虔诚的笑容呢！他在向妈妈陈述些什么呢？他正讲着头戴白冠的浩瀚森林，还是描绘着喊"顺山倒""逆山倒"时的乐趣？也许是正给妈妈看那双长长的发辫吧？不，他一定正在告诉妈妈，在那危险的一瞬间，他怎样奋力地推开从海南岛来的那个小姑娘，把生命留给别人，把死亡的危险给了自己。

"妈妈"这个极普通而又非常深沉的称呼，所以能引起他俩如此广泛的联想，不是没有依据的。这些天来，马俊友在睡梦中经常呼唤"妈妈"，邹丽梅多次动员他给妈妈写一封信，谈谈他的情况，可马俊友总是摇头。诸葛井瑞给他出主意说："你写封信，只报平安，不谈在医院卧床不就行了吗？"马俊友严肃地回答说："我长这么大，还没对谁说过谎话，怎么能欺骗老妈妈呢！还是不写信的好！"马俊友有铁一般的毅力，忍耐着伤痛和心痛的双重煎熬。有一天，宋武手提着一网兜苹果来慰问伤号，邹丽梅在病房之外拦住了县委书记。她希望宋武能责成马俊友给他妈妈写上一封信，以卸掉心上的沉重负荷。县委书记的回答使邹丽梅吃了一惊，他说："我已经和小马妈妈通过两封信了，他老妈妈已经知道儿子的情况了。过几天，学院放寒假后，老妈妈还要到荒地上来看望小马同志哩！"瞧！老妈妈早已知道他卧床养伤了，马俊友还千方百计隐瞒他的不幸消息呢！邹丽梅深为马俊友的执拗和痴情而感动。所以，尽管宋武告诫邹丽梅不要把他母亲要来荒地的消息告诉马俊友，以免牵动他的思绪，邹丽梅还是悄悄地把这个讯息告诉了他。果然，马俊友听见这一消息后，如同在平静的水面上投进一块石头——在这北国万籁无声的冬夜，他正在梦中和母亲娓娓而谈呢！他唇边微微露出笑意，似乎白发苍苍的老母亲正坐在他床边一样。

诸葛井瑞喜欢探索一切他不知道的东西，问邹丽梅说："小邹！看他那么高兴，你能猜到他和妈妈正说些什么吗？"

邹丽梅摇摇头。

"也许正在说你。"

"你也说开梦话了！"邹丽梅虽然表面上表示了对诸葛井瑞的责怪，心里却希望那是真的，因为马俊友负伤之前，每封家信都向老母亲提到她，此时在梦中，他向老母亲谈起她，不也是合乎逻辑的事情吗？

"人的梦真是怪极了。卢华做梦，常常咬牙，我们问他梦见什么了，他说：'我梦中没有花，没有草，没有罗曼蒂克，我总梦见肩上扛着二百斤重的粮食包去入仓。那条窄窄的跳板高极了，怎么走也走不到粮库的入仓口。'因而沉沉的粮食包压得他'吱吱'地咬牙！"

邹丽梅神往地问道："你的梦呢？"

"我？说出来你可不要笑。我总是梦见我在少年宫美术班画画。上初中时，我的特殊爱好就是学画，我面前摆着英俊的'大卫'、断臂的'维纳斯'和被捆着双手的'奴隶'的石膏像群，我总是一笔一笔地画着他们的形象。可是自从到了荒地，我梦中仍然经常出现这些石膏像，我画呀画呀！也真怪了，我明明是在画'大卫'，画'奴隶'，可是落在画布上却神奇地变成了一个人——'圣母'！真的！"

邹丽梅忍不住笑出了声："梦是心中想啊，对吧？"

"也许。"诸葛井瑞坦率地说。

"大姐该来接班了。"邹丽梅看看腕子上的手表，"我想和她彻底谈一下你们的问题，在这儿谈不太方便，我想在我俩住的那间小屋聊聊。万一小马解大小手，或有其他事儿，你喊我一声就行了，我去……"

诸葛井瑞大包大揽地说："我已经能扶着床沿走动了，小马如果有什么事，我当护士！你放心地走吧！"

在病房拐角的地方，有一间医院堆放杂物的小屋。邹丽梅和唐素琴不愿占一间正式住房，两人便住在这间小屋里。由于医院里床位较紧张，她俩合睡在一张硬硬的木板床上，好在两个人昼夜倒班，这张床也就起到两张床的作用。只是这间小屋没有烧木炭的炉子，显得冷冰冰的——这有什么难的呢！垦荒队住的帐篷四面透风，这间小屋对比帐篷，简直算得上"高级宾馆"了。

唐素琴已穿好衣裳，正准备去接班，邹丽梅推门进来了。唐素琴一边叠被一边问道："怎么样？平安无事吧！"

"有点情况。"邹丽梅回答。

"怎么？"唐素琴没有叠完那条棉被就停下了手，"病情有变化？"

"不错。"

"是小马还是诸葛……"

"诸葛井瑞。"

唐素琴想了想："他昨天冻伤部位已基本上复原了呀！"

"大姐，难道你真不知道，他除去外伤，还有内伤吗？"邹丽梅直直地凝视着唐素琴，"他的第二病症，不是任何医生、任何药物能够医治好的。在北大荒，也许只有一个人藏着治他这种病的偏方。"

"鲁大爷？"

"你！"

唐素琴想不到心情沉重的邹丽梅，居然还有心思想到她和诸葛井瑞的事。她望了望邹丽梅因熬夜而凹进去的大眼睛，默默地给她披上一件老羊皮袄，感慨地说："小邹！你心上的那块石头够沉的了，别再分心考虑别的事了！啊？"

"大姐！你在初来荒地的火车上，身上背着生活的十字架，不是比我还沉重吗？"邹丽梅握住唐素琴一只手，低声地说，"当时，你帮助我认识生活，后来，又提示我警惕伪君子……我最近一段，生活是不够愉快，可是比大姐你那时候的心情还要好得多呀！我怎么能不考虑大姐的事儿哩！"

"快别说了。"唐素琴立刻封闭了自己的心扉，"我永远当你的大姐，而不会做你的嫂子。"

"大姐，你为什么要自我折磨，还要折磨诸葛井瑞呢？诸葛井瑞是个多好的同志啊！"邹丽梅摇着唐素琴那只温厚的手掌。

"是个不错的同志。可是你知道，世界上好人那么多，好人和好人之间并不一定都能产生爱情啊！"

"秀才非常爱你，这是全队都知道的公开新闻，你说的不符合实际状况。"

"可是……我不爱他。"唐素琴脱口而出。

"大姐……"

"小邹！你别说下去了。"

"不！我偏要说。你说你不喜欢他，那是自己欺骗自己。"邹丽梅披着老羊皮袄从床上站起来，深情地注视着唐素琴那双眼睛说，"你的目光告诉我，你对我说的不是实话。"

唐素琴用手拢了拢耳旁的头发，反问说："大姐什么时候对你说过谎话？"

"过去没有过，今天是第一次说谎。你想听听我的'揭发'吗？"

唐素琴犹豫了一下："你说。"

"咱们姐妹对小伙子的心看不透，姐妹之间的心事，可谁也瞒不住谁，我能举出四件事情来，说明你喜欢诸葛井瑞。"

唐素琴掩饰不安地摇摇头。

"第一，我听秋兰告诉过我，有一次你俩在铃铛河边洗衣裳，她第一次告诉你，诸葛井瑞说你长得端正娴静，像拉斐尔笔下的'圣母'时，你面对着铃铛河笑了。你还把河水当镜子，照了照自己的影儿。大姐，你不觉得这和你沉郁的性格不太统一吗？"

唐素琴避而不答。

"第二，在青年屯帐篷中间那块空场上，全队举行'白黎生问题的辩论会'，诸葛井瑞针锋相对地和迟大冰展开舌战时，大姐，你这个寡言少语的人，竟然在众目睽睽之下失声为诸葛井瑞的发言喊'好'！当时，你这一个'好'字，吸引了会场上所有人的目光，你的脸羞成一块大红布。不用说姐妹们看出了你的心思，就连南海之滨来的'小尾巴'都觉得奇怪了。她问我：'丽梅姐！你看大姐姐今天是怎么了？'我还没有说话，'小皮球'就抢先回答说：'你还小哪！长大了就明白是怎么回事了。'叶春妮不依不饶，刨根问底地说：'丽梅姐！难道大姑娘和小姑娘还有什么差别？不都是女的吗？'我被她逗笑了，对着她耳梢说：'姑娘大了要谈恋爱，唐大姐眼光很高，她在全队最欣赏诸葛井瑞，所以枪走火了，叫出了一声好！'大姐，你不会忘记那天的情景吧？"

"小邹！你记性真好。"唐素琴半低下头，微露窘态地笑笑说，"我都把它给忘记了，真的！"

"你不会忘。"邹丽梅校正着唐素琴的话。

"我……我……真的……忘了。"

"就按你说的，把两三个月前的事儿忘了，最近的事，你总忘不了吧！"邹丽梅步步为营地逼近了唐素琴的心扉，"那天，'秀才'抬着担架离开伐木队的时候，头戴皮帽，穿着棉衣棉裤，外加老羊皮袄，他把御寒的东西都穿上了。你是怕他冷，还是……怎么忽然一反常态，追上去把你织的毛线围巾围在他的脖子上呢？女儿家贴身的东西，能随便送给小伙子吗？"

邹丽梅这一"枪"，似乎打在"靶心"上了。唐素琴圆圆的脸腮上飞起一片绯红。在这间犹如冰窖一样的小屋里，她如同感到了难耐的燥热一般，下意识地解开了老羊皮袄的上领大扣子，当她意识到自己神态失常时，又把三颗纽扣匆匆系上。她避开邹丽梅的目光，尽量压抑着内心的慌乱，回答说："我……是怕他半路上冷，才借给他围的！"

"借？"

"是啊！"

"他进医院快半个月了，你怎么宁愿自己脖子受冻，而不向'秀才'讨债，要回你那条毛线围巾呢？！"

"……"

邹丽梅趁唐素琴无言以答的瞬间，火速地抛出她的第四个问题。她说："大姐！会说的不如会听的，你嘴里说不喜欢'秀才'，心里却深深思念着'秀才'！你天天在病房值班，明明看见你那条蓝毛线围巾就放在诸葛井瑞的枕头边上，那长长的毛线茸茸紧挨着'秀才'的脸，甚至诸葛井瑞在睡梦中都能从围巾上闻到你躯体上的温馨，大姐你却视而不见。这不显得太奇怪了吗？"

唐素琴的眼帘闭合了。她大概觉得这样还不足以遮挡邹丽梅的目光追逐，索性低下头来，用双手捂住了她红涨的脸颊。

"大姐！"

唐素琴把头埋得更低，以至于邹丽梅只能看到她乌黑的头发了。邹丽梅弯曲着膝盖，身子伏在唐素琴的双腿上，仰视着唐素琴的脸儿说："别自己折磨自己了，我求求你！大姐，在姐妹间我是最了解你的人了，对吧？那天黎明，你刚刚到病房时，诸葛井瑞有意试探一下你的心，他躺那儿'装死'，你被夜风割红的脸，一下就变成煞白。连老猎人都瞧出你的心思来了，你把心事锁在心底，还有什么实际意义呢？"

唐素琴沉默着。邹丽梅看见她捂脸的手在轻轻颤抖，接着她的整个身躯都抖动起来。很显然，邹丽梅的这番话彻底搅乱了她心中的平静，泪珠儿顺着她的指缝流下来。

　　"大姐！给你……"邹丽梅掏出自己绣着梅花的手绢，"有什么话，你就对我说吧！"

　　唐素琴没接邹丽梅那块手绢，她从吊杆上拉下一条手巾，擦擦眼窝后，坐在床头坦率地说："小邹！你看得很透。我承认心里很爱诸葛井瑞，可是我必须回绝他对我的感情。"

　　"哟！大姐！那为什么呀？"

　　"你该知道为什么。"

　　"因为……你比他大三岁？"邹丽梅略想了一会儿，自问自答地说，"这一点年岁差异，不应该是爱情的界碑呀！"

　　唐素琴摇摇头："这不是根本问题。"

　　"还有'根本问题？'"邹丽梅莞尔一笑说，"你别耸人听闻了。"

　　"我已经不是一个姑娘了。"唐素琴庄重地对邹丽梅说道，"我早就对你说过我的情况，我从师范学校毕业刚刚走向人生时，由于天真、幼稚，被一个华而不实的男人欺骗了……小邹！你想想，我是这样一个人，而诸葛井瑞是个纯洁的人，我怎么能……能和他……结合呢？当然，我心情矛盾得非常厉害，因为在我眼里，他和我在许多方面有共同语言，但由于我的这个污点，我总是强迫自己对他说出心口不一的话来，你明白了吗？"

　　"明白，也不完全明白……"

　　"在伐木队，我和他合用一盘锯，共伐一棵树。"唐素琴打断女友的话说，"他在劳动中非常照顾我。当我胳膊酸了，腰也没了劲儿的时候，他叫我不要推呀拉的，只管扶着锯把，起个力学中的支点作用就行了。所以，表面上看是我们俩伐倒一棵树，实际上他花五分之四的劲儿，我能使出五分之一的劲儿来就算不错了。劳动之余，他画了我许多张肖像素描，画得真是棒极了，平心说，我真想一张一张都留下。可是转念一想，不，我不能收下，连一张也不能收，我必须给自己设立一个防洪堤坝，防止奔腾在我心窝中的感情潮水把我自己吞噬掉。越是在我深深迷恋他时，我越做出冷淡他的样子。只有这次他要抬担架走夜路时，我的理智的堤坝被冲开了一个缺口，把我亲手织的、总围在我脖子上的毛线围巾送给了他，可是他走后，我悔恨死了——我怎么能用它来玷污诸葛井瑞纯洁的身心呢？"

"大姐！我很理解你的心。诸葛井瑞也一定理解你的心。他——"

"他……知道我过去的那件事情？"唐素琴瞪大了眼睛，迫不及待地问。

"是的。"

"你怎么知道？"

"这些天，我在病房值夜班的时候，他对你回绝他的原因，曾做过多方面的分析。言谈话语之间，他曾含蓄地提到过这件事。大姐！在垦荒队这个大集体里，大家亲如手足，没有什么个人秘密。但我相信，把那件事告诉给他的同志，绝不包含轻蔑的意思在内，而是想找到你拒绝他感情的原因，力促他能觅到一把钥匙，打开你的心扉。"

"谁对他说起的？"唐素琴不安地问。

"诸葛井瑞为爱情苦恼，去请求团支部的帮助，团支部书记——俞秋兰同志告诉他的。你不会见怪吧？"

唐素琴痛心地摇摇头："不！这是我自己写成的历史，怨不得别人。只是我一直认为诸葛井瑞并不知道我的那次过失。"

"他知道，并且相信你是无辜的。"

"为什么他没对我提起过？"唐素琴像是询问女伴邹丽梅，又像是在问自己，"我们伐木时，几个小时面对面地拉一盘锯，他什么都问过我，唯独没提过这件事。"

"他不愿触动你那颗受过创伤的心，这不更证明他的感情十分真挚吗？你却把这种纯洁的感情拒之门外，既折磨自己，又折磨诸葛井瑞，大姐！结束这种彼此折磨吧！我是受'秀才'之托，特意早回来一会儿，和你谈这个问题的。"

唐素琴两眼直直地望着墙角，半天没说一句话。过了足有几分钟，她突然转过脸儿来，专注地凝视着邹丽梅说："你说一句真心话，我还值得他爱吗？"

"大姐，你不呆不傻，怎么问这个问题！要是你不值得爱，为什么他那么追求你？像雷达追踪飞机那样？！"邹丽梅想把气氛弄得轻松一些，轻声地笑了起来。

"我表面上很自傲，实际上非常自卑。"唐素琴毫无快意地叹了口气，"我到荒地上来，就是想不再看见我过去的影子，我开拓新的生活，呼吸新鲜空气，想独身过一辈子，想不到……又陷进感情的沼泽中了。"

"大姐！新的爱情生活，不也是开拓新生活的组成部分吗？诸葛井瑞不是大城市里的绣花枕头——肚子草的那类青年，他聪明，富有正义感，对垦荒和爱情有着忠贞不渝的执着追求。你把你心底埋藏着的爱，对'秀才'公开吧！"

"……"唐素琴没有回答。

"说句话呀！大姐！"邹丽梅娇嗔地催促着。

"我怕……我过去那件事会成为我和他之间的障碍。"唐素琴忧心忡忡地说，"现在他不提那件事，将来有一天……"

唐素琴的话突然被打断了，两个女伴谁也不知道诸葛井瑞什么时候溜进这间小屋来的。他脸色苍白地靠在门框上，激动地说："素琴同志！原谅我冒冒失失地进来。刚才你们说的话，我都听见了，我……我……只想说两句话。第一句是：我不认为在那件给你心灵留下创伤的事情上，你有什么责任，你不过扮演了一个被生活欺骗了的角色，即使责任都是你一个人的，我也不会嫌弃，因为那已经是过去的事情了。第二，既然事情早已过去，我今后绝不提起它，让我们在那座废墟上，播种上新的种子，叫它出土、发芽开花。如果让我再说上第三句话，那就是：诸葛井瑞把内心的一切都倾吐出来了。现在，我等待着命运的宣判！"诸葛井瑞想像个男子汉那样，尽量把身子挺直一些，但因身体还很虚弱，他脊背刚刚离开门框，就又身不由己地靠在了门框上。

邹丽梅忙跑上去，把唐素琴披在她肩上的老羊皮袄，给诸葛井瑞披上，然后扶着诸葛井瑞，步履蹒跚地走到床边坐下。她说："大姐！你们在这小屋谈谈，我先去病房看看。"说着，拉开房门跑了。

唐素琴陷入了不知所措的慌乱之中。她不知面对"兵临城下"的诸葛井瑞该进还是该退，她面红耳赤，惶惶不安地问道："这儿没有炉子，你又是冻伤……干吗到这冷屋子里来？"

"这儿有被囚禁着的火神普罗米修斯。她一旦解禁，就能给我温暖，给我力量。"

"假如她不想解禁呢？"

"那我就一直等待。"

"等到什么时候？"

"白了头发。"

唐素琴已经意识到，自己为自己制定的禁锢正在被诸葛井瑞突破。她感到她几乎没有任何一点理由，来回拒诸葛井瑞诚挚的感情了，便感叹地说："你很富于幻想，但生活中不一定都是诗！"

"我们应当把生活谱成一首美好的诗。用热血，用青春，用生命。"诸葛井瑞勇敢地拉起唐素琴的一只手，紧紧地握在他的手掌之中，"不要再忧伤过去了，当你解除了自我束缚之后，你会感到北大荒更美丽，荒原的空气更新鲜，诞生在这儿的爱情更美好。大姐……不，素琴，让我们的真正爱情就从这间被冰雪包围的小屋开始吧！"

唐素琴那颗结冰的心在诸葛井瑞炽热的感情烈焰中融化了，她感到诸葛井瑞手上的电流直直地流向她冷寂的心扉。她没有把自己的手从诸葛井瑞的手中挣脱出来，反而挪动了一下自己的身子，坐得和诸葛井瑞挨近一些，以给身体虚弱的诸葛井瑞增加温暖、增加一点他早就应当得到的热力……

四

立志到草原上来当"修女"的唐素琴重新萌发了儿女情怀，邹丽梅内心感到安慰。她从诸葛井瑞锲而不舍的执着爱情追求中，受到了很大的鼓舞。她踌躇了几天，决心按照诸葛井瑞给她出的锦囊妙计，去恳求县委书记帮忙。

县委大院在这个小镇的中心。在遍地皆白的街道上，县委大院门口那面五星红旗显得格外鲜艳夺目。街道上行人很少，只有那家唯一的小饭铺里冒出股股热气，还有几挂朝鲜族老乡的牛拉爬犁，在街市上缓缓而行。

"嘿！小邹——"

随着一声呼喊，贺志彪赶着一挂马拉爬犁，驶进了小镇街巷。爬犁上没有拉木料，也没有拉其他杂物，上边坐着两个矮矮的人儿。由于两个来者都用老羊皮袄裹着面孔，邹丽梅一时间没能分辨出来是哪两个伙伴。

爬犁刚刚停下，那两个把头裹进皮袄里的人儿，便从爬犁上一跃而起，同时叫了声：

"丽梅姐——"

"噢！原来是你们两个小火头军！"邹丽梅看清了跳下爬犁的是石牛子和叶春妮。

"哎呀！丽梅姐！我们姐妹真想死你了！"叶春妮在街巷上，孩子气地一头扎进邹丽梅的怀里。

"哎呀！你个子长高了呀！"邹丽梅欣喜地打量着海南岛来的小姑娘，"头上插上一朵蜡梅花，可以当新娘子了。"

"还当新娘子哪，"石牛子撇撇嘴说，"只会哭！要不是你那床鸭绒被，早把她冻抽抽了。还不谢谢丽梅姐！"

"谢谢丽梅姐的照顾。"叶春妮往后错了半步，弯腰给邹丽梅鞠了一个九十度的大躬。由于头低得角度太大了，她头上那顶过大的皮帽子，脱落在雪地上。

邹丽梅忙捡起帽子给她戴上，扭脸问贺志彪说："你没拉木料，却拉着他俩……这是怎么回事？"

石牛子抢先回答说："你还不知道哪？伐木任务已经结束了。一清早秋兰姐开着拖拉机，用拖斗车把行李运往青年屯。卢华队长叫我和'小不点'坐爬犁先下来了。过午，大队人马要来凤凰镇。大伙都想看看马大哥和'秀才哥'呀！"

"何必叫大伙绕这么远的路呢？遍地又都是没膝盖的积雪！"邹丽梅对卢华这个决定难以理解。

"小邹！这是县委书记的秘书昨天下达的通知。还叫俞秋兰把青年屯的伙伴也叫到县里来呢！看样子，老宋也许有什么工作安排。"贺志彪猜测地回答。

"真怪！"邹丽梅沉思地皱起眉头，"布置工作用不着这样兴师动众啊？"

石牛子插嘴说："丽梅姐，你操那份心干什么？马大哥他们身体怎么样？"

"见好。"

"这都怨我们俩。"叶春妮难过地低下了头，"卢华哥哥严厉地批评了我们，我和牛子向全队伙伴做了违反劳动纪律的检查。夜里，我总做噩梦，每次梦里总看见马哥哥流在雪地上的红血……他是为救我而被砸的。"

"我为了赎回过错，除口头检查外，还有了立功表现。"石牛子自我表白说，"丽梅姐，早晨全队收拾行李时，我除了替马大哥捆绑行李还不算，还拾到了他褥子下的一件贵重东西。"

"我知道，他身边没有什么贵重的东西了。"邹丽梅不以为意地笑了笑，"在天安门广场，他向北京告别时，他老妈妈给了他半截旧皮带。那是他爸爸过草地时吃剩下的半截皮带，保存在我身边。"

"还有。"

"说说看！"

石牛子从老羊皮袄里一掏，掏出一个桦树皮包儿："给你！"

邹丽梅心里"咯噔"一声，她明白了：这是她剪断的两根长辫子。她接过桦树皮包儿，不禁百感交集，眼圈立刻红了起来。

"丢了的东西又找回来，该高兴嘛！为什么眼圈红了？"石牛子嘻嘻地笑着，"要不我也不认识，那天雪后晒被子，玉枝给我逮的那只小黑熊，咬破了落在树根下的包包儿，一看是姑娘的两条长辫。从那次起，我就认识这个宝贝包儿了！"

邹丽梅不愿意叫伙伴们看出自己的不快，便压抑着酸楚心情，强笑着问道："……你的那只小熊呢？怎么没有带来？"

"别提了。"石牛子摸着后脖颈子说，"那天，我上树去采摘'猴头'，把它拴在一棵水曲柳上。马大哥被砸之后，我都呆了傻了，哪儿还顾得上它。第二天我才想起这件事来，到拴小熊的地方一找，绳子套儿还拴在树上，那只小黑瞎子已经没有影儿了。据玉枝说，这是小家伙夜里的叫声召唤来了大黑熊——也许是它爹，也可能是它妈，也许是它的三姑、六姨、九婶……反正这只大熊把绳子咬断，把那只熊崽子给引走了。"

说完小熊丢失经过后，石牛子自己笑了，小春妮也笑了，而邹丽梅却毫无笑意。久久站在爬犁旁边的贺志彪觉察到邹丽梅情绪不安，关心备至地询问道：

"小邹！你……不舒服？"

"没有。"

"别瞒你老大哥，有什么事跟我说说。"

"没有。"

"你到这儿干什么？"贺志彪觉得奇怪。

"找老宋同志谈谈。"

"发生了什么事？"贺志彪越发摸不着头脑。

"没发生什么呀！你们先去医院吧！"邹丽梅勉强笑笑，"小马和'秀才'见了你们一定非常高兴。"

"你把桦树皮包儿给我。"石牛子说，"我去交给马大哥。"

邹丽梅略想了想，说："待会儿由我给他吧！行吗？"

爬犁驰向了医院，邹丽梅回身朝县委大院走去。她向传达室里的看门老头询问了宋武的办公室地点，绕过一个砖砌的影壁，直接朝把角的房子走去。

她心里很不平静，因为很难预卜宋武对这件事情究竟采取什么态度。可喜的是，正当邹丽梅心中无底时，石牛子把两条辫子送到她的手里。一根断皮带，两条姑娘的发辫，是她和马俊友感情的见证，她希望县委书记会为之动情。

走近这间屋子时，她不由得放慢了脚步：一个姑娘来向县委书记谈儿女情，是不是逾越了宋武的工作范围？不！宋书记才不是板着面孔的道学先生呢！邹丽梅对此深信不疑。她掀开垂挂着的挡风棉帘，轻轻叩打了两下房门，屋里答话的是女人的声音："请进来。"

莫非县委书记的爱人也在屋子里？不，也许是女秘书或打字员一类的工作人员吧！她无暇细想，轻轻地推门而进。出乎她意料的是：在办公桌前，坐着一个白发苍苍的老年妇女，她两手捂着一只冒着热气的茶杯，似乎正用玻璃杯传出来的余热暖着她那两只手。是邹丽梅犯了似曾相识症，还是她确实在什么地方见过这个老人呢？她自己也说不清楚，反正那安静的神态和慈祥的面容，立刻勾起她对昔日生活的联想。因而她走进屋来掩上房门后，立刻用惊愕的目光望着老人的脸。

端着茶杯的老人，对于戴着皮帽、身穿皮袄的邹丽梅，并无异样的反应。她安详地问道："你来找县委书记？"

邹丽梅点点头："嗯。"

"他上小礼堂开会去了，你坐下等他一会儿吧！"老人指指屋里的一把椅子说，"他待会儿就会回来的。"

这时，邹丽梅才看见屋内三把椅子中，有两把椅子上堆着提包和网袋之类的东西，那个黑黑的皮包上还印着"北京"的字样。这两个字猛然使她的记忆复活了，她激动地往前迈了两步，声音哆嗦着："您……是……您……是小马的妈妈吧？"

白发老人放下手中的茶杯，朝邹丽梅走了过来："你……你是……"

"您看！"邹丽梅一下掀去头上的皮帽，"您还能认出我来吗？"

"哎呀！你是邹丽梅同志？"老人用手抚摸着邹丽梅的额头，不眨眼地盯着她。

"老妈妈，是我。"邹丽梅眼帘里闪动着泪花，"您……您是什么时候到的？"

"昨天半夜才到这儿。老宋叫我等他一会儿，然后陪我去医院看俊友！"老人上上下下打量着邹丽梅，"刚才你戴着皮帽子进来，我还以为是个小伙子呢。你比在北京的时候胖了点，脸也黑了点！"

"胖，是北大荒高粱米喂的；黑，是北大荒'大烟泡'吹的。"邹丽梅用手背抹了抹眼里欢欣的泪花，"只是小马他……"

"姑娘！我知道。"

"他还在卧床。"

"我清楚。"

"您怎么知道得这么详细？"邹丽梅疑惑不解地望着老人。

"姑娘！老宋同志、卢华同志都给我写了信。他们极力主张把俊友送到北京去治疗，是我提议把他留在这座小镇医院的。他是我的儿子，我当然惦记他，可是我考虑到，他一回北京，会给垦荒队带来不好的影响。"老母亲叫邹丽梅坐在椅子上，她喝了一口茶缓慢地说，"但他这个病，在这小医院是难处理的，我就和老宋商定，把这儿的医生诊断和透视的片子，寄到我们医学院……瞧！那提包里装的是我们那儿骨科医生和医疗器械单位配合，为他特制的一个'钢背心'。"

"老妈妈，他真要靠这个'钢背心'才能……"邹丽梅说不下去了，她难过地垂下了头。

"姑娘！抬起头来。"老妈妈用手托了托她的下巴颏，"你们都应该知道，革命年代要有人牺牲，建设的年代也要有人付出热血。当初，他参加垦荒队的时候，就是准备为开拓荒地而献身的。"

"是的，老妈妈！"邹丽梅眼里再次盈出泪水，"他不愧是您的好儿子。"

"你也很不错呀！丽梅同志。小马给我的每封信里都提到你。"老妈妈撩开耳边垂落下来的一绺白发，俯下身来，掰开邹丽梅的手掌仔细看着，"瞧！细皮嫩肉的手都磨起了老茧，这就是给祖国的第一张答卷。我为你们——新中国第一代青年人感到骄傲。"

"我……我比小马还差得很远，老妈妈。"邹丽梅难为情地揉搓着自己的手。

"他在医院情绪好吗？"

"好。"

"老宋可说他忧心忡忡，和你谈的有点距离。"

"老妈妈，您还不了解他吗？"邹丽梅立刻为马俊友解释，"他本来就不爱多说话，腰部受伤当然话就更少了。睡梦里的话好像比白天还多，他常呼喊'妈妈'！"

老母亲突然侧过脸去。接着，她站起身来，在屋内漫步了一圈，好像在看县委办公室墙上贴着的各种表格和北大荒地形图。邹丽梅从玻璃窗的反光里，则看见老母亲眼里有什么东西闪闪发光。这是什么东西呢？邹丽梅不敢再看了，她悄悄地掏自己的手绢。片刻之间，老母亲重新坐到办公桌前的椅子上，她端起茶杯，像强压着喉咙里涌上来的什么东西似的，咕嘟咕嘟地连喝了几口茶水，继续刚才中断了的谈话：

"你来找老宋，有什么事吗？"

"没有。"

"孩子，那么说你是到县委办公室遛弯儿来了？"

沉默。

"能和我说说吗？"

"这……"

"手里拿着的是什么东西，是给老宋送来的吧？为什么不放在办公桌上，总背在身后？"老母亲一笑，脸上堆起了深深的皱纹。

邹丽梅真不知道该不该向老母亲陈述她来这儿的原因，她心跳得失去了节奏。就在她不知所措的当儿，县委书记披着破旧的军大衣推门进来。他仿佛听见了刚才两代人对话时的尾音，顺着邹丽梅背在身后的手掌里一抄，就把那桦树皮包儿抓在自己的手里，他掂了掂，又捏了捏，风趣地说："我以为你为远方来的客人送森林土产'猴头'来了呢！怎么这么松软？"

邹丽梅的心都要蹦出来了，她内疚地捂住脸："宋书记，看您……"

宋武打开桦树皮包儿，是两根编得紧紧的姑娘发辫，噗的一声，辫梢垂在地上。

"哎呀！我说小邹！你这是搞的啥名堂？"宋武抖着辫子，一边给老母亲看，一边高声笑着，"说嘛！让小马同志的妈妈也增加一点来北大荒的趣闻。怎么样？"

"我是来请求县委书记支持的……"邹丽梅垂下双手，陡然来了勇气，"我请求您支持我和马俊友的爱情——我要求和他结婚？"

宋武的笑声顿时停了。他好像没听清邹丽梅的话似的，问道："你说什么……结婚？"

"是的。"邹丽梅的话语斩钉截铁。

宋武眼球转了两转，如有所悟地笑了："小邹，爱情和婚姻，都是你们自已做主的事。中华人民共和国早就公布了婚姻法，为啥还需要县委书记支持？你是找错庙门了吧！"

宋武说这番话的意思，分明是激励邹丽梅把腹内苦衷都倾吐出来。因为唐素琴早把马俊友负伤后和邹丽梅产生的感情波澜，向宋武简要地汇报过了。此时此地，马俊友老妈妈在场，屋内又没有别人，正是邹丽梅表白她心声的最好时机。宋武认为，马俊友和邹丽梅的爱情归宿，妈妈对儿子起的作用，远远大过他这位北大荒的父母官儿。

偏偏邹丽梅不能理解宋武的用心，她听完宋武的话，如同冷水浇头，她穿着老羊皮袄，竟然打了两个冷战。她想：我是来请求感情支持的，不是来乞求感情施舍的。失望灼痛了邹丽梅的心，她从办公桌上拿起自己的那两条发辫，转身就走。

"小邹同志！你站一下。"老母亲说话了。

邹丽梅停住脚步。

"怎么回事？你和小马不是挺好的吗？"

"他……"邹丽梅不知该怎么说才好，她激动地重新坐在椅子上。

"他变心了？"

邹丽梅点点头，又摇摇头。

"姑娘，你这是怎么了？我对他的要求是十分严格的，你只管说。如果有男同志在场不方便，老宋你……"

宋武刚站起身来，邹丽梅忙说："不，宋书记对我们的情况很了解，您别走。"邹丽梅的睫毛湿了，她索性让她的痛苦心声伴随着苦涩泪水一块流淌出来——她把马俊友的感情突变，向老妈妈简略地讲了一遍。

宋武笑着说："小邹，这回你可真找对庙门了。昨天夜里，老嫂子刚下爬犁，打听完小马，就打听你。老嫂子说，在天安门广场就喜欢上你了。"

邹丽梅有宋武在旁边"烧火"，紧张的心情略略松弛了一点。可是马俊友的母亲，听完邹丽梅的陈述后，并没流露出欢欣的神情；正相反，这个白发老人似乎比刚才更沉郁了，她下意识地摸着古铜色围脖上的毛线穗儿，陷入了沉思之中。

"老妈妈！您……"

"是啊！"老母亲叹了口气，"俊友这样做，无异于在自己的伤口上撒盐，一定会非常痛苦的，可是爱情、道义和责任是不能分割的。所以，我这个当妈妈的，虽然很喜欢丽梅同志，但也无权谴责俊友的抉择。老宋，你说呢？"

"老嫂子，依你看，小马为了抢救伙伴而落个残疾，小邹离开小马，是不是也有个爱情中的道义和责任的问题？你为什么只谈小马的道义和责任，避而不谈小邹应有的情操呢？"宋武习惯地摸摸脸颊上的黑密胡子茬儿，眯着两只不大的眼睛说，"老嫂子，你心上那个道义的天平，是不是太往儿子一方倾斜了？嗯？"

"老妈妈，我听俊友说过您年轻时候的故事。"邹丽梅插嘴说，"据说，您和您爱人谈恋爱是在战地医院。当时您是个护士长，您爱上的那个伤号——过去您家里的长工，比您早参加革命的部队副团长——也是面临伤残威胁的时候啊！俊友说，直到老伯伯去世时，胯骨里还带着一颗没取出来的子弹弹头，您……当时为什么和一个伤号谈恋爱，谈了恋爱又为什么不离开他……"

老母亲愕然了。显然她没有想到邹丽梅对她的过去了解得如此清楚，也没有料到，儿子在和邹丽梅结识后，会把这些细节都告诉给他的女伴。她唇边浮起一丝微笑，沉吟地说："丽梅！那不是烽火连天的战争年代吗？"

"哎哟，老妈妈，"邹丽梅心里暗暗感到她的谈判接近了胜利，"难道在和平建设的岁月，年轻人的爱情就不应当具有高尚的情操？"

宋武朗朗大笑："小邹，问得太好了。"

老母亲也笑了："你用这个事例说服过俊友吗？"

"没有。"邹丽梅摇摇头，"我看见您，才突然想起这件事的。我在踏着您的脚印往前走，您应该支持我，帮助我。老妈妈，您到医院去看俊友时，可别再说偏心眼的话啦！"

老母亲伸出两只枯瘦的手，抚摸着邹丽梅滚烫的脸腮，她皱纹包围着的两只不太明亮的眼睛里，突然闪现出奇异的光泽——那不是她的老眼还童，那是因激动而盈出的泪光。她喃喃地低语着："好孩子！有你在俊友身边，我放心了。可是你要受苦了。"

"妈妈，"邹丽梅省略去了"妈妈"前边的"老"字，她语不成声地说，"和俊友在一起，苦就是甜。妈妈，我愿意承受生活的磨炼！"

"好了。你把这个先拿去。"老母亲拉开一个旅行袋的拉锁，取出一个灯芯绒面的眼镜盒，"这是给你们那个叫什么……'诸葛'的伙伴配的近视镜，医院把他的验光单，随着俊友的透视片子一块儿寄去的，你叫他试戴一下，如果眼镜腿儿不合适，你帮他用灯火烤烤，轻轻弯弯它。"

"妈妈，您真是雪里送炭，诸葛井瑞正为眼镜着急呢！这回可把他美死了。"邹丽梅打开眼镜盒，把那副琥珀色的眼镜在自己脸上试了试，"宽窄也差不多，您考虑得可真周到。"

"不是我考虑得周到，是他——"老母亲风趣地指指宋武，"这位满脸黑胡子的县委书记做你们的父母官儿，真是当之无愧的！他把'诸葛'的脸庞大小、胖瘦都在信中告诉我了。"

"妈妈，您收拾一下去医院吧。我给您带路。"

"孩子，你先走一步。我到荒地来，不仅仅是为俊友一个人来的，苏坚同志还委托我一些其他事情，我向老宋同志汇报一下。"老母亲慈爱地拍拍邹丽梅的肩膀，"至于你们的事，我和老宋会用三寸不烂之舌说服他的，但爱的权利还是在你们自己手里。"

宋武打诨地笑道："瞧！你多走运，想向县委书记告状，却偏告到了婆婆手里。"

邹丽梅脸红了，她匆匆地收拾起摊在办公桌上的发辫、皮带，把眼镜盒往口袋里一装，快步走出门来。对着皑皑白雪，她深深吸了一口清新的空气……

五

在青年屯盖房的垦荒队队员距离凤凰镇较近，首先到达了县城。他们迫不及待地奔向了医院，去看望马俊友和诸葛井瑞。

只有迟大冰隔着病房玻璃窗向里匆匆望了几眼，扭身奔县委大院而来。他心神十分不安，不知道宋武为什么叫"两路兵马"会师凤凰镇。会不会是召开大会，当众宣布我迟大冰的问题？会不会在党内给我一个警告，或者留党察看的处分？他清楚地记得在青年屯发生风波的当天，他走进"库房"时，宋武手握着十八磅大锤正对着被砸扁了的废油桶喘气。

"宋书记！"他胆怯地叫了一声。

没有回声。

"宋书记——"他声音高了一些。

还是没有回声。

当他第三次呼唤"宋书记"时，宋武毫不掩饰他的愤怒，狠狠瞪了他一眼，便猛然抢起铁锤，那劲头犹如一个铁匠在砧子上打铁，叮叮当当的声响震耳欲聋。

迟大冰自觉没有退路，硬着头皮走上去说："宋书记，我，我……我错了，您把锤子交给我吧！"

锤子如雨点般地落下，汗珠子从宋武额头上滚了下来。

迟大冰重复了刚才的话，宋武敲击废油桶的声音才戛然止住。他铁青着脸，顺着裤袋掏出一块手绢，没擦自己额头上的汗珠，却把手绢往迟大冰跟前一扔说：

"擦擦你嘴角上的血！"

迟大冰拾起手绢，忙递还给宋武说："宋书记，我自己有手绢。"

"就用我这块擦。"

"您这是……"

"我要把这块手绢保存起来。以后，我一看见手绢上的血痕，就能抑制我工作上的鲁莽。"宋武沉重地说，"同时，它也能叫我记住，在这块大荒草甸子上，还有着像你这号的冒牌党员，以认识我肩膀上的沉重担子。"

迟大冰听见"冒牌党员"四个字，简直从头发梢凉到了脚跟。他最怕丢了头上这块金招牌，因而低垂着头，喃喃地向宋武忏悔自己的错误，并请求宋武给他一个改过的机会。宋武虽然疾恶如仇，但考虑到他是垦荒队的发起人之一，来荒地后还是为开荒流了不少的汗水，便嘴硬心软地说："你的品质决定了你不能再当支部书记了，至于给你什么处分，卢华回到骑马岭，会把全体党员的意见报到县委来的。我们要根据全体党员的意见和你自己对错误的认识，最后做出决定。"

迟大冰从宋武的话里嗅出了回暖的味儿，便连续上交两次文字检查。今天，他又带来了第三篇检查，为了防止最坏的结果，他匆匆奔县委大院而来。

由于他心急如火，在县委大院内的影壁旁边，差点和出县委大院的邹丽梅撞个满怀。

两个人同时闪身，停住了脚步。

邹丽梅看清是他，抬腿就走。

迟大冰迟疑了一下，招呼她说：

"小邹同志——"

邹丽梅没有回头，脚步却停下了。

迟大冰狐疑地望着邹丽梅背影："你去找宋书记了？"

"嗯！"邹丽梅应了一声。

"他在办公室吗？"

"在。"邹丽梅不愿多说一个字。

迟大冰绕到邹丽梅面前，低着头说："过去，我很对不起你，希望你能原谅我。"

其实，迟大冰对邹丽梅的表态纯属是一种试探，他想从邹丽梅的回答中，揣测阴晴寒暖。按照迟大冰的推想，邹丽梅一定知道南北"两路人马"在凤凰镇会师的原因——因为她刚刚从宋武的办公室出来。除此之外，他还想窥视一下邹丽梅目前的心情，他刚才隔着玻璃窗看见马俊友还瘫在病榻之上，邹丽梅对马俊友再钟情，对她自己一生的幸福也不会没有一个抉择吧！生活旋律的突然变化，会不会给他已经死去的心愿带来一线生机呢？

邹丽梅的心像夏天草叶上的露珠一样清澈透明。她马上轻信了迟大冰的诚意，低声说："事情已经过去了，就不要再提它了。"

"我可不能忘记它。"迟大冰显得更加虔诚。

邹丽梅手足无措地站在影壁之前，她不知道回答什么才好。

"小马同志的伤有好转吗？"迟大冰明知故问。

"下肢还没恢复知觉。"

"不会残废吧？"迟大冰貌似关心地问。

"医生说脊髓震荡周期一过，就会恢复知觉的。"邹丽梅诚挚地回答，"现在，他已经感到下肢阵阵发麻，这是喜兆。"

迟大冰心口不一地说："祝愿他早日恢复健康。"

"谢谢同志们的关心，我走了。"邹丽梅迈步向县委门口走去。

"小邹——"迟大冰再次喊住她。

"你还有事？"邹丽梅感到惊讶。

"没事。我只是想问问你，盖房的活儿那么紧张，为什么把我们叫到县里来？"迟大冰忐忑不安地注视着邹丽梅，"是不是要开什么大会……"

"我不太清楚。"邹丽梅摇摇头。

"你估摸着这是什么意思？"

"我想……"邹丽梅沉思了片刻，"我想，是不是因为小马母亲来了，想和大伙见见面。你去看看吧！在前门火车站为咱们送行的老妈妈，在宋书记办公室呢！"邹丽梅淡淡一笑，转身走了。

迟大冰心里的一块石头落了地，他认为邹丽梅的推想是合乎情理的。"有娘家人在场，我该不该把第三份检查交上去呢？"迟大冰站在影壁前苦苦地思索着，"交上去吧，事情很可能传到团中央去；不交上去，万一……"他围着影壁转了两圈，还是拿不定主意。

"老迟——"

背后有人呼唤他。

迟大冰一惊，还没容他回过头来，身穿老羊皮袄、头顶狗皮帽子的卢华已经站在他面前了。他眉眼挂着北国冰霜，向迟大冰伸出了粘满胶布条的大手：

"你好！"

"你好，卢华。"

"为什么站在这儿挨冻？"卢华拉着迟大冰的手说，"走，到宋书记屋里暖和暖和去！"

"不好意思。我和你的处境……"迟大冰欲言又止。

"老迟！你的包袱背得太沉了吧！"卢华坦荡地说，"地球上的人，哪个不犯错误？下决心改就行了嘛！你也知道，我在朝鲜因为违反了俘虏政策，不是受过党纪和军纪的处分吗？宋书记告诉过我，他在'抗联'时，也受过党纪处分。有一次，他们抓住了五个在草甸子上指挥中国劳工盖细菌实验厂的日本兵，他下令把几个鬼子掘坑活埋了……"

迟大冰心里清楚，卢华讲这些事例的目的，是拐弯抹角地告诉他应该正确对待处分，有可能要对他亮"底牌"了。他屏住气，目不转睛地看着卢华。

不出迟大冰所料，卢华用唾沫粘了一下手上被风吹开的胶布条，思索了一下，开始把话锋拉到正题上来。他说："你的两篇文字检查，党内几个同志都传阅了，大家认为写得还算深刻。宋书记前几天到骑马岭，听取了同志们的意见，为了你更好地改正错误，县委同意支部意见，决定由小马同志接替你的支部书记的工作。"

这一点，早在迟大冰的意料之中。他最关心的是，他头上那块"金招牌"是否会被摘掉。他焦虑不安地问道："关于我的处分问题……"

"我知道你很关心这个问题，刚才是给你打打预防针。"卢华诚挚地说，"咱们俩都是垦荒队的发起人，我希望你能正确对待处分。"

"我已经做好了思想准备，你说吧！"迟大冰把狗皮帽子往上托了托，等待着命运对他的裁决。

"同志们全面分析了你的情况，经过辩论，最后统一了认识，一致同意给你党内警告处分。县委经过研究，同意了支部意见。昨天县委秘书去骑马岭通知我们今天来凤凰镇时，顺便把县委决定告诉了我：鉴于你已经写检查反思了自己的错误，就不再开批判会了。"

迟大冰喉头蠕动了一下，长长地出了一口大气。

这些天来，迟大冰对生活做了两种抉择，而这两种抉择，都是以是否能保住头上的"金招牌"为轴心的。如果他当真被清除出党，一切都将付诸东流，他继续留在荒地上受罪，将不再有任何实际价值，他准备孤注一掷，卷起行李南下。如果能被留在党内，哪怕是受到留党察看的严厉处分，他要积蓄力量，和不如意的生活较量到底。记得，有一天他在他住的那个小帐篷里，头枕在双手之中，正在仰面朝天地想心事，忽然在帐篷角角上发现了一只生命力顽强的蜘蛛。严冬时节，那只和大衣扣子一样大小的黑色蜘蛛蜷缩在残破的多角形蛛网里，似在冬眠。本来，迟大冰因贪慕大帐篷里升起的炉火，曾有过搬到大帐篷里去享受炉火温暖的念头。自从有了这个奇异的发现之后，他像突然受到了什么启示似的，决心在小帐篷里过冬了。迟大冰下意识地感到：他就像这个北大荒的大蜘蛛，苦心吐丝结成的网，虽然被帐篷缝里钻进来的冷风吹得残破不全了，但它还活着——在蜷缩着身体活着，在为未来而活着。

由于蜘蛛的启迪，迟大冰从反面汲取了力量，他决心重新吐丝结网。他考虑再三，直接和宋武对抗，是以卵击石自不量力，横在他个人奋斗路上的最大阻力，仍然是卢华。于是他用右手给县委写厚厚的检查，用左手给团中央写了一封有关卢华的匿名信。他不乞求这样的信件能够立刻发挥效能，这是他重新吐第一口丝，结第一片网。匿名信写好之后，他迟疑着没敢寄出去，直到他听说马俊友被砸伤腰骨住进医院，骑马岭的伐木队失去平静之时，才借着一天公休，踩着淹没膝盖的积雪，以到县委交检查为名，顺手把信掷进小镇邮政所的信筒里。因而，此时卢华站在他面前，诚恳地告诉他受到"警告"处分时，迟大冰脸上流露出既非欢快又非懊恼的复杂表情。

质朴的卢华无法理解迟大冰的内心世界，只当他对处分有什么想法，忙问道：

"你个人有什么不同意见吗？"

"我只是感觉对我处理轻了。"由于迟大冰的个人欲念在生活中不断碰壁，已经形成心口不一的本能，他做出很谦恭的神态说，"你见到宋书记，请转达我的感谢心情。"

"走，咱俩一块儿去看看宋书记。"

"我不去了。"

"为啥？"卢华惊异地问。

"这……"

"相处这么久，你还摸不透宋书记的脾气？"卢华说，"他是雷公的脾气、菩萨的心肠。"

迟大冰终于找到了解脱自己的理由，他说："你还不知道，马俊友同志的母亲来了，万一要是问起我的情况来，我该多尴尬呀！"

卢华想了想，觉得迟大冰的话也不无道理。他再一次紧握了迟大冰的手，以诚挚的同志情谊鼓励了他老半天，然后大步流星地朝宋武办公室走去。

迟大冰看卢华走远了，他绕过影壁，拐进厕所，从裤袋里掏出准备上交给宋武的第三份文字检查，用力撕扯着。当这厚厚一沓纸页变成碎片时，他狠狠地往粪坑里一丢："有初一，就有十五，咱们骑驴看唱本——走着瞧吧！"

六

下午，南北两路垦荒队队员在凤凰镇会师了。

这个北国的荒芜小镇因为这些青春儿女的到来，而洋溢出罕见的青春气息。县委大院门口张贴着红色、绿色、粉色的欢迎标语，县委小礼堂里炉火熊熊，来自骑马岭的伐木队员和来自青年屯的盖房伙伴，坐在一排排的长椅上，静待马俊友和诸葛井瑞的到来。

医院实在太小了，它容纳不下八十多名垦荒队队员去探望战友，宋武便选择了这个有一百多个座位的县委礼堂，一方面叫垦荒队队员们见面团聚，另一方面叫"北京来的娘家人"看看她的儿女们正在艰苦生活的磨炼中成长。他别出心裁地在礼堂正面贴出了"青春的检阅台"的横幅会标。

古老的荒地上虽然没有苹果、香蕉、橘子等招待拓荒者，可是野生的榛子、山葡萄干、黑杜梨等土特产还是很丰富。由于垦荒队队员们要求见一见县委书记的"夫人"，宋武同志的爱人潘洁亲自出马招待这些年轻人。她，眉目清秀，身材苗条，和体形如同半截树墩子的宋武，恰好成为鲜明的对比。白黎生对此有超人的敏感，他见景生情地喊了一嗓子："哎——同志们瞧哇！咱们县委书记创造了土洋结合的完美典型。""小皮球"立刻接上话茬，尖声尖气地喊道："那也比不了你呀！喝巴黎牛奶长大的洋孩，搞上了北大荒的'草妞儿'！"哗的一声，整个礼堂都笑了。

只有走过漫漫风雪里程的人，才能体会到炉火的温暖；只有尝过艰苦劳动滋味的人，才能理解坐下来休息时的愉快。北国冰铺雪盖以来，这些来自北京的拓荒儿女，还是第一次坐在温暖如春的炉火旁，开怀地畅谈哩！

小礼堂的门被推开了。第一个进来的是唐素琴，她搀扶着诸葛井瑞蹒跚而行；接着是邹丽梅推着一辆医用两轮小推车走了进来，车上坐着负伤的马俊友。小礼堂里立刻乱了，小伙子和姑娘们离开座位，拥向门口，以至于跟在马俊友母亲身后进来的宋武，不得不扬起手臂，大声地呼喊着：

"肃静——"

"各就各位——"

"同志们！你们就不怕娘家来的人笑话吗？都坐到自己位置上去！"

宋武最后一句话起了作用，刚才像潮水般涌上来的人流，又像海水退潮一样流了回去。卢华带头站起来，向马俊友的母亲致意：

"老妈妈好——"

"老妈妈好——"儿女们异口同声。

老母亲慈祥的目光掠过一张张黧黑的面孔，使她心动的是，拓荒的儿女们尽管相貌千差万别，但脸上都带着青一块紫一块的冻伤。特别是她走到"小不点"叶春妮身旁时，小火头军那双晶黑的眸子和耳旁垂落下来的短辫，一下吸引了她的目光。她记得在前门火车站为这些年轻人送行时，她曾亲过这个小小人儿的脸蛋。眼前还是这张稚气的脸，但两腮上挂着一串被透骨的冷风冻起的水疱。老母亲难以压抑对小姑娘的深爱之情，她俯下身去，脸贴脸地低声问道：

"你好！小春妮！"

"我……我不好……不好。"叶春妮突然双手捂起眼睛，轻声地哭了，"我还没给国家出什么力，就叫马哥哥替我挨了砸。我后悔死了，恨不得把马哥哥从小推车上换下来。"

这几句挚情话把老母亲的眼圈说红了。才多大的孩子呀！如果在父母身边，她还在撒娇呢！可是北大荒的风雪催она过早成熟，过了年才十五岁的女娃娃，竟然讲出了这些感人肺腑的话，老母亲眼角立刻闪出了泪花。她忽然想起了什么似的，从宋武手里拿过来一个绿帆布的旅行袋，从里边拿出一双高帮的毛皮靴，激动地递给叶春妮说："报纸上登了你们来开荒的事迹后，市皮革厂的青年团员们特意为年龄最小的女兵，赶制了一双毛皮靴。瞧！鞋里还贴着'送给叶春妮同志'的字条哩！"

叶春妮不哭了，但泪水小河般地从她两只大眼睛里流下来："谢谢大哥哥大姐姐……我……我……什么时候干出成绩来，再穿上它。我要像马哥哥那样，把幸福让给别人，把危险留给自己，不然，我对不起大哥哥、大姐姐的心。"

小礼堂里响起了雷鸣般的掌声。

老母亲跟随宋武走进会场中间，用目光向周围巡视了一下，问道：

"白黎生同志在吗？"

"在。"白黎生甩掉头上的狗皮帽子，诧异地站了起来。

"你过来。"

白黎生走到老母亲面前，猜测地说：

"是我母亲给我带来东西了吧？"

老母亲笑了："这是祖国——我们的伟大母亲——送给你们的，在我临来北大荒时，团中央书记苏坚同志点名叫我交给你。"说着，她从旅行袋里拿出一封信，"白黎生同志，你打开看看，保险你会乐得合不上嘴。"

白黎生匆匆抽出信袋里的一张薄纸，刚看上几眼，就兴奋地朝伙伴们叫了起来："同志们！这是全国青年捐款，给咱们垦荒队购买的乐器名单，有手风琴、小提琴、琵琶、南胡、笛子……打击乐器里有锣、鼓、木鱼……同志们，咱们成立个乐队都够用了。"白黎生激动地向老母亲连连点头说，"谢谢您，谢谢全国青年朋友。"

老母亲安详地笑了笑："你别激动，信袋里还有东西呢！"

白黎生手指哆嗦着，从信袋里又拉出两张纸：这两张纸不是乐器名单了，而是用 6B 铅笔写的一封短信。白黎生高声地读道：

白黎生同志：

还记得你们临行时，在那次窝头、白菜汤的"宴会"上，和你一块儿吃窝头的团中央书记吧！

你可能忘记了他。

他可没有忘记你。

从报到团中央的材料中，我看到你经历了北大荒的大雷雨考验。

我为你高兴。据我所知，你爸爸、妈妈之所以从法国回来，是为了振兴祖国，希望你把父辈人的精神发扬光大。中华民族如果想屹立于世界民族之林，没有几代人的艰苦奋斗是不行的——你们则是新中国优秀的第一代。

请把这封信向全体垦荒队队员宣读，让你的伙伴们都了解到：开荒，不仅是开拓荒地，还要开拓文化上的荒芜。你和诸葛井瑞先组织一个文工队，在边陲村镇传播文化种子。

来年的收获季节，我会去荒地看望你们的。

祝你们

在黑土上开花结果！

苏坚　×月×日

白黎生读到信尾，已经激动得语不成声。他万万想不到苏坚会记得他，更想不到会接到团中央书记这样一封激励他的来信。激动的泪水在他眼眶里打转，继而滴滴答答地滚落下来，洇湿了他手上拿着的信笺。他不知所措地站在那儿，把信纸合上打开，打开又合上。他想把它装进衣兜，似乎嫌衣兜太小，难以容纳下这两张薄纸的体积和分量。他忽然想到这封信不应当归他一人所有，便郑重地把这封言短情长的来信交给了卢华，同时向卢华说："队长！你很了解我，我思想上还常常患得患失，在扛运木料的过程中，还骗取过不应有的荣誉。为这件事，玉枝差点和我翻车。还有很多很多事情，我都缺乏一种踏踏实实的精神。今后，你就用这封信当尺子，严格地衡量我吧！"他在雷动的掌声中，红头涨脸地走回自己的座位。

沸腾的会场，过了好一阵子才沉静下来，垦荒队队员们目光专注地望着老母亲，希望她把手继续伸进旅行袋里去，不断出现使他们喜出望外的事情。果然，老母亲拉开旅行袋的拉锁，从里边又拿出一封信，这回她没有呼唤垦荒队队员的名字，却把信交到了宋武手里。宋武好像已经了解了信的内容，没有拉出信笺，就站起来神色激动地说："同志们！你们猜猜这是一封写给谁的信？"

"写给我的。"石牛子盼家信盼得眼蓝。

"小皮球"嚷道："一准是我的。我爸爸在医学院当会计，跟老母亲在一个单位工作。"

"……"

"石牛子，刘霞霞……你们的信件和包裹，都堆在县委办公室里。这回，老母亲既是探望儿子，又给你们当了搬运工。火车站听说是给北京垦荒队拉的乐器和包裹，当老母亲的随身快件免费运往鹤岗。今天早晨县委派汽车把它们都拉回来了。"宋武欢快的脸上突然爬满乌云，"这些东西，待会儿叫贺志彪用爬犁拉回青年屯。我在这儿不说这些私事，专说说这封信。同志们！你们知道这是一封什么信吗？是一封揭发卢华的匿名信，苏坚同志叫老母亲带回县委调查。"

会场顿时哗然。

"揭发卢华？"

"卢华有什么可揭发的？"

"卢华是我们好当家的。"

"这是谁干的？"

"宋书记！念给我们听听！"

迟大冰坐在礼堂的角角上，正沉浸在一种轻松感里。"警告"处分使他喜出望外，马俊友腰骨没有复原，尤其使他感到十分惬意。说实在的，在礼堂里他没有怎么注意老母亲，狗皮帽子下的那双眼睛，不断向站在小推车后边的邹丽梅乜斜。他不能理解，这么一个亭亭玉立的姑娘，怎么没有一点实用观点。马俊友既不能说会道，又没有引人注目的仪表；他只会默默无言地工作，这号人怎么对她有那么大的吸引力？论个头，他和邹丽梅顾长的身材倒非常般配；论资历，马俊友不过是个中学毕业生，而他大大小小也算当过几天干部。即便我迟大冰有不讨人喜欢的东西，可是思想上的缺陷总比身体上的缺陷要强得多呀！她为什么对马俊友那么痴心呢？

尽管他这么想，可也不敢对邹丽梅轻举妄动了。让他遭受五雷轰顶之灾的直接的导火线是邹丽梅。他盼望着医生对马俊友诊断的"脊髓震荡"失准，而是"脊髓损伤"，那样一来，马俊友下肢将永远失去知觉，还会逐渐萎缩成柴火棍儿，也许到那时，他丢掉的东西还能失而复得——迟大冰脑子里放映着他自编的小电影。也许正是由于他只顾云山雾罩地胡思乱想，宋武举起手中那封信时，并没引起他的注意，直到礼堂哗然，垦荒队队员们气愤地提出质问时，他才从桃色梦乡里清醒过来。他伸长瘦瘦的脖颈向宋武看了看，不知是心理因素作怪，还是宋武那双眼睛真的在盯着他，他的心跳得像一面失去节奏的乱鼓,他缩起脖子,弓起后背,把头埋在椅子背后。他无论如何也想不到,这封在二十多天前,他借着公休来县城投寄出去的信件,竟由马俊友的母亲带回到了荒地。他暗暗告诫自己说:"迟大冰啊迟大冰!一波刚平,一波又起,你最需要的是镇静。反正这封信是用左手写的,字体歪七扭八,还在信里故意写上了几个错别字,以表示这封信出自大老粗的手笔。只要你沉住气,厄运是不会再降落到你头上的。"想到这里,他强迫自己把头重新抬了起来,把目光投向哗声一片的会场。

宋武脸色如铁,拿着信笺的手在微微发颤,以至于那张被揉皱了的信纸,发出窸窸窣窣的声响。他皱着眉头,声若霹雳地说道:"这封信本来不准备在这儿念了,上午卢华在我那间办公室,向我和老母亲请求,还是把它公布于众的好。一则叫群众对他进行审查,二则弄清是非。我觉得卢华来荒地后的表现,是小葱拌豆腐——一清二白,用不着兴师动众,但是卢华坚持要听听大家对他的批评,以便把铁淬火成钢。我看,还是尊重'被告'的意见,把匿名信宣读一下,大伙评议评议,老嫂子回北京后好往团中央汇报。"

事情来得如此蹊跷,一下震撼了垦荒队队员们的心。小礼堂内立刻变得寂静,大伙静听着宋武照本宣读:

团中央书记处苏坚同志:

　　向您反映一个问题,因为怕打奇(击)报福(复),我不敢写上我的名字。

　　我要反映的是队长卢华。

　　他不突出政治,用干字代替一切。他身为垦荒队队长,玩胡(忽)职守,终于造成了骑马岭伐木砸伤马俊友同志的严重工伤事故。马俊友同志是革命家庭的后代,又是一个毒(独)根红苗苗,所以性质非常严重。

　　此外,他不关心垦荒队队员的生活,道德败坏,在爱情上挖别人墙脚……

宋武刚刚念到这儿,石牛子嗖地站了起来,打断宋武读到半截的信,气愤地喊道:"谁这么缺德,往我们卢华队长身上抹狗屎?全队谁不知道,是由于我爬树摘'猴头'造成的工伤事故。干吗把我的错误给卢华安上?哪个黑心眼的小子干的，不说话我石牛子可要骂大街了！"

鲁玉枝也沉不住气了，她接着石牛子的话茬往下说道："我是伐木队的技术员，这错误是我造成的。砸伤马俊友那天，他开着'铁牛'上青年屯送木料去了，压根儿就不在伐木工地，这与卢华有屁的相干！不说笊篱说铁锅，这是啥意思？"

"真也透着有点怪。"诸葛井瑞手扶着椅背，吃力地从座位上直起身子发言说，"祸根明明是我和素琴缺乏责任心，卢华倒成了靶子。我认为这是有意中伤卢华同志，只有政治扒手才能干出这种勾当来。我建议，对这个品质败坏的人进行清查。"

"怎么个查法？"石牛子来了兴致。

"对笔迹。"诸葛井瑞回答。

"没有那样的傻瓜。"白黎生摇摇头，"干这号事的人，不会留下自己真正的笔迹。"

"那也不要紧。"诸葛井瑞比"洋秀才"高出一招，"看看邮戳的日子，再看看那天谁到凤凰镇来了，保险把这个人给找出来。"

诸葛井瑞一句话，就把垦荒队队员的怒火点着了。卢华看看这个会要偏离方向，在一片议论声中，急忙站起来说："同志们！我们不是要追查这个人，而是想听听这位同志对我的意见。我卢华不是个爱打击报复的人，特别是对于同一个车厢来的、为了同一个理想而奋斗的同志，有啥疙瘩我也不记在心上，因而我更不会报复。同志们还记得不？前两年北京上映一个苏联电影，叫……叫……《被开垦的处女地》，那些对农业集体化不理解的农民把集体农庄的主席给揍了一顿，那个叫达维多夫的农庄主席并没因此而惩罚那几个农民。为什么？那是自己人的巴掌打的。现在，还没有哪个同志赏给我两记耳光，就是真把我按在地上揍一顿，我也会用达维多夫的精神要求我自己的——因为我是一名共产党员。行了，不啰唆了，对我有意见的同志，向我猛烈地开炮吧！"

礼堂里变得肃穆无声。

垦荒队队员们都在掂量卢华这段话的分量。

俞秋兰刚才还想站起来狠狠骂那个写匿名信的人，听了卢华这些自白之后，她的喉咙哽咽了。她从人头的空隙间紧紧凝视着卢华那张瘦削的脸，又是心疼，又是自愧——她看到她和他之间的精神差距了，那是在日常劳动中难以发现的东西。她低下自己的头。

迟大冰的心也在七上八下地折腾。诸葛井瑞发言时，他感到头皮阵阵发麻。因为按照诸葛井瑞提出的办法追查，他头上刚刚滚过去的乌云会重新集结。那天，他把检查交给县委之后，转身就把这封信掷进邮政信箱，如果当真追查起来，信皮上的邮戳日期就说明一切了。他很惶恐，甚至下意识地感到诸葛井瑞那双眼睛正在向他这儿眺望。就在这时，卢华坦荡而豁达的发言，无意中为他解了围，他生怕有人再把话题拉回到邮戳上来，忙站起身来发言说："卢华同志的发言使我很受教育，他心怀磊落，大公无私。我私心杂念比他多得多，因而犯了错误，受到党的纪律处分。尽管过去我们之间有过矛盾，但我一直认为卢华是个身体力行的好共产党员。我对那个写揭发信的人感到气愤，谁写的，应当主动站出来承认错误。"迟大冰用手背抹了抹头上滚下来的汗珠，装出十分平静的样子接着说："刚才卢华征求意见是真诚的，那我就先带个头吧！我觉得卢华是个实干家，缺点嘛，有时候对垦荒队队员的思想工作，不够重视——"其实，迟大冰之所以讲这段话，前半截只是铺垫，他真正的目的，一是表白自己，二是转移视线。他盼望着，有人能步他的后尘，把会议引向对卢华的批评上来——因为任何对卢华的肯定，他都如同吞噬蒺藜。

事与愿违，迟大冰的话反而激起了人们的不平。不平则鸣，白黎生猛地站起来，用手拢了拢披落在额角的散发，严肃地说："迟大冰同志后半截意见和匿名信中的第一条相似，那是不公正的。"白黎生若有所思地看看卢华，像下着最大决心一样，走到会场中心，沉痛地说："本来，卢华不叫我谈这件事情，可是刚才苏坚同志的信感动了我，那封匿名信又刺激了我，我想我应该把这件只有卢华、俞秋兰和我知道的'秘密'抖搂出来！让同志们看看卢华那颗心……"

七

随着白黎生的叙述，老母亲如同涉足森林，垦荒队队员们又好像回到了郁郁葱葱的骑马岭。

事情发生在北大荒初雪之前。那天晚上白黎生扛运木料时，避重就轻地专门扛运白桦的事儿，被草妞儿识破揭发之后，白黎生的自尊心受到了极大的挫伤，他和草妞儿的感情出现了一道裂痕。

草妞儿一连几天噘着嘴。

白黎生灰溜溜地抬不起头。

草妞儿为白黎生的行为感到害臊。

白黎生认为草妞儿不体贴人。

尽管两个人合拉着一盘大锯，但彼此都阴沉着脸，只闻锯齿咯吱咯吱的断木声，却听不见两个人的一句欢声笑语。白黎生把自尊心视若生命，拉不下面子和草妞儿说第一句话；草妞儿存心想治治白黎生的毛病，有意装成和他疏远冷漠的样子。有一天，她扔给白黎生一把砍小树的板斧，用眼睛告诉他：喂，哑巴秀才！咱们别在一盘锯上受洋罪了，还是各砍各的树吧！

其实，白黎生如果在这时候说上一句认错服软的话，一切隔膜就会云消雾散，偏偏白黎生觉得是草妞儿有意叫他出丑，又神经质地认为，扔给他这把砍树的斧子是和他断交的表示。这使得只看到草妞儿自然妩媚的一面，没有领略过草妞儿刚直任性一面的白黎生，一下子掉进了痛苦的深渊。应当说，白黎生这次的痛苦比俞秋兰拒绝他的感情召唤时，要沉痛得多。因为他和俞秋兰之间尽管演出了“八千里路云和月”的追逐，但始终没有超越同志的界碑，而他和草妞儿则早已迈进爱情圣殿的门槛。所以，白黎生几乎难以忍耐这样的感情熬煎。

这天，天气出奇地好，白黎生没精打采地正用小板斧砍着盖房当檩条用的小树，北风中传来“呜——呜——”的声响。最初，他以为是虎啸，吓得魂儿都飞出了七窍，细听了听，才听出那是尚没封冻的黑龙江上航轮的汽笛声，他早就听草妞儿说过，这儿离黑龙江很近，好天能看到黑龙江对岸苏联边防军的瞭望塔。扭头一看，可不是嘛！不但那高高的瞭望塔历历在目，就连宛如丝带般的黑龙江水，也尽收眼底。这个新奇的发现，挑逗了他的思绪，他忽然产生了离开这片使他痛苦的森林，去黑龙江边走走的强烈愿望。

“小白，看什么呢？”回帐篷去换锯条的俞秋兰，拿着一把大肚子锯，经过他身后时停步问道。

“黑龙江。”他从声音里已判断出来她是谁了，他不愿意让她看见自己那张忧郁的脸。

“哎呀！真好看。”俞秋兰把大锯靠在一棵小树上，走到白黎生身旁。

白黎生拾起地上那把板斧，转身就走。

“小白同志，你这是怎么啦？”俞秋兰匆匆追上他，“是不是……”

白黎生站在那儿，不说一句话。

俞秋兰单刀直入地说："要让我说一句公道话，完全是你的不是。玉枝当众批评了你，是为了根治你的毛病嘛！"

如果换成别人，说出这样的话，白黎生也许不会过于激动，说他的偏偏是俞秋兰，一股酸楚的感情猛然从心田里升腾而起。他扭过头来，冷冷地说："你这个团支部书记，是不是要给我做思想工作了？"

"小白同志，你……"

"我怎么了？"白黎生的怨气冲天而起，"我觉得我干得很不错了。树没少伐一根，松子没少埋一个。不怨石牛子管你们长头发的叫'事儿妈'，就是事多。"

"你怎么能这么说话？"俞秋兰的脸变得煞白。

白黎生不愿再多纠缠，他匆匆走进密林，抡开板斧，当当地砍开小树了。俞秋兰遇事，有着一竿子插到底的个性，她不愿就此终止和白黎生的谈话，跟着他钻进密林，站在白黎生身旁，一声接一声地呼喊他：

"小白——"

白黎生不回答。

"小白同志——"

"当当"的砍树声。

"你瞧你砍的是棵什么树哇？"俞秋兰拉住他的胳膊，"这是棵稀有树种——黄菠萝，县委不是叫咱们砍歪把松、柞树和桦树吗？你……"

白黎生正在气头上，提着斧子匆匆地跑了。他怕俞秋兰对他进行锲而不舍的追逐，于是在密林中兜了两圈，沿盘山小路朝山下跑去了。其实，他往山下匆匆而去，完全是被一种冲动所支配，等他跑下半山腰时，他的意念逐渐明确了——索性去看看黑龙江吧！不然大雪封了山，就没有看黑龙江的机会了。

打定主意后，前进的目标明确了。他沿着密林小路越走越快。住在平原上的人有句俗话：望山跑死马。站在骑马岭上看，骑马岭和黑龙江近在咫尺，可是一走起来，却是无尽的路途。他走了老半天，那可望而不可即的瞭望塔还离他那么遥远。他的信心动摇了，想返回骑马岭，回首一望，郁郁葱葱的山是那么高，他简直丧失了重新向上攀登的勇气。好在手里拿着一把砍树的板斧，干脆把"李逵下山"的戏唱到底吧！

天已过午，树影西斜时，他拖着疲惫的双腿终于来到了黑龙江边。那宽阔江面上穿梭如织的渔船，使他暂时忘记了肚饥；那江心追逐渔船戏水的鸟儿，使他暂时忘却了烦恼。他沿着江边，弯腰拾着一块块乳白色、琥珀色的石头子儿，心里惬意到了极点。他甚至埋怨自己没有把吉他带来，要是能在宽阔的黑龙江岸弹上一曲，该是多么富有诗意啊！

好景不长，傍晚时西伯利亚的寒风卷过了黑龙江，把白黎生那点觅诗的雅兴吹了个一干二净。不一会儿，平静的黑龙江卷起波涛，蓝瓦瓦的天空也像江面上的波涛一样，被四面八方拥来的灰色云块遮蔽了，并很快吞噬了西沉的太阳。

白黎生傻眼了。

西伯利亚卷来的寒潮穿透他的棉衣棉裤，使他一连打了几个冷战。这时，他才想起他那件老羊皮袄甩在了伐木的密林中——这时候如果把它穿在身上该有多好啊！他手扶着一棵老枯树，惶恐不安地向四周遥眺着，希望能在附近发现一个渔村，不，哪怕是个沿江小店也好，他可以到那里躲避一下寒流，顺便填饱肚子。他目光所及，渔船落帆靠岸，寒鸦噪叫返巢，竟然看不见一丝烟火。

他怨恨起草妞儿来了，如果没有那场"桦木事件"，他这时候正在森林里伐木呢！石牛子和叶春妮早给他准备下热粥。在这儿，不要说喝粥，就连烟火味儿都闻不到。怎么办呢？返回骑马岭？空着肚子怎么能走那么远的路、能爬那么高的山呢？一旦迷了路，自己就会变成黑瞎子的一顿美餐！不走，在这儿停留一夜，会冻成冰棍的。就在他百思无计的当儿，一个在江上打鱼的老乡一边摇橹一边告诉他，顺着江沿走上四里路，有个客轮停泊的小码头，当地老乡打的猎物，或从江里捕捞的大马哈鱼（黑龙江特产），常从那里登上客轮，顺江运到滨江城镇去卖。很显然，这个老渔民把这个陌生人当成要登船而找不到码头的人了。

这个提示，一下把白黎生的希望点燃起来。他想：干脆从小码头登上航轮，绕道去佳木斯吧！到佳木斯以后，再乘火车回鹤岗，从鹤岗坐长途汽车回垦荒队。不，不能再回垦荒队了，离队几天，人家会把你当成逃兵，上次迟大冰不是开了"逃兵"讨论会吗？干脆乘车南下，和北大荒告别吧。白黎生沿着渔民手指的方向走了几步，忽然停住了脚，垦荒队的帐篷和一张张伙伴的脸，从他眼前飞掠而过，他眼前浮现了"村姑"那张桃花脸和他俩合骑过的那匹雪青马……他犹豫地站在黑龙江边，不知是该往前走，还是该往后退了。

天，渐渐黑了下来，他仿佛听见骑马岭的伙伴呼唤他的声音。男声，女声，高声，低声……声声都撕裂着他的心肝……白黎生开始往回走了几步，又愕然地站住了：天这么黑，怎么能走回骑马岭呢？还是先奔临江码头，吃上一顿热乎饭再打主意吧！可是他一掏口袋，棉袄口袋空空如也，尽管北国乡亲都很好客，但对他来说，讨吃的嘴是无法张开的。

转来转去，他在江岸上发现了一个草辫子编成的小茅屋，这是打鱼人歇脚吃饭的地方。白黎生进屋之后，睁大眼睛仔细看了看，小屋中间堆着破锅、空酒瓶以及碎木桩之类的东西。四周铺着厚厚的茅草，临江那面草辫子墙上，还用泥巴糊着一块破玻璃。白黎生猜想，这块破玻璃，是打鱼人为了便于向江心遥望而镶嵌上去的吧。

白黎生疲惫地坐在茅草上，颇有一叶孤舟驶进了避风港之感。尽管隔江吹过来的寒流，顺着草辫子墙的缝隙吹进来，仍然很凉，但毕竟比站在江沿上，要暖和多了。天，完全黑了下来，大地一片漆黑，只有黑龙江水闪闪发亮。白黎生隔着那块破玻璃向外眺望着，刚刚忘却的烦恼一下又都涌到他的心田里来了。"草妞儿知道我在这间小茅屋里受罪吗？妈妈知道我在这儿挨冻吗？"记得，他到荒地来之前，经常凝视着挂在家中墙上的那张中国地图，地图上的黑龙江曾激起过他的无限情思，今天他来了，黑龙江竟然是如此的荒芜——它用四面透风的茅屋迎接了心中充满了浪漫幻想的海外归子。

望着望着，白黎生情不自禁地想起北京来了：

初放的华灯。

自行车的潮水。

剧场的人流。

恋人的倩影。

无声的落叶。

汽车的尾灯……

这一切司空见惯了的景物，此时在他头脑里，像走马灯一样旋转开来。

回忆是甜蜜的，眼前却是凄苦的。白黎生第一次发现自己是凭着激情，带着罗曼蒂克的梦幻到北大荒来的。昔日北大荒的大雷雨，几乎熄灭了他心中的火焰，但草妞儿像颗火种，重新点燃了他心中的火焰。今天，草妞儿的冷漠，西伯利亚寒流的狂啸，使白黎生从梦幻中苏醒过来，他真不知道该往哪儿迈步了。回北京吗？兜里虽然没有带钱，把腕子上那块手表卖掉，足够回北京当路费的，但是，"逃兵"这个可耻的字眼使他内心战栗——这条路无论如何也不能走。留在这儿吗？等待他的又是什么呢？草妞儿倒竖的蛾眉！伙伴们的讥笑！扛运桦木的风波刚刚平息，又接上了逛黑龙江的错误。"不，他们不会认为我仅仅是违反劳动纪律，顺藤摸瓜，会说我是想借水路逃离北大荒，取道佳木斯，目标——北京。"想到这儿，他真是六神无主了。

他从茅草堆上漫无目的地站起来，又长叹两口气坐下。他看看手表，时间刚刚七点，距离明晨天亮，还有十多个小时，决定还是奔向沿江码头，到了那儿，用手表换钱填饱肚子，总不会像开口讨吃那样丢面子，至于去不去佳木斯，到那儿再由命运裁决吧！主意打定之后，他迈步走出那间茅屋。

就在这时，江沿上有颗火亮儿，一明一灭地朝这儿晃来。狂啸的北风里，还夹杂着一个人的喊声。白黎生手扶着草辫墙听了听，竟是呼唤他的声音：

"白——黎——生——"

"白——黎——生——"

他的心狂烈地跳了起来。他不相信会有人到这儿来寻找他，屏气细听，不是呼唤他又是呼唤谁呢？那一声长一声短的呼喊，使他兴奋，也使他不安。他惶惶地退回到茅草屋里，用后背靠着柴门，思考着该怎样迎接雹子雨般的批评。

寻找他的那个伙伴显然是跑累了，想到这间草棚子里歇脚避风，一下推开了屋门。由于他用力过猛，白黎生被推了个趔趄，当他从茅草里站起来，来者已经用手电辨认出他来了，兴奋地叫道：

"叫我好一通找，总算把你给找到了。"

手电的强光，晃得白黎生睁不开眼。但他从声音里听出了来者——他是卢华。

"队长！你……"白黎生尴尬得说不出一句完整的话，"你怎么知道……知道我在这儿？"

"诸葛井瑞把他祖宗那套神机妙算，传给了我，"卢华一边喘气一边笑道，"我掐指一算，白黎生一准到黑龙江边来了。"

卢华见面就说笑话，用意在于缓和白黎生的紧张心理。其实，这几天他连诸葛井瑞的面也没见过。扛运木料的竞赛以后，他跳上"斯大林80"想试试车，怎么踩油门，也踩不着火儿。因此几天里，他找了个小伙子当帮手，一直在远离伐木队的山洼检修拖拉机，草妞儿和白黎生之间的矛盾激化，他一无所闻。下午，他披着老羊皮袄回到伐木现场，俞秋兰告诉他白黎生不见了。几个月来，卢华对他部下这个"兵"，可以说是了如指掌。他知道白黎生虽然有周期性发作的"个人主义病"，但这种病总是发作在争强斗胜上，何况又有草妞儿拴住他的双腿，卢华不相信白黎生真的会逃离草原。后来，俞秋兰忽然想起来，白黎生在上午曾经站在山坡上，直眉瞪眼地眺望过黑龙江，卢华知道这一情况后，断定白黎生是到黑龙江边解心烦来了。他当即告诉俞秋兰三件事：第一，不要把他到黑龙江边寻找白黎生的事情，向伙伴们宣布。如果伙伴们询问，就说卢华把白黎生叫走，他俩一块儿去修理拖拉机下山的道儿了，要在木料堆的小棚里过夜。卢华之所以这样做，是怕第二次酿成"白黎生逃跑事件"，增加白黎生归来后的苦恼。第二，他叫俞秋兰用跑百米的速度去伙房拿几个窝窝头来，顺便告诉两个小火头军，不用往木料堆旁的小棚子里送饭，以免多嘴的石牛子去送饭时，因为找不到卢华和白黎生而到处喧嚷"卢华和白黎生失踪"，弄得伐木队不得安宁。第三，卢华叫俞秋兰去找草妞儿谈心，告诉她对白黎生不能急躁，疾风暴雨虽大，只能全部流失；毛毛细雨虽小，却能点点入地。白黎生是个自尊心极强的人，草妞儿要多对他下点毛毛雨。白黎生一旦归来，两个人还恢复合拉一盘大肚子锯。

俞秋兰一直默默地注视着卢华，当听完卢华全部叮咛后，她的脸颊绯红了一片：卢华虽然是批评草妞儿对白黎生的态度操之过急，俞秋兰敏感地联想到了自己，假如上午没有她对白黎生那场剑拔弩张的谈话，白黎生或许不会溜之乎也吧？卢华是个黑脸膛的小伙子，却有着老母鸡孵育幼雏的耐性；我俞秋兰是个姑娘，却缺乏卢华那样的韧性。她从这个问题上，再一次发现卢华比她成熟。俞秋兰二话没说，迅速跑向伐木队的伙房，她把窝头咸菜取了回来，笑吟吟地递给卢华说：

"我好像更了解你了。"

"你不是早就了解我了吗？"卢华反问道。

"过去，我只看到你的力量；今天，我看到了你的……"俞秋兰低垂下头来，"原来，你这黑脸汉子还像老母鸡一样护雏呢！"

卢华觉得这个比喻挺有意思，不禁嘿嘿地笑了。

俞秋兰脸上没有笑意，她含蓄地说道："你这个队长，对每个'兵'都是太阳，唯独对那只'打更鸟'儿总是月亮，什么时候你能给她一点余热呢？"

说完这句话，俞秋兰感到脸上发烧，她不等卢华答话就转身跑了。

卢华看了俞秋兰背影一眼，把窝头咸菜往皮袄里一揣，就匆匆下山直奔黑龙江边而来。他一路琢磨着"打更鸟"这个词儿，究竟谁是"打更鸟"呢？"打更鸟"是从入夜一直啼叫到五更天明的苦寒鸟儿，俞秋兰说的是谁呢？忽然，他若有所悟地笑了，自言自语地说："她是怨我对她太冷了。嘻！秋兰，咱们要在这儿开一辈子荒，何必那么着急呢！"他马上把脑子里那只"打更鸟"轰走，开始呼喊白黎生了。

白黎生不知道卢华早已在他头上支撑起一把保护伞，忧心忡忡地说："队长！咱们直说了吧！你准备怎么处分我？好叫我先有个思想准备。"

"处分？"卢华在手电的光束下看见白黎生脸色青紫，忙把老羊皮袄给他披在肩上，和他并肩坐在茅草堆上说，"要说处分，先要处分我卢华。草妞儿你们俩合拉一盘锯，是我分配的，你们俩闹'分家'，我这当队长的一点都不知道。你说，这样的'小官僚'，该不该摘掉他头上的纱帽翅儿？嗯？"

"你修理拖拉机去了，这和你没关系。"白黎生手里揪着一根茅草棍儿，心情仍然非常紧张。

"小白，你还不知道？我这个人就有爱挑担子的毛病，连做梦还扛着粮食包入仓哩！没担子压着，我就浑身难受。"卢华边说边从棉袄兜里掏出了窝头咸菜，递给白黎生，"一提粮食，我就想起这窝窝头来了，我身上热气串着，还能咬得动，来，先喂肚子吧！你两顿没吃饭了。"

卢华大口大口地嚼起窝头。白黎生刚才饿得肚肠子咕噜叫，此刻见到窝头咸菜，他倒难以下咽了。不是他不饿，也不是他不想吃，而是恐惧心理抑制住了饥饿。"桦木事件"已经使他大丢脸面，这次这事儿，将把他的面子丢得一干二净。因此，他一只手拿着窝头，另一只手拿着咸菜疙瘩，直愣愣地对着茅屋出神。

"吃呀！"

"……"

"你这是怎么了？"卢华放下手里的窝头。

"队长，要是因为违反纪律批评我，我接受，要是说我到江边来，是想借水路逃走，那可是天大的冤枉。秋耕的时候不就……"白黎生忧虑地瞧着卢华。

卢华看白黎生疑虑重重，只好把他下山之前对俞秋兰的布置，一条条地讲给他听。白黎生凝神听完后，半信半疑地问：

"真的？"

"卢华说过假话吗？"

"队长，那你可算救了我的命了。"白黎生情绪来了个一百八十度大转弯，一边把窝头往嘴里填着一边说，"我吃！我吃！我把这两个窝头都装进肚子，待会儿好有劲归队。"

卢华刚要说什么，风吼中传来"呜呜"的客轮鸣笛声。他俩不约而同地伸长脖子，隔着那块破玻璃向外望着：江心中一艘小客轮，在风浪中缓缓而进。大地是黑的，江水也是黑的，轮船客舱里和船桅顶端则亮着橘红的灯光。

"瞧哇！多美——"白黎生索性跪在茅草上，神往地向外望着。他想：要是没有这间茅草房，我这时候说不定真上了这艘客轮呢！上边有能睡觉的卧舱，不，即使是没有卧舱，也有靠椅可坐，先沿黑龙江夜航，然后转乘松花江上的船只，很快就能抵达佳木斯，那将给生活增加多少色彩呀！

卢华看见白黎生神往地盯着客轮，早把他的心思猜了个八九不离十，便拍了他肩膀一下，问道："哎！小白，当初你们一家人返回祖国时，是从天上飞来的，还是漂洋过海回来的？"

"坐轮船的甲等舱。"白黎生心不在焉地回答。

"你们在那儿生活得不是比中国好吗？"

"当然比中国好。"白黎生两眼追逐着那艘渐渐远去的客轮，直到它的灯光在江面上变成一线流萤，才惆怅地把头掉转回来，重新坐在茅草上。

"那你们干啥还要回来？"

"爱国呀！我爸爸有句口头禅：宁愿回国去住矮小的泥巴房，也不住外国的高楼大厦。因为它不是我们的祖国。"白黎生不知卢华为什么要问起这些，这和他俩目前躲风的这间茅草屋，气氛和色彩都很不谐调。

"我很敬重你爸爸妈妈。他们舍弃自己的小汽车，来挤中国的公共汽车；他们舍弃了牛奶、面包，来吃中国的小米饭。"卢华往白黎生身旁挤了挤，和白黎生合披上那件老羊皮袄，以抵御草墙间隙中钻进来的冷风，"小白，如果叫我说一句实话，我感觉你在这一点上，比不上你的父辈人。"

"我怎么比不上他们呢？"白黎生深感诧异地白了卢华一眼，"我都到中国最苦的地方来了。"

"你别激动。咱俩摸黑说话，没有第三个人旁听，丢不了你的面子。听我慢慢地说嘛！"卢华握起白黎生的一只手，打开了他的"话匣子"，"你爸爸妈妈是受爱国的信念支配毅然返回中国的，这和你从北京到北大荒的意义不完全相同。说句老实话，咱们来北大荒的伙伴，登上火车前的动机千差万别。有一部分伙伴，确实是受理想和信念的支配，比如马俊友同志，他带着他爸爸过草地时嚼剩下的半条皮带，登上了北行的火车。他来北大荒的目的很明确：献身！再比如唐素琴同志，她初来北大荒时，并不是受信念和理想的支配，而是因为在生活中受了强烈刺激，怀着到荒凉草原寻找安静、医治心灵创伤的目的来的……"

白黎生马上插嘴说："老大姐不是表现得很好吗？"

"是很好，不然她怎么会赢得老大姐的称呼呢！"卢华说，"不怕来北大荒之前没有坚定的信念，就怕到北大荒之后不去树立坚定的信念。老大姐说过，就是有人用木棒子赶她，她也不离开北大荒了。小白，你怎么样？"

"我……"白黎生敏感地觉察到卢华说了半天，目标是冲着他来的，一时之间语塞了，"我……"

"现在，你和草妞儿对上象了，我可以这样说你了。"卢华用劲摇摇白黎生的手掌，"你是把浪漫色彩的梦误当成了理想，'叽噔哐当'地坐着火车来北大荒的。一旦那个梦，并不像自己想象得那么美好时，你准会闹点毛病。第一次你跟着拖拉机夜耕，小俞对你冷漠了点，你就非和诸葛井瑞换班不可，结果你遇到了北大荒的暴风雨。你想过没有，如果你没有遇到你喜欢的'村姑'，你该怎么对待生活？是留下，还是走？是朝南走，还是朝北走？"

白黎生无言以对——他低垂下头。

"第二次，救了你一命的'村姑'，直率地批评了你避重就轻、只扛白桦不扛红松的劳动态度，也是为你好嘛！当然，北大荒土生土长的姑娘，不会拐弯抹角，话说得尖刻了一点，这下可扎到你的肺管子上了。你宁要面子，不要真理；加上俞秋兰同志对你态度生硬了一点，你就跑到黑龙江沿上消愁来了。小白，你想想，你的信念、理想、追求究竟表现在哪儿？嗯？"卢华掰开揉碎地向白黎生讲着道理，"你是有热血的青年，开荒的艰苦生活能挺过来，已经很不容易了，看在这一点上，我卢华再包庇你这一回。咱俩订个'君子协定'，只要你努力去改正这些毛病，我把你跑到黑龙江的事儿，烂在肚子里。怎么样？"

白黎生被卢华的一片诚心感动了，他结结巴巴地说："队长，你对我……我……真好！真好！我愿意把肚子里的话都掏出来，讲给你一个人听。"

"说吧！小白。我的嘴上有把锁，不会对任何人说起的。你相信吗？"卢华给白黎生放下狗皮帽子上的两个耳扇，关切地凝视着白黎生的眼睛。

白黎生犹疑了一下："我有点害怕。"

"怕个啥？咱们俩不是订了'君子协定'了吗？"

"我刚才产生过去佳木斯的想法，我想用手表换……换……钱打船票。说心里话，我和北大荒有了点感情，但思想上没有扎根，所以，一遇到不顺心的事儿，就……"

卢华察觉握在他掌心的那只手在微微颤抖，知道白黎生动了真情，忙安慰他说："你一个劲儿地盯那只客轮，我已经揣摩出你的心思来了；你能把这话吐出来，证明你很诚实。其实，我也想念北京，想念京西煤矿那帮煤黑子朋友，但我知道，在北大荒蹬着跳板往粮库里倒整麻袋的粮食之前，我是没脸去见他们的。你想想，你要是从佳木斯坐上火车回了北京，你爸爸妈妈如果问你：'哎！你怎么回来了？'你该怎么回答呢？编瞎话，我想你干不出来；讲实话，你说得出口吗？"

白黎生双手托着滚烫的脸腮，陷入了沉思。

"小白，天不早了。咱俩躺下聊吧！"

白黎生一愣："睡在这儿？"

"怕什么？"卢华说，"在煤矿井下，干不成活儿的时候，四片石头中间夹着一块肉，还照睡不误呢！这儿比井下强多了，你看地下茅草这么厚，赛得过'席梦思'床，把大皮袄往咱俩身上一盖，比咱们那四面进风的帐篷也不差嘛！"

"我的意思是回骑马岭。"白黎生说。

"天这么黑，道儿难认哪！万一走错了道儿，可就走不出深山老林了。"

"叫你跟我一块儿受罪，我……"

"快别说这不沾边的话，咱们不是异姓兄弟嘛！有马同骑，有罪同受。你先囫囵个躺下，我去解个小手。"卢华站起来，推开柴门走了出去。

白黎生刚刚躺下，卢华匆匆走了进来，着急地说："我说小白，起来吧！咱俩睡不成觉了。"

白黎生奇怪地坐起来："怎么，你又变了？"

"不是我变了，是老天爷变脸了。你看——"卢华朝柴门外一指，晃了晃手电，"北大荒下头场大雪了，要是下上一夜，封了山，埋了道，咱们就算兵困黑龙江岸，十天半个月进不了山，那还了得！没别的，老天爷不让咱们在这儿过夜，咱俩就开动'11号'吧！"

白黎生看了看夜空飘落下的鹅毛大雪，有点畏难地皱起眉头。他转念一想，万一真是大雪封了山，卢华封锁他来黑龙江的消息就会露了馅儿，他只好从茅草上爬起来，走出柴门。

风小了一些，雪可越下越大。为了争取时间，不被大雪堵在山下，卢华甩开双脚，一路小跑，白黎生跟在卢华身后，咬牙紧跟。白黎生真不知道卢华那两只脚板是怎么长的，穿着俞秋兰送给他的那双笨重的毡疙瘩，竟然健步如飞，任凭白黎生怎么咬牙，总是跟不上他的步点。他很想叫卢华喘口气，等上他一会儿，但白黎生张开嘴唇，又赶紧闭合上——如果大雪下得沟满壕平，他们爬上骑马岭的计划就会变成肥皂泡，他只好跟斗流星地紧追不舍。

雪下得密了，如同满天飘落下盛开的棉桃，卢华刚刚走过的脚印，马上被大雪覆盖得模糊不清，而卢华那两条腿，就像上满的钟表发条，噔噔地迈得更加有力，他身上披着的那件老羊皮袄，被风吹得忽闪忽闪地飘舞着，就像一只大鸟展开双翅，在雪地上疾飞。白黎生急得浑身冒汗，和卢华的距离越来越远，所以卢华不时要停下脚步，在前面呼喊他：

"加油——"

"是。"白黎生有气无力地答应着。

"小白，你倒是快点呀！别叫大雪埋了我们！"

"是。"白黎生浑身如同散了骨架一般。

"当一个北大荒人，你还不及格。你走得太慢了。"卢华有点着急了。

"是。"白黎生奋力向前急追。

"噗"的一声，他迈进一个壕沟里。卢华只好折身回来，把他从壕沟里拉了出来，把自己的老羊皮袄，往白黎生身上一披说：

"来！我背着你走。"

白黎生连连摇头说："那怎么行！我能走。"

"别磨蹭时间了，像你这样走法，咱们非冻死在雪原上不可。"卢华板起面孔，"快！别啰唆了。"

"不，不。"白黎生死不从命。

卢华焦躁地看看雪原，一把夺过白黎生手中的斧子，把手电筒往他手里一塞："服从命令。你从肩膀后边给我照路，快上来吧！"卢华往他面前一蹲，

"甭担心我背不动你，我在矿井下练就了一副铜腰铁腿钢肩膀。来！上马。"

白黎生还要推却，卢华一拉他的胳膊，把他往身上一背，大步流星而行。这一刹那，白黎生感到无地自容，他的眼圈又热又胀，无法压抑的热泪泉涌般地流淌出眼窝：

"队长，都是我不好，叫你……"

卢华弓着腰开始向骑马岭登攀。

"队长，叫我下来吧！我心里不好受。"

卢华发出"咯嘣咯嘣"的咬牙使劲声。

"队长，以后我再也不……"

卢华挥动板斧，当当当地砍着阻碍迈步的灌木丛。

"队长……"白黎生终于忍不住感情的煎熬，"哇"一声哭了，他抽泣得像个孩子，断断续续地说，"我看见信念的力量了。我……我……不应该只有梦幻，而应该建立……建立献身的理想……"眼泪在他脸腮上结成了冰滴。

八

"同志们，这就是我们队长卢华和我自己的肖像。"白黎生讲到这儿，眼睛里泪光闪闪，"今天，伙伴们在这儿会师，娘家人又来探望我们，我把我见不得人的东西抖搂出来，没经卢华许可，就单方面地撕毁了'君子协定'，同志们一定能理解我的心。"白黎生激动地用手背揉了揉潮湿的眼窝，脸上闪出一丝笑意，"同志们大概都还记得，那天石牛子叫阵，我之所以敢跳上爬犁，敢拿着鞭子和饿狼周旋，应当说是真正的自尊给予我的力量。当然，那件事我也很不光彩。第一，叫饿狼咬了儿马的屁股；第二，我无功受禄，白得了一张狼皮褥子。我在这儿要对同志们说，那只狼是卢华同志打的，他为了给我烧火打气，在同志们中间建立我的威信，把功劳硬是记在我的账本上了。"

片刻的沉寂之后，小礼堂里突然爆发了暴风雨般的掌声。掌声才落，另一个振奋人心的声音从邹丽梅嘴中倾吐出来："同志们！俊友叫我代替他发言，他说刚才他听白黎生同志的自白时，血液都感到循环得快了。是不是这把青春之火烧的呢？他的下肢从麻木状态，开始有了知觉。同志们看——"邹丽梅挽着马俊友的胳膊，扶着马俊友从小推车上站了起来。虽然短短几秒钟之后，马俊友又无力地坐回到小车上，仍然激起了伙伴们的狂喜。邹丽梅张开双臂，阻拦着拥上前来的伙伴们说："同志们！医生的判断是准确的，现在他的脊髓震荡周期过去了。老妈妈，他不会瘫痪了，他不会残废了，我……我……真高兴，真从心眼里高兴。"兴奋的泪花粘在了她长长的睫毛上。

马俊友欣喜地又站起几秒钟，同时叫了一声："妈妈——"

老妈妈也激动得不能自已："孩子，我看见了。今天真是大喜的日子，你快坐下。"

会场再一次沸腾起来。李忠义纵身一跳，站在长椅子上，挥舞着两条健壮的胳膊喊道："老娘！我还想告诉您一件喜事哩！我们队上那匹母马，肚子越来越大，看样子那驹子个儿还不小。春打六九头的时候，它就该下小驹子哩！您说，这是不是一件大喜事？"

垦荒队队员哄堂大笑：

"'疙瘩李'，真有你的！"

"三句话不离本行！"

"这事也值得提到桌子面上？"

李忠义梗着脖子，不服气地说道："咋的？咱们多一头驹子，九加一等于十，咱们就十头牲口了，咋就不该说呢？！"

"同志们，"老母亲把散落到脸颊上的一绺花白头发按到耳根上，站起来说，"他说的话，叫我想起来一个叫老伊的马夫。上午在俊友的病床前，我对他讲了这个真实的故事，现在我想把它当作送给你们的礼物。我不知道大家有没有兴趣听我说。"

"有兴趣！"

"安静点——安静点——"

"让老妈妈说下去。"

"如果我记忆不错的话，老伊是江西人，名叫伊中士。论年纪，他一个人能顶你们两个人；论资历，他从长征时就给毛主席牵那匹叫'六虎'的黄骠子。解放时，他听说王震将军要赴新疆开荒，就找到毛主席说：'主席，我真舍不得离开你。可是，北京城里留我这个马夫有啥个用项呢？马路光得冒亮，你不能再骑这匹六虎去办公了；那四个轮子屁股冒烟的玩意儿，我又不能开，还是叫我随着大部队进疆吧！到那儿，我这两下子还能用得上。'主席说：'你已经走过两万五千里了，再跟着王胡子走上几千里，你这把老骨头顶得住吗？'老伊说：'主席，你还不知道我脚上的功夫吗？在北京我这铁脚就要变肉脚了，让我去新疆吧！在这儿待下去，我就成了废物了。'主席说：'新疆可冷得很，你这南蛮子两只铁脚能走路，可御不了寒哪！'老伊说：'铁脚是走出来的，我就不信身子骨练不出来。你下命令吧！我要是冻死在新疆，没你主席的责任。'瞧！就是这样一个跟着毛主席出生入死，立过多少次战功的老伊，既不向荣誉伸手，更不要个人名利，拉着那匹和他岁数差不多的六虎，奔赴了西北大沙漠。

"去年，大西北要建立一座大型医院。我出差到新疆，特意到屯垦兵团去看望老伊。那匹六虎已经老死了，兵团为这匹有功的骡子立了座石碑。老伊由于思念和他几十年形影不离的老伙伴，非带着我去看看那个碑不可。在碑前，他难过地对我说：'我有啥子功劳？是它驮着主席走的，我只不过是牵着它。'他还告诉我，这匹骡子生前有个习惯，喜欢闻烟味儿，你要不用烟喷它，它就撞你的怀，咬掉你的衣裳扣子。老伊不愿叫它难受，每个月发的津贴，除了吃饭、交党费以外，几乎都买了新疆的莫合烟，嘴对嘴地喷它，直到这匹黄骡子躺倒为止。

"我问他说：'六虎死后，你干些什么工作呢？'

"他把两手向后一摊，叫我看看他那件补丁摞着补丁的旧军装：'大姐，你还看不出来吗？'我摇摇头。因为这儿的屯垦战士穿着都很朴素，我很难从衣裳上判断他目前的工作。我估摸着，不是个师、团级干部，至少也得是个后勤处长了。

"他又指指矮帮军鞋说：'你看——'我低头看看，他的鞋上沾着许多粪迹，便说：'你还在……'他抿嘴一笑，'对呀！大姐，我还干我的老本行，当饲养军马的马夫哇！由于开出来的荒地需要肥料，我还自动兼任了淘茅厕的粪夫工作。大姐，你这搞医的人不会嫌我脏吧？'同志们，我望着老伊枯瘦的身子，心里久久不能平静，因为他在战争年代，曾经三次负过伤，和六虎一样，是个功臣。他可能看出我的心思来了，诙谐地对我说：'大姐，革命总要有个分工，有人坐车，有人赶车；有人骑马，有人喂马；有人坐飞机，有人地下走；有人穿呢绒，有人穿土布……一句话，无论干什么，都要有颗魂。'

"同志们，我理解老伊说的这个'魂'，就是说的理想、信念、追求。当然，由于时代不同了，我们不希望大家立志都当马夫；正好相反，苏坚同志特别叫我叮咛大家，他祝愿在你们中间，出现康拜因手、土壤学家、医生、农艺师、画家……但无论立多么大的宏志，都要有老伊那样的精神境界：踏踏实实，献身荒地。无我才能无私，无私才能无畏——就像你们队长卢华同志那样，硬是冒着大雪把小白同志背回了骑马岭。这是青春和理想喷发出来的巨大热能！让我们向这位像老母鸡一样护雏的卢华、向这位虚怀若谷的垦荒队队长学习！"

在震耳欲聋的口号和欢呼声中，诸葛井瑞扶着椅背再次站起来。他用中指往上推了推眼镜问道："宋书记，卢华是黑是白已经很清楚了。对写那封诬告信的人应当怎么处理？"

宋武还没来得及回答，石牛子就搭腔了："进行追查——"

"批判——"刘霞霞马上响应。

"查出这个害群之马。"白黎生义愤填膺地表态。

"谁干的？"李忠义喊道，"应当站出来坦白。"

宋武站起来，重新举起那封皱巴巴的信说："没想到这封信，把今天这个会指引成了一场对卢华的颂功会。它的功劳不小嘛！没有它就引不出白黎生同志的自我检查，大家也就不知道你们队长和小白还有那么一条'君子协定'；没有它也引不出老嫂子讲老伊喂养'六虎'，甘当一辈子马夫的故事。我想，这充分地说明了一点：在我们这个大家庭里，心术不正的极端利己主义者，是没有市场的。同志们提议进行追查，我们没那么多空闲时间捉'贼'，我们应当干的事情尾巴咬尾巴的，可以连成一个火车：突击盖房，普及文化，建立图书馆，成立文工队……苏坚同志对你们有指示：只开垦荒地生产粮食不行，还要开拓北大荒的文化荒芜。团中央给你们送来乐器，不是聋子耳朵叫你们当摆设的，是叫大家在这儿的屯屯镇镇播种文化。"宋武从口袋里掏出一张纸，开始呼叫说："诸葛井瑞——"

"有。"

"白黎生——"

"到。"

"你们俩是文工队正副队长。诸葛井瑞养病期间，白黎生你要抓紧时间，排练节目，准备正月新春走屯串镇去演出。"

白黎生脸腮红涨，惶恐地说：

"宋书记，就我们两个光杆司令啊！"

宋武笑了："我说你这洋秀才，就是缺心眼，据我知道，草妞儿不是会用土嗓子唱歌，唐素琴不是会用洋嗓子唱歌吗？还有爱耍狗熊的石牛子……你们中间可是藏龙卧虎哇！"

石牛子马上站起来说:"宋书记,我那只小黑熊可是丢了。不知是叫它三姑、六姨、九奶奶的哪个老黑熊给带走了。"

"没关系。我宋武负责再给你弄一只。"

小礼堂里哄堂大笑。

很少绽出笑容的宋武,也被这满堂欢快的气氛逗笑了,他挥舞着两条胳膊说:"同志们!今天真是大喜的日子,大家也许把日子过糊涂了,谁能说出今天是什么日子?"

"南北两路兵马会师的日子。"

"是和娘家人团聚的日子。"

"马俊友下肢恢复功能的日子。"

"白黎生往前跨了一大步的日子。"

"……"

"说对了,但是都不全面。"宋武高声地说,"今天是阴历腊月二十三,按北大荒老乡的说法叫作过小年,县委特意把大家请来过年。当然啦,这儿比不上你们在北京家里过年,七个碟子八个碗的,县委尽最大努力,给同志们准备好了白面馒头、炖大肉、炒鸡蛋、老白干……我在这儿代表县委提前给同志们拜年——"宋武双手抱拳,向周围连连作揖。"还有,县委考虑同志们太累了,特意从粮站借来两辆卡车,大家吃饱喝足之后,送大家返回青年屯。现在,我们就去武装肚子——目标食堂。"

……

这是一顿既温暖心扉又饱肚皮的年饭。几个月不知肉味的年轻人,敞开肚皮,个个吃了个肚儿圆,加上有老白干助兴,这顿饭一直吃到了午夜还没结束。贺志彪本来肚量最大,但他考虑到他赶着的爬犁上还要装运乐器和邮包,没敢过多喝酒——他是个粗中有细的人,喝多了酒赶翻了爬犁,摔坏乐器该怎么办哩?!

还有一个滴酒未进的人,就是迟大冰。这几个月来,他除了不光彩地喝过一碗面片汤外,始终没有吃过面食,按说,他也应该狼吞虎咽地饱吃一顿,但是,这顿饭对他来说如同嚼蜡,他总感到许多双眼睛一直在盯着他。特别是开饭时,偏偏和卢华坐在一张桌子上,出于多疑,他感到卢华往他碗里夹肉、劝酒,都是一种胜利者对失败者的嘲弄。迟大冰觉得自己刚刚卸下左肩上的负荷,一封匿名信又在右肩上增加了无尽的压力——谁知道他们知道不知道是他写的这封信呢！

迟大冰是继贺志彪后，第二个离开食堂的人。他神色恍惚地离开人群，奔向了停放在县委门口的卡车。

"老迟同志，"好心眼的邹丽梅追了出来，举着一件老羊皮袄说，"这是不是你丢在饭桌上的？"

真晦气！他竟忘了夜寒，把离不开身的老皮袄丢在了食堂。他接过了皮袄，木然地说了声："谢谢。"

"老迟同志——"

迟大冰把蹬上汽车轮子的那条腿又放了下来，略带惊异地回过头说："喊我有事？"

"这时候就登上汽车，多冷！"

"谢谢！"迟大冰还是重复着刚才的话。

"回礼堂暖和暖和，跟大伙一块儿上车不好吗？"邹丽梅觉得迟大冰态度反常，她惊奇地看着他。

迟大冰忽然想到，邹丽梅上午是去过县委办公室的，或许知道有关那封信的事情，便把皮袄往身上一披说："真是树林子大了什么鸟儿都有，居然有人诬告卢华。"

"我听宋书记读那封信时，肚子都快气炸了。"

"在哪儿读的？"

"在小礼堂啊！你不是也听见了吗？"

"宋书记对这个写信人，有个揣摩没有？"

"没听说。"

"你不是去过宋书记的办公室吗？"

"去过。"

"宋书记没有谈这件事？"

"老迟你是怎么了？"邹丽梅若有所思地眨眨眼睛，"宋书记怎么会跟我说这些事情！"答话之后，邹丽梅突然产生一种本能的惊觉：迟大冰为什么对这封信如此关心？难道是他……不，不能胡乱猜疑一个同志，他刚刚受过处分，这样揣测是没有依据的。

迟大冰还想说些什么，垦荒队队员们穿着清一色的老羊皮袄，从院内蜂拥而出，就像一群草原上的羊，嬉笑着奔向了汽车。迟大冰无法再多说一个字，迈着两条螳螂腿，混在垦荒队队员之中，跳进了汽车槽帮。

这时，邹丽梅才突然想起马俊友还在食堂的小车上，忙跑向食堂，她想把马俊友推到门口，和伙伴们告别，但等她推着小车出了县委门口时，汽车已经离去，除了宋武和老妈妈在向远去的卡车招手外，在白雪皑皑的街道上，只留下两道深深的车辙。

"孩子，我们也在这儿告别吧！"老母亲伸出手来握着邹丽梅的手，"我在学院很忙，看看你们都挺好，我也就放心了。"

"妈妈，您多待上一天，我们再谈谈心吧！"马俊友恳求着。

"喏，你们看——"老母亲指了指旁边的一辆破旧的吉普车，"老宋要亲自开车送我去鹤岗火车站，百十里路哪，两天后我要赶回北京，参加一个医学科学讨论会。"

"妈妈……"邹丽梅悄声说，"您还有什么要叮嘱的吗？"

老母亲低头想了想："我回北京后，想到你家去看一看。"

"您别去。我到这儿就给他们写过一封信。"

"丽梅，思想上的决裂不等于断绝家庭关系嘛！你父亲和后母身边无人，给他们带个好去，他们也高兴啊！"老母亲淡淡地笑了笑，"过两年，等你们这儿有个模样，你和俊友回北京探亲还得去看看老人，明白吗？"

"您要是非去不可，带一个口信就行了。您告诉他们别再往这儿寄吃的，我们又不是饿死鬼托生的，北大荒的五谷杂粮足够我们吃的。"邹丽梅认真地说。

宋武笑了。

老母亲笑了。

连坐在小推车里的马俊友也笑了。

"听俊友说，这几个月你为伙伴们做了许多好事，为俊友做的就不说了，听说连家里寄来的鸭绒被，你都让给'小不点'盖了。"老母亲说着，从口袋里掏出一个纸包，塞在邹丽梅的掌心说："这是三百块钱，留给你们俩应急时用，这钱是妈妈工作挣的，不带剥削味儿，收下它吧！"

"妈妈……我们不要。"邹丽梅推拒着。

"这儿冰天雪地，有钱也没处去花。"马俊友说，"我们都是二十多岁的人，能在劳动中自立了。"

"收下。你们知道这钱留给你们是啥意思吗？简直是一对傻瓜。"宋武用手比了个吹喇叭的姿势，嘴里哇啦哇啦地叫了一阵，"北大荒老乡虽说不富裕，可是结婚时总要吹吹打打，明白了吗？"

邹丽梅的脸腾地红了，她用目光询问着马俊友。宋武从老母亲手里拿过纸包，顺手塞进邹丽梅的棉衣口袋里："瞧你们这腼腼腆腆的劲儿，再要耽误下去，可要误老妈妈赶明早的火车了。大姐，来，上车吧！"

来也匆匆，去也匆匆，亲人们团聚还不到一个昼夜——二十四小时，就分别了。尽管时间那么短促，马俊友和邹丽梅都感到十分充实，特别是邹丽梅，这是从她亲生母亲去世之后，从来没有享受过的真挚的母爱。因而在推着小车返回医院的途中，她的泪水在脸上结了一串冰珠……

马俊友半个多月以来，很少主动和邹丽梅说话，这时却忍不住先开口了："丽梅，你怎么不说话？"

"我太高兴了。"

"高兴就该说话嘛！"

"我在想……"

"想什么？"

"我……我……重新有了一个好妈妈。"

"你喜欢她吗？"

"嗯。"邹丽梅明知故问，"她喜欢我吗？"

"不喜欢。"马俊友流露出少有的幽默，"把你的一只手伸给我。"

"干什么？"邹丽梅还是把一只手伸进他的掌心之中，她用另一只手和向前移动的身体，推着小车，在结了冰的小路上往前走。

马俊友把邹丽梅的手在他掌心里暖了一阵，放在嘴边亲着，他吻完她的手心又吻手背，最后连每个手指都吻了一遍。

"你不是要离开我吗？"邹丽梅的脸贴着他的耳梢呢喃地说。

"前几天，我背的包袱太沉了。妈妈狠狠批评了我，你不是知道嘛！"马俊友把邹丽梅那只冰冷的手，塞进自己温暖的皮袄袖口暖着说，"其实，就是在那几天，我也几次想亲你给我端水的手，因为它为我做的事情太多了，只是理智提醒我不能去亲它罢了。"

"当时你痛苦吗？"

"痛苦。你呢？"

"和你一样，看着你闭着双眼装睡的样子，我真想哭。"

"现在你别哭了，笑吧！"

邹丽梅嘴角一翘，真的笑了。

夜，静极了，北国冰铺雪盖的小镇，家家户户早已熄灭了灯火，唯有医院的几排病房，还闪烁出星星点点的微光。

"在街心停一会儿吧！"马俊友请求说。

"为什么？"

"回到病房，有'小诸葛'他俩多不方便。"

邹丽梅看看手表，时针已指向十一点，悄声劝解说："今天你太累了，不能停留了。"说着，把小车推进了医院。

邹丽梅挽扶着马俊友，走上病房的台阶。在他俩的想象里，唐素琴和诸葛井瑞听见他们的脚步声，一定会走出来迎接病友，可是邹丽梅和马俊友已经登上第四层台阶了，里边还是鸦雀无声。邹丽梅奇怪地推开房门，两个人双双愣在门口了：诸葛井瑞那张病床还在那儿，人已经不见踪影了。邹丽梅扭身跑到那间"小冰窖"一看，唐素琴随身带的花书包和针线袋都不见了。她急忙回到病房，向马俊友报告消息说："他俩很可能跑了！"

马俊友穿着"钢背心"，坐在床沿上巡视着空荡的房子，摇着头说："不会吧！医院说他再休息一个星期才能出院呢！"

"你以为'小诸葛'也像你那么老实吗？"

"可总该告诉咱俩一声啊！"马俊友仍然疑信各半。

"瞧——"邹丽梅从插着蜡梅花的玻璃瓶下拉出来几张折叠着的白纸，她急忙打开一看，正是诸葛井瑞和唐素琴的告别信。邹丽梅用头发上的卡子，拨了一下灯芯，豆大的火苗立刻伸长了腰身，邹丽梅和马俊友凑到灯下，读了起来。

俊友、丽梅：

　　怕你俩"告密"，我俩没敢事先向你们公布我们的归队计划。如果你们看到了我们这封信，就说明我们已坐在奔往青年屯的汽车上了，如果我们的计划失败，就提前回医院来把这封告别信撕掉，不留任何痕迹。

　　不知为什么，青年屯那几个帐篷和那片桦树林，是那么牵动我们的神经。当我们确知今天夜里是用汽车送伙伴们回家时，我们就订了这个以乱裹乱的计划。我们是这样设想的：咱们伙伴人人一件老羊皮袄，在黑夜上车时，即使有孙悟空那双火眼金睛，也难以分辨张三、李四，只要一登上汽车，我们把大皮帽子往眉毛下一拉，身子往老皮板子里一缩，浑身滚成个"刺猬"样儿，挤坐在伙伴们中间，就算到家了。

俊友、丽梅，我们的好伙伴、好同志、好战友，我们真舍不得离开你们，但是荒地在等待着我们开拓，你俩就原谅我们这次的行动吧！这些日子，我俩特别感谢丽梅，她帮助我（诸葛）结束了寻觅的苦闷，她帮助我（素琴）开始了新的生活。尤其使我们感动的是，丽梅是在她最痛苦的时刻，为我们搭起爱情的彩桥的。你千方百计拨响我（素琴）心上那根情弦，使你这位想来荒地上当不穿教衣的修女的大姐，从思想上还俗，重新行使爱的权利。想想看，我们能不感谢丽梅你嘛！

至于俊友的自我折磨，我们明白这种折磨的价值，只有懂得深爱别人的人才能有这样的崇高品德。我们可以担保，如果迟大冰是俊友的话，这个道貌岸然面孔下装着一脑门利己主义的伪君子，会做出和俊友完全相反的行动来。他会因为他致伤而怕你跑掉，因而他会千方百计地把你拴住，让你为他付出青春，甚至付出生命。当然，这是我们的一种假想，丽梅，你千万不要为我们这种设想而噘嘴生气，行吗？如果你真噘嘴生气了，俊友会为你泄了这股气儿的——因为我们都看得出，他是多么爱你啊！

俊友，我们也想对你提出一点意见：从今天会后，你停止对丽梅的感情折磨吧！你下肢神经的恢复是个天大的喜事，即使你要穿着"钢背心"保护腰背，那也会生活得很好，不会贻害丽梅的青春。丽梅这些天为你付出了多少心血，你真想叫她美丽的面孔上过早出现忧郁的皱纹，叫她乌黑的头发里过早地出现不该出现的银丝吗？我们向你呼吁：珍惜她对于你的感情，珍惜你们的青春吧！

当然，不起波浪的小河几乎是没有的，那种平平稳稳地相爱、平平稳稳地结合的爱情例证，只有在平庸的小说和电影中才能找到，在社会现实生活中是很难发现的。不是吗？我们俩，你们俩。抛开我们不说，就拿卢华和俞秋兰来说吧！俞秋兰不是自比为北大荒彻夜啼鸣的打更鸟儿吗？白黎生和"村姑"的相爱，在人们的概念里，最富有浪漫主义色彩了，但他们的爱情之舟也不是在没有波浪的河流中航行，为了白黎生"扛白桦树"的问题，不是也闹过一段日子的风波吗？只不过表现的方面由于性格相异，而各不相同罢了！

为了给你俩留下我们的肺腑之声，我俩放弃了这顿年饭，只从食堂拿了四个馒头，就匆匆跑回医院坐在床头边吃边写了。虽然我们没有尝到肉味，也心甘情愿。物质生活对我们是次要的，对理想的追求则主宰着我们的灵魂，要是贪图享受留在北京多好，何必到这儿来"受罪"呢！

怕赶不上汽车，不能多写了。祝愿俊友腰椎骨早日完全愈合，祝愿你们的感情像草原日出一样不断上升。对了，还要叮嘱你们几句：你们可不能仿效我们，非法离开医院。丽梅你学过护士，一定知道俊友的腰椎骨一旦挪位，将会引起什么样的恶性后果。

切切！

我们在盖成的新房里迎接你们！

诸葛井瑞、唐素琴

邹丽梅读完这封信后，两个人久久地陷入沉默之中。事情如此出人意料，而又是千真万确的事实。邹丽梅把摆在空病床前的蜡梅花，端到马俊友床前的小桌上，花儿多了一束，人却少了一半。

"我怎么就没想到这一招呢？"沉默了半天之后，马俊友低声自语着。

"你疯了？在会场上你只站了两三秒钟，就支撑不住了。"邹丽梅说，"要是你坐在摇煤球一样的汽车上，怎么拉你去的，还得怎么把你拉回来。"

"伙伴们在冰天雪地里搭窝盖房，我倒不错，在医院里养膘。"马俊友愁楚地垂下了头，又突然把头昂了起来，"丽梅，你不能去找医生通融一下，就说——"

邹丽梅毫不含糊地回绝了马俊友的请求，她说："伤筋动骨和冻伤皮肉不一样，你要是感情用事，不但解决不了问题，反而会延缓你的出院日期。"说着，邹丽梅弓下身子，给他解大头鞋上的鞋带。

马俊友想自己去解它，刚想弯腰，"钢背心"立刻限制了他。邹丽梅仰起脸来抱怨着："你……这是干什么，想在医院住一辈子，是吧？"

"丽梅，你太辛苦了。我……"马俊友感叹地说，"想不到我这二十多岁的人，返老还童成了幼儿园的娃娃了，连解鞋带儿还得别人动手。"

邹丽梅有意解除马俊友的烦躁心情，她把两只大头鞋脱下来，又脱他两只棉袜子，然后从炉火上端来一盆热水，笑吟吟地说："幼儿园的娃娃都特别听话，你也得乖着点，现在给你洗脚，你可不准再乱动了。"邹丽梅试了试水温，开始给马俊友洗脚。

尽管马俊友不能弯腰，那两只脚已恢复了知觉，还是能自由摆动的，他把两只脚从热水盆里抽出来，恳求着说："我的两只脚互相搓搓就行了，不用你动手了。"

邹丽梅嗔怪地瞪了他一眼："我在医院实习时，不只给一个重病号洗过脚，人家都乖乖听护士的，怎么就你这个病号难伺候？"

"叫你为我洗脚多不好意思……"

"把脚快放在盆里。快——"邹丽梅下着命令。

马俊友无奈，只好把脚放到水盆中去。

"这就对了。"邹丽梅蹲在水盆旁边，一边为马俊友洗着脚上的污垢，一边温柔地对马俊友说，"洗过脚，按时把鲁大爷留下的虎骨酒喝上半杯。明天，我请示一下医生，问问你下肢有知觉了，能不能甩掉小车，我搀扶着你慢慢练习走步。"

"还用问医生？"

"当然啦！医学也是科学。一是一，二是二，这不能打一点折扣。"邹丽梅扶他脱衣上床，掩好被角说："今天我也不用挨冻了，诸葛井瑞这床上也有被子，我囫囵个儿一躺，或许会梦见青年屯呢！"她"噗"地一口吹灭了灯。

九

诸葛井瑞和唐素琴在卡车上颠簸着。

这是国民党军队遗留下的一部老掉牙的卡车，除了汽车喇叭不响之外，没有一处不响。尽管挤满车厢的垦荒队队员都变成了电筒里的煤球一样，被卡车摇来摇去，他们还是又唱又喊又叫，似乎他们正走在北京宽阔的长安大街上，而不是午夜之后的茫茫雪原里。

只有诸葛井瑞和唐素琴不敢吱声，他俩竖起老羊皮袄的领子，拉下狗皮帽子的耳扇，像两只把头缩进脖子里的鸵鸟，弓着背依偎地坐在一起。大概世界上的姑娘在儿女情上都比小伙子敏感，卡车左摇右晃之际，唐素琴用胳膊肘捅了诸葛井瑞一下："你听！"

诸葛井瑞撩起狗皮帽子的一只耳扇，凝神听着，这是坐在他俩身旁的鲁玉枝在和李忠义对话。

"今儿个我心里挺别扭。"草妞儿的声音。

"是为小白吗？你该为他高兴。""疙瘩李"回答。

"咱俩都是土疙瘩里蹦出来的土人，我不问别人，专门问问你。"草妞儿声音压低了，"你说小白今儿个发言时，几次提到秋兰姐，你听到了吗？"

"听到了。"

"那为个啥？"

"我说傻妞儿，人家俞秋兰是团支部书记，站在你的立场上批评小白了，小白怎么会不提她呢？"

"你是长着一双漏风耳朵吧？"

"不，是一双兜风耳朵。"

"那你咋没听见小白这段话，看见秋兰姐，一股酸楚的感情猛地从他心田升腾……"草妞儿学着白黎生的腔调说，"你说他'酸楚'个哪门子？"

李忠义蒙住了，半天没回答出话来。

诸葛井瑞深知草妞儿虽然在伐木、打黑瞎子上有超人的本领，但她也带着农村青年常见的狭隘毛病。白黎生登台发言时，因心情激动而忘乎所以，他一再叮嘱别人不要把他对俞秋兰的追逐告诉草妞儿，而今天他自己却在言谈话语中间流露出来。在场的那么多伙伴都没在意，唯独鲁玉枝听出来了，她不问张三，不问李四，专门询问直肠子的"疙瘩李"——这使诸葛井瑞深深地吃了一惊。他生怕"疙瘩李"把不需要告诉鲁玉枝的事情抖搂出来，使她和小白的感情再产生新的波澜，便急忙仰起头来，想替李忠义回答。这时候，唐素琴伸出一只手，把他的头按了下去，低声抱怨他说："你疯了？怕人家不知道你逃离医院了是不是？你要当一路哑巴，不然卡车一掉头就把你送回去！"

"那……"

"听听再说。"

诸葛井瑞只好半低下头，用眼梢瞟着李忠义，希望"疙瘩李"能给他俩烧把火，而不要给他俩泼上一瓢冷水。如果在过去，"疙瘩李"的话早像炮弹出膛了，而且说起来会眉飞色舞、加枝添叶。今天，他被草妞儿"将"在那儿之后，最初本想把团中央书记在"窝窝头宴会"上说的"僚机"追逐"长机"的事儿，抖搂给草妞儿听，可是，当他伸手来挠光葫芦头时，突然听见他口袋里"嘀嗒嘀嗒"的怀表走动声，猛然记起了宋武对他"遇事要开动脑筋"的叮咛，便把一嘟噜话都卡在嗓子眼上，想吐也吐不出来了。

草妞儿皱起眉头："你倒说话呀！"

李忠义静了静神儿，习惯地挠着他的光葫芦头说："我说了，你能信我的吗？"

"你是个直肠子人，我咋能不信呢？"草妞儿专注地等待着李忠义的回答。

"你呀，心真比头发丝还细，瞎胡乱猜疑人，是你们女人的拿手本事。学一句文明词儿，这叫'疑神疑鬼'！""疙瘩李"开始教训草妞儿了，"我要是小白，挨了俞秋兰的批评，我也酸溜溜的。你兴许还不知道吧！小白和俞秋兰之间有层特别……特别的关系……"

"啥关系？"草妞儿更紧张了。

"同学。"

"同学？"

"人家同学三年，碰巧都参加了垦荒队。""疙瘩李"来了劲儿，打着手势说，"你可以想想，俞秋兰来荒地后呱呱叫，你那口子小白灰不溜秋的，俞秋兰再一次批评他，他不……那词咋说来着，对、对！能不'酸楚'吗？"

"土人"教训"土人"是落地生响，草妞儿立刻舒展开愁眉，不再吱声了。

诸葛井瑞心里暗暗为"疙瘩李"叫好。他进山伐木几个月，真想不到他的这位"对头冤家"——北大荒的空心草长出了心，野甜瓜结了瓢。他用胳膊肘捅了一下唐素琴，兴奋地问：

"怪不？"

"别说话。"

李忠义和鲁玉枝沉默了一会儿，又接上了话茬。看样子，"疙瘩李"当老师还没过瘾，继续给草妞儿上课："往后，你可不能再搬醋罐子喝了。人家小白哪点比不上你？听说还教你念书、算算术、唱歌儿，你能碰上这个'洋秀才'算是你的福气。鲁大爷对我唱过一个北大荒的歌儿，那调儿我早忘了，词儿我可记得一清二楚……"

"啥歌儿？"草妞儿好奇地问。

"同你念叨不合适。"李忠义说。

"你说说词儿,看我会不会唱。"草妞儿央求着。

李忠义摸摸光葫芦头,念道:

> 有女不嫁打猎郎,
>
> 三天两头守空房。
>
> 有女嫁给庄稼汉,
>
> 天天陪他地里转。

草妞儿脸上烧红了一片,她狠狠捶了"疙瘩李"一拳头:"你真该死。"

李忠义得意扬扬地咳嗽两声:"哼!要不是北京垦荒队到你们这块兔子不拉屎、乌龟不尿尿的荒草甸子上来,你草妞儿能攀上个'洋秀才'?往后,你别对小白横挑鼻子竖挑眼的,人家文化人比咱们要面子,有啥话慢慢说,要不干啥人家跑到黑龙江沿上去?"李忠义越说越有劲,声音不觉高了起来,"我这庄稼小子,过去也有你的毛病,对喝过墨水的人,咋看也不顺眼。其实,咱们都是井下的蛤蟆,只看见脑瓜儿顶上那片天,人家连'海生(市)城(蜃)楼'都知道,咱懂个啥?这回诸葛井瑞只要一回来,我还要拜他为师,他要是不收,我就给他来个三叩九拜磕响头。"

这回,诸葛井瑞和唐素琴都忍不住,"扑哧"一声笑了。若不是那辆破卡车出了毛病,车身剧烈地前倾了一下,诸葛井瑞无论如何也要被草妞儿和"疙瘩李"识别出来的。偏偏在这个节骨眼上,汽车在一个小土坡前抛了锚,它哼哼了半天,车轮子也不转动,最后还"咔啦"一声灭了火。卢华见此情景,只有靠人推肩扛才能接上火儿,便下命令说:"女同志甭动,男同志下来推车。"

垦荒女兵们一向不愿扮演被照顾的角色,也纷纷从汽车槽帮上跳了下来。这可苦了诸葛井瑞了,他刚才上车,还是靠唐素琴用劲托上来的,此时,哪有力气上下折腾?他示意唐素琴趁着乱哄哄的当儿跳下汽车,他索性把大皮袄往头上一蒙,身子蜷缩成一个圆圆的刺猬,坐在槽帮角上犯傻。本来,他蒙混过关是不成问题的,可是这辆车上有个爱挑剔的刘霞霞,她看见有个人窝在车上不下来,高声喊道:"喂!是谁这么没有自觉性呀!我们长头发的都下车了,怎么就你透着新鲜!"

鲁玉枝神经过敏地向车上看了看,那人侧影很像白黎生,立刻把"疙瘩李"刚刚叮嘱她的那番话忘个一干二净。她跳着脚向车上喊着："小白！你在会上哨得像北大荒的八哥，唾沫星儿没干就又成狗熊啦？快下来！"

"别张冠李戴嘛，我不是在这儿吗？"白黎生在车尾搭了茬儿，"我在风雪夜抢着抬担架，你永远也看不见，只要一有坏事，准猜到我白黎生头上来。"

推车的垦荒队队员哗然大笑。

"怨我狗眼看人低。"草妞儿咧嘴一笑，"往后我改。可是这车上到底是哪个'白无常'呢？"

石牛子搭腔："一准是那个写黑信、告黑状的人，蒙着大皮袄在车上闹情绪哩！"

刘霞霞跷着脚跟骂道："谁写的黑信，叫他手指头上长疮，舌头上长疔……咱们长头发的起誓，把这小子找出来，谁也不许跟他谈恋爱，叫他抱着枪打一辈子光棍——"

"对！"

"就这么办。"

姑娘们尖声尖气地喊着。

"要是你们姑娘群里的人干的呢？"白黎生问道。

"我们姑娘群里没有那号缺德带冒烟的坏蛋，你们男人可以挨个数数，没一个人妒恨卢华。事儿就出在你们男人堆里！"刘霞霞拉长声调喊着，"这是秃子脑瓜上的虱子——明摆着哩！"

一片乱哄哄的责骂声，弄得蒙在皮袄里的诸葛井瑞哭笑不得。他恨不得把皮袄一撩，向伙伴们亮相，可是他意识到这样做的结果是卢华会毫不含糊地把他送回凤凰镇。他只好任伙伴们挖苦，默不作声。

在人群中弓背弯腰推车的迟大冰，心里更不是滋味。他感到被开除出党的厄运虽已过去，但新的厄运跟踪而来。他心里那块石头刚刚落地，脊梁上又背起沉重的磨盘。他生怕这些天不怕地不怕的丫头和小伙子，真的挨个过筛，那他的日子就更难过了。幸好，卢华这时候发了话，他说："天都过半夜了，头辆汽车这会儿都到家了，你们还瞎叫唤个啥？把嘴上的劲儿，都用在肩膀上——推车！一——二——三——"

吵嚷声压下去了，垦荒队开始用劲推车。

唐素琴挤在推车的人群中，腰弓得很低，皮帽子遮住她半个脸。她生怕被伙伴们发现，因而，尽管推车的伙伴议论纷纷，她闭紧嘴唇一声不吭。但是她怎么也没料到，这辆不争气的卡车推上土坡之后，油门再也踩不着了，没办法，卢华只好下令用"11号"代替卡车，步行回青年屯。还有六七里地的雪路，诸葛井瑞是走不回去的。唐素琴无计可施，正要亮相之际，只见那"疙瘩李"两步迈上卡车，上前拍了拍诸葛井瑞的皮袄，大咧咧地说：

"喂！都是你这'吊死鬼''招'的。瞧！轮子都不转了，把盖头揭下来，叫我看看你是哪儿的野鬼？"

诸葛井瑞只好从皮袄里露出头来，低声说："是我！"

"哎呀——"李忠义愣住了。

诸葛井瑞立刻向他摇手示意。

李忠义马上蹲了下来，低声说："诸葛老师，你……咋在这儿？"

诸葛井瑞避而不答，轻声地反问李忠义说："你真想拜我为老师吗？"

"我早就在县委书记那儿表了态了。"李忠义拍拍胸脯说，"向你学文化、学知识。"

"那有一个条件。"

"一百个我也答应。"李忠义连连点头。

"我还走不了这么远的道儿，你背我一段，搀我一段，咱们晚点到家怎么样？"

李忠义把胸脯一拍："卢华能把小白背上骑马岭，我还不能把你背到家？"

刘霞霞在车下喊道："'疙瘩李'，车上是谁？"

"病号。"

"哪个病号？"

从来不会撒谎的李忠义，谎话没出口脸就憋红了："'小不点'肚子疼！我背着她走，你们先走吧！"

垦荒队队员们信以为真，大步流星地奔向了青年屯。李忠义把头往车帮下看看，卢华正帮助司机修车，无暇顾及车上，唐素琴躲在汽车的暗影里，正在向他俩招手，他在车上拽着诸葛井瑞的胳膊，唐素琴在车下接应，两人一块儿把诸葛井瑞弄下汽车。

"真糟糕！叫老师白挨了半天骂。"李忠义把诸葛井瑞背在身上，边走边说。

"骂得痛快。"

"你挨了骂还高兴？"

"卢华肚子里能撑船，不叫追究，我诸葛井瑞还想把这害群之马查出来呢！"诸葛井瑞愤愤地说，"去食堂吃饭时，我把宋书记手里的信皮要来看了看，真可惜，那邮戳上的日期模糊不清了。就是打不着狐狸，我也得吓它个半死。你等着瞧吧！"

第七章

一

诸葛井瑞喜欢斗智是有原因的。

他落生在一个知识分子家庭，母亲是个画电影广告的美术家，父亲是个中学数学教师兼业余象棋能手。他刚刚长到桌子腿高，母亲塞给他炭笔，叫他画街道上跑着的有轨电车；爸爸把他拉到布满车马炮的棋盘之前，教他棋艺——牛不喝水强按头，造就了诸葛井瑞早熟的智力。

正月初一，垦荒队休假。诸葛井瑞摆了个象棋擂台，声言战胜他者，他将家里寄来的四个牛肉罐头奉献给对方。"洋秀才"白黎生不服，结果被诸葛井瑞杀光所有的棋子，最后兵围"紫禁城"，老"将"成了光杆司令，白黎生脸红得像块大红布，一掀棋盘羞跑了。迟大冰接茬儿和诸葛井瑞对弈，他之所以来和诸葛井瑞下棋，与其说是为了比棋艺高低，不如说是为了笼络感情更确些些。诸葛井瑞自从冻伤复原，在盖房和排练文艺节目之余，总是念念不忘那封匿名信，虽然他不知道邮戳上的日期，却虚说自己已掌握了邮戳日期，和写信告黑状的人开展了心理战。迟大冰心怀鬼胎，常有惶惶不可终日之感，为了表示心地坦然，缓和他和诸葛井瑞的关系，故作姿态地坐在"楚河汉界"的棋盘面前。其实，他心里不但想把对方的棋子全部吃掉，连诸葛井瑞也恨不得一块儿吞进他的肚子——因为诸葛井瑞是他难以跨越的一块路障啊！

诸葛井瑞透过镜片的那双眼睛，在迟大冰脸上盯了一霎，说："老迟！和你下棋得平等一点，你也要下赌注。"

"对我为什么要特殊呢？"迟大冰笑着说。

"第一，你大脑细胞发达；第二，你在大家庭里年龄最大。说句不中听的话儿，你称得上老谋深算，哪能净想吃我的牛肉罐头呢！"诸葛井瑞转脸，向围观的伙伴们问道，"你们说，我这要求合理吗？"

不等群众搭话，迟大冰就抢先回答："行！家里节前给我寄来四斤牛奶糖，过春节没吃完，还有一大半，石牛子你给我取来！"

"慢着！"诸葛井瑞用胳膊拦住了石牛子，"这样搞，咱俩就成了用象棋赌博了。我的意思是，你下个'精神赌注'就行了。"

"精神赌注？"迟大冰摇摇头，"我不懂！"

"你赢了我，四罐牛肉归你老迟。"诸葛井瑞解释着，"我赢了你，你得答应帮我办一件事。"

"说吧！"

"文工队快要串乡演出去了。可那个写匿名信的人，还在装傻。"诸葛井瑞装作若无其事的样子，正了正鼻梁子上的眼镜，"我一离队，你帮我把这个人找出来。其实，世界上没有一个没缺点的完人，我的目的不过是叫这个人认识一下自己的缺点，别再搞这缺德事。仅此而已！"

迟大冰心里明明在打鼓，脸上却装得非常平静："这事情我倒愿意从命，可卢华不主张追究，我看我们还是学习卢华的豁达吧！"

"你又不是和卢华下棋。"诸葛井瑞步步紧逼地说，"你是和诸葛井瑞下棋。卢华有卢华的脾气，诸葛井瑞有诸葛井瑞的秉性。老迟，你不是也有你的一定之规吗？"

"当头炮"还没走，诸葛井瑞就对迟大冰"卧槽"一"将"，顿时把迟大冰下棋的兴致，打消得一干二净。他答应这个条件吧，万一输了棋，等于脊梁上又背上一个不大不小的包袱。不答应这个条件吧，好像自己心虚似的，众目睽睽之下，容易引起伙伴们的怀疑。正在他举棋不定的当儿，一只粗大手掌拍在了迟大冰的肩膀上："喂！老迟你让开，叫我和他对对垒！"

迟大冰扭头一看，卢华不知道什么时候钻进了人群。迟大冰正愁没台阶下，卢华等于给他搬来了梯子。他就势一抬屁股，把座位让给了卢华说："你来得正好，我该去喂马了。"他钻出围观的人群，直奔马棚而去。

诸葛井瑞脸都气白了，当着大伙的面，他不好朝卢华发作，便含蓄地说道："一盘别开生面的好棋，叫队长你给搅了。"

"跳马。"卢华不理睬诸葛井瑞，起步就跳马，"走哇！秀才！发哪门子愣啊！"

诸葛井瑞一动不动。

"哎！瞧不起我这煤黑子是不是？"

诸葛井瑞还是一动不动。

卢华嘿嘿一笑："干吗噘嘴，这儿可没拴噘嘴驴的树桩子。"

诸葛井瑞把棋子儿一推："队长！你另找对手吧！我……我……我去看看演员的道具。"

"我们俩一块儿去看看！"卢华跟着诸葛井瑞离开人群。

诸葛井瑞没有奔向新盖起的房子——图书室，匆匆奔向房后的桦树林。他知道卢华跟在他的身后，脚步迈得更快了。到底还是卢华两条腿比他更有劲，不一会儿，就拦在他的前头：

"'小诸葛'，这儿没人，你把火气都撒出来吧！"

诸葛井瑞跺跺脚说："队长，你知道刚才我是什么用意吗？"

"我耳不聋眼不花，怎么会不解你的意思呢？"卢华微微而笑，"你名义上是和老迟下棋，实际上是为那封匿名信。"

"那你为什么故意把这盘棋给搅掉？"

"我是这样想的，老迟他刚刚受了处分，应当多给他一点温暖，少增加一点他的压力。"卢华说，"当然，那封不够实事求是的信，有可能是他写的，那也应当给他一点思考自己错误的时间嘛！"

"队长，个人主义也有各种类型。一个极端利己主义者，常常不是用外力就能改变他的生活脚步的。说得形象一点，就是把咱们那九匹马都套上拽他，他还是走他那条车辙。"诸葛井瑞不服气地争辩着。

"那也要拉，而不能推。"卢华斩钉截铁地回答。

"要是拉不回来呢？"诸葛井瑞不以为然。

"那就属于他的问题了。我们煞费了苦心，睡觉时就能问心无愧。但我们能做的工作没做，能拉一把的，反而推了一把，那就对不起我们同车来的伙伴，也对不起自个的良心。"

"他干的丑事，对得起你吗？他诽谤的不是别人，攻击的正是你呀！我的队长。"诸葛井瑞"哗"的一声撕下一块白桦树皮，"你真想按《圣经》中说的，有人打你左脸，你再伸给他右脸？队长，这样下去你会吃他的亏的！"

"释迦牟尼和耶稣，都是手艺人捏成的泥胎，我不信奉那黄泥堆成的玩意儿。"卢华眨眨眼皮，对诸葛井瑞眯眼笑了，"我那个曾经看管过圆明园的长命爷爷，在我脑瓜儿后边留着'瓦片头'的时候，就教训过我：'小华子，对人应该诚实。只许别人对你不仁，你不能对别人不义。'所以我从小学会了吃亏让人。当然啦！这种哲理可能导致你说的那样的结果，但是那责任不在我卢华，而在于对方。所以，我不赞成你再追查那封揭发信，即使这封信真是老迟写的，只当是他背对背地给我提的一点意见就行了。你看怎么样？”

诸葛井瑞忧郁地把手中那块桦树皮往地上一扔，叹了口气说：

“我还是第一次见到像你这样的人。”

“我也是头一回看到像你这样的同志。”卢华两眼笑成了一条窄缝，“气盛好斗，活像三国演义中的周瑜。”

“队长，我是想为你出这口气呀！”诸葛井瑞委屈地说。

“我是为老迟考虑。”

“小俞同意你这种观点吗？”

“不同意。”

“她……”

“我们最近为这事情拌过嘴。”

“结果？”

“最初，她的嘴噘得也和你刚才差不多，能拴住一头驴。后来，她同意了我的意见。”

“那是你们之间爱情的力量。”

“她还嫌我对她冷哪！我们认识的时间比你们长，可没有你和唐素琴那样的高速度。不是感情因素的作用。”卢华解释着。

“那她为什么同意了你的意见？”

“她想来想去，觉得我是从爱护老迟出发，从垦荒队的全局考虑问题。”

诸葛井瑞低下头，像是沉思着什么。片刻之间，他又把头昂了起来，镜片后的那双眼睛凝重地看着卢华。那劲头，就好像不是在看一个他很熟悉的人，而是在注视一个陌生的行者。他把卢华从头发梢一直打量到脚后跟，最后停在卢华那双细长的眼睛上。卢华笑了：

“‘小诸葛’！你……”

“我在琢磨你这个人。”

“我又不是‘圣母’！一个来开荒的煤黑子，可有啥研究头？”

“有。”诸葛井瑞说，“你本身就是一块黑金子，别人把你燃成灰烬，而你还要把光热送给别人。队长，我将来如果能写小说，我一定重重地写上你一笔。”

"秀才，你看我的脸都烧成红猪肝了。"卢华摸了摸他那张黝黑的脸，"你要是再说这话，我可要去找上吊的绳子了！"

诸葛井瑞十分认真地说："刚到草原时，我给你画的肖像画太浅薄了，那两张画儿，有'形'无'神'，今天我好像才捕捉到了你的神韵。等我们串乡演戏回来，一定弥补我的这个遗憾，给你画一张形神兼备的卢华。"

"我不懂你这文绉绉的词儿，秀才！"

"我可全面地认识你了。队长！"

诸葛井瑞和白黎生，第二天就带着一支八个人组成的文工队，背着乐器和简陋的演出道具，踏着开始融化的白雪，奔向了荒原上稀稀落落的屯镇。全队的伙伴们都出来为他们送行，一直到他们的身影儿消失在雪原上为止。

文化播种队走了约莫个把月的样子，垦荒队的春播也开始了。农历二月中旬，已是阳历三月下旬光景，虽然融雪的荒原还没有脱去它的素装，显露出北大荒土地的原色，可是垦荒队用血汗开出来的几十垧处女地却已然化冻苏醒，在冒着雪水蒸气的荒原上，首先露出像鲇鱼脊背一样的黑土。草妞儿随文化播种队出发之前，曾对卢华详尽地交代了播种春麦的时间，叫作"种在冰天，收在火季"。麦种抗寒力强，要及早投入抢种。卢华言听计从，集中优势兵力，在三月二十一日这天，打响了抢播春麦的战役。

盖房"叮当"的锤子声听不见了。

大锯断木的"嚓嚓"声也停止了。

男女垦荒兵倾巢出动，冒着料峭的春寒走上了处女地。本来，按照卢华的布置，春播工作干得井井有条：男兵们跟着拖拉机和播种机播种，女兵们负责给播得不深的麦种盖土。迟大冰和几个体力比较差的伙伴，在播种机漏播的地头地脑干人工补种工作。但是，到了接近播种尾声时，有一天大伙正在地头吃饭，迟大冰来到卢华面前，当众向卢华请求说："老卢，去年秋耕时我没'拉稀'，今年让我干这补种的活儿，我心里很不是滋味。你看，能不能让我去干几天苦活？贺大个子扛着麻袋往机篓里倒麦种太累了，我想和老贺换换班，我去干那扛麻包的活！"

卢华回答道："老迟，你身体顶不住，一麻袋麦种有二百多斤，你……"

"老卢！我要改变同志们对我的印象，就得多付出些汗水。"迟大冰坚持自己的意见，"本来，我可以扔下铁锹、种子篓，主动去帮助贺志彪的，为了加强我的组织纪律性，还是来请示你一下比较妥当。"

卢华笑了："你的精神可嘉，可是我不能让你去干那力不胜任的活儿。小马砸伤还没归队，万一再把你压了……"

迟大冰一下来了邪劲儿，他大声对卢华说道："你这是什么意思？许马俊友舍身，就不许我迟大冰献身？我迟大冰虽然犯了点错误，也不能这样对待我嘛！"

垦荒队队员们端着饭碗围了过来。贺志彪为卢华解释说："老迟！卢华是一片好心，没有一点歹意。"

"处分没背在你身上，谁背着谁知道它的分量。"迟大冰扭过脖子瞥了贺志彪一眼，"你们要是真心爱护我，就该处处从严要求我，别在我前进道上铺设路障！连白黎生你们都敢把爬犁交给他，怎么一到我这儿就……"

贺志彪红头涨脸地连连点头："好！好！我同意和你换班，下午叫你去扛麻包。"

话音才落，迟大冰扔下饭碗，直奔堆在地边的麦种麻包走去。在他看来，没有比在播种的扫尾声中，给伙伴们留个好印象更合适的时机了。道理十分简单：早抢扛麻包的活儿，能累折了他的腰，到播种尾巴梢上时，卖命地干上两天，既不伤元气，又可以当众讨彩，至少卢华向宋武写书面汇报时，会把他和贺志彪扛麻包，吃大苦耐大劳的表现写在一起——这就足够了。卢华扔下饭碗立刻追了上来——他清楚那一麻包麦种的分量。在矿山当矿工时，夏收季节他帮助附近农业社干过入仓的活儿，一麻袋麦子体积虽然不大，但压在肩上像个沉重的碌碡，不但使人喘气都感到吃力，弄得不好还会压得人吐血，留下终生无法医治的伤残。迟大冰似乎察觉到卢华跟了上来，匆匆忙忙跑到麻袋前，顺势从上面拉下一个麻包扛在肩上。他咬着牙，左摇右摆地向前蹒跚着……

"老迟！快放下吧！"卢华高喊着。

迟大冰被麻包压得肋骨疼如针扎，他两只耳朵什么也听不见了，还没走上十米远，连人带麻袋一块儿倒在了地上。由于麻袋口扎得不紧，"哗"的一声麦种流了一地。还算万幸，迟大冰没有受伤，卢华一拉他胳膊，他就站起来了。

"瞧你——"

迟大冰脸色通红，自我解嘲地喃喃着："想不到它有这么大的分量……"

跑上来往麻包里装撒在地上的麦种的垦荒队队员甩开了闲话：

"不是金刚钻，揽哪门子瓷器活儿"

"这是给播种添乱。他拉了屎，还得咱们给他擦屁股。"

"……"

卢华忙制止说："老迟也是好心嘛！你们别胡说八道了……"

"小皮球"不服气地对卢华说："是好心。可惜这好心眼没早点来！一开始播种，他怎么不抢这活干？到最后一出戏了，才挑帘出来唱《挑滑车》呀？哼！我们眼睛不瞎！"

迟大冰心里的算盘让人看透了。这使他感到非常难过。晚上，他躺在小帐篷里琢磨白天发生的事情。他甚至把诸葛井瑞和他对弈时的挑战和一幕幕倒霉的事儿，都翻腾起来了。他前思后想，找不出总走"背"字的原因。"也许这是命运？"他自问自答地思谋着，"为什么我这条船一路总碰上顶头风呢？"他想着想着，忽然想起他幼年时爸爸遇到"花运"不顺时的举动：正月新春，天交五更时，经营花草的爸爸总要把他唤醒，爸爸在财神的佛龛前，摆上碟碟碗碗，旁边插上从暖洞子掐来的几束牡丹。他跟爸爸磕头完毕，爸爸总要在佛龛前，取来三枚铜钱，在财神面前摇上一卦，预卜一年的生意兴衰。迟大冰年纪逐渐大了，把爸爸那本卦书拿来一看，才知道是一本"金钱卦"。当时他出于好奇，下学回来就偷偷用铜钱算卦，久而久之他把八八六十四卦背得烂熟。此时，迟大冰不知为了什么，竟然想玩玩这个把戏。没有铜钱不要紧，他揪下三个衣裳扣子，凹面代表"漫儿"，凸面代表"字儿"。当他拿起三个纽扣在手里摇动的时候，忽然把手停在空中："你这是在干些什么？不是自己麻醉自己嘛！"他虽然这么想，但终究经不起对自己命运揣测一番的诱惑，还是把纽扣撒在地上六次。用电棒一照，排列顺序如下：一、四、五为"字儿"，二、三、六为"漫儿"。迟大冰略略回忆了一下，这是"金钱卦"中第四十卦，卦名为"山风蛊"，意为"岔道推磨"。卦解为：占此卦者，反巧为拙之兆也。卦象诗曰：

> 卜中爻象如推磨，
> 逆推为福顺推祸，
> 心中有事宜缓行，
> 凡事皆从忙中错。

迟大冰用扣子摇卦，不过是想解解心中烦恼，并不相信它真的会预卜什么未来，但这几句卦象诗和他处境的巧合，使他惊讶不已。"不是吗？你为什么着急地寄出那封信呢？这都是'忙中错'的具体表现。"他又想起自己受到的警告处分，和这次扛麻包当众出丑，都出在一个"忙"字上。迟大冰心神恍惚地往衣裳上缝那几个纽扣，心里荡开了秋千。针尖几次扎破他的手指，他吮着指尖上冒出的血珠儿，想开了心事……

在一桩桩使他不快的事件中，他最担心的还是那封匿名信。他害怕诸葛井瑞追究到底——这一夜他失眠了……

二

诸葛井瑞和他的伙伴在早春时节返回了青年屯。这时，春麦已经种完，是垦荒队生活最艰苦的时期。他在劳动之余，苦中作乐，带上颜料和画笔，去描春。

粗犷的北大荒脱去了"银盔银甲"，展露出它的全部妩媚和俏丽。他支开画板，擦擦眼镜，激动得不知道从哪儿落笔才好。静静的草原，传来了"咔吧咔吧"的声响——那是冰层在铃铛河融化断裂的声音。随着这春天的讯号，被人们誉为坚贞爱情象征的鸳鸯、引颈飞鸣的大雁，以及美神天鹅，不知来自天涯何处，也不知来自南国何乡，在冰块相撞的音响中，都到这儿来报到了。

放眼望去：蓝天似海，远山如黛，他和伙伴们曾经在那儿伐木的骑马岭，神话般地由一匹雪白的坐骑变幻成一匹黑褐色战马。北大荒的春天，把一切色彩都召唤回来了：羽白如雪的是天鹅，穿着灰褐色衣衫的是芦花雁。那星星点点、像被秋风卷上天空的落叶，红的、黄的、绿的、蓝的、白的、紫的……是各种鸟类的家族，它们在天空中翻转着灵巧的身子，成群结队地从南国北迁。

原来青年屯旧址旁边的白桦树林，枝杈之间曾搭着不同鸟类的形形色色的奇异巢穴，现在桦树林子旁边神奇地矗立起两排新房，不知是鸟儿们不认识它们原来的家了，还是不再愿意和北大荒的新居民结为邻里，反正它们没有飞回这片桦树林，以至于桦树林里留下了形形色色鸟儿的空巢。只有姗姗来迟的黑色燕子比较恋旧，它们仍然飞回马棚和灶房梁木间的泥穴里，"叽叽"地啁叫，并在崭新的青年屯上空穿梭般地嬉戏追逐。新房的木墙上，张贴着诸葛井瑞画的几幅水粉画，这几幅画都是以"荒地之春"为命题的。第一幅画，画的是北大荒冰雪消融、春草萌发时的情景：远山披着白雪，但林木已经摘下头上的白冠，露出苍翠的颜色；近处的草地上有一汪汪闪亮的雪水，雪水间杂的画面上，一丛丛嫩绿色的草芽正在枯黄的野草中争长。画面上没有人物，只有那九匹马和那条被鲁洪奎称为"闪电"的防狼狗，在开阔的草原上撒欢。有的马儿低头觅食春草，有的马儿扬蹄抖鬃……那只防狼狗则竖着耳朵，向画面外警觉地张望着。第二幅画和第一幅画的意境完全相反，是用人物来描写盎然的春意的：一个打井的井架旁插着垦荒队的一杆红旗，几个姑娘不同颜色的头巾，在微风中飘飞着，像几只彩色蝴蝶到北大荒寻觅春天的花儿来了。画面上只清晰地勾画出一个像花儿般俏丽的姑娘，她站在井架旁，正捧起一个柳斗，喝着水井里掏出来的第一斗清水哩！她那自豪而得意的神态，好像喝的不是冷水，而是一柳斗蜂蜜。第三幅画，诸葛井瑞构思得尤为奇特，充满整个画面的是马的臀部，观众清楚地看见马的臀部上"北京三号"的标记，在标记的下面，一头刚刚露出多半个身子的小马驹正在诞生。那头正在出生的小家伙，睁着一双好奇的眼睛，看着它即将降临的世界。代表这个世界的标志，是母马肚子下面的一团青草，青草中间还绽开着一朵淡紫色的牛耳朵花。第四幅画，含意最为深远，这幅画被省报来荒地采访的记者拍摄下来，配在一篇描写马俊友和邹丽梅对草原眷恋的特写——《青春之恋》的文字稿旁发表了。诸葛井瑞捕捉了马俊友骨伤初愈之后和邹丽梅一块儿返回荒地时的欢欣情态。他用饱蘸着浓彩的画笔，在画面上先抹出了天边一丝朝霞和在天上飞着的长尾巴喜鹊，广阔的草原似乎在喜鹊叫声中刚刚苏醒，近处的草叶上沾着"白雪姑娘"离去时留下的"泪滴"，远处一棵鸡爪形的雷击枯木正在抽芽。画面中心是一片淡黄色的迎春花朝天怒放，花丛中走着两个归队的年轻人：马俊友一只手拄着一根疙疙瘩瘩的枣木棍儿，另一只手在眼睛上搭成凉棚，正在向前凝望着——似乎他不认识阔别了几个月的青年屯了。他身旁的邹丽梅，腋下夹着老羊皮袄，侧着脸颊望着他，那喜悦和兴奋交织的目光，似乎在督促着他快走，又像是倾吐着这种无声的语言：喂！别看了，到家再仔细地观察吧。墙报上除了这四幅春天的组画外，还有诸葛井瑞带领文工队去老乡屯子里演出时的即兴速写，旁边配有白黎生、唐素琴、鲁玉枝和石牛子等人的短诗和顺口溜。这些诗画，记载着垦荒队队员们从严冬走向早春、从暮春走向初夏时的生活脚印。

　　如果仅从这些画上去看，垦荒队的生活是轻松而又充满了诗意的。其实，这是诸葛井瑞有意在画面上略去拓荒生活之艰辛。春麦下种之后，青年屯通往凤凰镇的道路返浆，不要说胶轮大车无法通行，就连八十匹马力的"斯大林80"也只能望洋兴叹。偏偏这时候天交农历四月，栽瓜点豆的季节到了，粮食运不进来，连咸菜疙瘩也断了线儿，而大豆、矬子高粱、苞米以及秋菜都要及时下种。怎么办呢？既不能把菜籽榨成油吃，也不能用豆种先填饱肚子。脸膛黝黑、两眼结满红丝的卢华，专门为这一问题召开了群英会。他说："前些日子，我们全力以赴抢种春麦，没有检查一下粮食和咸菜的库存。眼前有啥高招呢？咱们指望不上飞机空投，不，这点困难咱们也不能惊动省委。大伙献计吧！"在这样的节骨眼上，一肚子智谋的诸葛井瑞和"洋秀才"白黎生，挖空心思也没想出办法来，倒是土坷垃里钻出来的贺志彪、李忠义拿出了主意。贺志彪提议，把九匹马加上那头小马驹，拉出马棚去放青，库房里存下的喂马的豆饼掺苞米粒熬稠粥喝，解决因交通阻塞无法运粮之急；李忠义说，灶房里虽然没有咸菜疙瘩了，可是有整麻包的成盐，叫本乡人玉枝带着几个女兵，去荒地专门挖些能吃的野菜，用盐水煮煮代替咸菜疙瘩。草妞儿对这两项提议表示赞同，立刻带着几个女伴，挎上竹篮儿去挖野菜，其他的男女垦荒队队员兵分四路：点豆的，种菜的，栽苞米的，种高粱的。使卢华感动的是，八十多个不同姓氏、不同脾气、不同性别的男兵女兵中，竟没有一个人提出来先用粮食种子充饥。可是这八十多个异姓伙伴却又犯了同一个毛病，他们除了肠子经常咕噜咕噜地鸣叫之外，还因为苞米粥里掺进了大量豆饼渣子，在劳动中不断后门走火——放屁。因此，尖嘴利舌的石牛子每每把这样的美餐送到地头时，总要抖开嗓子高喊着："哥儿们——姐儿们——我又把'放炮'的'火药'送来了！快来吃呀——"他还仿照"东北三大怪"的词儿，编了一段"荒地三大怪"的顺口溜，在地头上敲盆敲碗地喊着：

　　　　东北老乡三大怪，
　　　　窗户纸，糊在外，
　　　　媳妇叼着大烟袋，
　　　　养活孩子吊起来。

　　　　垦荒队里三大怪，
　　　　吃野菜，种白菜，

嚼着豆饼把豆栽，

"炮声"响彻几里外。

石牛子的顺口溜总是引起地头上一片笑声。姑娘们骂着：

"石牛子！你真缺德！"

小伙子们则喊：

"石牛子！再来一遍！"

尽管生活如此艰苦，但总算有了变化。女兵们一律搬到新房子里去住，因为马俊友起居不便，伙伴们把他推搡进新房中的唯一的单间。剩下的三间新房，卢华磨破嘴皮子，才把一部分男兵动员进去。好像那四面透风的帐篷有着巨大引力似的，新房里还空着一些铺位，谁也不愿去把那新房的空间填满。

一天傍晚，卢华收工之后，到迟大冰住的小帐篷里来。卢华说："老迟，垦荒队就你岁数大，谁不住新房子里搬都说得过去，唯独你非搬不可！"

迟大冰说："过去我是由于私心太重才犯的错误，现在我要从每件事上杜绝个人主义。卢华，你该支持我。"

"这和个人主义八竿子挨不着嘛！"卢华边说边帮助迟大冰卷行李，"你一个人住在这儿多苦闷，还是搬过去吧！"

迟大冰摆出一副高姿态，从卢华手里抢过他的行李说："不是还有一半人需要住帐篷吗？等明年房子盖齐了我再搬，你还是去关照关照别的同志吧！你和贺志彪什么时候往屋里搬，我准跟上。"

卢华听他说得堂而皇之，难以再往下谈。他低头考虑了片刻，直截了当地说："老迟，这间小帐篷准备叫两个饲养员住，因为他们夜里要起来喂牲口，住在小帐篷行动方便，省得在大屋住影响伙伴们睡觉。"

"卢华，我就饲养那几匹马吧！"

"老迟……"

迟大冰没容卢华把话说完，就插嘴说："上次在县委礼堂，马俊友的母亲讲起老伊同志的事情，对我教育很大。我想用老伊同志饲养'六虎'的精神，时时刻刻对照我自己。卢华，你一定要支持我的这个请求。"

又是一个堂而皇之的理由。

本来，卢华是想叫贺志彪和李忠义饲养这九匹马和那头小马驹的，经迟大冰这么一说，心想：给小马驹接生就是李忠义干的，李忠义有饲养牲口的经验，带个新手不会有啥困难，这样一来，还能叫贺志彪协助他主持夏播，对开展工作有利，便点点头说："老迟，饲养员的活儿比较艰苦……"

"这用不着多说。我扛不动麻包，可喂得了牲口。"

"和李忠义一块儿工作，你们能合得来吗？"卢华担心两个人拧不成一股绳。

迟大冰稍稍沉吟了一下，斩钉截铁地回答说："卢华，'疙瘩李'虽说对我印象很坏，我要用实际行动，改变他对我的看法。只要是他说我一句不好，你再撤换我还不行吗？"

卢华见迟大冰态度如此坚定，心里暗暗为他高兴，便握紧迟大冰的手，激动地说："老迟，让我说句掏心窝的话吧！我一直担心你会闹情绪，看样子，是我犯了主观主义的毛病了。老迟啊！我……今天从心眼里为你高兴。"

事隔不久，果然李忠义不断向卢华汇报，说迟大冰大有转变，不但在喂马上勤恳虚心，还常常主动教他念书识字。这种突变，虽然使新任职的支部书记马俊友感到惊异，但是，李忠义说的都是事实。在吃豆饼粥点豆的日子里，马俊友穿着"钢背心"在前边掘坑，看见在草原上放马的迟大冰在闲暇时跑过来帮助诸葛井瑞点豆，并把诸葛井瑞因两眼近视而点在坑外的豆粒，放到土坑里去。因此，马俊友在党员会议上，还对迟大冰的表现进行了热情的表扬。只有诸葛井瑞对迟大冰将信将疑，他那探索的目光透过眼镜镜片，常常在迟大冰那张刀条脸上停留很久很久，那神气活像在透视着他面前的一团雾，以至于和他在一起点豆的邹丽梅都感到过意不去了。她低声对诸葛井瑞说：

"你干吗总这样对老迟？"

诸葛井瑞迟疑地说："也许他留给我的印象太坏了，我始终对他热乎不起来。我不对他甩闲话就够意思了。"

邹丽梅刚要说什么，诸葛井瑞突然扯了她衣袖一下，用轻得不能再轻的声音说："快瞧！快瞧！你看迟大冰脸上的表情，他不但逢人开口笑，眼睛里还有一点新奇的变化。"

邹丽梅看了半天也没看出什么名堂，摇摇头说："你太神经质了！"

"不是我神经质，是你感觉太迟钝。"诸葛井瑞自信地说，"清朝有个叫沈复的文人说过，'明察秋毫，必细观其纹理'。你看老迟那双眼睛，学会在眼眶里横向移动了，他一边干活，一边总像窥测着什么，那劲头像一只老鹰在寻觅猎物一样。不信，你再细瞧瞧！"

邹丽梅好奇地朝迟大冰观望着，就在这霎时间，迟大冰的第六感仿佛发觉有人在议论他似的，把头偏斜过来。他明明是在朝邹丽梅笑着，瞳孔里却喷射出冷冷的寒光，邹丽梅像是望见了一道电火的弧光，她立刻垂下头来。

"看见了吗？那眼光里的'化学成分'还不少哩！有氯气，有氰化钾，有一氧化碳。"诸葛井瑞对邹丽梅耳语着。

"别瞎说了。"邹丽梅嘴里这么说，心里却不能不暗暗承认诸葛井瑞精细过人。她的心顿时乱了，偏偏在这时，迟大冰走了过来，抢过她手里掘坑的铁锹，亲切地说："小邹，你累了，我替你挖一会儿坑。"

邹丽梅没有和迟大冰争抢铁锹，她很快走开。迟大冰一边挖坑，一边和跟在他旁边点豆的诸葛井瑞说：

"'小诸葛'，你的近视有多少度？"

"忘了。"

"老妈妈给你配的这副眼镜合适吗？"

"差不多。"

"你干吗总不愿意理我，对我有什么意见给我提提嘛！"

"提过了。"

"最近一段日子，看我有什么缺点，帮助帮助我嘛！"

"没有。"

"'小诸葛'，我是诚心诚意地征求意见，你……"

诸葛井瑞实在被迟大冰磨烦了，直起腰来一指马群说："老迟！你快放青去吧！那头小马驹朝远处跑了，要是陷进'大酱缸'里去，你可要负责任的。咱队里可就那么一个宝贝！"

迟大冰这才放下铁锹，朝马群匆匆跑去。

几天之后，青年屯发生了一件震惊全队的事件，它给垦荒队的欢乐之春蒙上了一层阴影。

那天正是暮春初夏的"五四"青年节，为了庆祝自己的节日，马俊友和卢华合计了一下，专门在晚上组织了一场"文工队汇报演出"。尽管天上下着迷迷茫茫的夜雾，青年屯空场上还是充满了欢声笑语，演出结束时，已经是深更午夜了。诸葛井瑞和白黎生叫伙伴们去睡觉，他俩留下来收拾现场，并主动承担节日夜晚的值班巡逻任务。

他俩把乐器、长凳、桌子等杂物搬进新盖成的图书室，刚想坐在那儿喘口气歇上一会儿，忽听屋外传来愣头青李忠义一声呼喊："有狼——"

白黎生顺手抄起了枪，诸葛井瑞尾随着他出了房门，他俩伏在木料堆前，仔细向周围瞭望。月黑雾浓，两人看了半天，才从桦树林丛中窥见狼的影子。看样子，这是一只老狼，不但体形轮廓较大，而且步履轻盈。诸葛井瑞把白黎生手里的"三八"步枪，抢在自己手里说：

"小白，你在伐木队已经打过一只狼了，把这个任务交给我完成吧！"

白黎生夺着那支步枪说："那是卢华打死的。为了在队里树立我的威信，硬把成绩记在我的功劳簿上。你还是把枪给我吧！"

"哎呀，我说小白，卢华一枪解决了你和村姑的感情危机，我和素琴也出现危机了……"诸葛井瑞蒙哄着白黎生说，"叫我在垦荒队的历史上也留下打死过一只狼的记载吧！不然，素琴会用白眼珠看我的……"

"我开枪打死它，就说是你打的不行吗？"白黎生仍然不松开那支步枪。

"看，它快要跑了。"诸葛井瑞有些急了。

白黎生说："那你就快把枪给我。"

两人正在争执不下，木料垛后突然伸出一只手来，这只手轻轻一挑，就把步枪从两个人中间夺走了。还没等两个人回过神来，"砰——"的一声巨响，那只在浓雾中影影绰绰的狼影，身子一歪倒在了地上。

诸葛井瑞和白黎生惊愕地回头一看，身后站着的是队长卢华和李忠义。卢华端着枪笑眯眯地说："二位秀才，要等你们这样磨蹭下去，狼早就跑得没影了。别发愣了，抬那只老狼去吧！这回，功劳记在诸葛井瑞身上。"

诸葛井瑞和白黎生从木料垛后边钻出来，李忠义早已像离膛子弹一样奔向猎物，诸葛井瑞和白黎生还没走到现场，突然听见李忠义扯着嗓子哭喊起来："卢华……卢华……打死的不是狼，是……咱们那头宝贝马驹——"

刚才的枪声已经把沉睡的垦荒队队员惊醒，李忠义这一嗓子，无异于一声炸雷，整个青年屯立刻乱成一团。猎狗"闪电"狂吠着，垦荒队队员一窝蜂似的从房里、帐篷里奔跑出来，当人们跑到出事的现场后，李忠义正搂抱着死马驹，哇哇地号啕大哭呢。

卢华手中的枪滑落到地上。

白黎生吃惊地张大了嘴巴。

诸葛井瑞沉痛地闭上眼睛。

垦荒队队员都被这突然的事件惊呆了。

迟大冰最后一个挤进人群，他蹲下身子，抚摸着小马驹的鬃毛，难过地说："这是咱们垦荒队的头一匹马驹，我和李忠义精心喂养了快一个月了，想不到……"

"今天夜里谁值的班？"在这种场合下，第一个跳起来的永远是"小皮球"刘霞霞。

石牛子马上接上了火："谁给你们的权利，把马驹当靶子打？"

"谁打死的谁赔。"早在京西山区就和毛驴结下不解之缘的贺志彪，对打死马驹一事尤感愤怒。这个从没有皱过眉头的大老蔫，此时破例地发起了脾气，"这不仅仅是一头小马驹，它是咱们垦荒队的头一个'第二代'，是咱们垦荒队的家业呀！你们两个'秀才'咋就有眼无珠？"

卢华抬起沉重的头，他一字一板地说："大家不要屈赖他俩，这枪是我开的。"

"卢华，你可别往自己脸上抹狗屎。"俞秋兰焦急地说，"我就不相信你能干出这号事来。"

马俊友深知卢华勇于为伙伴们承担责任，在"马拉犁风波"中，他曾为迟大冰承受过宋武的尖锐批评，他认为卢华此时又在有意地为伙伴承受群众的指责和压力，便说："老卢，打死马驹的责任问题，可不能囫囵吞枣。一是一，二是二，应该责任分明。"

"是啊！队长……"

"怎么会是你干的啊？我们不相信。"

"是不是因为诸葛井瑞戴着眼镜，看不清楚是狼还是马驹，冒冒失失地开了枪？"唐素琴单刀直入地问。

诸葛井瑞脑子里如同一团乱麻，唐素琴这句问话提醒了他。他马上顺口搭音地说："同志们！素琴说得对！是我……是我开的枪。"诸葛井瑞感到自己把担子挑起来，比卢华承担责任要得体得多，因为在人们的认识里，跨过江、扛过枪的卢华，是垦荒队中最完美的人，他不愿意看到卢华因为偶然的失误，而失去形象上的和谐完美。

白黎生在诸葛井瑞的启发下，也好像"茅塞顿开"，他想到卢华在众目睽睽之下一次一次地为他解了围，现在自己的肩膀也该为队长分担一点压力，从感情上偿还卢华对他的关心爱护，他勇敢地往前迈了一步，用身体挡住卢华说:"打死马驹的事儿,我也有责任。简单地说吧,是……是这么一回事,同志们也看见了,雾下得这么大……诸葛井瑞用枪瞄得准,我……我……是我扣动的枪上扳机……就……就是这样。"

草妞儿早就猜疑是白黎生这个冒失鬼干出的荒唐事儿,白黎生有根有叶地这么一编,她马上信以为真了,她用食指点着白黎生的脑门,尖声尖气地训斥道:"你呀!你才好了几天,又捅了这么个大娄子。我早就猜到是你干的,你……你……你就这么不争气?真是一百斤面蒸个寿桃——废物点心!"她数落完白黎生,一捂脸伤心地哭了起来。

卢华到这时候头脑才清醒了一些。他多次夜巡,都看见小马驹是拴在马槽立柱上的,不知为什么在下大雾的夜里,小马驹偏偏溜了缰,跑到草原上溜溜达达。本来,他并不知道有"狼",是李忠义把他从睡梦中叫醒的,他迷迷糊糊地出了帐篷,确信无疑地朝雾影中的"狼"开了一枪,以致造成了难以挽回的过失。眼前,诸葛井瑞和白黎生又拼命分担他的过错,这反而使卢华感到格外难过。他把鲁玉枝捂脸哭泣的手,猛然往下一拉,镇静着自己狂乱的心说:"傻妞儿,你哭也得哭对了坟头哇!我告诉你,打死马驹一事和诸葛井瑞和白黎生同志无关。"卢华把头转向垦荒队队员,声音沙哑地说道,"同志们!开枪打死马驹的是我。你们可以动脑筋想一下,垦荒队里除了鲁玉枝有这么准的枪法以外,谁还能在影影绰绰的大雾里一枪就击中目标?诸葛井瑞和白黎生有这样大的本事吗?大伙不要凭印象以假乱真,真正犯了错误的是我卢华。大伙如果还不信的话,李忠义当时在场,可以出来为这件事当旁证。李忠义同志,你别守着马驹哭了,为证明这件事和诸葛井瑞他俩无关,说句话吧!"

健壮如牛的李忠义哭得像个泪人儿一般,他用手背抹着眼泪,上气不接下气地哽咽着:"是……是……卢华队长开枪的。"

"那是谁谎报军情,把马驹说成狼的呢?"诸葛井瑞头脑一旦冷静下来,就开动了他缜密的思维,开始寻觅酿成打死马驹事故的起因了,"你夜里喂马的时候,没注意小马驹吗?"

"我记得很清楚,当时小马驹还拴在槽头立柱上,我还拍了拍它的脖子呢!"李忠义不再哭了,愣愣地回答说,"贺大个儿知道,我们庄稼人往槽头拴牲口时系的扣儿,只会越拉越紧,它咋会溜了缰呢?大伙都还记得,在石牛子驯那匹'北京九号'儿马蛋子时,那匹儿马蛋子只能凭力气把缰绳挣断,跑到铃铛河把石牛子扔进河里去，牲口本事再大，自个儿也解不开那个缰绳扣儿呀！难道这头小马驹命里注定该吃枪子儿，它咋就会溜了缰呢？"

"瞧，你嘴里又吐出迷信的词儿来了！"诸葛井瑞说，"以后不许你再说这些词儿。"

"是。诸葛老师，我只是觉着有点怪。"李忠义认真地回答。

"依我看，一点也不怪。"迟大冰插嘴说，"小马驹生性爱动，它不像老马那样，老老实实听你摆弄，想必你是扣儿拴得不紧，它在立柱上蹭痒痒，把扣儿蹭开了。我认为，事儿既然已经出了，就该总结教训，以免今后有人把老马也当成鹿打死。"

"没查清原因，怎么总结教训？"诸葛井瑞听出迟大冰话里有幸灾乐祸的味儿，愤愤地说，"难道把小马驹一埋就完事大吉了吗？你为什么对查找小马驹溜缰的原因，显得那么不耐烦？"

迟大冰这两三个月以来一直低头走路，笑脸迎人，这时候像抓住了理似的，发开了邪火。他岔开两条长长的鹭鸶腿，双手叉腰朝诸葛井瑞嚷道："你夜里值班值哪儿去了，是睡觉去了，还是和小白下象棋去了？你怎么不去看看雾里的影儿，是狼还是马驹子？我是饲养员，我有权利对小马驹之死发言。犯了错误不认账不行，不能对别人的错误用掸子把，对自个儿的错误用掸子毛。直截了当地说吧，你和白黎生对小马驹的死，都负有责任，卢华责任最直接，应该受到处分。"

卢华锁着双眉，沉痛地表示态度说："迟大冰同志的意见是正确的。我除了要向县委检查工作失职外，还要请求处分。我和大家不同。我当过兵打过仗，又是垦荒队队长，把马驹当成狼打死，错误是十分严重的，我除了请求处分之外，还要用我个人的分红赔偿这个损失。我请求同志们答应我一个要求，把这匹小马驹，埋在小桦树林里，让我卢华时时刻刻记住这个教训。"

迟大冰像吃了顺气丸一样，从胸腔里偷偷地吐出一口闷气。其他垦荒队队员却纷纷嚷了起来：

"雾这么大，有客观原因嘛！"

"卢华又不是成心打死马驹，他疼它还疼不过来呢！"

"要赔的话，秋后分红人人一份。"

"我们不同意赔。"

"人有失误，马有漏蹄，老虎还有个打盹的时候呢！"

"……"

围观死马驹的垦荒队队员七嘴八舌地发表着各自的意见。马俊友看看天边已经露出了蛋青色，他拄着那根帮助他支撑腰身的枣木棍子，高声地对伙伴们说："同志们，不要吵吵了。根据垦荒队的队章，谁损伤公物谁赔偿的原则，卢华虽然出于无心，还是应当赔偿这匹马驹，不然的话今后再出类似的事情，垦荒队的章程就失去了威力，这点用不着再议论了。值得我们大伙想一想的是：这头马驹子溜缰溜得太怪了，大月亮地的时候没溜过缰，偏偏在下大雾的天它溜缰了，是夜班喂马的李忠义失职，扣儿没有系紧，还是有什么别的原因？我和卢华几次查夜，重点检查过李忠义同志的夜班喂马情况，他忠于职守，勤勤恳恳，别看他在别的方面有点呆愣，对饲养牲口上，他可是一丝不苟。这几匹马之所以肥得滚瓜流油，和白班放马的迟大冰同志分不开，也和李忠义夜班精心照料分不开。大伙回去想一想，是不是因为咱们都喜欢这头小马驹，有人和它去逗着玩，把缰绳给解开忘了系上扣了，或是扣儿没有系紧，使小马驹溜了缰？天快亮了，同志们先去睡一会儿吧，今天咱们还要去给小麦追肥呢！"

垦荒队队员们心情懊丧地散开了。

当天，在桦树林里出现了一个小小土丘，小马驹的坟前插着一块木牌。上写：

　　　　让我永远记住这次过失

　　　　　　　　　　　　　　　卢华于五四之夜

三

短短几天，卢华一下如同长了十岁。

他那张本来就不丰满的脸颊，变得更加瘦削，不但颧骨显得外凸出来，乱蓬蓬的头发覆盖着的前额上，还出现了三道超越他实际年龄的抬头纹。

黄昏时分，他最后一个离开追肥的麦田，路过这片桦树林时，他不由自主地在小马驹的坟前停下脚步。本来，那座小坟头已经修理得很好了，他怕夜里被饿狼扒开嚼尸，便用肩上的铁锹给屈死的马驹坟上加土。初夏的黄昏，风还冷飕飕的，他扒光上衣，赤着脊梁，咬紧牙根，"嘿——嘿——"地使劲往坟上扔土。坟头已经老高了，他还像个掘土机一样，机械地挥舞着铁锹，把夹杂着绿草野花的黑土堆在坟头上。直到脊梁上冒出汗珠，他才气喘吁吁地停下锹，然后转圈围着坟头拍打起来，好像只有这样，他心灵上才能得到一点慰藉似的。

桦树林的边缘上，站着俞秋兰。她一手拿着窝头，一手端着菜汤，深情地凝视着卢华。她不忍心叫卢华饿着肚子，把饭菜端到这片桦树林子来了。她看他那么专注地修理小马驹的坟墓，像被钉子钉住了双脚，接着泪珠儿滴落在她手里端着的汤碗里。她性格是倔强的，从不像邹丽梅那样轻弹眼泪，但卢华挥汗给坟头培土的神态，竟然使她的眼泪滴下睫毛……她深知卢华是不喜欢看别人眼泪的，于是放下饭碗，用袖口抹了两下，重新端起饭碗向卢华走来。她很想告诉他一个使他兴奋的消息，但当她走到他身后的时候，心情忽然踌躇起来，她不知道应该不应该把这件事情告诉他。

下午，女伴们挎着施肥篓儿，沿着滴青流翠的麦垄，给淹没脚背的春麦追肥时，邹丽梅挎着篓儿，走到她的身旁：

"小俞，别耷拉着脸儿了，不然，你也会像卢华那样很快出抬头纹的。"

"我恨那个解开小马驹缰绳的人。"俞秋兰毫无快意地说，"你想没人解开缰绳，何至于闹出这件荒唐事来。大伙都估计这事可能是石牛子干的，这小子非常喜欢玩那头小马驹。"

"我不同意这种看法。自从出了砸伤俊友的事后，石牛子不再那么猴头巴脑的，他开始像个大人了。"邹丽梅微笑着说，"小俞，你别总为那头死了的小马驹懊丧了，说不定就在明天，咱们队里还会出现一头小马驹子呢！"

俞秋兰只当邹丽梅有意宽她的心，认真地回答说："别说笑话了，咱们队里那匹母马刚生过驹，其他八匹马都是儿马蛋子，你哄谁？！"

"我什么时候哄过你？你举个例子来。"

"这次就是个例子。"俞秋兰拢拢耳边的短发说，"丽梅姐，我知道你关心我，关心卢华，你放心，我们经受得住这次事件的打击。"

邹丽梅若有所思地笑了："我不是给你们吃宽心丸，你看着咱们姐妹群里少了个谁？"

"这和小马驹有什么关系？"

"有。"邹丽梅说，"你就看看吧！"

俞秋兰有意无意地抬头朝女伴们望了望："玉枝没来。我知道她今天身子不方便，来'例假'了。"

邹丽梅提醒俞秋兰说："你忘了？当初你偷偷开出拖拉机的时候，不也是说身子不方便换我去烧荒的吗？草妞儿这一手是跟你学来的，她……今天下午骑着一匹马回屯子去了。"

俞秋兰还是没能理解邹丽梅的意思，一双晶亮的眼睛直直地望着她："你……这是说些什么呀？"

"俊友叫她回屯子去买小马驹。"邹丽梅亮出了底牌，"俊友说，虽然买回来的小马驹和死了的不一样，但可以安慰卢华的心，安定伙伴们的情绪。"

俞秋兰一愣："钱从哪儿来？"

"老妈妈临走时，给我们留下三百块钱，我俩正愁没地方花呢！这回可算有了个正经用处。"邹丽梅亲昵地对俞秋兰说，"俊友怕卢华不同意，事先没和他商量，也没对其他伙伴透露消息，他想给大伙来个意外的惊喜。"

"卢华不会同意你们这样做。小马穿着'钢背心'，生活很不方便，卢华把那单间空房让小马住，就是想一举两用：第一，当医务室；第二，给你和小马当结婚的新房。老妈妈留下的钱，应当留给你们结婚用的。"

"结婚？"邹丽梅羞涩地一笑，"你说到哪儿去了？在医院时，我就和小马商定了：即使青年垦荒队到了家大业大、骡马成群，满地跑着拖拉机、康拜因的那一天，如果咱们男男女女八十二个人都成眷属的话，我们俩人也是八十二个人里的第四十一对儿。真的！"

"丽梅……"俞秋兰还想说些什么，但邹丽梅挎着肥篓儿跑了。她跑了几步，又匆匆走回到俞秋兰身旁，叮嘱她说："买小马驹子的事，俊友是不叫我告诉你的，怕你传到卢华耳朵里去。我看你的脸总阴着天，怕你伤心难过，才把这事儿告诉你。你要答应我一条：事儿办成以前，先不要告诉卢华，免得他去找俊友的麻烦。你答应吗？"

俞秋兰点点头。

其实，俞秋兰的点头，既不表示答应，也不表示不答应，这完全是心不在焉时的潜意识动作。她心里总想把那个解开小马驹缰绳、酿成小马驹之死的祸根找出来，以洗清卢华不白之冤——这成了她近几天的心病。

邹丽梅是相信俞秋兰的，她挎着肥篓弯腰施肥去了。

此时，当俞秋兰端着饭碗，出现在卢华身后时，邹丽梅叮嘱她的语音，回响在她耳畔，她当真地犹豫起来了。俞秋兰正在思忖着这件事，卢华回头看见了她：

"把饭端这儿来干什么？"

"我怕你饿。"

"离家这么近，我不会自己去吃？"卢华阴郁的脸上流露出一丝苦笑，"真是有点'八擒孟获——多此一举'。"

俞秋兰白了他一眼："这么说，我这好心还成了驴肝肺了？你以为我不知道哪！今天中午你就吃了半口窝窝头，一个劲儿地喝菜汤。"

"你咋知道？"

"我盯着你哩！"

"我心里火烧火燎的。"

"你以为我就好受吗？"俞秋兰把饭碗和窝头递给卢华，嗔怪地瞪着他，诉苦说，"你每根头发丝都牵着我的心。你可倒好，永远也不知道别人为你担忧难过。你心真冷，春天都快过去了，白桦树的叶子都巴掌大了，你还像块难以融化的冰！"

卢华坐在坟坡上，咕嘟咕嘟地很快喝完了菜汤。俞秋兰半强迫地给他穿上小褂，又把印有"抗美援朝"字样的绒衣，顺着卢华的头往下一套，像托儿所的阿姨对待不懂事的孩子似的，把绒衣拍拍平整，然后端起菜汤碗，命令卢华说："你把两个窝头都给我吃了，我去给你再舀碗汤来。"

"小俞——"卢华摆手阻拦着。可是俞秋兰一溜小跑，跑出了桦树林。片刻之间，俞秋兰端着一碗汤，手里拿着个窝窝头，重新出现在卢华的面前："给，喝吧，不够我再去给你舀一碗。"

卢华接过碗来低声地说："小俞，真感谢你，这半年多来，我对你没有任何帮助……我对不起你……"

俞秋兰坐在坟坡上，摆开进攻的架势，悄声说道："今天，咱俩在这儿不谈集体，也不谈小马驹，就谈我们之间的事。你说吧！你哪儿对不住我？"

"伐木的时候，我冻掉脚指甲，你把家里邮来的'毡疙瘩'给我穿了……"

俞秋兰捂起耳朵，连连摇头："我不爱听这些话，说别的。"

"来荒地后，你对我那么好，洗洗涮涮，缝缝补补……"

"这是很多女伴都干过的事，用不着提。"俞秋兰再次截住卢华的话头，"姑娘嘛，飞针走线一类的活儿，就是比你们手巧。谁愿听你摆这些陈谷子烂芝麻的。"

"那……叫我……说个啥好呢？"

"说……感情方面的。"

卢华想了想，认真地说："感情这玩意儿，怎么个说法呢？这比不了开荒，我还真没有经验。"

俞秋兰赌气地一扯卢华的袖口，拉他站了起来，走到一棵幼嫩的小白桦前，指着缠在树干上的一根弯弯曲曲的菟丝草问道："你说，这根菟丝草紧紧地围绕住白桦树，这棵白桦树知道不？"

"树没知觉，它怎么会知道。"

"如果是人呢？"俞秋兰想起了邹丽梅曾指点过她在卢华面前缺乏"开出拖拉机去"的那种勇敢，不觉陡然来了勇气，"总不会像树疙瘩那样没知觉吧？"

"秋兰，"卢华不再称呼她为"小俞"，而改口叫"秋兰"了，"直说了吧，你这是影射我，可是这恋爱是怎么个谈法呢？在地上我会开坦克，在矿井下我会抱风钻，这都是首长和老师傅手把着手教的，谈恋爱这码子事，我……真……真不知道该咋个学习法。"

俞秋兰被卢华的窘态逗笑了："真的？"

"真的。"

"你想找老师教你吗？"

"想。等空闲了，我找找小马、小白和'小诸葛'，叫他们传传经。"

"用不着他们。"俞秋兰心跳了。

"那怎么办？"

"就这么办。"俞秋兰再不愿错过这个机会了，她猛然扑到卢华的怀里，用手撩起垂在他前额上乱蓬蓬的头发，踮起脚跟，用灼热的嘴唇吻着卢华的前额、眼睛、脸腮……

卢华慌了，他推拒着："秋兰，叫人家看见……"

"有树杆子挡住，谁也看不见。"俞秋兰对着他的耳朵喃喃地低语，"叫人家看见也不要紧，谁都知道俞秋兰爱卢华，爱……卢华。"

卢华蕴藏在内心的烈焰，被俞秋兰的炽烈感情点着了，他张开双臂，把俞秋兰紧紧地抱在怀里，把男子汉的第一个亲吻，献给了她……

太阳滚下山坡去了。

月亮升起在草原无限远的尽头……

俞秋兰绯红的脸颊紧贴着卢华那张瘦削的脸颊，悄声地说："这回我可以摘掉那顶'打更鸟'的帽子了。本来嘛，一到春天，就听不见那'打更鸟'儿凄苦的叫声了，可是你还和从前那样，我下决心要飞回你心上那个窝。"

"秋兰，我过去一直没顾上你……"卢华"请罪"说，"今后，我尽量改我这个毛病。可是一忙起来，还很难保证不犯老毛病。"

"你看过苏联电影《幸福的生活》吗？"

"看过。"

"那个集体农庄女主席叫'毕百灵'，她追求的那个叫'乌鸦'的集体农庄男主席，就总唱一支歌，你还记得吗？"

"我忘了。"

"我嗓子不好，唱给你听听。"这个很少开口唱歌的俞秋兰，在感情上得到卢华的回报之后，忘我地放开了歌喉：

> 你从前这样，
> 现在还是这样。
> 为什么你，
> 永远是这样……

"我不已经不'那样'了吗？"卢华向俞秋兰表白，然后请求她说，"你这是等于用宣传喇叭在向青年屯广播：同志们快来瞧哇！俞秋兰和卢华在桦树林里谈恋爱呢！快别唱了。"

果然，桦树林外有人"扑哧"笑了一声。

卢华和俞秋兰赶紧分开，不约而同地问了一声：

"谁？"

"我。"月影下出现了鲁玉枝，她嘻嘻地笑弯了腰，"卢华队长，姐妹们都说你像个受戒和尚，原来……你也是个假和尚……嘻嘻……"

"玉枝，你不是回屯子去了吗？"俞秋兰赶紧为卢华解脱困境，有意岔开话题说，"怎么这么早就回来了？"

鲁玉枝用手背捂着嘴，还是嘻嘻地笑个不停，老半天她才直起腰来，解释着说："秋兰姐，我得向你们表白一下，我草妞儿可不是有意来看你们……刚才，我左手牵着马，右手拉着小马驹的缰绳，想穿过林子回青年屯，想不到碰上你俩正亲热呢！也真怪了，马蹄声你们听不见，连我大声咳嗽你们也听不见了。没办法，我只好又退出桦树林子，听队长卢华说那番话，我才忍不住笑了。其实呀，我草妞儿啥也没看见。"

"啥马驹子，这是怎么回事？"卢华问道。

"死了匹红马驹，添了匹小白驹。"鲁玉枝朝他俩连连摆手说，"来，快来看看，这小家伙白得像雪，浑身没有一根杂毛。"

卢华槽槽怔怔地走出桦树林，他惊讶得说不出话来了。月光下，一头略大于死马驹的白马驹，抖鬃扬蹄地在桦树林边撒欢，卢华一走近它，它就仰起脖子和卢华亲昵起来。卢华弄了个丈二和尚——摸不着头脑，他愣愣地问道："玉枝，这是咋回子事？"

俞秋兰抢先回答说："小马为了安慰你的心，安定大家的情绪，他把老妈妈留给他和丽梅的三百块钱拿出来，背着他叫玉枝回屯子买了这个小驹子来。"

"你只说对了一半。"鲁玉枝插嘴说，"支书是给了我三百块钱，可是我又把这钱装回来了二百七十块。简单地说吧！是这么一回子事。我回家把事儿跟我老爹一念叨，老爹听说是卢华枪走了火，把大腿一拍说：'草妞儿，我和卢华是老交情了，为我打下的那只大雁，他还和闪电打了一仗呢！那是个好样的小伙子。你把咱们雪青马下的那头白驹拉走吧！'我拿出那沓子钱来，往炕席上一拍说：'爹，垦荒队不白要您这头驹子，这是三百块钱。'我老爹两眼瞪成鸡蛋那么大，指点着我的脑瓜门说：'好你个草妞儿哇！你还有点良心没有？你不是北京娃娃，也参加了北京垦荒队，这是咱们猎户人家的光荣。你吃着国家的粮还不算，还能演戏唱歌念书本哩！你们那个文共（工）队来咱屯演出时，屯子里谁不说你这草妞儿有福气？乡亲们还说你不那么野了，嘴里也会说文明词儿了，还找了个白脸小伙的好对象……你……你把钱给我拿走。'我娘心眼比我爹细，她怕把钱原封退回来垦荒队不干，便动员我爹多少收下点喂养小白驹子的草料钱。我爹琢磨了半天，伸出小手指头说：'行。十沟收一沟，留下三十块钱，余下的你装走。'临走时，我爹送出我老远老远，他和这头小马驹叨咕着说：'小白龙，去吧！上北京垦荒队去落户，你也就成了卢华下边的兵了。我有空去看你啊！'我骑上咱队上的儿马蛋子，拉着'小白龙'跑老远了，老爹在后边又朝我喊道：'捎个口信给卢华，告诉他别为这事儿耷拉脑袋，世上没有不犯错误的人，庙里的佛爷据说永远不犯错误，可那是活人堆的死泥胎——'我现在就把我老爹托我带的口信告诉你。队长！我汇报完了。"

"谢谢鲁大爷这片心。"卢华激动地说，"这头'小白龙'我们就先留下喂着。秋后，我买一头小驹子，再把'小白龙'给鲁大爷送回去。"

鲁玉枝急了，瞪圆两只杏核眼说："你是不是狗眼看人低，看不起我们猎户人家的情意？你要是送'小白龙'回去，我也跟它一块儿走，今世再不来你们垦荒队。"

"哟，"俞秋兰笑了，"还挺厉害哪！你舍得离开你秋兰姐吗？我可是舍不得你呀！"

鲁玉枝"扑哧"一声笑了："就是卢华拿棒子赶我走，我也不走了。我活着是垦荒队的人，死了是垦荒队的鬼。"

"你要是一走，小白第二天就会找歪脖子树了。"俞秋兰逗趣地说。

"哎呀！秋兰姐！我们可没你们那么热乎。我们是'飞机—大炮'轰隆隆响——经常开火哩！"

俞秋兰忽然想起了什么，沉吟了一会儿，拉起鲁玉枝的手，关切地对她说："玉枝，我想给你提个小意见，你不会介意吧！"

"秋兰姐，快说。"

"死了马驹那天晚上，你又当着大伙的面，猜疑是小白捅的娄子，这不太好。"俞秋兰悄声地说，"你心直口快，虽说是个优点，以后对小白说话，也该注意点分寸。对吧？"

鲁玉枝点点头。

"爱情不像北大荒上的遍地野花，不用浇水，不用施肥，一到夏天，野百合、野芍药……开得遍地都是。这盆花很娇嫩，要浇水，要施肥。水大了淹死，水小了干死；肥大了烧死，肥小了只长叶子不开花。反正，这里边有它的学问。"俞秋兰开导着鲁玉枝说，"小白和我同学三年，我知道他最爱面子，你……"

"秋兰姐，我知道我的毛病。"鲁玉枝爽朗地回答，"就是到时候总是枪走火。这没啥要紧的，抓个空儿，我向小白赔个不是就行了。今后，你得多敲打着我点。洋学堂出来的'秀才'和我这土生土长的草妞儿，很多习惯都不一样。"

"你不会怨我嘴碎吧？"俞秋兰说。

"哪能呢！你们北京人，都是我的老师。"鲁玉枝笑了，"说出来，也不怕你笑话。我刚到垦荒队时，看见你们每天早晚刷牙，我都觉着是臭毛病，现在，我一天不刷牙，就觉得嘴难受得不行了。我草妞儿也渐渐地'洋'起来了。"

姐妹俩只顾倾吐心里话了，竟然忘记了卢华。当她俩回头寻找卢华时，卢华和那匹儿马，以及玉石般洁白的小马驹都不见了……

四

卢华"枪毙"小马驹的事情发生之后，迟大冰心里确实是十分惬意的。按照他原来的设想，他夜里起来解手，顺便撒开小马驹，不过是回敬诸葛井瑞的挑战——和诸葛井瑞下完那盘没有开张的"棋"。他视力不好，天又下着大雾，很可能把马驹当成狼射击。没有想到，他在小马驹上做的文章，达到了一箭三雕的目的：事情不但牵进去揭发过他的李忠义，关联到值班的诸葛井瑞，而且，卢华充当了小马驹之死的直接"凶手"。他仔细地思考了一下，使他陷入目前处境里的，就是这三个人，而这三个人同时站在了"被告"席上，这真使他欣喜若狂。

欣喜之余，他也感到了惆怅和内疚——迟大冰感到他对不起那头小马驹。落生不满一个月的小驹子，前些天还在草原上尽情地尥蹶儿撒欢，迟大冰放牧时，它还在他腿上蹭来蹭去，现在，它已经被埋在一堆黑土之下，永远躺在地下听蝈蝈叫去了。深更午夜，他曾从地铺上爬起来，偷偷地溜到小桦树林，对着那块隆起的坟头连连鞠躬："小驹子，我对不起你，我迟大冰实在是被他们整苦了，才把你……平心说，这不是我的本意，可是一个开荒的倡议人，一个垦荒队的'头一把金交椅'，竟然变成全队的一条尾巴，我心不甘。现在，我的这口窝囊气算是吐出来了，可也苦了你了。你放心吧！我一定好好饲养你妈妈——那头唯一的母马，多给它加料，多给它搔痒，多……"迟大冰心里暗暗地自语着，在喂养那些马匹时，总是有意给那匹母马多加精料，好像这样可以使他心里平静一些似的。除此之外，他特意给那头母马配上一个新笼头，那红缨穗子在马群中显得格外鲜艳，就像在马头上开着一朵野芍药花。

尽管迟大冰内心进行着自我谴责，但毕竟喜大于悲。在卢华两个颧骨日渐凸出脸腮的时候，他那张刀条脸却渐渐地变圆了。他在拼命告诫自己"不要外露心声"的同时，还是无法掩饰他的喜形于色。

有一天，"疙瘩李"听他在帐篷里哼哼着小曲，劈头盖脸地朝他嚷道："老迟，你还有心思唱？"

"也不能因为死了一匹小马驹，就天天哭哇！"迟大冰不阴不阳地回答。

"你不心疼？""疙瘩李"梗着粗壮的脖子叫道，"它是咱们垦荒队身上的肉。"

"你怎么知道我不心疼？"迟大冰觉得可以直起腰杆子和"疙瘩李"对阵了，便反唇相讥说，"你夜班喂马，为什么叫它溜了缰？农村里死了老的，还有个排五、排七、出殡、送葬，你见过谁穿一辈子孝袍子？哼！"

"老迟……""疙瘩李"气得浑身乱颤，"难道这里边没你的责任？你那天半夜解手回来，干啥告诉我外边好像跑着一只狼？我才喊开了有狼！"

"李忠义同志，我说'好像跑着一只狼'，并没肯定说就是一只狼啊！你、诸葛井瑞和卢华，难道都是瞎子，不会走上去看看？"

李忠义一下被顶到南墙上，脸红脖子粗地叫道："到跟前去看，它不就跑了吗？"

"那就怨不着我了。"迟大冰得意地说："谁的黑锅谁背，想把黑锅烟子往别人脸上抹呀，那叫缺德。"

李忠义没词儿了。是啊！为什么自己不去分辨一下是不是狼，然后再扯着嗓子喊"有狼"呢。李忠义深感自己太冒失了。他受了迟大冰的讥讽之后，不但没对迟大冰产生任何怀疑，反而觉得迟大冰提醒了他的缺点。为这件事，他来到马俊友那间单人宿舍，对马俊友一把鼻涕一把泪地检查自己。说者无心，听者有意，马俊友从李忠义嘴里，第一次知道最早发现"狼"的原来不是李忠义，而是迟大冰，只不过迟大冰没有大喊大叫，只对李忠义一个人说了。这种"报警"——"好像跑着一只狼"，既不承担任何责任，又刺激了李忠义的好奇，李忠义朝雾里一看，果真像只"狼"，于是就咋呼起来了。马俊友由此推想：很像是迟大冰利用李忠义的莽撞，导演了"小马驹之死"的一幕戏剧。马俊友不便把他的想法告诉李忠义，只是告诉他以后遇事要冷静，就把他送出了房门。

马俊友是个非常内向的人，他从不捕风捉影地去揣度一个同志，尽管迟大冰个人品质不好，报复意识极强，他也没有把"小马驹之死"和迟大冰联系起来。出事的当天夜里，他想迷糊一会儿好去出工追肥，刚刚合上眼皮，石牛子就悄悄溜进他住的屋子：

"支书！"

马俊友身上穿着"钢背心"，坐起来很费力气，便躺在床上朝石牛子点点头："有事？"

"有很重要的事。"

马俊友见石牛子神色紧张，确实像有什么心事似的。他想：也许正像大伙猜测的那样，石牛子喜欢和那头小马驹玩耍，是他解开那头小马驹的缰绳，刚才在大伙面前不便承认，这会儿找到他屋里来承认错误了。他立刻手扶着床沿，慢慢地坐了起来，同时对石牛子说："坐！坐下说。"

"支书，这小马驹开缰的事，你大概以为又是我干的荒唐事吧？告诉你，从我采'猴头'砸伤你的腰以后，我可不像从前那么猴头巴脑的了。今年我已经迈进十八岁的门槛了，算是个真正的青年人了，我立志改掉我那毛手毛脚的毛病。"石牛子自我表白说，"刚才你在死马驹的现场上问：是谁和小马驹子玩来着，大伙目光一下都转向了我。不瞒你说，要是在往常，我早就骂开街了，骂完大街之后，我会把那个进马棚的人当众给拉出来。"

"你看见有人进马棚了？"马俊友急切地问，"为什么不当场指出来呢？"

"支书，你慢慢听我往下说嘛！当时，我就想：石牛子呀石牛子！你毛手毛脚地闯了不少祸了，被'北京九号'甩进铃铛河，打天鹅时差点把伙伴脑袋打开了花，后来终于在采'猴头'时捅了大娄子。这回，我也要稳当着点，所以我在当场愣是压住了滚到舌尖的话。支书，你想，我要是在现场一抖搂，现场不就乱了阵吗？不如事后找你一个人来说比较妥当，现在我就向你汇报来了。"

马俊友怎么也没料到，石牛子成长得这么快，思考问题这么周到，霎时间，石牛子在他面前似乎高了一截。马俊友忘记石牛子是来向他谈情况的了，他用手拍着石牛子的肩膀，上上下下打量着他，好像站在他面前的不是嬉皮笑脸的孩子，而是正经八百够分量的青年人了。

"支书，你干吗这样看着我？"石牛子笑了。

"我高兴。"

"在森林伐木时，我造成那次大事故，够我记一辈子了。"石牛子露出少见的严肃神色。接着，他向马俊友谈起了有人进马棚的事儿，"那天，文工队演出散场后，我都躺在地铺上要睡觉了，忽然肠子咕噜噜一阵叫唤，我便披上衣裳起来，想到灶房去取个窝头吃。刚出帐篷几步，我看见大雾里有个人影，也奔灶房那儿走着。我想这小子也一定是饿死鬼投生的，便快走几步想追上他。其实，我完全是一片好心，灶房黑灯瞎火的，我怕他摸不到我存放窝头的地方。但我紧赶慢赶也没撵上他，那个人的两条腿太长了，我仔细朝雾里一看，原来是迟大冰。我想喊住他，领着他进灶房，免得他被地上一堆堆的劈柴绊倒，可是他并没有进灶房的意思，擦着灶房外桦树条子编成的篱笆，向厕所走去了。我心里暗笑：我是个饿死鬼，半夜到炊房去寻食，他倒是个撑死鬼，深更到厕所去'卸车'。真有意思！但是，迟大冰没有进厕所，从厕所拐了个弯子，朝马棚走去了。我当时只是想，老迟是不是有点神经病？初中的几何学上写得清楚，两点之间以直线为最短，他上过高中，怎么走开了弧线？必是他本来想去大便，走到厕所那儿大便又缩回去了。支书，我对他去马棚并没有多想什么，饲养员嘛，当然要经常去喂马。可是你说他为什么绕着厕所走，而不直接去呢？这是在小马驹出事之后，我想到的第一怪。第二怪嘛，我是调查研究之后，才想到的，据说，'疙瘩李'和老迟分工相当明确，老迟负责白班给牲口放青，'疙瘩李'负责夜班给牲口添草加料，老迟从没在夜里去喂过牲口，偏偏这天他去了。第三怪就更使人纳闷了，你在会场上问谁去过马棚，明明我亲眼看他去过，他居然一声不吭，脚正不怕鞋歪嘛！他干吗装哑巴不吱声？支书，老迟虽说受过处分，可还是共产党员嘛！他不会有意去搞什么名堂。可是这'三个怪'一直在我脑瓜里打架，我左思右想也解不开这个疙瘩，就叫小春妮一个人在灶房熬粥，我跑到你这儿来了。"

马俊友沉默了老半天，也没能为石牛子解开疙瘩。他相信石牛子的话都是真的，但他还不能对迟大冰有个清晰的结论。这天李忠义向党支部沉痛地检查自己时陈述的情况，等于从另一侧面为马俊友再现了迟大冰当夜的言行。他把石牛子的话和李忠义的话，往一块儿一碰，头脑里"轰"的一声，如同爆炸了一颗重磅炸弹，他自己都被这可怕的结论惊呆了。当天晚上，他把支部委员找到屋子里来，摊开了这些具体情况，倾听同志们的意见。尽管卢华、贺志彪等都不相信迟大冰会有意进行破坏，但谁也答不出石牛子提出的三个问题。会议一直开到深夜，最后大家意见趋向一致了，那就是：迟大冰表面上承认了他过去的错误，骨子里还在顽固地坚持他那一套人生哲学，他把小马驹当成一张牌、一把刀，对揭发过他错误的卢华、诸葛井瑞、李忠义进行报复。只不过这种报复比过去更隐蔽、更圆滑了——他没给人们留下可以抓住的把柄。

迟大冰完全沉浸在兴奋状态之中，他低着的头昂起来了，他佝偻着的腰板挺直了。在他看来，尽管他身上背着处分，也可以和卢华匹敌——也不叫他活得那么痛快。这天早晨，他照例比其他垦荒队队员早起半个小时，喝了两碗苞

米粒粥后,去马棚牵马拉驹。贺志彪正在那儿解牲口缰绳,他走上去说:

"谢谢你,我自己来吧!"

贺志彪不咸不淡地说:"甭谢,这是我的分内事情。"

迟大冰听贺志彪话里有话,疑惑地问道:"你要套牲口出车?"

"不,我要赶牲口去放青。"贺志彪蔫不唧地说,"队委会决定我当饲养员了,叫你去摇辘轳浇菜园。"

迟大冰把脸一板:"为什么?"

贺志彪一边给牲口抓痒理鬃,一边漫不经心地回答说:"这有啥新鲜的,工作调动呗!就拿我来说吧,赶爬犁、赶大胶轮车、点豆子、种苞米,不是哪儿扒拉往哪儿去吗?我把我当成一个算盘子儿,怎么扒拉怎么好,只要垦荒队能扒拉出粮食来,不给北京人丢脸,把我这个算盘子儿扒拉到哪儿,我也没二话。"

"调我去浇菜园?"迟大冰第二次提问。

贺志彪为小马驹之死憋了一肚子火儿,他恨不得拍上迟大冰一铁锨。可是马俊友特别告诫过爱牲口如命的贺志彪,不许感情用事,他只好支应着迟大冰说:"咋了?你不愿意去干那个活儿?咱们来开荒可不能挑肥拣瘦,哪项活儿都重要。你说是秤杆重要,还是秤砣重要?我看都重要。"

"我和'疙瘩李'配合得很不错嘛,为什么……"迟大冰脸色白了。

贺志彪避开具体问题,着三不着四地慢吞吞地说:"老迟,一个党员对队委会决定不能挑挑拣拣的,摇辘轳把浇菜园,不也是重要的工作嘛!"贺志彪看迟大冰还木头桩子一样站在那儿,便眨眨眼睛来了新词儿,"想当初,咱们刚到荒地时,你做服从工作分配的动员报告时,讲了个多有趣的故事!这个故事到今天我还记得一清二楚。你说:从前,古辈子时有个老石匠,他在太阳地里刻石牌,太阳像团火一样烤得他一头热汗。于是他对太阳说:'太阳,太阳,我要是你多好!'天上的神,把老石匠变成了太阳。可是那天太阳刚探出脑瓜儿来,遮天盖地来了一片黑云彩,把它遮了个严严实实。老石匠感到不自在了,便对着云彩说:'哎呀!我要变成云彩多好!'天上的神,依从了它的心愿,马上把它变成天空中的一片乌云。可是风来了,一下把云彩吹得七零八落,这个老石匠又羡慕风了,对风请求说:'你修修好,把我变成风吧!'天上的神又应了它的要求,把云彩变成一股旋风。这风可真厉害,吹倒了树,吹翻了船,就是吹不动石头。老石匠心又动了,索性不如当块石头,既不怕太阳晒，又不怕云彩遮，更不怕大风刮。天上的神来了火气，对他说："变了石头，可不能再变了。"霎时间，老石匠当真化作一块石头。另一个快乐的石匠，把它搬了去，用铁钎和手锤叮叮当当地在它身上敲打起来，它感到浑身疼得难忍，便忍不住叫了起来："哎呀！我受不了啦！还是叫我当个石匠吧！"……老迟，你不会忘记你在开荒之前，在动员报告上讲的这个故事吧！"贺志彪一口气说了这么一大套。他自己也知道文不对题——因为迟大冰并不是存心挑剔活儿，而是想摸清调他去摇辘轳把的原因，他故意云山雾罩地东拉西扯，发泄心中的闷气。说完之后，他不想再和迟大冰多啰唆，赶着牲口径直向草原深处走去了。

迟大冰的喜兴劲儿一点也没有了，他望着空荡荡的马棚，不知道该进还是该退。正在他举棋不定时，卢华朝他走了过来，他立刻决定对卢华进行摸底，因而不等卢华开口，他就愤愤地说："你还把我迟大冰当成人吗？调动我的工作为什么事先也不打声招呼？"

卢华抖抖肩上披着的褂子："我刚到小帐篷里去找你，谁知道你到这儿来了。"

"我放马一向早出晚归。我又犯了哪条禁令，你撤了我的职？"迟大冰往前迈了两步，拍着自己的胸脯说，"前几天，支部还表扬过我，几天后，就给我小鞋穿！这是对待一个犯错误同志应有的态度吗？"

卢华定了定神儿回答说："鲁大爷那头小白驹子，刚进咱们的马棚，眼生不合群，怕它跑了，或万一出点其他毛病，对你，对咱们垦荒队都不合适。贺大个儿摆弄牲口有门道，还是派他照管着更妥当一点。"

"经验！经验！你跨过鸭绿江，是扛过枪杆子的人，不能说没有经验吧！"迟大冰的话锋如同一把锐利的刀子直接捅向卢华的"疮疤"，"可是你倒一枪打死了马驹子。我说卢华，都说你肩膀上勇于挑担子，这回干吗自己腿瘸偏赖地不平，自己摔了跟头怨门槛，拿着我迟大冰当出气筒？"

卢华顿感烈火烧心，浑身血液立刻沸腾起来，连心跳的速度也突然加快了几倍。他那有力的五指不自觉地攥成了拳头，恨不得挥拳照迟大冰的脸上打过去。但在这霎时间，他发现迟大冰乱草堆一样的头发上沾着几根地铺上的草叶，脸上还挂着没有洗去的泥巴，他好像比初来荒地时更瘦削了，细长的脖子伸长着，就像北国荒原上的一根藤条。他两条胳膊哆嗦了一阵，攥着的拳头松开了，为了平息一下自己焦躁的心情，他把头掉转过去，躲开迟大冰那张使他百感交集的脸颊，望着一片充满绿意的荒野。

荒原实在太辽阔了，任凭卢华极目眺望，仍然看不见它的边缘。绿色、绿色，到处都是充满朝气的绿色；鸟鸣、鸟鸣，到处都是悦耳的鸟鸣。望着这浩渺得如同大海一样的草原，他的冲动立刻冷却下来。他深深地吸了两口草原上的新鲜空气，不知道为什么想起了刚刚复员到煤矿时的一件往事。那也是发生在初夏的事情。有一天，他刚从矿井下回来，在浴池洗过澡后，匆匆往宿舍走着。突然，煤矿脚下农业社的老社长——一个干巴得像木乃伊一样的老头儿拦住了他。老头儿求他办的事非常简单，农业社的两头老马得了不治之症，请求卢华帮忙把这两头牲口处理掉。卢华问道："为什么偏偏叫我去呢？"老头儿说："这两匹老马给农业社立过汗马功劳，谁也下不去手，听说你入朝后枪毙过鬼子，你就当它们是鬼子，赏他两枪吧！"卢华觉得老头儿的话颇有道理，便跟随老头儿到了山洼洼里。射击的地点距离病马不过十米，就是闭着眼睛也能把病马击倒，卢华觉得老头儿为这件事把他找来，实在有点小题大做。但是当卢华把枪举起来要扣动扳机时，那两头瘦骨嶙峋的病马，本能地扭过脖颈，似乎已经意识到即将和它们负重了一生的世界告别，眼巴巴地瞧着枪口。它们的神态出奇地安详，鬃不动，尾不摇，静待卢华对它们的"处决"。卢华的手忽然哆嗦起来了。他知道这两头病马如果不"处决"，传染病可能会蔓延到其他牲口身上，"处决"是绝对正确的，而且手指和扳机紧紧挨着，只需要两秒钟就能完成老头儿的嘱托，但他怎么也产生不了枪毙鬼子时的那股狠劲。回头看看，老头儿正盯着他；往前看看，那两匹老马也在盯着他。他慌慌乱乱地扣动了扳机，"砰砰"两枪，山洼洼的野麻雀喳喳地飞了，而那两匹老马却仍然一动不动地站在那儿——那么近的距离，那么大的目标，卢华竟然打了空枪。他把枪往地上一放，转身走到老头儿面前说："您别让我受这洋罪了，我实在下不去手。"说着，他不等老头儿回答，顺着山洼跑回宿舍去了。几天后，卢华忽然想起自己无缘无故地浪费了两颗子弹，便跑到农业社办公室，从口袋里掏出九角人民币，递给老社长说："这是两颗子弹钱，我辜负您对我的委托了！"那干巴老头儿咧开风箱嘴"咯咯"地乐了半天，把钱又塞回卢华的衣袋里说："多亏你浪费了两颗子弹，这两匹病马命硬，克住了重病，眼下又能驾辕拉套了。"这件事给卢华留下了极深的印象。他似乎从中悟出了一点道理：对人也是一样，不要轻易在思想上给人打上句号，或轻易地在思想上判处别人"死刑"。卢华自知这偶然得到的启示，并不是放之四海而皆准的生活哲理，尤其不符合阶级斗争的学说，但不知为什么，一到节骨眼上，他高抬枪口使死马回生的事儿，就从头脑里浮现出来，生怕误伤了同来开荒的伙伴。

现在，卢华面对着开阔的草原，又想起这件事情来了。迟大冰瘦削的骨架，不是像那两匹病马吗？他那乱蓬蓬的头发，不是像那病马被风吹起的鬃毛吗？他那刀条脸上沾着的草叶，不是像病马挂在腮边的草料吗？尽管李忠义和石牛子提供的情况说明，迟大冰有导演这场"恶作剧"的嫌疑，但和那封匿名信一样，没有充足的证据证实这些行径就是迟大冰干的呀！卢华头脑里那盘磨转了老半天，那颗狂跳的心渐渐平静了下来，扭过头来对迟大冰说：

"老迟，刚才你的话里带刺，原谅我有点激动。你说得对，我是个扛过枪的兵，发生打死马驹的事情，由我个人负责。"

"那你为什么还撤我的职？"迟大冰得"理"不饶人地纠缠着，摆出了一副咄咄逼人的架势，"我放了这些天的马，哪匹马没有上膘？就说那头屈死的小马驹子吧！围着我转来转去，就好像是我的影子，和我形影不离。这回可倒好，它屈死了不要紧，连放青的也跟它一块儿受屈。我上哪儿说理去！"

"老迟，道理我跟你说清楚了，希望你服从队委会的决定。"卢华不想把夜里党支部开会的事情告诉他，仍然向他耐心解释，"在北大荒干啥活儿都是为开荒，过去，你也这样要求过全队的伙伴，就别再发牢骚了。"

"为什么不说，你们帮助我的时候，不是卖盆的进村———一套一套的吗？怎么，手心手背一翻，轮到你们走背字就——"

卢华截断迟大冰的话说："我打死马驹，你用重炮轰我，我可以承受。'你们'指谁？难道支部同志们对你的帮助是错误的？给你处分是不应该的？老迟，我希望你不要借题发挥，把这次小马驹之死和过去对你的帮助混淆在一块儿！"

"好！咱们专谈不叫我去放青的事儿。"迟大冰立刻把话题拉了回来，"你是一队之长，得说出个道道来。"

"老迟，依我看——"卢华被迟大冰纠缠得不能脱身，不禁皱起了眉头，"依我看，你不要细问了。"

"我有权利问。"

"老迟——"

"卢华——"

两个人僵持在马棚旁边了。这时，石牛子抱着一捆烧柴经过这儿，横着插进来一杠子："我说'冰棍书记'，你有点看我们队长对人宽厚，就骑在人家脖子上拉屎撒尿吧！为什么不叫你放马了，你自己心里清楚，用不着挨人打呼噜——假装不知道。"

"你的嘴怎么这么脏？"迟大冰的脸忽地涨红了一片。

"嘴脏也比心脏好。"

"你小时候大概是用尿布擦的嘴。"

"你是用粪汤子灌的肠胃。"石牛子对旧北京下三流的语言，比迟大冰要在行得多，来荒地后他难得有一次表演的机会，这时候如大河决了堤岸，滔滔流了出来，"所以你心肝肺叶都带腥臭味儿。看你驴球戴礼帽——装得像个圣人似的，蹓寡妇门，挖绝户坟，你都干得出来。就拿邹丽梅和马俊友的事来说，你……"

石牛子的话被卢华打断，卢华推搡着石牛子说："烧你的火去。"

"不！"石牛子扭转着身子，"偏不——"

迟大冰脸色灰白地嘟哝着："小流氓！生来就缺乏家庭教育。"

"你倒是受过家庭教育，坏得头上长疮脚丫流脓。"石牛子挣脱卢华的阻拦，把那捆肩上扛着的烧柴往地下一放，蹿到迟大冰跟前，指着迟大冰的鼻子尖说，"告诉你迟大冰，你那张'圣人'的画皮，早就被人捅成大大小小的窟窿眼儿啦！这次小马驹之死……"

卢华看看石牛子话要出圈，忙把那捆烧柴往他肩上一压，喝道："快去做饭吧！瞧！'小不点'在伙房门口等着这捆柴火呢！"

石牛子斜着眼睛，瞪了迟大冰一眼，然后吐口唾沫，狠狠地踩上两脚，扬长而去。走了几步，他大概仍觉得没出够心中闷气，扭过脖颈含沙射影地说道："要想人不知，除非己莫为。只要有毛驴拉磨，磨道上总会留下驴蹄印儿！"

迟大冰呆愣地望了石牛子背影半天，转过脸来问卢华说：

"他……他……这是什么意思？"

"你要是不知道，"卢华直视着迟大冰说，"我就更不清楚了。"

迟大冰两脚倒替了一下站立的姿势，还想和卢华争辩什么，但这时他看见出工的垦荒队队员们都朝这里张望着，他生怕弄巧成拙，真的把视线都吸引到他的身上，忙叹了一口气，做出无可奈何的难过样儿说："队里分配的活我不挑拣，只是对这个调动感到莫名其妙，才说出那些刺话。卢华，这事儿，你别往心里去，我这个人缺乏修养，你只当没听见就完了。"

卢华没有回答，他弯下腰去系了系松开的球鞋鞋带，直起腰来看看爬出草原的太阳说："我还要到县里去一趟，咱们有空再聊吧！"

迟大冰的神经马上紧张起来："去县里？"

"嗯！"

"有什么要紧的事吗？"

"为小马驹之死，我去请求处分。顺便请示一下夏收问题。"

"处分？那天夜里雾那么大，有客观原因嘛！"迟大冰心口不一地说，"何必去主动请求处分呢？"

"那一枪毕竟是我开的，我对那一枪负责。你去菜园干活吧！"卢华返身追向马群，他纵身一跳，飞身跃上一匹光脊梁的儿马，朝凤凰镇策马而去。

迟大冰心神不安地望着卢华渐渐远去的背影……

五

菜园里除了白黎生负责从厕所往菜园粪坑里挑粪外，完全是"女儿国"的天下。瘦高瘦高的迟大冰一到，立刻引起一片嬉笑声。

"喂，你咋不放马，跑娘子军群里来了？"

"是不是怕再放死那头白马驹？"

其实，这些都是姑娘们顺口说出的玩笑话，丝毫不包含贬义。可是迟大冰听起来是那么扎耳朵。刚才，他从石牛子的话里，已经品出了弦外之音，此时他嘀咕开了，是不是姑娘们在影射那天夜里他的诡秘行为？他把眉头一皱，摆出一副严肃的神态回答说："别胡说八道了，浇菜园也是工作嘛！"

"哎呀！干吗耷拉着脸，倒挂着八字眉？""小皮球"刘霞霞挖苦地说，"我们'女儿国'可不欢迎吊死鬼！"

"霞霞，你……"俞秋兰把间下来的菜苗往远处一抛，同时狠狠地瞪了她一眼。

"本来嘛，草这么绿，花这么红，他该高高兴兴的嘛！""小皮球"不服气地嘟哝着，"谁愿意用笑脸去迎冷屁股！"

唐素琴插嘴说："算了，咱姐妹们唱个歌吧！看，'音乐家'挑着粪桶过来了，让他带个头吧！"

白黎生把大粪倒进粪坑，掏出手绢擦擦脑门上的汗珠说："干吗叫我带头？我收的那个徒弟，唱土嗓子不比我更合适吗？"

"小白，你……你真该死。"鲁玉枝甩了他一句。她虽然这么说，还是领头唱了起来：

> 二月里来呀，好春光！
> 家家户户生产忙。
> 种瓜的得瓜种豆的得豆，
> 谁种下仇恨谁就遭殃！

歌声随着五月的微风，在草原上升腾起来。姑娘们笑着、闹着，只有迟大冰像是另一个星球来的陌生人。他一边摇着辘轳，心里却像塞了一把蒺藜：她们为什么偏唱"种瓜的得瓜种豆的得豆"这支歌儿呢？是不是故意唱给我迟大冰听的？

"嘿！我说老迟！垄沟里水都断线了，你怎么站在那儿发愣？"刘霞霞拿着一把铁锨，担任开畦口放水的工作，她毫不客气地向他提出了意见，"你要是摇不动辘轳可以喊一声，我们这儿有的是'穆桂英'。"

"老迟，你是不是病了？"俞秋兰沿着畦垄跑了过来。

"还是叫我草妞儿干这个吧！"鲁玉枝也跟了过来说，"你去间白菜苗儿，咱俩换换工！"

迟大冰谢绝了鲁玉枝的帮助，重新开始从井里往上绞水。他的心乱得就像转动着的辘轳把，来来回回地转开了圈儿：你也真蠢，在哪儿想心事不行，偏偏来井台上发愣！

"瞧哇！姐妹们，一群天鹅——"带头喊叫起来的仍然是刘霞霞，"它们正围着咱们转悠呢！"

在菜地里间苗的姑娘，一下都直起腰来，抬头观看。

"真美。"邹丽梅赞叹地说，"简直是一群天仙。"

"它们是来向你丽梅致谢的。"俞秋兰逗趣地说，"天鹅妈妈感谢你保护了它们几百个儿女。听，它们嘎嘎地向你说话哪！"

"哎，玉枝姐，我问你个问题。天鹅为什么浑身雪白，唯独嘴巴是红的？"刘霞霞若有所思地问。

"你想听吗？"鲁玉枝反问刘霞霞。

"想听。"

"那你也得像'疙瘩李'对诸葛井瑞那样，鞠躬拜老师。"

"小皮球"当真向鲁玉枝鞠了个九十度大躬，由于她身体重心前倾得太厉害了，两脚一下迈进水沟，菜园立刻响起一串串银铃般的笑声……鲁玉枝用红头巾掩着嘴角，笑得直不起腰来了。

迟大冰忽然感到了莫名其妙的孤独，他甚至从镜子一样的水井水面上，发现自己的眉心拧成了一个"川"字。他也想咧嘴笑笑，以掩饰一下自己的不快，但是他怎么也笑不出来：谁知道卢华到县委是干什么去了呢？会不会是汇报我迟大冰去了呢？哎呀！迟大冰啊迟大冰！你是得了神经衰弱症了吧！没人抓住你的手，你心里总嘀咕个什么？退一万步说，就是有人抓住了你的手，那卢华就该糊里糊涂地开枪吗？只要你沉住气，宋武也拿你怎么样不了……迟大冰坦然地出了口长气，把头转向了绿色的荒野。

菜园里的笑声早已跌下去了，姑娘们一边间苗、放水，一边听着草妞儿讲天鹅的故事：

"听老辈子草甸子上的人说，过去的黑龙江是一条有头无尾的黑龙变的，草甸子上的人都叫它秃尾巴老李。这个家伙脾气坏透了，一摆它的脑瓜，草甸子上就要发大水。当时，天上的菩萨娘娘派一个白衣仙女下凡，叫她感化这个秃尾巴老李。这个仙女，天天给它唱歌跳舞，秃尾巴老李的脾气果真一天比一天绵软了，于是一片水洼子变成了绿草地，草地上鸟叫了，花开了，老百姓也从关内到这儿来种地，乡亲们都感谢这个仙女的功德。

"可是有一天，秃尾巴老李异想天开，想娶这位仙女当老婆，并说她要是不嫁给它，它要发大水，淹没这片大草甸子。这个仙女吓坏了，忙向菩萨娘娘求救。菩萨娘娘在云彩里对她说：'甭怕，秃尾巴老李是被太阳神压在银河里的一条黑龙变的。它逃跑时，锁链子上留下一截尾巴。马上太阳神的儿子就要下凡，和你一块儿在人世间惩恶扬善。'说着，一个浑身冒着火焰的漂亮后生，从云彩里飘落下来。他手拿着锁链上锁住的半截尾巴，召来秃尾巴老李说：'你还想要你这半截尾巴吗？'秃尾巴老李忙磕头如捣蒜地说：'想，给了我那半截尾巴，我安安生生地过日子，再也不闹妖了。'太阳神的儿子说：'闹也不怕，我浑身是火，只要你一闹妖，立刻把黑龙江烧开了锅，让你变成一把骨头渣子。给你尾巴！你把它安上！'秃尾巴老李刚安上尾巴，立刻露出满脸凶相，它刚要摇晃脑瓜，叫黑龙江发水，太阳神的儿子嘴里喷出一道火光，刚安上的那截尾巴，一下化成一堆黑灰，它疼得嗷嗷乱叫，忙钻到黑龙江里去了。

"仙女笑了：'真要谢谢你了！'

"'别谢我！'太阳神的儿子说，'我还要谢谢你哩！'

"'谢我个啥？'仙女脸红了。

"'……我常在天上看你给秃尾巴老李跳舞，你的善良把我召下人间。'太阳神的儿子说，'我们也在黑龙江边安个家吧！让我俩一块儿监视着这个秃尾巴老李！'

"'……它只怕你身上的火，并不怕我呀！'

"'……那好办。'太阳神的儿子走近仙女身旁，在她嘴巴上亲了一下，'让我俩都变成红嘴巴白羽毛的天鹅，永世在黑龙江边这片草甸子上做夫妻吧！'姐妹们，天鹅嘴巴就是这样变红的。完了！"

"哟！玉枝姐，这是你瞎编的神话吧！"刘霞霞双手扶着铁锨把儿，两眼斜瞟着鲁玉枝。

"老辈子传下来的。"鲁玉枝认真地说。

"真的？"

"谁要瞎编，谁舌头上长疔疮！"

"那可就怪了。"刘霞霞挑着尖细的嗓子喊道，"玉枝姐，你的嘴巴儿也是红红的，那是谁亲的？是不是小白他……"

姑娘们叽叽呱呱地放声大笑起来。

鲁玉枝嗔怪地喊道："死霞霞，提问题的是你，拿我开心的还是你，你……你……你这个丫头心眼最坏！将来呀，叫你找个秃尾巴老李那样的男人，好好治治你那张嘴。"

姑娘们笑得直不起腰来，笑声把盘旋在菜园上空的天鹅吓跑了。俞秋兰看着女伴们笑得前仰后合，有意转换话题说："哎！姐妹们！在北大荒没见过黑天鹅呀！可是苏联芭蕾舞剧《天鹅湖》里边，怎么会有黑天鹅呢？"

"那可能是编剧瞎胡编的。"唐素琴扭头问鲁玉枝说，"玉枝，你见过黑天鹅吗？"

"我爹说他多半生只见过一只，没舍得开枪打。"鲁玉枝说，"说是黑天鹅，实际上是说黑不黑、说灰不灰的杂种儿。"

"听说它有一个红冠子？"俞秋兰好奇地问。

"嗯。我爹说它还是天鹅群里的头头呢！"

"怎么能叫红冠黑肚的黑天鹅当头头呢！""小皮球"插嘴说，"要我是白天鹅就罢它的官，它就像——"刘霞霞猛然看见俞秋兰制止她再说下去的目光，便一伸舌头闭了嘴。

菜园里顿时安静下来了，有几个姑娘本能地把窥视的目光投向了迟大冰。迟大冰低着头绞着辘轳把，仿佛对姑娘们说的话都没听见。其实，她们的每一句话都灌进了他的耳朵，每一瞥目光都直戳他的心肺。连迟大冰自己也说不清楚，自己为什么变得那么敏感，他似乎感到鲁玉枝说的"秃尾巴老李"和黑天鹅，都是在暗暗地影射他。他一边摇着辘轳把，一边琢磨："红冠黑肚"是什么意思？这不分明是拐着八道弯地点我迟大冰嘛！刚刚忘却了的心事波涌浪卷般地重新闯进他的心扉。他站在高出地面的井台上，可以清晰地看见桦树林里那座屈死的小马驹之墓，他把姑娘们的每句开心的话，都和那个凸起的圆土丘联系在一起。在迟大冰看来，好像每一个姑娘都知道了他和那圆土丘有着什么内在关系，不然，她们为什么说"红冠黑肚"这个字眼呢？

为了忘却心事，解除心头的烦恼，休息时，他抹抹额头上的汗水，披上褂子，离开欢闹的"女儿国"，信步朝绿野走去。广袤的大地，黄草已经枯萎了，新生的绿草从枯黄的草心中钻了出来，已经淹没了那毫无生气的黄褐颜色。他感到他就是那卷曲萎缩了的枯草，任凭怎么挣扎，也难以还原成原来的绿色了，而遍地一团团、一丛丛的新绿，在这草长莺飞的五月时节，正在向上拔节猛蹿。

"看！这花好看吗？"谁知道土生土长的草妞儿是什么时候溜达进草原来的，她举着一朵不大的红花喊着。迟大冰刚想答话，立刻发现草妞儿手里的花儿，不是举给他看的——他身后不远的地方站着白黎生。

"好看。"白黎生回答。

"洋秀才，你知道这叫什么花儿吗？"

白黎生摇摇头。草妞儿撇撇嘴，用老师开导学生一样的口吻，一字一板地说："这是北大荒的达子香。"

"好看是好看，可惜太艳了。"白黎生把达子香看了又看发表评论说，"我想找雅净一点的插进花瓶。"

片刻工夫，草妞儿又捧着一簇粉红色的花朵过来："给你，这花儿比大红要淡一点，你喜欢吗？"

白黎生看了一眼说："这不叫榆叶梅吗？北京有的是，粉的，黄的……没有什么新意。"

"洋秀才，你可真难伺候。"草妞儿嘴上抱怨，两条腿却毫不犹豫地奔向了绿草间的花丛。不一会儿，她第三次把野花捧献到白黎生的面前，"我猜，你一定喜欢这束花儿。"

这是一束像马莲草似的东西，窄长箭状的绿叶中间挺立着几朵由六个花瓣组成的白色花朵。白黎生凝神细看，花朵洁白似雪，他放在鼻子下闻了闻，一股幽香沁人心脾，他高兴地拢拢披到额角上的黑发，欣喜地问："这叫什么花儿？"

"北大荒人叫它兰花草。"

"明明是花儿嘛，为什么叫草？"

"兴许是因为它长在漫荒野地里，才叫它草。"鲁玉枝两只晶黑的眸子望着白黎生俊逸的脸，"你这洋秀才，到北大荒半年多了，还不知道这疙瘩的习惯？比如我吧！叫妞儿就行了，可我爹偏偏在妞儿前边加上一个'草'字，叫我'草妞儿'！真透着点野气。"

"这叫自然美，不叫野气。"白黎生把兰花草接在手里，用老乡说话的口气说，"你要是没这疙瘩野气，咱俩兴许对不上象呢！"

鲁玉枝笑了："你不生我的气了？"

"生哪疙瘩气？"白黎生仍然学着北大荒人说话的腔调，"我又不是个气篓子！"

"秋兰姐批评我了。"鲁玉枝低下了头，"说卢华打死马驹的那天夜里，我不该当着大伙的面，胡乱猜疑是你干的！"

"我都忘了这件事了。"白黎生用手托了托鲁玉枝的下巴颏，"你快别难过了。"

"你真忘了？"鲁玉枝不相信地追问。

"过去，我把个人面子看得比什么都重要。自从我在会上坦白了我和卢华的'君子协定'以后，我下决心，撇开个人虚荣，追求真正的荣誉，挑粪的活儿，是我主动要求来干的。"

"小白，你把花儿先放下。"鲁玉枝一边说着，一边闪到一棵老枫树后，"你……过来。"

白黎生把花儿放在地上："干什么？"

"你过来呀！人家有事……"

白黎生脸上泛起红晕，匆匆走了过去。迟大冰感到不该再往下看了，忙转过脸来，往草原深处走去。

也许是这两个在草原上采摘野花的情侣，刺激了迟大冰的缘故吧，他心里忽然升起一股酸溜溜的感觉。他想：连白黎生在这儿都找到了幸福，而自己来北大荒却一无所获，自己得到的唯一东西，却是一个党内警告的处分。他懊丧地垂下了头，记忆开始像流水般地冲撞他的思想闸门：在团中央招待所写垦荒倡议书的时候，在被卢华、马俊友、贺志彪……选为支部书记的时候，在他领着垦荒队登上北行火车的时候，在他站在队列前做开荒动员报告的时候，他曾对自己怀有多大的自信啊！他从不曾怀疑自己会有所成就，他坚信有一天照片会印在报纸上——趴在北京团区委办公桌上的小小组织干事，到了荒地会成为全国青年心目中的英雄。他甚至幻想过，垦荒队里的姑娘都会主动向他倾吐衷情，他可以毫不费力地把邹丽梅争取到手。梦！完全是个虚幻的梦！生活和草原，似乎对一切人都十分慷慨地给予了"收获"，唯独对他十分悭吝。他不但一无所有，反而失掉了他最不愿意失掉的那些东西：支部书记的位置、发号施令的权力、垦荒队队员的尊重、邹丽梅对他的崇敬……

迟大冰一边漫无目的地走着，一边遥望着广漠的绿野。"与其落到这个地步，还不如当初留在办公室，当个庸庸碌碌的小干部为好！"他低声地自语着，"现在落了个进退两难的境地，该怎么办呢？"他在一丛野花前边，停下脚步，突然从野蔷薇和映山红的花丛中，看见了一株他从童年时就极为厌恶的、吐着淡蓝色花穗的狗尾巴花："这不像你吗？一个立志当花中之王——牡丹——的青年人，竟然当了花丛中的狗尾巴花！命运为什么偏偏和我作对呢？"迟大冰本能地把这株扎眼的花草拔了下来，向远处一抛，"狗尾巴花是离开这块黑土了，迟大冰你能走吗？"他自己立刻被这个可怕的念头惊呆了，马上反驳着自己说，"你怎么能想到离开北大荒呢？倡议书上有你的签名，荒地上有你播下的种子，你当初是怎么耻笑白黎生的逃跑行为的？噢！白黎生经受住了荒地上大雷雨的考验，你反而当了逃兵，这……不会导致你被开除党籍吗？"迟大冰的脑袋大了，他用手指顶住了太阳穴，苦思冥想着自己的出路，"你不走又能怎么样？尽管在小马驹的问题上，你在卢华身上出了一口怨气，可并不能解救你自己呀！你还能恢复你刚到荒地时所拥有的一切吗？不能！既然是这样了，你迟大冰真想在这儿充当一辈子狗尾巴花？老伊喂养

'六虎'，见他的鬼去吧！我姓迟，不姓伊！当时你说要学习老伊，不过是个退身之步！我不是那样的傻瓜，你年轻你来日方长，你必须早点找个合法的理由，离开这块地方，既不会被他们扣上逃兵的帽子，又不会为此而丢了党籍。"迟大冰扒拉开自己的小算盘了，他翻过来倒过去地想主意，也没想出一条两全其美的锦囊妙计来。正在这时，他身后传来一声吆喝："老迟——"

他猛然一惊，回过头来，身后跑过来体态修长的邹丽梅。她气喘吁吁地说："已经干活老半天了，你怎么还在这儿转悠？现在，小俞正替你摇辘轳呢！"

迟大冰遮掩着他慌乱的心情说："我来看看小马驹的坟，心里很不是滋味。我饲养了它半个多月，感情很深，一有空便想往这儿溜达。"

"快走吧！姑娘们都对你有意见了。"邹丽梅扭头便走，"霞霞站在菜园可着嗓子地喊你半天，你就是听不见，我才跑来叫你。"

"谢谢，你对我挺关心的。"迟大冰追上邹丽梅，向菜园边走边说，"小马的腰怎么样？见好吗？"

"身上箍着钢背心，弯不下腰去。"

迟大冰试探地问："你就想一辈子……"

邹丽梅骤然停下脚步，两眼冷冷地直视着迟大冰说："你这是什么意思？我来叫你，是出于同志之间的关心，并不存在超越同志之间的任何含意。"

"我也是出于对你的关心嘛！"迟大冰尴尬地笑了笑，"我祝你们幸福！白头到老。"

邹丽梅气得心里怦怦乱跳。她真想开口骂两句，可惜她缺乏许多姑娘都有的那种泼劲，她想挖苦他两句，可惜她又没有诸葛井瑞的口才，她只好瞪了他两眼，用目光表示了她的愤愤之情，就匆匆跑回了菜园。

"小皮球"眼睛猴精猴精的，她一眼就看见邹丽梅脸上的泪痕，问道："丽梅姐，你这是怎么了？他又……他欺侮你了？"

邹丽梅笑笑："没有。"

"那脸上怎么一圈一圈的？"

"跑出来的汗。"邹丽梅掏出手绢，在水沟里拧了一把，擦着脸上的泪痕。她深深知道，一旦她把迟大冰的话端出来，热气腾腾的菜园会变成批判迟大冰的天然会场——她不愿意这样做。

"我说迟大冰同志，今后我希望你自觉一点，歇歇儿的时候，别往草甸子里跑了。"刘霞霞用眼角斜瞟着他，尖刻地说，"你的任务不是去草地放马，是摇辘轳把浇菜园！"

迟大冰低垂着头，重新摇开辘轳把了。不知为什么，也许是因为他心情沮丧，这台辘轳比刚才绞水时沉重了不知多少倍。他心想："这哪儿是一台绞水的辘轳？它分明是一台精神的绞刑架，直到把你这株狗尾巴花汁液绞干了为止。你——一个垦荒队的发起人，难道就这样听任命运的摆布吗？"迟大冰真的以为是神灵显圣了，就在他无计可寻的当儿，突然他头脑里如同亮起一道闪电，唤醒了他几乎忘记了的记忆！这个记忆的复活，仿佛使他在波涛汹涌的大海里，抓到了一个救生圈，迟大冰激动得不能自已，竟将绞上来的一柳罐水，魂不守舍地又倒回到井里去了。

那是在迟大冰要奔赴北大荒之前发生的事情。迟大冰的爸爸——专门种花养花、在北京市内开过花店的小业主，为阻拦儿子去志愿垦荒，曾和迟大冰发生过几句口角。

爸爸："看你平日挺精明的，想不到办出这样的傻事。"

儿子："爸爸，你根本就不理解我。你以为我是甘心去受罪吗？我还不至于愚蠢到那样的地步。我想的比你多得多，我是想在那儿蹚开一条我在北京根本蹚不开的路！"

爸爸："你别异想天开了，在那满地野草荒树的地方，你能有多大蹦儿？就算你能蹦到锅台上去，也不过是蛐蛐戴上纱帽翅儿——当个不起眼的芝麻粒大的小官儿，有什么奔头？"

儿子："爸爸，路得一步一步地走嘛！全国第一个女拖拉机手梁军，之所以在全国出了名，不是说她有多大能耐，而贵在她是'第一个'。记者采访，报纸拍照，不比我窝在团区委一张小办公桌上强百倍？眼下，全国还没有一支青年志愿垦荒队，这个尖我不去冒叫谁去冒？我比那些从中学、从农村来的小青年，多少有点处世经验吧！不然的话，第一次党员会上干吗选我当支部书记？！爸爸！你们那个年代已经过去了，现在是我们的年代了。在这个年代像你那样走路是行不通的，只有善于拐弯，并且付出一点自我牺牲的人，才能出人头地。这年头奸子就是傻子，傻子就是奸子，我不奸也不傻，我要走我的路。"

爸爸从儿子的话中似乎悟出了一点道理，因而口气松动了一点："要不，你去闯荡一下吧！我担心你到了那儿，万一工作不能得心应手，后悔可就晚了。"

"爸爸！你放心吧！对付这群小青年我绰绰有余。"

"根据我活了半辈子的经验，干什么事都要留一条退路，不能净想'过五关'，也得防备'走麦城'，万一到那儿以后，你不能百事如意怎么办？"老谋深算的爸爸问着儿子。

　　迟大冰年轻气盛，自信地一笑说："明天我就要上火车了，爸爸你别说这败兴的话吧！一年以内，你会在报纸上看见你儿子的名字，三年以后……"

　　尽管迟大冰这么说，比儿子多扒拉过几十年算盘珠儿的爸爸还是低声告诉了他一条退路。当时，迟大冰只当耳旁吹过的风，听也没听，今天，爸爸那些低语，竟如同一声声响雷，在他耳畔隆隆轰鸣。他的思路活了，他仿佛从浓雾中看见一条依稀可辨的小路——虽然它是那么曲曲弯弯，但那是绝路逢生的小路啊！迟大冰为此而感到振奋，连那两条摇辘轳的手臂，也好像增加了不少的力气，他索性甩去小褂，光着瘦骨嶙峋的脊梁摇起辘轳来了。

　　"瞧！老迟抽风了！"改畦口的刘霞霞低声和女伴们说，"刚才他打了一斗水，不知为什么又倒回井里去了，现在，他又像机器人开了电钮，怪不怪？"

　　姑娘们面面相觑，谁也摸不透迟大冰的心思……

第八章

一

　　草原黄昏，垦荒队队员从四面八方返回了青年屯，寂静的帐篷和新盖的房舍里，立刻充满了欢声笑语。男兵们好像有用不完的精力，他们在简易篮球场上打球，在空地上摔跤；女兵们则无这样的雅兴，她们聚集在井台上舀水，梳洗着长长的黑发。

　　只有马俊友无暇享受这样的欢乐。他的腰不能吃重，从早到晚干着打杂的活儿：打扫马棚、收拾卫生、为各类图书编号、为伙伴们晾晒被褥，成了地地道道的"后勤部长"。早晨，男兵女兵们还躺在被窝里，就能听见马俊友清扫院子的扫帚声；傍晚，垦荒队队员们收工回来，仓库里的锤声还叮当叮当地响个不停，那是马俊友在一块石头上捣碎苞米和豆饼——垦荒队没有石磨，人员和马匹充饥的食物都要靠马俊友那两只手捣碎之后，才能由两个小火头军下锅蒸煮。这是一项任何男兵都不愿意干、女兵又干不来的枯燥活儿，马俊友把它担当起来——他干得还蛮带劲哩！

这叮当叮当的锤声，常常把卢华吸引过来。他走进库房的第一个动作，就是递给马俊友一条涮湿了的毛巾。当马俊友擦汗的当儿，他接替马俊友捶打豆饼和苞米。他俩这样的对话已经重复了若干次了：

"小马！你休息去吧！"

"对比伙伴们，我干得太少了。"

"你的腰还没有好。"

"我正在锻炼我腰部的支撑能力。"

"别着急嘛！将来北大荒有你干不完的活儿！"

"将来离我太远，我更注重现在。"

"小马——"

"老卢——"

接着是一把铁锤，变成了两把铁锤。那叮叮当当的声响，一直要响到青年屯亮起灯火。

其实，马俊友和卢华结识还不满一年，但他们像认识了多年的老朋友那样亲密无间，准确地说，他俩就像是一对孪生兄弟，一天不见面就产生若有所失的感觉。

这天，卢华去了县里。黄昏时分，卢华还没走进他粉碎豆饼的库房，马俊友扔下手中的锤子，悄悄地绕过人群，挂着那根不离身的枣木棍子，出屯迎接卢华去了。他心里之所以如此急不可耐，除了被战友的挚情支配之外，还有另外一个缘故：那天夜里党支部研究了小马驹之死的原因，灯下只剩下他俩之后，马俊友和卢华在向县委汇报这一问题上产生了一点分歧。马俊友认为，应当把李忠义和石牛子提供的情况汇报给宋武，而卢华则不同意把没有充分依据的事情上报给领导。马俊友有点激动，他说："老卢！你不能这样大包大揽，把黑锅一个人背上。"卢华嘿嘿一笑回答道："你能背动那根砸下来的红松，我怎么就不能背上那口'锅'呢！这口'锅'比你那根倒下来的红松分量还轻得多呢！"马俊友说："别说笑话了，我是为了推开'小不点'才挨砸的。"卢华说："你为'小不点'挨砸，我为'迟大个儿'背锅；你心甘情愿，我也毫无怨言。再说，没有任何证据说明这出戏就一定是迟大冰导演的，迟大冰有可能眼发花，把雾中的小马驹子看成狼，那么石牛子有没有可能也眼发花，把别人看成迟大冰呢？即使石牛子看准了，深夜中去马棚的确实是迟大冰，那他并没看见迟大冰亲手解开小马驹子的缰绳啊！退一万步说，假设李忠义和石牛子说得都对，这坏事确实是迟大冰干的，那么，谁叫我开的那一枪呢？我是个复员军人，为枪毙鬼子而犯的错误，我永不悔恨；可是为那头屈死的小马驹，我将悔恨一辈子。小马，我如果对宋书记汇报那些不准确的分析，不等于为我自己开脱责任吗？我卢华不能干这事。"马俊友想想，卢华的话确实有点道理，但不知为什么，他总不愿意卢华在宋武面前挨剋，便反问卢华说："如果这事情是迟大冰干的，我们不加理睬，不是助长他犯错误吗？这不是一封无头的匿名信了，而是把小马驹当成他报复别人的殉葬品了！"卢华抓抓头皮回答说："小马，我想咱们再看上他一段，如果他一天比一天好，这事儿就算吹了；假如他再干出惹人怀疑的事儿来，咱们再追查也不晚。归队后，大家对他反映还不错，我们总不能误伤一个车皮来的战友，你看怎么样？"

马俊友理解卢华那颗心，他同意了。

此刻，马俊友拄着那根疙疙瘩瘩的枣木棍子，穿过了白桦树林，向凤凰镇的方向遥望着。他心里忐忑不安起来，生怕宋武这个铁脸汉子在无法了解小马驹之死的详细情况下，给卢华真的来上一个处分，那将不仅仅是对卢华的打击，也是对他的一个打击。马俊友出来迎接卢华，并不能减轻卢华肩上的一点分量，也不能卸掉卢华心上的一点压力，但他还是迎接他的伙伴来了。

夕阳像个大火球一样，渐渐坠落到绿色的草海里。草原魔术般地变幻着颜色，刚才到处可见的绿色霎时间变得一片金黄——那是被落日映红的云霞，把它色彩斑斑的光束投射到草原上，它预告着北大荒的日历又翻过去了一页，草原上的夜晚即将来临。马俊友在像着了火似的草原上，一步一步向前走着，他没有诸葛井瑞和白黎生对草原奇丽景色的浪漫幻觉，但却也产生了一点对生活的联想。对比他的伙伴们来说，他不仅缺乏鲜艳的色泽，而且缺乏外露的才智。他虽愿意变成被阳光燃着了的一朵云霞，让生命有霎时间的闪光，可是他能做到吗？他记得在学校时，曾读过苏联小说《普通一兵——马特洛索夫》，也看过电影《董存瑞》。书上和银幕上描写这些人物时，似乎他们童年时代就有着不凡的性格，仿佛只有这些有特殊性格的人，才能在千钧一发的危急时刻，用胸膛去堵敌人的枪眼，以身躯和敌人的堡垒同归于尽。马俊友认为像他这样缺乏色彩、只会默默无闻干活的人，虽有献身荒地之心，却永远难以越过不凡的高度……

月亮升起来了。

仍然不见卢华的踪影。

直到马俊友走近那几十垧麦田时，才听见一阵嗒嗒的马蹄声。卢华在清幽幽的月光下，看见马俊友拄着棍子站在麦田旁边，翻身跳下马来，问道：

"你怎么站在这儿？"

"等你啊。你怎么才来？"

"你看——"卢华指了指被泥巴糊满的衣裤，"你忘了没有？咱们才来草原时，宋书记掉进'大酱缸'里？"

"你也掉进去了？"马俊友笑了。

"多亏了我没松开手中缰绳，儿马一跃跳出泥粥，把我也拉了出来。"卢华拍拍沾满泥浆的马脖子，"这块大草甸子也真有意思，不像在朝鲜战场上，又是枪声，又是炮响，这儿没有火药味儿，可暗中和咱们这伙子人较量的玩意儿可不少。刚才没有这匹马，我可能就报销了。"

"见到宋书记了吗？"马俊友提出了使他牵肠挂肚的问题。

"见到了。"卢华下意识地抠着脸上的泥巴。

马俊友担心地问："怎么样？"

"一说小马驹的事，他跟我拍了桌子。他骂我白扛枪了。"卢华追述着他挨宋武批评的经过，"他足足把我训了有十分钟。最后，他记起'五四'青年节的夜里下了大雾，告诫我'下不为例'，才算把我饶了。"

"没给处分？"马俊友松了一口气。

"没。"卢华低声笑着说，"训完我以后，把我拉到他家吃了一顿饺子。我闹了个肚皮和脑袋双丰收。临走，他还给咱们每个垦荒队队员送了一件礼物。"卢华指了指拴在马背上的一条麻袋。

马俊友用手捏捏麻袋，里面软绵绵的像是一团棉花，奇怪地问道："这是些什么礼物？"

"你猜猜。"

"毛巾？"

卢华摇摇头："不对！"

马俊友又用手捏了捏："手绢？"

"毛巾、手绢算啥稀罕玩意儿？这礼物比那些东西重要。"

马俊友猜了半天也猜不透。

卢华提醒他说："去年秋天，咱们每个人脸上都有几个红肿的大包，你还记得吗？"

长篇小说

"记得，那是让北大荒的大花蚊子和小咬给叮的。"马俊友心有余悸地打了个冷战。

"咱们这位父母官叫他那位夫人，用细密的蚊帐布，缝了八十二个面盆，每人赏赐一顶，好叫咱们度过难熬的夏天。"卢华道破了麻袋中的秘密，忍不住嘿嘿地笑了，"不过，这玩意儿不太好看，罩在脸上像个'白无常'，像个吊死鬼！"

"哎哟！真吓死人啦！"在他俩的背后，响起一个尖细的女高音，"你用什么打比方不行，干什么专用吊死鬼？"

卢华和马俊友回头一看，月影下站着两个姑娘。卢华从声音中已经分辨出插话的是俞秋兰，马俊友一眼就看出另一个是高出俞秋兰半个头的邹丽梅。

卢华对俞秋兰说："深更半夜的，你们到这儿来干啥？是怕我们丢了，还是怕给狼叼走？"

"你别自作多情。"俞秋兰故作严肃地说，"我才不怕你被狼叼走呢！是她——丽梅，要我陪她来找小马。"

"谁引的头？"邹丽梅马上抗议说，"明明是你叫我陪你来接卢华，怎么倒成了我来找小马？小俞，你从来不说假话，这回可说了瞎话了。"

"丽梅，你……"

"秋兰，你……"

卢华和马俊友都被她俩的互相推赖逗笑了。卢华把两只泥巴手一伸："来看看有什么用？我饿得肚皮都贴了脊梁骨了！有吃的吗？赏一口。"

俞秋兰把脸一绷："我俩又不是北京大街上食品店里的售货员，要吃的东西没有，要命倒是有两条，可那也解不了你的饥呀！"

"秋兰，"邹丽梅腼腆地说，"别心软嘴硬了，快把豆饼窝头、老咸菜给他们吧！小马他……也没吃晚饭就溜出来了。"

"瞧你，真绷不住劲儿！"俞秋兰瞪了邹丽梅一眼，"将来你要受小马的气的。"

邹丽梅趁俞秋兰不防备，从她背在身后的手里抢过一个手巾包儿，把窝头和咸菜分别递到卢华和马俊友手里。

"看见了吗？"卢华对俞秋兰说，"就凭这一点，还得叫你当'打更鸟'儿！"

邹丽梅反过来为俞秋兰打抱不平了，她说："队长！你要是再叫秋兰当'打更鸟'，秋兰可就要找别的鸟窝了。"

"哗"的一声，四个青年人都笑了。

静静的午夜，麦田边那棵枯干了的老橡树上的野鸟，不知树下发生了什么事情，抖翅飞出鸟巢。四个青年人望着飞鸟，望着月亮，望着一望无际的麦田，兴奋地坐在了老橡树下。

"今天的月亮真圆！"邹丽梅动情地说。

"月圆人也圆！"俞秋兰含蓄地插话。

"是啊！再过几个月，我和小马手里拿着的玩意儿，也不是尖的而是圆的了。"卢华举起手中的尖顶窝头说，"麦子一开镰，咱们就可以用圆馒头代替这'金字塔'了！"

荒地上再一次响起欢快的笑声……

二

草原一天比一天绿。麦子一天比一天黄。

几十垧春小麦在碧绿草原中，像是一块镶嵌在硕大翡翠上的黄金。尽管麦子长得稀密不匀、高矮不齐，但即将到来的收获季节，仍然使垦荒队队员们欣喜若狂。

随着夏天的到来，野玫瑰、野芍药、野达子、野马兰、野紫荆……竞相开放，绿色的大草原上呈现出赤橙黄绿青蓝紫的斑斓色彩。与此同时，被人类共同讨厌的东西——被东北人称为"三宝"的蚊子、牛虻和小咬，好像是为了衬托大自然的瑰丽和美好，也纷纷到这浩瀚无边的荒野上来报到了。

这"三宝"当中，最厉害的要算是小咬了，它无孔不入，专爱往人的头发里钻，死死地叮人头皮。即使这样，垦荒队队员宁可承受小咬的叮咬，也不愿意过早地戴上宋书记送来的礼物——面盔。因为戴上它，有细密的布丝挡眼，小伙子和姑娘们就难以欣赏草原夏天的绚丽景色了，而北大荒的夏天又是那么娇艳多姿。

只有一个人提前把面盔戴上了，他就是迟大冰。无论是在豆地施肥，还是在苞米田里锄地，迟大冰总戴着防咬的面盔。他本来个子就高，再戴上防咬的面盔，手拿着一把长把儿的月牙锄，简直有点像欧洲中世纪手持长矛的武士。这个形象，常常引得姑娘们发笑，诸葛井瑞则叫他——北大荒的堂吉诃德。

迟大冰对这些友善的称呼和姑娘们的笑声毫无反应。正确地说，垦荒队队员们也难以观察到他的反应，因为他很少摘下他的面盔，谁能看得清他是皱眉，还是在笑呢？但有一点，是伙伴们都看见的，那就是迟大冰变得更沉默了。他低头走路弯腰干活，一天也难听到他一句话。不知是为了躲避和伙伴们的接触，还是真正在思考他自己的错误，即使在歇歇儿的时候，他也不放下手中那把月牙锄。他弓着腰，使劲锄着苞米地里丛生的野草，汗珠儿顺着面盔缝儿渗出来，留下一圈一圈的汗碱痕迹。由于迟大冰只是埋头干活，不但在劳动效率榜上常常领先，更重要的是，这些表现唤起了一部分小青年的好感和同情。就拿刘霞霞来说吧，前些天在菜园里她还尖刻地挖苦过迟大冰，此时这个喜欢唱北京儿歌"水牛儿——水牛儿——"，心地像泉水一样透明的姑娘，却又主动为迟大冰说话了："喂！马支书，老迟这些天表现真不赖，是不是可以考虑考虑早点撤销他脑袋上那个'雷'？"

"支书！迟大哥哥最近瘦了。"小火头军叶春妮也说出自己的感觉，"吃饭只吃一点点，是累的吧？"

连贺志彪对迟大冰也有了新发现，他找到马俊友住的屋里，一边卷着关东烟叶，一边激动地对马俊友说："瞅这架势，老迟也许真有点回心转意。前两天，我放马回来，他在马棚找到我，提出来他要搬到大帐篷去住，和我互相调换一个铺位。我开始以为他不过是虚情假意地演戏，可是吃过晌午饭后，他真夹着行李到大帐篷里来了。同志们都知道，老迟一直把自己看成鸡群里的仙鹤，这回他主动搬到'鸡窝'里去，多少也说明一点问题。我的呼噜正惹人讨厌哩，这下两全其美了。这件小事，对垦荒队的伙计们震动不小，哥儿们都说老迟在往好里变哪！"

"这么办吧！我找个空儿和老迟聊聊。"马俊友由于身上穿着"钢背心"，腰板总是挺得笔直，他思忖着说，"我们支部应该抓住他这个新的起点，给他打打气，并把同志们对他的关心都转告给他，让他感到温暖，自觉地和旧的迟大冰决裂……"

就在伙伴们煞费苦心地研究帮助迟大冰的具体措施时，迟大冰却在绞尽脑汁地推敲着他离队的具体步骤。他躺在大帐篷的地铺上，在一片鼾声中，两眼直直地望着昏沉欲睡的桅灯，反复琢磨着怎样走好他爸爸教他的那招绝"棋"。迟大冰的爸爸是个身材魁梧的汉子，身体本来没有一丁点病，他开的花店被公私合营以后，因为心情郁郁寡欢，使用骗术制造了并不存在的肺病，长期拿着店员工资在京郊农村休养。他采用的办法极其简单：用剪刀剪下几块废旧的牙膏皮，用树胶把这块牙膏皮贴在内衣的后背上。这样，在 X 光机的屏幕上，肺部就出现了斑斑的阴影。这位花把式出身的小业主在迟大冰开赴北大荒之前，已经没有什么财产叫儿子继承，就把这个欺世之术传授给了迟大冰，并告诉他到荒地后如不能如愿以偿，就"照方抓药"，先以严重的肺病为理由，离开荒地回北京，回到北京之后，再想其他的招儿，达到永远不回北大荒的目的。

这些天来，迟大冰一直围绕着这步棋打主意。他戴着太阳光照射不透的面盔，与其说是为了防止小咬的骚扰，不如说是为了制造一张苍白的脸更为准确。他闷头干活，并不是因为他在反躬自责，而是有意在垦荒队队员中制造虚假的印象——他知道，要想走活"那步棋"，要想合理而体面地离队，必须在集体中先有个全新的形象，才不至于被伙伴们认为他是借诊断证明而逃之夭夭的。迟大冰睁着两只干涩的眼睛，前思后想了老半天，认为目前条件已经基本成熟，应当选择一个吉日良辰来执行他的计划了。于是，他便把早已缝上两块圆圆牙膏皮的汗背心，匆匆地穿在身上，两块铅质的牙膏皮，紧贴着他的后背。他想：即使是最高明的 X 光医生，也难以料想到在汗背心的后扇，藏着他的逃遁"符咒"！

迟大冰虽然穿上了它，并不想当天就去医院。他从伙伴们嘴里听说，邹丽梅最近几天要陪同马俊友去复查腰椎，他想和他们一块儿去。迟大冰之所以这样做，并非想打发他去凤凰镇时的行程寂寞，也不是想在邹丽梅身上再打什么主意，不，他对邹丽梅的追求已经绝望——迟大冰之所以选择和马俊友一块儿去看病，是为了在"肺病"的诊断证明之外，多上一个支部书记的人证，有马俊友目睹他的"肺病"检查，就等于筑起一道抵制舆论的高墙，就不怕在他离队后，伙伴们戳他的脊梁骨了。但他苦于不知马俊友去医院的准确日期，只好每天穿着这件"特制的背心"出工，并带好盘缠等待时机。

七月末尾的一天，垦荒队的男兵女兵，都去突击割麦田四圈的防火道。由于北大荒时有荒火发生，为了防止荒火烧进麦田，卢华动员全体垦荒队队员，在几十垧麦田周围砍出十米左右宽的无草地带。早晨，迟大冰弯腰在麦田旁边割草时，透过面盔的细密空隙，看见了一个不寻常的现象。马俊友和邹丽梅过去从不在一块儿干活，今天却在麦田旁边一起搭着一个桦木杆子的窝棚。除此之外，引起迟大冰注意的还有，两个人今天都穿着比较干净的衣裳，邹丽梅头上还包着一块漂亮的纱巾。迟大冰立刻断定这是他们要去凤凰镇的征兆。他装作漫不经心的样子，仍然挥着镰刀割草，但是目标却朝他俩搭窝棚的地方割去。到了窝棚跟前，他摘掉面盔直起腰来，走上去帮忙说：

"我个儿高，叫我来拧窝棚顶上的铅丝吧。"

马俊友和邹丽梅很久没看见迟大冰的真面孔了，突然看见他那张苍白、无血色的脸，不禁一愣。马俊友急忙问道："老迟，你……你这是怎么了？身体不舒服？"

迟大冰用手拧着桦木架子上的铅丝，有气无力地回答说："人吃五谷杂粮，哪有不闹病的，最近，我总发烧咳嗽，也许是肺病又发作了。"

"你应当早到凤凰镇医院看看去嘛！"马俊友诚挚地说，"搭完窝棚，我也到医院复查腰椎。咱们一块儿去。"

"活儿那么忙，我怎么好意思开口呢！"迟大冰心都乐得颤了，脸上却毫无喜色，"打完防火道就该麦收了，我正想借这个空当去医院一趟呢！"

邹丽梅站在他俩旁边，虽然没有说话，两只眼睛却一直盯着迟大冰。刚才迟大冰的苍白脸色，曾经使她吃了一惊，她用护士的眼光仔细看了看，觉得迟大冰脸色并非病态的苍白。对于这一点，不要说是学过护士的邹丽梅了，任何姑娘都远远比马俊友懂得多，她们在夏天为了保持皮肤的白皙，在北京的马路上撑起一把把遮阳伞，为了让她们的脸不被阳光晒黑，几乎从暮春就早早地戴上大檐草帽。邹丽梅由此推断出，迟大冰的脸色并非肺病的征兆，纯粹是长期捂着面盔的结果。

她虽然这么想，但又没法说出口，因为迟大冰还自报发烧、咳嗽，她怎么能单从脸色就否定迟大冰确实有病呢。尤其叫她感到不愉快的是，在去凤凰镇的路途上，将出现这么一位使她厌烦的伙伴，使她想和马俊友一个人说的许多话，都因为迟大冰的同行而难以出口了。马俊友出院已经两三个月了，在这近一百天的时间内，队里照顾他致伤的身体，虽然给了他一间屋子，但这间屋子从没有安静过：党支部在那间屋子开会，队委会也在那间屋子开会，甚至小青年下象棋、打扑克，也到这间屋子里来，致使邹丽梅想从生活上照顾一下马俊友都难以下手。暮春初夏，草原比得上一个天然公园，那些互相倾心的青年伙伴，收工后常常踏着月光，到草原的野花丛中去谈情说爱。白黎生弹奏的悠扬吉他声，唐素琴歌唱新生活的歌声……和草原上的各种鸟鸣交织在一起，常常激起邹丽梅的情思。但是，她没有这样的福气，别的伙伴越闲，马俊友越忙：个别谈话，解决纠纷，甚至连小青年想家了，也到他这儿来倾诉。因此，邹丽梅把和马俊友谈心的希望，都寄托在这次去凤凰镇的路途上，偏偏在这节骨眼上，来了个不识相的迟大冰。邹丽梅觉得真是晦气到了极点。

"我看这样吧！"搭完窝棚之后，马俊友提议说，"有老迟和我一道上医院，你就不用去了。"

这句话等于给邹丽梅的心火上又浇上了一瓢油，一向对马俊友温顺的邹丽梅突然愠怒地睁大那双秀气的眼睛："为什么？他又不是护士，他能顶替得了我吗？"

"丽梅，别不高兴嘛！"马俊友笑笑说，"夜班饲养员李忠义想搬到这儿来放马，顺便看管一下快要开镰的小麦。你在窝棚里多铺上点隔年的干草，好叫他在里边歇脚。"

"还有什么任务？"邹丽梅不眨眼地追问。

"就这。"

邹丽梅扭身抱来了几抱伙伴们打防火道砍下的草捆，她用麻利的双手剔除其中的青草，把干草迅速铺好了。马俊友和迟大冰刚走几步，她就追了上去，拦住马俊友赌气地说："报告支书，任务已经完成。"

马俊友非常清楚邹丽梅的心情，但他考虑到去凤凰镇的路上正好可以和迟大冰进行一次长谈，有许多话，邹丽梅在场是不太方便说的，因而，他寻找别的理由，对邹丽梅说："草铺完了，可以和伙伴们一块儿打防火道嘛！"

"我没有带镰刀。"邹丽梅反驳说。

"这不是有一把吗？你用老迟这把镰刀。"

邹丽梅从地上拾起镰刀，在手里摆弄了一下："这把我没法儿使。他是左手镰，我是右手镰，扭着个儿哪！"她像怕那把镰刀脏了她的手似的，"叭"的一声把镰刀甩在地上。

"丽梅，你……"马俊友被邹丽梅的态度弄呆了。他很少见邹丽梅发脾气。

"小马，打防火道也用不了这么多的人，就叫她和咱们一块儿去吧！"迟大冰极力想把邹丽梅拉去。他想：如果邹丽梅同去医院，不但又多了一个人证，而且在行程上，可以避免马俊友和他过多地谈话，他生怕自己言多语失，露出什么破绽，而邹丽梅正是夹在他和马俊友之间的一道隔音墙。因而，他为邹丽梅求情说："草原绿了，花儿也开了，如果你俩感到我们在一块儿走不方便，我们中间可以拉开一段距离，到医院去聚齐。"说着，他迈开两条螳螂般的长腿，立刻头前走了。

马俊友低声对邹丽梅说："我想借这个机会和老迟聊聊，你就别去了。"

"真倒霉，偏偏碰上了这个'丧门神'！"邹丽梅深情地凝视着马俊友消瘦的脸，"我们很久没在一块儿谈谈心里话了，我有好多好多话想和你说。"

"回来再谈吧！我们在一起的机会总比和老迟在一起的时候多，你就把这一点时间，让给老迟吧，丽梅！"马俊友露出一丝宽厚的微笑。

不知为什么，马俊友那丝憨厚的微笑勾起她十分遥远的记忆。她记得在天安门广场的五星红旗的旗杆下，马俊友背着一个草绿色的背包，就是这样向她微笑的。他那淡淡的笑容中，包含着赤子般的坦率、真诚、朴素、憨厚，似乎从那时起，邹丽梅那颗苦涩的少女心，就已经向马俊友敞开了。来荒地后还不到一个年头，邹丽梅的心已经和马俊友融为一体，他在邹丽梅眼里，朴实得如同荒地上的一块黑土，永远是为了别人而存在的，草在他的躯体上抽芽，花蕾在他躯体上吐蕊。他不会讲话，也没有什么超人的才能，他的全部性格就展现为两个字：平凡。石牛子把儿马骑向了铃铛河，他钻到牲口套中，顶替儿马蛋子拉犁开荒；别人都在午休，他抢着劈斧砍掉树根，为开荒扫清障碍……邹丽梅生性厌恶修饰，她认为人为的修饰美，就如同她的继母描眉搽粉一样令人可憎，所以邹丽梅在马俊友身上倾注了自己全部浓烈的感情，此时马俊友要去凤凰镇，她都觉得难分难舍。

马俊友看见她沉默不语，又笑笑说："几个钟头之后，我就回来了。别这样，伙伴们该说我们的闲话了。"

"你忘了一件事。"邹丽梅仍然站在那儿，一动不动。

马俊友想了半天也没有想起来："什么事？"

"我们不是说，从医院出来以后，到小镇上那个照相馆，去照一张合影，给妈妈寄去吗？"邹丽梅半低着头，郁郁不快地说，"你怎么连这个事儿，也给忘了？"

"丽梅，下次咱俩一定合一张影。你别不痛快了！啊？"马俊友看见迟大冰的身影儿已经走出了麦田，安慰了一下邹丽梅的心，忙背起他那个破旧的草黄色背包，挂着那根不离身的枣木棍子，向邹丽梅微微一笑，朝迟大冰追了过去。

邹丽梅不愿意马俊友被她的情绪所感染，便强压着自己不快的心情，匆匆追到马俊友的身后说："我想通了，你就别再为这事分心了。"

马俊友只顾赶路，头也不回地说："别絮叨了，伙伴们都朝这里看呢！"

"你必须回头看我一眼，我才回去。"邹丽梅不依不饶地说，"不然，我一路追着你去凤凰镇！"

马俊友只好停住脚步，回过头来。

邹丽梅笑了。

马俊友也被逗笑了。

邹丽梅无论如何也想不到，这竟是她最后一次看见马俊友的憨笑……

三

迟大冰苦心炮制的离开荒地的计划，进行得非常顺利。小镇医院的医生都认识曾经在这儿住了几个月医院的马俊友，并且交口称赞马俊友抢救战友的行为，他们怎么能料到他的战友——同来医院透视肺部的迟大冰，紧贴着后背的汗背心上缝着两块牙膏皮呢。

迟大冰被面盔捂出来的那张苍白的脸，配上肺部两块巨大的阴影，没容迟大冰过多地陈述病状，深爱北京儿女的边镇医生就在诊断证明上书写了"阴影待查，建议去鹤岗市医院诊断"的字样。迟大冰一个多月的操心，就为了这张纸条和纸条上的橡皮图章——现在，他的骗术成功了。

马俊友虽然觉得事情太突然了，但是面对科学仪器反映在 X 光屏幕上的图影，他没有任何怀疑的理由。他深深为迟大冰的病情着急，当即拿着诊断证明，去县委大院找宋武，请求宋武叫迟大冰去市医院治疗。

宋武把诊断证明看了看，没有先谈迟大冰的事儿，却蛮有兴味地询问开了他的情况：

"你的腰椎检查情况怎么样？"

马俊友兴奋地回答说："医生说，我再受一个月的'钢背心罪'，就可以把这家伙甩开了。"

"卢华情绪怎么样？"

"和过去一样，他在小马驹的坟前边插了一块木牌，上边写着'让我永远记住这次过失'。伙伴们偷偷把它拔了，卢华又给它插上了。"马俊友忍不住笑了起来。

"你回去以后给卢华带个口信，就说我宋武向他检查。"

"宋书记，您……"

"那天，我对他拍了桌子，骂他白扛了几年枪。我这个老毛病改得很不彻底。你看！我已经把这件事写在台历上了。"宋武往前翻了几页台历，指了指上边密密麻麻的钢笔字，习惯地摸着黑胡子茬儿，感慨地说，"卢华是个很不错的同志，'人有失手，马有乱蹄'，我真不该对他那么厉害。"说着，宋武把那页台历撕了下来，递给马俊友说，"你把它带回去吧！它比我的口头检查显得更真诚。"

马俊友把那页台历夹进背包的小本子里，他着急地问道："老迟的病，您看……"

"愣头青最近怎么样？我倒挺想这满脸疙瘩的小伙子的！"宋武似乎不忙于谈迟大冰的问题，把话题引向了李忠义。

"诸葛井瑞教他看那本《十万个为什么》呢！他对诸葛井瑞佩服得五体投地。"

"'小诸葛'和唐素琴的事儿，有进展吗？"

"像喷气式飞机一样的速度向前发展。"

宋武笑了："'土洋结合'的那一对呢？"

"土的洋化，洋的土化。感情越来越好。"

"你和小邹呢？"

马俊友憨笑着："对我们俩，您是了如指掌，什么事您都知道哇！"

宋武好像突然想起来什么不愉快的事情似的，脸色阴沉起来。他从椅子上站起来，开始在屋里踱步。县委书记的反常情绪，使马俊友吃了一惊，他想：是不是他和邹丽梅有什么失检点的地方，才引起宋武感情上的突变？他想来想去，想不出他俩犯了什么错误，便坦然地对宋武说："宋书记，您对我们有什么意见，请您尖锐地批评我们，我们一定好好考虑。"

宋武没有回声，用他那两只短粗的腿继续丈量着屋子。

"宋书记，老迟还在医院等我的回话呢！您看……"

"他娘的，这事情也真邪了门了。"宋武停下双脚，匆匆拉开办公室的抽屉，从里边拿出一份打印着密密麻麻字体的文件说，"这是团县委送给我的一份出席省青年建设社会主义积极分子代表会议的名单，你、卢华、贺志彪、俞秋兰都在名单上，唯独把团县委呈报的诸葛井瑞和邹丽梅勾掉了。上边有人说：知识分子家庭出身的诸葛井瑞和资本家出身的邹丽梅，不宜出席这个会议。我摇通了省里的电话，和他们大吵了一顿，人家说名额已经满了，还批评我右倾。他娘的，明明是在那儿搞血统论，反而倒打一耙，说……"

马俊友憨实地说："宋书记，您别生气，我看事情容易解决。我腰椎受伤以后，在垦荒队没干什么活儿，等于是个白吃干饭的，应该让诸葛井瑞替换下我来。至于丽梅，她做人很本分，我和她聊聊也就解开扣儿了。当初她劈开门锁是为开拓北大荒来的，并不是为了争取什么个人荣誉。"

宋武把脸一板说："你可以这样说，我可不能这样当你们的父母官。县里呈报的六个人，材料都非常具体，他们不批没关系，我往上报。县委已经把这六份材料，寄给了团中央。对了，还要告诉你个消息，苏坚同志最近要来草原上看望你们。"

"真的？"马俊友立刻忘却了心中的不快。

"回去你给伙伴们传达一下这个消息吧！"宋武阴沉的脸开始放晴，他思忖着说，"关于迟大冰的事情，你们就可以做主了，用不着向我请示。按说，北大荒空气新鲜，是疗养肺病最好的地方，既然他叫你来向我请示，就是说他不想在这儿养病，那也只好听他的便了。不过，你得告诫他：一个共产党员，如果利用手段欺骗组织，甘当垦荒队的第一号逃兵，党的纪律可是块铁，不是棉花团。"

"我想老迟不会……"

"一个极端个人主义者为达到个人目的，什么手段都用得出来。迟大冰就是这一类青年的典型代表。我对他缺乏信任。你把我这些话一字不漏地转达给他吧！"

马俊友不愿多占宋武的时间，他背起背包，拄着枣木棍子，离开了县委书记的办公室。走出屋子，他才发现天变了，太阳躲到滚动着的阴云背后，风吹歪了县委大院花池前的向日葵。宋武从他身后追了上来，塞给他一把桐油雨伞，关切地说："北大荒的天气就像寡妇的脸，变化无常，你带上它，省得你和迟大冰归途中挨淋！"

……

此时此刻，马俊友挟着雨伞已经踏上归途。上午来凤凰镇时还是两个人同行，下午只剩下他一个人独自归队了。迟大冰得知县委同意他转院治疗的消息后，当即表示要去长途汽车站买票。马俊友不知道迟大冰早已做好离队的准备，还好心地劝阻他说："你把家里东西收拾收拾，明天再走也不晚嘛！一大早叫老贺赶车来送你。"迟大冰推辞着说："何必再麻烦其他同志呢，我一个人有病，闹得垦荒队都不安定，我于心不忍。"马俊友本想在归途上，再把宋武的话告诉他，但见他急于去长途汽车站买票，只好提前把宋武的话转述给他了。迟大冰当即严肃地向马俊友保证说："只要我的病情不重，很快就能从鹤岗返回荒地；万一……万一是肺病后期，我一年半载地回不来，我会及时给支部写信的。"马俊友看看已无法挽留下迟大冰，只好点头答应。两个人在小镇上一家挂着红布条的小饭铺胡乱吃了点东西，在街心的十字路口分了手。

马俊友孤零零地在归途上走着。雨云在他头上翻滚，疾风在他耳畔呼啸。开往鹤岗市的长途汽车，车顶上的网罩里罩着行李和其他杂物，颠簸地从马俊友身旁驰过，汽车轮下扬起一道长长的黄尘。马俊友望着渐渐远去的汽车，不禁又想起了迟大冰：他为什么走得这么急切呢？难道回青年屯和伙伴们告个别的情谊都没有？在小饭铺吃饭时，马俊友曾看见他那个鼓囊囊的钱包，看样子，迟大冰离开青年屯之前，就做好直接去市里医院的准备了。可是他怎么知道小镇医院一定会叫他转院诊疗呢？这对马俊友来说，简直是个谜——一个诚实人永远无法解开的谜。

马俊友从尘埃飞扬的土路上，拐进了杂草和野花丛生的荒原。他很感谢今天的风，劲风从背后吹来，大自然用外力推着他，使他可以毫不吃力地往前走。他也感谢头顶上重重叠叠的云，浓云蔽住了似火的骄阳，大自然在他头上支撑开一把遮阴的伞，使他在归途上不至于汗流浃背……草原上出现了一个桦木搭成的小屋，由于成年累月风霜雨雪的侵蚀，白白的桦树皮已经褪成黑褐色了。马俊友和迟大冰在来凤凰镇的路上，曾在这个猎人歇脚的小桦木屋休息过片刻，马俊友看见它，不由得又想起了迟大冰。他记得他俩坐在桦木屋的木栏下，有过这样一段对话——

马俊友说："老迟，你看眼前这大片荒地，没有高高低低的土丘，一马平川，可真够叫人眼馋的。"

迟大冰"嗯"了一声。

马俊友又说："将来咱们家大业大了，要叫这片荒地和咱们青年屯拉上手，咱们就能向国库上缴大批的粮食了。"

迟大冰又"嗯"了一声。

"你走累了？"马俊友有点诧异。

"也许……也许你还能看到那一天。"迟大冰神色恍惚地说，"我……

我……我这病……"

"别自己吓唬自己了，你将来还要在这儿娶妻生子呢！一点小病何至于那么灰溜溜的？"马俊友神往地说，"到那时候，我们在孩子面前就不会脸红心跳了，因为我们是创业者，我们没有愧对我们的后代。"

迟大冰苦笑了一声，摇摇头。

马俊友对迟大冰麻木的反应，更加不解了："你……"

迟大冰发现自己无意之间泄露了自己的心声，立刻从恍恍惚惚的精神状态中解脱出来，用比马俊友还要坚定的口气说道："对！你说得对极了。我们不但要叫荒地和青年屯拉起手来，还要在这儿盖起高楼大厦，建立起一个'北大荒市'哩！"

当时，马俊友只是觉得迟大冰神色迷离，他认为也许是迟大冰身体正在发烧，因而说话颠三倒四，一会儿灰溜溜的，一会儿又口吐豪言壮语。现在，马俊友把他这些话和迟大冰急不可耐地登车进城的情景联系在一起，顿时心里升起一团疑云：难道迟大冰真的背弃了倡议垦荒时的誓言，以看病为借口，当了荒地上的第一个逃兵？马俊友耳畔如同响了一声沉雷，他被这个突然闯进脑海中的念头惊呆了……

风越刮越大了……

雨云越压越低……

浩瀚无边的草原在疾风的席卷下，迅速变成颠着绿色波浪的大海。天上灰蒙蒙的云朵被疾风戏弄着、撕扯着，一会儿变成重重叠叠的云山，一会儿又露出夕阳的金色光束。马俊友的心也像头上的天空一样，一会儿暗了，一会儿亮了——他的全部心思都沉浸在对迟大冰的剖析之中。记得，那是几个垦荒倡议人第一次在团中央招待所见面的时候，卢华、贺志彪、迟大冰和他，围坐在一张木桌前，逐字逐句地推敲着倡议书，当轮到倡议人签名时，迟大冰是最后一个签名的人。他不是用钢笔蘸着墨水签下迟大冰三个字的，而是以咬破了的食指当笔，以食指流出的鲜血当墨，表示自己垦荒决心的。后来者居上，一下使在场的几个倡议人都震惊了。贺志彪当即提议选迟大冰为支部书记，并毫不费力地获得通过。马俊友想：难道一个用鲜血表示过垦荒决心的人，在荒地上跌了个跟头，就当了逃兵吗？马俊友内心不愿承认这会是个事实。

马俊友在起伏的草浪中，继续往前走着。前面，草尖被疾风抽打得沙沙作响；背后，像是谁擂响着千面大鼓——那是追赶着他的隆隆雷声。尽管草原上的暴风雨已经给他送来了讯号，但马俊友并不急于赶路，因为起伏的草浪之中出现了那棵枯枝枯杈的老橡树。这棵老橡树站在垦荒队麦田的边缘上，看见它，马俊友就如同看见了家。这棵树是草甸子上最老的树，不知哪年哪月，雷电剥去了它的外皮，光秃秃的枝杈在碧绿的草原上，像个早已脱了头发的干巴老头儿，成年累月地站在那儿，对着亘古的荒原沉思，感叹着自己早谢的年华。

也许是见景生情的缘故吧，马俊友心里刚刚赶走了迟大冰的影子，这棵被雷电烧枯了的老橡树又勾回了迟大冰的身影。马俊友不曾忘记，在他俩刚刚离开麦田、去凤凰镇经过这棵老橡树时，迟大冰忽然摘掉套在自己脖子上的面盔，若有所思地把面盔挂在老橡树下垂的枝杈上。

马俊友劝阻他说："别挂在这儿，风把它吹进草棵子里去，就难找了。"

迟大冰所答非所问地说道："以后我想不戴它了。"

"盛夏一到，"马俊友说，"蚊子小咬会把你的脸叮烂了的。"

"到时候再说吧！"迟大冰漫不经心地回答，他到底也没有把那个面盔从树杈上摘下来。他久久地站在老橡树下，看着这棵枯死的老橡树，目光透过光秃秃的枝干，遥望着若隐若现的青年屯，嘴里还不出声地嘟哝着什么话。

马俊友只当他忘了带上看病的钱，便对他说："老迟，我身上带着钱，够咱俩看病用的。"

迟大冰"嗯嗯"两声迈步走了，但还是三步一回头地回首观望。他在眺望什么？帐篷，新的住房，还是爬上蓝天的白云？最使马俊友费解的是毫无艺术细胞的迟大冰，俯身摘下来几朵野百合，在鼻子下闻着闻着，最后竟然罗曼蒂克地插在他的上衣兜里。马俊友半开玩笑地对他说："你今天是怎么了？这又不是大姑娘出嫁，一去就不回来了。快走吧！时间不早了。"

当时，马俊友对迟大冰的行为没有任何揣摩。此时此景，马俊友重新看见了这棵老橡树，思潮就像走马灯，他把迟大冰一路上的行为串在一起，那个他不愿意承认的结论在他头脑中反而越来越鲜明了。这个结论就是：迟大冰把面盔挂在枯树上，是给老橡树留下一点临别纪念；他不断回首遥望青年屯，是在用目光和他生活了将近一年的帐篷告别——迟大冰是不会再回来了。马俊友停步在茫茫的荒原上，一股酸楚的感情涌上了他的心扉。他首先谴责自己，没能把同来荒地的伙伴挽留下来。第二个念头就是扭转身来，重返凤凰镇，把他这个将信将疑的判断告诉给县委书记宋武。可是，草原上的风是那么大，雨云压得是那么低，隆隆的雷声是那么响，重返凤凰镇的路程又是那么遥远……马俊友拄着那根枣木棍子，陷入了沉思之中。

天，渐渐黑了下来——草原的黄昏到了。在老橡树的枝杈间搭了窝的白嘴乌鸦，从四面八方飞回老巢。那呱呱呱呱的叫声，提醒马俊友该返回青年屯去了。这时，返回县委去的一线希望突然从他心田中升起——因为他看见贺志彪赶着马群，正朝这棵老橡树的方向走来。

"贺大个儿——"马俊友向他挥着手。

贺志彪看见了他，骑上一匹儿马就跑了过来，离老远就朝他喊："小马，是不是走累了，你骑着这匹马回去吧！看天头，一场暴风雨就要来了。"到老橡树前，他翻身下马，把缰绳递给了马俊友。

马俊友把马缰松开，拉着贺志彪，两人一块儿坐在了老橡树下的草地上。贺志彪懵懵怔怔地问："咋的，有啥急事？"

马俊友把自己对迟大冰的疑虑，向贺志彪全盘托出之后，他征求贺志彪的意见说："你看，是不是应该把这些情况，及时告诉给宋书记？"

"当时你没见到宋书记？"贺志彪有些诧异。

"见到了。当时还没有醒过闷来，归途上我才觉得，我好像是被他骗了。"马俊友愤愤地说，"我的腰还骑不了马，是不是你……"

"我骑马去县里？"贺志彪了解了马俊友的意思。

"嗯。"

"这马群呢？"

"我赶回青年屯。"马俊友站了起来。

"行。"贺志彪抄起马缰，翻身上了马。

这时，顺着风声传来了使贺志彪毛骨悚然的声音，他在马上立刻呆愣得如同一座石雕，一动也不动了……

四

是什么声音，使垦荒队的头号大力士如痴如呆呢？

是狼嗥吗？狼在贺志彪眼里，还不如一条狗那么怕人呢！在冰封雪冻的"大烟泡"里，他只身赶着爬犁运木料时，曾不止一次遇到在雪中觅食的饿狼。这没有什么了不起，把爬犁停下，从木料中抽出椽子般粗细的小树干，和它们周旋一阵就是了。这些事情，对他来说是司空见惯，不值得向伙伴们一提。他唯一津津乐道的只有那么一件事：有一次，他赶着爬犁往青年屯走。突然绑木料的绳子松了扣儿，他停下爬犁蹲在爬犁边上拴绳子扣儿时，突然感到肩膀上有什么东西挨了一下，他有意无意地歪头向肩膀上瞅了一眼，竟是两只尖利的狼爪子。早在京西山沟就听老辈子人说过，狼从后边扒你肩膀，目的是引你回头，好一口咬断你的喉咙。贺志彪估摸着北大荒的狼也是狼，比京西山沟的狼不会多上一手新鲜本事。所以，他来了个"以毒攻毒"，貌似在那儿蹲着不动，实际上浑身都在较劲，他把浑身力气都运到两只胳膊上，猛然双手向它脑后一掐，不偏不斜，正好掐在老狼的咽喉上。任凭狼的四只脚爪不断在他后背上踢蹬，他那两只铁钳子一样的大手越掐越紧，直到他感到狼的四只爪子踢蹬劲儿越来越弱了，才猛然站起，把被他掐得半死不活的饿狼，抡圆了从头顶上甩到冻土上。趁狼喘气伸腿的当儿，他猛扑上去，坐在它的肚子上，直到掐得这头狼断气，他才松开他那把"铁钳子"。贺志彪有这样的斗狼历史，当然不怕听见狼嗥了。

但究竟是什么声音，使贺志彪这条壮汉浑身起鸡皮疙瘩呢？虎啸？传说荒地上有十几只东北虎，可是没有人遇见过，贺志彪认为那是热炕头上的老太太为哄小孙孙睡觉编出来的。是野猪、狍子、黑熊的叫声？这些声音对贺志彪来说，根本不走大脑。那么，在草原的黄昏，到底是什么声音使贺大个子心神不安了呢？说起来非常可笑——是顺风传来敲击铜锣"当当当当"的声响。

贺志彪之所以对铜锣声如此敏感，是有原因的。去年秋天，刚到荒地不久，他赶着一辆胶轮大车去凤凰镇拉喂牲口的豆饼，走到漫荒野地时烟瘾犯了。他卷好了一个大炮皮，还没来得及点火，不知从哪儿钻出来三个巡火员。这三个巡火员把他的大炮皮揉碎了不算，还没收了他口袋里的火柴。巡火员告诉他，草原上的行者只要身上带着一根洋火，都要戴上白纸糊成的高帽子串乡游街示众。人家念他是初来乍到，不懂草旺季节的防火条例，从轻处理了他。即使这样，贺志彪还是戴上那纸糊的帽子，在临近的一个小屯子，自己手敲一面铜锣，喊了每个违反防火条例的人都必须喊的那些话：

"我不该身上带着火柴！当——当——当——"

"我更不该想抽烟！当——当——当——"

"在草甸子上抽烟等于放火！当——当——当——"

因此，贺志彪听见风声传来的锣声，立刻引起神经上的条件反射，他在马背上伸着脖子，拼命向北望着。

马俊友着急地问道：

"怎么了？"

"你听！这锣声一声紧似一声，好像不是拉人游街，是哪儿发生了火警。"

马俊友最初以为是天空中的雷声，屏气细听了听，果然是敲击铜锣的声响——他顿时愣住了。北大荒的屯子有个不成文的惯例，除了年节演戏，儿童们一律不许以敲锣耍闹，因为在这荒芜的大草甸子上，屯与屯之间没有电话相通，就靠锣声报告火警。垦荒队到来之前，草原上由于一种叫"小小香花"的自燃，引起了一场荒火，大火一直蔓延到小兴安岭森林，部队投入了两个师的兵力，才把大火扑灭了——荒火是北大荒的天敌，因而这一阵紧似一阵的锣声，使马俊友心情紧张起来，则是很自然的了。

"瞧！火线——"贺志彪在马背上向北指着。

马俊友跑上一个土岗，手搭凉棚向北瞭望，有点疑惑地说："是不是云层里的闪电？怎么忽儿亮了，忽儿又灭了？"

"那是老乡在追打荒火哩！荒火一会儿叫老乡打灭了，一会儿风又把火苗吹活了。"贺志彪忧虑地说，"今天的风向，火不会往森林里窜，倒往咱们这边窜过来了。"

"麦田周围的防火道完成了吗？"马俊友不安地问。

"我骑马检查过了，十多米宽的防火道里光溜溜的，一根草也没有，光得就像北京运动场上的环形跑道一样。"贺志彪坦然地回答。

"水火无情，大意不得。即使大火烧不着麦子，总在草甸子上烧来烧去，也不是个好事儿。老贺，我的意思是你别去县里了，马上把伙伴们叫来，帮助老乡扑灭荒火。"马俊友把肩上的背包和雨伞都递给贺志彪，手里挂着不离身的枣木棍子说，"你顺便把马群赶回家去，不然，荒火烧过来，马群会惊了的。"

"你呢？"

"我留在这儿，监视火情。"

贺志彪抖缰跑了几步，又转过马头，有点不放心地说："还是你骑马叫人去吧，我身板比你硬实，让我留在这儿吧！"

"你怎么这样啰唆！火都快烧过来了。快——快——"马俊友焦躁地挥了一下手中的棍子，"把所有的人都集合起来，立刻来荒地灭火！"

贺志彪指指头上的天，把那把雨伞又扔回给他，骑着马飞驰而去。马俊友把雨伞往树杈上一挂，拄着棍子向麦田走去，他生怕哪儿有漏割的茅草，把荒火引向这几十垧麦田。要知道，这些在风中摇曳的麦穗，是垦荒队的第一次收获啊！马拉犁开荒时的艰辛，冒着春寒的播种……它不但紧紧联系着八十多个兄弟姐妹的忧伤与欢乐，而且和垦荒队的真正荣誉休戚相关——一个拓荒者不向国家的粮库交纳粮食，那将是最大的耻辱！

使马俊友宽慰的是，防火道确实没留下一根杂草。他扭回身来，朝锣声响起的地方看去，他无论如何也料想不到，火舌在荒地上蔓延得如此之快，他检查防火道的时间，也不过十分钟的光景，那道橘红色的"火墙"借着风势，已然推到离麦田不远的草甸子上来了。

天越来越黑了，而火苗则越发显得明亮，那熊熊的烈焰吐出的火舌，似乎要舔开那浓云不雨的天空。

雷声……

闪电……

火焰……

风啸……

马俊友多么希望这时下一场暴雨啊！可是只闻雷声贯耳，不见滴雨下落，而荒火似乎和浓云挑战似的，越烧越旺。在火舌的跳动中，马俊友看见火焰周围，蠕动着一片黑压压的人群——那是当地老乡在追歼荒火。

马俊友没有任何考虑，他拄着那根疙疙瘩瘩的枣木棍子，迈步向打火的人群中奔去。他自知多他一个人去打火，并不起多大的作用，但是站在那儿任荒火在草甸子上燃烧，算哪号青年人哩？！

老乡们一边骂着干打雷不下雨的老天爷，一边抢着手中的铁锹、木棍、多叉耙子……追打荒火。督战的锣声，老乡的咒骂声，大火蔓过矮矮榛子树丛时发出的爆裂声，交织成一片北大荒独有的奇特音响。马俊友心想：如果诸葛井瑞在这儿该多好，他会把这壮阔的场景，都涂抹到他的画板上；白黎生在这儿也不错，他会把大城市中从来听不到的奇特旋律，谱写到乐曲当中去。这些绚丽的色彩，这些雄浑响亮的音符，一定会比那些花、鸟、鱼、虫的画儿，比那些莺声燕语似的歌儿，要瑰丽而富有生命力——因为这是人和大自然搏斗的一首奏鸣曲啊！

看！那片和天空闪电接吻的熊熊大火，驾着疾风，妄图吞噬这儿的一切生灵。它，忽儿被风吹得低了下来，忽儿又伸长身子和天空中的云去拥抱。它经过的地方，绿草枯干、野花煳焦，缕缕浓烟像是经过一场大战役的战场。它正在燃烧着的地方，如同谁在抖开千百丈的红绸，在风中飞舞。狍子、兔子、狼、獾争相奔逃，笨拙的山鸡、秃尾巴鹌鹑、肥腽腽的卢花雁，迅速地葬身火红的烈焰中。

火追着风……

风追着火……

百鸟在天空中惊恐啼叫……

乌鸦飞离了橡树上的老巢……

似乎在这广漠的万物中，只有人是火的顽敌，老乡们在烈焰中穿梭，马俊友钻进火网，立刻抡圆了手中那根枣木棍子。不知哪个老乡高喊了一声：

"坏了！快烧到麦田边上了——"

"这是北京娃娃们一年的心血呀！"

"老天爷！行行好！你快下场大雨吧！"

"乡亲们！放心吧！麦田周遭都打了防火道！"马俊友抖擞着喉咙高声喊道，"大火烧到这儿就该咽气了。"

这时，老乡们才发现他们队伍中混杂着一个北京后生，他脸上带着硝烟，衣衫燎得焦煳，小伙子胸前不知是什么东西，在火光中闪闪发亮。

"小伙子，还戴着护心镜来打火的？"

马俊友借着火光一看，是自己胸前箍着的"钢背心"，软垫被烧坏后露出来了一条条不锈钢。这时，他才感到胳膊发麻，胸部疼痛——那是刚才他追打荒火时，被胸前的不锈钢板硌肿了。对马俊友来说，这算不了什么，只要荒火不再蔓延，他被硌肿了的胸膛，几天就会复原。

果然，大火燃到了防火道，由于断了燃料，火舌越来越低，就像个要断气的老人，拼命寻找着生路，但它在哪儿也找不到生路，它挣扎着、喘着气……

火苗低了下去，顿时感到夜的漆黑。刚才依稀可辨的一张张"张飞"脸，此刻，都看不见了。疲惫的老乡躺在灼热的草灰上，见声不见人地和马俊友开始了攀谈。

"小伙子贵姓？"

"马俊友。"

"怎么就你一个人来打火？"

"半路碰上了。"马俊友也感到了疲累，他坐到一个冒烟的树根上。

"有媳妇了吗？"年轻的后生问道。

马俊友一向不会说谎："算有了吧！"

"北京来的大姑娘，准比我们这儿的草妞儿强吧！"

"嘿嘿……"马俊友的笑声刚刚出口，只听老乡一声呐喊：

"快起来——那烧死鬼又活了！"

马俊友闻声而起，看看前边麦田里并无火光，扭头向东侧一看，一件使人意想不到的事情发生了：那不愿断气的火苗，不知道啥时候把那棵被雷电剥了皮的老橡树给点着了。那棵早已枯干的老橡树，一着了火，立刻向枝枝杈杈蔓延，瞬息之间烧成一个圆圆的火球。使马俊友触目惊心的是，疾风不断把烧断了的枝杈，从高空直直地抛向防火道，特别是坐落在树尖的乌鸦窝，着火之后，风吹着它的散落枝叶，像天女散花般地把火星吹进了麦田。

马俊友像疯了似的喊了一声："乡亲们！抢救麦田——"便朝麦田跑去，还没容他跑进防火道，麦田已经起火了。马俊友返身跑到麦田边上一个蓄水坑旁边，在淹没膝盖的泥水里打了个滚儿，又往脸上、脖子上抹上几把稀泥，带着满身泥水，向起火的麦地冲了过去。他用双手捂着脸，在烈焰中翻滚着。

老乡们被马俊友的行为感动了。他们兵分两路，一部分老乡用铁镐去刨那棵着了火的老橡树，想刨断火源，年轻的后生们则跟在马俊友身后，一字长蛇阵冲进了麦地。他们一边手持各种武器扑火，一边焦心地朝马俊友喊着：

"快起来——"

"退出火圈——"

"危险！危险——"

"麦子烧了可以再种——"

"人比麦子贵重——别死心眼啦——"

马俊友什么也没听见，这个憨厚、老实，心中从来无我的年轻人，把自己即将复原的青春躯体变成了一台轧路机，只是不断地东滚西滚。

成熟了的小麦，比草原更为易燃，他轧灭了这边的火，那边的火又烧着了。火势带着噼噼啪啪的爆响，在几十垧麦田里东游西窜。马俊友的头脑里只觉得自己越来越恍惚，他身子虽然还在不停地滚动着，思想却好像飞离了这块麦田：那是什么？那不是天安门前国徽上的麦穗吗！那是什么？那不是蛇在蠕动，是爸爸吃剩下的那根断了的皮带！是邹丽梅那对长长的辫子！那是什么，白白的像雪片？不，那不是雪，那是妈妈头上的银丝！那是什么？诸葛井瑞脚上脱落的指甲盖儿！那是什么？那是卢华带着兄弟姐妹冲进了麦田！……

蓄水池的泥水被垦荒队队员们滚干了，垦荒队队员们在麦田里组成了一支"轧路机队"。他们用年轻的血肉之躯，在火海里滚过来轧过去。此时他们顾不得寻找战友，荒火是他们的死敌。麦田在冒烟，衣衫在燃烧，发辫在发出焦煳的气味。雷声、呼喊声和麦田发出的噼噼啪啪的爆裂声混在一起，谱成了一支雄浑、壮烈的青春进行曲。当老乡们把那棵燃烧的老橡树拦腰砍断时，垦荒队队员们的"轧路机队"和打火的老乡终于把大火扑灭了——几十垧的麦田，被大火烧掉了将近一半。这时，大雨破天而落。垦荒队队员在倾盆大雨中，一边晃着电棒一边呼喊着：

"马俊友——"

"马俊友——"

"马俊友——"

风声。

雨声。

却没有马俊友的回声。

他静静地躺在灰烬之中，带着年轻人绚丽的梦，离开了他献身的黑土。暴雨熄灭了他衣服上的烟火，暴雨洗净了他脸上的泥巴，大火夺去了他黑亮的头发，烧焦了他的浓黑的眉毛和鼻翼下刚刚钻出的胡须，大火唯一没烧毁的、也永远夺不走的，是在他胸膛前闪闪发亮的不锈钢……

邹丽梅没吐出一个字，就扑倒在马俊友的胸膛上——她昏了过去。

天哭……

地哭……

垦荒队队员和老乡们的泪水和雨水同流……

五

这是北京的儿女们到荒地后一个最最悲恸的夜晚。

尽管时过午夜，风停了，雷哑了，云开了，永恒的宇宙又把星月之光洒向这块广漠的荒野，但是垦荒队的屋子里和帐篷中，仍然是一片悲泣之声。他们痛哭队伍中失去的伙伴，他们惋惜那片即将开镰的麦田。挥泪之余，他们似乎开始认识到：要把北大荒变成"北大仓"，只用汗水和劳动是换不来的，在和平的日子里，总要有一代先驱为之牺牲——马俊友就是这一代先驱的代表。

这个夜晚，邹丽梅如同做了一场噩梦。这一切来得太突然、太严峻了，可是脾气暴戾的北大荒并不怜悯儿女深情，硬是把这铁一样的事实推到了这个善良而美丽的姑娘面前，让她喝下这大自然酿造的苦酒。当她从迷迷糊糊的昏睡中，第一次睁开长长睫毛包围着的眼睛时，天色已经大亮，屋檐上垂落着滴滴答答像泪水般的水珠，她大颗大颗的泪滴，立刻涌出眼角。

照顾邹丽梅的唐素琴，忙从吊杆上拉下一条毛巾，一边为她擦泪，一边轻轻呼喊着：

"丽梅——"

"丽梅——"

"听大姐对你说。"

邹丽梅什么也没有听见，她恍恍惚惚地看见，面前正盘旋着两只洁白的天鹅，马俊友和她在草丛中奔走着，正在为他们手里捧着的天鹅蛋找窝。然后，他俩躲在高高的茅草下面，看着那两只天鹅和它们未出世的儿女亲昵的情态。邹丽梅记起这个使她难忘的场景，刚刚被唐素琴擦净的脸颊，又被泪水滴湿了。

"丽梅，你还没吃早饭呢，我去给你端早饭，啊？"唐素琴柔声地说。

"丽梅，你对大姐说句话呀！这样下去，你也会病倒的。"唐素琴用手掌抚摸着邹丽梅苍白的脸腮，声音轻得如同树叶落地。

"你不愿意对大姐说话，就别说了。睁开眼看大姐一眼，大姐心里就踏实了！行吗？"唐素琴想尽办法转移着邹丽梅的悲楚心情，把嘴对着她的耳梢悄声地说。

邹丽梅睫毛颤动了几下，但没睁开眼睛，她的思绪正萦绕在那落雪的北国小镇上。夜，静极了，那冰铺雪盖的街道上，她推着两轮医用小车在雪地上走着。坐在小车上的马俊友说：

"丽梅，你怎么不说话？"

"我太高兴了。我在想……"

"想什么？"

"我……我……重新有了一个好妈妈。"

"你喜欢她吗？"

"她喜欢我吗？"

"不喜欢。"马俊友流露出少有的幽默，"把你的手伸给我。"

"干什么？"邹丽梅还是把一只手伸进他的掌心之中，她用另一只手和向前移动的身体，推着小车，在结冰的小路上向前走。

马俊友把她的手，在掌心里暖了一会儿，放在嘴边亲着，他吻完手心又吻手背，最后连每个手指都亲了一遍。马俊友还怕她手冷，把她那只冰冷的手塞进温暖的皮袄筒里。

邹丽梅的手下意识地抖动了一下，她感到那只手仍像被马俊友攥在掌心，情不自禁睁开了双眼。眼前的景物都不见了，原来是唐素琴正握着她的一只手，坐在床沿上深情地凝视着她。邹丽梅喊了一声"大姐"，就低声呜咽起来。

唐素琴眼圈也红了，说："哭吧！哭出来心里就能痛快一点。两年多以前，我在北京就这样哭过。可是我坚强地活了下来。丽梅，大姐没有别的话告诉你，只希望你要坚强。俊友在九泉之下，也一定希望你能坚强地生活下去。"

"大姐……给我一口水喝！"邹丽梅强打精神支撑起身子，恍恍惚惚地说。

"我给你端热面条去。'小不点'早就给你做好了，在锅里搁着呢！"唐素琴看见邹丽梅开口说话了，疲倦的眼神里闪出光彩。她匆匆到灶房把面条端来，递到邹丽梅手中说："吃吧！人是铁饭是钢，你从昨天晚上到现在，肚子还没进食呢！伙伴们都去抢割麦子了，他们临走时对我说：'素琴，要是丽梅姐为这事情躺倒，你可要负完全的责任。'丽梅，你可不能辜负同志们的苦心哪！"

"我吃。"邹丽梅刚吞了两口面条，突然看见了悬挂在墙上的两个"猴头"。那是在严冬时节，马俊友托好心肠的贺大个子给她带来的。现在，这两只在树上对生的"猴头"已经枯萎了，但还像活的精灵一样，彼此盯望着。邹丽梅难以压抑内心的悲恸，她把面条碗放下，泪水又一次蒙住了她那双秀气的眼睛，她抽泣着，"我后悔死了，为什么我不和他一块儿去医院呢！要是一块儿去医院，他不会被大火烧死；即使是死，我和他也会死在一块儿的……"突然，她睁大了眼睛，悲愤地喊道："迟大冰，你为什么偏要和他一块儿去看病呢？没有你，俊友他一定还活着，活得很好。迟大冰在哪儿，我……我找他算账去！"

"丽梅，安静点。老迟到现在也没回来。卢华连夜到县委去询问了。"唐素琴看看邹丽梅精神恍惚，心里非常焦急，便端起面条碗，用筷子夹起碗中的面条说，"来，大姐喂你吃。你不吃饭我心里难受。"

邹丽梅痴呆地摇摇头："大姐，我吃不下。"

"吃不下面条，把汤喝了。春妮把她养的那只芦花鸡杀了，就为给你熬碗汤。"唐素琴费尽心思地寻找要她吃饭的理由，"俊友已经不在了，你不能只为思念俊友，就不要姐妹们的情分了呀！对，张开嘴……"

邹丽梅实在无法谢绝唐素琴的情意，便从她手中接过碗来，像咽药一样，皱着眉头把那碗面条汤顺下喉咙。腹中进食以后，邹丽梅精神振作了一些，神志也开始清醒了一点，这时她才发现宿舍里空荡荡的，只有她和唐素琴两个人，问道："姐妹们呢？"

唐素琴用梳子给她梳着蓬乱的头发，再一次告诉她说："同志们怕再来一场荒火，去麦田割麦子了。对了，诸葛井瑞和白黎生下麦田以前，代表北京垦荒儿女，给小马的老妈妈写了封信，卢华说叫你过目一下，再叫人骑马送到凤凰镇邮政所。"唐素琴说着，从口袋里掏出几张信纸，递给了邹丽梅。

邹丽梅还没读信，两眼已经盈出泪光，她抿着下嘴唇，手指哆哆嗦嗦地把信纸铺开，悲戚地看了下去：

敬爱的老妈妈：

您读这封信时，请您一定不要过于难过。我们相信，您比我们坚强，也比我们更理解创业的艰辛——您的儿子，我们亲爱的伙伴，为扑灭燃进几十垧麦田的大火，献出了他壮丽的青春。

感谢您为祖国养育了这么一个忠诚的儿子。他日常沉默寡言，尤其不善谈吐；他平凡得像一块煤，但心田里蕴藏的却是一团火。马拉犁开荒时缺一匹马，他去顶替那个空位，和真马一起驾辕拉套；假日里，他叫炊事员休息，自己去充当火头军；伐木时，他总是最后一个离开工地；在那次倒树的事故中，他把生让给了别人，把死留给了自己……

敬爱的老妈妈，您在离开荒地时，曾给俊友和丽梅同志留下一些钱，这些钱他们没有留下私用，为安慰同志们的心，他们用它买来一头小马驹……

邹丽梅读到这儿，泪水泉涌而出，滴滴答答地滚下脸腮，洇湿了铺在她双膝上的信笺。唐素琴看她难以再看下去了，便把信纸拿过来，轻声地读给邹丽梅听：

　　亲爱的老妈妈，世界上还有什么品质比这些更高尚的呢？据说，黄继光之所以能在最危急的刹那间扑向敌人的机枪眼，邱少云之所以能在熊熊的烈火中为赢得战斗胜利而一声不吭，都因为他们在日常的平凡生活中，培养了无我的高尚精神。您的儿子也是这样，在和平建设的日子里，他用无私的平凡，为自己修筑了一座极不平凡的生命金字塔——虽然他离开了我们，他的青春和年华永远像金字塔一样闪闪发光。

　　亲爱的老妈妈，您不要为失去唯一的儿子而过于悲伤，不但邹丽梅是您喜欢的女儿，我们也都是您的忠实儿女。昨天夜里，我们一夜未睡，伙伴们都悲恸地哭了，我们思念俊友，我们也惦记着您——我们的老妈妈。我们想，这个噩耗只能给您本来已经花白了的头发上，再增添几根银丝，却不能从精神上摧垮一个真正的老布尔什维克。

　　对于丽梅同志，您不必记挂，在我们这个大家庭里，生活会医治她心灵上的创伤。她感情虽说还比较脆弱，但已远不是北京温室里的花草，而是经过风霜雨雪吹打的一棵挺拔的杉树了。

　　亲爱的老妈妈，写到这里，天色已经黎明，隔着窗子我们看见了草原上的一线曙光。那是我们北大荒明天的象征，我们将踏着俊友同志留在草原上的脚印，抬头挺胸向前走，俊友同志将作为祖国第一批拓荒者中间的第一个烈士而英名永存！

　　我们为您有这样一个儿子而自豪！我们为有这样一个战友而骄傲！我们对您只有一个请求，把您在天安门前送给俊友同志的那半截皮带，给我们留下吧！老妈妈，您一定知道我们要保存它的意义——那不是一条普通的皮带，而是继往开来的革命接力棒。

　　敬爱的老妈妈，此时天已大亮，我们要去收割那些俊友以生命保存下来的小麦了。祝您健康！

您的儿女们

七月八日黎明

信，读完了。

屋内一片死寂。两姐妹的呼吸声，彼此都能听得清清楚楚。本来，这封信由诸葛井瑞和白黎生写成以后，是计划到割麦现场读给全体垦荒队队员听的，卢华否决了诸葛井瑞和白黎生原来的设想，他临去县里之前，叮嘱这两位"秀才"，一定先拿给邹丽梅过目。唐素琴到现在才明白卢华的用心，卢华之所以主张先拿给邹丽梅看，是想通过这封信，给邹丽梅一点力量，使她理智萌发，并从悲恸的感情中苏醒。卢华的苦心没有自费，当唐素琴激动地读这封信的后半截时，邹丽梅不知道从信中的哪一行哪一句受到了震撼，她第一次掏出手绢，主动来擦她脸上的泪痕了。尽管那不听话的泪水，一边擦一边流，不一会儿就浸湿了手绢，但唐素琴还是敏感地觉察到，邹丽梅正在镇静着自己紊乱的情绪，开始了从生离死别的痛苦深渊中的自拔。她像需要强大力量支持似的，把那封信反复地看了两遍，悲楚地咬着嘴角，喃喃自语说：

"老妈妈收到这封信，不知会怎么样？"

"信上不是说了吗？"唐素琴为邹丽梅分担忧愁，缓缓地说，"只会给老人家花白头发上增添几根银丝，噩耗摧不垮老妈妈的精神。她比我们要坚强得多。"

"老人家只有这一个儿子，真……"

"丽梅，能把独生儿子送到北大荒来，本身就说明老妈妈是个强者。"唐素琴神色肃穆地说，"如果老人家是个感情上的懦夫，就会把儿子紧紧地置于自己的羽翼之下的，你说对吗？"

"可是大姐……我……我夜里醒过来时，曾经想到过……"邹丽梅没有把人世间那个最残酷的字眼吐出嘴唇，"也许……也许……我太脆弱了。"

"如果你真那样做了，在封建时代可能有人给你立碑，在 20 世纪 50 年代的新中国，老妈妈会鄙夷你，小马在九泉之下会嫌弃你，伙伴们也会责怪你。如果叫大姐说句不中听的话，你当真那样殉情了，同志们是不会同意把你和小马合葬在一口棺材里的。因为小马牺牲了爱情，为这片黑土献出了青春；而你做的却是牺牲我们壮丽的事业，去殉了儿女私情。丽梅，你想对于这两个生命的离去，能放在同一个天平上称分量，用同一把尺来衡量他们的价值吗？"

邹丽梅痴呆地点着头："我懂，可是……"

"有什么话，都在大姐面前倒出来吧！啊？啊？"唐素琴掏出自己的一块手绢，给邹丽梅脑后的头发扎系上了发结。

邹丽梅眼睛又湿润了，她紧紧咬住抖动的嘴唇说："我总觉得俊友走得太匆忙了。他……他……对我那么好，我在感情上还没有对他有个报答，他就匆匆地走了。"

"别说傻话了，在医院的时候，你不是对他付出你全部的感情了吗？"唐素琴抚摸着邹丽梅的黑发，宽慰着她的心说，"丽梅，你心地善良，总觉得给别人的东西太少太少了，就大姐这双眼睛看，你无愧于小马，俊友在医院养伤的那些天，你给他洗脸、洗脚，缝补内衣，还给他端大小便……怎么能说你没有感情上的回报呢！"

"我恨我做得太少了。"邹丽梅两眼呆呆地望着墙角，"我为我没能陪他一块儿去医院，会悔恨一生的。当天，我们原想去照一张合影的，没想到连一张合影都没留下，他就……"邹丽梅痛心疾首地用双手捂起自己的脸。

"别难过了，丽梅，大姐给你想个补救的办法。"唐素琴摇着邹丽梅的肩膀，"放下手，听大姐对你说。"

"晚了，太晚了。"邹丽梅嘤嘤地哭了起来。

唐素琴掰开邹丽梅捂脸的双手，把邹丽梅的双手握在自己的手掌之中，轻声地说："听着，大姐给你出个主意，如果你在感情上总感到没有回报俊友的话，我建议你……"

邹丽梅专注地听着："大姐，你说。"

唐素琴摇摇头："不，这……不太合适。"

"只要能慰藉俊友的灵魂，我什么都能牺牲，大姐，你只管说吧！"邹丽梅仰起了泪涟涟的脸，恳求地看着唐素琴。

唐素琴犹豫了一会儿，把咽进喉头的话又翻了上来。她说："为了纪念你的第一次爱情，你把曾经献给俊友的那对发辫，装进棺木，叫他带走，你的感情天平也许会平衡一点。只是这样做，带点封建味儿，你要觉着不合适，就算大姐没说。"

"你想得真周到，大姐！"邹丽梅脸上有了一点生气，立刻从枕下把那个桦树皮的包儿拉了出来，"俊友怕伙伴们取笑他，这对发辫始终放在我这儿，这回它可以永远陪在他身边了。"

邹丽梅的情绪略略平静了一些，使唐素琴心里感到安慰。卢华去县里时，曾这样叮咛过她："唐素琴同志，你做小邹的工作最合适，要千方百计地使她在严酷的打击下坚强起来。"现在，她从这个感情的突破口继续朝纵深的方向发展，她对邹丽梅说："大姐还有个建议，你想听吗？"

邹丽梅点了点头："听。"

"从今天起，你把辫子再留起来。反正这三两年咱们不会去伐木了，你还是留着辫子显得更好看。"

邹丽梅摇摇头："永远也不再留它了。"

"为什么？"

"我不会再有第二次爱情了。"

"丽梅，这好像我两年之前说的话。当时，我发誓要在荒地当一辈子'修女'，现在回头一看，觉得十分可笑。记得吗？在医院时，你曾批评过我这种想法。"唐素琴发觉邹丽梅皱起了双眉，赶忙转移话题说，"当然啦，我说的是属于未来的事情，目前，我们姐妹先不谈这些事儿。哎！丽梅，你知道你是怎么活过来的吗？"

"不知道。"邹丽梅无心了解这些。她专注地凝视着手中桦树皮的小包儿，这块桦树皮包藏着她的全部欢乐与悲哀。不久，她青春年华中的第一个梦幻，将随着这个小包儿到地下去长眠了。想起这些，她不禁叹了口长气，眼圈又红了起来。

"当你趴在俊友胸膛上昏过去以后，伙伴们都吓呆了。"唐素琴不管邹丽梅想听不想听，还是慢慢地说了下去，"当时，天下着瓢泼大雨，伙伴们都淋得像落汤鸡一样，在麦田里抹泪。平日蔫不唧的贺大个儿，用袖口抹了抹脸上的雨水，突然抖着嗓子喊了一声：'哭能把小马哭活过来吗？还是赶紧抢救活人吧！'说着，他躬下身子，先把你往他背上一背，顶着大雨就朝家里跑来了。丽梅，咱们来荒地以后，还没有经历过生离死别的感情煎熬，因而大伙都乱了手脚：伙伴们看你到了家还昏迷不醒，有人主张去请医生，有人主张马上把你送到县城医院。可是窗外雷鸣电闪，大雨倾盆，这道儿可怎么走哇！贺大个儿不知从哪个乡村医生那里学来的土偏方，走到你旁边说了声'叫我试试'，伸出大拇指狠狠压了你人中一下，这真是歪打正着，你'哇'地一下哭出声来。伙伴们都为你这一声哭而感到欣慰，可是贺大个儿却激动得像个大孩子一样，呜呜地哭了，那眼泪如同散了串的珠子，扑簌扑簌地往下掉。男同志们离开咱们这间屋子时，已近半夜，姐妹们先七手八脚地给你换上干衣裳，又把你平放在床上。当姐妹们正换自己湿淋淋的衣服时，外边有人叩门，我说：'有事明天再来吧！'贺大个儿瓮声瓮气地说：'我不进去，你把门打开个小缝就行了。'我打开门，贺大个儿浑身滴着水，从门缝里递进来一碗热姜汤，说了声'让她喝了吧'，扭身就走了。姐妹们都为这个粗中有细的贺大个儿的行为所感动，小春妮顶上一顶草帽，跑到灶房，就把她那只芦花鸡杀了……丽梅，你能记起这些情景吗？"

"朦朦胧胧的像是个梦。"邹丽梅喃喃地说，"我感谢同志们的情意，我……我……要很好地生活。"

"这就对了！大姐就等你这句话哪！"唐素琴紧紧地攥着邹丽梅的手，似乎这样可以给邹丽梅以力量似的。

邹丽梅如同被狂风暴雨袭击后的一株小草，把头依偎在唐素琴肩上，姐妹俩泪脸相贴，静听着房檐上垂落下来的水珠声：

"滴滴答答……"

"滴滴答答……"

那连续不断的声音，像是谁在拨弄着忧伤的古筝……

六

马俊友壮烈地献身于拓荒。

迟大冰费尽心思地南逃。

在鹤岗市，他没有去医院检查身体，而是直接奔向火车站，登上了南下的列车。

在大雨倾盆的时刻，他趴在列车的小桌上，望着车窗上滚落的雨珠。他告别荒地时采摘的那朵留作纪念的野百合花，虽然还插在上衣兜里，但早已枯萎。他对此并无觉察，他全神贯注地写着一封给马俊友的信。

支部马俊友同志：

你好！

在凤凰镇的十字路口分手后，我下了长途汽车，立刻去医院进行肺部检查。

医生说我是开放期肺结核，建议我到大城市治疗。哈尔滨算是省内的大城市了，但我在那儿没有亲友，想来想去，还是回北京治疗为好。说老实话，我并不愿意回北京去治病，但这小地方又治不了我的病。列宁说，身体是革命的资本。毛主席也说过，在世界一切事物中，人是第一最可宝贵的。遵照这些指示，我考虑还是先回北京治病，是当务之急。

　　这里要向你汇报的是：我在鹤岗市医院的诊断证明，在火车站买票时，顺手掏丢了。好在我在凤凰镇医院的诊断证明，你和宋书记都亲自过目了。因而，请你向同志们解释一下，以免引起不必要的误解。

　　很遗憾，不能和同志们一起参加麦田的收割了。

　　请相信我对组织的真诚。

　　祝你健康！

迟大冰

×月×日

　　这封盖着哈尔滨邮戳的短信飘到垦荒队时，适逢垦荒队为献身于黑土的烈士——马俊友，召开盛大追悼会的日子。

　　这个和伙伴遗体告别的仪式，是在麦田边上老橡树下举行的。这天，百花垂首，鸿雁哀鸣。当卢华、贺志彪、诸葛井瑞、李忠义……把林场工人特意为烈士赶制的红油松棺木，徐徐放人墓穴时，当唐素琴、俞秋兰……把鲁洪奎大爷特意从百里之外驮运来的石碑，矗立在坟前时，会场肃穆得如同静无一人。

　　县委书记宋武，眼里含满了泪水……

　　为马俊友治过腰椎骨折的医生，垂下了头……

　　和马俊友一块儿扑打荒火的老乡，淌下热泪……

　　垦荒队队员的队列里，传出嘤嘤哭声……

　　只有邹丽梅没有哭——这几天，她的泪水已经流干了，她用一把理智的铁锁，牢牢地锁住了感情的闸门。她的脸消瘦了，她的眼窝凹下去了，严峻的生活给她开阔的前额增添了一道浅浅的皱纹。她承受住了命运的沉重打击。

　　白黎生正指挥着文工队奏哀乐时，一辆车身上沾满泥浆的美式吉普车停在了离会场不远的荒地上。一个身材瘦削、目光炯炯的中年人从车厢里跳出来，匆匆奔向默哀的人群。他不声不响地站在垦荒队的队列后，低下头来，静听着回荡在广漠荒野的哀乐声。直到默哀完毕，排在队尾的叶春妮才发现身旁站着一个陌生人。最初，她以为是县委会的干部站到垦荒队的队列中来了。她揉揉哭得红肿的眼睛，仔细朝这个人盯了几眼，不由得大声呼叫起来：

"同志们！苏……苏……苏坚书记来了。"

卢华早就把团中央书记要来草原视察的消息传达给垦荒队了，但谁也没有料到他会来得这么早，而且偏偏赶上了这个追悼大会。霎时间，会上所有的目光，不约而同地朝苏坚看去。那不是他又是谁呢？一年前，他曾主持了那次"奇特的宴会"，又为垦荒队队员们在前门火车站送行，现在，他依然和在北京时一样，但脸上没有笑容——在这悲恸的日子，他怎么会有心思笑呢！

垦荒队队员们都想朝苏坚拥过去，但苏坚的脸色和笼罩在荒地上空的悲凉气氛，使他们止步。只有宋武从队列的夹缝里向苏坚走去，他神色肃穆地向苏坚伸出去一只手："我是宋武。省里来电话说你两天以后才能到荒地呢！"

苏坚双手握着宋武的一只手："我马不停蹄，像打仗时的急行军那样赶来了。感谢你在这群北京儿女身上所花费的苦心。"

"我没把工作做好，你看——"宋武扭头看了看墓碑，"我很难过。"

"接到你们拍给团中央的电报，我特意去看望了马俊友的老妈妈。老妈妈说宋武同志是一个优秀的老党员，一个称职的父母官。"苏坚松开宋武的手，目光转向垦荒队队员们说，"你们寄给老妈妈的信，老妈妈接到了，她说她有你们这么多的儿女，不会寂寞了。她托我转给同志们两句话：'中国要强大起来，在建设的岁月，不可避免地要有人为之献身。'她为儿子牺牲而难过，也为儿子的献身精神而自豪！"

卢华激动地问道："老妈妈为什么不来？"

"她是要来的，等学院放了暑假，她要来看望一下她这七八十个儿女。"苏坚在队列的夹缝中缓缓地向前走着，他忽然想起了什么，停下脚步问道："邹丽梅同志呢？"

"我在这儿。"邹丽梅答应着。

"还认识你的入团介绍人吗？"

"苏书记，您……"

"这么瘦，是哭的吧？"

邹丽梅诚实地点点头。

"应该哭，那么好的一个同志牺牲了，怎么能不哭呢？"苏坚说，"当年，小马的爸爸在解放战争中牺牲时，小马的妈妈也哭得像个泪人儿，但是抹干了眼泪之后，还得冒着硝烟前进！"

邹丽梅强压下涌上眼窝的泪水，回答说："我明白您的意思了。"

"老妈妈还对你有个希望。"苏坚若有所思地说。

"您说吧！我一定不会让老妈妈失望。"邹丽梅坚定地回答。

"真的？"

"是的。"

"老妈妈说你是个很重感情的人。她希望你尽可能早地从感情的沼泽中拔出腿来，抬头挺胸走自己的路。"苏坚关切地凝视着邹丽梅，"当然了，你会问我：'那老妈妈不是一个人生活过来的吗？'我要回答你：是的，但是老妈妈失去爱情的时候，已经年过五十了，她是从旧中国走过来的人，在处理个人感情问题上，多多少少带着点那个时代的烙印。你嘛，人正年轻，是在新中国阳光雨露下成长起来的，处理个人问题，应当有新一代人的风采……小邹，你能理解我们老一辈人的心吧？"

"我理解。"邹丽梅悲恸地垂下了头，"您要容许我考虑一下，这是个非常严肃的问题。"

苏坚还要对邹丽梅说些什么，卢华已经站在他面前了。这个黝黑脸膛的汉子在悲痛的煎熬中，脸庞瘦了一圈，颧骨凸出了双腮，他在苏坚面前，似乎有千言万语要说，但他又不知道该不该在这追悼会上倾吐出来，因而张了张风干的嘴唇，又闭上了。苏坚慈爱地注视了他老半天，开口道："有话就说嘛！闷在肚子里可容易得癌。"

"我要向团中央检查。"卢华嗓音沙哑地说。

"你们干得很不错嘛！有什么需要作揖磕头的？"苏坚用手指拨下卢华脸上的一块泥巴，亲切地回答。

"不，我没能干好工作。一场荒火，不仅夺去了马俊友同志的生命，还烧毁了我们一大片麦子，也烧焦了垦荒队队员的心。一个垦荒队，不能向国家上缴粮食，是……我……工作的严重失职。"卢华难过地向苏坚汇报，他两眼盈出了泪光，"剩下的麦子加上秋粮，可能只够我们自己吃的了……"

"你们事先做好了准备没有？"苏坚问道。

"你看——"宋武指指光秃秃的防火道，"他们做了充分的防火准备，防火道比要求的还宽出来两三米。"

"这也怪了！大火怎么会隔着防火道烧进麦田里去了呢？"苏坚觉得十分诧异。

"老苏，就连我这个在草甸子上滚了一二十年的老北大荒，也没想到这棵老橡树上的鸟窝，能从高空中把火星抛到十几米以外的麦田里去。"宋武把苏坚带到了半截老橡树跟前，"北大荒非常难斗，到现在我们也没完全摸透它的脾气秉性，马俊友同志为此献出了年轻的宝贵生命！"

苏坚久久地凝视着立在马俊友坟墓前的碑文——上边刻着：北京青年志愿垦荒队马俊友烈士之墓。然后，苏坚拿起一把铁锹，亲自为马俊友的墓培土。当他把铁锹靠在石碑上，把头转向垦荒队队员时，他的眼里盈出了晶莹的泪光，他没有掏出手绢去擦眼泪，任凭两行热泪从他瘦削的脸上流淌下来，过了一会儿，他对卢华说：

"如果我记忆不错的话，你过去当过兵。"

"在志愿军里当过坦克手。"卢华不理解苏坚为什么问起这些。

"参加过大战役吗？"

"马良山的反击战。"

"部队有伤亡吗？"

"有。"

"掩埋过战友的尸体吗？"

"掩埋过。"

"当时，你们是守着尸体哭呢，还是掩埋过同志尸体之后，向敌人冲锋？"苏坚眼里的泪光消失了，炯炯目光停留在卢华脸上。

"冲锋！"

"好了！那你就别耷拉着脑袋了。同志们！你们也都抬起头来。"苏坚声音朗朗地说，"眼泪是征服不了北大荒的，我们必须像马俊友同志那样，用青春和热血向大自然搏斗。荒火夺走了我们一部分小麦，这没有什么了不起，它使我们更了解北大荒的暴戾，更加丰富了我们人和自然斗争的知识和阅历。像有些电影里写的：姑娘们欢天喜地地播着小麦，那麦苗像气吹的一样，立刻变成一片麦海，接着是康拜因收割，大车小车排着队去往国库里缴粮食。那是对生活不负责任的编造，是人世间并不存在的童话。征服荒地是硬碰硬、冒火星的工作，我充分估计到了你们的各种困难，比如：雨涝、冰雹，但我没有想到荒火也是天敌，北大荒真是有北大荒的个性和脾气！同志们，尽管天火烧掉了你们一部分麦子，你们还能自足，这个成绩就很了不起了。更了不起的是，从北京飞来的这队'白鹤'，已经吸引了全国青年的目光，南到大陈岛北到哈尔滨的热血青年们，他们已经步你们的后尘，组成了青年志愿垦荒队，到北大荒和海岛去艰苦创业了。党中央决定，明后年要有一大批复员的干部战士开赴北大荒，和你们一块儿垦荒。将来，这儿成了大型国营农场，拖拉机、康拜因满地跑的时候，人们是不会忘记你们的——因为你们是新中国第一批拓荒者。你们的后代会把从草原采摘来的野花，献到马俊友的墓前——因为他是第一批拓荒者中的第一个献身黑土的烈士。"

卢华昂起了头。

垦荒队队员们昂起了头。

参加追悼会的县委干部、医生、老乡，激动地望着面色肃穆的苏坚。苏坚如火一样的目光，掠过每个垦荒队队员的面孔之后，奇怪地问：

"带队来的迟大冰呢？"

卢华掏出迟大冰的来信，递给苏坚说："小马同志牺牲前，曾把他对迟大冰的疑虑告诉了贺志彪，我们派诸葛井瑞骑马到鹤岗市去找他，想把他挽留下，但是没能追上他。诸葛井瑞跑遍了市里的几个医院，证明他根本就没去医院检查。从迹象上看，他可能当了逃兵！"

"逃兵？"苏坚不禁一愣。

"是的。"

"还有其他证据吗？"

"他走了以后，我们整理了他的行李，发现他临行前把一切该带的都带走了。"卢华向苏坚汇报着，"特别说明问题的是：在地铺的乱草底下，发现了剪去两个圆洞的牙膏皮。苏书记，我当过矿工，有个别矿工不愿在井下劳动，有意制造假肺病时，就把这玩意儿贴在背心或小褂上，对付 X 光透视，蒙骗医生。我们估计凤凰镇的医生也被他欺骗了。苏书记，他来荒地后，受过党的纪律处分，我们竭尽全力帮助他、爱护他，到头来他还是给我们脸上抹了黑。这是我们垦荒队的耻辱！"

"看样子，他的骗术还挺高明嘛！当初，他咬破手指在垦荒倡议书上签名，也是演戏蒙骗组织了。"苏坚两手用力一绞，把迟大冰那封信撕成碎片，挥手向空中一抛，"我回北京后，查实一下情况，如果一切属实，我们马上请他出党。卢华，你到哈尔滨以后，抽空整理一份完整的材料。"

"哈尔滨？"卢华对苏坚的话不能理解。

"对了！老宋同志！我还没来得及告诉你，你给团中央写的那份材料，非常及时。我路过省里的时候，过问了一下邹丽梅和诸葛井瑞同志参加'积代会'的代表资格问题。搞团的工作的人不给青年人开路，反而用什么'血统论'当拦路虎。我像邹丽梅同志那样，狠狠地给了那把铁锁一斧头。门，砸开了！后天，你们呈报的那六名同志和我一起去参加省'积代会'。"

宋武悄声提醒苏坚说："只剩下五个人了，马俊友……"

"他没有死，这就是他的形象。"苏坚弯腰拾起了为祭悼死者而放在碑前的"钢背心"，大火虽然烧断了它的皮垫，但那一条条不锈钢却在闪闪发光。苏坚把这个死者的遗物庄重地交给卢华说："你把它带到'积代会'上去，你要向大会介绍马俊友同志的事迹，并告诉青年朋友们：'青春不应该是生锈的铁，而应当是闪光的钢——要想使中华民族屹立于世界民族之林，我们需要多少这样铺路的钢啊！'"

卢华严肃地回答："是！"

"白黎生呢？"苏坚呼喊着。

"我在这儿。"白黎生从文工队的行列里走了出来。

"现在，我们为献身于黑土的普通共产党员奏《国际歌》，开始——"

沉痛而激昂的旋律，在古老的荒地上鸣响起来……

这并不是尾声。

几年以后，在北京落成不久的美术馆里，曾经举办了一次描写拓荒者生活的画展。我当时虽已身陷囹圄，但为了寻觅同时代青年朋友的足迹，千方百计赶回京城，随着络绎不绝的观众步入了充满北国风情的展览大厅。

大厅中第一幅画就吸引了观众的目光，那是一幅以《北国草》为题的大幅油画。不用去看画角上的署名，只从画面上那刚劲的笔锋和纤巧的布局，我就知道它出自诸葛井瑞的手笔：画面上的天空，奔跑着翻卷的云朵，画面上的大地，挺立着一丛丛直戳天空的剑草。翻卷着的云是灰色的。直立如剑的劲草是绿色的。尽管站在这块以灰、绿为主色的画布前，听不见一丝北国喧嚣的风声，但我从飘飞的乱云和剑草的微微倾斜中，顿感莽莽荒原的疾风扑面而来。

画面的灰绿之间，微露着石碑的一角。一个被莽原劲风吹散了银丝的老者，望着石碑状如凝思，又好像在回忆流逝的往昔——我认出来了，那是马俊友的母亲。邹丽梅似乎比过去结实了一些，她身穿医生们常穿的白衫，手捧着一束色彩斑斓的野花，正深情地凝视着全体垦荒队队员的伟大母亲。她身子略略前倾，似想把这束花呈献给老母亲，但又唯恐打扰老母亲的沉思似的，犹豫不前。最使我深思的是石碑后的那个人物形象，他身材魁梧，手挥铁锹正在给坟墓培土。由于诸葛井瑞勾画的是他的侧影，我仔细分辨了老半天，才识别出来——他是以力大、憨厚、诙谐、乐天闻名全队的大个子贺志彪。

　　贺大个儿为什么被诸葛井瑞摄入画面呢？我久久地对着画面思索。是诸葛井瑞信笔由来的即兴发挥，还是对邹丽梅命运发展的真实描绘？忽然，我从画面上的那棵老橡树上得到了一点启示：那棵被荒火烧去树冠，只剩下半截树墩子的老橡树，在诸葛井瑞笔下，竟然从乌黑的躯干上神奇地抽出了一条条浓绿新枝，那舒展的枝枝蔓蔓，覆盖着石碑，伸向广漠的荒野。

　　它，寓意着什么呢？

　　仅仅是赞美马俊友的生命常青？不尽然吧！如果单纯是这样的含意，为什么非把贺志彪的形象画上画布呢？也许通过这棵枯木逢春的老橡树，在暗示邹丽梅和贺志彪之间的什么东西吧？那么，这种东西究竟是什么呢？

　　我站在画作前，拼命搜索着昔日在荒地的生活记忆，寻找着他们之间的衔接点。终于，我回忆起来了：贺志彪在北大荒多雪的冬天，以及在麦熟时节的盛夏，曾默默地为邹丽梅做了许许多多的事情。也许他们之间的同志爱，在共同的生活中升华为爱情了？

　　谁知道呢。

　　观众潮水般地从我身旁流过，我像潮水中的一块礁石，一动不动地站在那儿。我虔诚地祝愿，这不仅仅是一幅画，而是真实的生活，——因为贺志彪和邹丽梅都有着善良而美好的心灵……

1983 年 2 月 20 日初定于北京

7 月 16 日修定于北京

中篇小说

雪落黄河静无声

黄河，我的母亲！
难道奔腾着的泥沙就是你的精灵？

——作者题记

八十年代的"鸡毛信"

叶涛：

久违了。

接到这封"鸡毛信"之后，无论你写作任务多么忙，也请你暂时扔下笔，到河滨小镇来一趟——我求求你！

当然，这个旅程对你也许是不愉快的，因为你要来的地方，是距离农场不远的河滨小镇，它可能引起你对昔日蹉跎岁月的回忆，也可能使你结了疤的伤口重新流脓，但在这黄河之滨沙尘滚滚的土地上，不也留下过我们难忘的友情吗？

你不会忘记那一天吧？当那"四个魔鬼"下"地狱"后，我结束了"候补囚徒"的生活，我们的第一件乐事，就是两人合骑着一辆自行车，去瞻仰气势磅礴的黄河。在浊浪排天的黄河畔，我打开了一瓶汾酒，一边对着瓶嘴饮酒，一边吟着古诗："明月几时有，把酒问青天。"我们希冀着对我们彻底解禁的那一天早些到来。老弟！今天回忆起那个镜头来，还使我心醉！

我们喝得微微有些醉意了。我祝愿你有朝一日，文章能如黄河之水，滔滔不绝；你则祝愿我，早日结束老光棍的生活，和有情人陶莹莹结成眷属。最后，我们把喝剩下的半瓶汾酒献给了我们伟大的母亲——倾倒进了滔滔黄河中！当时，你和我都像孩子一样，激动得哭了！叶涛，你还记得吗？当时，一列西安开往北京的客车正驶过黄河铁桥，乘客们无不惊异地把脸贴在车窗上，瞧着你我两个踯躅于黄河之畔的疯子。特别是当那个外国人把带长镜头的照相机对准黄河拍照的时候，我们跳着高向他喊着：

"拍吧！黄河是我们中华民族的骄傲！"

"拍吧！我们都是黄河的伟大子孙！"

列车过去了。

我们沉默了。

我俩茫然若失地站在黄河之滨，任黄河的惊涛骇浪在我们心中奔腾！沉默了很久，你说："看见了吗？这趟车是开往北京的。"

"你向往有一天，也坐上这趟火车吧？"

"这还用问吗？"

我们坐在河滩上，一起向往着即将到来的明天。我告诉你，我没有回北京的愿望，在黄河畔的无论哪个小镇上，当个外语老师足矣！这不仅因为我喜爱黄河，还为了陶莹莹。道理很简单，有朝一日，"老右"也许能够群神归位，而这对于犯了刑事罪的她，是不会有份的。我舍弃她而回城市，不是有负良心吗？

你终于乘那趟列车走了。

我按照我的夙愿留了下来。

你几次来信向我索取我和她的结婚照片，并询问我们的婚后生活。在你罗曼蒂克的想象中，我在沙城小镇的生活过得准像蜜窝窝，因为她美丽温柔，这迟暮的爱情一定别有韵味。我一直在信中支支吾吾，避而不谈爱情问题，实因我有难言之苦。现在，我的痛苦彻底解脱了，但是心灵上似又背上了黑十字架。

叶涛！信中无法向你详述我的心情。切望你舍弃一点可贵时间，来小镇看望一下你昔日共过患难的朋友。不用多，只在我这儿待上一天就够了！我焦急地等待着……

十万火急！

范汉儒

1980 年冬

第一章

这根鸡毛，使我记起了那流逝了的岁月和珍贵的往事……

这是一封撩人情思的来信。范汉儒不仅在信尾写上了"十万火急"，而且在信笺当中夹着一根鸡毛，以象征他那颗焦躁不安的心。

似乎没有过多的考虑，我采取了比"鸡毛信"更快的办法——先给他拍了一封电报，之后登上了西行的火车。在隆隆的车轮奔驰声中，绿色的长龙有节奏地摇摆着。我靠在临窗的座位上，从信笺里抽出那根鸡毛，观看着：这是一根公鸡的翎毛，呈黑褐色，范汉儒怕邮路上鸡毛被折断，除把它卷卧在信笺之中，还在信皮上谎称："内有照片，请勿折叠。"我最初接到他这封信时，真以为里边有他和她的结婚照哩！拆开一看，大失所望。我很理解他把鸡毛装进信笺的意思，除了表示他急切地想见我一面之外，还想唤醒我沉睡的记忆……

列车——也是一列绿色的列车，车上没有普通旅客——那是押送"右派"去改造的专列。

早晨，当我从美梦中回到这节车厢时，他早已醒了：

"Good morning, Sir."

"我不懂英语。"

"先生，早安！"他对我解释。

我很奇怪。他好像不是去接受改造，那喜眉笑目的样儿，倒像是到哪个胜地去旅游。

"奇怪吗？"

"有点。"

"笑一笑，十年少。"他笑了。

他长得并不美，但面部很有特征：前额外凸，表现着他的智慧；嘴唇很厚，又显出他的几分痴愚。两个矛盾的特点搭配在一张面孔上，使人感到有点可笑。也许他的脑瓜像爱因斯坦一样聪明，而发达的四肢还停留在"北京人"的年代吧——我想。

"我叫范汉儒。"他向我伸出一只手来，"跟战犯范汉杰，只差一个字，反'右'批斗会上曾有人问我，'喂！你和范汉杰是不是亲兄弟？'我说'是一母所生的两个反动派！'那些发热的脑瓜也不想一想，他多大年纪，我多大岁数，我妈即使是个老寿星，也没有那么大的养育能力。可他们却信以为真，每次批斗我时，必先挂上个序言，'现在我们开始批判大战犯范汉杰之弟，右派分子……'"

我被逗笑了，把手伸给他：

"我叫叶涛！"

我俩的手，在小桌之下紧紧地握在一起。他告诉我，他的父亲是历史系教授，所以给他起了个汉儒的雅号，不外乎想把他塑造成一个具有东方气质的知识分子。可是他偏偏考上了西语系，而且正值毕业那年，凤凰坠地变成了鸡。

"我是属鸡的，六一年阴历三月十三，虚岁该二十八了。"

"我和你同一个属相。"他说，"只比你小三个来月。"

"你是六月鸡，比我命好哇！你准会有食吃。"我苦笑着说，"我这三月鸡，草芽还没返青，大地连个草籽也没有，还得在雪下刨食呢！"

真是如同鬼使神差一般，到了那个劳改农场后，我被分配种稻子，他被安排在养鸡房。当时饥荒席卷中国每一寸土地，鸡房、菜地、果园、粮仓都是惹人眼红的地方，特别是鸡房尤其使人瞩目。这群落难秀才虽然有时分不清稻苗和稗草，但鸡蛋里含有极其丰富的营养则无人不知。田野因干旱荒芜了，草丛里的肉虫和草籽还是无限丰富的，所以母鸡"咯咯咯"的下蛋声，照常从铁丝网围着的鸡舍传来，我们每每听见这比音乐还诱人的声音，常常情不自禁地探长脖子，带着贪婪或嫉妒的目光，从我们这块铁丝网围成的圈圈里，望着属于范汉儒所掌管的富足领地。

奇怪的是：他也和我们同样消瘦。也许是我对他格外关心的缘故吧，我甚至感到他的厚厚的嘴唇都变薄了些，就连他那外凸的前额似乎也小了一圈；瘦得露出青筋的细脖儿，顶着一个硕大的脑壳，就像鸡舍旁边打了蔫但仍然站立着的向日葵。每当我们早晨出工的队伍经过鸡舍时，他总是喜笑颜开地重复着他在列车上向我问候的那句话："早上好！先生们！"

"不知死的鬼！你都快瘦成'木乃伊'了！"

"'木乃伊'对后代人来说，有重要的研究价值。"他朝打诨的人以打诨的方式回答，"通过研究我的尸体，可以了解我们这个时代的政治、经济、文化……这就为人类的未来做出了贡献。"

"那一箱箱鸡蛋可能治你的干瘦！"

"可惜它不姓范。"他正了正塌鼻梁上那副黑近视镜，"它们都姓'公'！"

"喂！别太'那个'，递两个过来！"

"行。我记着这件事。"他煞有介事地拍着大脑门儿，"等我能够由人返祖成母鸡时，下了蛋一定奉送。不但给你两个，让你撑得一打饱嗝都鸡屎味了，才算罢休。怎么样？"

"要是你一辈子总是个人呢？"

"对不起，那只有咱俩一块变'木乃伊'吧！"

由于他豁达诙谐，我们这支劳改队经过他的"领地"时，总要扬起一阵笑声，愁楚的脸上总会增加一点喜气。但是我们也仅仅能获得这点乐趣而已，全队一百几十号人没有一个能从他手里讨出鸡蛋来。

"这小子是不会亏待自己的吧？"

"养鸡房就他一个人，难保！"

"……"

有一天队长集合训话时，全队人都震惊了。他说："你们不是怀疑范汉儒偷吃鸡蛋吗？你们看——"他举起手里握着的四个鸡蛋，"这年头连地下的耗子都饿疯了，这是红眼耗子拉进老鼠洞里的四个鸡蛋；范汉儒硬是用铁锹挖开鸡房墙角的老鼠洞，把这四个鸡蛋追回来交了公。老实说，最初我们对他也并不很信任。有一天，我夜里偷偷去查看鸡房，范汉儒支着一个小铝锅正面对墙角咕嘟嘟地煮着什么东西。我想，好个范汉儒哇！白天你人面狗脸的还像个知识分子样儿，原来也是不值钱的货！我揣摩着那咕嘟嘟响的东西，一定是热水锅里上下翻滚的鸡蛋，便一脚踢翻了那只铝锅。我立刻愣住了，滚在地上的是一个个白菜疙瘩，锅底上还有一只扒了皮的红眼耗子。"

会场默然。

"他很委屈。我很内疚。我俩在月光下站了很久，我说：'这事怨我粗鲁，你把菜头和那只耗子收拾起来，洗一下，重新再煮煮吧！'

"'为什么要让我收？'他瞪着我。

"'怎么？还要我给你收？'

"'当然！'

"我当劳改队长七八年了，还是第一次碰见这号不识相的犟种。我朝他吼：'不是向你承认我作风粗鲁了吗？你……'

"'我怎么了？你为什么踢了我的锅，让我自己擦屁股？'他毫不怯懦地回答，'明月在天，是非清楚，该谁收谁收。我养鸡是为国家，不是任何个人随便驱使的奴隶！'

"我火气更大了，往前迈了两步……

"'你要干什么？想打人？'他一动不动地逼视着我，'我提醒你一句，你的大盖帽上戴着的是中华人民共和国的国徽。九百六十万平方公里的国土上，每一个人，都得受它制约。你……你……也不例外。'

"我已经是四十岁的人了，一建立这个劳改农场，我就在这儿当队长。我真想狠狠地剋他一顿，可就是找不出训斥他的理由。我想去拾那几个菜头，就是弯不下腰。这时，范汉儒好像猜透了我这个劳改干部的心思，蹲下身去开始收拾滚落尘埃的菜头，我用手电给他照着亮儿，并抢过锅到水龙头下帮他冲洗……

"今天，我在你们面前表扬范汉儒的廉正品质。他宁可用菜头填他的肚子，也不捞公家一星蛋花。这年头，谁不饿？我在这儿对你们讲话，肚子里还'咕噜噜'地直叫唤呢！不信，你们到我家掀开锅看看，清一色的菜头、菜帮子……经我请示场部，这四个鸡蛋给范汉儒了，作为奖励！范汉儒在哪儿？"

"有。"他迈出队列。

"拿去！"

从这天起，貌不惊人的范汉儒名声大振。落难的秀才中不缺少捕捉形象的能手，有人给他起了个"六点钟"的外号。意思很简单，六点钟时，时针和分针成一条直线，以此形容他的为人正直。这位队长姓姚，脸膛黝黑，为这件事，也赢得了个"黑姚期"的绰号——这是对这位劳改干部的最高褒奖。

那天散会之后，我是带着笑意进入梦乡的。崇拜廉正，是一切善良人们都具有的天性，而"六点钟"的行为正是中国受难知识分子优秀品质的体现。尽管磨盘重的精神负荷压得人喘息都感到困难，在这块物质、精神都十分荒芜的土地上，也还是开放着中华民族的美德之花……

这大概是个梦吧！我恍恍惚惚地感到有个黑影站在我的面前，接着，我的脸部发痒，我想这一定是顶棚上掉下来的小虫子，在我脸上上演穿越"大人国"的旅行，我伸出手来一把抓住了它——我醒了！我手里攥住的是一根毛茸茸的鸡毛。

我翻过身去。

它又在我脸上蠕动开了，同时我耳畔响起嘻嘻的笑声。

"谁？"我猛然坐了起来。

"嘘——"站在炕沿边的"六点钟"指了指嘴唇，意思是不要惊扰了大炕上其他伙伴的睡眠，然后用下巴向我做了个出屋的暗示，似乎有什么机密事情要告诉我。

室外，月光似水，遍地银白。这天的月亮实在太圆了、太亮了，以致我几次抬头，都难以寻觅到一颗星斗。我知道，这是皎月之辉湮没了满天星光的缘故。如果把我们这一百多人都撒在天上变成星星的话，我们所有光源的总和似也比不过范汉儒，他——不正是我们中间的月亮吗？为了延续生命，这些知识分子已经无所不吃，公和私的界限早已不复存在，青苹果、酸葡萄，甚至连水田里长着的稻穗都被他们用鞋底搓掉外壳，囫囵吞枣地填进肚子。为了挺过饥荒，这些万物之灵已经向类人猿"返祖"了。而范汉儒守着"聚宝盆"，却没丧失节操，他瘦得虽然如同一摇三晃的竹竿，公和私仍然泾渭分明，我不能不钦佩他的铮铮风骨。

我们坐在一棵倒树上。我说：

"是不是队长对你开了天窗？有什么好消息？"

"老弟，别异想天开了。你没见报纸上连篇累牍地叫喊要'加强阶级斗争'吗？！丢掉幻想，做长期劳改的思想准备吧！"

"报丧，干吗半夜把我叫出来？"我不悦地说。

"当然有喜事啦！"他两片厚嘴唇向上一翘，露出常见的喜劲儿，"精神营养虽然重要，但绝不万能！要想活得健康，归根到底还得靠物质营养。瞧瞧这个……"他把一个手巾包摊在我面前，是一堆鸡蛋。

可惜，我当时没带镜子，如果对着镜子看一下自己的模样的话，两只眼睛瞪得不会比地上的鸡蛋小多少。我看了半天才惊异地问："哪儿来的？"

"你不是在队前看见了吗？"

"给了你四个……"我数了数，"现在是十四个呀！"

"这十个也是他给的呀！"

我审视地望着他："是不是你学会了三只手？"

"老弟，你怎么这样看我范汉儒？我……"

"六点钟"有点动感情了，他摘下眼镜，直溜溜地瞪着我说："这十个鸡蛋是他家里的母鸡下的，散会以后，他回家特意给我拿来，叫我把这十四个鸡蛋吃了，补补搓板一样的身子。"

我相信范汉儒的诚实，但是难以理解"黑姚期"的行动。诚然，在队列前向"右派"坦率地检查他作风粗鲁，已经表现了他超越一般劳改干部的水平；但一个负责改造人的队长，自己肚子还"咕噜噜"叫，却主动拿出也许连自己孩子都舍不得吃的东西，给一个专政对象，则还是罕见的新闻。

"你不相信？"

"仅仅是不太理解。"

"你看，这是他的手巾，上边还印着'公安'字样呢？"他把鸡蛋抖落在地下，又把手巾展开在我的眼前，"老弟！社会是形形色色的人组成的，过去你是个写书的，应当比我理解得更清楚。人是有情物嘛！要是照你这个逻辑推理，拉夫列尼约夫的《第四十一》，不早就被打入阴曹地府了吗？可是它一直流传着，你还对我称赞过这部小说哩！"

"那个典型环境和这儿不一样！"我争辩着。

"正因为不一样，'黑姚期'的品质才显得更可贵。"范汉儒对着我的耳朵高声说，"我本来死活不接他这兜鸡蛋，他对我发火了，嚷道：'你是不是嫌太少？这是两只母鸡一个星期下的蛋。我没给孩子，没给老婆，给你拿来是看你还有中国人的骨头：将来政策松动一点，你还能为老百姓办点好事。这不是给你解馋的，是为了你能活着出去，懂吗？'叶涛，不知为什么，我鼻子发酸，'吧嗒吧嗒'地掉下泪来……"

我沉默了。

他也若有所思。

"将来如果我还能拿笔，我一定不漏下这个'黑姚期'，这个人物可很有嚼头……"我对着一轮明月，内心十分感慨。

"能忘了我吗？"他指着自己的脑门。

"忘不了。"我笑了，"但你这'六点钟'可是个反面典型，发牢骚，讲怪话，说什么后代人挖出你这具'木乃伊'来，'可以研究我们这个时代的政治、经济、文化……'"

"怪话要讲，活还得干。"他磕开一个煮熟的鸡蛋递给我，"无论怎么说咱们都是炎黄子孙，'祖国'这个字眼对我们来说，永远是至高无上的……别说这些抽象的东西了，吃！吃了就能活下去。'二一添作五'，咱俩一人七个。"

"单数不吉利。"我推给他一个鸡蛋。

他反而滚过来两个鸡蛋。

我把这两个鸡蛋又推了回去："你是'鸡倌'，理应你多吃两个。"

他忽然像想起了什么事情似的，用手指叩打着大脑门说："对了！今天是农历六月二十四，正好是我的生日。让我们这两只属公鸡的，永远记住今天头上的月亮，永远记住在劳改队的这次夜宴吧！"

这，就是范汉儒把一根羽毛卷在信笺之内的寓意所在……

第二章

> 有两性生存的地方就有爱情。"大劳改"和"二劳改"的罗曼史就是在这片荒芜的土地上开始的……

列车不知疲倦地奔跑着。

保定早已被甩在后边。

石家庄又风驰而过。

列车闯出了长长的隧洞。

列车开进了高山峡谷。

回忆多么像山上火车留下的白烟啊！列车走到哪里，它跟随到哪里，就好像那缕缕白烟是范汉儒的影子，始终浮现在我面前，萦绕于心扉之间……

我失神地望着窗外，心里充满了零乱的遐想。瞧！列车留下的烟和云拥抱了，它们很快在大自然里融为一体。按道理讲，生命元素相同的物质，都是会合二为一的：烟和云！云和霞！霞和气！气和水！水和烟……以此类推，周而复始。但是为什么范汉儒和陶莹莹却违反了这一自然法则呢？他和她的分子排列难道有什么不同吗？他俩在苦难中萌发了爱，像天上的银河两岸的牛郎和织女一样苦等，三中全会已经为他和她搭了鹊桥了呀！为什么到现在还没有结婚，反而来信向我告急呢？怪事！

"十四个鸡蛋的夜宴"之后，约莫过了三四个年头——我们虚弱的身体已经复原时，"六点钟"结识了陶莹莹。"事不如意常八九"，偏偏在我们的扇面胸膛增加肌肉的时刻，我们失去了最可贵的东西——"黑姚期"调离了这支劳改队。接替"黑姚期"队长职务的，是个部队复员下来的班长。他姓崔，是个四川人，白净脸，淡眉毛。这个满口"啥子啥子"的白面书生，既没有"黑姚期"的热诚，也没有"黑姚期"的直率。他总用眼角瞟着我们，似乎这儿的一个个"右派"，都是一得到机会就会演"火烧草料场"的林冲。如果有人对他的训话作一个统计的话，他嘴边带出多少家乡方言"啥子"来，就会有多少"反革命"和"啥子"做伴："你们是啥子东西？你们是'反革命'；你们是啥子右派？是'反革命'右派！你们是啥子地方来的都有，不管是啥子地方来的，都是地地道道不掺假的'反革命'。'反革命'该干啥子活儿？下水塘耙地种谷。是啥子人叫你干养鸡的活儿？'反革命'养的鸡，下的蛋都有'反革命'味儿。从今天起，你……你……叫啥子姓名来着？对！对！你叫范汉儒……从今天起，你就别给我养啥子鸡了！那些鸡叫不是'反革命'的刑事犯去养。"

完了。

在劳改农场闻名遐迩的范汉儒，莫名其妙地被摘去了"鸡倌"的乌纱帽。他去鸡房搬行李时，这位姓崔的"啥子队长"，像范汉儒的贴身马弁一样，紧紧地跟随他形影不离。本来，"六点钟"知趣一点，夹起行李就走也就完了；可范汉儒是个"犟种"，告别鸡舍之前，偏要去看看那些"来亨""澳洲黑"和"芦花翅"。范汉儒惜别似的招呼它们：

"'大黑'！飞过来！

"'二黄'，来，让我最后看一眼。

"'花姑'！我要走了，我们换了队长，你们也要换爹娘了！"

"你这是讲的啥子话哟？"被"右派"们很快授予"催命三郎"绰号的崔队长，心中早已不耐烦了。此时，他那个嗅觉灵敏的鼻子，似乎从"六点钟"和鸡舍的诀别词中，闻出了什么阶级斗争的新动向。他扬起双臂，把围绕在范汉儒身旁的鸡群轰开，朝范汉儒嚷道："你是不是对调你去水田不满意？"

"满意。"范汉儒说，"我只想向崔队长提一个问题。你不叫我养鸡了，我是磨盘上的驴——听吆喝的，只是你说我养的鸡下的蛋都有'反革命'味儿，这可是违反遗传科学的。按队长你的说法，调个盗窃犯来养鸡，下了蛋是不是也会有股子贼腥味儿？"

"你反动——

"你是'反革命'——

"你是加双料的'反革命'！"

"催命三郎"讲不出个道道来，但政治帽子却非常富有。他一连给范汉儒戴上了一撮帽子还不算，还在全体大会上号召所有成员加强对他的监督。范汉儒——这个被"黑姚期"看成鸡群中凤凰的人，在"催命三郎"眼里成了一只秃尾巴鸡了。

我们都为此愤愤不平：几年来，范汉儒为研究养鸡付出了一腔热血；他为农场贡献了数以万计的鸡蛋，可是他自己的收获却是个零。全场各队谁不知有个大脑门的鸡倌？他顶风冒雨去各个队传授养鸡经验。就连男号从来不许涉足的女队，范汉儒也常来常往。"黑姚期"信任他，给他恢复了一个人所具有的全部智能。而这位"啥子队长"一来，范汉儒的一切都灰飞烟灭了。"催命三郎"那只"左视眼"，发出如同新式武器中的激光，一下把范汉儒的存在和他创造的一切都化为乌有。

"'六点钟'，别难过了。"晚上收工回来，躺在人挨人的大炕上，我安慰他说，"天有阴晴，月有圆缺，碰上这种东西，算咱们倒霉！"

他两眼看着房顶，一动不动。

"怎么了？你把荣誉看得那么重？"

他还是若有所失地圆睁着两只眼睛。

"你小子那点黯达劲儿跑哪儿去啦？"我捅了他一拳。

"唉！"范汉儒长嘘一口气，"我该怎么对你说呢！养了几年鸡，我当然眷恋鸡房。可是你不知道，还有比那些长翅膀的更值得我眷恋的东西。这些事情我都没对你说。"

"我知道，你想'黑姚期'。"

"全队都想。不是这件事。"他摇摇头。

"这么说……是你独家独想的了？"

"对了。"

"我猜着了，二八月猫闹春，你大概是想起反'右'前，爱你的女性函数了吧？"

他不安地蠕动了一下身子，舔舔厚厚的嘴唇，苦笑着说："你瞧我这副模样，是姑娘追求的目标吗？不过，你猜的已经贴边了……不，还得说是个未知数。"

"那么说，你是有目标的了？"

"像一团雾。"他马上修正，"不，比雾还模糊。"

"你跟我打什么哑谜？"我用胳膊支撑起身子，居高临下地审视着他的脸，"忘了我们属鸡的同庚——"

"嘘——"他一下把我拉平了。

崔队长来查夜了。过去，"黑姚期"来查夜时，人们对他毫无防范；看书的、写字的，各随各便。崔队长上任后的第一把火，就是没收所有成员的书。不管是文艺小说，还是理工医学，都一概照收不误，而且一律不给收条。现在，这群落难秀才的宿舍，已经没有带铅字的纸片了。他还常常在夜里突然出现在我们面前，用眼角那点斜光打量着每一个没有睡去的成员。现在，他那锐利的目光，一下盯了范汉儒的脸上。他走到我们的炕沿前狐疑地说："你们说啥子话哩？为啥子见我来又不说了？不用说我也知道，你是在对叶涛发泄你被调离鸡房的不满！"

我不愿他在我们眼前久留，应付地说："没有。他没下过水田，分不清稻苗和稗草，正问我稻草和稗草的形状差别哩！队长，明天我们是不是去最边缘的那块水田拔草？"

我转移他注意力的提问，产生了效力，他下着命令："明天开展稻田拔草竞赛，中午地头送饭，吃了饭连轴干，啥子龙门阵也别摆了，快快睡觉。"

他走后，我们继续刚才中断了的谈话，"六点钟"这才向我交代隐藏在他心中的秘密。

"该怎么对你说呢！也许有人生存的地方，就会产生爱情。你看，我们的祖先原始人，茹毛饮血，围树皮，住岩洞，生活比我们现代人不知要艰苦多少倍。可是他们并不因环境的极其艰苦而停止繁衍后代。"范汉儒摆开"龙门阵"，开始陈述他刚刚开篇的罗曼史，"我真想不到，在这个荒芜的地方，也会遇到这样的事情。这话是一年以前的事情了，我奉'黑姚期'之命，去一支女劳改队帮助女号鸡舍控制鸡瘟蔓延。她们监舍的周围，不仅有咱们这样的铁丝网，还有岗楼和持枪守卫的士兵。老弟，说实在的，看见这个阵势，我心里有点发怵。可是她们那位姓田的女队长，把我领进'大墙'以后，却另是一番天地了——咱们这儿到处都是男人，那儿到处都是女人。年老的、年轻的、美的、丑的……老弟！咱们不谈这些'女儿国'的观感，专谈和我命运发生联系的那颗星星。

"在监房角落的一间医务室门前，田队长勒令我停下脚步。

"'陶莹莹！'她向房里喊着。

"'有。'一个身背红十字药箱的年轻女犯从医务室走出来，低着头站在田队长面前。看样子，她是奉命配合我工作的，早已在医务室待命了。

"'这是来帮咱们队……'女队长显然在寻找最合适的称呼，她的话在嗓子眼里卡壳老半天，才找出了准确字眼，'帮助咱们队控制鸡瘟的劳教人员。关于鸡舍消毒以及给鸡打针、服药等问题，你要听他安排。他是……他是……养鸡能手，他们队养鸡死亡率只有百分之三，而咱们高达百分之五十七。

"'是！'她仍然低着头。

"'……你服刑后，一直表现不错。'田队长貌似在告诫她，其实在对我发出警告，'要注意监规纪律，不许谈与养鸡无关的事情。'

"老弟！我真不知这位女队长是什么意思，鸡舍明明在'大墙'外边，可她偏偏带我到气氛森严的'大墙'里走一遭。是信任？没有这样一种信任的方式……我头脑里'轰'地一下明白了，这是对我不言而喻的提示：'喂！到女监来的男人，应当知道法律是铁的。如果你这个劳教分子，做出什么不轨的事情来，对不起，你也会从"铁丝网"到这"大墙"里来的！'我不能不钦佩这位女队长的精明，她顶多三十四五岁，但是她对我无言的警告已经充分表明她是一个很老练的劳改工作干部了。比起我们这位'啥子'队长，简直没法放在一个秤盘里计算重量。

"她把我们送出铁门，并没跟我们一块去鸡房，这表明她既对我们明以法纪，又给予我们应当享受的信任。

"我们并排往鸡舍走去。我仰着头，她低着头。在穿过女号的菜园时，正在地里栽瓜点豆的女囚莫不用惊异的目光向我们行注目礼。她们头戴无檐的圆帽，身穿黑色囚衣，大概出于久不见男性的缘故，目光千奇百怪。当然，有不少女囚用微笑向陶莹莹打招呼，但我理解，那些微笑包含的成分非常复杂：陶莹莹！你真是鸡群之鹤，谁有和男人一块走路的权利呀？只有你——干吗总低着头，仰起脸来走路嘛，让那大脑门的小伙子看看你，哼！保险他会……叶涛，这都是我当时的胡思乱想，也许人家比出家的尼姑还厌恶红尘呢！

"穿过菜园，人渐渐稀疏了，我们只管往前走，谁也不说一句话。每到拐弯的地方，我就主动放慢脚步，好让她快走几步，示意去鸡舍的方向。只有在这一霎，我才有可能看见她的侧影。她虽然是个医生，但也毫无例外地穿着黑色囚服。由于囚服上下一般粗，因而无法估量她的身材。但有一点我看得十分清楚，也许是由于黑色囚服当作天然底色的原因吧，她微露在外边的每个部位，都白得像雪。

"我为了看清她的脸，有意装着系鞋带的样子，蹲在那儿等她回头。果然，我的心思没有白费，她听不见我的脚步声便回过头来。我的天哪！真想不到在这兔子不拉屎的地方，居然会藏着个'维纳斯'……不，这样形容她太抽象了。你看过电影《柳堡的故事》吗？她那张脸就像那部电影里的女主角的脸庞，不但眉眼都长得很是地方，而且面部线条显得十分柔和———一句话，是个恬静而俊秀的人儿。其实，我面前并没有镜子，但我突然感到我的丑陋。浓重的自卑感一下涌进了我的心扉。我……我赶忙低下了头。

　　"老弟！人在魂不守舍的当儿，往往会闹出笑话来的，就在我心慌意乱的瞬间，出了点不应该出的丑。刚才我对你说了，我蹲在那儿是装出系鞋带的样子，鬼知道是怎么一回事，在我精神开小差的瞬间，竟将系得好好的鞋带，一下给解开了。当我站起来迈步向前走的时候，她抬了一下圆圆的下巴，示意我的鞋带真开了，然后转过身去。我从她微微颤动着的肩膀猜测，她一定是在笑我痴呆。

　　"我的脸蓦地涨红了。因为在世界上没有比做了蠢事又被人家识破了更难为情的事情了。而我的慌乱行为，等于把我的心思，一下都贴到了大脑门上。我能不感到耳根发烧吗？泼出去的水已经收不回来了，我索性遮丑地蹲在那儿，使劲系着被我解开的鞋带。我暗暗骂着自己：你呀！真是个不怕死的鬼！这是你做罗曼蒂克梦的地方吗？说不定岗楼上的警卫正朝这里张望呢！你身旁是个什么人？囚犯，一个地地道道的囚犯。不要看她像个黑衣修女，说不定是个杀人犯哩！不然，为什么这么年轻就穿上了囚衣？想起这些，我昏热的脑子开始冷却下来，匆匆系好鞋带站起身来往前走。

　　"我估计此时我脸上的表情，一定像块冰。她向我瞥了一眼，对我瞬息间的感情变化露出了吃惊的神色，吃惊就叫她吃惊吧！我范汉儒虽说也是个'二劳改'，比她强不了多少，但我毕竟是没穿囚衣的人。严格地说，这个鬼地方我是不该来的，是那阵强台风把我硬卷了过来，叫我这颗草籽在这儿落地生根的。我和她虽然走在一条路上，实则是界限分得清清楚楚。

　　"'向这边拐弯。'她开口了。

　　"我尾随着她，一声不吭。

　　"'那儿就是我们队的鸡房了。'她用手指了指。

　　"我淡淡地看了一眼，没有多余的话。

　　"'你们队养了多少只鸡？'她开始询问我。

"'六百多只。'不回答是不礼貌的。

"'几个饲养人员？'她的话向纵深发展了。

"'一个。'

"她似乎不相信我的话：'就一个？'

"我不愿意重复已经回答过的话。

"沉默……

"好长时间的沉默……

"显然，她察觉到了我的冷漠，难为情地低下了头。路显得格外漫长了，我们就像两个互不相关的人一样向前走着。荒野里鸟儿在叫，草丛中蚂蚱在跳，就连栖身在水溪里的蛤蟆，都不甘寂寞地唱着属于它们的歌；唯有我们像没有生命的云影，静默无声地向前移动着身躯。老弟！人真是个奇怪的动物，刚才我还下决心不和她搭讪；可是看见她像霜打了一样的愁楚神色，我忽然怜惜起她来。要知道，尽管她穿着囚衣，可也是个万物之灵啊！人所具有的感情并不因那身囚衣，而同样接受法律的禁锢。我扼杀了她仅有的一点点说话的权利，是不是太残酷了？而我又是个什么东西？尽管没穿她那身囚衣，不也是头顶荆冠被发配到这块土地上来的吗？那我还人面狗脸地在这个女囚面前充当什么圣人？我突然感到了自己的浅薄，为了能使我的良心更平静一点，我紧跨了两步，和她走到一条平行线上，主动问她说：'你们鸡房有几个饲养员？'

"'八个女号。'她受宠若惊地抬起头来。

"'你是狱医？'

"'是的。'她立刻恢复了平静。

"'怎么到这大墙圈里来的？'我话刚出口就觉得太唐突了，'算了，就算我没问，我不该问你这个问题，因为监规纪律中规定，是不许你谈自己案情的。'

"她思忖了片刻，警觉地看看周围，低声地说：'我是医学院毕业的，刚刚在医学院工作一年，就赶上了反右……'

"'你也是右派？'

"'嗯！'她从我问话的'也'字中闻到什么气息，惊异地望着我说，'你……'

"'我们是同类。'我顿感我们之间的距离缩短了许多，'我是学外语的，我叫范汉儒，汉族的汉，书生的儒。概括起来说，就是中华民族一个腐儒的意思。'我无法抑制我的乐天性格，竟然对这个萍水相逢的同类谈开了我的名字。

"对！你估计得很对，我在谈起我的名字时，咧开厚嘴唇笑了。可是老弟，我要对你说，我的笑可没有对她起一丁点儿感染作用；正相反，好像我的话触动了她哪根神经一样，她立即低下了头。

"陶医生，你……你……这是怎么了？'我差点叫出她陶莹莹的名字——因为队长曾呼唤过她的姓名，'在这块土地上遇见同类，你应该高兴嘛！'

"她苦笑了一下，点点头，又迅速地摇摇头。最初，我无法理解她这十分矛盾的表情；但是她那身黑色的囚衣提醒了我，她在用点头表示欣喜，用摇头表示我和她之间的距离。这时我才突然想起了一个问题：'右派'没有穿囚衣的，被打成'极右'的我们，不才被送来'劳教'吗？而她……这对我是个谜。

"远远已经看见女囚喂鸡的影子了。我有意放慢了脚步，以便在最短的时间内，对她有个更深入的了解。至于为什么这样做？我自己也说不清楚！是好奇？也许有那么一点。但指使我放慢脚步的主要因素，是我内心萌发了对她的深切同情。不，说同情还不确切，坦率地说，这个受难的'维纳斯'闯进了我的心扉。

"她也本能地放慢了脚步，只是一直沉默无语。

"'陶莹莹，'我大胆地呼唤了她的名字，'咱们场里有个女右派队，为什么偏偏把你关进大墙？'

"她咬着嘴唇，一言不发。

"'能不能叫我知道一下原因？'我很焦躁。

"她摇了摇头，似有难言之苦。

"'是不是你有什么冤枉？'

"她像下着决心一样昂起头来，凄楚地望了我一眼：'不，我是罪有应得！'

"'你杀了人？'我被她凄楚的目光打动了，有点丧失理智地追问——其实，这是很失礼的。

"'没有。'

"'向井里投毒了？'

"'没有。'

"'说嘛！眼看就到鸡房了。'我停下脚步。

"'不能停在这儿，她们会向队长汇报的。'她说，'我求求你不要仰脸说话，把头埋得低一点，就像我们只是在走路，彼此没说一句话一样。'

"我照办了。

"我们愈走愈慢。

"'你不要打听我的案情了。'她头低得挨近了囚衣上的第二颗纽扣，'只当我是你的同类，这样形象就完整一些。'

"'不，我非要知道不可。'我来了拗劲，'你到底是……'

"'是杀了人。不，比杀人还严重。'她语无伦次地说，'我留在医院试用期间，出了一起医疗事故……不，我的话，你不要当真，不要当真！'她把脸对着我，我看见她的泪花滴在囚衣上。

"老弟！我确信她的话是真实的。她的话完全经得起逻辑的推理：她是个留用改造的医生，又酿成重大医疗事故，给她穿上这身囚衣，不是合情合理的吗？我马上安慰她说：'别难过！刑期总会熬过去的。你有什么事要托我代办的吗？我们'二劳改'总比你们'大劳改'要自由一点，比如：给家里寄个信什么的……'

"'我和家庭断绝了关系。'她哆嗦着嘴角。

"'你的父母就那么狠心？'

"'不怨他们，怨我自己。'

"'还有什么可以告诉我的吗？'我真是欲罢而不能了。

"'不能再说话了。'她匆匆用衣襟揉揉眼窝上的泪痕。'那些养鸡的女号正伸着脖子朝这里张望呢！'

"老弟！这就是我比雾还要模糊的梦。你可以猜测到，在鸡房工作时我们完全像不相识的陌生人，但是我们的心田里已经并不陌生了。我拿起一只只病鸡观看病情时，她站在我身旁，做我的助手，不断记录着我的每一句话；尽管她做出若无其事的样子，我看见她的手指在哆嗦，使纸页发出窸窸窣窣的声响。还用问吗？这是她心河荡起来的波浪正在淹没着她自己。她的脸一会儿白了，一会儿又泛起只有少女才会有的红晕……我们共同完成寻查鸡瘟病源后，一股浓重的惜别之情从我心底油然而生。她不敢流露一点点这种心情，背起红十字药箱径自去了。老弟！我真想追上去，向她说两句我应该说的话。可是返回咱们队的路线，和她的去向正好相反；我如果追上去，和她同路而行的话，我的心愿可能会得到某种满足，但会给她带来无穷尽的麻烦。

因为那儿是'女儿国'，她们对男人的敏感，就如同'男儿国'对她们的敏感一样，任何一点不慎，都将造成难以预料的恶果。为了避嫌，我跑上一个高土岗子，貌似巡视鸡房的环境，实则把视线的焦点对准她的背影。她，越走越远了，眼看就要从我的视野中消失，突然像走累了的行者一样，靠在路旁的一棵大柳树上。我看得清清楚楚，她把头转向我站着的高土岗，似乎朝我点了点头，然后就消失在杂树丛中……"

我几乎听得呆了。"好个'六点钟'！你居然有这样的好运气，在咱们一百多号'老右'里，你算是独占鳌头了。"

范汉儒叹了口气："谁知道是喜剧还是悲剧呢？反正这台戏的大幕已经拉开了，让我忘了她已经是不可能了。可是，'催命三郎'偏在这时候把我调离鸡场，再难有见她一面的机会了。唉！这真是雷公劈豆腐，我只能听天由命了。"

"不。不是这样。"我从炕上支起身子，"正好相反，你离开鸡房和她见面的机会不会减少，反而会增多。"

范汉儒失意地摇摇头，摘下他的近视镜："别给我吃开心丸了，明天还要去稻田突击拔草，睡吧！"说着，他把眼镜放进眼镜盒里，翻过身子，把脊背甩给了我。

我硬是把他的身子扳过来："我不是给你吃开心丸，而是给你吃定心丸。你久在鸡场干活，不知道天下大事，我告诉你吧！咱们那块稻地和女号那片稻田紧挨着……"

范汉儒这下可来劲了："真的？"

"那个背红药箱的女狱医，咱们一百多位'老右'都见过。"我在他的耳边轻声地说，"她长得很甜，就连她皱眉的样儿都是一种美的创作。这群酸秀才偷偷给她起了一个绰号——蜡人！"

"蜡人？"

"形容她的形象嘛！"

范汉儒咧着嘴笑了。

"你小子高兴了吧？"

范汉儒一下从炕上坐了起来："你们怎么发现她的？"

"对不起，我困了，明天在出工的路上，我再对你细说吧……"

第三章

稗草当了他和她的媒介，八棵稻苗当了她和他的红娘。

"哼——哈——"千奇百怪的呼噜声，当真传进了我的耳鼓。这是西去的列车进入了夜间行车后，硬席卧铺的旅客发出的"雷鸣"。

我疲惫地躺在了自己的铺位上，翻来覆去也难以成眠。之所以如此，不是由于车厢内"呼噜音乐会"的干扰——劳改队大炕上演奏的"呼噜交响乐"比车厢里的"音乐会"不知要高多少分贝。我迟迟不能入睡，实因在那片水稻田里，陶莹莹留给我的印象太深了……

女囚出工一向比我们要早，这天也不例外，当我们来到和她们相邻的稻田时，那些穿着一色黑囚服的女犯已经弓腰在稻田里拔草了。

荷枪的战士，在大堤上来回走动。三角形的警戒旗，在稻田里猎猎飞扬。

久在鸡房单独工作的范汉儒，第一次看见这样的阵势。他吃惊地撞了我肩膀一下，低声问道："那三角旗是什么意思？"

"标志着楚河汉界。女号要是越界旗一步，战士要鸣枪警告，再要往前走，战士可以以逃跑犯对待。"

范汉儒倒吸了一口凉气："相对地说，我们倒是自由人了！"

"反正比陶莹莹自由。"

"怎么看不见她？"他挑着脖子向挨着我们的那片稻田张望，"你看，在稻田埂上背着手走的中年妇女，那是她们的田队长……她怎么没有来工地？"

我看了看，确实不见陶莹莹。往常，我们来稻田干活时，她就像田队长的影子，背着红药箱尾随在队长身后。只是在女囚中有扎了脚的，或在烈日的蒸烤下有中了暑的，她才离开那位女队长，施行她救死扶伤的狱医职责。在我的印象里，她虽然外貌娇弱，实则是一个十分果敢的人：有一次，一个女囚在插秧时节发了癔症，在水田里打起滚来，工地上顿时乱了，荷枪的战士跑过来，拼命想把她拖出水田。但癔症患者在疯狂的时候，产生了超人的蛮力，任凭那个战士怎么用力，也拖她不动，反而被狠狠咬了一口。正在这时，陶莹莹赶来了。她没顾得脱去鞋子，就跳进了水田，推开战士，狠狠掐了她人中一下。那女囚立刻像泄了气的皮球一样，不在水田中滚来滚去了，片刻之间，又像个正常人一样去弯腰插秧了。因此，这个背着红药箱的女狱医，立刻赢得了女囚——包括我们的刮目相看，成为我们每次来干活时必用眼睛寻找的人物。

今天，埂埝上确实没有她的踪影。这使得范汉儒非常失望。

"胡看个啥子？"背后传来崔队长的吆喝，"还不下水田拔草？"

"真是'催命三郎'。"范汉儒嘟哝着，"管天管地，连眼睛往哪儿看他也管！"

"你还是识相一点吧，小心给你小鞋穿。"

"为个啥子？""六点钟"学着他的腔调问我。

"这个'啥子'报复心极强。他那只'左视眼'算是盯上你了。"我边说边脱鞋，挽起裤腿，跳下稻田，开始拔草。

果然不出所料，干活还不到一个小时，"啥子队长"在埂埝上喊叫起来："这是啥子人干的？让你们搞拔草竞赛，不是叫你们搞反革命破坏！"

我们都诚惶诚恐地回过头来，只看见崔队长站在埂埝上，将一把带泥的草怒气冲冲地举到半空中，高声训斥道："来这儿是叫你们拔草，谁叫你们拔苗！你们睁眼瞅瞅，这是啥子东西？"他用手指从草丛中抽出几根稻苗，声音猛蹿了八度，"一二三四五六七八，草里混着八根稻苗！这是啥子人干的？"

我们面面相觑，不知所措，就连在我们身旁那片稻田里拔草的女囚，也都停下活儿朝我们这边观望。我本能地想到了"六点钟"，这不仅因为他戴着近视镜，而且他是头一次下稻田干活，很可能分不清稻苗和稗草。我担心地向周围看了看，可不是嘛，他远远地被我们甩在了后边，而崔队长检查稗草的地方，离他那儿最近。显然，是这位"大脑门"把这团带泥的草抛到埂埝上去的。"哪壶不开提哪壶"——我的心顿时狂跳起来。

"是啥子人干的？"崔队长用眼角睨着范汉儒，这是给"六点钟"送去了信号。

空气凝固了。

范汉儒虽然是养鸡行家，但对稻田活儿完全是个门外汉。他直挺挺地像个树桩子一样站在泥水里，用衣襟擦着他那副近视眼镜。我暗暗地为他着急，真想为他把这副担子挑过来。只可惜我这儿离他那儿太远了，就是主动承担责任说那几棵稻苗是我拔下来的，崔队长也不会相信的。他倒是若无其事的样子，把眼镜戴上鼻梁以后，就低着头抠手上的泥巴。

"我再说一遍，这是啥子人干的？"崔队长下了最后通牒，"要是他死不承认，我可要点他的名了，让大家看看他是个啥子东西！"

这等于不点名的点名，伙伴们不约而同地把目光朝范汉儒投射过去。这位英语说得烂熟的洋秀才，以养鸡名震全场的土博士，此时却显得异常迟钝。他如同不知道那稗草是他拔下来的一样，搓完手上的泥巴，看看自己远远地落在后面，竟然俯下身子奋力拔草了。

"范汉儒——"崔队长终于直呼他的名字。

他刚弯下的腰赶忙直了起来："我在这儿。"

"这稻苗分明是你拔下来的，你装啥子呆傻？"崔队长抖着那几根稻苗，气势汹汹地朝他喊着。

"报告队长，不是他……是我……是我拔的。"突然从埝埂那边响起了细嫩的声音。接着，一个戴着无檐圆帽的女囚从界邻的稻田里站了起来，"我是初次下稻田拔草……"她为了让崔队长确信这事是她所为，还提出合理的论据，"您看，男队拔的草往这条埝埂上扔，我们女号拔的草也往这条埝埂上扔，我这儿离您最近，这丛草就是我刚才扔上埝埂的。"

崔队长惊愕地张大了嘴巴。

"六点钟"惊讶地睁大了眼睛。

男劳教队的风波突然掺进一个女囚来，这真是戏中有戏，节外生枝了。我们都伸长脖子向她望去。由于她刚刚站起来时低垂着头，以表示她自己的罪犯身份，致使我一时之间没看清这个女囚的面孔；当她用手撩起散落下来的一绺头发的瞬间，头微微抬起了一下，我脑子"轰"的一声——她竟是陶莹莹。看样子，她是偶然到女囚拔草行列中来的，因为那红药箱还挂在她身后的柳树杈上，难怪我们初到工地时没有发现她的身影呢！原来她混在女囚之中参加劳动了。假如没有这场风波的话，也许我们永远也不会发现她的存在。

她的行动顿时震动了我们"男儿国"，大家窃窃私语：

"瞧！是'蜡人'！"

"她不是蜡捏的。"

"是什么做的？"

"玉石雕的！"

崔队长有点张皇失措。这不仅因为太出乎他的意料，还给他出了一道难题：继续训斥范汉儒吧，失去了根据；把火气泄到这个女囚身上吧，一个男队长怎么好过问女号的事情呢！何况她们的队长就站在那棵大树下，默默地望着这儿一言未发；瞧她那神情，好像对他在稻田无故对范汉儒发威颇不以为然。他真是有点进退两难了。偏偏在这节骨眼上，范汉儒不知是受了道义的启迪，还是想主动为陶莹莹承担责任，他突然正了正眼镜，面向崔队长说："崔队长，这草是我拔下来的，稗草和稻草掺在一块，我头一天下稻田，实在难以分个清楚，我想，崔队长在四川第一次下稻田时也不一定分得清楚稗草和稻苗。干什么事都得有个学习的过程嘛！"

"刚才你干啥子去了？为啥子早不认账？"崔队长这下可找到了突破口，他白皙的脸涨得又红又紫，"你……这'右派'，还不如犯人，背着牛头不认账，是个死硬的顽固派！我知道你为啥子事破坏生产，就因为我撤了你饲养员的职，你……你这是……这是搞阶级报复！"

"你是我们的一队之长，说话可要有根据。"崔队长的蛮横态度激起了"六点钟"的犟劲，范汉儒终于和他对起阵来，"你以为我愿意天天闻鸡屎味儿吗？这儿有多新鲜，跷起脚来能看见渤海湾，仰起头来能看见水鸟盘旋，低下头来能看见水中的蓝天……你把我调到水田来，我真想给你磕头呢！"

我失声地笑了。

伙伴们也都笑了。

女囚们不敢笑出声来，她们用拳头顶住了自己的嘴。

崔队长的脸涨得紫红，他几乎要爆炸了。这时顺他背后伸过来一只手，把他手里的那几根稻苗拿了过去。他回头一看，是管女号的田队长。没等他说话，田队长就开口了："不就八棵稻苗吗？补插进去就是了。你看，为这几根稻苗，整个水田都停工了。"说着，她把带着泥团的稻苗，甩在陶莹莹的身旁，神情和蔼地说："以后拔草时要注意点，根子发白的是稗草，叶子发飘的是稗草，不要再拔错了，明白了吗？"

"我记下了。"陶莹莹连连点头。

"好！大家都干活吧！"女队长向女号们打了个干活的手势，沿着埝埂转身走了。

我拍手叫绝。这位女队长不知是无心，还是有意，把错拔稻苗的责任一下又引回陶莹莹的身上。不言而喻，这位干练的女队长对我们这位"催命三郎"的作风是不满意的；但当着这么多专政对象的面，难以启齿对他进行直接批评。尽管如此，我仍然听出了女队长话音中对崔队长提出的含蓄批评。很遗憾，我们这位队长不知是没听出女队长的弦外之音呢，还是周郎气盛，他狠狠地瞪了范汉儒一眼，返身向田队长追了过去。埂埝上尽是我们和女号甩上来的草泥，滑滑溜溜，他追得太急，竟有几次险些滑进水田。

他走了。

稻田又恢复了平静。

这里像什么也没有发生过一样，只能听见"嘿嘿"用力的拔草声。我回过头望望"六点钟"，既庆幸他躲过一场灾难，又同情他面临的处境。看他吭哧吭哧拔草的样子，实在太狼狈了：他腰变得像一张弓，大脑门都快挨到秧苗了；外加上他爹妈遗传给他一双近视眼，他不得不仔仔细细地分辨着稗草和稻苗，以防风波再起。由于笨拙，他浑身溅满了泥点，说得形象一点，几乎与在猪圈泥塘里打过滚的公猪没有一点差别。他对他这副尊容毫无所知，只是一个劲地拔！拔！那劲头就像一台开足了马力的除草机。

我出于友情，蹚水走到他的身边想助他一臂之力。哪知刚刚弯下腰，就被他拉起来。他甩着手上的泥水，质问我说："你要干什么？"

"帮帮忙。"

"我干吗要你帮忙？"

"看不见吗？你成了全队的尾巴。"

"你帮忙，我不也是全队的尾巴吗？"他反问着我。

"马上叫你追上大队。"

"我说老弟！那是凭借外力钻到前面去的，我实际上不还是个尾巴吗？我不要那虚假的劳动成绩。"他向我瞪圆两只牛眼，"你马上给我走开。"

"你考虑到了后果没有？"我提醒他说。

"有啥子后果？"他学着崔队长的四川腔，"批我？斗我？随那个啥子队长的便，我范汉儒一不投机，二不取巧，拿出吃奶的劲干活了，对得起天地良心。"

"少说废话。"我弓下身腰，开始拔他稻垄中的杂草；同时，有意用感情拨动他的心弦说："你大概忘了吧，在我身体消瘦得像搓板的饥荒年月，我们俩曾对着长空皓月，相濡以沫，共同吞下那十四个鸡蛋。"

"那和拔草是两码事。"他再次把我弓着的身子拉起来，"你该了解我的秉性。请你尊重一点我的个性，我最忌讳人家对我进行不需要的施舍。"

多余的话不用说了，我终于被他"驱逐出境"。当我无可奈何地离开他的地段时，有意无意地向埂埝那边望了一眼。我惊异地发现，陶莹莹正在失神地凝思。很显然，刚才我和"六点钟"这段对话无一遗漏地都灌进了她的耳朵。她手里攥着一把稗草，对着水面出神，竟然忘记了把它甩到埂埝上来。

她究竟在想什么呢？回忆刚才那幕"戏"中她扮演的角色？还是正用她那杆心秤衡量着范汉儒这个人的价值？不，也许是憧憬着她生命的未来，在编织着一个绮丽的梦吧！真要感谢崔队长的恩赐，如果不把他发配到水田里来，他和她尽管心心相印，但也许会随着岁月流逝而互相淡忘。因为人们需要互相了解——特别是爱情。而人和人的互相了解，没有比在患难中更容易的了。一个眼波，一丝微笑，都能展示一个人的整个灵魂世界；而他俩共同为八棵稻苗承担责任，不是比眼波、微笑更有实际内容吗？至于那团草到底是谁甩到埂埝上去的，鬼才知道！反正这团草已经当了他们的媒介，那八棵稻苗已经当了在他俩之间穿针引线的"红娘"；牵线人不是张三李四王二麻子，而正是我们那位左眼视力极强的崔队长！

天阴了。

下雨了。

这块土地也像"六点钟"一样，有着它自己的独特脾气。由于它紧挨着多雨的渤海湾，一片云彩就能带过来一阵雨。雨，对于我们是灾难，就是天上银河开了口子，我们也要像定海神针那样"定"在水田里，一直熬到收工的钟点。那些女囚虽然身份不如我们，可是却享受着我们享受不到的待遇：刮大风、下大雪，或雨天、雾天，都立刻集合队伍，打道回府。此时，云彩抬着海过来了，迷迷蒙蒙的雨雾顿时遮盖了绿油油的稻田，女号集合的哨子声在隆隆雷鸣中尖厉地响了起来。

我深深为范汉儒感到遗憾，假如没有这场骤然而来的雷雨，他和陶莹莹能够多聚一些时间。尽管他们之间不能倾吐一句心声，但互相多看上几眼也是好的。对于有情的人儿，传递感情信息何必非靠语言？每个眼波，都是照亮对方心灵的闪电，一颦一笑，都能牵动对方的整个中枢神经。然而，天公很不作美，只给了他俩一个多小时的心电感应时间，就掐断了电源，这真是太残酷了。然而，"六点钟"对天上的雷声和尖厉的笛哨声，充耳不闻，就好像他耳朵聋了一样，身子弯成个大问号，只顾奋力拔草。看样子，他不甘心充当名落孙山的角色，正竭尽全力追赶着前边的伙伴哩！

雨落着……

雷响着……

哨鸣着……

陶莹莹已经在埝埂上穿鞋了，她几次把目光投射到范汉儒的身上；甚至在她穿好鞋之后，有意消磨时间地往圆帽里塞她的头发，并用力咳嗽一声，以唤起"六点钟"的注意和感情上的回应。可是范汉儒还在弯腰拔草。没办法，我只好再次跑到他的身旁，一把拉直了他的身子，向他喝道："傻瓜！天下雨了！"

"下点雨好，干活凉快。"他又弯下身去。

我再次把他拉起："你看看凤去楼空了！"

"这儿只有水鸟，哪有彩凤？"他不耐烦地向我打诨。

我赌气地摘下他那副近视镜，在雨水中冲了冲上边的泥巴，又擦擦干净，给他按在鼻梁上说："你看看！你的'未知数'借着水道走了。"

这时，范汉儒才发现他身旁世界发生的变化，他不解地问："她们为什么提前收工了？"

"怕囚徒借雨幕逃跑。"

范汉儒惆怅地笑了笑："真可惜……哎！你为什么早不提醒我？"

"老弟！儿女情长的事儿，没有要随身'保姆'提醒的。"我说，"人家刚才在埝埂上站了半天，想和你用眼睛告个别，可你像头耙地的水牛，只知道干活。现在，这服后悔药你自己咽了吧！活该！"

好在崔队长不知到哪儿避雨去了，我俩可以尽情地向周围眺望。眺望什么？寻觅陶莹莹的身影！我想：此时如果能叫我这位大脑门的朋友看上一眼陶莹莹，他惆怅的心灵或许能得到一点慰藉。别看这个"四眼"分不清稻苗和稗草，在寻找陶莹莹身影的本领上，却比我高明得多。他猛然向雨幕中一指，欣喜地叫道："看！她在那儿！往这边瞧！那棵大柳树……瞧见了吗？她正从柳杈上摘下她的红药箱，朝咱俩这儿看呢！"

可不是嘛！陶莹莹借着抹去脸上雨水的当儿，把手搭成雨遮，迅速地向范汉儒看了一眼，就匆匆走进了女囚的队列。她排在队尾，那医药箱上的红十字，像城里汽车上的红色尾灯，在雨幕里闪了几闪就不见了。

来也匆匆。

去也匆匆。

我们都冷得站在水田里抱紧了肩膀，唯有范汉儒显得比任何人都有活力，他又弓下身腰，吭哧吭哧地拔草了。他一边拔草，还一边抖开他那五音不全的破锣嗓子，唱起了苏联电影中的一支情歌：

> 你从前是这样，
>
> 现在还是这样，
>
> 哥萨克你——
>
> 草原之鹰。
>
> 为什么？
>
> 我们见面又要重逢！
>
> 你扰乱了——
>
> 我心中的平静！
>
> ……

"呆子——"

"傻瓜——"

"气迷心——"

"'六点钟'——"

我们用褒贬兼而有之的各种绰号呼喊他，叫他停止这种高消耗、低效能的劳动。道理十分简单：疾风暴雨下，草和苗都在不断地摇摆，要想准确地拔下稗草留下稻苗，难度比得上海里寻针，与其浪费无谓的体力，还不如抱上肩膀休息一会儿的好。可是范汉儒确实对得起"六点钟"的称号，他不愿舍弃分秒时间，一丝不苟地继续拔草。在这广漠的大地上，他像一只在凄风苦雨里不知疲倦的小甲虫，只是爬呀！爬呀！不停地向前爬去。直到他赶上了我们的活段为止。

我非常心疼我的朋友。在收工的路上，我半开玩笑地问他："你小子是吃石头子儿长大的吧？"

"和你一样，是五谷杂粮喂大的。"

"噢！那你身上一定缺一根感觉神经。'鞭子雨'抽着你，你的腰不疼吗？"

"咬紧牙关就是了。"他蛮有兴味地说，"你看过那幅俄罗斯列宾的名画《伏尔加河上的纤夫》吗？那些把粗粗绳索系在光脊梁上的纤夫，身上背着看不见的黑十字架，永远不知疲倦地往前走，他们走过的地方，给世界留下一串深深的脚印。"范汉儒动情地对我说："我爸爸是个教授，在抗日战争期间向南逃难时，跑到山西风陵渡，日本兵炸沉了黄河渡船。他被日本兵抓了去，当了半年的纤夫，每天沿着黄河滩，往风陵渡拉运战争物资。头上暴日晒，脚下沙石磨，纤夫的绳索勒进了肉里，蹭着骨头，爸爸告诉我，他曾几次起了向那个苦难世界告别的念头，但是黄河的排天浊浪告诉他，他是伟大黄河的子孙，炎黄后代是不可征服的。后来，借着一个月黑风高的夜晚，他和三个受难的纤夫结伴跑了。所以，我爸爸非常崇敬纤夫，并把在伏尔加河上纤夫拉纤的那幅名画，挂在他卧室最显眼的地方，我倒霉以后，他曾把我叫到那幅画前对我说：'汉儒！你可能也要去拉纤了！不是给日本人拉！也不是像伏尔加河上的纤夫给俄罗斯的贵族老爷们拉。你是给养育你的人民拉纤，无论多苦，都该咬紧牙关，像真正的纤夫那样，一步一个脚窝。记住！爸爸就是从那几个月的纤夫生活中，理解了人生的意义的！'叶涛！我把爸爸对我的这段赠言刻在心上了。我承受的灾难再大，也不能做一个黄河的不肖子孙。"

他在追忆这段往事时，神情特别激动，我在雨水里听着这个受苦人儿的内心自白，尤其为之动情。他的生命像一条湍急的河流，今天，我好像突然寻觅到了这条河的生命源头，不禁对我这位朋友肃然起敬。在我的伙伴中，因承受不住苦难的压力，变形者有之，怨气冲天者有之，消极悲观者有之……唯有"六点钟"，视苦难若乌有。此时，在大雨滂沱的路上，他嘴唇冻得发紫，但却在神经质地憨笑呢！

"你？在想什么？"我问他。

"想挂女字旁的她。真有意思……"他自得其乐地笑道，"在众目睽睽之下，居然有胆量来抢我肩上的担子。叶涛，别看她表面上像个穿黑衣的恬静修女，骨头还硬得像钢筋水泥哩！"

"但愿她也是个黄河优秀的子孙，不然，和我们这位大脑门就不般配了！"我为他助兴说。

他似乎没听见我的祝词，沉醉地说："一个女囚，在万物间充其量不过是一个小小萤火虫，可是在那一瞬间，竟然放出她全部的光亮！真不简单！"

"她是萤光，你是流火。"我脱口而出。

"我不爱听赞美诗，你说点真格的。"

"很不错。只是……只是你今天对人家有点失礼，你没对人家做出任何感情上的回报。"我半开玩笑半认真地说，"你得想个法儿，表示一下自己的歉意呀！"

他扬起湿淋淋的衣袖，胡乱抹了一把脸上的雨水。办法马上从他大脑门里蹦出来了。"这么办吧！反正明天在稻田还会碰到她，事先我写好一封信，用塑料纸包好，我再坠上一个泥块，隔着埝埂扔过去，用不着邮差就寄到她手里了。"

"你要是不方便，我给你当义务邮差。"我说。

"不用！不用！"他得意地摇着头。

梦！

完全是个梦。

当天晚上，队里干部发生了人事变化。不知为什么，那位"啥子队长"突然被调去当了食堂管理员。群龙无首，天又连着下雨，我们在家里待命两天，两天以后，新的劳改队长来了——不是别人，竟是深受"老右"崇敬的"黑姚期"返回我们这支劳改队了。我们自发地跑出宿舍，对他进行了夹道欢迎。他列队集合时的第一句话就是呼喊"六点钟"的名字：

"范汉儒！"

"有。"

"明天你还去当你的鸡倌。"他颁布了第一道命令。

"姚队长，让我下稻田吧！我……"

"黑姚期"抖开豁亮的嗓门，截断范汉儒的话说："让你下稻田的决定，就是乱弹琴。有的刚转业到劳改战线上来的干部，还不懂领导生产，还不懂得怎样洗涤人的灵魂。还好，问题发现得早，现在又把我调回来了。"

"您怎么知道我们的事情？"范汉儒斗胆问了一句。

"有耳报神。"他有点得意地说，"因为有人拔草时里边掺有几根稻苗，工地闹了一场不小的风波哩！队长追查，全体人员大眼瞪小眼地愣着，这像话吗？"

"您在现场？"

"这个……""黑姚期"下意识地摸了一把自己黝黑的脸，"告诉你们也没关系。管女号的田队长，她……她是我老婆，这回，你们一切就都明白了吧！"

我们哗一声，笑了。

这天晚上，在房檐的滴水声中，我和范汉儒进行分别前的谈话："明天，你要卷行李了。传信的任务交给我吧！"我说。

"这件事弄得不好会牵连你。"他思忖了老半天，说，"为了叫她知道我的去向，当她经过'楚河汉界'时，你就像'敬德装疯'一样，自言自语地说'范汉儒那小子，又戴上鸡倌的纱帽翅了'，声音要大一点，好叫她听清楚。省得叫她像雷达搜索飞机一样，在稻田寻找我这个目标。"

"行。还有什么嘱托？"

"我看这就够了。她是个聪明人，用不着多说什么。明天早上四点钟，我要准时给鸡去拌食呢！睡吧！"

房檐滚落着水珠，滴滴答答……

在大自然的"催眠曲"中，他闭上了眼睛。

第四章

列车上曾出现了"海市蜃楼"的幻景，不过，时间太短促了。

车窗外有敲打车窗的声音。

那不是雨滴，而是雪粒……

北国初雪，车窗外奔跑着的电线杆、树林、村舍、山峦，都无一例外地穿起了一身银衫。

我趴在硬卧铺位上，望着车窗外斜飞的雪花，因酣睡而中断了的思绪重新萦绕于怀：对！也是这样漫天皆白的严冬，我们不知道为什么——也没有人告诉我们为什么，我们这些已经摘帽的"老右"和刑满释放的牛鬼蛇神，通通被装进列车车厢，从渤海湾抛向山西。

白的是雪……

红的是血……

我们挤在吃得过饱的车厢中，惊魂未定地向外望着：墙上书写的一律是"油炸""砸烂""血战""炮轰"一类刺激人视觉神经的字眼。混乱的街市，疯狂的人群，武斗的棍棒，飘飞的字屑，甚至在娘子关的山峦上，都挂上了"誓把无产阶级文化大革命进行到底"的殷红横标。在团团飘飞的白雪中，那横标像一面浸透了鲜血的长幅布，显得格外扎眼。

昔日精力充沛得像头公牛一样的范汉儒，斜靠在我的肩膀上，紧紧闭合着双目。在车上，他已经一天一夜未进食了，走走停停的列车，一天一夜才把我们拉出了娘子关，进入了晋阳地界。我很理解他的心情：他不愿意离开他经营了几年的养鸡场。但一场十级台风，连"大树"都给连根拔了起来，一片树叶还能顶得住席卷大地的旋风吗？记得，当我们突然接到调离命令时，别人都在忙着收拾行囊杂什，而他却疯了一样地跑向鸡舍，抄起了一把大扫帚，只是扫！扫！扫！不停地扫。鸡舍内外倒是打扫得干干净净了，可是他那身沾满鸡屎的"鸡倌服"——一身破棉袄棉裤，没来得及换，就登上了卡车。

当时，我们只当是场内的调动，因而并不太压抑。只是"黑姚期"面色阴沉，一直在卡车旁转来转去，似有重重心事。我们宽慰姚队长说：

"过几天，我们集体来看您。"

"您知道我们调到哪儿去，也可以去看看我们嘛！"

"姚队长！我们到底调到哪个队去？"范汉儒半路插出一杠子，"那个队有养鸡的活儿吗？"

这时，"黑姚期"克制不住自己的感情了。他看着周围没有戴"红箍"的造反派，迅速地吐出了两个字："山西——"

"啊？"大哗之后是一片死寂。

远在关山之外的这个地名，震惊了每个人的心。范汉儒猛然从汽车槽帮里跳下车来，焦急地问："是我们一个队去，还是都去？"事情如此急迫，他顾不得再保守他的秘密了，"那些女号……干脆我直接对您说吧！我想问问，那个陶莹莹……她也调往山西吗？"

"她和你有什么关系？""黑姚期"惊异不解。

"我求求您，您给田队长挂个电话问一下吧！"范汉儒头上急出了汗珠。

"刑满就业的人员都去。"

"可我不知道她是不是刑期满了！"

范汉儒用衣袖擦着大脑门上淌下来的汗珠。

"你和她……"

"她是我的……我的……未婚妻！"范汉儒已经无法选择准确的称呼了。

"黑姚期"动情了："你上车吧！我去打个电话问问。"他大步流星地走向分场部电话室。范汉儒爬上卡车，两眼直溜溜地看着电话室那扇玻璃门。就在这时，胳膊上早就戴起"红箍"的崔管理员，披着一件蓝棉大衣走了过来。他春风得意地跳上第一辆卡车的踏板，朝一字长蛇的汽车队晃动一下手中的三角旗，汽车的轮子转动了。

"停停——"范汉儒扯着嗓子喊着。

"停停——"范汉儒敲打着汽车舱顶。

"催命三郎"从踏板上看见是范汉儒，示威地掏出腰间的手枪，朝他晃了晃说："范汉儒，你要敢违抗林副统帅的一号战备疏散令，我处置了你！这是啥子时候？这是战备疏散的非常时期！给你们这群反革命去找个新窝！""哐当"一声，车门关了，他钻进了汽车舱。

汽车走远了，走远了……

我们看见"黑姚期"追着汽车跑了几步，就扬起了两只手臂。他像海军在旗塔上打旗语一样，把手连连向下摆动。范汉儒站在行李上焦急地凝望着，他拼命想从"黑姚期"的手势中破译出陶莹莹命运的秘密来，但距离太远，加上滚起的黄尘遮目——他失望了。

我宽慰他说："手势向下，是肯定的意思。说明陶莹莹和我们一块出娘子关。"

"别给我说过年话了。"他沮丧地低下头。

"你怎么这么糊涂，要是否定的意思，姚队长会左右摆手的。"

"有点道理。"他微微露出喜色。

"这就是说，她已经刑满就业了。"我充当着福尔摩斯，尽量朝有利于"六点钟"的方面推理，"如果她也到了那儿，老兄，你可就不再是做梦了！"

范汉儒抖了抖肩上披着的鸡屎棉袄："我总觉得有点玄乎！"

"瞧着吧！你到晋阳一定会时来运转。那儿出过钟情的'苏三'，你小子可别当二十世纪的负心汉！"

他低头咂摸着我的话。汽车带起的风，一下吹起了他的棉袄。我一把没抓住，那件棉袄像面风筝一样，飘飘悠悠飞向了荒芜的原野。范汉儒像个疯子一样站起来，张开双臂呼喊着："让它飞去吧！连同我们的灾难，一块儿留在这块土地上。伙计们！别皱眉头了！哪块黄土不打粮食！哪块土地不长青草，连戈壁沙漠上边还生长'骆驼刺'呢，为什么要像挨了霜打一样，耷拉着脑袋呢？"

眼下，换乘了列车以后，那些霜打的伙伴脸上渐渐有了生气，而范汉儒却耷拉下脑袋了。他的头靠在我的肩膀上，就像一颗没有支撑力的葫芦，依附在我这个藤架上。

"吃半个窝头吧！"

他摇摇头。

"泡水吃。"

他又摆摆头。

"我说'六点钟'，别失望嘛！昨天晚上登火车时，车站的灯光那么暗，怎么能分辨出她来了没有呢！"我尽量宽慰着他说，"那么多长头发的女同胞，就是火眼金睛也难以分出张三李四来。你不能以此断定陶莹莹就一定没有来呀！"

他蠕动着起了一圈火疱的厚嘴唇，向我解释："不，不，我没有想她，我是……"

"你在想谁？想'黑姚期'？"

他没有回答我，只是把他的一只手塞在我的手心里。这时我才发现他之所以不吃不喝，并不只是因为精神因素——他在发着高烧。我摸摸他的脸颊，又摸摸他的大脑门，热得如同火炭，我顿时愣住了。怎么办呢？这是一趟拉运"特殊货物"的列车，而又是在这样特殊的年代，列车上除了司机、司炉和乘警是专职人员外，所有的"乘务员"都是由戴"红箍"的人担任，而押送我们出娘子关的总指挥就是那位青云直上的"催命三郎"。"小道消息"传出，他不仅仅是押送我们，还要在山西劳改单位长期落脚——因为有人看见他的爱人也登上了这列火车。这真是罪孽！

说来也巧，说着曹操曹操就到。我和伙伴们正谈论着要去找他想办法时，他披着一件蓝棉大衣，带着两个随从，巡察到这个车厢里来了。据说，喜欢披着大衣是老干部的游击习气；我们这位总指挥，年龄和资历都不老，只打过靶，没打过仗，可他也喜欢披着大衣，好像这样可以显示其身份，抖出他的威风似的。怎奈，这节"老右"的车厢太挤了，而这些不卑不亢的"腐儒"们，又不肯为总指挥闪开一条路。他只好用手揪着棉大衣的衣襟，在横倒竖卧的人缝以及旅行袋、包裹中，高抬着两只穿着翻毛大头鞋的脚穿行。

"报告崔队长！这儿有人发了高烧。"他走到我们的座位旁时，我向他汇报。

"叫崔总指挥。"他身后那个随从纠正着我的谬误。

伙伴们七嘴八舌地向他陈述情况，意思不外是让这位总指挥解决一下急难。崔队长平日就有用眼角窥探我们的习惯，此时，他朝病号斜七一下，发现靠在座位上发高烧的竟是范汉儒，一下子计起了前嫌。他撇撇嘴说："他拔草时健壮得很，这时能有啥子病？我看是偷吃鸡蛋多了，撑的！"

范汉儒摇摇晃晃地从椅子上站起来："你是国家干部，请你嘴上长点德行！刚才你上卡车时，不是拿出手枪来了嘛！你照我脑门来一枪吧！然后开膛剖肝，看看我的肠道里有没有一个鸡蛋星儿！我是中国的知识分子，我懂得自爱！你说我'反革命''极右派'我都听着，可是你不能侮辱我的人格！"他从胸膛憋出来这段话后，像喝醉酒的醉汉一样，用哆哆嗦嗦的手指撩开衬衣，露出光光肚皮，愤愤地说："哪位身上带着削苹果的刀子，递给崔队长！让他扒开我的肠胃，看看是……"范汉儒摇摇晃晃地倒在了椅子上——他有些烧糊涂了。

车厢里顿时炸了窝，"不平则鸣"之声从车厢每个角落传来：

"崔队长！延误了治疗时间，你可要负责任。"

"我们都是摘了帽子的'右派'了！按政策应当有享受医疗的权利。"

"我们要上书党中央，告你践踏劳改政策！"

尽管"啥子队长"正值春风得意之时，但他毕竟是没经过大阵势的"雏儿"，在乱哄哄的抗议声中，有些心虚了。为了不失体面，他吓唬范汉儒说："告诉你，车厢中闹事都是你挑起来的，你要是啥子病也没有，到了山西咱们再算账！政府对一切罪犯都实行革命的人道主义！现在，你们去个人到九号车厢里，把随车的医生找来吧！"说完，他匆匆在一张纸片上写了"通行"二字，并签上他的大名后，就到前边的车厢去巡视了。

我自愿为范汉儒去寻找医生，一则可以串车厢看看车里的全部"货色"，更重要的是：我希望在女同胞的车厢中，能找到"六点钟"时刻挂念的陶莹莹。拉开我们车厢的门，我立刻惊异地站住了：陶莹莹正站在车厢和车厢连接的过道上。她不再穿着带有号码的黑色囚服了，上身穿着一件半旧的黑呢短大衣，腿上穿着一条古铜色的灯芯绒的军裤，脖子上围着一条花格围巾——她手提着一个医疗箱，似正想推门走进我们的车厢，但又十分踌躇的样子。我拉车门的声音，使她迅速转过身来，并且发现了我。我欣喜到不能克制的程度，激动地伸出一只手："你好！陶医生！"

她持重地看了看我，伸出的手又缩了回去："我……我……我不认识你。"

"不能一获得了自由，就得了健忘症嘛！"我说，"在那块土地上，我不是还为范汉儒同志，装疯卖傻地给你拍过'无线电报'吗？'范汉儒这小子又去养鸡啦！'当时，你在田埂埝上还向我点头表示过谢意呢！"

"噢！"她的记忆复活了，向我伸出手来。

"为什么站在这儿挨冻？"我问。

"我也说不清为什么。我串车厢巡诊，走到你们这个车厢门口，不大好意思……"她很窘。不知是由于她天性喜欢低头，还是当女囚时低惯了头，她和我说话时，两眼一直看着脚尖。

"你来得正好，总指挥正命令我到九号车厢去找随车医生呢！真想不到就是你。"

"有病号？"

"范汉儒。"

当我把陶莹莹引进我们车厢时，她如同一位受到夹道欢迎的"首长"。有人鼓掌，有人欢呼，更多的是向她行注目礼。那热烈劲儿，绝不亚于高尔基的小说《二十六个和一个》中，那个女主人公出现在众多粗犷男工面前时的情景。其实，按世俗的观点来解释，她的身份比我们中间任何一个都要卑贱，因为她当过地地道道的囚徒。但她在车厢里所受到的礼遇，在"男儿国"中可谓盛况空前。尽管车厢里已挤得像沙丁鱼罐头了，我们还是把范汉儒坐着的那两排椅子腾空，让给陶莹莹和"六点钟"，以便于她为他检查身体和说一些他们之间该倾吐的那些语言。

嘈杂混乱的车厢顿时安静下来。就好像这是一节行李车，虽然塞得满满的，但都是一些没生命的货物。我挤在过道那边的伙伴中间，虽然很想看看这幕悲剧生活中的喜剧，但理智在告诉我，应该多给他俩一点自由空间。我和伙伴们几乎无一例外地都把头转向车窗。

窗外飘着白雪……

遮天盖地飘飘悠悠……

虽说我的两眼望着粉雕玉琢的银色世界，可是耳朵似乎丢在了那"半球"：

"我还以为你留在……"声音很轻，好像来自另一个遥远的世界，"真想不到……"

"我刚留场就业半个月，看起来好像是命运使我们……"

"那边有黄河……黄河。"

"三十九度三！"

"那边有'重耳走国'的遗址。"

"给你打针吧！"

"那边的平阳府是尧的故乡。"

"疼吗？"

"唐朝大诗人王维、元稹、白居易，还有柳宗元都祖籍山西。"

"再吃两片药吧！"

"那儿还出土'乌金、墨玉'。"

"水！有开水吗？"

我猛然惊醒，忙从火车的小桌下拿出暖壶来，递过去。我递过暖壶后，马上退回到这"半球"来。

喝水声，一口接着一口……

火车的鸣笛声……

列车的奔驰声……

列车钻进了长长的隧洞。

白雪突然消失。

车厢一片幽暗……

那"半球"没有低语声了。

隧洞是这么长啊！真长！"大概此刻还有人嫌短吧！"我想，"对！火车应该在这里突然拉闸，停车，或者是'红卫兵'勒令火车在这儿停上两天一夜。"

霍地一下，世界又明亮了，亮得扎眼。

低语声重新开始：

"你喜欢古老的黄河吗？"

"嗯！"

"我爸爸在黄河套背过纤绳！"

"真？"

"《黄河大合唱》，开头怎么唱来着？"

"'我站在高山之巅，望黄河滚滚，奔向东南。'"

"我们能看见黄河吗？"

"能。有棉被吗？"

我再次过到那"半球"，麻利地打开范汉儒的行囊。糟了，一股浓重的鸡粪气味，扑鼻而来。我忙把他的行李重新捆好。在我动手解自己行囊的时候，陶莹莹说了声"不必了"，便把自己的短呢大衣盖在蜷卧在车座上的范汉儒身上。我怕他冷，又把自己的破皮袄盖在了陶莹莹的短呢大衣之上。

"他有点烧糊涂了。"她说。

"也许是兴奋的。"

"让他好好睡一会儿吧！多让他喝水。"陶莹莹用手摊摊她棉衣上的褶纹，开始收拾听诊器、针头，"他身体挺结实，出两身汗烧就能退下去。你们注意，不要叫他吹风，再受凉容易转成肺炎！"

"陶医生！你再坐一会儿。观察一会儿范汉儒的病情再走嘛！咱们都是在历史火车头拐弯的时候被抛出来的'同类'，有着共同的话题。"我挽留她，我想和她谈谈。

她站了起来："不了！我还要到别的车厢看看。"

"那你把呢大衣带走，车里没暖气。"我动手掀开我那件破皮袄，想把她那件衣服拽出来。

她制止我说："他刚睡着，别动了。我还要过来的。"

见她执意要走，我忽然想起一件事："陶医生！我们被发配到山西哪儿？你知道吗？"

"不知道。"她摇摇头。

"你呢？是不是不能和我们在一块儿？"

她的目光黯淡了："真不知道哪块黄土是我的坟地！我们女就业队上卡车的时候，田队长倒是透露给我一点风声。说山西有二十多个劳改点，有砖场，有矿山，当然更多的是农场，连她也不知道我们女队在哪儿落脚。说实在的，当时我不太关心去山西哪儿，只关心你们'右派'队是不是来山西。因为……田队长倒是把这个底告诉我了。所以，我知道你们也在这趟火车上。"

一提在哪儿搭窝，伙伴们都围拢了上来，把陶莹莹当成了"消息灵通"人士，乱哄哄地提着各式各样的问题。

"你当跟车医生，没听见'总指挥'漏出过一点口风？"

"你总比我们知道得多一点呀！比如是去雁北？还是晋中、晋南？"

"相信我们吧！我们绝对保密。"

车厢里的一双双眼睛，都渴望着陶莹莹的回答。

陶莹莹的脸色绯红。显然，在她的境遇中，从没有受到过如此的信任；她窘得半低着头，激动地说："我……我很感谢大家。别看我肩膀上背着个药箱，好像比你们要强一点似的，不，因为我在大学是学医的，劳改队是要发挥我一技之长。其实，我比大家犯的错误要严重，和大家身份不能相比，如果命运能把我们支配到一个劳改单位去，大家就会慢慢地知道。"她似乎怕我们再提出什么问题，深情地凝视了昏睡的范汉儒一眼，就背起药箱走向车门。

我们似乎比刚才更熟悉了，招呼她："再见！再见！"

她激动异常，还没步出我们这节车厢，眼角就涌出泪花。

门响了一下。

她——去了。

我坐在范汉儒的身旁，默默地回想着刚才的一幕，心里感到非常充实，并为"六点钟"的未来而由衷地高兴。她的确很漂亮，面孔甜而不俗，五官雅而不娇。如果用古典小说中的词汇来比喻，她的一举一动，不属于"小家碧玉"的形象，而应纳入"大家闺秀"的范畴。唯一使我感到有点费解的，倒是她显得太压抑了，就像一个身上背着沉重包袱的行者，弯腰驼背地走着她漫长的驿路。但就是这样一个女子，在稻田地里居然敢冒"催命三郎"之大不韪，主动顶起降临在范汉儒头上的"雷"，干出使人瞠目结舌的事情来。

范汉儒在睡梦中呼喊着"黄河"。他大概梦见了他也像父亲那样，背着勒进皮肉里的纤绳，正在拉着一条没有帆桨的重载船吧！不然，他的额头怎么会坠落下那么多的汗珠呢！一滴、两滴……十滴、百滴……顺着他开阔而外凸的前额泉涌而出！不，也许他正做着一个完全相反的梦：壶口瀑布垂天而落，他正在黄河巨浪中击水而游。黄河的胸膛是那么宽阔，而他自己却是那么渺小！游啊游啊！怎么游也游不到沙滩。他奋力挥臂，使出全部力量，想找到她的边沿，但是没有！因为她太辽阔了，博大得如同母亲的胸膛，这一串串晶莹的汗珠，或许是因为兴奋而滚落下来的吧！

"水！我渴——"

他醒了。

伙伴们为他倒水。

"多喝点！"我端着杯子喂他。

他到底是苦难敲打出来的硬汉子，喝罢了水就从座位上坐了起来，两眼直愣愣地看着窗外："这是到哪儿啦？"

"到晋阳界了。"

"哎！陶莹莹呢？"他的记忆随着他的身体一块儿活了过来，"我恍恍惚惚地感到，她用听诊器听过我的心脏，给我打过针，还……"

"你小子一向不诳朋友，"我说，"车过那条隧洞的时候，你们的声音怎么哑了？"

范汉儒用线衣袖口擦擦满头热汗，回味地说："那不是我做梦吧！我好像感到当时她……她……她握住了我的手，握得很紧很紧，然后，我好像是参着胆子亲了她的手一下。老弟！这都是在迷迷糊糊的情况下产生的勇气，当时我就好像喝醉了酒一样。"

"她等会儿还要来复查。"我说。

"你没骗我吧！"

"你看！人家把短大衣都留在这儿了。"

范汉儒拿起那件旧呢大衣，像看一件罕世珍宝一样，翻过来掉过去看了半天，喜出望外地说："瞧这意思，我来山西是上帝的召唤。古诗中的'山重水复疑无路，柳暗花明又一村'，就好像为我写的一样！叶涛，你说是吗？"

我担心他话多伤神，忠告他说："陶医生说不许你起来，你还是躺下吧！"

"叶涛，她不了解我，你还不了解我？劳改队已经把我淬过火了。"他得意地拍了拍胸脯，笑吟吟地看着我，"浑身每个部位都硬得像三棱钢！"

"照你这样说，陶医生可以不必来了。好！我马上去通知她。"我佯作要走的样子。

范汉儒当了真，拉着我的衣袖说："别走！刚才我烧得迷迷糊糊，如同腾云驾雾一样，正经的话还没和她谈呢！

"还有什么可谈的？"我说，"列车过隧洞的时候，一切都尽在无言中了。你再看看，这玩意儿是随便给人盖的吗？这是人家身上御寒的衣裳，可是却给你盖上了。"

范汉儒马上担心起陶莹莹来了："她不冷吗？"

"待人家取衣裳来的时候，你加倍补偿人家为你付出的牺牲吧！"

他愣了："怎么补偿？"

"用你的心。"

范汉儒笑了："好！一定照办！"

真是人逢喜事精神爽，冰冷的窝头他嚼得那么带劲。两个窝头下肚后，又把伙伴们送来的两暖壶热水喝了个瓶底朝天。肚子饱了后，他更有精神了，喋喋不休地和我说东道西，我却困倦得难以支撑了。

一觉醒来，车厢里已经亮起了大灯。范汉儒似乎还在编织着自己的梦！他把头靠在椅背上，两眼直溜溜地望着圆拱形的车顶，任列车怎么剧烈地摇摆，他也没有摆动他那遐想着的身姿。

"莹莹怎么还没有来？"我心里开始不安了。

"人活着不能太自私嘛！一个跟车医生，要负责整个专列上的病号。也许，她正在哪一节车厢给人看病哩！"范汉儒显得比我心里还敞亮，似乎他和她的事情已经是板上钉钉了，因而口气里充满了自信。

列车的行速渐渐慢了下来。

"刺——"的一声，列车停了。

一路上的偶然停车太多了。好像由于车上的"货物"尽是"淘汰物资"之故，连这条绿色的长龙也比其他列车身价低了三分。它见车就让路，动不动就拉闸停车。

我透过结冰的玻璃窗，看了看窗外的世界。这是个无名小站，既无站牌，更无站台；极目所到之处除了雪还是雪，突然，停放在暗处的几辆卡车同时睁开了"眼睛"，漫荒野地的小站，立刻亮如白昼。这时，我才看见列车周围，十步一岗地站着不少持枪的哨兵。我立刻捅了"六点钟"一拳头："瞧！"

"是不是我们赶上了大武斗？"

"人家和我们这快咽气的死猫斗个什么劲？"

"那……是对我们夹道欢迎！"他诙谐地说。

"不知死的鬼！你往这边看！有'货物'在这里下车。"我隔窗指点着列车中部，"看头发围巾和衣裳，是女同胞下车了！"

"女同胞？"

"就是女'就业人员'！哎呀！陶莹莹会不会在这儿下车？"我心跳的速度顿时加快了。

"不会吧！跟车医生得跟列车走到头嘛！"他判断着。

"我看是恋火把你烧糊涂了。她下了车，不会再找一个跟车医生吗？"我焦急地说，"女队的人都在这儿下车，能把她一个人拉到咱们'男儿国'去吗，傻瓜！"

范汉儒昏热的脑子清醒了一些，反而对我说："她应该来告个辞嘛！"

"她是出来旅行吗？她也和你我一样，是发配山西。下车之前，还能允许她乱串车厢？笑话！"

"这怎么办？"范汉儒慌了手脚。

我俩合力开着窗户，里边那扇经不起我们的蛮力，被推了上去，外边那扇窗户，被冰雪冻得结结实实，任凭我俩咬紧牙关，使尽平生力气，也没能撬动分毫。时间急如星火，车窗外的雪地上，"女同胞"已经列队集合点名了，身穿素格花棉衣的陶莹莹有意识地排在靠近我们车厢的地方，解下脖子上的围巾，貌似掸她头上的雪，实则在向我们挥手告别。大概是因为她穿得太单薄，她不得不一边掸雪，一边不停地跺着双脚——像即将远征的士兵在原地踏步。

范汉儒急了，他抱起她的短大衣，向车厢门口冲了过去，他很健忘，进入夜间行车，车门就已经锁上了。他只好又扭头跑回车窗旁边，遗憾的是，这时，崔总指挥已经办理完了"货物"移交手续，陶莹莹尾随着"女同胞"的队列，向那一排被白雪埋了半截的卡车走去。她两步一回头地朝我们这个窗口张望，当她走到卡车旁时还大着胆子向我们这个窗口摇了摇手。

"看！她的意思是不要这件呢大衣！"我说。

"不行！卡车上会冻死她的。"他急中生智地抄起一个暖壶，"忽"地一下，把热水浇到窗棂上。这下可好，不用撬，车窗就开了口子——那冰冻的窗玻璃突然遇热，炸裂了。风卷着雪，猛地从破裂的大口子钻了进来。

"你闯了祸了！"我告诫他不要再喊叫陶莹莹，以免惊动"催命三郎"。可是，这时的范汉儒已经如同受了惊的野马，丧失了理性。他把呢子大衣卷成一团擎出车窗，挑着嗓子喊着："喂！这是你的……这是你的……你到哪个地方？告诉我一声！快说，车要开了！"

陶莹莹已经登上了卡车，再次连连摆手。她微弱的答话声被列车"哐当哐当"的启动声淹没了——列车离开了这个雪原上的小站。

卡车向北。

列车向南。

相背而行。

天各一方……

范汉儒像拳击场上被一个具有无穷力量的拳击手击败了一样，颓然地倒在了椅子上。

第五章

喜中生悲，悲中生喜，"六点钟"在洪洞县界，反串了"苏三起解"

的角色。

硬卧车厢里的烟缸，已经装满了我的烟蒂，我又划着了火柴，续上了一根香烟。

随着像接力棒一样——一根接着一根烟卷的燃烧，列车的轮子已经滚过了太原、榆次、太谷，进入了洪洞县境。我的脑子，也随着车轮的旋转，走马灯似的旋转个不停。啊！那弯弯曲曲的像蚯蚓一样爬行的流水是汾河！对！就是火车在汾河河谷奔驰的时候，我的这位倒霉朋友又接荐演出了一场更倒霉的戏剧。

说起来，这场苦头纯属范汉儒自找：当他和陶莹莹分别时，由于火车拉笛开车，卡车鸣喇叭开拔，在一片嘈杂的声音中，我们那位崔队长——崔管理员——崔总指挥，并没听见“六点钟”的呼喊。为了不给崔队长留下任何一点可疑的痕迹，我们把兜里为黏合手指裂口而随时装着的橡皮膏，都捐献出来，用以黏合上那块破碎了的玻璃窗。

范汉儒沮丧地坐在椅子上。我们像裱糊匠一样，把一块一块的玻璃对上缝口，中间贴了一层层的胶布。经过伙伴们的努力，黏合后的车窗虽然留下一条子、一道子伤痕，但比刚才大窟窿小眼子的，终归是强得多了。再把里扇的车窗重放下来，在贴近窗户的地方堆放上一些脸盆网兜之类的杂物，如果不仔细观察，是难以发现那块破玻璃的。

沉溺在痛苦之中的范汉儒，最初并没留意我们在干些什么。当我蹬着座位从行李架上取下杂什来挡窗户时，我的脚不小心踩在了他的腿上，他一下从梦境中清醒了过来。一旦他从陶莹莹的幻影中回到这节车厢里，他难以医治的执拗病就复发了。我刚刚坐在座位上，他就暴躁地站立了起来，不由分说地跳上座椅，把我刚刚从行李架上拿下来的东西，“稀里哗啦”地重新塞到了行李架上。同时，轻蔑地对我甩了一句：“八擒孟获——多此一举！”

“你又活过来了，是吧？”

“反正我不会去自杀！”

“你想到这扇车窗玻璃的后果了吗？”

“我活这么大，还没搞过一次猫儿盖屎的事儿。”

我被他的突然发作激怒了：“你那么诚实，为什么在稻田里拔下稻苗不认账？”

"我不能肯定是我拔的，如果我确实知道是我的行为，用不着崔队长发威，我会主动承认是我的过失。"他显然动了肝火，摘下眼镜晃了晃，又架在鼻梁上，"叶涛！我们相处好几年了！你难道还不了解我的脾气秉性？"

"你这脾气，陶莹莹将来受得了吗？"

"咱们打了盆说盆，打了碗说碗，别离题。咱俩现在谈的是车窗玻璃问题。"

"这么说，你是要赔偿这块窗玻璃啦？"

"难道不应该？"

"应该！可是这个东西谁来赔呢？"我指着车窗外一座倒塌了的三层楼房——从它遍体鳞伤上去判断，这是大武斗的杰作。

"这个我想管也管不了。"他连连摇晃着脑袋，"我只想管好我自己！在这乱世之秋洁身自重。"

也许正是因为他的赤诚，我才格外为我这位朋友担忧。崔队长每天早晨要到车厢来点名。我看看时间已快到了，再和他做纯理性的争论，已经变得毫无意义，便一步迈到座位上，把他搬上行李架的破烂玩意儿，又三下五除二地请了回来。我向他发表声明说："这些破烂东西，主权属于我叶涛，不属于你范汉儒。我愿意把它放在哪儿就放在哪儿，别人无权干涉。"

"叶涛！我真有点不理解你了。"

"我可理解你！"我严肃地告诫他说，"二十世纪头号的痴、呆、愣、傻。押车来的不是'黑姚期'！"

范汉儒不吭声了。我也不愿意再给他火上加油，因为陶莹莹中途下车，已经给了"六点钟"很大的精神刺激。哪知崔队长腋下夹着花名册，刚刚走进我们这节车厢，还没容他张嘴训话点名，范汉儒倒喧宾夺主地先开口了："崔队长！我不小心，打坏了一块车窗玻璃。队长问问列车长，这玻璃值多少钱，我照价赔偿！"

我心里咯噔一声。车厢内顿时为之愕然。

崔队长走到车窗旁边看了看，两条淡淡的眉毛立刻皱了起来："真是怪事！你们上车之前，我三番五次地向你们交代，只要打开里层车窗，就按企图逃跑论处！现在，外层车窗被打破了，显然你们是打开过里边的车窗，这是啥子行为？"

"车厢空气太闷，范汉儒出于好心，想让大家透透风……"我的话还没说完，崔队长脸色就阴沉下来，他双手把蓝大衣往两边一分，叉着腰说："刚才为范汉儒的啥子毛病，你们就闹了一回事了，现在，范汉儒已经承认窗玻璃是他打碎的，你们干啥子又跳出来帮腔？"

"崔队长，我想打开车窗是因为……"

"因为啥子？"崔队长终于抓住了范汉儒送到他手里的辫子，"因为你反动透顶，你想逃跑。过去在海滨劳改农场，有干部包庇你，现在，你头上那把保护伞没有了。是革命左派押解你们，是革命左派改造你们。以后，我跟定了你们这群右派，非把你们改造得笔杆条直不成。现在，我第一次执行革命左派改造反动右派的任务。用啥子东西？用专政工具！"说着，他从口袋里掏出一副"铁镯子"——手铐。

范汉儒愣住了，他争辩着说："我要想逃跑，为什么还要告诉你？"

"坦白了从宽处理。"崔队长掂着那副手铐说，"你要不是坦白交代，我给你戴的就是狼牙铐了。这是对你的宽大！"

范汉儒急了："我没有逃跑的意念，我……"

"打破的玻璃窗就是证据。"崔队长板起了脸。

"那么大的一个窟窿，就是杂技团的猴子钻火圈，也钻不过去，何况我是个人？！"范汉儒据理力争，他的脸涨得紫红。

崔队长没有多废话，"咔嗒"一声，熟练地把范汉儒的两只手铐在了一起。他用眼角瞟着范汉儒说："我挨个翻过你们的档案，这些牛鬼蛇神里，以你的出身最为反动。你哥哥新中国成立前是驻守锦州的大战犯范汉杰，真是有啥子哥哥，就有啥子弟弟。"

"那是我在'反右'时胡诌的，真写进了我的档案？"范汉儒吃惊地张开他厚厚的嘴唇，汗珠从他的大脑门上滴落了下来。

"啥子胡诌？常见人往脸上贴金，还有往脸上抹猪粪的？我奉劝你态度放老实一点，不然，到了河滨农场……"崔队长发现自己失口说出了去向，迅速改口说，"……无论到了哪儿，都不会放过你的！"

崔队长抖了抖蓝棉大衣，狠狠地在范汉儒脸上剜了一眼，夹着花名册到别的车厢去点名了。当拉开车门时，他把脖子扭成麻花，郑重地警告我们说："我再重复一遍，在押送你们移转的途中，谁敢打开里扇的车窗，就和范汉儒一样论处。"

蓝棉大衣像巨大鸟翅一样呼扇一下就不见了。

车厢里沉寂得如同一池不起波纹的死水。

唯有"咔嚓咔嚓——"的车轮奔驰声，占据了车厢的每寸空间。它的声音那么单调呆板，更增加了车厢中的愁闷空气。

范汉儒手上捧着那副"铁镯子"，悲愤地坐在那儿喘气；随着列车的左右摇摆，那悬挂在手铐上的"红卫牌"黑锁，像个秤砣一样来来回回地在他腕子下抖动着。我和他挨肩坐在一起，几次动了狠狠地挖苦他两句的念头，以让这个呆子"识点时务"。但看到他那副倒霉的样子，又把滚到舌尖的话咽了回去。难道他真错了吗？没有！

"给我口水喝。"他开口了。

我倒上一杯水，递到了他的手里。他用双手捧着杯子，一饮而尽。

"我心里火烧火燎，再来一杯。"

我看他戴着手铐喝水，很不方便，便把水杯举到他的唇边。

他摇摇头："我不习惯叫别人喂！"

我只好把水杯交给他——他的执拗是无法抗拒的。

"这倒也不错，尝尝戴'镯子'的滋味。"范汉儒苦笑了一声，"过去，我在电影上看见戴手铐的犯人，总会想到他们的手腕子一定非常疼。其实，它除了叫你行动不方便以外，也没有特殊的感觉。"

我不满地瞪了他一眼："那你就努力争取换一副狼牙铐戴戴，尝尝它的滋味吧！"

他像回忆起什么事情来了似的，眨眨眼睛说："陶莹莹好像戴过那玩意儿。"

"何以见得？"

"那天，我去帮她们'女号'检查鸡瘟，她给病鸡打针时，我好像看见她手腕上有一圈小圆坑。叶涛！她能受得住，我堂堂的男子汉更没有什么害怕的了。"他的神情似乎更坦然了。

"你怎么不想想，争取不戴手铐呢？"我责备地望着他。

"叶涛！这由得了我吗？"

"刚才完全是你自找。"我愤然地说。

"我承认。"

"那你就改改你的脾气吧！"

"我不想改。"

"受罪活该！"我背过了脸去。

他看我生了气，用胳膊肘捅捅我，带有歉意地对我耳语说："我知道你是为了我好！可我这个人……就这副德行，再改造我二十年、三十年，直到在我身上堆起坟头，我范汉儒也不会有多大的起色了。老弟！如果我惹你生气了，请你多原谅点，别忘了，咱们可是度荒年月的患难之交啊！"

我头也不回，但心却跳快了。

"老弟！你的心真就那么硬，还要让我这个戴着手铐的人，向你鞠躬赔礼吗？"

我还是一动不动，但感情的堤坝开始决口。

"咱俩都是属鸡的。老弟！那年的七月十四，我们对着一轮皓月……"

"别说了！"我猛然回过头来。

他对我憨笑着。

我的眼角湿了。

"我对不住你。"

"你对得起人生。"

"你不生我的气了？"

"我根本就没生气。"

"那你就帮帮我的忙吧！戴着这玩意儿，衣裳是没法儿穿了。我有点冷，你把你那件皮袄给我披上吧！"

这时，我才发现范汉儒只穿着一件单薄的绒衣。一个刚刚退了烧的人，在没有暖气的车厢里，是容易引起其他病症的。我急忙把我的破皮袄从座位上拽出来，这时忽然看见了陶莹莹那件半身呢大衣。我想，这件呢大衣尽管比我那件皮袄要薄一些，但是陶莹莹的，对范汉儒来说，披上它更能增加他的热力，便用力把它从座位上往外一拽，"吧嗒"一声，从呢大衣口兜里滑出来一件东西。我弯腰捡起来一看，是用白纸叠成的小船。

"瞧！"

范汉儒两眼直了："她怎么还有这样的童心呢？真怪！"

"一点不怪。"我说，"我估摸这是给你的一封信。"

他将信将疑地把这"纸船"拆开，几张白纸的背面，果然写满密密麻麻的字：

汉儒同志：

　　现在我可以这么称呼你了，因为我已满了刑期，按规定可以算是半个公民了。

我很自卑，在你面前尤其自卑。虽然我在"女号"，离你们有几十里地远，但你的事情，我知道得很多很多。田队长是个很有修养的劳改干部，她在对我们进行教育时，经常举出你在鸡场的事例，于是我了解了你。至于田队长对你怎么这样了解，我不好过问。据她说，在度荒年代，你宁可煮菜帮子吃，也不动农场一个鸡蛋。只凭这一点，就看出你是一个毅力极强的人。我们这些女囚，按说比男人更该自重，不，在那几年，她们无所不吃，在葡萄园干活时，把没成熟的酸葡萄往嘴里填，甚至刚刚打过农药的青桃，她们也不放过。我是狱医，经常为抢救这些因饥荒而丧失理性的女号，白天黑夜地奔忙。田队长还告诉我们：你清白如水，从鼠洞里掏出的四个鸡蛋都交公。

老实说，我听见这些事情，就像听童话那么新奇。按物理学解释：一旦物质承受了超负荷的压力，没有不破碎或变形的。你是属于哪一种稀有物质呢——我常常这么想。记得，有一次你在总场部做养鸡方面的报告，我们"女号"派代表去参加。那是我第一次看到你。当时正是盛夏，你赤着双脚，头戴一顶荷叶形草帽，大概因为天气太热之故，你把草帽摘下来当扇子扇风，我才看见你的面部特征。你前额是那么大，使我情不自禁地联想起电影中的列宁。

当然，这样的比喻很不恰当，可那是我的真实感觉，我找不出更好的比喻来了，只好这样吧！

"我……我不能再看了，这是给你一个人写的！"我尴尬地把眼神从信纸上收回来。

范汉儒用戴铐的手拉住了我："刚才你分担了我的痛苦，现在，你有资格和我同享快乐。"

"信上快要出现……出现热乎词儿了，还是你一个人……"我站起身来。

"老弟！你是过来人了，当参谋就当到底嘛！你得帮我多拿主意呀！"

我只好又坐了下来。

范汉儒继续轻声读了下去。

后来，你来我们"女号"的养鸡场了，我很激动，有很多话想和你说，但我又不能对你流露出什么东西来。因为我用心里的尺，量了量我自己，我们中间有着一段不小的距离，而这些距离，是座山，难以攀越；是条急流，有船也难以渡过。偏偏这时候，你在荒芜的古道旁向我开口了。我的心乱极了，真的，到今天我都记不得我是怎么回答你的了，我的心一个劲地跳，一直跳到我们分手……

还记得那次稻田风波吗？你们那位队长训斥你，我听了比训斥我还难受。为什么，我不知道！是不是我对你产生了……我说不清楚，反正我突然站起来，干了那么一手活儿。那天，我们"女号"冒雨收工回来，我刚换上干净衣裳，田队长就推开医务室的门，走了进来。她问我："陶莹莹！那草里的苗真是你拔下来的吗？"我很犹豫，因为我不知道她为什么这么着急地来询问这件事情。我想说谎瞒她，但是她那双眼睛是诚挚的（她一直对我非常关心），我立刻把谎话咽了下去，把真话吐了出来："不，不是。""那你为什么说是你拔的？"她问。我说："田队长！我也说不清楚为什么？我只觉得那么一个人，不该挨训。我……我太冒失了，今后绝不再犯这样的过失了，您批评吧！"我低着头，等着她的批评；但是等了半天，也没有动静。我一抬头，不知她什么时候已经离开了医务室。真奇怪！

我一直惶惶不安。直等到我解刑的那天，她才告诉我，她不谴责我那次冒失行为；正相反，她认为我还没有丧失作为一个人应有的良知——尽管我当时是服刑的女囚！我影影绰绰从她嘴里知道，你们那位队长之所以被撤了职，去当管理员，是她到场部告状的结果。几天前，她又把我找到队部办公室，我等着她布置任务，可她一直也没说话。

我问："田队长！您有事吗？"

"没事，你走吧！"

我刚走出屋子，她又喊我：

"你回来！"

我重新站在她的办公桌前："您今天是怎么了？"

"再过几天，你可能要离开你服过刑的土地了！"她声音极轻。

"去哪儿？"我马上说，"我不愿意走，我在这个队待熟了。几年来，您对我帮助很大！"

"这不是经过人为的努力，就能把你留下来的事情。"她脸上露出忧郁的神色，"临走前，你有什么话要说吗？"

我难过地说："感谢您多年对我的教育，我是一个罪人。"

"我需要听的不是这个。"她注视着我的眼睛，"我想听听你对未来的想法，比如：个人的生活问题，你还是个姑娘啊！"

"我没想法，只想一个人自食其力……"

"陶莹莹，这不是实话吧！在稻田发生的那件事，我这个当队长的可不是瞎子……"

我心乱如麻："田队长，我……"

"你很有眼力，分得清黄土和朱砂。"她思忖地笑了笑，"现在，我可以告诉你了，我爱人在他们男队当队长，你如果真对他……在你临去山西之前，我可以通过我爱人对范汉儒透个信儿，范汉儒是个诚实的人……当然，范汉儒能不能原谅你犯过的那次错误我不敢担保，……你看，我这个当队长的，竟管起你的私事来了！"

"我……我……我……"我没说出一句完整的话。

"这是你的自由，我只是问问你。"她解释着，"因为他们也去山西，山西有二十多个劳改点，不知把你们分到什么地方去。当然能到一块儿更好，万一要是离得很远，就难再有碰面的时候了，所以，我事先问问你。你听明白了吗？"

"明白了。"我心跳得挨着了嗓子眼，"田队长！我非常感谢您。我的父母都和我断绝了关系，您……"

"回去考虑一下，明后天给我个回话！记住，这是属于你的自由，不要因为我是队长，就有所屈从，我们今天谈话完全是平等的关系。"

我回到就业人员的宿舍，当天夜里失眠了！汉儒同志，我不是考虑我愿意不愿意，而是考虑到我不该和你建立那种关系。我是个罪孽深重的人，而你虽是"右派"，品质却是水一样的透明……

还没容我去回答田队长，开往山西的日期提前了。匆匆忙忙地收拾东西，匆匆忙忙地上了卡车，又匆匆忙忙地登上了火车。我的天！跟我们同车来山西的竟是你们那位队长！我的心真是不寒而栗！还算好，他没有认出我就是在稻田里干扰他对你发威的女犯！由于我是个"医生"，被安排在九号车厢，这儿是押送人员专列，不像其他车厢那样拥挤。趁着还没有病号来找我的时刻，伏在小桌上给你写了这封信。因列车不停地摆动，字写得歪歪扭扭，请你原谅。我想写完信后，借着在车厢巡诊的机会递交给你。可是我不敢保证我自己，能有那么大的勇气——因为理智始终在我耳边回响：不可能！不可能！不可能！但我感情上已经不能自我克制，只好孤注一掷，听从上帝的安排了！

此祝冬安

陶莹莹，于九号车厢

如果命运使我们一个天南，一个地北，也请你想办法回我一封信，因为我们女队的去处，总是可以打听到的。我等着！我期待着！

——陶莹莹又及

......

我俩久久相对无言，围拢在我们周围的伙伴都肃然无声。人，在最激动的时刻，常常出现沉默，而现在，车厢里就沉浸在这种沉默之中。片刻之后，喧嚷声突然在车厢中迸发：

"'六点钟'，你真是个福神！"

"她就像她的名字一样透明！"

"这件衣裳是她有意留给你的！"

"这真是沙漠中的青草，苦难大地上的抒情诗！"

"祝福你！倒霉的范汉儒！"

"愿你们将来能百事如意！"

"......"

范汉儒用戴着手铐的双手，笨拙地叠着那几张信纸，他想把它仍然叠成一只船，但颤抖的手指怎么也不听他的指挥。我拿过来，沿着信纸上留下的折纹，把它叠成了原来的模样——一艘鼓着帆的小船。

他把它捧在手上，凝神地望着，望着。

我不想打扰他的思绪，闭上了眼睛。

"叶涛！别睡觉。窗外有条河！"他说。

"那是汾河！"我闭着眼睛回答。

"它流向哪里？"

"陪伴着咱们这趟车一直流向黄河！"

"要是把这只船放进河里……"

"老兄！你看不见河床已经开始封冻了吗？"

"那么说，它漂流不到它的终点了？"

"哪儿是它的终点？这儿——"我睁开眼睛指着他的心窝说，"这才是它的归宿！"

"不，它应该流进黄河。那儿浩浩荡荡，一泻千里，这张帆应当和我们编成一个开拓新生活的船队。黄河是我们伟大民族的摇篮，你、我、她都应当无愧于我们光荣的祖先。"他神色异常激动，镜片后的两眼熠熠放光，"叶涛！刚才'催命三郎'不是无意地露了一句，我们要去的地方是什么……什么河滨农场吗？从'河滨'两个字上去分析，那儿一定靠近黄河。"

"有可能。"

"不是可能，是一定。"

"一定。"我心酸地望着手铐下晃动着的铁锁。

"假如真有那么一天，我将站在黄河之滨，对我的古老祖先说——我是古老黄河的子孙。"说着，他激动地从座位上站了起来。

我弯腰拾起被他抖落在地板上的呢大衣，重新给他披上，把他强按在座位上。并把这封叠成船形的信，从他手里拿过来装进呢大衣的衣兜——因为隔着车门玻璃，我看见崔队长已经点名归来，这是他返回干部车厢的必经之途。这个可气的呆子，显然不知道我的用意，还用两只手死死地捏着那只"船"，似乎还想再端详一会儿。我低声向他喊着："拿给我！快——"

晚了。

崔队长已经站立在我们面前了。

范汉儒似乎并没有意识到这封信会有什么风险，他两眼依然望着那只"船"。在他看来，改造"右派"的政策条文上并没有规定"右派"只能独身生活。因而这封信即使被崔队长抄走，也构不成什么问题。何况这一车厢里装的都是摘了帽子的右派呢！"摘帽右派"应享有充分的恋爱自由！可是我的心跳得像一面鼓，因为这封信里不但涉及陶莹莹，更重要的是涉及受人尊敬的田队长；这位正走红运的左斜眼，是不难用这封信对"黑姚期"夫妇使手段的。山西距渤海湾虽然云水迢迢，但他只要给那边胳膊上戴"红箍"的一封函件，说他们同情犯罪分子，就会给他们带来无穷无尽的麻烦。事已至此，我已不能再从范汉儒手里索取这只"船"了，以避免招起崔总指挥的怀疑，只好呆呆地坐在那儿静待命运的审判。

崔队长一手就把范汉儒手里那只船夺了过去，他用眼角睨着他说："刚才我对你说啥子话来？叫你老老实实反省错误！你干啥子事情，戴着手铐还叠纸船玩！真是反动透顶，甘心当花岗石，去见上帝喽！"

"崔队长！这个纸船是我叠的。"我站起来，用身子挡住了范汉儒，生怕他再惹出什么风波，"您想，他戴着手铐能叠这玩意儿吗？我不该影响他集中精力反省罪行！您……您把它还给我吧！"我屏住气，两眼盯着那只"船"，生怕他突然把它打开，那就等于我引火自焚了。

"留着这东西干啥子用？嗯？"他抖擞着总指挥的威风，双手用力一绞，就把几层纸叠的"船"撕成碎片，往车厢角一抛，双手叉腰训斥我们说，"你们应该对范汉儒展开积极的斗争嘛！范汉杰的亲弟弟，一窝儿反革命！要是放在社会上，早该送他上火葬场了！他还不感激'文化大革命'的恩德，还有心玩……玩啥子纸船。你要坐船上哪儿去？去台湾？还是去美国？别做那个梦了！等着你的是严管队……"他说尽了革命词汇，又抖尽了威风，直到他说得口干舌焦，才披着棉大衣风风火火地走了。

阿弥陀佛！范汉儒在这次挨训的过程中，一声没吭。也许是手铐，让他多多少少清醒了一点吧！我长出一口气，掏出手绢擦着汗。

伙伴们从车厢角，把那只撕碎了的"船"——一堆纸屑，给范汉儒找了回来。

范汉儒——这个从不落泪的男人，眼角忽然闪烁出泪花；接着泪水滴滴答答地坠落在他手里捧着的纸片上，掉在他腕子戴着的手铐上……

这是我和他相处的几年中，第一次看见他掉眼泪。

我替他摘下眼镜，把我的手绢递了过去：

"事情已然过去，别难过了。"

"真不吉利，第一封信就……"他喃喃地自语。

"这也许是个喜兆。"我搜肠刮肚地寻找安慰他的理由，"你看！列车正驶过洪洞县界，'苏三'曾在这儿受过苦，但是结局不是大团圆吗？"

"可是她在被押解的途中，碰上个好心肠的'崇公道'啊！谁知他……

他……怎么发落我呢！"

第六章

跟着"跳蚤"荣升"天堂"，范汉儒下了"炼狱"，直到那四只横行的螃蟹，进了历史的蒸锅……

列车不知疲倦地奔驰着。那车轮单调的声响，好像不断重复地提示我："快要到了——快要到了——快要到了！"

不，这儿离河滨农场还有着不算近的一段里程，因为我还看不见像古城堡式的围墙和岗楼，还看不见我在这儿耕耘了几年的土地。1969—1976 年，这短暂而又漫长的岁月，我的黑发里出现了银丝，范汉儒眼角额头出现了深深的皱纹——我们从风华少年，一下迈进了中年的门槛！

严峻的岁月，对于得意于一时的崔煊（崔队长的大号），也没有任何宽容，几年时间过去，他不过才三十多岁吧，但在他的头顶上出现了一个光圈——他过早地谢了顶。可是他初到河滨农场时，是何等威风啊！到了山西以后又如柳絮般升飞起来，小小的乌纱帽上又插上了艳丽的翎毛翅。河滨农场原场长兼政委的姜大琪，其中的政委头衔，竟被这位"啥子队长"——实则啥子也不懂的崔煊弄到手了，他当仁不让地坐在了这把金交椅上。

范汉儒的境遇，随着崔煊的荣升"天堂"而坠落到"地狱"的底层。本来，"摘帽右派"与囚犯是有严格界限的；但每次批斗范汉儒的大会，都把囚犯拉来，以壮新政委的声威。至于罪名，早就罗织好了："转移途中打破窗玻璃，企图逃跑""范汉杰的弟弟""拿着纸船发呆，是妄图坐船越境"……范汉儒对于前两条罪名，似无触动，当崔煊宣布他企图越境时，他梗起了脖子，瞪圆双目，吼叫了一声："我是炎黄子孙，就是拿棒子往外轰我，我也不离开养育我的中国大地。这是对我的侮辱！"话音未落，囚犯们呼喊"打倒""严惩"的口号，像天上的雷鸣滚滚而起。尽管花白头发的姜场长和场里主要干部，用公开退场以示对崔煊践踏法律的抗议，可是崔煊视而不见。几次批斗大会之后，他给范汉儒换上了狼牙手铐，送进了犯人严管队，并煞有介事地派人外调他的历史。

范汉儒搬进"大墙"的那一天，正是 1971 年的春节，阵阵冷风刺骨，大地一片肃杀。由于他戴着的那副狼牙手铐，越动越紧，为使他免受皮肉之苦，伙伴们都主动为他整理行囊。我为了给他精神上增加热力，把陶莹莹那件衣裳也打进行囊中去。他走过来，以不容辩驳的命令口吻对我说：

"把它拿出来！"

"你该把它带在身边，它会给你……"

"叫你拿，你就拿出来！"他暴躁地说。

"为什么？"

"我不愿意脏了这件衣裳。"

"放在哪儿？"

"你给我保管。"他说，"还有……你如果有可能打听到她的地址的话，写封信告诉她，就说她出来了，我进去了。她碰到合意的人，我祝她百事如意，生活幸福。"

"你疯了？"

"何必耽误人家呢！我准备在崔煊掌管的监狱里坐一辈子牢了。"

我倒不那么悲观。我认为姜场长和场里那些干部，正在冷眼观"螃蟹"，是不会任其长期践踏法律的。我低声对他说："前两天，姜场长以找我们个别谈话为名，几乎和每个人都问到了你。"

范汉儒并不显得有任何激动，他说："昨天，你们都出工了，他来到这间宿舍，我以为是要看我的反省材料，为了少费唾沫，我送给他一张白纸，上边写着两个大字——'清白'。他把我问了个底儿朝天之后，冷冷地对我说：'你明天就出工干活。'没有流露出一点对我的同情。"

"傻瓜！'黑姚期'的脸色不冷吗？这是工作需要。"我把我的分析讲给范汉儒听，"特别是这年头，泉在地下涌，水在冰下流，他叫你参加劳动的意思，不正是为了以合理借口卸下你腕子上那副铁镯子吗？你在劳改队这么多年，怎么这点见识都没有？"

范汉儒略有所悟地："真？"

"你等着瞧吧！"

几天之后，我们大队人马扛着锹镐，去引黄工地上开冻方挖大渠时，我这个"估计参谋"的估计应验了：在狱墙外大约一里多地的平场上，我看见了范汉儒。他和几个穿着囚衣的"老号"，正在铁丝网围起的一个圈圈里，清理着瓦砾和积雪。此时太阳刚刚出山，范汉儒冒着料峭的春寒，已经光着脊梁挥锹大干了；阳光照在他结实的胸脯上，晶莹的汗珠像断了线的珍珠，从他赤裸的躯体上滑落下来。当我们的队伍经过铁丝网时，我禁不住欢欣之情，含蓄地向他打着招呼："喂！东边日出西边雨！"

他回过头来，立刻回答："道是无情却有情。"

"分配你干什么活儿？"我压低话音问。

他诙谐和豁达的性格，随着双手解禁而复活。他打着哑谜说："喂你！喂我！"

"这是什么意思？"

"咯咯咯——"他伸长脖子学了声鸡啼，然后严肃地说道，"姜老头叫我领着几个犯人，在这儿建一个养鸡场。"

"那不是触犯了政委的神威了吗？"我有点担心。

"姜老头说了，'他搞他的政治，我抓我的生产'。"范汉儒悄声说，"牛蹄子分两瓣，各弹各的调，各走各的道！"

我为范汉儒高兴："这么说，你有盼头了？"

"人世间总是好人比坏人多。"他咧开厚嘴唇，笑了，"不然的话，那个新权贵会把我给整死！"

我笑了。但笑得太早了。第二天我们经过铁丝网时，范汉儒和那几个"老号"的影子就不见了。我心里惶惶不安。可是几天以后，范汉儒和那几个老犯人又出现了。我刚长出一口气，范汉儒和那几个犯人又不见了；之后，又复出了。这种变幻莫测的情况，终于使我明白了：崔煊政委并没有睡觉，他正和姜场长进行较量；范汉儒能否解禁来劳动，只是这场斗争中的一个投影而已。因此，我和我的伙伴们都用路过铁丝网能否碰到范汉儒，来判断农场气候的阴晴——不，应当说是用它来揣摩我们国家的命运。尽管我们褴褛的衣衫上无一例外地都补着补丁，但那一双双眼睛上没有补丁——它们的亮度赛得过探照灯。

时间，像火车车轮飞快地滚动……

时间，像大河流水奔腾而过……

几年的光阴过去了，那个养鸡场也没能落成，忽而停工，忽而开工；忽而"月缺"，忽而"月圆"；忽而"寒流"，忽而"暖流"……在巨变的风向中，范汉儒就像置身于旋风中的一片树叶，一会儿被抛上九霄云天，一会儿又坠落到地面。有一次，是农场"阴转晴"的日子，我独自一人从引黄工地上回来取生产用具，在铁丝网边碰到了他。

"有消息吗？"他很着急。

"没有信来。"我知道他说的"消息"是什么。

"你没有想办法打听一下吗？"

"我问了，其他干部不知道女队的落脚码头。我参着胆子问了一回崔煊，碰了一鼻子灰！"

他失望地摇摇头："完了！"

"你可以和姜场长说说你的事嘛！"

"谈过了，他说现在顾不上考虑这些闲事。"

"怎么是闲事呢？"我不解地说。

"你知道'左斜眼'为什么来山西，来了山西根子为什么又这么硬吗？太原有个大造反派，是和他一块从部队转业下来的。一人得道，鸡犬升天，崔煊这个小小芝麻粒大的干部就不可一世了。姜老头每天应付他还应付不过来，怎么能顾得上管儿女情长的私事呢！"

我沉默了。

"只当是场梦吧！"

"别这样想，接不到陶莹莹的信，一定有我们意想不到的原因！"

正是这样，直到那震惊环球的"十月雷鸣"，范汉儒结束了"候补囚犯"生活时，这个不解之谜，才算是解开了。有一次我和范汉儒正在一边对饮，一边缅怀往事，不知什么时候，崔煊出现在我们那张自制的小桌旁了。我很扫兴，装作视而不见；范汉儒则反其道而行之，斟满一杯酒举给崔煊说：

"政委！喝下这杯酒吧！这是喜酒。"

"啥子酒我都不会喝哟！"他尴尬苦笑着，"今后，你们都不要叫我啥子政委了，我已经向姜场长写了辞职报告。"

"不行，您可不能辞职，我还等着您领着犯人开我的批判大会呢！"范汉儒含而不露地把酒杯递到崔煊手里。

崔煊自我解嘲地咳嗽两声："我今天，是特意来告诉你一件事情。"

"是不是通知我再次搬进监号？"范汉儒火辣辣地说，同时站起身子，"我马上就跟您走！"

"你这是说啥子话哟！我是来告诉你那个叫啥子……啥子陶莹莹的事情。"崔煊木呆呆的脸上流露出无可奈何的神气，"当时，你正被审查，她给你来了一封信，按照规矩这信是不能给你看的。后来，工作忙忙乱乱，这封信找不到了。"

"地址还有吗？"范汉儒顿时忘记了一切。

"她在……晋北曲庄砖场医务室。"崔煊背书似的回答。

范汉儒立刻掏出小本子。崔煊阻拦说："不用记了。你不是和姜场长谈过这件事吗？他今天上午给砖场打了个长途电话，想把她从砖场调来。我嘛，也表示同意。过去嘛，啥子话都不用说了！今后……"他谢了顶的头发里爬出几滴汗珠。

范汉儒被突然降临的喜讯占据了。他想说两句感谢的话，实在说不出口，他想发泄一下几年的积怨，但崔煊站在他面前的样子是那样尴尬狼狈，就像一个即将被洪涛淹没的人，向他呼要救生圈一样。范汉儒沉吟了老半天，重新把那只酒杯递给崔煊说："我虽然当了六年多'候补囚犯'，那毕竟是昨天的事情了！政委，你今天正好碰上我们喝酒，就把这杯干了吧！"

崔煊毫无生气的脸上露出一丝呆呆的笑意，他木然地端起酒杯，喝了那杯酒。随着形势的巨变，似乎有许多"堵窟窿"的善后差事等他去做，他没敢多在我们宿舍停留，匆匆地走了。

此时此刻，我们才知道了范汉儒和陶莹莹之间的隔音墙是崔煊筑起来的。严峻的历史没有宽恕他，几个月后，这个爬上高楼顶的小跳蚤，被时代的铁扫帚打了下来，先是去干他曾在河滨农场干的角色——管理窝头、白菜，没过多久他从食堂里消失了，姜场长在全场大会上宣布，送他去了他应该去的地方。从此"啥子队长"从我们生活中消失了……

时隔不久的一个公休天，范汉儒一大早就把我叫醒了。他对准我的耳边说："叶涛，快起来！"

调动陶莹莹的事，麻烦得很！这几天他一直念叨这事，因而我认为又是有关她的事："离列队迎接她的日子还早着哩！"

"不，不是这事！"

"……"

"告诉你，昨天晚上我去找了姜老头，并且替你请了假，咱俩一块去看看黄河。"他欣喜地说，"本来，我昨天晚上就该告诉你这件事的，怕你因激动而失眠。我……我一晚也没睡好，快起来吧！"

我看看手表："上午的火车赶不上了！"

"姜老头借给我们一辆公家自行车，我带你一段，你再驮我一程。几十里地，两个轮子一转就到。"

时值初秋，群山苍翠，稻谷金黄，通往风陵渡的公路上人欢马啸。范汉儒用自行车驮着我，行驶在宽敞的公路上。蓝天深远，就连迎面吹来的风，似乎都溢着香甜气息，真是惬意极了。

"有那么一天，我们能骑着车，在长安大街兜一圈风……"我向往地说。

"不，如果那一天到来，我准备留在这儿。"

"为什么？"

"你想，陶莹莹除了'右派'的问题，还有因医疗事故判过刑的问题。即使将来安排工作，她恐怕也要长期留场就业了！"他说，"更重要的是我喜欢黄河。滨河小镇上工作有的是，养鸡也行，在学校里教外语也行。苦我不怕，再苦也苦不过劳改，但有一个条件，这个地方，必须我一踮脚就能看见黄河。"

"你爸爸妈妈会同意吗？"

"会同意的。因为我爸爸深爱黄河。"

"陶莹莹呢？"

"当然这是她求之不得的。你想，她在农场当就业职工，会愿意我范汉儒离她十万八千里吗？当然，我只怕人家攀了新枝，搭了新窝，我'六点钟'就玩完了！"

"要真是那样的话……"

"那我也不想离开这里。黄河能使我奋进，使我心胸开阔，它能使我永远记住我是黄河的子孙！"他一手扶着车把，把腕子伸出，"你看，狼牙铐给我腕子上留了一圈疤痕，可是我想到黄河的胸襟——那是我们伟大母亲的胸襟！"

"陶莹莹绝不会变。"我把话题又拉回到他和她的事情上，"只怕你将来处境一变，瞧不上劳改农场里的女职工，当个陈世美！"

"你胡说些什么呀！"他回头瞪我一眼。

"那我打包票了，有情人终成眷属。"

"不知道她什么时候才能调来！"他叹了口气。

"几年都等了！现在你怎么倒沉不住气了？"

"老弟！你进劳改队前，就有了儿子了！我呢？"

"将来总会有的，当然，也可能是个女儿。"

他神经质地说道："如果生了男孩，就叫范黄河，假如是个女儿，就叫陶黄河。不过，现在八字还没一撇，真是有点痴人说梦。"

我笑了："不是梦，是明天的现实。"

"瞧！"范汉儒突然在自行车上伸长了脖子，高喊起来，"我们能看见黄河了，你看它多宽阔！"说着，他两腿蹬快了自行车的踏板，并旁若无人地扯开他那五音不全的嗓子，唱起了《黄河颂》：

> 啊！黄河！
> 你是我们民族的摇篮。
> 五千年的古国文化，
> 从你这儿发源！
> 多少英雄的故事，
> 在你的周围扮演！
> 啊！黄河！
> ……

第七章

> 亘古，黄河两岸曾发生过无数悲恸的故事，今天的故事，不过
> 是昔日故事的续演……

这是范汉儒唱的歌吗？怎么唱得那么动听？我凝神细听，不禁自己对自己笑了。这是在将要过风陵渡黄河铁桥时，列车广播室里播放的中央乐团的《黄河大合唱》。

列车员显然是太性急了一点，这儿刚刚驶进我曾洒过汗水的河滨农场地界，离黄河边小镇，离横跨黄河的铁桥，还有两三站呢！这儿我太熟悉了！透过车窗外零乱飘舞着的雪花，我看见那闪亮的地方，是沼泽形成的湖；那高高隆起的地方，是我们和囚犯共同挖成的黄河大堤；那一排排像豆腐块一样的地方，是曾经留下我们无数噩梦和美梦的宿舍。对！就是在那排宿舍里头的一间，是我和范汉儒、陶莹莹告别的地方。

那次我和"六点钟"瞻仰黄河归来不久，春风第一次吹到了我的身上——我接到调我回城工作的调令。本来，在我离开劳改农场的时刻，范汉儒是准

备为我收拾行囊的；怎奈那天是鸡场购买雏鸡的日子，范汉儒责无旁贷地到鸡场挑选鸡种去了。我正在独自收拾东西，外边有人叩门。接着，一个清脆的女声传了进来："请问，范汉儒住在这儿吗？"

我惊喜地回过头来说："请进。"

正是她——范汉儒在梦话里多次念叨的陶莹莹来了。她穿着一身最常见的灰涤卡制服，头上围着一块鸭黄色的围巾；由于此时正是早春时节，那张白皙的脸被风刮得绯红，显然，她是刚刚调到农场医务室，就匆匆奔我们的宿舍来了。从她和范汉儒在夜车上分别，才不过短短几年的时间，她明显地变老了；以至她站在离我四五米远的门口，我仍然看见了她白净的前额上那浅浅的皱纹。她仿佛发现了和我似曾相识，稍稍思忖了片刻，不无拘泥地说："你是……在列车上为范汉儒找医生的……"

"对！我是叶涛！"我伸过手去，"范汉儒的朋友，你刚到场吧？"

"坐夜车来的，真远！"她和我握过手，坐在炕沿上。

"来！喝杯热水。"我给她倒了一杯水，"老范出工了，我待会儿去鸡场找他，他盼你来盼得眼发蓝！"

"你……这是……"她避开了我的话锋。

"我在准备北上，回城去工作。"

她敏感地低下了头："老范为什么不走？"

"他向落实政策单位打了报告，请求把他分配在黄河边上的小镇。"我笑了，"什么原因，相信你……你应该比我更清楚！"

"他应该回北京！"她淡淡地说。

我惊愕地望着她：莫非这几年她真的有了属于她的新星座？既然是这样，她为什么不拒绝调来这个农场呢？她很聪明，好像立刻意识到我目光中的含意，昂起头来对我说："你也许误解了，该怎么把我的意思向你说清楚呢？概括地说，我认为老范是个素质很纯的人。尽管在这个环境里，我们没有花前月下的谈心机会，更没有彼此深入了解的条件，但我看不见他身上的一点杂质，透明得就像我们医药上常用的蒸馏水。"

我兴奋地说："你很了解他嘛！"

陶莹莹莞尔一笑："可是我……"

"你太自卑了。"我爽直地说，"你叠成小船的那封信里，就一连写上几句'不可能'。其实，老范并不计较你犯过刑事错误，因为偶然的医疗事故并不说明你不爱我们这个国家。他的选择标准很简单，只要是一个热爱我们国家的人，不管她犯过什么错误……"

"叶涛！我走了。"她突然站起身来。

"别走。"我只当是自己哪句话挫伤了她的自尊心，忙劝阻说，"你坐一会儿，我去鸡场叫老范回来，他的活儿我去干。让我说一句粗话，他在梦里都呼喊过你的名字。"

她脸"扑"地红了，心情矛盾地绞着双手，在地上转了一圈，又坐在了炕沿上。我匆匆向鸡场跑去。刚刚拐过墙角，差点和迎面跑来的范汉儒碰个满怀。他大脑门上挂着豆粒大的汗珠，气喘吁吁地问："是她……她来了？"

"你怎么知道？"

"姜老头到鸡场去喊我了，他顶替我在那儿验收雏鸡哩！"他擦了一把脑门上的热汗，笑成个银嘴葫芦，"怎么样？她还像先前那样吗？"

"稍稍老了一些，但还不失为漂亮！"

他迈腿要走，我一把抓住了他："站住！"

"我的心都冒烟了，你……"

"我要告诉你，她好像比在火车上更消沉了。估计是看见'右派'纷纷落实政策，她联想起了自己。"我再一次充当他的"估计参谋"，指点范汉儒说，"你要想办法医治她的自卑感情，就像她在火车上给你治病那样，最好能手到病除。"

"有什么好的偏方？"他呆愣地问道。

"表示你对她坚贞不渝！永远留在她的身边。"

"还有……"

"让她振作，让她乐观，切忌捅人家的伤痕！"

"走。和我一块儿回屋去，我在这方面没有一点经验。"他央求着我。

"像你摸索养鸡规律那样认真地去探索你迟暮的爱情规律吧！"我说，"这事儿，我可不能当你的贴身'保姆'了！"

他激动地跑向了宿舍——只不过百十米远。我欢快地走了——却是千里迢迢。那天晚上，天下着蒙蒙春雨，他和她以及伙伴们，和我在细雨中告别。吉普车都快开了，我忽然想到还没向他俩说两句吉利的话，又匆匆跳下车来，两手分别握着他俩的手说："我祝愿你们幸福！到'那一天'我一定从北京赶来！"

范汉儒笑着——眼里涌出激动的眼泪。

陶莹莹好像是哭了——不，那也许是天上降下来的雨滴！

一切都朦朦胧胧：天，地，田野，车站。就在春雨潇潇之夜，我登上了北行的火车。

三年，整整三年，现在，列车又停在这个小站上了。走时，蒙蒙春雨送行；来时，飘飘雪花迎接。我是多么想在这儿下车，去寻觅一下我留在这块土地上的脚印啊！但是范汉儒在河滨小镇焦急地等待着我——我想起了信里夹着的那根鸡毛。

火车又缓缓地开动了。初雪还在徐徐地飘落。

我望着车窗外团团旋转的雪花，心里也像卷起了旋风。我不知道在他和她之间，究竟发生了什么不幸：范汉儒真的沾染了世俗习气，处境一变一切都变了？这不太可能。那么说是陶莹莹抛开了"六点钟"，心上有了"七点钟""八点钟"了？似更缺乏依据。

我百思不得其解，重新从背包里拿出范汉儒的"鸡毛信"。就在这时，忽然一只手重重地拍了我肩膀一下，并有人呼喊我的名字，我惊异地转过脸来："汉儒，是你——"

"我串了好几个车厢了，"他喘着气说，"终于找到了你！"

"为什么不在河滨小镇等我，而在中途上车？"

"一言难尽。"他快快不快地叹口气，"还是让我先看看老朋友吧，叶涛，几年不见，你的脸胖了一圈。"

"你可瘦多了。"我凝视着他，"唯独大脑门还是不显小。"

他解下脖子上的围巾，掸掸肩头上的雪水，坐在我对面的铺位上："我的心乱极了，想不到真是一场梦，虚幻的梦。"

"究竟发生了什么事情？"他的话使我深深吃惊。

"我考虑当着她的面，很多话不太好说，就到前两站来登车找你。"他拿起我放在小桌上的茶杯，把半杯茶咕噜噜地灌进肚子，掏出手绢擦擦嘴唇，沮丧地皱起眉头说，"一句话——我们只能当个'同路人'！"

我马上火了："到底还是你见异思迁了！你……"

"你听我说嘛！"他急忙打断了我的话，"我们相处了多少年了，你看我是见异思迁的人吗？我要是那样一个两条腿的动物，何必留在这漫天风沙的黄河套？"

"那么说，是她变了？"我已经急不可耐了。

"她还是过去的她。"

"你是在搞什么名堂？"

"老弟！说来话长。"范汉儒掏出一盒大光牌烟卷，从中抽出一支点着了，"从你走了以后，我就照你给我出的主意办；我不断地给她鼓劲，要打消她的自卑感。我也和你的想法一样：蹲过监狱的人，都有一种本能的忧郁症。何况她又是个女人，筋骨总不如男人硬。我时刻告诫自己，不要去碰触她的伤疤，以免伤害人家的自尊心；好让她挺起胸膛走路，直起腰杆做人。老弟！我在这方面付出的心血，真不比我教外语付出的少。可奇怪的是，一直没见多大成效。总像有什么重大事情压在她心上似的，她常常在我面前欲言又止。我心里暗暗纳闷：莹莹是怎么了？也许她心里还有更大的隐痛没有吐露出来吧！

"我几次想询问她，都把话咽了回去。我想，爱情的力量无坚不摧，早晚有一天，她会向我倾吐出来的。因而我装作视而不见，用一个男人所拥有的全部热力去温暖她那颗心。她很感动，对我也很体贴，公休天她从农场跑到小镇上来，为我拆洗被褥，收拾房间，就是闭口不谈结婚问题。

"我说：'我们的年龄都不小了！是不是……'

"她总是转移话题：'学生的外语作业本在哪儿，我帮你批改吧！'

"我说：'叶涛的孩子都二十多岁了！咱们……'

"她说：'你过冬的炉子烟筒，该换几节了，万一破烟筒漏了煤气……要不要早点把新烟筒买下！'

"我谈东，她谈西，反正她总是躲避谈那个问题。老弟！你知道人生活在世界上，既靠精神，又靠物质。我不淡漠物质生活，但更看重精神生活。因而，尽管她对我生活上百般照顾，还是在我们的生活中出现了小小的空隙。特别使我心情不快的是，她一直不和我一块去黄河边散步。你知道，我之所以留在这风沙小镇，一个是因为她，一个是我喜欢黄河。有一天，我实在压抑不住忧郁之情了，问她：'你，为什么不和我去看黄河？'

"她摇摇头：'我……我怕水。'

"'稻田拔草，你不是站在水里吗？'

"'那水太浅了，刚淹没脚背。'

"'咱们只是去散散步，又不是到黄河里去游泳！'

"她连连摇头：'不，不去。在这间小屋多安静！我们就这样对面坐着；你也别去！啊？'她的眼里流露出怯懦的光，真使人难以理解。

"我依了她。我又给她讲我爸爸被日本人抓去，在黄河背纤的经历。她流露出不安的神色，用手捂着我的嘴说：'老范！我求求你，不要讲这些了，你爸爸和你都是优秀的黄河子孙。我……怕听这样的故事，因为……'

"'这为什么？'我觉得她无意间泄露了一点心声。

"'因为……你别问了，好吗？'

"'我偏要问！'我来了犟劲，'难道你不是我们黄河儿女？'

"她脸色顿时变得苍白了：'我早就对你说过，我们不可能……不可能……不可能！'她哭了，'你偏要追求我。我是……我是很喜欢你的，但终究……你不会喜欢我的，所以，我始终……始终没存奢望能和你一起共同生活！'

"我的心顿时乱成一团麻，一边给她擦泪，一边握住了她那颤抖的手，安慰她说：'我等了你这么多年，怎么会不喜欢你呢！我们在苦难的土地上相逢……'

"'苦难中播下的种子，未必都能结果！'她痴呆呆地望着墙角说，'我何尝不想有个家，永远和你在一起！可是，理智早就告诉我这是一朵虚幻的花。我还是经受不住感情的煎熬，从砖场到这儿来了——这是我的过失！'她默默地垂下了头。

"'莹莹！'

"她看看我没有回音。

"'莹莹！'我再次呼喊她。

"她站起来，用我的手巾擦着脸上的泪痕。

"'莹莹！'我第三次用生命呼喊她了，'你今天怎么了？'

"她对着我桌子上那块破镜子，拍打一下自己凌乱的头发，围上那块鸭黄头巾，淡淡地对我说：'老范！我们都四十多岁的中年人了，让我们做永久的朋友吧！过几天，我再来看你！'

"我在门口挡住她。

"她心情矛盾地坐在一把椅子上，一直痴呆地看着我。她的目光专注而深邃，就好像她从来没有看见过我一样；然后，她突然紧紧地拥抱了我，吻我的前额，吻我的脸颊，吻我的嘴唇……同时，在我耳边喃喃地说：'原谅我吧！一个不配爱你的人，一个不值得你爱的人，打扰了你这么多年的平静！现在，

我不能……不能……再瞒住你了。我……'

"我们面对面地站着，连彼此的喘息声都能听得清清楚楚。

"我看着她。

"她看着我。

"'莹莹！你刚才说些什么？'我问。

"'没说什么！'她低垂着头，胸膛起伏。

"'……你不是说有什么瞒着我的事吗？'我头脑开始清醒了，索性一竿子插到底。

"'你最好不要听！'

"'为什么？'

"'因为截止到现在，陶莹莹的形象在你面前还是完美的，尽管脸上有了皱纹！我希望你永远保持这个形象。不然……不然……'她眼角潮湿了，'你会后悔的！你会恨我的！'

"我猜测地说：'你不是错划右派后，又犯有医疗事故而判刑的？'

"她没有正面回答我，反问我说：'如果我因为流氓罪……'

"'只要是改了，我不计较！'我说。

"'如果我曾经是个小偷呢？'

"'只要是改了，我也不计较！'我重复地说。

"'如果我……我……'她目光悲凉地盯着我，'……我是……曾经有罪于祖国的人呢？'她捂起了脸，埋起了头，似在等待着命运的宣判。

"'只要不是叛国犯，我都能谅解。'我脱口而出，'别的错误都能犯了再改，唯独对于祖国，她对我们至高无上，我们对她不能有一次不忠。莹莹，你你……你绝对不是这样的人。'

"'我……我就是一个叛国犯！'她抬起了头，脸白得像一张纸。她嘴唇哆嗦着，不，连脸上的肌肉都抽搐起来了，'我早就想告诉你这一点，但我总怕因此而失去我已经获得了的东西；今天，我应该把不应该得到的东西交给你了。'

"我如受雷击，一屁股坐在了椅子上。

"她哇的一声哭了，从我屋里跑了出去。

"我追出院子，喊着：'陶莹莹！你站一下！'

"她听见我的喊声，反而跑得更快了。

"'你在骗我，这绝不会是真的！'我似乎是疯了。

"她没有回头，也没有停下脚步，一直跑向了河滨小站。

"小站上熙熙攘攘，人和人接踵擦肩。那些旅客可能真的把我当成了疯子，互相交头接耳；认识我的学生，则把我围拢起来：'范老师，您这是怎么了？您准备乘火车到哪儿去？'

"是啊！我是准备到哪儿去呀？我昏热的头脑清醒了一些，如果她真是……我该怎么办？我沮丧地坐在站台的长椅上，垂下了头。我希望陶莹莹袒露的东西，都不是真的；假如这一切都是真的，我将承受信念和爱情的严酷折磨，它就像两个人在我心上拉着一把大锯，我不知道我自己能不能经得起心河滴血的痛苦。

"我认为无论是男人、女人都有贞操，一个炎黄儿女最大的贞操，莫过于对民族对国家的忠诚。基于这个不可动摇的信念，我在漫长的苦难岁月中没有沉沦。难道在冰河解冻、春暖花开的时节，我反而把我视若生命的东西丢开吗？我没有别的幻想了，唯一的冀求是保存着陶莹莹昔日留给我的形象，而不是一个曾经背叛过祖国的人！不，这不是冀求了，而是对命运的虔诚祈祷。为此，我特意去找了政委兼场长的姜老头，但是我的希望破灭了，姜老头告诉我，陶莹莹确实有过逃离祖国的行为。她不是什么小偷、流氓犯，五七年她被错划为右派后，也并没有出过什么医疗事故，而是和另一个医生一起从国境叛逃。她的同伙游过了国境河，她游到河心，被边防军抓获。叶涛！我如同害了一场大病一样，在这风沙小镇上又没法跟人说，所以给你发了一封急信……"

我沉默地低下头，说不出一句话。他手指夹着那支早已熄灭的烟蒂，竟忘了把它抛进烟缸。

火车奔驰着，奔驰着……

列车员又在播送着《黄河大合唱》了。

"后来呢？"我自感声音里充满苦涩。

"姜场长让我自己抉择。"

"你怎么打算？"

"你是了解我的，尽管我们历尽沧桑，却没做过一件有损于国家的事情。我常想：屈原受了那么大的冤枉，也并没有离开生养他的楚国土地呀！最后，还是跳进了汨罗江，被后代称为千古忠魂！陶莹莹尽管五七年受了委屈，怎么能离开生养她的母亲、养育她的大地呢？这个楔子打在我们中间，我和她怎么能再继续下去？——虽然，这对我比刀剜心还疼，对她来说如同失去生命；但随着岁月的更迭，也许这一切都会过去的。"范汉儒摘下那副眼镜，下意识地擦来擦去，"我把你叫来，是倾吐一下我心中的苦水，听听你的意见。"

"陶莹莹经受得住这个致命打击吗？"我忧心忡忡地问。

"别看她外表懦弱，她是个很坚强的人。我们是一度同路的朋友，将来也想保持这种关系。"

"她不一定愿意。"

"那怎么办呢？"

"她命运也够苦的！"

"苦瓜未必都能长在一棵蔓上啊！老弟！"

"我了解你的固执。"

"这种固执很廉价吗？"

"它很可贵。"我说，"但是你应当看到，因为受到迫害而逃遁国外的人，有的今天回国参加建设……"

"我尊敬这些同志的回归，像尊敬陶莹莹一样。"他打断我的话说，"可是尊敬毕竟不是感情，我是和你谈我和她的爱情问题。"

我陷入了苦思之中。

"我几次去农场看她，她对我说她想离开这儿回砖场去。我告诉她，你最近要来河滨小镇，她说她很想见你一面；现在她正在学校宿舍等候我们。"

列车喘着气，终于在濒临黄河的小站上停了下来。

范汉儒替我提着旅行包，我俩匆匆走下被初雪覆盖着的站台。当我们来到他这间宿舍时，他的办公桌上已经摆好了饭菜，大概是怕凉了，饭菜上都扣着盘子和饭碗——但她却不见了。

范汉儒去厨房——没有。

范汉儒呼喊她的名字——没有回应。

我突然从桌上的小闹钟下发现了一张信笺：

汉儒、叶涛：

　　原谅我不辞而别吧！

　　我很怕见你们——虽然我很渴望和你们在一起；但我走错了一

步，无颜以对"江东父老"了。

我对不起祖国！

我愧对生养的父母！

父母和我断绝了关系，是他们洁身自好，我很崇敬他们的行动。昨天下午，我突然接到姜政委转给我的一张原机关重新审查我问题的结论：划我右派是错误的，但我的出逃同样是错误的。考虑到我的出逃"事出有因"，决定恢复我的公职——成为农场正式的医生。对着这张打字纸，我哭了；我不是委屈，而是感到无地自容。祖国宽恕了我，但我不能宽恕我自己。老范那两句话说得多么好啊！"别的错误都可以犯了再改，唯独对于祖国……"我，正是在这个问题上犯下了不能自我宽恕的罪过。今天早晨，我来小镇以前，拿着我的结论去找了姜政委；你们能猜测到，我是请求他把我调走的。去哪儿？哪儿都行，只要离开河滨农场。姜政委最初很犹豫，但他理解了我的痛苦之后，当即和砖场通了电话，决定下午用吉普车把我送回砖场。

汉儒、叶涛同志，我从砖场到河滨农场来，就是个错误。现在，理智告诉我，与其和老范离得这么近，不如远在天涯的好。今天，我怀着矛盾的心情来小镇和老范诀别，当然想见叶涛一面，但是见了叶涛我该说些什么呢！讲我为什么怕水——我是在出逃时的国界界河中被捕的；讲我为什么从不去黄河边上散步——我是黄河的不肖子孙！我很珍视汉儒同志给予我的感情，但我没有资格来获得！希望你们从头脑里抹去陶莹莹的影子吧！

我走了。

你们不要再返回农场来送我。来小镇前，我已收拾好了自己的行囊，回农场后即刻奔赴晋北砖场。原谅我，使老范为我做了一个漫长的梦；但我要说，我不是存心欺骗一颗赤诚的心，而是因为我的错误实在难以启齿……

祝你们重逢愉快！

祝老范能获得幸福！

陶莹莹行前匆匆

宿舍内静极了，静极了……

只有桌上的小闹钟，在嘀嗒嘀嗒地鸣响着。

我们没有心情吃陶莹莹给我们准备下的午饭，一口气跑上黄河大堤。是想寻觅陶莹莹的踪影呢，还是想抒发一下感慨万千的情怀呢，也许二者兼而有之吧！我们站在我们伟大的母亲——滚滚东流的黄河之畔，极目眺望着被初雪覆盖了的原野。

雪越下越大了……

天是白的。

地是白的。

片片晶莹的雪花溶入了黄河，汇成黄河的身影，织成了黄河的年轮，铸造成了黄河的精灵。

我们两个"雪人"久久地站在雪地上，静听着黄河的涛声。它像述说着一代又一代炎黄儿女的故事一样，奔腾咆哮地从我们脚下流淌而过，一直奔向东南……

1983 年 9 月于北京

大墙下的红玉兰

民间传说：日食是天狗吞日的时刻，在这个时刻里，天地混沌，鬼魅横行……

中国历史上出现日食的年代，在大墙下面，发生了这样一个悲恸的故事……

一

"你就住在这儿。"

身材结实得像树墩子一样的老犯人，指着监房大炕上约有六十厘米宽的空隙，对身旁的新犯人说。这个老犯人说话的口气是严厉的，声音里虽然掺杂了老年人的沙哑，但叫人听起来，仍然像军官对士兵下着不可争辩的命令。

也许是由于老犯人冰冷而沙哑的话音刺激了这个新犯人的中枢神经，使这个刚刚入监的"新号"略带一点吃惊的神色回过头来，仔细地端详这个劳改犯中的带班班长。老犯人有五十七八岁的样子，长得高大魁伟，虎背熊腰。他脸膛红中透紫，颜色就像山洼里九月的山桃树皮；月牙形的扫帚眉包围着那对不大的眼睛，眼帘时而闭合，时而张开。当他眼帘闭合时，眼圈周围的肌肉松弛下垂，显示出他已经是个老者；当他眼睛睁开时，老态顿然消失，两个微微外突的眼球闪出刀锋似的目光。

"这个家伙，一准是个杀人犯！"新犯人暗暗揣测着他的顶头上司，"看他那双眉毛，那么长，简直像个古玩店里的'寿星佬'……"

新犯人无声的目光马上引起老犯人的反感，他大声呼喊新犯人的名字："葛翎！发什么愣，还不快点放下行李，跟我去领你的劳改服，上工地去打冻方！"老犯人两只不大的眼睛瞪得溜圆，瞳孔里跳出微怒的火星。

叫葛翎的新犯人，把肩膀上草绿色军毯裹着的行囊放在炕上，仍然有点好奇地望着这个劳改犯班长。因为他听出这个老犯人的口音，也是河北冀东人，很想和他攀谈两句，但是，老犯人那对冒火的眼睛已经告诉他，再多说一个字，都是属于废话了。于是他开始解行囊上的绳子。

他感到十分疲倦。押送他来劳改队的吉普车不巧在半路上抛了锚，一个年轻的民警，伴着他徒步行走了七十多里。黄河之畔的茫茫尘沙，肆无忌惮地扑打在他的脸上。他的鼻孔、耳洼，甚至连睫毛上都蒙盖着一层黄尘，汗滴顺着他的脸颊淌下来，留下的条条痕迹就像蚯蚓爬过沙丘那么清晰深邃。特别是汗碱板结在一起的棉裤，硬得像把三棱刮刀，磨破了他在土地改革年代留下的一个弹痕，每走一步都疼得钻心。送他来劳改队的年轻民警，不知出于一种什么心理，竟充当了这个新犯人走路的拐棍，在通向劳改农场的风尘驿路上，先替他背着行囊，后又架起他的胳膊，直到快到狱政科办公室的门口，才把行李给这个新犯人背在肩上，并悄悄耳语了几句："葛处长，您也许不记得我了，我在公安学校毕业时，是您在警帽上给我们别上的国徽。"他看看左右没有人，眼里忽然冒出泪花，"这个年月，您可要多多保重自己的身体！"说着，把一块新手绢塞在葛翎手里，"擦擦脸上的尘土吧！您成个土人了！"

葛翎很想把年轻的公安战士的手紧紧握在自己手里，但他看见了监狱的两扇铁门，看见铁门旁边的高大围墙，伸出的手又缩了回来，他怎么能使自己的感情贻害这个年轻的公安战士呢？！

老犯人把他带进铁门，随着那两扇铁门的关闭，葛翎的心紧缩了一下，他感到他真的是一个囚徒了。历史——多么不可思议，又多么严峻无情：一个在抗日战争硝烟弥漫的战壕里入党的共产党员，一个从朝鲜战场上复员到省公安局的负责过预审和劳改工作的干部，竟然被历史的旋风卷进监狱。一个掌管国家专政工具的领导干部，瞬息之间变成了专政对象，被装进他曾多次视察过的牢房，连这个"死缓"减为有期徒刑的老犯人，都对他发号施令，对他实行专政了。

葛翎是个不爱动火气的人，但他从迈进牢房的第一秒钟，凭着一个老公安干部观察事物的锐敏，就感到了这个老犯人的潜在敌意，六十厘米——比其他犯人几乎窄上一半的地盘，似乎早就给他准备好了，而且不许他喝口水喘口气，就叫他马上到工地去开冻方，剥夺了一个新入监的犯人应有的休整时间。葛翎本想用党的劳改政策质问这个老犯人几句，但长途跋涉的劳累使他不愿意再说一句话，他军毯上的行李绳没有解完，就靠着行囊闭合了双眼。

"这儿不是休养所，是劳改队！"老犯人对着葛翎吼叫起来。

葛翎没有回答，强烈的睡眠欲望占有了他，他甚至没有擦擦脸上的泥土汗渍，便发出轻微的鼾声。

"葛翎——"老犯人沙哑的喊声猛然高了八度，"你刚来就怠工，会上要对你加温！"

葛翎的头歪垂下来，干裂的嘴角淌出口水，他睡熟了。

"你是哑巴，还是聋子？"老犯人索性对着他的耳朵喊叫起来。

葛翎这张被尘埃遮盖的脸，毫无反应。显然，他已经疲惫不堪，就是耳旁响起九天惊雷，也不能赶走睡魔。这，只有经过漫长风尘驿路的跋涉者，才能理解这片刻憩睡的宝贵。

如果换成另一个犯人，遇到这样的场景，也许会把葛翎垂在炕沿上的那双腿抱起来，安详地放在炕上，给他盖上被子，叫这个"新号"在热炕上美美地睡上一觉，然后，带他到监房之外的工地上，投入劳动中去；但这个长着扫帚眉，脸膛紫红得像山桃木一样的老犯人，似无这点起码的良知，他像一个久猎未获的猎手，突然寻觅到一件最心爱的猎物那样满足，那么开心。他皱着月牙形的扫帚眉，狞视着葛翎额头上的一道道皱纹，狞视着葛翎斑白的两鬓，嘴角情不自禁地浮起一丝冷笑："你老了，我也老了，真是冤家路窄，想不到在这儿又见面了……"

其实，老犯人之所以能认出三十年前这个对头冤家，并不是凭他那双鹰鸷般的锋利眼睛。按他自己的理解，这完全是一种天意支配，给他带来这次历史性的巧遇。

今天早晨，天刚微亮，犯人的起床钟声还没响，监房笼罩在一片静谧之中。这时突然一阵沉重的脚步声，把这个犯人带班班长惊醒了。更叫他吃惊的是，出现在他面前的不是劳改队的队长，也不是狱政科的狱政干事，而是由狱政科长刚刚荣升为劳改农场政委的章龙喜。这个五短身材、脸上带着一点浅麻子的权威人物，手电筒的光没对准别人，偏偏对着他的脸。老犯人心里打了寒战，不容他多想什么，撩开被子，一个鲤鱼打挺跳了起来，他浑身上下只穿着一条短裤，低垂着头，瓮声瓮气地问："您……是找我？"

章龙喜经常用手势代替语言，以显示自己的威严，他用头向房外示意了一下，老犯人匆忙地穿上犯人的灰棉袄棉裤，便跟随着这个年轻的政委出了监房。他一边走一边心里打鼓："老天！这是发生了什么事情？！政委是劳改场的头号人物，天还这么黑，找我这个劳改犯干什么？一准是我带领的犯人班里，出了大事……"老犯人想到这个，头上冒出冷汗。

谈话是在岗楼之下警卫取暖的小房子里进行的。章龙喜坐在凳子上，叫老犯人坐在远离他的墙角的小板凳上。老犯人最初不敢落座，章龙喜瞪了他一眼，老犯人才笔杆条直地坐在小凳子上。他用探索、恐惧的目光望着政委，等待着响在他头顶上的霹雳。

"马玉麟！"章龙喜习惯地把尾音挑得很高，"麟"字听起来就像"银"字的声音，"你刑期还有几年？"

"八年，到1984年刑满！"老犯人声音颤抖得像松了股的弦子。他忽然想起应当说几句感恩戴德的话，便补充说："……我历史上当过还乡团、红眼队，从死缓改为有期，我从心眼里感谢政府宽大。"

"好嘛！应该努力争取。"章龙喜做了个肯定成绩的手势，"你们这些历史上的罪犯，应当注意政治，我考问你一下，当前最大的政治是什么？"

老犯人想起天天报纸上刊登着"同走资派做斗争"的文章，监房里晚上读报也常常学习这些东西，便想回答："走资派在搞复辟！"但话到嘴边卡住了，他怎么敢妄谈"走资派"？"走资派"都是共产党的老干部……老犯人舌头一拐弯，像背书那么熟练地回答说："遵守政府法令，执行监规纪律！"

老犯人的话才落音，章龙喜刚才做手势的那只手便狠狠拍在桌面上，一个茶杯盖被震得从杯子上掉下来，滚了几圈，从桌上滚到地上。老犯人看见章龙喜动了肝火，忙从小板凳上欠起身子，捡起那个杯子盖，颤嗦嗦地改口说："不！当前最大的政治，是同'走资派'斗争！"

章龙喜脸涨得像猪肝，红得连几颗浅麻子都看不见了。要是老犯人离他很近，他那只巴掌早就打在老犯人的脸上了，可是老犯人离他还有两米多远，他站起身粗粗喘了几口气，只好又坐在椅子上。

老犯人吓得面色苍白，把杯子盖放在桌角，不敢再坐在小板凳上，便弓下高高的身腰，在章龙喜对面像虾米一样低垂下头，嘴里喃喃地说："章科长，不，章政委！'走资派'要复辟是当前最大的政治！"

章龙喜恼怒地从口袋里掏出一张纸，扔给老犯人："你看看，这上面是什么？"

老犯人捧到手里，看了一眼，脸色便由白而红。天哪！这是一张减刑书。

上面写着：罪犯马玉麟，由于认罪守法较好，学习积极，减刑五年。下面盖着劳改农场狱政科的公章。老犯人两只手激动地哆嗦起来，他是多么想给章龙喜跪下磕一个响头，但是章龙喜伸出手，把这张减刑书从老犯人手里拿了回来，老犯人先喜后惊，茫然不知所措地站在那里，像个乞丐，眼巴巴地望着又飞回到章龙喜手里的那张纸片。

"你还想拿到这张减刑书吗？"章龙喜用眼角瞥着老犯人说。

"愿意。政委，我坐了二十六年牢了！"

"你政治学习不及格，回答问题吞吞吐吐。不过，可以再给你一个机会……"章龙喜沉吟了片刻，压低了他那双淡淡的眉毛，说："看你敢不敢和'走资派'斗争！"

"这儿都是……犯人，章政委！没有……"

"今天下午要押送一个'走资派'来，这是个'三料货'，既是'走资派'，又是'还乡团'，还是个猖狂地反毛泽东思想的'现行反革命'。"章龙喜一口气甩出去三顶帽子。

"还乡团？"老犯人敏感地联想起自己的身份，他简直蒙住了。

"他是 70 年代的'还乡团'！"章龙喜解疑地告诉老犯人说。

"和你这个解放前的还乡团打过交道，我查了你的档案，你们是老相识了，所以把他编在你的班组里。"

"他叫……"老犯人惊愕地望着章龙喜。

"葛翎。省劳改局狱政处处长，典型的'走资派''还乡团''现行反革命'！"章龙喜索性向老犯人亮了底牌，挑着高高的尾音命令老犯人说，"马玉麟！严管他的任务交给你，出了问题我担着，下去吧！"

老犯人张开的嘴巴合拢不上了，他自己不知道是怎么走出屋子来的。但刚出屋子，章龙喜就追出来，把那张减刑的裁决书交给了他，并含蓄地告诉老犯人说："不要怕这个新'还乡团'。你还有三年就可以刑满就业，而这个'现反'在法律上没有刑期，就意味着是无期徒刑，大墙围起来的监房就是葛翎的坟地。"章龙喜这一串话，声音虽然压得很低，但灌到老犯人耳朵中去，比得上一串炸雷。他愣愣地站在那里，目送披着蓝棉大衣的章龙喜出了大铁门。

老犯人像是喝醉了酒，蹒蹒跚跚地走回监房。一路上，他强抑着这突然的召见给他带来的惊喜，多少往事都被"葛翎"这个名字勾了起来：他家业的兴衰，他在解放前夕的奔逃……人世间的事真难想象，当年震响冀东的土改工作团团长，会跟他住到一间牢房里来，而且要受他的严管！他手里摸着的那张减刑的纸片，告诉他一切都是真的，他快要出监房了，葛翎坐牢一直要坐到断了最后一口气。真是十年河东十年河西……老犯人想到这里，挺直了佝偻着的身腰，顿时感到腰杆子粗了许多，像一下年轻了十几岁。

世界上有一种讨厌的水生动物，叫作蚂蟥，它的本能就是靠吸吮人血养活自己。用这个动物来比喻老犯人是非常恰当的，在专政的大墙之下，慑于专政的威力，他像蚂蟥一样蜷缩起来，把它吸血的吸盘藏在腹下，一旦外力消失，它立刻像蟒蛇一样伸直了腰腿，亮出尖尖的吸盘，吸吮人的鲜红血液——何况，这个老犯人有权威人物撑腰，而来到他嘴边的正是他的对头冤家呢？

他不想再白白浪费唾沫，用嘴来唤醒葛翎，那双扫帚眉下的小眼睛，盯在葛翎垂在炕沿的小腿上，他看见葛翎被板结的棉裤腿擦破了的那块伤疤，便轻轻走过去，用那双鲇鱼头的劳改鞋，轻轻踢了一下。果然，这个办法很见效，葛翎因疼痛而睁开双眼，一挺身站了起来，一边用手捂住滴血的伤口，一边大声地问："这是……是怎么了？"

"我不小心，碰了一下！"老犯人半阴半阳地说，"不过，这也算歪打正着，喊不醒你，碰一下倒醒过来了！"

葛翎用手绢擦着因疼痛而滴落的汗水，有点被老犯人的态度激怒了："你叫醒我干什么？典型的'狱头'作风，要是……"葛翎本想把这句话说完："要是昨天，我看见你这样的'狱头'，马上赏你一副手铐！"还说什么呢？他今天已是个特殊的犯人了，便把后半截话吞进肚子里去。

老犯人两眼瞪得溜圆，但嘴角还挂着微笑，说："劳改处处长！这地方是监狱，是龙你也要盘起来，是虎也得给我趴下！"

"你怎么知道我是劳改处处长？"葛翎一怔。

老犯人一笑，两眼眯成一条缝："忘了你坐着吉普车来视察监狱的时候了？真是贵人多忘事！走吧，处长！引黄工程土方工地又多了一个高等劳动力！"

葛翎再不想和这个老犯人多啰唆了，他把擦汗的手绢往伤口一扎，拍拍身上的尘土，跟老犯人出了监房。

片刻之后，葛翎已经穿起一身灰劳改服，劳改服的前后胸上印着两个大字——劳改，像运动员服装印着的符号那么鲜明。

二

1976 年的早春冷得出奇。黄河之滨的河套低洼地带属于不易上冻的盐碱土质，但在这年早春，居然上了大冻。

天上灰蒙蒙的云层压得很低，像筛面的铁丝罗一样旋在大地上方，筛下来零零落落的雪花……葛翎走出高大的狱墙，冰冷的雪花飘打在他脸上，他一连打了几个冷战，立刻感到精神了许多。

约莫有二里地远的盐碱滩上，巨大的引黄工程正在进行。穿着一色灰的地段，是劳改犯挖掘的工地。穿着五颜六色斑斓多彩服装的，是临近黄河各县的男女民工。葛翎对这个工程的全部情况十分熟悉。1975 年落实毛主席"三项指示"的时候，葛翎从五七干校调回省局原来的工作岗位上。他建议省局调动劳改场的全部劳改犯参与这项伟大工程的开掘，叫这些犯过各种罪行的罪犯在改造客观世界的同时，改造主观世界，逐步改造成自食其力的劳动者。但他没有想到：几个月之后，他被戴上"杀回来的还乡团"铁帽、反毛泽东思想的"现反"钢盔，成为一个特殊的劳改犯，穿起灰衣裳来到犯人的地段，参加开掘工程。看见千军万马、熙熙攘攘的工程气势，葛翎那双一瘸一瘸的脚，马上来了力气。他走得比那个老犯人快，把老犯人甩在身后七八米远。他很了解这个工程的深刻意义，引进黄河水，改造盐碱滩，这儿能开出几千亩稻田。对于造福子孙后代的活儿，一个革命者怎么能吝惜血汗？！但当他投入那灰色人流中间，拿起一把丁字镐，准备打冻土时，老犯人攥住他的手腕并冷峻地对他说："劳动有分工，你的任务不是用镐刨这层冻土。"他把下巴朝两边高高的堤坝伸了伸，"你的分工是抬泥，明白了吗？"

这是一条"U"字形引水大渠，宽二十米，犯人们用抬筐把渠心的泥土像蚂蚁搬家那样往两旁高堤上抬。年轻力壮的犯人在寒风中光着脊梁，嘴里叫着号子，沿着六十度的倾斜土坡，抬着帆布做成的泥兜，向高堤上登攀。年纪大一点的老犯人，有的在渠心用铁锹往泥兜里装泥，有的在前边挥镐打地皮冻，有的在堤上平整抬上来的泥条，但是这个犯人班长却命令葛翎去干年轻犯人干的累活。

葛翎在五七干校劳动了好几年，一眼就看穿了老犯人心里的鬼胎，这是给他面前准备了一双小鞋。葛翎虽然已过了五十五岁，并不怵脏活累活，可是他小腿上那个伤疤正在滴血，殷红的血透过了那层包扎的手绢。葛翎倒真正有点为难了：他该怎么回应这个挑战呢？

周围的犯人看见班长带来一个"新号"，都停下手中锹镐，像看刚下轿的新媳妇那样盯着新来的葛翎。葛翎耳旁甚至听到了犯人的低声私语："怎么和劳改处处长长得一个模样？！"他沉静了一下心思，不想在犯人面前流露出一丝懦弱，便扔下手中的铁镐，没有弯腰去拾身边的扁担，只用那只好脚的脚尖轻轻一勾，便把扁担拿在手里，喊了声：

"我和谁抬！"

显然这纯熟的劳动动作，和一个老共产党员硬铮铮的回答，发挥了作用。大渠工地上沉静了片刻之后，几个流里流气的年轻犯人，有人朝葛翎挑起拇指，有人还喊开了："这个'新号'不是个雏儿，是个——"喊话的那个人，朝天空指了指。犯人们抬头一看，一只老鹰正在灰蒙蒙的飞雪的天空中展翅翱翔。

有几个上岁数的犯人为葛翎向犯人班长求情了："马班长！'新号'头发都白了，叫他干抬泥条的活儿——"

老犯人突然皱起那双扫帚眉，那几个为葛翎说话的犯人立刻闭住了嘴巴，就像他两条眉毛是两把尚方宝剑，对犯人们起着威慑作用，工地上立刻变得鸦雀无声。

老犯人向渠底吆喝道："大龙——"

从渠底蹿上来一个赤臂露胸的汉子。他有着扇面形的宽肩，胸脯上那两块结实的肌肉，颜色就像枣木案板，紫油油地闪着亮光。这个体型简直是雕塑家难以找到的模特儿。但美中不足的一点是大胸肌下面靠肋骨的地方，有一块细长的刀痕残疤，破坏了浑然而和谐的人体健美。他规规矩矩地向老犯人答了一声：

"有！"

"你和这个'新号'往堤上抬泥！"老犯人低声地下着命令。

这个壮得像公牛一样的年轻犯人抬抬眼皮，看看他面前站着的是个满脸皱纹的老者，难为情地摇摇头，用流氓的习惯语言对老犯人说："怎么给我配了个'老帽'？！"

老犯人也选择最肮脏的字眼回答这个年轻犯人："真是有眼无珠！你跟我说过，你们'五龙一凤'被拘留时，有个最厉害的预审科长……你看看你对面的人是谁？”

叫大龙的年轻犯人梗起他那粗壮的脖子，认真打量起葛翎来；葛翎也情不自禁，朝这个公牛一样的汉子望去，四只眼睛对视了足有好几秒钟。

“嗬！是老‘雷子’？”年轻犯人那充血的目光落在葛翎灰棉袄上“劳改”两个紫色铅印的大字上，嘴角闪出幸灾乐祸的嘲笑。

葛翎也立刻分辨出来，这个肋骨上挂着刀痕的犯人叫俞大龙，是“五龙一凤”流氓集团的老大。50年代末期，葛翎在预审处当科长，他亲自审理了这个扰乱社会治安的流氓犯罪集团，并给予了最严肃的处理，用无产阶级的铁扫帚，把他们扫进“时代的垃圾箱”。今天，在引黄工程的劳动工段，执行专政任务的葛翎和被专政的俞大龙，要拿起同一条扁担，来抬同一副泥兜，葛翎心里掠过一阵难言的痛苦，他的心在战栗。他不害怕这个体壮如牛的流氓罪犯，因为在公安战线上他和这种长着犄角的动物打交道太多了；使他忧心的是站在流氓身后的这个犯人班长，他用阴阴阳阳的目光，阴阴阳阳的语言，像根拨火棍那样，在葛翎身旁堆着干柴，点起烈焰。似乎有一种强烈的仇恨，在老犯人的腹内翻滚奔腾。这，究竟是为了什么？

那几个朝葛翎伸拇指的流氓罪犯，喜笑颜开地谩骂开了：

“看，老‘雷子’也犯了罪！”

“这家伙审讯人时可厉害了！”

“给他点苦头尝尝！大龙——”

“夹磨夹磨这个穿官衣的‘雷子’——”

俞大龙不眨眼皮地瞧着葛翎，脸上既无憎恨的表情，更无怜悯的神色。他一字一板、拿腔作调地对葛翎说：“您这个从预审科科长高升到劳改处处长的老‘雷子’，怎么也穿起我们犯人衣裳来了？您犯的什么罪？是强奸、诱奸、通奸，还是借‘雷子’的权力——”

俞大龙的话还没有说完，葛翎就已忍无可忍了。他真想上去给这个畜生一记耳光，可是，一个共产党员无权去打一个罪犯，何况，省局那个“造反派”头子，已经给他披上了劳改犯的灰色袈裟！眼前，他若对俞大龙动一个指头，不但脏了自己手掌，而且将引起难以收拾的结局。这就像他冀东老家的传统戏——驴皮影那样，俞大龙不过是在银幕上的影人，背后，老犯人在拉着一根根丝线。这样，不就是打了狗，便宜主人了吗？！想到这里，他把握成拳头的手松开，招呼俞大龙说：“告诉你，葛翎没犯任何一点罪！将来你就会明白。来！咱们来抬泥吧！"

俞大龙还没说话，在犯人中惯于起哄架秧的小流氓，便喊开了：

"没犯罪，你穿什么灰棉袄？"

"这是翻案！攻击无产阶级专政！"

"这家伙是属寒鸭的，肉烂嘴不烂。大龙，给'老帽'加点温——"

俞大龙轻蔑地往地上吐口唾沫，用脚狠狠一踩，抄起抬筐的扁担。装泥的犯人怕葛翎肩膀经不起重压，装到合适的分量就停下了铁锨。俞大龙朝装泥的犯人骂道："怎么不装了？'雷子'都有铁肩膀，装不成个'馒头'尖，晚上砸了你的饭碗。装，装——"

装泥的犯人同情地望了望葛翎，战战兢兢地又拿起铁锨，直到把帆布泥兜装得又尖又高，一直快挨近扁担了才敢住手。工地四周投射过来无数同情的目光，葛翎知道经过政府多年改造的犯人，心里都有一把衡量是非的尺子，但在这个特殊的历史岁月，在社会的最底层，邪恶抬头，老实地接受改造的犯人噤若寒蝉，大墙之内也笼罩上一层"日食"的阴影。他心中感慨万分，不禁举目向工地上望了望，竟看不见一个劳改队的干部，只有不远处插着的三角形小红旗，在雪花中飘飞。那儿是犯人不能超越的警戒线，几个持枪的战士在站岗值勤。

葛翎痛心地闭合了眼睛，潮湿的泪水在他眼帘里转来转去。他似乎看见专政的万里长城，砖石正在塌陷，一阵剜心的痛苦竟使他喊出一声："干部！我们的干部呢？！"

俞大龙以为葛翎看见二百多斤的泥兜，慌了手脚，因而寻找干部，他得意地咧嘴笑着说："甭找拐棍！干部都叫章政委叫走，学习'反击右倾翻案风'的文件去了，马班长就是临时总管，来抄家伙吧！"

葛翎和俞大龙抬起泥兜，沿着凹凸不平的六十度斜坡向上移动了。劳改队的工地像是变成了较力场，犯人们都眼睁睁地看着这场开了锣的戏剧，也都在揣摩着这个戏的结局，无非是以俞大龙压倒了葛翎而告终，几乎没有一个犯人相信葛翎会把小山一样的泥兜抬上去。

但是，葛翎那双颤抖的腿，还在支撑着，还在艰难地朝斜坡上迈步。抬前杠的俞大龙，感到头一招没有压倒葛翎，便使出第二个坏点子了，他每往上迈一步，就颤一下扁担，泥兜绳子便沿着光滑的扁担，往后杠滑一点，因此，还没爬到一半路程，泥兜的重量几乎都倾斜到葛翎的肩头上了。葛翎咬着牙，两腿像是筛糠一样哆嗦，特别是泥兜滑下来，不断撞击他扎着手绢的伤口，疼得他如同刀割箭穿一般，但他依然挺直腰板，不哼一声。他知道这不是一场较力，是 70 年代不见硝烟的特殊战争，没有压倒顽敌的气势，还算什么共产党员？！

七八米高的斜坡，爬到五米高的地段，地上的黏泥粘掉了他右脚上的劳改鞋，他赤着一只光脚板，继续向上迈步。他双手推着不断下滑的兜绳，感到肩疼腰酸，有几次差点被自己的腿绊倒，他暗暗对自己说："葛翎啊葛翎！共产党员是经过烈火冶炼的金子，在这个'垃圾箱'里更该闪亮发光……宁叫扁担折，不能腰弓曲！"

大渠工地上响起欢呼：

"是个铁'雷子'！"

"赛过推土机……"

"太难为这个'新号'了！"

"嘎巴"一声，欢呼声停止了，那是抬到堤上的桑木扁担压断了，但葛翎笔直地立在大堤之上。他也不知道帽子是什么时候甩开的，头上滚落着豆粒大的汗珠，汗珠滚进眼角，淌下面颊，他用手掌抹了抹，热汗和在茫茫驿路留在脸上的黄尘，和成了汗泥……

劳改队的工地上突然变得肃穆无声。

只有雪花被北风吹着在天空中旋转飘落……

不知哪个犯人喊了一声："'新号'！你腿上出血了——"

葛翎这时才发现小腿那块伤疤，被泥兜撞得破裂了，鲜红的血浸透了包扎的手绢。他感到一阵钻心的疼痛，蹲下身去，用手去抚摸渗血的伤口。

俗话说，"物极必反"。本来，这幕折磨共产党员的戏，到这里似乎是应当闭幕了，可是，血液里都渗透着流氓素质的俞大龙，还在不依不饶。他拍拍葛翎肩膀，指指自己的肋下刀疤说："你出这点血算什么？看我这儿，一刮刀进去，血流了半桶，我俞大龙没有皱一下眉头，接着，我还了他一刀，他就归了西天。你审讯了我，法院判我无期！正好！我一辈子就在这里滚了！咱俩订个合同吧，天天抬一根扁担，谁要含糊，谁他娘不是亲娘养的！来，接茬'练'！"

热血撞击着葛翎的胸膛，他汗水淙淙的脸上腾起一层红晕，他抚摸着伤口的那只手，不自觉地攥成拳头，连骨指节都发出咔吧咔吧的声响，他决心惩处这个流氓。就在他站起身来时，一个瘦瘦的犯人用身子挡在葛翎和俞大龙中间。

这个犯人中等身材，虽然身板显得单薄干瘦，但脸上线条十分清晰，眉宇之间略带着几分书卷气质。葛翎从他脸上那副琥珀色眼镜和棉衣新旧的程度上去推断，似乎是个刚到劳改队不久的学生。这个瘦瘦的犯人一只手拿着量土方深浅的花杆，另一只手握着一个量长短的皮尺，对劳改队十分熟悉的葛翎，知道他是劳改队丈量挖渠工效的统计员。

还没容这个犯人统计员开口，那个犯人班长就从渠上蹿到大堤上来，用警告的口气对拿皮尺、花杆的犯人说："高欣！你的任务是量各班组的工效，咱们井水不犯河水，你……"

叫高欣的犯人没有一点怒意，耸耸肩膀把花杆、皮尺放在堤上："来吧，马班长！咱们俩抬一趟出出汗，我量土方量得冷了！"

高欣面带微笑的挑战，使老犯人的脸立刻阴冷下来，他瞪着一双不大的眼睛，反问高欣说："你多大岁数？我都够你爷爷的岁数了！"

高欣用下巴颏朝葛翎和俞大龙一点，像个相声演员那样喜笑颜开地说："瞧！这不是有爷爷和孙子配对抬泥的吗？这是谁派的？"

周围的犯人忍不住低声笑起来。

老犯人两道扫帚眉拧在一块了，正要恼羞成怒地暴跳，俞大龙为老犯人解围了，他一拉高欣的胳膊，用眼角斜楞着高欣说："你算个么，还是算个六？狗拿耗子，多管闲事。"说着，他挑衅地拿起高欣的花杆，从泥窝里挑起葛翎粘掉的棉鞋，像舞台上耍飞盘那样，在半空旋转着，向高欣示威。

高欣望了望葛翎冻红的脚板，收敛了脸上的笑容，尖厉地喊道："你放下——"

俞大龙没有把那只棉鞋放下，反而用花杆狠狠一甩，那只鲇鱼头的劳改鞋在空中翻了几个跟头，掉在渠心的泥水里，溅起的泥点飞落到站在渠心的犯人们脸上。

高欣的脸变得煞白，他没有多费唇舌，开始摘他脸上的眼镜，把眼镜装进棉衣兜里，又脱下棉袄，轻轻把棉袄放在渠边。此时，他上身只剩下一件犯人内衣——白色对襟小褂。脱了肥厚的棉袄，才显示出他结结实实的胸脯、健美灵活的身躯。站在俞大龙对面，他虽然显得比俞大龙体积要小一些，但他每个部位的腱子肉，硬得像一块一块铁疙瘩，连俞大龙心里也有点吃惊。

犯人们并不上前劝阻这场即将开始的格斗，心里反而盼着高欣能惩处一下这个劳改队里的地头蛇。犯人们都知道高欣是体育学院学习"三铁"（铁饼、标枪、铅球）的学生，入监之前已是个出了名的运动员。1975年秋，他因一次扔铁饼时失手，铁饼飞出校园院墙砸死一个在墙外玩耍的小孩。偏偏这个孩子是个"走资派"的小女儿，爸爸在五七干校监督劳动，体院一个"造反派"的负责人，认为砸死一个所谓孽种，消灭了一个"黑八类"的后代，不需要承担什么法律责任，亲自去找省公安局鼎鼎大名的秦副局长，以著名运动员误伤"走资派"子女为据，要求秦副局长不予逮捕，至多给予监外执行。因为政治上需要这个著名铁饼运动员代表体育界发表"反击右倾翻案风"的讲话。秦副局长立刻应允了这个要求，批了个免予任何处分。

一条人命，只因为她是"走资派"的女儿，竟然没有一个偷钱包的扒手量的刑重。但是这个在工人家庭成长起来的运动员——共产党员高欣，听了判决之后，连夜收拾行囊，他先到女孩家里，把自己准备结婚的一点积蓄硬留给了孩子家庭；然后给南方的未婚妻发了一封长信，叫她重新考虑她的生活道路和革命伴侣；最后背着简单的行囊来叩打公安局和法院的大门——他用一个共产党员的革命良心维护神圣的法律，准备迎接艰苦而严峻的生活。

高欣这傻子一样的痴呆行为，震惊了整个学院，对他这个行为，众说纷纭，评论不一。在那些削尖了脑袋往名利场上钻营的人看来，高欣是70年代全中国第一号的白痴；在那些自封为最革命的人看来，这是超阶级的人性论在新的历史时期向"造反派"的公开挑战；只有那些闭着嘴巴不讲话的人，心里暗暗敬慕高欣的崇高。高欣用实际行动拒绝了秦副局长的"恩典"，使秦副局长勃然大怒，笔锋一转，把"误伤"改为"蓄意伤害"，把不予处理的判决，一下改为无期徒刑。在"造反派"把法律当成工具，可以任意施以报复的年代，这个更改不需要更多的法律手续，只要御用的刀笔秀才挥动一下笔杆就是了——高欣当了无期的劳改犯，被送到黄河之滨的劳改农场。他来到劳改队时还算凑巧，秦副局长伸向劳改农场的一根龙须——章龙喜正在省城忙于"造反"，没在劳改农场，高欣碰到的是被犯人们私下称呼为路大胡子的劳改农场场长路威，才免于在劳改队中再到"垃圾箱"的底层。路威摸着满脸络腮胡子，听完高欣陈述自己案情之后，立刻决定叫他担任犯人中的总统计员，并亲自到仓库给他领出一身棉花最厚的劳改服，叫他休整三天才出去工作。

但是，眼前特厚的劳改服，已经被高欣脱下来，葛翎不顾伤口疼痛和那只早已被冻得麻木的脚板，上前拉住高欣的胳膊，高欣轻轻一推，把葛翎推向一边，然后握紧双拳，拉开进攻的架势。

俞大龙摆出打皮拳的护胸姿态，等待着高欣的袭击，以表示一个够分量的大流氓对无足轻重之辈的宽让和轻蔑。高欣毫不客气地开始进攻了。他握着的拳，伸出去的却是巴掌，以中国武术的灵活劈头向俞大龙打来；俞大龙拨开高欣的巴掌，用连续进击的拳头，向高欣脸上猛击。高欣一连几次轻猿般的跳跃，已经退到堤边，再退就要滚下堤坡去了。俞大龙不愿延长格斗时间（延长格斗时间等于是降低了他自己），想借机把高欣打下坡去，他对准高欣鼻梁，打出重重的右直拳，为了加重拳头分量，他把整个身子猛地前倾过去，嘴里还发出"嗯——"的一声呼喊。但高欣既不退却也不再跳跃，而是像狸猫一样迅速蹲下身来，把头向俞大龙两腿之间一钻，借着俞大龙向前倾的蛮力，用肩膀一扛，俞大龙就顺着泥水汤浆的堤坡滚了下去。当他爬起来时，浑身沾满泥浆，已成了一个泥猪。

工地上响起一片叫"好"声！

有的老犯人激动得扔起了帽子。

俞大龙顺堤坡抄起一条扁担，爬上来要和高欣拼命，这时老犯人向他抛了个眼神，低声说："路大胡子来了！"

俞大龙立刻放下已经扬起的扁担。引黄工地的犯人工段立刻活了起来，拿铁锹的开始挖泥，抬泥的人抬起泥兜。迎着纷纷扬扬的雪花，飞驰而来的枣红马像一团烈火红焰，穿过三角旗的警卫哨，笔直地朝这个地点驰来……

三

枣红马跑到大堤之前，昂首嘶鸣了一声。路威翻身下马，在北风中裹了裹草绿色旧军大衣，便爬上了引黄工程水渠大堤。他在灰色的人流中穿行，目光左顾右盼——他在寻找新劳改犯葛翎。

葛翎被送到劳改队是路威做梦也想不到的。50 年代初，路威以一个工厂七级锻工师傅的身份，参加了抗美援朝的志愿军，他被分到工程兵部队。在朝鲜的高山大岭开掘地下坑道时，他认识了工程兵副团长葛翎。当时，路威担任坑道掘进的总后勤，他凭着一双粗壮的锻工胳膊、一把二十四磅大锤和一盘烘炉，有力地支援了坑道施工，多次立下过战功。当时，这盘小小的烘炉离团部只有几十米远，深更半夜，叮叮当当的锤声常把葛翎吸引到这间给钢钎淬火的烘炉房来，他们一起抡锤，一起流汗，在战火纷飞的朝鲜战场，葛翎和路威结下了深厚的战斗友谊。

战争结束了，他们坐同一趟列车，告别那个盛开金达莱花的国家，又一块复员到省公安局。路威没有留在省局，他带领一部分犯人，来到黄尘滚滚的河套建立了这个改造罪犯的农场。二十多个春秋寒暑流逝过去了，路威的小胡子变成了络腮大胡子，他已经当了二十年劳改农场场长了。今天，路大胡子正在引黄工程指挥部开联席会议，听说葛翎背着"杀回来的还乡团"的罪名，戴着"现反"帽子被押送到了劳改农场，他没等会议终场就跳上那匹枣红马，朝农场疾驰而来。在马背上路威前思后想，他不相信这是真的，按照毛主席的"三项指示"，葛翎刚从干校回来，官复原职不久，怎么就成了"反革命"？他认为这一定是一种误传。他首先到了狱政科，翻看了一下犯人的花名册，他简直不相信自己那对素有威严的眼睛了，上面真有葛翎的名字。但他还不相信这是真的，他想也许是同名吧，便按着花名册上编的班次，进了三号监房，一下子他变得目瞪口呆，他看见那块半摊开的绿军毯了。这条军毯是在朝鲜时他和葛翎合着盖过的，在一个好天气，葛翎拿它到山坡上晾晒时，扫射过来的机枪子弹在上面留下几个扇面形的洞眼。他，一下惊愕地坐在炕沿上了。

片刻之后，路威像疯了似的策马抖缰，直奔引黄工地而来。到了大渠渠堤之上，他正要问那个老犯人葛翎在哪儿干活儿，做贼心虚的老犯人看路威满脸怒气，以为场长是为斗殴而发火（路威根本没有看见），便恶人先告状，弓着身子说："报告路场长！这场斗殴打架是高欣他——"

"打架斗殴？"路威的思路清醒过来，粗声地喊道，"为什么打架？"

"……"老犯人也明白过来了，但泼出去的水已经收不回来，只好硬着头皮说下去，"是高欣先动手打人，把俞大龙打到了水沟里；根源就是新来的'反革命'挑拨。"老犯人用手指了指葛翎的背影。

路威这时才看见葛翎，他正用双手捂着那只冻僵的脚板，另一只腿的小腿上渗出的血已经在手绢上凝结。路威的眼角潮湿了，他真想扑过去大喊一声："老葛——"但路威知道，周围有几千双犯人的眼睛在注视他，便把即将滚出眼睑的泪水强压下去，回身从大衣兜里掏出两副手铐，往地上一扔，下命令说："打架斗殴，破坏法纪，耽误引黄工程，铐起来，送禁闭室！"

老犯人弯腰去拿手铐，准备给高欣和俞大龙戴在手上，路威忽然用脚踏住了这对手铐，扭头叫高欣说："把马玉麟和俞大龙铐起来，送走！"

老犯人分辩着："我……"

"诬陷'新号'，蒙骗干部，带走！"

在劳改农场当了二十多年场长的路威，从葛翎的形态、犯人爱憎的目光、地上那条压折了的扁担上，一眼就看穿了这场格斗的实质，这是他在劳改单位学会的一套特殊本领。他的命令一出口，工地上的犯人七嘴八舌地向路威讲述事情的整个过程，要求场长严肃惩处那个狱头班长和地头蛇。

路威朝葛翎走来了，他那沉重有力的脚步如同两把铁锤，有节奏地叩打着封冻的大地。葛翎听见这咚咚的声音，不用回头也知道是路威的脚步声，他激动地回过头来，出现在葛翎面前的路威，还是那个老习惯：多冷的天也不戴帽子，任风沙在他脸上横施淫威，络腮胡子中间露出的眼角、鼻尖，都冻得通红。

"老……"那个"葛"字在犯人面前，路威是不能吐出来的。

葛翎的嘴唇也张开了，但这儿是社会的垃圾箱，"同志"这个最普通也最珍贵的字眼，在这里是不能称呼的。他嘴唇翕动了一下，又闭上了。

路威尽量不看葛翎，装出很平静的样子说："新号！跟我走——"

葛翎站起来，立刻又跌倒了，那只穿着从水里捞出来的湿棉鞋的脚，冻得已经失去知觉。路威忙上前去搀扶他，葛翎小声地对他耳语说："你怎么能这样？躲开——"路威转身叫来一个年轻的犯人，背着葛翎下了大堤。大堤旁边支着一个帆布帐篷——这是为干部们取暖用的，里边有青砖砌的炉台，炭火从炉口吐出红光。

背送葛翎的犯人刚刚离开帐篷，路威马上解开自己的衣襟，把葛翎那只冰块一样的脚板，贴在自己的心窝上；晶莹的泪花顺着他的络腮胡子滚落下来，像在杂乱的草丛中滴落下早晨的露珠……葛翎半仰着身子，几次想把脚从路威的心窝拔出来，但路威紧紧按住他的腿，让自己心河上的暖流，通过那只冰冻的脚，流遍葛翎的每束神经、每道血管、每个细胞。葛翎的眼圈红了，四只泪水蒙蒙的眼睛对视着。虽然他们没有说一句话，但是晶莹的、无声的泪光，胜过了世界上语言的宝藏中最最闪光的语言……

帐篷外飞舞着的零落雪花，变成了芦席片一样的大雪；北风卷起茫茫的雪粉银雾，摇撼着这座小小的帐篷，葛翎重新领受到同志间的温暖、战友的崇高情谊。路威感到葛翎那只脚已经暖了过来，便开始脱他那双带毛的旧军靴，葛翎抓住他的手："老路！你要干什么？"

"你穿上它！"路威说。

"那双鲇鱼头的鞋快烤干了，我还穿它！"

"老葛！"路威甩开葛翎的手，一边脱下军靴一边说，"你还记得这双军靴吗？是在朝鲜那座小烘炉旁边，你给我的。今天——"

葛翎严肃地提醒路威说："老路！今天我穿上这双军靴，明天你就会跟我睡在一条大炕上了，你考虑过这个后果没有？"

路威无言以答了。劳改农场场长送给劳改犯军靴，这足以证明场长丧失立场，只要章龙喜给秦副局长一个电话，路威就可以穿上灰棉衣。特别是路威听葛翎陈述了自己当劳改犯的过程，拿着军靴的手不自觉地哆嗦起来，那只军靴竟从他手上滑落到了地上。

葛翎是因为笔记本上的几句话而当了劳改犯的。"文化大革命"初期，葛翎脖子上被坠上"走资派"的牌子，很快被下放到五七干校去长期劳动。干校种着几百亩水田，葛翎和另几个"走资派"被分配干最苦最累的活儿。天近四月，北国大地的冰凌刚刚消融不久，葛翎穿着一身紧身衣裤，脚上套上一双水袜子，就拉着耕牛下水耙地了。五月插秧时节，他腰弯成四十五度角，从星星落插到月牙出……艰苦的劳动，没有叫葛翎皱过一下眉头，他总是请求干校派他去干最重最苦的活儿，他的体力就像个"千斤顶"，有着用不尽的热能和潜力。但葛翎最怕一点，就是早晨"天天读"之前，低头弓腰向毛主席请罪的短暂几分钟。虽然这并不需要力气，也不需要负重流汗，但他那颗心总像压着一个磨盘，就像小时候家里把他带进庙堂，强按着他的脖子给佛像磕头时的心情一样。

他小时候家里很穷，是中国社会封建落后的一个缩影。十七岁时冀东路过一支红军，在他年年磕头的庙堂里推倒了一座座泥胎神像，大庙门口挂起了村苏维埃政权的牌子，他第一次听到毛泽东的名字，并且知道了共产党是无神论者，是穷人自己的队伍。就在那年，他偷偷地对着一面破玻璃镜，用剪刀剪去在神像前许愿时留在脑袋后面那片"扫堂和尚"的长命头发，参加了这支红军。

参军时的情景给葛翎留下如此深刻的印象，就更增加了他弯腰请罪时的痛苦心情。因此，每当他和这些"走资派"排成一排，别人低着头口中念念有词时，葛翎紧闭着嘴巴，一声不吭。他想：神是没有的，而把领导我们革命的导师毛主席当成神来祭祀，这是架空领袖和人民的血肉关系。但在那个历史岁月，葛翎不敢明确表态提出异议，便寻找各种途径尽量摆脱早晨的"宗教仪式"。他很早很早就起床，到水稻田中去除草追肥，宁愿皮肉受黎明水冷之苦，也不愿在那儿站上痛苦的几分钟。最初干校没有追究，装作不知道有这件事，但有一天，靠"文化大革命"造反起家的秦副局长来视察干校，在"早请示"中不见葛翎，为之动怒，派他随身的秀才章龙喜，骑上一辆自行车去找葛翎。

赤着一双脚板、带着浑身泥水的葛翎回到校舍之后，秦副局长宣布了两件惩处：第一件，要葛翎把早晨没参加请罪的时间加在一起，一次还清；第二件，干校停止劳动一天，叫"反毛泽东思想"和"死不悔改的走资派"葛翎检查罪行，开大会进行批斗。

第一件惩处，葛翎好像是接受了，他赤着那双泥巴脚，站在"早请示"的地方，低垂着头，看上去是在悔罪，其实心里翻卷大潮，正在做着尖锐的思想斗争："是像一个革命者那样，真正地捍卫毛泽东思想的纯洁，还是用祭'神'的语言假检查图得眼前平安？难道你十七岁参加革命时是为图太平吗？葛翎啊葛翎！考验你党性的时候到了！"无数个问号像城市里十字路口的红绿灯，在他头脑里时明时灭。但当他被押到批斗会场时，他决心闯"红灯"了。他不但没有承认自己有任何错误，反而把郁积在老共产党员心中对党的忠诚，像炮弹出膛那样，带着火药的硝烟，携雷挟电，喷向了批斗会会场。他从唯物论的物质第一性，联系到共产党人是无神论者，从《共产党宣言》谈到巴黎公社时诞生的《国际歌》，又从《国际歌》歌词中"从来就没有什么救世主，也没有神仙和皇帝"的名句，引出了一条公式："神"是没有的，把毛泽东思想比作"神"，就完全阉割了毛泽东思想的精髓，是对毛主席最大的诬蔑，是有人想架空毛主席……

葛翎的"检查"还没有讲完，就被章龙喜拉下讲台。秦副局长立刻宣布，葛翎的言论是彻头彻尾的反革命言论，要对他进行隔离审查。而且通知他的秘书——当年办"砸烂公检法"战报的刀笔小吏章龙喜，整理葛翎的材料。但材料整理出来之后，林彪粉身于温都尔汗，"早请示，晚汇报""一句顶一万句"以及"最最最最"的阴谋破产，那个想用"祭神仪式"来毁灭毛泽东思想的小舰队，在历史的狂涛中沉舟灭顶，葛翎才免于过早地穿上灰衣裳当上劳改犯。

1975 年夏天，在落实毛主席"三项指示"时，经过近十年劳动的葛翎，回到劳改处处长的工作岗位上。办公室那把椅子还没坐热，历史上的黑潮卷了回来——"反击右倾翻案风"开始了。葛翎的"反毛泽东思想"的问题，重新写在秦副局长桌上那本台历的日程上。1976 年初，趁葛翎视察监狱的罪犯改造工作时，秦副局长命令局里几个喽啰，花样翻新地对葛翎搞了一次"火力侦察"，撬开了他的办公抽屉，检查了葛翎所有的笔记本和往来信函，从一个纸页发黄的笔记本上，发现了葛翎这样一段话：

> 不要把毛泽东看成神秘的，或者是无法学习的一个领袖。如果这样，我们承认我们的领袖，就成了空谈。既然是谁也不能学习，那么毛泽东不就是被大家孤立起来了吗？我们不是把毛泽东当成一个孤立的神了吗？

秦副局长是在"文化大革命"初期，靠血洗省公检法单位起家的"武斗"专家。虽然，他的外表并不狰狞，修长的身条，嘴角总带着微笑，那双眼睛简直还有点女性美，像个文质彬彬的书生。人不可貌相，海水不能斗量，在武斗场上他以手黑出名，常常笑着就把匕首戳进对方胸膛。他虽有秀才之相，实无一点才情，属于"绣花枕头——一肚子草"的类型，他很少看书看报，接受"中央首长"的指示却一丝不苟。葛翎这个发黄的笔记本到了他的面前，他简直欣喜若狂，他从发黄的纸页上判断，葛翎"反毛泽东思想"由来已久，立刻给葛翎打了个长途电话，把葛翎叫回省局。本来，他对葛翎的"火力侦察"，是用葛翎办公室失盗的名义来遮羞的，既然发现了"矿藏"，捉住了"尾巴"，连这层遮羞布也丢开了；他把葛翎叫进自己办公室之后，公开承认是他亲自主持的这次政治侦缉。

葛翎的脸气得煞白，几乎是喊了起来："我抗议对共产党员搞法西斯专政！"

"这个历史时期，就是要专你们这些'走资派—还乡团'的政！"秦副局长笑容可掬地说，"你一贯仇视毛泽东思想，这次定你个'现行反革命'帽子还便宜了你！"说着，他把葛翎在干校的所谓罪行——述说，又把"火力侦察"中查抄到的那段话，缓缓地读给葛翎听，然后递给葛翎一支蘸水钢笔，"有言有行！这段话等于'反标'，白纸黑字，在结论上签字吧！"

葛翎是个内热的人，虽然五十多岁了，血管里流的不是冰冷的水，而是沸腾着的热血。他没有掩饰内心的愤怒，只用那双在水田里干了多年活儿的手，轻轻一折，蘸水钢笔就断成两截，他嘴唇哆嗦着质问秦副局长："林彪搞'最最最'的年月，你没有敢定我葛翎的罪，林彪死了几年了，你……"

秦副局长脸上不带一点怒意，但是眉毛压得一高一低，他装出一副文绉绉的样儿说："那时候，让你这条大鱼砸破了网，现在首长有指示，对你们这些杀回来的'还乡团'一个个地过筛，不能再放一个过网！"

"还乡团？"葛翎听着扎耳朵的字眼，差点跳了起来。

"冷静点！这是历史给你们的新称呼！"秦副局长不动声色地微笑着。

葛翎把折断的钢笔往桌子上一拍："行了！你知道我那笔记本上的话是谁说过的吗？"

秦副局长笑而不答。他确实不知道这话是谁说过的，但不能露出草包的本相，便用笑给自己遮丑。

"告诉你！"葛翎用拳头擂着桌子，"是周总理在第一次青代会上讲的，你不是在给我定罪，是在审判敬爱的周总理！我抗议！"

刚才秦副局长心里有点吃惊，葛翎吐出了周总理的名字，他反而笑得更坦然了，顺手把一张《文汇报》扔给葛翎："'党内最大的走资派'，扶植死不改悔的走资派上台。葛翎！这指的是谁？"

葛翎把报纸仔细地看了两遍，头脑嗡的一声涨大了。秦副局长脸上，露出得意的微笑，他把结论递到葛翎面前，抛出自己衣兜里的钢笔，说："折了蘸水笔，还有自来水笔，来，签字吧！还能落个态度老实！"

葛翎猛然回身，夺门而出。他去敲对面刘局长办公室的门。秦副局长跟在葛翎身后，声音不高不低地说："你想找刘局长吗？他把你们这批'还乡团'放回局里，犯了路线错误，到五七干校顶替你去了！"

葛翎无法控制心中的狂怒，在楼道里指着秦副局长的鼻尖，嘶哑地朝他喊道："林彪搞'最最最'的阴谋，'语录不离手，万岁不离口；当面说好话，背后下毒手'。你们和那黄沙盖脸的死鬼，伙穿一条裤子……对毛主席、周总理——"愤怒哽咽住葛翎的喉咙，他再也说不下去，转身走了几步停下来，憋出断续的几个字："我要上北京……揭发控告你们！"

"早就算计到你这老家伙会去中央捣乱！不过晚了，我们已经给你找好了地方！"秦副局长朝早已站立在楼道口的一个民警，挥了一下手势命令说，

"把他押送到河滨农场交给章龙喜，半路上如果不老实，给他戴上狼牙铐！"

葛翎吃惊地望了一眼，楼道口已准备好他的行囊，吉普车响着喇叭，催他上车。于是，他把绿军毯一夹，上了车，偏巧吉普车半路抛锚，他和那个年轻的民警步行来到河滨农场，当了既无刑期又无法律手续的犯人。

路威一字不漏地听着葛翎的陈述，他眼眶里噙着的泪水，已被内心炽烈的火焰烧干，他用拳头擂着自己的大腿骂道："这群杂种日的，戴着红帽子，藏着白狗子的心，念林秃子的经，走赫秃瓢的路，让共产党员来蹲监狱……这到底是谁专谁的政？！"

葛翎示意路威压低点嗓门，朝帐篷外边指了指。

路威反而喊起来了："我不怕局里那个'秦桧'，也不怕章麻子……来！你的脚暖过来了，先穿上这双军靴！"

葛翎无论如何也不肯穿那双大头军靴，他从炉台上拿下来那只烤干了的鲇鱼头鞋，穿在脚上想站起来，身子晃摇了一下又坐下了，原来腿上的伤口流出脓血，红肿了一片。

路威说："你骑上我那匹马，回农场医务所！"

"我不骑！"

"老葛，你骑上！我命令你！"路威一急，瞪起了眼睛，朝葛翎喊开了，"在朝鲜我听你的，在劳改队你听我的！"

"老路，你考虑一下后果！"葛翎劝阻地说。

"老葛呀，如果每个党员肩膀都不敢担分量，入党干啥？"路威有点真急了，"何况你又不是真正的劳改犯，即便你是犯人，党的政策你比我还熟悉，还有个革命的人道主义哩！来，别啰唆了！"

葛翎还想推却，路威猛然一弯腰，把葛翎背了起来，迈着锤头般沉重的步点，出了帐篷。

四

北风，白雪。

红马，灰衣。

葛翎坐在马背上。

路威在旁牵着红马的丝缰。

葛翎的泪水猛地涌上眼帘……世界上有什么情谊比真正的共产党员之间的情谊更为真挚？透过泪光，他看见大渠工地上的灰色人流，都在看着出现在劳改队的奇迹。葛翎在马上挺直了腰板，浑身感到增加了无限的热力。在穿过插着三角红旗的警戒哨时，一个长着广东人脸型的年轻战士一时没看清牵马的是农场场长，持枪高喊一声："站住——"

路威从马侧闪出身来："小杨，是我……"

"场长！"这个虎里虎气的战士睁着一对惊奇的眼睛，"这是……"

路威毫不含糊地回答："这是个没有罪行的犯人，是劳改处处长葛翎。"

"为什么穿……"小战士依然不能理解。

路威跑上去，在警戒哨的炉火旁点着一支烟卷，他拍拍小战士的肩膀说："小杨！这几年咱们这个垃圾箱，既有狗粪，也有真金。"

小战士茫然地点了点头，目送着红马驮着这个穿灰衣裳的犯人走远了。

雪，越下越大了，葛翎望着雪雾茫茫的原野，忽然想起那个老犯人，这个人也像眼前一团迷雾一样不可捉摸。葛翎下意识地感到，似乎有什么不可知的东西，藏在这个老犯人背后，于是，他问路威："那个犯人班长叫什么名字？"

"马玉麟！"路威在雪原上用力吸着烟。多熟悉的名字，可是葛翎想不起来在哪儿见过面。

"我从朝鲜回来，他就是老号了。解放前当过'还乡团—红眼队'，一解放就抓进监狱了，从死缓改无期，从无期改有期——"

"是不是冀东人？"葛翎的心狂跳起来。

"冀东昌黎人。"

"他爸爸是恶霸地主，叫马……百寿，被我方在土改时镇压！"

"对！老葛你认识他？"路威仰起头来，注视着马背上的葛翎。

"他有个绰号，叫'小寿星'。"

路威勒住马缰说："老葛，你在哪儿认识的他？"

葛翎脸上掠过一阵激动，他找到了老犯人对他进行折磨的最本质的原因。那是三十多年以前的事了，也是一个飘落着大雪的冬天，燕山山脉的高山峡谷披上千尺白发，万里长城的烽火台戴上巍峨银冠；可是长城脚下的马家寨灯火通明，爆竹的红绿纸屑与雪花同飞——土改工作团镇压了马家寨恶霸地主马百寿之后，在山坡上搭起戏台上演马百寿的罪恶家史。

葛翎这个土改工作团团长，压抑不住欢欣的感情，亲自上台扮演恶霸地主马百寿。这天晚上，尽管大雪纷飞，马家寨周围村村镇镇的老百姓还是提灯携火地到这儿来看欢庆翻身的文明戏（冀东人当时称之为文明戏）。

葛翎攀着梯子，在戏台中间挂起一张毛主席戴着八角帽的半身相片，向看戏的翻身农民讲，没有毛主席就没有解放区，就没有农民翻身的胜利果实，也就没有明天的新中国这个朴素而真挚的道理。然后，"文明戏"开始了。由于马百寿的特征是眉毛又密又长，像个寿星佬，葛翎特意用麻皮粘成两条扫帚眉，手挂着一个龙头拐杖出了台，迈着地主老财的四方步数落着：

> 一根棍，我挂着，
> 两撇小胡我将着；
> 三炮台，我抽着，
> 四合大院我住着；
> 五魁首，我划着，
> 六条狼狗我牵着；
> 七成租，我收着，
> 八抬大轿我坐着；
> 九只鹰，我架着，
> 十个寨子我管着……

葛翎惟妙惟肖地表演，马家寨的戏台下，大人们响起一片炒豆子似的巴掌声，孩子们手中的无数雪团飞向舞台，打在葛翎身上、脸上……葛翎带有个性化的表演，激发了台下强烈的阶级仇恨。就在这时，山脚响起枪声，在山路放哨的贫农团来报告：马百寿的儿子——马玉麟，领着还乡团，还勾来了国民党县大队的顽军，杀回村子来了。

当时冀东十三团一个骑兵连，正在口外休整，葛翎首先疏散了台下老老少少，命令工作团的小秘书翻过口子去给部队送信，然后带领工作团和还乡团交了火。大雪纷纷扬扬，枪声响成一片，工作团边打边退……葛翎忽然想起舞台上还挂着毛主席像，这张相片是新四军支援冀东十三团攻打遵化县城的"高丽棒子"（日本在朝鲜拼凑的伪军，日本宣布无条件投降后，他们拒绝向我军缴械，固守遵化县城。夺城的战斗打了一个多月）时，一个新四军首长送给冀东部队的。这张放大的毛主席相片一直伴随着葛翎东征西杀。行军时，他把相片揣进胸口，夜宿时，他把它放在枕边。葛翎生怕这张照片落在"还乡团""红眼队"手里，他奋不顾身地冲杀回去，冒着机枪扫射的弹雨，爬上山坡上的舞台……但这时候，还乡团冲进了马家寨，葛翎被敌人捕获了。

第二天天刚微亮，还乡团赶来全村的乡亲，聚集在马家祠堂的广场上，叫乡亲们看对葛翎剖膛挖肝，以祭祀马百寿的亡灵。

这天冷得出奇，吐口唾沫立刻成冰。小寿星马玉麟不愿叫葛翎痛快死去，先扒去葛翎的棉袄棉裤，浑身上下扒得只剩下薄衫短裤衩，然后把葛翎倒悬在祠堂梁柱上，用皮鞭蘸着凉水进行拷打。马玉麟心黑手狠，先用鞭子抽打葛翎的头部，鞭子落处，血顺着嘴角、鼻孔、脸颊倒流下来。被圈在祠堂里的乡亲不忍目睹，有的捂起了眼睛，有的低垂下眼帘。但葛翎任皮鞭抽打，一声不吭。马玉麟手中的皮鞭上下飞舞，不到一袋烟的光景，葛翎的脸上、背上血迹模糊，他晕了过去……

马玉麟用一桶冷水，劈头向葛翎浇来，开始准备匕首，对葛翎剖膛。正在这时，一个还乡团的人跑进祠堂来报告：八路军一支骑兵进村了。马玉麟从怀里拔出手枪，想在撤离时了结葛翎性命，贫雇农蜂拥而上，和还乡团展开夺枪的肉搏，马玉麟开枪时手腕挨了老贫农一枪托，子弹带着尖厉的呼啸声射了出去，没打中葛翎要害，打穿了葛翎的左小腿。马玉麟仗着年轻力壮，翻出后墙仓皇而逃……

乡亲们把葛翎从大梁上解救下来，葛翎头部被打成血葫芦一样了。

军区医院对葛翎进行紧急抢救，一个月后，葛翎头上蒙着绷带纱布，又出现在土改第一线了。

葛翎在纷纷扬扬的白雪中，坐在马背上，向路威讲述发生在三十年前的往事时，心情激动而悲愤。他说："……真想不到，三十年后，我们在大墙之下见面了，这个家伙用尽心机，折磨我这条伤腿，这个伤疤还是他的一颗子弹给我留下的……老路，你想想，这是不是历史在开倒车？……"

路威没有即刻做出回答，他严肃得像个石雕。

马蹄嗒嗒地叩打着封冻的大地，飞雪的驿路显得格外漫长而遥远。路威瞧着棉朵似的雪团，认真思考着葛翎的询问：一个还乡团头子，政府在解放初期，没有杀他的头，已经是对他的宽大，即便是他再长着一个脑袋，怎么有胆子对葛翎进行这样残酷的报复？！路威顺藤摸瓜，马上想到三块豆腐干高的章龙喜。把葛翎编到马玉麟这个犯人班里，是他的鬼点子；因为刚才他翻阅犯人花名册时，认出是章龙喜的字体。看透这层窗户纸，路威血如潮涌，他感到心里灼热难耐，索性敞开旧军大衣的前襟，又用手解开内衣扣子，任风雪吹打他毛茸茸的胸膛，好像这样他心里才舒畅一些。他牙齿咬得嘎嘣嘎嘣响，粗声地骂道："杂种日的章麻子，你这条毒蛇，你他娘的算是哪一家的政委？是国民党的政委！政治工作真算叫你做到家了！"

"他不过是个马前卒子，"葛翎说，"背后——"

"我路威看得一清二楚，这是房檐上的冰锥——根子在上面。就像脚镣的铁环一样，一环连一环，一直连着中央那个'造反派'出身的大人物，一直连着中央那几个白脸奸臣，他们像群天狗，想吞掉太阳！"路威双目喷火，胸脯起伏，似在对茫茫雪原发泄着内心怒火。

之后，两个人都沉默着，不再说话了，静听着风雪在大地上呼啸。古老的黄河啊！往年到了三月早春，原野已经一片新绿，而1976年早春时节，天地冰铺雪盖，四处一片萧条。

"迎春花——"葛翎在白茫茫的雪雾中似乎看见了一点金黄色的东西，向路威指了指。

于是这匹马直奔向了风雪中闪烁着的迎春花。他们的年龄爱好，都和花没有一点缘分，但这时也不知是出于一种什么心理，竟然真的朝那片金黄的斑点奔了过去。

到了近前，两个人都失望了，这不是什么迎春花，是一个姑娘的黄色头巾在风雪中出没闪烁。姑娘在漫天风雪中，突然发现这奇怪打扮的"骑者"和"马夫"，兴奋地朝他们这里跑来，一边跑一边喊："同志——等我一下！"

随着女孩子尖细的话音，一个中等个儿的姑娘已经站立在葛翎和路威身边。她身材窈窕结实，虽然她黄头巾裹着的清秀面颊上冒着汗涔涔的热气，但仍然显得英姿勃勃，让人感到似乎不是一个经过长途跋涉的来者，而是黄河附近的村镇姑娘。当姑娘用手拍打身上的积雪时，才露出城市姑娘的装束打扮：她穿着一件南方姑娘喜欢穿的浅灰色短大衣，下身穿一条藏青色哗叽裤子。最让葛翎和路威注意的，是姑娘穿着一双高帮的单球鞋，雪水渗湿整个鞋帮，她竟然感觉不到有一点冷。姑娘抬起头来，想向马背上的葛翎询问什么，但"劳改"两个大字，使姑娘敏感而恐惧地低下了头，腼腆的目光投向了路威："请问，这儿是河滨农场吗？"

路威看着这风雪中的来客，点了点头："是河滨农场，你……"

"我……"姑娘难为情地低垂着头,"我是从北京来的,到这儿来探望一个……一个……罪犯!""罪犯"这两个字,她声音吐得很轻,轻得像棉团落地,吐出这两个字之后,她两颊绯红了一片。

"听你是南方口音,怎么从北京来?"路威亲切地给姑娘拍了拍肩头上的雪屑,"又赶上这样的倒霉天气!"

也许是路威这个无意识的动作和亲切的询问使姑娘感到了温暖,她笑笑说:"我是西南地区体操代表队的,刚在北京参加完了选拔赛,回来路过这儿,顺便看看……看看……"姑娘话到舌尖顿住了,她看了路威和马上的劳改犯一眼,好像感到在陌生人面前已经过多地袒露了自己的心声,而在这块劳改犯聚集的土地上,应当有点防范。

路威那双裹在大胡子中的眼睛在二十多年的农场生活里,曾多少次看到这样的纯洁而又带着恐惧的眼神,这些初次探望犯人的来者踏上河滨农场的土地,好像到了野兽囚笼旁边一样,充满着恐惧和不安,这个姑娘眼中流露的正是这样的神色。于是,路威尽量放缓语气对姑娘说:"我知道你是来看谁的!"

姑娘骤然地扭过头来,再一次审视地望着满脸络腮胡子的路威。他样子那么粗犷,比马上穿劳改服的人还显得粗鲁,她想:这一定也是个犯人,可他怎么能猜到我的心事呢?

"你是来看高欣的!"路威脱口而出。

姑娘像触电一样呆住了。

"我还知道你的名字,你叫周莉,对吗?"

"对,对!"叫周莉的姑娘从惊愕转为惊喜,情不自禁地用手攀住路威的胳膊,激动地说,"你是和他在一起劳改的?他向你提过我吗?怎么说的?我给他发了八封信,他怎么也不给我一个字的回音?嗯?"姑娘郁积在心底的话一下都迸发出来,长长的睫毛上闪烁着露珠般的泪花。她无法控制自己的感情,摇着路威的胳膊说:"半年多,他一定瘦了,是不是?你说话呀,老同志!"

路威眼皮有点发酸,一个被判处无期徒刑的劳改犯,居然能吸引这样一个纯洁的少女,顶风踏雪,千里迢迢来探望他,这在他二十多年劳改农场场长的生涯中,虽有所见,但微乎其微。"劳改"两个字像令人害怕的瘟疫,人们都躲得远远的,甚至明知入监的亲友纯属冤枉,不落井下石就算是很不低的道德标准了；而眼前这个看上去至多不过二十四岁的女孩子，孤身一人，穿过茫茫雪原，敢于踏上这块不光荣的土地，已经是向世俗挑战了。路威很怕看见这样一颗灵魂受到一点委屈，便安慰周莉说："他身体很好，在劳改队当统计员，工作干得很不错……"

路威越是陈述高欣的优点，姑娘的眼神越显得悲凉，她睫毛上挂着的泪珠，化成一串晶莹的泪水滚了下来："你看……他有希望改有期吗？二十年，十五年，十二年，八年……"

"只要我在这儿当一天场长，我就不能对高欣的问题装看不见！"路威对着那泪人儿说，"责任事故，不受任何处分一下变成无期，从零一下变到无限大，我们这个伟大国家，还有没有法律？那些披着'革命'外皮的'秦桧'，该赏他们一颗子弹——"

葛翎用脚踢了一下路威，路威才发现自己是在高声喧嚷，他叹了口气，摇了摇头。

"您是场长？"周莉仰起那双泪眼，似在茫茫暗夜突然看见了一线曙光，"那您救救高欣吧！我们在全国运动会认识的，后来他在南方田径对抗赛中破过国家纪录，我爸、妈，还有我，都很……喜欢他……他是那么好的一个人……"

"今天你来得正巧！"路威说，"他押送两个坏蛋上禁闭室了，回工地正好路过这儿。在冰天雪地里见上一面，虽然冷点，可以随便谈谈；要是到监房去'接见'，只有半个小时的会见时间，还有人看着。周莉，怎么样？"

周莉两眼闪着兴奋的泪光："行，场长！我愿在这儿冻上一夜，只要能见到他……"说着，她把背上背着的一个网袋如释重负地放在雪地上，掏出手绢擦着脸上的汗水，嘴角露出一丝甜甜的笑意。

这时，雪雾茫茫的对面，出现了"灰衣人"的朦胧影子。路威向姑娘耳语了一声："来了！"姑娘的嘴唇激动得哆嗦起来，她望着越来越近的人影，用手绢再一次擦她清秀面颊上的汗滴，擦她脸上的泪痕……好像怕一点点不愉快的痕迹，都会影响这次人生最可贵的会见。

但姑娘渐渐皱起眉心：雪幕之中分明走过来两个人影。路威也惊奇地张大嘴巴，因为他看出来，走来的不是押送坏家伙的高欣，而是被押送的马玉麟和俞大龙。

路威一声雷吼："你们两个怎么回来了？"

俞大龙挺着脖子没有回答，马玉麟点头哈腰地说："是……是这么回子事，高欣去狱政科拿禁闭室的钥匙，碰见了章政委。章政委问了前前后后的情况，说……该进禁闭室的，不是……我和俞大龙，是高欣，章政委把他送禁闭室里去了——"

如同一声霹雳，打在三个人心里。

葛翎极力镇静自己，为使自己不从马背上掉下来；周莉晕红的脸瞬息之间变得像雪片般苍白，她踉跄了几步，路威顺手在旁边扶住了她歪斜的身子。姑娘稍稍镇静一些之后，路威两步迈到马玉麟和俞大龙旁边，两手握紧了拳头，狠狠地朝两个人脸上打去，葛翎跳下马来也阻拦不住。路威一边挥拳，一边吼叫着："我路威当了二十多年场长，没动过犯人一个指头，今天，我要惩处你们两个坏蛋！滚！滚回去！听候处理——"

马玉麟和俞大龙无可奈何地返回监房。

路威面色铁青，牙齿打战，葛翎对着这个老战友的耳朵，一连喊了三声"冷静点"，路威只是机械地点着头。他把葛翎送往医务所，又在招待所安置好千里迢迢来探监的姑娘，然后，跳上枣红马，大头军靴一夹马肚子，烈马咴咴地叫了两声，在原地兜了个圈子，一溜烟似的朝监狱铁门之外的狱政科飞奔而去。

五

一团烈火在路威心中燃烧，他感觉自己的五脏六腑都在冒烟，就是满天的鹅毛大雪立刻变成倾盆大雨，也难熄灭他胸中的千尺怒火。在马背上，他想起了许多事情：在朝鲜战场上，敌我营垒分明，看见钢盔上标着USA记号的，就是瞄准射击的敌人；可眼下，革命口号叫得山响，马列和毛主席语录背得滚瓜烂熟，头上戴着红帽子的人，明明是在拆无产阶级专政大墙下的地基，手枪却不能朝他们射击！辩论嘛，路威又没长着那三寸不烂之舌，这让路威感到压抑、窒息、焦躁。一路上，他心急火燎，考虑着该怎么样对付这个五短身材的章龙喜，他决定避开空头理论，专谈实际问题。

挑开棉门帘，狱政科烟雾缭绕，干部们围坐在一张会议桌前，学习"反击右倾翻案风"的文件。路威习惯性地把破旧军大衣用手向左右一分，满面怒容地把会场巡视一周，然后随便端起一个干部的水杯，咕咚咕咚地喝了下去，用袖口抹了抹枯干的嘴唇，问："章政委呢？"

有个干部回答："去禁闭室送高欣去了！"

"同志们！党把我们这些干部放到这儿是干什么的？是叫我们放羊吗？把'羊群'往工地上一撒，我们跑到炉火旁边来念'经'！什么是'右倾翻案风'，对大墙下的罪犯放松我们的改造工作，就叫'右倾'，万一罪犯们出了事情，逃跑了，炸狱了，我们……"路威伸出冻裂的粗大手指，指了指毛主席像说，"我们对得起毛主席对我们劳改工作干部的期望吗？大家都知道，周总理离开了我们，主席又有重病在身，我们这样坐在房里改造罪犯，能叫他老人家放心？嗯？"

被章龙喜圈在这里的十几个劳改队队长，恨不得早点离开这间受罪的屋子，路威几句话，给这些干部壮了胆，一分钟之后，屋里就剩下路威一个人了。锻工出身的路威有个闲不住的习惯，看见满地火柴棍和烟蒂，甩去那件破旧的军大衣，从门后拿来一把扫帚，开始清扫狱政科办公室的卫生。刚刚清扫一半，章龙喜一挑门帘，走了进来。

空空如也的办公室，先使他惊愕了片刻，但看见弓腰扫地的路威，他很快明白这是怎么一回事了。大凡靠刀笔起家的黑秀才，都很怕真刀真枪的硬汉子，章龙喜也不例外。自从他来到河滨农场，从狱政科科长提升为政委以来，他竭力回避和路大胡子发生正面冲突。虽然他心里很清楚，路威和他是两股道上跑的车，终究免不了有一场火并，但章龙喜认为火候不到，最好用"上面握手，脚下使绊"的手段比较妥善。他淡淡的眉毛下的那双眼睛，时刻注视着路威的一举一动，寻找有利于他的战机。今天葛翎刚到劳改队，章龙喜首先对马玉麟做了"政治工作"，后来又以冠冕堂皇的"反击右倾翻案风"学习为名，把劳改队的干部调离引黄工程工地，这不但给葛翎来了个下马威，而且制造了斗争的契机。果然，章龙喜的苦心没有白费，葛翎到了工地，引起了高欣和俞大龙的格斗，路威也卷进这场风波中来了。眼前，路威又公开冲散了"反击右倾翻案风"的学习，犯了当前最大的政治错误，章龙喜决定抓住这个机会，把斗争升级，抓来监狱的整个领导权。他装出没有看见路威的神态，对桌椅板凳发威：

"这样重要的学习，怎么人都走了？"

路威扔下扫帚，直起腰身："我叫他们上了引黄工地。"

爱用手势表示自己思想的章龙喜，用食指指了指上边说："老路！这是秦副局长亲自给各个劳改场布置的，局里还要进行考试呢！"

"为什么不能晚上学？大白天，把这么多干部都聚来，犯人跑了，你负责还是秦副局长负责？！"

"要警卫干什么的！他跑得再快，还能跑过子弹？"

"章政委！党把你和我放在这儿，是叫我们改造罪犯、回炉渣子的，不是叫我们用子弹消灭他们的肉体！"路威从口袋里掏出一个弯把烟斗，装上一锅子烟，点着了，"我希望你把政治工作放在毛主席制定的劳改政策这个准星上，不要人妖不分、颠倒敌我——"

"你这是什么意思？"章龙喜打断路威的话，两条淡眉之间堆起一个小丘，"我章龙喜最大的特点，就是营垒分明，严格执行政策！"

路威把刚装进烟锅的烟叶，狠劲在桌子上磕落下来，不觉瞪起了眼睛："为什么你放了马玉麟、俞大龙，反而把高欣禁闭起来？这两个家伙残酷地折磨葛翎，高欣坚持正义，扬善惩恶，你怎么黑白不分？"

"老路！新的历史时期，阶级关系发生了新的变化。现在，党和国家的头号敌人，就是像葛翎这样的'走资派—还乡团'！"章龙喜不紧不慢地踱着步说，"从新的阶级关系变化分析高欣和俞大龙的斗殴，马玉麟和俞大龙是监督'现反'葛翎劳动，是进步的表现，而高欣为'还乡团'撑腰。你说，我该禁闭谁？"

"章龙喜——"路威暴怒地喊着。

"有理不在声高，你有话慢慢说嘛！"章龙喜两手摊了摊，装出冷静而有修养的神气。

"马玉麟才是真'还乡团'。"路威跨上一步，两眼喷出愤怒的火星，"你倒叫这家伙整起自己人来了，你还有一点革命良心没有？"

"对！你说得不错！"章龙喜慢条斯理地说，"马玉麟是红眼队、还乡团，那是解放前的还乡团，可是葛翎是 70 年代驾着'右倾翻案风'杀回来的新'还乡团'，这是局里定了案的——"

"法律手续呢？"路威伸出一只手，"我看看！"

"根据我们国家的新宪法，葛翎属于货真价实的专政对象。"

"宪法只有一个，哪儿来的新宪法？"路威轻蔑地望着比他矮半个头的章龙喜，耸了耸肩膀。

"有。"章龙喜脸色红涨起来，"你要看吗？"

"拿来！"

章龙喜从口袋里掏出张春桥写的那本小册子——《论对资产阶级的全面专政》，扔在桌子上："这就是社会主义时期的'新宪法'，抓人捕人，定案定性，这是一条法律准绳，是公安和劳改工作的总纲。"

路威抓起这本小册子，对着章龙喜大吼一声："谁承认它是新宪法？"

"造反派。"章龙喜话音一下拔高了八度，用警告的口吻对路威说，"老路，今天咱们干脆把问题摊牌，局领导撤换了那么多劳改农场场长，唯独没有动你，你知道是因为什么吗？因为你没有'民主派'的丑恶历史，你是抡铁锤出身的干部，虽然入过朝，也没担任过什么重要职务，'造反派'一直把你当作团结的对象。可是，事情总得有个界限，你要是总抱着'走资派'的粗腿不放，盲人骑瞎马，那你可离悬崖不远了。时传祥也是工人出身，他执迷不悟，造反派没有饶了他，明白吗？咱们大墙里的监房，还空着许多铺位！"

章龙喜讲这段劝降的独白时，打着手势，踱着步子，声音忽高忽低，忽而微笑，忽而板脸……但他那双眼睛始终死盯着路威胸前那撮黑毛毛，这个由刀笔小吏爬上来的政委，始终防范着路威会突然动武。但出乎章龙喜意料，他抛出这颗攻心的炮弹之后，路威居然没有任何反应，只是狠狠咳嗽一声，"呸"地吐了一口吐沫，就朝门口走去。

一阵惊喜滚过他的心头，他似乎感到路威已经在压力下屈服。但他马上意识到他判断错了——路威没有空手出门，而是伸手摘下挂在墙上的禁闭室的钥匙，然后鄙夷地看了章龙喜一眼，大步而出。

路威动作那么迅速自然，等章龙喜追出去时，路威已经在解拴在办公室门前的那匹枣红马了。章龙喜一把拉住马缰："路威，你拿狱政科墙上的钥匙干什么？"

路威只管解着马缰绳，一言不发。

"路威！你拿钥匙干什么？"

"干什么？你心里清楚！"路威解马缰的手在突突突地战栗，"我爹妈生下我来，没给我留下一张会说话的嘴巴，可是我有一双铁匠的手，还有一颗党员的心，我用这颗心、这双手，把你颠倒了的问题，再给它颠倒回来，就干这！"

"开关禁闭室的钥匙，归狱政科管理，你这个负责生产的场长无权使用！"章龙喜色厉内荏地朝路威喊叫着。

"章龙喜！狱政科归谁领导？不属于你章龙喜一个人领导，属于场党总支领导，属于毛主席的劳改政策领导，要接受全国三千多万党员监督，要接受全国九亿人口检查。"路威举起那个小小的钥匙，深沉地说，"别看它只有一寸大小，谁掌握它，关了好人还是关了坏人，这是谁专谁的政的问题。这点，我路威一点不能含糊。"

章龙喜还拽住马缰不放，路威拍了马肚子一下，枣红马脱缰而去，缰绳把章龙喜拉了一个趔趄。路威几步追上去，飞身上了马背……他没直接奔向禁闭室，而是直奔了一座青砖盖起的两层小楼——那里是河滨农场党总支。

路威是个粗中有细的人，刚才在狱政科听章龙喜训话时，他很焦躁，但很快看到挂在墙上的钥匙。一把钥匙，使章龙喜一切鬼胎付之东流。但路威心里清楚，章龙喜不会善罢甘休，他背后，秦副局长这棵大树一直盘根错节地连到中央那个"造反派"出身的大首长身上。省局刘局长被撵到五七干校，葛翎被送进劳改队劳改，甭说一个路威，十个路威捆在一起也扛不住秦副局长的压力。但斗争既然已经揭开了序幕，只有依靠党的集体力量，来抗拒滚滚而来的黑潮。

到了小楼，路威心情沉重地把发生在引黄工地的事件，向所有党总支委员汇报一遍，并检查自己犯了拳打犯人的错误，请求处分。当天晚上，河滨农场党总支专门开会研究"究竟该禁闭谁"，尽管章龙喜在会上大施淫威，总支会议还是以多数压倒少数，按照党的劳改政策，做出禁闭马玉麟和俞大龙的决议。会开得像在大风暴里颠簸的小船，险些被章龙喜的压力倾翻：十个党总支委员，两个委员给章龙喜投了舔屁股的黑心票，两个为了保住自己平安无事，投了弃权票，但五个总支委员表现了共产党员的坚贞灵魂，投了正气票。

散会了，路威才感到自己的疲倦，但他没有立刻回家，把马牵到马棚之后，直奔禁闭室而来——他想起了远路而来的周莉。河滨原野上雪停了，大地上一片银白，路威的心一点也不感到轻松，他看见月亮周围，镶着一层风圈，也许还有更大的暴风雪在等待他。来吧！让世间所有的风霜雨雪，都降临到他一个人头上——共产党员是为别人的幸福而忘我献身的。想到高欣和周莉会见的欢快，路威的络腮胡子蠕动了一下，嘴角居然浮起了一丝笑意："多好的一对啊，一个运动员家庭！但那个'秦桧'，笔尖一动，给高欣一个无期；权力要叫这些人狼夺去，天下该增加多少悲剧！"

路威打开这间没有窗子的禁闭室，里边竟然鸦雀无声。

"高欣——"路威心疼地叫着。

没有回音。路威登时心情紧张起来，一种不安的感觉立刻占据了他的全部神经。他索性把门打开得大一些，好让雪地给这间暗室一点光亮，借着这股清冷的光，他看见高欣正蜷缩着身子，躺在那个伸不开腿的短炕上。路威上前一把抓住高欣的棉袄，狠劲摇了一下。

高欣吃惊地从炕上坐起来："谁？"

路威心中的石头落了地，说："我是路威，你倒够宽心的啊！"

高欣有点歉意地笑了："场长！我从背着行李敲监狱大门的时候，就下定决心了：一个革命者，在任何艰苦的环境里，只许笑，不许哭。记得，这是周总理留下的一句名言。"

"笑吧！还有一件使你高兴的事呢！"路威说。

"解除禁闭？"

"这只是头一件，还有第二件哪！"

路威把高欣带到雪地上，回身锁了禁闭室的门。他没有忙于告诉高欣周莉到来的消息，却先替高欣拍打身上的土。高欣对场长的行动，感到迷惑不解，他连忙闪到一旁，自己动手拍打劳改服上的灰尘。

"高欣，周莉看你来了。"路威说。

"什么？场长！您说什么？"

路威把话重复了一遍。

雪光映照下，高欣脸上一点笑意也没有了，他最初不相信这是真的，但这个消息是通过场长的嘴说出来的，不容他有半点怀疑。他呆呆地站在雪地里，微皱着眉头，下意识地抿着嘴唇，手指搓着灰棉袄的衣襟。

"是高兴的事嘛，你怎么像个丧门神？"

高欣严肃地说："场长！我不能见她！"

路威先是一怔，但马上想到，可能是高欣考虑到自己衣衫不整，怕周莉难为情，便说："到招待所盆池，你先洗个脸——"

"不！场长！我确实不能见她，这身劳改服，对我来说并不难看，周莉也绝不会挑剔。不……不是这个原因，请您考虑我这个要求。"高欣不知是冷，还是心在战栗，说到最后，他话音颤抖起来。

在禁闭室把自己打扮成一个乐观主义者的高欣，在短暂的时间内一下变成个忧郁的人，这对路威来说，是无论如何都理解不了的。他想到那个身板单薄的女孩，背着那么多东西，冒着大烟海似的风雪，专门来看他，他倒像一块木头、一块冷冰。这不禁引起路威的微怒，他双手叉腰训斥高欣说："你这个人也真是怪，不该笑的地方，比如在禁闭室，你倒挺高兴；该笑的时候，你倒绷起那张书生脸来啦！告诉你，你的要求不能考虑，跟我走！"

路威看看手表，时针已快指向十一点，他风风火火地迈步就走。高欣追上路威，低声地请求着：

"场长，您仔细考虑一下。"

路威狠狠瞪了高欣一眼，两只大头军靴停了下来："你……你怎么是块木头？！"

"您听我把话讲完，路场长！……"

路威不再和高欣磨舌头，径直朝招待所走来。招待所是整整齐齐的两排红砖房，房子里射出来橘黄色的电灯灯光。高欣有点急了，在房前他拉住了路威的大衣袖子，半低下头，对路威再次恳求说："我来劳改队几个月了，路场长，我非常尊敬您，绝大多数犯人也很尊敬您，因为您正直、无私，疾恶如仇，性格透明得像块水晶，但今天您叫我去见周莉，您的心我了解，可我不能接受您的指令！"

"为什么？"路威粗声地喊着。

"我……很喜欢周莉，这几个月，我没有一天不在遐想中看到她的影子。她心灵像雪一样洁白，是个全力要求向上的女孩子。前几天，监房读报，我看见她在选拔赛中被选为即将出国的体操运动员。路场长，您想想，像她这样一个前程远大的女运动员，生活的幸福到处都有，我……我是一个被划为无期的囚徒，等于坠在一只飞燕脚下的石头。记得，我背着行李进监房大门以后，第一次就全盘向您托出我的心声。场长，您如果真的爱惜周莉，尊重我这个穿劳改服的犯人，我请求您停止这次'接见'，用革命长辈的心，去说服她这个苦心的孩子，就说我表现很坏，打架斗殴——"

高欣和路威身旁的窗子猛然被推开了，随着一阵悲恸的抽泣声，窗口露出周莉那张清秀的脸，她眼角、睫毛、鼻窝的泪水，在路灯和白雪的柔光下，珍珠般地晶莹发光，她语不成声地哭泣着："高……欣，我……我都听见了……"然后，好像怕高欣会突然从她身边消失似的，周莉用黄头巾的一角揾了揾脸上的泪水，以体操运动员的轻盈矫健从窗口跳出来，无声地落在地上。

事情发生得如此出乎高欣意料，还没容他仔细考虑该怎么办，周莉已经把她的头贴在他胸膛上了。高欣感到她那两只手在他后背上颤抖。高欣眼角湿了，泪水滴在周莉的头巾上……当高欣发现感情的潮水开始冲塌了他理智闸门的时候，强令自己把泪水咽下去。他轻轻推了推周莉的肩膀，想使她冷静些，但这是枉费心机，周莉反而把高欣拥抱得更紧了，热泪泉水般地涌出眼帘，浸湿了高欣穿着的劳改犯棉衣。

　　路威不愿看见这样令人心碎的"镜头"，扭过身去轻轻走开。他踏着吱吱发响的白雪，认真地剖析着这两个年轻人光洁的灵魂，又联想到这个无视法律的年代——固然责任事故会导致一定的法律制裁，但何至于定为无期？！想着想着，忽然一个惊心的联想使他收住脚步：他生怕周莉探监的事情叫章麻子知道了，这个血液里渗透着毒汁的家伙，只要给体委一封电报，说一个国家级运动员竟然来探望一个劳改犯，在这一人犯罪株连亲友家族的特殊时期，真会断送这只"飞燕"的前程。想到这里，他的心狂烈地跳了起来，迈步走回他俩的身边，对周莉说："小周，你俩到你屋子去谈上两个钟头，明天早上五点天不亮，场子有去火车站的汽车，我来叫你，你……你可千万不要说你是来探监的，明白了吗？"

　　周莉睁着一双大眼睛，摇摇头："不，我不明白。"

　　路威向高欣暗示说："你……把这点跟小周讲清楚！"

　　高欣点头说："场长，我明白了。"

　　路威这才放心而去，他直奔监狱大门的警卫岗楼，对值勤的战士说："有个犯人，因为有事，我批准他夜里十二点左右回监房。到时候，你们给他开门，放他进去。"

　　布置完一切之后，他想起葛翎此时此刻被关在大墙之内，不觉一阵心痛。他本想进铁门去看看，但是肚子咕噜噜叫了，路威这才想到快半夜了，自己还没吃饭。

六

　　夜晚，监房是不允许关闭电灯的，尽管灯亮如白昼，在引黄工地劳动了一天的犯人，还是鼾声不断。经过长途跋涉和工地折磨，葛翎虽然身体疲倦得已然不能支撑，但无论如何也不能入睡。

特别使他痛苦的是，在他六十多厘米宽的铺位旁边，躺着的就是马玉麟。一个在革命烽烟中白了两鬓的老共产党员，不但和当年的对头睡在一条炕上，还要挨在一起，这令葛翎几乎难以忍受。他想起在大庙里麻绳蘸冷水的抽打，想起最后打在他腿上的一枪，想起在引黄工地上的折磨，真如乱箭穿心。他翻来覆去，连睡意也被这巨大的精神痛苦驱散了，他索性坐起身来。

老犯人马玉麟好像倒睡得十分安然，被路威拳头打肿的嘴角淌着口水，还带着几分笑意。"也许这家伙，以为我还没有认出他来吧！"葛翎心里暗想，"不然，这只恶狼怎么能睡得那么香甜？"他不愿意再看老"还乡团"那张扭曲的脸，便披上棉袄，蹬上棉裤，移动着那只缠上了纱布的伤腿，走出监房。

早春之夜，星斗满天，葛翎两眼望着长空北斗，不禁想起了周总理。周总理在天之灵，不知是否知道有人正在毁我无产阶级专政的万里长城？不知是否知道有人正在用对付敌人的"大墙"来关押共产党员？他忽然想起路威来，这个对劳改工作赤胆忠心的路大胡子，已经卷进这场斗争的风波里了，会不会……

这时，监狱的铁门开了，进来了高欣。

葛翎迈着艰难的步子，迎了上去，悄声地喊："高欣——"

高欣辨认出是葛翎，停下脚步。

"出禁闭室了？"葛翎抓起高欣的手，激动地握在自己手里。

"场长把我放出来了！"高欣笑了笑说。

"怎么这么晚才放你？"

"……有点其他事情！"高欣审慎地看了葛翎一眼。他记起了路威对周莉的忠告，但他马上认为自己谨慎得太过分了。白天在引黄工地的一片喧哗声中，他已经看见两个劳改犯中的恶魔怎样报复性地折磨这个劳改处处长，两鬓如霜的老共产党员又是以怎样惊人的坚韧毅力，把装成小山一样的泥兜抬上引黄的大堤。一种肃然的敬意从高欣内心腾起，便坦率地对葛翎说："……我去'接见'一个远道来的同志，回监房晚了！"

"是周莉吧？"葛翎关切地问。

"您……您怎么知道？"高欣觉得奇怪。

"我和她同路回场的，我什么都清楚了！高欣，我为你有这样一个未婚妻而高兴！"葛翎咧开干涩的嘴角笑了。这是他入监后的第一次欢欣。

高欣皱起眉头："可是……我拒绝了她……她，她一直哭！"

“你为什么要这样做，小高？”

“我要劳改到白头，您想，我怎么能叫她……”

“对呀！作为你来讲也许并不算错。”葛翎亲切地拉着高欣一只手，“可是，你真认为你要坐一辈子牢吗？目前确实有人把法律当猴皮筋，想拉长就拉长，想缩短就缩短。我不也是个没有法律手续的犯人吗？可是我们毛主席、周总理、老一辈革命家亲手缔造的党不会容忍这种局面继续下去的。有一天，我们的人民会架着铁锅，用烈火煮那些任意横行的螃蟹！小高，你该坚信这一点！”

“周莉也这么说……为了给我力量，她送我一包很珍贵的礼物！”高欣看看周围没人，便伸手从棉衣衣襟里掏出一个女孩子用的绣花手绢，里边包着一沓照片：“看！这是周莉在北京拍的！”

葛翎接过照片，血液顿时沸腾起来，这一沓照片把他的心带到大墙之外，一直带向了北京天安门广场。纪念碑前，早春细雨迷蒙，那人的狂涛，诗的怒火，眼泪的长河，立刻使葛翎的泪水夺眶而出，他用肺腑的全部力量，呼喊出一个字来：“好！”

高欣把一张张珍贵的照片，用手绢包好揣进怀里，低声说：“我……也想做个花圈，后天就是清明节了，对总理表表心怀！”

葛翎沉思了一会儿：“没材料怎么办？”

“用柳枝弯个圆圈！”

“这我知道，素花……”

“这也没有困难，我的统计室里有白纸，动手折叠一下！”

“花圈放在哪儿？监房里又没有周总理像。”葛翎思忖地说，“而且‘秦桧’、章麻子一类的人狼，一旦发现这个行动，会坚决镇压。我……年纪大了，为敬爱的周总理不怕付出……你，你还年轻啊，小高！”

“葛翎同志！进大墙之前，我也是个共产党员！”高欣话音坚定，竟在大墙之内用了犯忌的“同志”这个字眼。

“那好，明天你出工之前把白纸留给我，医务所给我这条伤腿开了一个星期的病休！”葛翎说，“周总理的骨灰已经撒向祖国江河大地，我们这个花圈，随便摆在哪一寸土地上，都是对周总理的哀悼！”

“我这个统计员，可以一个人自由行动！”高欣兴奋地说，“我把它带到引黄工地大堤上，怎么样？”

"行，就这么定了！"

监房的午夜，葛翎怕引起犯人注意，招来监视的眼睛，两人握了握手就各自回到监房去了。

葛翎回到监房，马上吃了一惊，马玉麟的铺位空着，棉被散摊在大炕上，人不见了。葛翎心想，也许他是解手去了，但等了一阵子，还是不见马玉麟的踪影。葛翎顿时想到，这个家伙刚才伪装酣睡，也许影影绰绰听见几句他和高欣的谈话，现在去告密了。他马上反身出屋，直奔铁门而去。

不出葛翎所料，马玉麟正在请求门警给他开门。时间急迫，不容葛翎多想，他上前一把抓住马玉麟的棉袄领子："报告班长！这个家伙是……神经病！"

一个值勤的解放军战士，看了看葛翎，又看看鼻青脸肿的马玉麟，一时分辨不清情况。马玉麟习惯于恶人先告状，他指着葛翎说："他……他是劳改处处长，'还乡团''走资派'，他——"

马玉麟话还没说完，守门战士的刺刀尖就晃在他鼻尖前了。在解放军战士听来，"劳改处处长""还乡团""走资派"是风马牛不相及的三个称呼，他确认这个老犯人是神经病，把枪托一扬，骂了声："滚——"

葛翎冷汗顺额角淌下来，心里一块石头落了地。走到监房拐弯的地方，葛翎低声说：

"你先站下！"

马玉麟不怎么情愿地停下脚步。

半明半暗的灯光照着老犯人的脸，他的脸肿得像歪嘴石榴，但那双眼里仍然闪着凶光。"有什么见教，葛处长！"他不卑不亢地说。

"你半夜三更往大墙外跑什么？"

"这个嘛……你要还是劳改处处长，我立刻向你汇报；可惜，现在你和我一样穿上了灰衣裳，还当了我的下属！我倒想问问你，你那么着急地追我，干什么？"

马玉麟那阴阴阳阳的声调一下把葛翎的怒火勾起来了，他猛然抡起巴掌，要向马玉麟脸上打去。可这是一张多么肮脏的脸啊！葛翎胳膊哆嗦了半天，还是控制住了，他大口大口地喘着气说："我怕脏了我这五个指头——"

马玉麟压低了那双扫帚眉，带着恶意笑了笑："我是脏，你有本事能离开我，飞出高墙？"

"你别笑得太早了！"葛翎声严色厉地对他说，"你大概以为我不知道你是谁吧？"

马玉麟不自然地挪动了一下身子，神情微微有些紧张，他不太相信葛翎能把三十多年之前的马玉麟分辨出来。那时候他是戴着大檐礼帽、挂着龙头拐杖的马家阔少，风度翩翩，仪表堂堂；眼下，他伸出手来像个五齿粪叉，脸上皱纹多得像蜘蛛网。他的黄金岁月已随着新中国开国大典的礼炮声彻底完结，二十多年的劳改生活，他已经没有一点当年马玉麟的影子了，葛翎才来一天，怎么会认出他来？因此，马玉麟自信地摇摇头，对葛翎说："葛处长！你过去是戴乌纱帽的官儿，我是犯人，我们素不相识！"说着，还故意抬起他那青肿的脸。

"你以为你相貌变了，我就认不出你来了？"葛翎直盯着马玉麟的眼睛，"你外形变了，骨子没变，还是和三十多年前一样狠毒，你是被土改工作团镇压了的恶霸地主'老寿星'的儿子——'小寿星'。你是旧北平四存中学的学生，后来参加了'还乡团''红眼队'……还要我往下摆你的罪行吗？比如，在马家祠堂你把一个共产党员，在三九天剥去棉衣，倒悬在梁上……"

马玉麟的脸像挨了霜打的倭瓜叶，皱纹紧紧地抽缩在一起了，就像在水稻田里吸血的蚂蟥突然被受害者发现，挨了致命的一掌，整个身子立刻卷成一个圆团团那样，显出一副颓丧可怜的神色。

"你大概认为我不会把你认出来吧，小寿星？"葛翎冷峻地望着马玉麟，"你大概庆幸这次在大墙内的会见，你可以报复镇压你老子的阶级仇了吧？初到监房，你不许我休整；到了工地，你——"

马玉麟装成大梦初醒的样子，两只手抓住葛翎的胳膊："您……您就是葛团长？我……唉！"

"你离我远一点，小寿星！"葛翎甩开马玉麟那双脏手，厉声说，"戏不必再演下去了，我奉劝你从现在起停止作恶，你要想在大墙之内陷害革命者，有一天，新账老账一块算，人民会审判你，那时候，不但你多年劳改等于零，人民法庭会赏你一颗往肉里钻的子弹！你听懂了没有？"

"是，是！我，我懂了！"老犯人虔诚地答应着，"我……眼瞎，确实不知道您就是……"

"回监房吧！"

马玉麟迈着慢腾腾的步子走进三号监房。

葛翎看他进了监房，马上朝高欣住的犯人统计室走去。他不相信马玉麟这样的老恶棍会停止作恶，他担心高欣那沓天安门广场的照片会引出一连串的风波，应当想办法转移，防止突然搜查。

葛翎走了半天没回监房，马玉麟不用眼睛追踪，也能猜到他是找高欣去了。他躺在炕上，望着小窗户投进来的一点点月光，心里正盘算着下步棋该怎么走法。他被葛翎认出来了，被剥去伪装，虽然对他今后再报复是个很大的不利，但马玉麟并不感到可怕，因为葛翎是个不公开宣布的无期犯，让他有点心惊的倒是高欣为什么这么快就从禁闭室里被放了出来，他清晰地判断到：农场的上层人物之间有着尖锐的斗争。他怕把赌注押错了地方，应了葛翎警告的那种前途。

二十多年来他已经两次把赌注押错了。第一次是抗美援朝战争时期。报纸上刊登着侵朝美军司令麦克阿瑟的扬言：美军将很快打过鸭绿江，到哈尔滨去过圣诞节。马玉麟高兴地把这张报纸偷偷藏在铺位下，一有空就拿出来看这句刺激他中枢神经的话，但是希望变成了失望，最后这张报纸当了"后门票"，扔进厕所。三年困难时期，蒋介石疯狂叫嚣反攻大陆，这个消息曾使马玉麟像吸了一锅子白面儿（大烟土）那么舒坦，但是只闻雷声响，不见雨点落，最后希望也像肥皂泡一样幻灭了。两次赌注的落空，使马玉麟昏热的脑子认识了一个现实：中国共产党是外力无法摧毁的钢铁梯队。他眼巴巴地盼着中华人民共和国这棵参天大树，能从树心里钻出几个蛀虫来。报纸上拿老干部开刀和围歼"走资派"的消息，一天天多了起来，这个"还乡团"第三次从心坎里升起了希望；梁效、江天等人的夺权文章，怎么看怎么对他的胃口。"造反派"的声势咄咄逼人，他感到改朝换代的日子为时不会太远了。他盼望有那么一天，铁门哗啦一响，关进来的不是那些流氓、盗窃犯、贪污犯，而是那些老革命——这时候，葛翎被送到他的牢房里来。马玉麟那个小算盘拨过来拨过去，"造反派"掌"国玺"已成为必然，他决心把赌注押在章龙喜的一边，不能三心二意。

他摸了摸揣在胸口的那张减刑证明，感到必须为章政委尽忠效力。"可是该怎样把葛翎和高欣谈的事，及时告诉章政委呢？大门紧紧地关着！"马玉麟两眼望着房顶，挖空心思地想着，"后天可就是清明节了，立功的机会不能丢掉！"终于他想起来了，身材矮小的章龙喜每天早晨准时进大铁门，打开每个监房的检举箱。想到这里，老犯人立刻从床上爬起来，找出一个空纸烟盒，撕开摊平，在灯下匆匆写起来，写好之后悄悄溜到监房外检举箱旁，把那张小纸片扔了进去。

葛翎回到三号监房时，马玉麟已经钻进被窝。他暗暗庆幸自己事情办得没留下一点蛛丝马迹。

七

事态按着马玉麟料想的那样发展。章龙喜早上打开一个个检举箱后，在三号检举箱内发现了"珍藏"。他草草看过小小纸片以后，马上反身出了监房。他跑到招待所，周莉的房子已经空无一人；他追向汽车站，汽车轮下扬起雪粉开出农场，路威正和一个扎黄头巾的女孩子挥手告别……

"老路！这女孩从哪儿来的？"章龙喜迫不及待地想把问题一下查清楚，开门见山地问。

路威瞥了他一眼："汽车上女孩多了，你问哪个？"

"……"章龙喜也说不清是哪个，"就是昨天住招待所的那个！"

"你是不是管得太宽了一点？"路威讥讽地说，"那是我的侄女！"

"她从哪儿来的？"

"你没必要知道！"

"路威！"章龙喜绷起了浅浅的麻子脸，"我看你也太过分了，监规里哪条规定，可以夜里叫犯人'接见'？咱办事光明磊落，昨晚上的总支会议，我给秦副局长打通了电话，秦副局长叫你考虑后果——"

"后果？大不了摘了我这顶场长的乌纱帽。那也没有关系，我是个七级锻工，有的是力气，我还真想我那把二十四磅大锤和烘炉了——"路威习惯性地挽挽袖子，"你给秦副局长建议吧！叫我去听叮当响的锤子声。不然只要我在这儿干一天场长的差事，对不住，我不懂什么'新宪法'，我要按照毛主席的劳改政策办事，因为我是有二十多年党龄的党员了，党就是我亲爹亲娘！"路威迈开大步离开了汽车站。

"哼！等着你的未必是铁锤和烘炉！"章龙喜瞟着路威的背影说，"你允许高欣'接见'，告诉你，天安门广场骚乱的照片传到大墙里边去了，你支持《文汇报》指出的那个'头号走资派'！"

路威猛然反身回来，一把揪住章龙喜衣领："你说，你说，谁是'头号走资派'？我路威墨水喝得少，你给我说出名字来！"

章龙喜要说的那三个字已经到了唇边，但他看看左右无人，生怕路威来了拗劲，把他像扔小鸡子一样扔出去，就把那三个字又咽了回去。他和缓了口气说："老路，我真是为你考虑！秦副局长在电话里说，中央那个最年轻的大首长指示：清明前后，严防反革命分子在大城市的广场附近集结，还叫咱们这儿腾出几间监房！"

　　路威松开了章龙喜，转身奔向监房。他觉得头脑发涨，捧了一把冷雪擦了擦灼热的脸颊，才觉得清醒了些。他想起章龙喜刚才的一番话，绝不是耸人听闻，人民在清明节悼念周总理，将被认为是"反革命罪犯"。这些恶狼！

　　犯人们正在集合站队，准备出工，路威显得比往常任何时候都焦躁，他从门警那儿拿来两对狼牙手铐，直朝三号监房的队列走去。

　　"马玉麟——"

　　"俞大龙——"

　　路威直呼这两个犯人的名字。两个犯人应声而出。路威跳上讲话的高台，向全场犯人高声说："本来，进禁闭室反省错误，可以不戴刑具；可是这两个家伙，一狼一狈，吹笛捏眼地勾连在一起，反诬高欣，颠倒黑白，使高欣受冤。现在场领导决定，把错误改正过来，严惩恶人，立刻给马玉麟和俞大龙戴上狼牙铐，马上送禁闭室——"

　　三号犯人队列响起一片欢呼声。其他监房的犯人，目光不由得都投向了章龙喜（因为监房昨天传遍了章龙喜禁闭了高欣的消息）。章龙喜脸色苍白如纸，他走到路威身旁，向犯人们打着手势说："静静——经过犯人中的积极分子报告，有一个犯人，身上揣有反革命照片——"

　　犯人们面面相觑，低声议论着："谁？……"

　　"高欣——站出来！"章龙喜扯着嗓子喊，似乎这样能够恢复他刚才丢掉的威严。

　　高欣手拿花杆、皮尺走向章龙喜："报告章政委，这是没有的事！"

　　章龙喜皱起淡淡的眉毛："如果有呢？"

　　"也给我戴上狼牙铐，送禁闭室！"高欣脸上出现一丝微笑。这种微笑是他在承受压力时习惯的条件反射，成了他的性格本能，但在全场所有干部、犯人面前，这样的微笑俨然成了向章龙喜的挑战。

　　"搜——"

　　一个狱政科的干部开始在高欣身上搜查，空场上所有目光都集中到高欣身上了。路威心里有点着急，他确实不知道周莉是不是真给高欣留下了天安门的照片，但他看看高欣那对坦然无畏的眼睛，心里逐渐安定下来。

搜查半天，一无所获，章龙喜苍白的面颊顿时绯红，他只好一挥手叫犯人们先去出工，他带着狱政科一个干事，拿了两把铁锹，到高欣的统计室去掘地三尺，进行详细搜查。

喧闹的大院子寂静下来了。路威知道葛翎腿上有伤，一定在监房休息，便朝三号监房走来。葛翎把路威让到监房里，用后背关住房门，把手伸进他的炕洞，从里边掏出那个绣花手绢的小包包来："老路，你看——"

路威刚看第一张照片，眼泪就顺络腮胡子滚落下来，他把几张照片看完，这个粗里粗气的汉子竟像个大孩子似的哭出声来。

"老路，人民在战斗！"葛翎说，"那几个奸臣的脚下地震了！"

路威不回答，只是用大手抹掉滚落在照片上的泪滴。

"老路，我和高欣也想……"

路威忧心地说："十分危险，省城已经布置了在清明节抓人！"

"已经是坐了牢的人了，还怕他抓？我倒是怕牵扯你，老路！"

"我没什么可怕的。记得在朝鲜的时候吗？咱们在一条坑道里，枪口对着共同的敌人。万一他们把我弄进来，你这条战壕就不孤单了，拧成一股劲，和这群杂种日的干！"

葛翎严肃地批评路威说："别说胡话，你可不能进到大墙里来！"

"老葛，难道这由得了我吗？"路威说，"你也不愿意进来，还不是把你塞进来了吗？明明是你捍卫党的纯洁，表现了一个老共产党员对毛主席的耿耿忠心，他们却说你是反毛泽东思想的'现反''还乡团'……省局的权力被那个'造反'的头子把持着，谁也不能保险不进大墙。不过，这些照片告诉我们，这群杂种是兔子尾巴——"

"嘘——"葛翎用嘴制止路威，示意他有人朝监房走来。路威领会了葛翎的意思，麻利地将照片包好，揣进大衣兜里，然后拉开监房房门扯着大嗓门对葛翎说："你这条腿要勤换药，小心转成冻疮！"

来的人正是章龙喜，他胳肢窝里夹着一捆白纸，肩上扛着一把铁锹，气冲冲地直奔三号监房而来，在监房门口和路威擦肩而过。他狐疑地看了路威的背影一眼，走进监房开始了对葛翎铺位的检查。在章龙喜看来，对葛翎这样的老家伙，叫他交出照片等于是白费唇舌，只有靠搜查。既然在高欣那儿扑了个空，照片很可能藏在葛翎这里。

他把葛翎的铺位上上下下查遍了，一无所获，随后目光转移到葛翎的灰棉衣上。他擦擦额角淌下的汗珠，压抑着一肚子邪火，对葛翎说："我看，你还是主动把照片交出来好！"

"什么照片？"

"昨天夜里，你和高欣看的照片！"

葛翎摇摇头，表示不知道。

"是不是要我动手搜身，葛翎？"章龙喜拔高了尾音，把"翎"字喊成"行"字。

葛翎神态自若地说："随便——"

章龙喜伸手去解葛翎的棉衣纽扣，葛翎用手挡开了章龙喜的手："慢着！"

"你要干什么？"

"我嫌你的手太脏！"葛翎轻蔑地望着章龙喜，慢慢地脱着自己的棉衣，当他脱得只剩下一条短裤的时候，把棉衣往章龙喜怀里一甩，"你检查吧！没有你找的什么照片，由于你不关心犯人的卫生，要虱子嘛，可能有两个——"

章龙喜把棉衣每个部位都用手揉搓过了，里边是软软的棉絮，连一张纸片也检查不出来，不觉脸色大变，跳起脚来恼羞成怒地朝葛翎喊道："我警告你，葛翎，那张你没签字的结论，已经够你喝一壶的了，要是在大墙里还和'造反派'唱对台戏，小心你脖子上吃饭的家伙——"

章龙喜一股风似的出了三号监房，他已经无法平息自己狂怒的心情。他把从高欣屋里搜来的所有白纸送到狱政科之后，便去禁闭室找马玉麟，决心把这个政治性事件一追到底。

马玉麟戴着狼牙铐，正垂头丧气地坐着，禁闭室的门"哐啷"一声开了，他心里一惊，赶忙站起来，低垂下头。他认为这是路威审讯他来了，先摆好一副认罪的姿势。

"马玉麟——"

章龙喜的话音一出口，马玉麟马上仰起他那哆哆嗦嗦的下巴："是您，章政委？"

"照片你亲自看见的吗？"

"是，章政委！"马玉麟摇尾乞怜地说，"我在监房假装睡着，葛翎一出去，我就跟了出去，藏在黑板报牌子后边——"

"别啰唆！一共几张？"

"大概有七八张！"

"我检查过了，怎么没有这些反革命宣传品？"章龙喜审视着马玉麟那张倭瓜脸，"为什么你不及时报告我？"

"哎呀，政委！警卫不许我出门。葛翎追出来，对警卫说我是神经病，我差点挨了警卫一枪托！"马玉麟想用手和章龙喜比画着说，但戴在他腕子上那对狼牙铐，手越活动铐得越紧，他只好停下手来，"章政委，您交给我的事，我一句当一声雷听，没打过半点折扣。"

"我心里清楚，只要你检举的属实，可以请示局里对你再一次宽大。现在你回答我，那个警卫长什么样子？"

马玉麟皱着扫帚眉想了想："大高个，山东口音！"

"发生在夜里几点？"

"我没有表，估摸着过半夜了。"

"好个葛翎！"章龙喜咬牙切齿地说，"跟我章龙喜搞开地下斗争了，我马上去查实，把他送禁闭室！"

马玉麟朝章龙喜背影喊道："章政委，我有一句话要说！"

章龙喜在门口停下脚步。

马玉麟捧着手铐走到章龙喜身旁，欲言又止："我……不知道这句话该不该说。"

"你怎么这么啰唆？"章龙喜对老犯人发火了。

"是这样。依我考虑那沓照片追查不追查，当前还是小事，他们要弄花圈……我有个支网捕雀的建议，十拿九稳，就看章政委有没有铁的手腕了……"

章龙喜的耳朵挨近了老犯人的嘴巴，一开始他闻到老犯人一股呛鼻的口臭，差点呕吐出来，但渐渐被老犯人的耳语所吸引，他激动地屏住呼吸，嘴角露出了笑容。他万万想不到一个身穿灰棉衣的老犯人，会有这么深的心机谋略，在关键的时刻，向他献了这么一条锦囊妙计。

他锁上禁闭室的门出来，简直无法抑制自己的欢快情绪。他到了电话室，拿起直通秦副局长的专线电话，向头头请示这条锦囊妙计时，手还在激动地发抖……

八

一整天，葛翎都是在沉郁的情绪中度过的。章龙喜收走了做素花的白纸，葛翎在监房里连一张白纸也找不到。章龙喜早晨搜查天安门广场的照片，已经给葛翎送了讯号——那个"还乡团""红眼队"到底还是把小报告送出去了，葛翎心里总有一种山雨欲来的预感。

黄昏时，他走出监房去散心，琢磨该怎样做出悼念周总理的花圈。到底是早春时节了，昨天飘落的一场大雪，经过太阳的一天照晒，傍晚时已化成一洼洼春水，葛翎在大墙包围的院子里闻到了早春的水草气息，心里略略舒畅了一些。

瓦蓝的天空中，大雁啼鸣着结队北返，它们自由地在半空飞翔，掠过监狱的高墙，飞远了，飞远了，一直融入苍茫的暮色之中。监墙顶上的积雪也正在消融，滴滴答答地落下雪水，几只翘尾巴的小麻雀在大墙上飞来飞去。大墙外有一棵几米高的大玉兰树，抖落了满身的春雪后，把几枝洁白的玉兰花伸进大墙上的电网里来，似在窥探着大墙内的另一个世界。

葛翎凝视着初开的玉兰花，第一次感到那么亲切，令人神往。在进大墙之前，省公安大楼院子里也有一棵高高的玉兰树，葛翎对它没有一点感情，甚至嫌它遮住早春的阳光，今天在大墙之内似乎才发现玉兰花的庄美娴雅。忽然，他心里咯噔一跳，想起一桩心事，给周总理做素花的白纸都叫章麻子收走了，大墙之上不是有那么多洁白的玉兰花吗？要是能摘下几枝滴着眼泪（雪水）的花，编成一个小小的花圈该多好！

可是大墙陡立，是任何人也爬不上去的。葛翎无心地向周围望了望，附近有两个犯人中的电工，正搬着高梯用绝缘钳子在检修大墙上的电网。葛翎很想请这两个犯人师傅帮一下忙，折下两枝探进电网的玉兰花，但是走到那两个犯人跟前，他发现不远处章龙喜正向这里眺望，葛翎赶忙装作溜达的样子，离开院子。

回到监房，葛翎心情更加沉重了，他躺在绿军毯上，眼前总出现那摇曳的花枝。本来，十分容易到手的东西，偏偏章麻子在场。他几次从小小窗口望出去，章龙喜都背着手遛弯，像是在监视修电网的犯人，又像是在有意地看着这几枝探进大墙的玉兰花……后来，章龙喜走了，天色已经黑如墨染，收工的犯人洗身吃饭，人来人往，弄得葛翎心里更加烦躁。他很难过：一天的时间空空溜走，连一朵素花也没做成，他感到对不起周总理，也对不起高欣那颗滚烫的心。

吃罢晚饭，已经是掌灯时分，监房的电灯一下都亮了，葛翎正想去找高欣告诉他一天内发生的情况，高欣兴冲冲地上三号监房来找葛翎。葛翎把高欣带到房角，还没开口说话，高欣笑笑说："葛翎同志，我都知道了，我屋子里连砖都挖起来了，把我工作用的白纸统统收走了，估计素花没有搞成，对吗？"

葛翎看到这副笑脸，心里有点惭愧，点了点头说："还有地方弄点白纸没有？"

"您甭急，我有办法！"高欣仿佛不知忧愁，笑容偷偷爬上他的腮边，他像个大孩子一样腼腆。

"什么办法？"

"您甭管了，过了午夜，您到我房子里来就行了。"

葛翎坐在监房炕沿上，手下意识地摸着灰白间杂的胡子茬，心里像揣着一堆乱草，忐忑不安。他不知道高欣这个青年人能有什么高招，在没有一片白纸的情况下做出素花来。想来想去，他想起来：高欣是不是也在打大墙上玉兰花的主意？他是个运动员，也许有办法上大墙。想到这儿，葛翎坐不住了，因为夜里上大墙警卫有权力开枪，当越狱逃跑论处。葛翎连忙朝高欣的房子走来。

高欣屋子里亮着灯，白天被掘地三尺翻起的砖块还散乱地堆着，他独自一人坐在床铺上，好像十分高兴的样子，一边哼着《运动员进行曲》，一边用手弯着柳棍，粗粗的柳棍在他手心里弯成一个圆圈。

听见背后有人推门，高欣头也不回，自言自语地说："……这个蚊帐圈是不是小了点！"

"你真能放烟幕弹！"葛翎被高欣逗笑了。

"是您？我以为……又是'鸡啄西瓜皮'来了。"

"小高，你到底有什么办法？"

高欣正了正眼镜，坦然地回答说："天赐良机，刚才有两个电工犯人，电网没修完，把梯子顺在大墙根下了！葛翎同志，夜里两点钟以后，警卫最爱打盹儿，我两分钟就能摘来——"

"玉兰花，是不是？"葛翎说。

"您……怎么知道？"

"这办法不妥当。"葛翎严肃地说，"而且十分危险！"

"危险？您说在天安门给周总理献花圈危险不？"高欣仰起他那张带着书卷气的脸，"敬爱的周总理是我们国家的国魂，为了悼念周总理，我高欣可以死一百次、一千次，真的！"

葛翎庄重地看着高欣，他相信这个脸膛黝黑、面孔英俊的青年人，每句话都是真实的心声。一个被错判成无期的劳改犯，在这样艰苦的条件下，仍然保持着一个共产党员对革命的忠贞，对比大墙之外那些卖身投靠和浮萍随水的"革命者"，其灵魂不知要高洁多少倍！但葛翎还是关切地告诉高欣说："小高，为捍卫真理不怕牺牲，是一个革命者应有的基本素质，可是在天安门广场和咱们在大墙里悼念周总理，时间、地点、条件都不一样，咱们应当想办法，既悼念了总理，又避免流血，对吗？"

高欣脸红了："那怎么办？"

葛翎想了想："我到岗楼下看看，好多执勤战士都认识我，实在不行，再另打主意！"

葛翎走出高欣的屋子，在院子里徘徊一阵，夜班警卫换岗了。那天路威牵马送葛翎时，遇见过的新战士小杨正沿着斜梯往岗楼上走。

"小杨！"葛翎轻轻招呼了一声。

虎里虎气的小战士回过头来，在灯光下分辨出来是路场长说的"垃圾箱里的黄金——无罪的犯人"，便朝葛翎点了点头。

"明天是清明节，我摘点花……"葛翎朝大墙上指了指，"为了悼念周总理！"

小战士又点点头，他们警卫连刚刚做完三个大花圈，他认为一个被圈进冤狱的老干部，悼念总理的心情是可以理解的。他想得很简单，大墙上的花那么高，只有拿长竹竿才够得着。他根本不知道大墙的暗影里还放着一把梯子，摘花的人要爬上大墙墙头。

葛翎不想惊动高欣，他腿上虽然有伤，可是为了悼念周总理，纵然伤口破裂流点鲜血也心甘情愿！因为在大墙之内，没有比把玉兰花献给周总理更合适的了。但当葛翎路过高欣那间犯人统计室时，心里暗暗吃了一惊，高欣已经不在屋内！他往大墙根下一看，灯光的暗影中，影影绰绰看见高欣正在往大墙墙边上立那个高梯。葛翎不顾腿疼，一瘸一瘸地跑了过去，一把拉住了高欣。

"小高，你不能……"

"葛翎同志！我年轻，腿脚利落！"

"不行，你不能上！"葛翎用力把高欣拉到一边。

"为什么？"高欣不解地望着葛翎，"你的腿……"

"那个战士不认识你，会出意外！"

高欣还要挣扎，被葛翎推到一边。时间紧迫，不容葛翎再做更多的考虑，他开始攀登这个高高的梯子了。攀登上一两格之后，葛翎忽然停住了脚步，一个奇怪的念头突然潮涌般地卷过他的心扉：犯人电工怎么会有这么大的疏忽，没修完电网，就把梯子忘在了墙下……

高欣看见葛翎停下脚步，两步攀上来，拉着葛翎的棉袄后衣襟："您的腿不方便，还是让我来吧！"

"下去——"葛翎话音很轻，但俨然是一道命令，高欣还没看见葛翎有过如此严肃的面容，他面孔苍白，双眉皱紧，斑白的鬓角滴落下冷汗。

"您怎么了？"高欣说。

葛翎该怎么向高欣述说自己的心情呢？此时此刻葛翎心里意识到了一种潜在的危险，他感到这个梯子的来历有些费解，似乎在梯子背后隐藏着一层看不见的东西……这一瞬间，葛翎不知道为什么思绪飞得十分遥远，他记起马玉麟领着"还乡团"杀回马家寨那一天晚上，他在子弹的呼啸中爬上梯子，去摘舞台上那张毛主席的相片，那是用生命去保卫毛主席的崇高形象。在这个历史上特殊的岁月，他为保卫党的纯洁而做了没罪的劳改犯人；眼下，他要做的，正是过去斗争的继续——对敬爱的周总理献上一颗老共产党员的红心！难道在这急迫的时刻，能退下梯子来吗？不！此刻他似乎看见天安门广场的喧腾人流，九亿人口大国的每个窗口，都在望着他的背影，都在望着探进大墙的玉兰花枝……

他强忍着腿上伤口的疼痛，用最大的力气向上攀登了。

战士小杨在离葛翎三十米左右的岗楼上，看见葛翎攀着梯子上墙摘花，心里有点慌张，他张大嘴巴，想喊话告诉他不要到大墙上去摘花，嘴巴刚张开，背后出现了章龙喜。

"别喊他，叫他上！"章龙喜说。

"为什么？章政委，我以为他是用长竹竿……"

"看他是不是想越狱逃跑！"

"不，政委！他是去摘玉兰花！"小战士急哭了。

"把枪口瞄准他！"

"政委！他是劳改处处长，没罪……"

章龙喜瞪起眼睛："他是'还乡团''现行反革命'，瞄准他，这是命令！"

小战士脸色煞白，央求章龙喜说："你看他不是在摘玉兰花吗？"

"摘玉兰花为那个'最大的走资派'招魂，也是犯罪！"

"我们连还编了三个花……"小战士不敢说下去了。

"明天早晨统统烧掉。你……你看他的头已经超出警戒线了！"章龙喜威逼地怒视小战士，"你不执行职务，我判你无期、死刑，快开枪！"

小战士的手哆嗦得像筛糠一样……

"快瞄准射击！快——"

小战士瞄了瞄葛翎的身影，想抬高一下枪口，鸣枪给葛翎送个讯号，但章龙喜看破了小战士的心思，夺过了枪……

枪响了。

葛翎身子颤抖了一下，抱着两枝洁白的玉兰花从高梯上跌了下来。小战士"啊"地叫了一声，好像跌下来的不是葛翎，而是他自己。

高欣以运动员的机敏，在这千钧一发的时刻，张开两臂，抱住跌下来的葛翎，以他自己的身体当成肉垫，双双倒在地上。但是已经无济于事了，葛翎闭合了双眼。血，顺着老共产党员的胸膛喷射出来，渗透了他身上的灰棉衣，染红了他紧握在手里的两枝玉兰花……

两天之后，秦副局长坐着一辆北京吉普，亲自赶到了河滨农场来处理这个"反革命事件"。于是大墙内外发生了一系列更替和变化：大墙之外，党总支被改组，章龙喜当上了总支书记；大墙之内，高欣被送进禁闭室，顶替了俞大龙的位置，俞大龙接替了马玉麟犯人班长的职务，而马玉麟手拿着释放证，提前走出了监狱的铁门……

葛翎的只有六十多厘米宽的空铺位，秦副局长不想叫它空下去。一天午夜时分，他带着几个喽啰突然闯进场长路威的屋子，想对路威强行逮捕；但路威不见了。在开往北京的特快列车上，坐着一个穿着破旧军大衣的鲁莽汉子，他把大衣领子竖得高过耳梢，遮挡着他那张满是络腮胡子的脸——他不是躲避追捕的罪犯，而是揣着那两枝红色的玉兰花，到党中央去告状的硬铮铮的共产党员。

列车隆隆前进，中国的大地在车轮下颤抖。

天，快亮了，快亮了……

1978 年 12 月于西安

散文随笔

巴黎朝圣

巴黎是我欧洲之行的第三站。

在此之前我在联邦德国的绿茵上穿行，并顺访了音乐之乡的奥地利。7月8日乘车抵巴黎，9日清晨就迫不及待去朝拜雨果故居。

在已故的一代法国文学巨人中，我偏爱浪漫主义文学大师雨果，一直把被国内评论界誉为"法国文学的星魁北斗，法国社会的折光镜"的巴尔扎克，置于雨果之后。这和中国自盛唐之后，"扬李贬杜"或"扬杜贬李"之说，实出一辙，多由个人气质和经历所决定，实无更多的标准好讲。"没有偏爱，就没有艺术"，这是别林斯基说过的一句内行话，应该铭刻于艺术圣殿的鸿匾之上。

很遗憾，因为雨果故居坐落于一个偏僻街巷，我和向导小杜在巴士底狱广场下车后，向刚刚开门营业的商店，至少询问了"一打"商人，竟无人知晓雨果博物馆的准确位置。是不是因为商品价值上升，文化价值失重，我一时还难以评断；但对那些满面红光的富贾和柜台后边的太太小姐顿失敬意，则是我的真实感情。

还算不错，小杜的背包里带着一本巴黎街道地图，靠着它的指引，我们终于在一个幽静的小巷之角，寻觅到了雨果故居——今天的巴黎雨果博物馆。

黑色大门口悬挂着一面法国国旗，时正天落霏雨，被打湿的三色竖条旗，掩卷着沉甸甸的头颅，像是对这位世界艺术巨匠默默地述说哀思之情。

"巴黎人都到哪儿去了？"我看看紧闭的两扇黑门，门口只有我和小杜两个中国人，不禁有些失望。

"你看看表！"小杜提醒我说，"9点半开馆，现在还不到开馆的时间！"真糟——我们早到了近40分钟。

按照我的想法：坐等开馆。小杜则觉得没必要在这儿浪费时间，巴黎古迹名胜繁多，如仲夏星空，不如先去凯旋门或罗浮宫一览巴黎的历史文明。

执拗地坐等开门，是无任何意义的。但我还是要求小杜，第一天的行动路线要符合觐圣的规范，在巴黎寻找雨果的昔日萍踪。小杜发现我很顽固，便挥手叫来一辆"的士"开始了并非旅游的旅程。

在车上，我的感情逐渐平复了一些。并不宽阔美丽的塞纳河，给我服用了镇静剂；在我的印象里，塞纳河虽然并不失其美丽，但缺乏流荡在德国的莱茵河的妩媚柔情，也欠缺横流于奥地利南部多瑙河的婀娜姿容。塞纳河只能算一个眉眼端正、肌肉丰腴、曲线并不突出的雍容华贵的夫人；它缺少海涅《罗曼采罗》的爱的诗情，更乏约翰·施特劳斯的蓝色神韵——一句话，它没有唤起一个来自黄河之畔的中国作家的任何幻想。使我内心的感情有所平衡的是那位出租汽车司机：金黄色的头发，凹进去的眼窝，凸起很高的鼻子，漫不经心地转动着方向盘。这个充满了浪漫劲儿的小伙子，原来也是个雨果迷，他告诉我，法国以文化名人命名的广场、街道和纪念物，最多的是雨果；他虽死犹生，因为雨果的作品凝聚了法国过去和现代的不朽人道主义精神。无论是《悲惨世界》，还是《巴黎圣母院》，抑或是《九三年》和《笑面人》以及雨果的戏剧和诗章，里边都充溢着法兰西民族洒脱的浪漫气质，因而只有雨果的卷卷大书，最有资格被确认为是用法兰西的血液浇铸成的文学诗碑……

小伙子是用民族性的视角来崇敬雨果的。难道这不是雨果作品的内核之一吗？记得，昔日读雨果的传记时，曾提到有的青年对雨果作品爱到了疯癫的程度，只因对剧院上演的雨果剧目有相异的评说，剧院散场后居然在门口发生格斗。我想，这种文坛逸事只可能发生在法兰西的豪迈国土上。雨果多卷的丰伟著作正是蕴藏了本民族的魂魄，他才成为世界文化巨人的——小伙子的职业虽然是开出租车，真可以顶替我们有些法国文学的研究家了。

到了繁闹街市，弃车步行，街道上各种肤色的游客蝼蚁般地接踵擦肩而行，他们皆无一例外地迷醉于巴黎秀色。只有小杜和我像被探警追赶的异国逃犯一样，在神色悠然的旅游者中间匆匆穿行。小杜在巴黎练就了一双行路的铁脚板，我只好舍命陪君子——拿出昔日在劳改队农田耕作时忽闻收工哨声，忙不迭地奔向小窗口去领那两个窝窝头和一碗白菜汤的架势，尾随在小杜之后，迈步疾行！

"小杜，这是去哪儿？"我头上冒出了汗。

"拐过这条街，就是巴黎圣母院了！"他回头一笑，马上又收敛了笑意，

"我看⋯⋯咱们在路边椅上休息一下吧！"

"不。"我掏出手绢擦擦汗说，"我当年经受过'马拉松'的锻炼！"

行抵巴黎圣母院广场，适逢悠扬的钟声从云中传入耳鼓。巴黎圣母院大教堂的尖顶，直插云天，巴黎的上空似乎显得低了，而缓缓的修道院钟声，就是从那里传出来的。

巴黎圣母院，当年有多少在这儿洗浴的圣女？游人们不知道。又有多少人因得到圣母玛利亚头上灵光的照耀，而灵魂和肉体同时升入天堂的？游人们恐怕也不会说得清楚。教堂烧尽了多少亿支蜡烛，又有多少信徒把青丝超度成了鹤发？

一切都是个谜——一个世人心中的未知数。但是雨果笔下《巴黎圣母院》中的打钟人加西莫多和坚贞的吉卜赛女郎爱斯梅拉尔德却被世人所熟知，巴黎圣母院也因此更为声名显赫。我跟随小杜之所以能到这儿，就是被雨果的笔锋引来的。

教堂内光线昏暗，烛火影影绰绰。据说，当年拿破仑曾亲自到这里来觐见圣母之灵，但圣母并未启示他如何避免滑铁卢战役的全军覆没。俱往矣！而今在教堂内被隔开的一个个房间里，我还看见浑身艳装的新潮女性在向壁画上的神灵默默地祈祷着，忏悔着什么往事似的，态度之虔诚庄重，如同时光在瞬间发生了倒流⋯⋯

走出圣母院教堂，见鸽子在教堂的屋檐下咕咕噜地闹春，青年男女在拥抱接吻，儿童在广场嬉戏追逐，直升机如同大蜻蜓一般在头上轰鸣而过。这儿是生机盎然的巴黎，是流动着的彩色世界。我想，雨果如果能活到今天，他一定会在圣母院的广场上，祝愿那些在热恋中接吻的青年早成眷属，祝福那些儿童张开翅膀像"大蜻蜓"那样去翱翔宇宙。祝天空更蓝，祝草坪和森林更绿，祝塞纳河成为一条没有污染的清澈河流，祝整个巴黎都跳起充满生命朝气的迪斯科狂舞⋯⋯

在索尔邦学院雨果塑像的眼神里，就流露着一种对人类生存延续的祝福。这是一座石雕，石面并不光洁，雨果坐在索尔邦学院的广场上，似乎有些困倦，他用手背顶着自己的腮额，仿佛在构思着一幕外星人的戏剧；不，也许他正对受苦的小女孩柯赛特以及为她而卖掉了金牙的母亲芳汀，进行人道的回盼。

其实，世界的底层，何止法兰西存在，我在社会的底层，因穷苦得无法填饱肚子时，卖过《鲁迅全集》，也卖过雨果的成套著作。这一摞摞的书籍虽然没有闪耀着金色的光亮，却有着金子的内核。中国古人说：书中有黄金。不！不仅仅有黄金，雨果的书中蕴藏着黄金也难以买到的人类的良心。

我永难忘却，在劳改队的小屋，我的枕下放着雨果的《悲惨世界》，书籍的封皮却掩人耳目地写着《选集》。这是在我和文学诀别的年代，从刚刚卖到废品站的书籍中索取回来的一本书。像暮秋的寒蝉一样善于伪装，我用最辉煌的书名掩盖住了书胆。

我读。

我抄。

我默默地背诵。

记得，当我读到马德兰市长在法庭承受良心审判的那一章节，我的心战栗了。从法官到听众，没有一个人怀疑马德兰市长就是逃犯冉·阿让；而那些嫌疑犯不断被提进法庭，代替冉·阿让接受审讯时，冉·阿让——更名改姓的马德兰市长，突然从尊贵的旁听席站起来，缓慢而沉重地走上被告席。法庭上下先是惊愕，后是哗然，在这短短时刻里，马德兰市长的黑发童话般地变成雪……只有雨果才有这样奇伟而浪漫的想象力，冉·阿让在这个章节中闪现出了人的真正光辉……

至今，我抄写这一章节的本本犹在。历经时间的侵蚀，以及劳改队老鼠的吞噬，纸页已然变黄，边边沿沿残留着鼠牙的印痕；但是，用钢笔抄写下的密密麻麻的字体，却没有褪色。出行欧洲之前，行程匆忙，要是能携带上我这个"囚徒"的笔记，并将它呈献给雨果博物馆，那将是十分有意义的事。可惜，我忘记带上它。

小杜见我对雨果雕像一片依恋之情，虽没有开口催促我离开索尔邦学院的广场，但他不停地看表，分明是一种无言的提示。他虽读过许多雨果著作，能滔滔不绝地论及雨果戏剧中的人物，但因他和我经历、心境不同，无法觉察到我此时的心绪之复杂。忆往昔，我不也是个东方的"冉·阿让"吗？像磨盘上的驴儿一样，走着我脚下无穷尽的圆弧……小杜——一个留学法国的博士研究生，能对人生理解这么多吗？

巴黎街头的行人脚下匆匆，显示着欧洲人特有的气派。我脚步蹁蹁，不要去比那些金发披肩的男士女士，就是和小杜相比，我也总是落在他后边老远。因而，小杜不得不经常停下脚步等我。

"累了吧！"他很关切。

"是的。"我觉得心疲累了。

"坐会儿吧！"刚才他就这样说过，"不然拦一辆'的士'，这儿离雨果故居，路还不近呢！"

我未表示同意，这倒不是吝惜口袋里的法郎——只要不遇上巴黎扒手，法郎足够我花到返国；实因雨果的那尊手托腮的雕像，使我产生了一种莫名其妙的悲凉，我愿意一边慢慢地走，一边慢慢品味其中的苦涩：粗略想想，雨果留下了上千万字的作品，直到生命的垂暮之年，他还不忘勤奋地笔耕，作家的桂冠对他来说是受之无愧的。我是什么？能算个作家？几本小文，疵斑累累，回首望之，常使自己脸红心跳。

重返京华以来，尽管自己一直警惕惰性侵入骨髓，但随着生活环境的巨大变化，补偿一下20年流放之苦的安逸享受意识，还是时有蔓延之势，面对雨果，我深深地感到内疚。我又想到我们可敬的老一代作家和文苑的后生晚辈，知自尊自爱者固然多多，但也不乏安徒生童话中的胸前挂满勋章的"光着屁股的皇帝"。其实，人的才情有大有小，"光着屁股"也无甚难堪之处；可畏的倒是，兜里装着一部长篇或几篇早年小说什么的，便动辄以文坛霸主自居。那架势，颇有取巴金老、冰心老而代之的虎威，实不知世界上有"廉耻"二字矣！还有那些可爱的小兄弟、小姐妹，有的刚刚写过一两篇小说或几首小诗什么的，作家、诗人的彩色花环，就套在了自己颈上（也有恐怕被别人误认为不是新潮代表的评论家，而跪拜奉献的）。如果这些本不是鸡群之鹤的"鸡群之鹤"，能在雨果雕像脚下站上一两分钟，审慎地问问自己：我到底算不算个作家，那该有多么体面？！

下午3点，小杜带我终于再次来到雨果博物馆门外。大门敞开，人流如织，早晨见到的那种冷清和寂寥已不复存在，说着西班牙、意大利和亚非语种的雨果读者，进进出出。

经小杜翻译给我听：这座小楼是雨果32岁到50岁的故居，这段时日是雨果创作的黄金岁月，因而在他几座故居中这座故居占据着显要地位。抬头望望，曾被授予法兰西文学院院士、功成名就的伟大作家的故居，外表并不那么辉煌，一座四层小楼，有的楼窗漆皮已开始斑驳，使人看了有一种破落之感。走进楼内，色彩和格调也没有多大变化，特别是红漆涂过的楼梯被一批批的朝圣者，踏得露出白白的木色。一楼陈列的照片、画像和遗物，多是雨果的童年及其家族的历史，上了二楼，和雨果创作发生密切关联的遗物骤然多了起来。玻璃橱内陈列着雨果的原稿手迹和与友人的信函，还有法兰西文学院授予的院士功勋带，以及他穿得破旧的西装坎肩……平凡和不凡在这二层楼房里并存，充分揭示了雨果从平凡中赢得不凡的崎岖里程。

每层楼房都有七八间屋子，每间屋子都有博物馆文职人员看管。在雨果的写作间里，除保存了雨果伏案挥笔疾书的木桌木椅之外，墙上镜框中间镶嵌着许多法国著名画家生前为雨果画的肖像。在墙的一角，木几上摆放着雨果的半身雕像，它无肩、无臂，雕塑突出雨果的胸部和头颅。雨果的目光既不看窗外的远方，也不看室内如织的来者，他低垂着被胡须遮盖着的下颌，圆睁二目似在为整个人类祈祷着光明的未来——那是雨果毕生追求的人道世界。

拾级而上到三层楼，不禁使人愕然，原来这里是珍藏着雨果各种版本著作的资料室，不接待瞻仰者。正在郁郁不知所措之际，小杜按响铃，开门后，他向一位年轻女士叽里咕噜地讲了老半天法语，并递上我的名片以证明我是一个中国作家。我看那女士的脸色由阴转晴，大概她确信了我们来瞻仰雨果的诚意，又确信我俩不是乔装的文匪，便礼貌地让我们进得门来。

这是宽敞的丁字形大厅，四周都是钢琴色的高大木橱。密密麻麻的木格子里，陈列着各国出版的雨果著作。从他早期的有浪漫主义宣言的剧本《克伦威尔》，到后期小说《九三年》，以及诗歌《惩罚集》《历代传说》等。那位女士兴致勃勃地开动电脑，找出中国于 1985 年召开纪念雨果逝世 100 周年的会议文稿。这些文稿汇同世界各国对雨果著作的评价文章，装订成一沓沓的资料册，这些资料橱整整占了大厅的一面墙。

感叹之余，不禁有些遗憾，这儿虽不缺中国评介雨果著作的资料，但在整个大厅却无一本中文的雨果著作。在我记忆中，国内出版社出版了多种雨果作品的，为解疑我询问那位女士说：

"这是不是你们工作的疏忽？"

她笑了，对我反"将"一军说："这是中国出版雨果著作的出版社欠缺礼貌。包括非洲出版雨果的书，都和我们打招呼，贵国出版机构出版雨果著作，事先没有函告我们，事后又不赠送样书，我们无从知道。"

我顿时哑口无言。是啊！这到底是谁的疏忽？从 20 世纪 50 年代起，雨果著作已经在中国读者中广泛流传；历经三十几年的光景，巴黎雨果博物馆中还没有中国版本的雨果著作，这也算一件不大不小的憾事吧！

　　《圣经》故事中的"伊甸园"一节，曾有夏娃偷吃禁果繁衍了人类的神话，我们也能把翻译雨果著作的目的说成是为繁衍世界文化，以此来解释我们的摘果行为吗？

　　前者是人编的神话！

　　后者是人为的现实！

　　愿雨果在天有灵，切勿为此而怒发冲冠。

1987 年 10 月 3 日于北京

重访白洋淀

在安新县招待所讨论过"荷花淀文学流派"的嬗变后,我步行至大淀的码头,伴文友们登舟,去天水茫茫的白洋淀览胜。

1981 年,我和绍棠曾到白洋淀畅游。那时九十九个水淀汇成的白洋淀,烟波浩渺,船儿来往如梭。几年前,因河水断流,白洋淀干了底儿,龟裂的淀底种开了庄稼。白洋淀重新来水的消息传开,有些远离故土的渔家,又被乡土之情召唤回来,他们重返这方圆三百七十多平方公里的水乡生息,或摇船渡客,或捕鱼捉虾,或织席编篓。

八年后的秋日,船儿重进白洋淀,天空依然湛蓝,芦苇依然浓绿,似和八年前的白洋淀没有差别;但放船远去,便很快发现遗憾:在水天相连的烟波里,少了昔日栖息在淀里的水鸟,缺了往昔诗画相伴的荷花和睡莲。河北的作家朋友告诉我:这是几年断水造成的,现在的白洋淀刚刚解除饥渴,用不了多久,她一定会展现出净美恬静的容姿。

时间给白洋淀带来魔幻般的变化。1981 年我来白洋淀时,坐的是一条改装的机动小木船,放眼今日水淀,带客远游的不是一条条带篷篷的彩船,就是雕刻精美的龙舟;间或,还会有一艘白色的铁板游艇驶过。这些,都给昔日梦幻一般的白洋淀,涂上了一层新时代的色彩。

特别使我感到惊奇的是,在水淀深处,出现命名为"鸳鸯岛"的旅游点。小岛上陈设的舞厅、游艺厅和住房等,虽然比较简陋,但是可以看出白洋淀人一只眼睛瞄准渔网和芦苇,另一只眼睛开始瞄向了旅游开发。这是白洋淀人的祖先无论如何也料想不到的。

船儿从"鸳鸯岛"继续向水淀深处荡去,船儿到了白洋淀中的"捞王淀"。传说乾隆皇帝来白洋淀游览时,大风掀翻了龙船,乾隆落水,后被船工捞起,"捞王淀"因此而得名。这个水淀周围原有乾隆的四个行宫,都因年久失修而斑驳坍塌。而今，龙船已无，在水淀中心停泊着一艘二三十米长的平台船，上边挂有救生圈及游泳衣一类的东西——这是新开发的水上俱乐部。它不但为旅游者下淀游泳提供了更衣、休息、喝水、进餐的绝妙场所，这只大大的平台船，还可以被戏水健儿当成跳台，人可以纵身跃进那万顷碧波，挥臂击水，飘然而去。

和"水上俱乐部"配套的一块高地，被命名为"快乐岛"，它是为那些流连忘返的旅客提供的下榻之地。我和文友们登上小岛一享快乐时，才发现那是一个个小型彩色气垫帐篷；帐篷连成方阵，竟有几十座之多。"快乐岛"的开发者——一个小伙子对我们说："这些漂亮帐篷，是为新婚蜜月的度假者准备的。因为快乐岛还没宣传出去，来投宿的人还不多。"但在旁边的射箭场和打野鸭子的靶场上，却有箭飞枪鸣。

生活在变，白洋淀也在团团旋转。和水乡白洋淀凝成血肉关系的河北作家韩映山说："白洋淀人也开始孕育梦想了。他们既想保持水乡的古朴纯净，更想当弄潮儿来点新的尝试。"

"能二者兼得吗？"我问。

"这有两个决定因素：一是不能再叫白洋淀当饥渴儿；二是要环保部门发布命令，严禁水淀周围的各工业厂矿向淀里排放污水。"映山忧心忡忡地说，"要是不解决这两个问题，水乡的一切梦幻，都会烟消云散。"

这是白洋淀人的希望和恳求。

1989 年秋于北京

火把节之夜

别了西双版纳，身上还披挂着原始森林的"翡翠之绿"，作家滇边采风的一行十人，便星夜兼程离开被傣乡称为黎明之城的景洪，奔赴彝族自治州首府楚雄，去朝拜彝乡一年一度"圣火的红"。

大山连着大山，云岭绕着云岭，两个司机换班开车，汽车已行驶了两天，盘旋了不知多少个 S 形山路；抬头看，前边还是云横峦峰、绿叠屏障、雾遮谷底。世间都说"蜀道难"，滇边之路也像鬼打墙一般，面包车在大山的胸膛和四肢上钻来钻去，却难以转出大山的巴掌。

偏偏滇边的雨，对我们格外厚爱，从我们离开景洪时，就紧紧依恋着我们、追逐着我们。时而轻轻敲打车窗，对我们说着悄悄的情话；时而又大雨滂沱叩打车顶，对我们暴施淫威。云雨对我们的热恋，增加了行车之难。迷离雨丝的朦胧诗情，不断被行车的险阻所割裂；因而我们奔向"火把节"的行程，是诗情画意和惊心动魄并存之旅：一眼望不到边的森林公园，因雨洗而滴青流翠，使任何山水画家最美的画，在此都黯然失色；但行车时的险象环生，却又常常使我们感到脚下如踩着悬崖间的钢丝，时刻有坠落谷底的危险，大家都为此而提心吊胆。

沿途，我们目睹了几起车祸。有的是对头车在弯路上相撞，汽车起火自焚，留下一堆烧不烂的残骸；有的车因雨中路滑而下山失控，葬身悬崖谷底。一辆武警押解犯人的警车，轱辘朝天地横卧在坡谷的树丛之中。一位善良的彝族老人行路至此，听见山谷中的呼救声，硬是跑了几十里山路，到竹寨招呼几个彝族汉子，把武警和犯人艰难地从谷底抬上来，拦车送往城市医院。我们的车子路过肇事的弯路时，那位彝族老人还留在那儿看管着那辆警车。他面色黝黑，蜷缩在躲雨的简易塑料棚里，对我们的司机小郑说："开车要百倍小心，下雨路滑，弯路又多，不能把远方来看火把节的客人，摔到大山沟沟里去。"

司机小郑大概是为了驱赶一路车祸给我们心头笼罩的阴影,他重新转动方向盘时,扭开了车上收录机的开关。于是,面包车车厢里响起一支歌——那是电影《魂断蓝桥》的插曲:一路平安。

大家明白了:路还遥远而艰难。我生平不知走过多少岭了,却没有抚摸过大山的魂魄,而在南国的边陲、山的怀抱,我体察到了山的伟岸,山的博大;它时而是一个美丽多姿的少女,时而又是一个暴戾的君王。它轻轻地吐一口气,便把滚木巨石摇动下来,截断来往车辆;当我们的面包车临近楚雄时,看见一棵巨大的桉树倒下来,不偏不倚,恰好砸在一辆卡车的驾驶舱……

雨住了。

云散了。

天晴了。

诗人公刘望着洒进车厢的阳光,对我们抒发着他的心情说:"难忘这次追寻火把的行程,也许任何寻找光明之旅,都要历经艰难险阻。"

我说:"偷火给人类的普罗米修斯,不是为人间的光明殉葬了吗?"

彝族"火把节"的来历,绝不同于希腊神话中普罗米修斯的神话。在彝府楚雄,我听到有关它的各种神话。其中,最原始的说法是:在刀耕火种的远古,火就是彝家祖宗崇信的图腾;还有一说,早在西汉年代,一个彝族汉子被权贵折磨而死,其妻为了祭夫抗暴,点燃了火把,追随者甚众,就成为火把节的由来。之后每到该日,彝族的乡乡寨寨,都要燃起火把,以显示彝家儿女扬善惩恶的不屈性格。历史发展到了魏蜀吴鼎足而立的三国争战时期,汉文化和彝文化开始交融,便有诸葛亮率军进彝区,夜燃长明火把为蜀兵照路之说。但是彝家何以会延续蜀兵之习,继而形成全族的盛大节日?因其没有合理的依据,怕是仍出自彝区汉人的杜撰。有关"火把节"的渊源中,最动听的要数《米依鲁》的传说了:过去有一个娇美绝伦的美女,名叫米依鲁。她在和一个同族青年的热恋之中,被头人"土司"抢走。悲愤至极的米依鲁为了表示对那位青年的忠贞,便采摘下马兰花有毒的蓝色花瓣泡酒,然后用毒酒毒死了恶魔般的"土司",自己也为除恶而献出生命。从此,马兰花的花儿突然由蓝变红,红得像米依鲁青春炽热的血浆。彝家儿女为祭悼米依鲁成为仙体的魂魄,便选在农历六月二十五——马兰花由蓝变红那一夜,点燃起鲜红的火把永志深切怀念之意。

这一个个传说，都近似于神话。神话无法返祖还原，使我们重见那一个个故事；但使我们大开眼界的，是火把节之夜的簇簇神奇火焰。

我们抵达楚雄的第二天，正逢 8 月 4 日（农历六月二十五）。午夜之际随着一声声礼炮轰鸣，楚雄夜空如孔雀开屏，艳丽夺目的火树银花飞上九霄云天。此时，作家一行已随潮涌般的人流，被簇拥着到了邮电大楼前的广场。犹如奇兵天降，从广场的四面八方，突然奔来了一支支身穿彝族服装的狂欢队伍。他们有的手持火把，有的吹奏响器；而更多的彝族青年男女则边歌边舞，像无数条火的长河涌汇到大海，歌舞的队伍流向人头攒动的广场中心。

作家们先是手拉着手，以免在人群中失散，但我们这条锁链很快被人的浪峰冲开了缺口，我被挤到了广场的一角。凝神细看，这儿是以"米依鲁"命名的民族餐厅；抬头上望，餐厅楼上的纳凉平台以及临近大楼的每个阳台，都站满了观看火把节的观众。有为拍摄这狂欢之夜专程而来的摄影师，有黄头发蓝眼睛的"老外"，餐厅门口的一个服务员告诉我，为占据摄影的有利地形，一些"老外"下午就来到餐厅平台，等待这辉煌时刻的到来。

我翘首眺望，发现每支火把队伍之前，都走着一位彝族老者。老者如同舞台导演和乐队指挥，箫笛声声的旋律以及舞蹈的节拍不断随着他的手势变换而更迭出新。更使我惊异的是，挤得水泄不通的围观群众之中也有不少彝家姐妹，她们有的背着娃子，有的手拉情哥。我冒失地询问她们来自何乡，她们只是朝远处一指；我不甘心，继续刨根问底，几经追问之后，我才知道有的来自百里之外的彝族山寨，有的来自并非彝寨的爱尼族家舍和傣乡。火把有如此强大的吸引力，我很不解，询问身旁一位白族的长者说：

"这不是彝乡的节日吗？"

"各族各寨的人都崇拜火。"

"为什么？"

"火代表光明，驱赶着黑夜。"

"你为什么站在这儿观看，不进去跳舞？"此时的广场已成为火光闪烁、各民族兄弟姐妹狂欢的旋转舞台。

他反问我说："你能挤进去吗？站在这儿看，也过瘾着哩！你看，那几个大鼻子（老外），都看得直眉瞪眼了。"

在人挨人、人挤人的"铜墙铁壁"之中，我无力扭转脖颈，去观察那几个"老外"的神情。可以想象，从小受西方文化熏陶的外国游客，面对东方滇边少数民族文化的流光溢彩，当会是一副如醉如痴的模样，我在端详那一簇簇流动着、旋转着、奔泻着的八月之夜的流火，这些光明和自由的象征，似在迎接着通宵达旦狂欢之后的日出。

挤出密不透风的人群，已是五日凌晨两点。火把节的夜市，生意犹如火把般火红，商贩们拦着游客，兜售着各式各样的滇边产品。我停步在一个彝乡的摊位前面，买了两个彩色丝线缝制的彝家荷包，两个荷包上一个绣的是盛开的百花，另一个绣有照亮暗夜、向往太阳的火把。

1991 年 8 月 31 日于北京

最初的冬季

有一首充满诗意和联想空间的歌，它叫《大约在冬季》。我喜欢秋天，也喜欢冬天，因为冬天银雪纷飞，如芦花翻白，雪国的沉寂与肃穆，令人感到空气之新鲜，田野山峦之纯净。青年时代，我喜欢听列宁喜欢的那首俄罗斯民歌：

> 冰雪覆盖着伏尔加河，冰河上跑着三套车，是谁在唱着忧郁的歌？
> 是那赶车的人……

歌声低沉、浑厚、悲凉、含蓄。

仿佛在那雪原上留下的马车车辙，就是一个无尽遥远、无尽深邃、无尽惆怅的故事。车辙有时笔直如弦，有时又弯曲如弓，我常常把那"弦"和"弓"，看成人生的直线和曲线；而给人世留下这些鲜明印记的，是晶莹剔透的冬季的雪。

我很喜欢冬日的鹅毛大雪。儿时学的国语书本上的许多文章，我都已淡忘了，但是一首描写冬季落雪的儿歌，时隔五十多个年头，我仍记忆犹新：

> 北风呼呼叫，大雪纷纷飘；地上银花儿，积起三尺高；一个老头儿，躬身把雪扫：
> 扫净小路儿，又去扫大道。

蓦然回首，这儿歌不仅亲切，而且发现了它的浪漫。试想，三尺厚的白雪，一个老头儿怎么能用扫帚扫得动呢？然而，无人深究其儿歌之孟浪，而是凭借文学想象去还原那雪国老人的画面：雪原很美，那老人被白雪染成白眉白须，简直美若仙翁。

我之所以能存留下这个鲜活的记忆，怕是跟我祖父不无关联。

关老爷的"青龙偃月刀"最终敌不过爷爷踏雪咏诗给我的熏陶。

爷爷是个清朝末年的中榜秀才，唐诗宋词无所不通，我是从氏家族中的长孙，自然被爷爷视若掌上明珠。他疼爱我的方式之一，就是填鸭式地强迫我悬腕仿柳公权碑帖写毛笔字，其二就是让我背诵唐诗。河北玉田地属北国，冬季多雪，越是下雪的日子，爷爷越要拉我出去"寻梅"。其实，县城城关并无梅可寻；他借着酒兴带我到城南二里地左右、一个名叫暖泉河（即温泉）的地方去雪游。雪团在天空漫飞，地上暖泉翻着滚滚热浪，这时雪中白须白眉的爷爷，便见景生情地摇头晃脑背诵起唐代柳宗元的《江雪》一诗：

千山鸟飞绝，万径人踪灭。

孤舟蓑笠翁，独钓寒江雪。

当时，十岁左右的我既无法知晓诗的内容，更破译不了爷爷乐趣之所在。我记住了那首儿歌，怕还是由爷爷在雪中吟诗留下的记忆。因为人的记忆链环是环环相扣，由此及彼的，那扫雪老人的儿歌便清晰地留在我大脑皮层中了。

祖父喜文，当然非常重视文化。在我落生的代官屯，那个有三十多户的小小山村中，我家中出了两个名牌大学的学生：一个是我的父亲从荫檀，他毕业于天津北洋大学，是学理工的；另一个是我的叔叔从荫芬，毕业于北平辅仁大学国文系。两个姑姑都到北平求学，受过中等师范学校教育。有失平衡的是，我母亲和婶婶都是目不识丁的文盲，这是封建社会的畸形发展带来的畸形婚姻。我的父亲和我的母亲结合，首先是亲戚的撮合。据时已年高八十六岁的老母亲回忆：当时我爸爸在天津读书放假归来，县城里的城隍庙正唱大戏（京剧），姥爷套上白骡子车，说是去城里看戏，实际上是去戏台根儿下相亲。母亲在年轻时，是五姐妹中皮肤最为白皙的，但又是五姐妹中唯一裹脚缠足的。我爸爸是个开明进步的学子，何以会看上我的母亲，我无法探源，反正是他们结合后于1933年农历三月十三生下了我。1937年后，北洋大学随国民党西迁重庆。爸爸毕业后在机场做工程师的工作，后来爸爸与几名同学不满国民党消极抗日，出重庆朝天门想乘船去武汉转道投奔延安时被捕，在国民党陆军监狱关押期间，肺病（当时称为肺痨）复发而亡。因而我父母之间的婚姻，对我是一个不解之谜。据家叔告诉我：爸爸在投考北洋大学时，在几千名考生中中了"头名状元"，是个十分聪慧的人。1947 年家乡进行土地改革时，贫下中农曾从我落生的屋顶中找出来我爸爸藏在顶棚上的禁书，其中一本就是用毛边纸印的列宁著作《国家与革命》，这些有助于我了解爸爸的禀赋与智慧，却无助于我得知父亲与母亲结合的原因，因家父亡故重庆时我才四岁，我连父亲的模样都无从记忆。

我二十二岁时，被吸收为中国作家协会会员，并出席中华人民共和国第一届青年创作会议，成为一个出版了短篇小说集的作家，似乎难以从父母身上找到艺术基因的遗传作用。因为我外祖父是个清末"武举"，我记忆最清楚的是顶门用的那口几十斤重的"青龙偃月刀"，儿时见他舞枪弄棒，弯弓射雁，虽觉得挺有趣的，但当他拧着我的一只耳朵，叫我早上起来陪他一块儿去练功时，我还是没能从命。因而我姥爷说我会成为一个没出息的书虫，成不了什么大器——他是很鄙视文秀才我的祖父的。那劲头颇有点京剧《将相和》中廉颇蔑视蔺相如的感觉，但没有京剧收尾中的和好。

因而从血统探源上寻觅，我有三个源头：一文二武三理工。使我始终不解的是，我自幼没有理工科细胞，尽管我父亲是理工学科中的尖子，如果他不遭厄运、在二十八岁过早逝于南国的话，会成为鼎鼎盛名的发明家，但我身上却难找到他的影子；与之相反，我从在城关上小学时算术就常常不及格，爷爷常以我父亲为例进行训导，但无效果。我躲在柴火垛后边和大缸中，看的尽是些似懂非懂的小说，如《石头记》以及武侠小说中的《青城十九侠》《蜀山剑侠传》《鹰爪王》《十二金钱镖》《雍正剑侠图》之类。几年前，我小姑从台湾来故里探亲，还谈起一个她目睹的细节：有一次到了吃午饭的时候，到处找不到我，最后我拿着一本《三侠剑》从结满蛛网的粮缸中钻出来，为此我母亲用笤帚疙瘩打过我的屁股。这细节我已无记忆，但是迷恋杂书并到没人的地方去看，我倒是记得十分清楚的。这被我姥爷言中了。

我是个没有用的小书虫。

初次约会，我竟带了同班同学去会姑娘……

当代医学中有一种隔代遗传学说，大概我天赋秉性的形成，可以归纳为受我祖父潜移默化之影响。爷爷生性宽厚豁达，不拘小节，酒喝多了便发酒疯，东摇西晃地像打醉拳。我也是个小马大哈，到北平来求学时，插班于西四北小学六年级（现名为"大红罗厂小学"）。当时每节课之前，学生都要排队入教室，有一次我站在前排，后排男女同学忽然哄笑声四起，然后是掩面而笑。之后，我才知道我早上从玉皇阁夹道背着书包上学时，外裤中没穿内裤，外裤不知何时被划破一个三角洞口，因而露了屁股，前排同学看不见，后排同学却能看得一清二楚。本来我这个光葫芦头的农村娃子走进北平学堂，已然被看成是小土包子，加上那裤子后的洞洞，便引发了这场笑剧。我用手一摸，发现了自己的破绽所在，立刻面红耳赤，这时，一个名叫刘惠云的女同学，突然对嘲笑我的同班同学喊了一声：

"严肃点，别嘲笑农村来的从维熙同学，你们油头粉面的，就自认为好看？呸——"如果说我在北平的小学上学，留下了什么深刻印象的话，这是唯一的印象；如果说同班同学谁使我难忘的话，就是这位刘惠云。她家在大红罗厂，粉面蛾眉、前额开阔、肤色白皙、家中富有，据说她父亲是国民党金融界中的一个要员。十分凑巧的是，后来我混迹北平二中读初中，学校去颐和园游园时，正逢刘惠云所在的女三中也来游园，我与她在颐和园后山不期而遇。我佩戴着二中领章，她则戴着女三中的胸徽，由于她对我裤子破洞的打抱不平之举，使我和她萌动了少年少女情怀。她把她家的电话号码给我，我却胆怯得不敢去拨打电话（当时北平二中传达室只有一台老式摇把电话机），倒是她先给我来了一封短函，要我去西单蟾宫电影院看一部美国的《绝代佳人》电影，算作我和她的初约。

是怯懦？有这个成分。是缺乏严密条理？这正是少年"维特"之缺陷。我在这场初次约会中，竟然带了同班同学谭霈生同往（解放后的著名戏剧评论家，曾任中央戏剧学院戏剧文学系主任），这个愕然之举，一下挫伤了这位公主的情致与自尊，导致初约即是幕闭的结局。但我一直记住了她在小学时仗义执言之举，一直寻觅她的信息，反馈回来的消息是：她和她的全家，在北平解放前夕飞往台湾。因而，在 1988 年春节前夕，台湾《联合报》副刊向我约稿时，我涂抹了《寄梦》一文，发表于该刊春节专号上；文中除问候我在台湾的小姑平安、祝贺我的组合式长篇《鹿回头》在台湾面世之外，梦是寄给她的。文中我重忆北平少年时代的旧事，祝福她阖家幸福，并希望她不要变成白先勇小说中的平庸的主妇"尹雪艳"，而是青春永驻、心灵永远年轻的刘惠云！当我步入人生之冬季，在这多雪的冬天，重温我少年时期，它是一个凌乱而混沌的梦。那不是初恋，是朦胧青春的苏醒，是儿女情愫第一次撞击心扉。但是这一切都由于我欠缺理性思维，而自我扼杀了。

在北平二中读书时，我成了全年级绝无仅有的留级生。

少年时代，我的智能是畸形的。让自己引为耻辱的"裤子洞洞"只是其中之一件。第二个带有自戕色彩的事，是我考取了平民中学，当公榜贴出录取名单时，我竟然漏看了自己的名字。为此，在北平以当保姆谋生并供我上学的母亲十分伤心，连连长叹我不如我爸爸的小指甲盖。殊不知是我马大哈成性所导致的后果；待我知道我被录取时，又因没能及时报到，名额已被后门考生取代（这不仅刺伤了母亲的心，还失去了与王蒙同窗之机缘，王蒙亦于当年考入平民中学），没有办法，我在北平朝阳大学读书的老姨找了在北平市政府任职的亲戚，经过他疏通关系，我走进了北平二中的课堂。解放前的北平二中与解放后的北京二中一样，都属于一流的重点中学，对于我这个厌恶数理化的学子来说，无疑是个灾难。代数中的公式所嬗变出来的各种数学方程式，使我苦恼万分；并非我不想知晓其中的奥妙，但就是没长着那样的一颗脑袋，死活进入不了阿拉伯数字的海洋，解不开那些数字之谜。由于资质和禀赋之故，在期末的代数考试中，我在同级几十位同学中成了绝无仅有的一个——我得了零分，吃了鸭蛋，成为该班不准升到初中二年级的留级生，创造了我少年时代的耻辱之最。也许上帝创造人类时，就赋予人以下几种类型：理性思维型、感性思维型、感性与理性交织型与笨傻的痴呆型。我自认为属于第二种类型，即是感性思维丰腴、理性思维枯萎的少年。在儿童时期，我躲到粮缸里看武侠小说，而又没有去少林或武当成为武林高手的梦想，因为在我爷爷和姥爷之间，我崇敬爷爷的满腹文采，而不崇敬我姥爷能舞关云长式的青龙偃月大刀。到了北平之后，我看到了笑天主编的一本《太平洋月刊》，我把它翻了又翻，读了又读，竟然有了写文章的梦。

假如寻找我的处女作的话，应当算是"裤子漏洞洞"——我在西四北小学上六年级时的那篇习作。当时，我的一双童眸目睹了国民党南逃之前的腐败与混乱，一面是"朱门酒肉臭"，一面是"路有冻死骨"，基于少年义气，我写了一篇题为《大红门里的笑声》的东西（非小说，亦非散文，算是"四不像"的文章），寄往了《太平洋月刊》。可想而知，它如石沉大海，杳无回音。

进了二中，我读了许多小说。除去日伪时期的一些作家作品之外，我把李紫尼先生描写抗日战争中儿女浓情的小说《青青河畔草》读得滚瓜烂熟（此部小说后来改编成电影，女主角由王丹凤饰演）。二中教代数的老师姓蓝，记得有一次他突然提问我说："我刚才讲的什么？"我站起来，茫然无知，引得全班同学哄堂大笑。蓝老师说："你有什么病？你不看黑板，两眼总朝窗户看什么，那儿又没有金凤凰！"我的同桌同学叫李玉成，他的数、理、化比我强不了多少，属于班内倒数第二。下课之后，他同情地对我说："我知道你在想什么，你正在想《青青河畔草》中男主人公被炸弹伤及了双眼，在医院里和女主人公的邂逅呢，那情节使人难忘，对吗？"真算是知己知彼，一语中的。因为我读《青青河畔草》时掉过泪，书页上留下我心河滴在上面的一圈圈泪水的涟漪。时隔多年之后的 80 年代尾声，我接到鞍钢总工程师焦玉书的一封来信，他说他读我的小说时想起了我，他当时正从北欧访问归来路过北京，因时间紧迫不及会面。我给鞍钢焦总复信说："同窗之时，你是班里的理工科尖子，成为国家栋梁之材，理所当然。我自小属歪墙斜木，歪嘴和尚难与释迦牟尼媲美，当时只因机缘，使我误入二中这所学府圣殿，使我们成为同窗。为此，解放后的二中曾几次要来家拍我的录像，作为学校资料存档。我一直婉拒，因为我这个留级生，生怕误人子弟，玷污北京二中的名声……"

母亲为我的留级神伤至极。当时，她正在内务部街北平二中的斜对门为一个祖孙三代之家当保姆。母亲怕我难堪，不许我在同学们之间张扬，更不允许我带同学来主人家打扰。土地改革年代，从氏家族在乡土虽无恶迹，爸爸又是被国民党关押至死的知识分子，因家庭阶级成分隶属小土地主，亦不能逃脱时代变革的洗礼。毕业于辅仁大学国文系的家叔，便成了维系全家生活的顶梁支柱。当时，他先在北平万慈中学当语文教师，后去通县男师及男师附中，担任教导主任。我爷爷、奶奶及我另一个家叔和婶母的生活负担，都背在当教师的叔叔背上。他本来就是驼背罗锅，因时代巨变，他身上的负荷变得更为沉重，我母亲生性好强，一不想寄居于我舅舅家（他当时是财务局的财税科长），二不愿再增加我家叔背上的负担，便毅然走进这个三世同堂之家，为供我上学而当上了用人。

我每次避开同学，悄悄溜进那扇红门之家，心中便顿生悲凉。常常见到的一个画面则是，她在一个大铁盆里为三代人洗着一堆衣裳。她身子前仰后合地用力把衣裳在搓板上搓来搓去，肥皂泡沫沾满她的手臂。她勤奋而无休止地劳动，全然是为了我这个没有出息的儿子。

留级一事，曾使我久久徘徊于门侧。我深知这对失去丈夫的寡母，将如尖刀剜心，思考再三，还是拐弯儿比较妥当。我先找了我在北平师范学校读三年级的小姑（后来，国民党南逃之前，曾在北平招聘一批到台湾从事国语教学的人员，我小姑报考被录取，于1948年去台湾当了教师，她生性乐观豁达，是爷爷和母亲之外最喜欢我的人），听了我尴尬的陈述之后，小姑反而开导我说："我看得出来，你大了不是搞理工科的材料，干脆去通县师范附中吧，省得在二中自找罪受。"我求之不得，便求小姑动员我母亲松口，允许我离开北平二中。

记忆中我的离校问题是颇费了一番周折的。我母亲受我父亲的影响极深，虽然她并无文化，却从父亲那儿学来了这样一句口头禅：学好数理化，走遍天下都不怕。而雇用我母亲劳作的家庭主人，是银行里的高级职员，也反对我离开二中，要我宁可留级，不要离开二中，因为二中是多少孩子想入而不能入的名牌中学。后来之所以我能去通县，还要感谢解放战争东北战役的不断胜利。我母亲服务的那个家庭，尽管并非国民党官僚，但也患上了"恐共症"，准备于1947年底去台湾。这从根本上解决了我离开二中的纠葛，因为我母亲难以在兵荒马乱的北平城，找到另一个劳动场所。

"真是我的命运不济。"母亲说。"是我不好，要是你爸爸活着你就不会降级了。"母亲又说。

我也应着声，但心里并不服气。心里想：要全是我父亲那样的人，不都是发明家和工程师一类的人了？谁去写《石头记》以及《青青河畔草》之类的小说。世界将会变得太严肃了、太条理化了。

由于母亲不情愿去通县，致使我在留级的新班里又读了两个月的书，最后才和母亲一块儿去我通县教书的叔叔家，到通师附中插班到初中二年级。如果把先天的血统的隔代遗传论抛开，而专谈后天对人的塑造，在通县上学是我生活的一个转折点。到了通县不到半年光景，首先是爆发了家庭矛盾，而这矛盾的焦点，是一个"穷"字所致。

当时我在学校住宿。爷爷、奶奶、两个叔婶以及他们各自的孩子，一共老少八口，挤在西门内东北后街的两间房子里，再加上我母亲，九口人把两间房子住成一个过堂间（做饭用的过堂间，摆满锅碗及灶具等），挤得如同蜂窝。焦点问题是我母亲和我是没有依靠的孤儿寡母，于是在一个星期日，我从学校回家看望母亲和爷爷时，便目睹了一场我婶母抢我母亲手中粥碗之断肠戏剧。那年我十六岁，已然混沌初醒，略知了一点人间的世态炎凉：

"你滚——"婶母一边夺着母亲手中那碗稀稀的玉米面粥，一边对我母亲下逐客令，"他叔（指我当教导主任的叔叔）没钱养活这么多的闲人！"我母亲本来就个性倔强，立刻反唇相讥道："我又没吃你的饭，是他叔同意我们母子俩来的；维熙上学又没花你的钱，是我把婚嫁的首饰卖了，交的学宿费。"听见两个儿媳为一碗玉米粥争吵，爷爷在里屋老泪纵横。

爷爷得了脑血栓，不仅成了瘫子，还由于语言障碍而成了哑巴。

但他神志并没有因栓塞而变得糊涂，他拉起我的一只手不停地揉搓，表示祖父对此事的无可奈何，那一滴滴眼泪是为我们母子而流，因我父亲过早地去世而演绎出这样的悲剧。滚烫的粥洒在我母亲的衣襟上，我母亲把粥碗用力往桌上一蹾，突然说："我走——我走——"我挣脱爷爷的手掌，跪到母亲身边，不知说什么话才好，只是泪眼巴巴地望着母亲。我知道母亲是个言必行、行必果的人，一旦做出决定绝不更改。但是她能去哪儿呢？去北平的舅舅家？这不太可能，因为她看不上舅舅的行径。舅舅身为税务科长，属于贪官污吏之类，赏姐姐一口饭吃虽不成问题，但是母亲一直轻蔑舅舅行为的浪荡不羁：他出入于舞厅，浪迹于花街柳巷。他一米八以上的个儿，一副潇洒的公子哥儿气派。他先后娶过五房妻室，最后一个妻子是当时北平花腔女高音马怡庭。本来马怡庭痴情于钢琴圣手老志成，可是我舅舅硬是凭借着风月情场之能，把马怡庭从老志成身边挖了过来，成为轰动北平的桃色新闻，各小报纷纷刊载（到了80年代初期，我和老志成同为北京市政协常委期间，我曾就此事问过这位已至耄耋之年的著名钢琴家。老人表面上似已淡忘了此事，但他那双枯干的眼睛里却闪烁出了泪光）。我母亲不理解更不谅解我舅舅的浪子行为，因而绝不会去我舅舅家讨食的，她最后的决定令我吃惊："我要回老家河北玉田代官屯。"

我当时虽然年少无知，但随着家境变迁对"地主"一词也不是一无感知，我生怕母亲还乡还会受到歧视，但十六岁的我又无计可施。教书的叔叔也出来劝阻嫂子说："他婶脾气不好，嫂子你别在意，就在这儿凑合着过吧！让你走了，我对不住死去的大哥！"母亲执意不从，果敢地孑然一身还乡了。记得那是一个冬季的早晨，我送母亲去长途汽车站。天上飘着零星的雪花，我为母亲提着一个小小包裹，走在她的身旁。在我生命的年轮史上，这是我第一次的付出，那小小包裹虽然不沉，可是它是我从母亲手中夺过来，提在我手上的。

母亲无泪。我流着泪。

母亲用手抚去我头上的雪花，并为我抹去脸上的泪："你该像你爸爸那样，好好用功。"此时母亲的话字字千金。我应着声："妈的话我记住了。""还有……要依靠自己。"母亲叮咛我说，"不要想依靠别人。""我懂了。""你回去吧，该误你第一堂课了。""不，我再送您一程。"我说，"长大了，我一定要把妈接出来，您要保重身子。"母亲走了——走在严寒落雪的冬季。在这个冬天，我似乎一下长大了许多，我仿佛第一次感悟到了责任。我不仅仅是一个母乳的吸吮者，还应当给母亲以乳汁；我不该仅仅是一个爱的容器，还应该有爱的付出。事隔多年，我把这一天视若我少年和青年分界的界河，十六岁的我提前进入了青年期，我再也不是嗷嗷待哺的幼鸟，我该是飞出树巢独立觅食的一只鸟儿了。

20世纪80年代，一些文学评论家由文及人地对我进行评说时，常常只提到二十年劳改生活对我进行过炼狱般的锤炼；而我少年时代即心揣磐石，却一直罕为人知。这一段少年生活中的感伤，对我性格的铸造十分重要。如果说我之所以能走过二十年劳改生活的凄迷驿路，没有沉沦，没有颓废，没有自残，都能从我母亲性格对我的影响和塑造上找到根源。新时期文学创作开始至今，我之所以有三十多部小说、散文集出版（包括港台及外文版），都是在劳改生活中精神的一种延伸。十几年来，我惜时如命地婉拒过多少游山玩水的邀请；作为一个老北京，至今我尚未去过天坛，我属相为鸡，实则是一头牛，只知在稿纸上耕耘播种，但我这头牛是一头带犄角的牛，面对文坛上形形色色的假面舞会以及无耻钻营、溜须拍马，一律冷眼相待。1990年我拒文坛权势人物于家中铁门之外，则是我的性格表现之一。而这一切，都非我祖父隔代遗传之功，而是社会以及我那苦命母亲对我影响之结果……农民是善良的。特别是我故园那方水土，绝少刁民、无赖，多为勤劳百姓。河北玉田县之县名来源，曾有一个美丽传说：晋时有阳伯庸者，在终南山种石成玉，故为玉田。我母亲返故里的代官屯亦为山村，与终南山脉系相连，故而人性温厚憨实。母亲回乡之后，不仅没有受到地主家庭之株连，反而因祸得福。据母亲回忆，当时的村干部见她独自返乡，立刻给她房子和土地不说，考虑到她是寡妇，又是两只小脚，把她安置到一个从氏堂弟家中去住。令人难以想象的是：干部把乘土地改革之机滥砍我家昔日林木的盗伐者找来，令其交出林木之钱。当然，村干部对我母亲之所以如此优待，是基于祖父一家为书香世家，在村时没有留下任何恶迹；至于村里是否知道我父亲在投奔延安时，被国民党抓获关押致死一事，无从考据。农民就是农民，没有更大的宏观鸟瞰，他们更多的是从人性和人情出发，给我返乡的母亲以温暖。因此，我在通县上学时，居然收到了母亲汇寄给我的钱。写此冬季忆事时，不能忘却必须提到的一笔，是我从氏家庭中的堂妹从由芝，她出身贫农，却心甘情愿担当起我母亲生活上的助手；下地种田，挑水拾柴（笔者写此篇忆事文章时，我这个堂妹正来我家，她是我委托豪门集团用小车特意接来北京的。我母亲思念她，我感激她），几年时间里，她待我妈妈如同对待亲生母亲。

在通师附中，我深藏于心扉的文学禀赋得到了诱发。

在这种生活境遇中求学，良知迫使我发愤图强，以求尽快自立。在通师附中，学习环境比较宽松，这首先使我感到呼吸的自如。1949 年 1 月底解放军进入北平，北平改名为北京之后，学校处于冷暖更迭状态，这给本来就不太注重数理化的师范附中，更增加了一些发展个人兴趣的空间。这时，我有两个志趣得到了发展的契机：一、我进了学校的篮球代表队；二、我兼任起初中墙报（当时叫壁报）的编撰工作。除了这两个工作符合我身体素质和精神素质并使我的爱好得到了满足之外，最为重要的是我深藏于心扉的文学禀赋得到诱发，这对于我在 50 年代能成为一个青年作家，起到了重大的启蒙作用。一天，我去家叔家中闲坐，正逢家中无人（爷爷病故，奶奶和另一个叔叔去北京另谋生活），我翻我家叔一个小小书架，本意想找两本小说看看，无意间竟然翻出我家叔的作品剪贴本。灰色的封面，本子内白纸上贴着家叔发表于天津《大公报》的作品，其中有诗歌、小说、寓言、散文……

家叔笔名陆人，即将繁写的从字分解成六个人字之意。家叔昔日没跟我吐露过他曾有作品面世，我从他平凡的相貌以及微驼的脊背上，也没发现家叔有这样的文学才情。这个发现，对我犹如一场精神地震，我如饥似渴地读了家叔的寓言小说《阿拉伯数字的故事》和散文《独白》。前者是描写金钱数字与苦涩人生的，后者似为我的堂弟维雄而写。诗歌则皆为工整的、仿莎士比亚和白朗宁夫人的十四行诗，诗写得朦胧抽象，我一时还难读懂这些诗作的含意。面对家叔剪贴在笔记本中的这些作品，我怦然心动，一瞬间，低矮驼背的家叔的形象顿时在我心中拔高了许多。我想，家叔之所以从没对我谈及这些，一是因为经济困顿的煎熬，他曾为七八口人活下去而奔忙劳作；二是因为家叔从不知晓我心底对文学蕴藏着地火岩浆，他只知道我是因在二中留级而转到他执教的学校来的低能儿。（时至 1991 年春节，我去文学前辈、翻译家、诗人冯至家拜年，这位德高望重的老先生，因为我这个从姓极少，竟然向我询问起从陆人是我什么人来了。我告知是我家叔。老先生感叹不已，说我家叔在辅仁大学时就是才子，只是生不逢时，文才活活被生活葬埋了。老先生告诉我，他结识我家叔是在他主编《大公报·星期文艺》周刊的时候，他认为家叔的文学路夭折于生理上驼背，身体残疾导致他在文学上失去坚韧不拔的笔耕之锐勇。我告知老先生当时的生活沉重负荷亦是他天才凋零之成因。我对老先生回叙当年我在通县上学时，全家生活困顿寒窘之情景，后又告知老先生，家叔已死于"文革"折磨。老先生听罢，唏嘘不已。他说，家叔迈进作家门槛了，萧乾、李广田对他的名字都很熟知，连说：实在可惜！实在可惜！）使家叔对我印象改观的，是当年通县附中新来的一位初中语文教师。他叫田秀峰，当他为我们上第一堂语文课时，居然一反老夫子们的教学常态，在黑板上一连写下三个人的名字——胡风、冯雪峰、田秀峰。然后狂放不羁地对同学们说："中国有'三峰'，乃胡风、冯雪峰、田秀峰。鄙人即为田秀峰！"听惯了老八股讲课的同学，对此情此景瞠目结舌，而我却对这位老师之狂放神态，十分神往。

因为他上第一节课，就展示出了对中国现代文学的熟知和反传统的教学模式。第一堂作文课，他也与其他教师不同，他叫同学们自由命题。他的道理是：自由命题，思维可以任意奔驰，不受命题之约束。这位教师对我影响非常大。可以这么说，我从家叔的剪贴作品中受到创作启蒙；在田秀峰教师教学中得到了创作的激励。记得，在那次自由命题的作文中，不知是受了李紫尼先生《青青河畔草》的影响，还是受通县城郊景物的诱惑，我写了一篇名叫《青青的河边》的文章。文中除对夏时的城郊芦苇塘进行了细腻描写之外，还写了一个家居白洋淀、水性十分好的陈景文同学，写他在浪中击水的自由自在，写他在芦苇中与同学们嬉戏时的幽默诙谐。没有想到，这篇文章使自喻为"三峰"之一的田秀峰教师如同醉酒，他神采飞扬地朗读了我这篇小文。尤其使我难忘的是，这位戴着银丝眼镜的老师还向全班预言说："别看从维熙理科极差，文学必将有所造诣。不信的话，咱们走着瞧！"之后，他没把这篇作文发还给我，而是拿去给我家叔过目，家叔在一天下午把我叫到学校教导处，询问起有关这篇作文的事情："是你写的吗？"我说："是。""不是抄来的？"我说："我写的是班里的陈景文。""投过稿吗？"我告诉家叔还是在大红罗厂小学读六年级时，投过一回，但没回音。家叔告诉我，干写作这一行当，不仅要有才情，还要有恒心。至此，家叔第一次对我的看法有了改观——这是田秀峰老师在中间搭桥的结果。过去，我一直自卑，田秀峰老师给了我自信；从自卑到自信的心理转轨，无疑对我生活道路的选择起了很大的影响。探究起来，不过源于一篇小小的作文，它竟然对我的精神起了那么大的催化和辐射作用。它像是一簇浪花，深藏着海的神韵；像是一滴水珠，折射出人生的朝阳。

我就是这样开始自己的文学之路的。其实田秀峰老师本人，无法与胡风、冯雪峰相比，他只出版过一本小册子，书名为《一串念珠》。我读过这本书，其文采都无法与我家叔之作相媲美，可是他是开掘乌拉尔金玉的开掘机——我就是被他发现的一棵文学矿苗。

（我曾在报刊上就文学教学发表过一篇文章，提及这位老师的教学特点，就是极大限度地诱发学生的形象思维。不曾料到，此文被田老师的一位友人读到，便把报纸转给了他。不久，我突然接到一封从天津财经学院寄来的信，来信者就是田秀峰老师。他在信中兴奋异常，除告诉我他在该院任教之外，还提及他认为人生的最大快乐是在他教的学生中，出了我这样一位作家。多年的粉笔、教鞭生涯，他已然忘记了我，过去读我的小说时，有过似曾相识之朦胧印象，经我文章提示，他忆起了在通师附中的往事，还忆起我的家叔。他说读过我的这篇文章后，他打开酒瓶，喝了个一醉方休。）

在那年多雷的冬季，我发表了我的处女作。

为了寻找属于我的文学发展空间，在通师附中初中毕业后，我报考了北京师范学校（即我小姑昔日读书所在的北平师范学校，简称"北师"），时值1950年秋，还是因数学考分过低之故，我考了个备取第七名。还算幸运，命运主宰我走进了这所以文、体、美闻名的古老学府，大作家老舍先生毕业于斯。校园内到处是青松翠柏，钢琴声在耳畔长鸣。解放前，我来校园找我小姑，就喜欢上这座校园，此时我成为这个校园的学生，简直是如鱼得水。电影《早春二月》的大部分镜头，皆取景于该校校园。可惜，后来北京拓宽官园马路，将该校拆除了，至今我仍为此而感伤。学校有个几百平方米的大图书馆，我成了图书馆里的一个书虫——那年我实龄十七岁。

那年冬季多雪，而这个多雪的冬天对我格外多情。该年爆发了抗美援朝战争，我以铁血男儿之满腔热血，除了申请参加军事干校之外，该年年底我在《新民报》副刊上发表了《战场上》的处女作。1951年初《光明日报》举办全国大、中学生征文，我以碧征为笔名写出小小说《共同的仇恨》，出乎意料的是此文竟获得征文的第一名。我终于看到我的钢笔字变成了铅字，那种激动和快乐无法用文字形容。记得，当时支付稿酬的办法是以粮食中的小米斤价为折实单位，报社给了我九十个折实单位的稿费。我拿着钱与同班同学刘炳铸、吴学恒，在南横街的一家饺子馆吃了一顿饺子。碧征之笔名，我只用过这一次，之后便以自己之真实姓名发表小说于孙犁主持的《天津日报》的《文艺周刊》上。

《七月雨》《老菜子卖鱼》《在河渡口》……1951年，我接到了家叔一封寄自通师的信，他说他在该校图书馆里读到了我的几篇小说，深感自己往日眼拙，并称道田秀峰老师是"识马的伯乐"。他在信中以自身文学创作中途而废为例，鼓励我一鼓作气，万万不可重蹈他的覆辙。

我激动。

我感奋。

我寄稿费给我仍在故园山村的母亲，并写信给母亲说：

> 妈妈：您含辛茹苦地养育了我，您想把我教育成爸爸那样的人，但是儿子不是那样的坯子，无法成为工程师或科学家。我留级降班之事，曾刺伤了您的心，儿子今天用另一面的成绩，为您医疗昔日的伤口……

后来，我被调到《北京日报》文艺部工作，母亲被我接回北京后，曾告诉我，村里小学老师为她念这封信时，她流下了眼泪。当然，她流的是喜泪，她万万想不到她的儿子走了一条与父亲截然相悖的道路。

可怜天下父母心，普天下的父母无一不盼望儿女成龙成凤。仔细想来，父母实无必要过多匡正儿女的自我选择，更无须煞费苦心为儿女设计这样或那样的道路。大路朝天，各走一边，条条道路通罗马。重要的是应有能力鉴别儿女们的资质和禀赋，并诱发这种天赋，使其产生光热继而成为闪电雷鸣。其实，过于看重时尚，是一种盲动和肤浅的表现；如果这种功利要求与个人气质逆向，便会造成对人另一种潜能的扼杀。试想：如果当时有人强迫我必须学好数理化，那么我内在的文学禀赋，就可能因为种种干扰而毁灭消亡。

在"北师"三年的学生生活中，我活得轻松自在。除了是学校篮球代表队的前锋，善于闪、躲、腾、跃，在乱军中切入上篮之外，一度我还迷恋钢琴。可惜，父母没有赐给我一双大手，我的手指刚刚够得到八个键盘，要想在钢琴上有所发展，必须用刀子割开我的拇指和食指之间的虎口。这对我来说实在是残酷了点，我舍不得为此去医院挨上一刀，何况又有文学与我生命相伴，我的精神已有了栖息之巢。

到了1953年夏天，即将从北师毕业之前，学校教导主任王胜川找我个别谈话，他告诉我校常委会已决议让我破格深造，保送我去北大中文系。我只回答了一个"好"字。因为在我看来，作家这个职业更多地在于自身的内在因素，而不在于外在的营养补充；如果非得汲取营养不可，社会大学是更好的课堂。因而当后来北京召开人代会，决定提高全市教师队伍质量，学校要我服从大局去当一名小学教师时，我并没有任何心理上的失落，我回答了一个"好"字之余，还向学校提出：请把我分配到郊区去，我愿教农村小学。

该年秋天，我和同级女同学王秀荣到海淀区教育局报到。主管分配的人事干部还没开口，我就主动提出：如果任教的学校有远有近，我愿意到远离市区的小学，她是女同学，离市区近的好学校应该分配给她。结果，她留在海淀镇教书，我被分配到了颐和园后边的青龙桥小学——当时，北京市的发展刚刚起步，青龙桥已然算是远郊了。

这所小学是由一所关帝庙改造的，十分破旧。但我很喜欢学校的幽静，每当课毕之后，我在配殿改成的教师办公室里埋头写我的小说。学校教师多数不是青龙桥的本乡人，我一进校，使得教师宿舍显得拥挤，我对两只眼睛外突如玻璃球似的张校长说："您别为难，我看锅炉房只住着烧锅炉的一个勤杂工，还能再支开一张木板床，我就和他住在一起好了。"

张校长连连摇头："不行，你是教师。"我连连点头："行，我得向工人阶级学习。"张校长执意不从："锅炉每天要掏灰，屋内脏得厉害。"我执意要去："我不怕脏，您知道我是请求到农村来教学的。挨着锅炉睡，便没有冬天了。"张校长笑了："这不太合适吧？"我说："合适，不算您分配我住进锅炉房，算我自愿请求住进锅炉房的，这总可以了吧？"张校长最后答应让我暂住几天，等姓朱的老教师调回市内后，我再顶他的窝儿。我就这样在锅炉房内住下来了。每天拍打被褥时，尘土飞起尺高，我着实不觉得有碍教师面子，反而自得其乐。在这所小学，我任教的一个班有三十多个学生，是几个班级里挑出来的调皮捣蛋生。我想想我自己过去也不能算个好学生，因而在学生身上我投入了许多感情，注入了不少心血。"家有五斗粮，不当孩子王"，这是自古流传下来的社会对小学教师职业的鄙薄，我却干得蛮有兴味。这引起了眨着一双玻璃球一般的眼睛的张校长的注意，他在一次教师周会上说："青年同志就是有朝气，不仅把这个班带得不错，业余时间小从老师还发表了不少小说哩！同志们看——"他举起《天津日报》，《文艺周刊》以大半版的篇幅刊登了我的小说《远离》，"只是对小从老师这号人才，咱这关帝庙怕是太小，放不下这个神灵，终究有一天会被调走的！"这话被张校长言中了。我在锅炉房与锅炉工为伍半年后，1954年初春，北京市委宣传部一纸调令就把我调到了《北京日报》。

那时，没有"走后门"这个词汇，是因为社会上没有走后门的行为。据《北京日报》老诗人晏明事后告诉我，是他力荐把我调至报社文艺部的。为了证明我是货真价实的文艺苗子，在报社资料室丢了刊登我作品的《天津日报》的情况下，老诗人晏明硬是偷偷撕下大街公共阅报栏上的一张刊登我作品的报纸，找到了当时担任副社长、来自延安鲁艺的周游同志。周游同志十分爱才，便有了我的这次调动。

是直线。

没有曲线。

在学校教师送别我离开青龙桥时，有一个细节至今使我难忘。

小学有一个用旧风琴教音乐的王敦礼老师，弹奏了《魂断蓝桥》中的主题歌《一路平安》。而我则弹了一曲弘一法师留下的《送别》：

长亭外，古道边，芳草碧连天……

我很怕离别，我掉泪了，这是我的感情表现之一；之二，我当然又很想去报社，编辑部的工作离文学更近（我调到报社不久，我教的那个班全体学生曾去报社看我，致使小小的接待室容纳不下，我是在院子里与孩子们交谈的，足以见得我与青龙桥缘分之深）。从1953年至1957年三年多的光景，我先后出版了两个短篇小说集子和一部长篇小说。正当我全力以赴地创作以北京青年志愿垦荒队业绩为素材的长篇小说《第一片黑土》时，反右派斗争的风暴席卷而来。我先是被划为右派，后因在京郊农村改造时，对"大炼钢铁""大办共产主义食堂"不满，并在向党交心会上陈述了自己的这些看法，被当成极右处理，在 1960 年阴霾的冬季，我和我十六岁就参加了地下党的妻子，一块儿被送去劳动教养，走进了大墙里。王敦礼老师送别我时弹奏的《一路平安》没有应验，我在历史的风暴潮中开始了漫长的劳改生涯。划右那年，我正青春；1979 年早春归来，我已然是四十四岁、饱经沧桑、发鬓染白的中年人了。

没工夫叹息。

没时间感伤。

我又拿起了笔……

我喜欢冬季，特别喜欢冬季的雪原，大概这不仅出自文人的孟浪，更因为我穿越过历史的冬季，走过了一条冰封雪盖的马拉松长途。这种对雪国的偏爱，不属于我个人，而属于许多受难但不甘于沉沦的知识分子。

留在雪原上的星罗棋布的脚窝，每个脚窝里都遗留下昨日的历史经纬；每个脚窝里都深藏着中国知识分子的悲情故事；每个脚窝里，都回荡着不屈的中国知识分子在与命运抗争的跋涉中留下的与山谷和鸣的悲壮足音。

我喜欢白雪的颜色，因为冬季还代表着土地收获之后的成熟。

在我穿行欧洲，在阿尔卑斯山下仰望那终年积雪的山顶时，我想到了老母亲头上的缕缕白发。若从人类情感的天平上去衡量母亲，从我四岁那年，她已然跌入了雪的深谷。我向阿尔卑斯山的银冠祝福，向坚韧不拔的东方母亲致敬……

80 年代初期，前辈作家孙犁写信给我，说我二十年的改造生涯，从文学的角度上讲，得大于失。是的，冬日的冰雪铸造了我迎难而进的性格，如果我是一路顺风扬帆的逐浪之舟，就难以有今天的三十多部著作面世。因而，我感谢那条漫长的风雪驿路。中国有句成语"艰难困顿，玉汝以成"，法国大文学家巴尔扎克也说"苦难是最好的老师"。我是这位"老师"孕生的一个学生，这或许就是我的生命原色和我文学之本。仅此而已！

1993 年 11 月 17 日于冬季雨雪

荷香深处祭孙犁

他从荷花中走来，又走向了荷香深处

2002年7月15日上午10点，在莫扎特的哀乐《安魂曲》中，我弯腰鞠躬，向一代文学大师的遗体告别。此时此刻，孙犁正躺在故乡安平百姓采摘来的荷花丛中——他年轻时从这片花香中走来，此时他又向荷花丛中安然走去，这是他完成生命恬静而美丽的旅程之后，向天宇自然的回归。

我不知道在已故的文学师尊中，有哪一位在完成人生的旅程后，能再一次闻到童年的荷香，能最后一次享受到泥土亲吻和大自然的抚摸——而孙犁享受到了。这些带着晨露绽开的红荷，是家乡父老在当日黎明时分，从荷塘里采摘下来，马不停蹄地运送到天津北郊这个灵堂里来的，其情之真，其意之切，反衬出孙犁的人文品格和在庶民百姓心中沉甸甸的分量。这些来自乡土的情思，不仅是对作家驾鹤西归的最高礼仪，还意味着对孙犁文学的认同和肯定，更是对孙犁人品与文品崇高敬意的最好表达。因而，那些来自白洋淀的乡亲，在灵堂内默默无言地摆放荷花时，我已然无法控制内心的悲怆，一滴滴泪水，滴落在那清纯的荷花花瓣上……

是的，孙犁的气质就像这些莲荷。古人对荷花早有"出淤泥而不染，濯青涟而不妖"的美誉，因而那一朵朵远路而来的荷花，正是对孙犁人生的定位。说其"出淤泥而不染"，是指他在斑驳的文坛中，一生没有留下人格失节的败笔。说他"濯青涟而不妖"，是指孙犁文学成就尽管让后人高山仰止，但孙犁从不自吹自擂，始终以普通文化人自居。记得，几年前曾举办过孙犁作品讨论会，当传媒将其界定为"荷花淀"文学流派的师尊时，孙犁曾认真地纠正过这个说法。他说："在我的认知里，没有这么一个文学流派存在，因而其他就更无从谈起了。"当然，这种表态中既有其自谦的成分，更多出自他厌恶"成群结伙"。这种超然出世的品德，与那些"拉虎皮，扯大旗"、自标自唱的文人和"文伙"，其距离不是远若霄壤吗？

因而在我眼里，托起那美丽荷花的莲叶，是孙犁洁身自好的品德化身。那雅静飘香的文字，是远避凡尘的孙犁织锦于碧莲上的一朵朵荷花。

九十年前，孙犁从荷塘中走来；九十年后，又神态自若地向荷花丛中走去……

孙犁远去，标志着一个文学时代的终结

孙犁是在 7 月 11 日早晨走的。那天北国天空突然飞落一阵霏雨，天似在为一代文学大师走完了他九十岁的人生，告别了他耕耘播种了大半生的文学世界而哭。大地也失去了往日的安静，人们送来的各色鲜花，灵堂内摆放不下，只好放在室外，那花海一直连到通往灵堂的小路尽头。天哭，民泣——整个津门都为孙犁的辞世而动容。

对孙犁的辞世，我是有精神准备的。几天之前，天津友人就为孙犁病危一事打来电话，但当真传来孙犁辞世的消息时，我还是陷入了一片茫然之中。这不仅因为孙犁在 20 世纪 50 年代，以他的人文精神影响了一代青年作者，我也是深受其文学影响的一个，更为重要的是他的辞世，不仅让当代文学出现了无法弥补的空缺，还标志着一个文学时代的终结。中国只有一个孙犁，而这个孙犁代表着五四运动之后，一批布衣箪食、淡泊明志作家中的"这一个"。我们可以回眸一下百年文坛，除了沈从文先生的文学脚印与孙犁近似之外，在现当代文学史上，似难以寻觅"另一个"了。如今孙犁老人走了，不仅带走了他的文魂，连他的灵肉形体也消失在冥冥的天宇之中，这不仅是感情难以割舍的依恋，也是中国文学的悲怆。尽管中国文学百家，状若天穹星空，但是在杂色斑斑的文范里，永远闪耀着独特梦幻之光的星座，只有孙犁一个。可是它陨落了——在 7 月的酷夏的早晨。

这一天将是中国文学史上一个难以忘却的日子，抚摸中国社会发展脉搏，中国文学史上不会再出现第二个孙犁了——如果有，那一定属于克隆之列，而不会再生孙犁的文学。

两段久久使我为之动情的文字，可以视为孙犁的人文情怀的自白

在 20 世纪 50 年代初，我首先结识的是孙犁的作品，他小说和散文中那种清淡如水的文字，曾使我如醉如痴。如果说我的文学生命孕生于童年的乡土，那么孙犁晶莹剔透的作品，是诱发我拿起笔来进行文学创作的催生剂——我的小说处女作，是在他主持的《文艺周刊》上萌芽出土的。之后，我结识了孙犁本人，他那种恬淡清纯的个性，以及在无为中展现有为的人文品格，都给了我强烈的冲击和感染。如果说，我得以进入文学行列，孙犁的美文是影响我的第一要素，那么在我 1957 年后身陷囹圄，孙犁仍然没有把我看成"异己分子"，内心深处充满了对我的同情。这是由一封信引发出的故事。1963 年秋，出于对孙犁的思念，我从某劳改队寄给孙犁一封信，因怕影响到孙犁的处境，我除了隐去寄信地址之外，还特意叮咛孙犁不必寻找发信地点，并不要给我复信。十多年后，我这个游子重返京城，孙犁在一篇为我的小说集作序的文章中反映出他当年的真实心绪。他在纸面上留下这样一段文字：

> ……夜晚，我对患了重病的老伴说："你还记得从维熙这个名字吗？"
>
> "记得，不是一个青年作家吗？"老伴回答。
>
> 我把信念了一遍，说："他人很老实，我看还有点腼腆。现在竟然落到了这步田地！"
>
> "你们这一行，怎么这样不成全人？"老伴叹息地说，"和你年纪相当的，东一个西一个倒了，从维熙不是个小孩子吗？"……

这几行昔日的心灵自白，除了折射出孙犁内心的人性的光华之外，还可以解读成孙犁对当时极端政治的无奈。不能小看了这一段文字，它曾使我久久为之情动，要知道在那个"以阶级斗争为纲"的年代，有许多文化人丧失了人的良知，在风暴中充当了文坛的杀手，包括个别的文坛泰斗，似已忘却文学的本质里具有的人道情愫，又有几个文人能留有孙犁那样冰清玉洁的人文品格？

同在这篇序文中，孙犁写下了让我脸红心跳的文字。他说：

> ……现在我已风烛残年，却对维熙他们这一代意气风发的作家，怀有一种热烈的感情和希望。希望他们能不断地写出好作品。有一次，我写信给他说："我成就很小，悔之不及。我是低栏，我高兴地告诉你：我清楚地看到，你从我这里跳过去了……"

孙犁给我写过这样一封信，我即刻给前辈孙犁复信说，我清醒地认知到这是对我的鞭策和鼓励，以我的文学才质和文字能力，永远也无法攀登到他的高峰。

我说的是后人对前辈人的真情实感。

他说的是长者对后来人的真诚期望。

两代人共有的真诚勾勒出的这幅文苑史话，除了其情感价值之外，精神内涵也是极为丰富的。那就是在彼此遥望中，两代文学行者都在给对方加薪助燃。当然，由于时代的间隔以及生活经历的分歧，在文学观念和美学价值取向上，两代人之间出现一些细微的不同，也是自然而然的事情。比如，孙犁曾就我的《大墙下的红玉兰》的悲情收尾，与我在通信中进行过商讨。老人说他年纪大了，不希望看到小说主人公的死亡结局，并提示我"少写悲剧"。为此，我曾复信给老人，十分婉转地言及我的生命脚印与前辈人履痕之间的相异，因而产生了美学索求上的距离（双方通信发表在 1979 年《文艺报》上）。但是这些因生活主轴变化而带来的对局部文学理念的差异，并不影响对文学总体观念的一致——那就是对文学臻美与语言雕塑能力的追求。对我来说，孙犁作品的清新与纯净，永远不是他自谦的"低栏"，而是马拉松跑道上的"高栏"。我自视为他文学高山脚下的一棵树，一株草，一块石，一朵花……这种自我审视的结果，不是让我退却，反而激起我"望山跑死马"的蛮力，因为孙犁在高山之巅凝视着我，我理应不知疲惫地进行马拉松长征。

开掘人情与人性之美，是孙犁作品之初，也是孙犁作品的归宿

能不能这么说，只有内心揣有深邃人文情怀的作家，才更能与文学中的人情与人性相通？如果作家与其作品只是一个时期的政治符号，或者是博物馆中的一件社会标本，那只是起到了"人瑞"的作用。而文学是个活的精灵，其内在灵肉是与人性、人情融而为一的活物，是用文字筑造起的一尊美神。以如是

的高标准，去看孙犁的作品，就会发现人情与人性这个文学根髓贯穿了孙犁的全部美文当中，不仅今天是活的，就是到了明天，它也是一个个鲜活的文学文本。从他早期的散文，直到世人皆知的小说《荷花淀》，从他的长篇小说《风云初记》、中篇小说《铁木前传》，到晚年的多篇"文学短论"，有的评论家仅从他的文学表现手段着眼，将他定性为驾驭文字的艺术大师，这只是对孙犁作品的表面开掘，而深埋于泥土中的文学之根，是人类灵性与悟性的贯穿与交叉。以短篇小说《荷花淀》而论，战争的烽烟被隐藏到文字后边去了，《风云初记》又何尝不是如此？在战火燃烧的大地上，那书页中的一个个人物演绎出来的故事，没有刀光剑影和枪炮轰鸣，有的却是人类的最高期冀：美好战胜邪恶，正义与和平永生。至今，我还记得孙犁笔下的那幅焦土画面，连树上落下来的都是"沙沙"作响的虫子……能不能这么说，孙犁作品之所以经得起时间的磨砺而芳香长存，其底蕴在于他有一颗悲悯人世的情怀，在行文落墨时，把这一人类的美好共性，张扬到了"无声胜有声"的臻美地步，因而在许多作家及其作品在时间面前褪色变形之际，孙犁之作仍亮丽如初。

回首中国文学的发展曲线，我们这种悟知来得很晚。似曾记得，早在20世纪50年代，孙犁的作品一度曾被某些文坛头面人物视为淡化革命战争的文学的另类。出于对孙犁的关注，我当时曾有这样的设想：如果1957年的年历上，没有出现反右这件牵动全国的大事，把这些"大雅声稀"的艺术杰作推上审判台并非没有可能。之所以这么说，是因为在我年轻师承孙犁文学时，在当时的文艺报刊上，已有隐晦的对孙犁的发难之声，指责其作品中没有血光的描述文字，似乎在文字中隐去了烽火场面，如同非革命文学一样。其评论之内核，正如漫画家廖冰兄的打油诗中写的那样："生活必需如此，创作必需那般，最好人如机器，没头没脑简单。"但这时一些更为直观的文艺现象（如廖冰兄这首直接刺向文坛背后的诗），使孙犁作品这个次要的矛盾被闲置于案旁了，这可以说是孙犁不幸中之万幸。

但孙犁并没因此而改变文学之初衷，依然我行我素。于是这个远避一切功利（包括政治功利）的智者，获得了文学上的永久。纵观中国文学经纬，应景之作，多能爆响于一时，而不能流芳于永久。孙犁的文学心志恰好与之相悖，他从没希望自己的作品大红大紫（见他的"文学短论"）。结果倒是一些当年大红大紫的风潮之作，茎叶与花朵随风而去，风景深处却独留下了孙犁。难道不是吗？

请你喝粥吃烧饼，我保证做得到，狗还没有吃掉我的文胆

孙犁不仅仅具有悲悯人生的脱俗情怀，他一生与人无争还不乏做人之刚毅。记得，是在20世纪80年代的一个寒冬，我与作家康濯一起去天津看望孙犁，我告诉孙犁这么一件往事：有一次，劳改队放假，我骑着一辆破旧自行车返回京城，虽然这已然有二百多华里的行程，但是担心他在"文革"中出什么事情，便又绕了大弯，拐到了天津。但是到了他住的楼前，心里又嘀咕开了，生怕一个劳改犯叩门，给他招来无穷无尽的麻烦，因而徘徊许久而未敢叩门，最后还是忧伤地离开了津门。孙犁听罢哈哈大笑说："那时候，我正挨整，你来的话算是一对儿黑。别的我不敢保证，请你喝粥吃烧饼，我绝对做得到。那时虽然我也身在难处，可是我的那颗文胆，还没被狗吞掉。维熙，你信不信？"

如果是一个"风标"式的作家，对我说出这话来，我可能要辨别一下真伪；对于一生讲真话的师长孙犁，我相信他的话发自肺腑。自古以来，多少文人雅士，都难以泯灭天地良心。从烽火连天的解放区走来，一直没有为官之心，也没有做过官的孙犁，虽然没发表过人格宣言，但他的书，他的小说，他的散文，他的文学短论（包括他"文革"后出版的《耕堂劫后十种》），都在平淡之中深藏着一个文人灵魂的崇高。不知为什么，当天在他谈笑风生时，我突然联想起另一个在天津生活了很久的大文人——弘一法师。孙犁虽然没有遁入空门之心，但家中简陋的陈设与寒山寺院简直没有多大差别。屋子中间那个火炉似明似暗，我在那间寒舍里始终没有脱下大衣。康濯本身就有肺心病，当天就犯了哮喘。他的居室虽然不大，但书柜却林立于室内四周，他还兴致勃勃地拿出几本线装古书，让康濯和我浏览……因而，在归途的火车上，康濯不无感慨地对我说："从解放区来的作家中，只有一个孙犁独行其路。如此甘居清贫远避世俗的作家，在当代怕也难寻第二个了。"

我说："其文学成就，怕也难寻能与他媲美的另一个了！"

他的那一行泪水，是回眸人生的心灵交响诗

这次探视孙犁，给我留下的印象极深。他不仅学识非常渊博，而且以普

通人自居，既无鹤立鸡群之态，更无自恋自怜之俗。对比斑驳文坛芸芸众生，可谓又是一个"独此一家"。正因为孙犁肖像之独特，作为一个文坛后来人的我，对孙犁始终一往情深。大概是两年前的早春，天津友人传来孙犁病卧于床的消息后，我和友人房树民专程到天津医院去探视病中的孙犁。孙犁到了生命后期，是拒绝记者采访和友人探望的，但是那天允许我俩走近他的病榻，那是我一生难以忘怀的时刻，因为一生泪不轻弹的孙犁，那天从眼角滴落出了泪水。我想那泪滴的含意超越了一切语言的表达，使我和树民顿时泪如泉涌……我想，老人的泪水，绝不是对自己生命的依恋，一定是在这个瞬间，忆起了他的文学与人生，忆起他解放初期的岁月———张小小的《文艺周刊》竟然献给文苑满天星斗，那是喜泪，那是情泪，那是老人自慰心灵的一曲交响诗！

孙犁走了，不仅仅我一个人感伤，友人房树民、林希、冯骥才、刘心武等先后打来电话，话题都是对孙犁辞世的悲伤和感慨。林希说："孙犁是个好老人，作家中并不都是好人！"冯骥才说："孙犁的辞世，若同文苑失去了一轮皎月，而这轮美丽的月亮，是无法重复无法取代的。"心武在电话中直白他的心声时，表示了对时尚文坛的愤慨："一些评论家，在时尚风潮的影响下，争先恐后去追风热炒应时小文了，孙犁作品中丰厚的美学价值，只有等待有良知、有见地的评论家去开发了。"我说："时间是最严厉的法官，今天孙犁的人文品格与他的作品已然流芳于世，它将跨越时间的隧道，铭刻于历史的永远。"这是一些后来的文学行者对前一代文学大师的理性审视。

此时，孙犁已然西行至他故里的荷香深处，那儿水鸟低凄哀鸣，荷花无言垂泪。孙犁此刻一定如生时那般神态从容，因为他看见了一只只莲蓬——那是荷花凋谢后，留给人间的甘甜果实。

孙犁的人文精神不朽！

孙犁的真情文字永生！

2002 年 7 月 20 日于北京

雨中四季

今夏京城多雨，特别是入夜之后，听着它淅淅沥沥的声音，有时如歌如弦，有时如泣如诉，有时号啕惊魂，有时落地无声。在我几乎忘却雨为何物之时，那不断变化着旋律的雨声勾起了我对雨的情思。该怎么说呢，它是来自天体的有情物，在不同的季节、不同的环境、不同的心绪下，它都是人类的知音。

——题记

儿时观雨

儿时最爱看雨，觉得它神秘莫测。家乡的老人说，天上有一条银河，雨是银河决了堤，倾倒下来的天水。还有的老人说，那是老天爷与他媳妇打架时，王母娘娘流下来的眼泪。于是，儿时的我常常望眼欲穿地寻找银河，晴天只看到一片令人目眩的苍蓝，直到看得眼皮发酸。夜晚在天幕上的星星之中，倒是可以隐约看到一个发白的线状东西，老人说那就是银河，雨就是从那儿流下来的。当时，我虽然不懂科学知识，但也不相信这些民间传说——管它是从哪儿来的，反正下雨能给我快乐。记得儿时每到枯雨的大旱之年，家乡人都要求雨：人人头上戴着一个柳条弯成的绿圈圈，抬着活猪、活羊、活鸡、活鸭，冒着烈日炎阳，敲锣打鼓到河边，在祷告声中一字排开地跪倒之后，那些嗷嗷叫着的活的生灵，便被年轻力壮的小伙子用力抛向河心，以求上苍的老天爷与地下的龙王爷，能体恤大地之焦渴，下上一场及时雨，以解救即将枯死的万物。每逢这个时刻，我与许多小伙伴，也要在其中扮演求雨的角色，我们无力向河里抛猪扔羊，但要用童谣向苍天献上一片童真：

老天爷

下大雨

蒸了包子往上举

老天爷

别晴天

煮了饺子往上端

　　但是老天无言，碧透的蓝天上没有一丝云影，有时老天爷像是和求雨人有意开玩笑似的，风起云涌，雷声隆隆之后，那烦人的太阳又从云彩缝里露出脸来，于是我们眼巴巴地看着活猪、活羊们，顺水漂流而下……

　　这是我儿时有关雨的悲情童话。当然。家乡也有大雨滂沱的日子。每到这个时日，小镇的行者虽然被浇得像落汤鸡一般，但人们还是手舞足蹈地喊叫着：

　　"好雨——好雨——"

　　"下吧——下它七天七夜——"

　　这是我最为惬意的时候。我喜欢在云雨蒙蒙的田野上，木偶般地呆望着林间百鸟在雨幕中急飞归巢，听夏蝉因落雨而歌声沙哑；在单调的蝉声跌落之后，接声而起的是遍地蛙鸣，那高一声低一声的鸣唱，让我想起了学堂里，娃儿们吟读国文之声（那时称"语文"为"国文"）。老夫子要求我们吟唱国文时，都要摇头晃脑，读出它的韵味来——那学堂里的读书声，颇有点像雨中高低声混合在一起的蛙群合鸣。

　　在我的记忆里，幼年时只是觉得雨大非常好玩。富有情意的举动，顶多是用纸叠成一个小船，让它在院子里顺水漂流，发挥一下童心童趣而已。自从开始学习古诗之后，雨在我心中的地位陡然上升，它不仅仅是我的玩偶，而流变成了孕生于怀的一种思绪。记得，当我读到杜牧的《清明》诗章后，乡间的牧童、田野的驿道、小镇的酒幌以及树叶上流淌下来的水珠等都能引起我神秘的幻想。这个雨中美丽的田园画面，曾让我戴上草帽，冒雨离开家，在密集斜飞的雨丝中，去寻找那恬静而富有诗情的一隅。当然，在家教十分严格的书香家庭，要想雨中上街总要找一个十分确切的理由，爷爷雨天总是要喝上几盅酒的，我说我给爷爷上酒馆里买酒。娘把涂着桐油的雨伞递给我，我却偏偏戴上草帽，提起酒壶便跑出院子。

雨中寻找诗情，实在是一件乐事。虽然我居住的小镇不是杏花村，但街上的酒馆还有那么几家。因而尽管在落雨街道上没有发现牧童，也没有找到杜牧诗中"牧童遥指杏花村"的画面——我的两只布鞋被积水湿透了，小小草帽覆盖不到全身，变成了一只落汤鸡，但我并不因此而失意，因为那些雨中的匆匆行者，以及小镇酒馆前悬挂于空中被淋湿了的酒幌，都给了我童心幻觉中的某种满足。特别是地上时而鼓起、时而消失的雨泡，就像我玩耍时吹起的肥皂泡那般，时而圆圆地鼓起了肚子，时而又突然塌陷消失，那周而复始、瞬息间发生的生生死死，都引发了我十分惬意的遐想。

小镇上的伙伴，躲在房前屋后，看见我在雨中踽踽而行，难免要借着雨兴，对我嬉笑一番。要是在平常日子，我也许会对他们的进攻哑然失声，但是天地间茫茫的雨雾，不仅是对我在雨中闲游的助兴，而且我有了反唇相讥的勇气。他们喊道：

　　下雨了
　　冒泡了
　　王八顶着草帽了

我扯着嗓子，高声地回敬这些小伙伴：

　　缩脖王八伸脖龟
　　窝前窝后爬一堆

他们笑我是水中的王八，我回敬他们是缩在窝里的乌龟——我在水中行，他们在窝里扎堆——半斤对八两，也算是扯平了。这是童年的雨季童话，我永生也难以忘却。到了酒店，我浑身上下已成了水人，酒店老掌柜的给我的酒壶灌满了烧酒之后，大概是觉得我那水淋淋的样儿有点可怜，顺手抓起一把花生米，塞在我的巴掌里。嘴里还不忘叨叨上几句："这么大的雨，你爷爷怎么让你来打酒？看你都被淋成水鬼了！"他探头往天上看了看，对我说："过一会儿雨就会停了，你先在这儿吃花生米，不会耽误你爷爷喝酒的。"我说："老掌柜的，你怎么知道雨会停下来，你又不是龙王爷？"酒店老掌柜示意我看看天上的云彩，我摇摇头，不知道他让我看云彩的目的。他顺嘴教了我一首破解天意的民谣，至今还鲜活在我的记忆之中：

> 云彩往东刮大风
> 云彩往西披蓑衣
> 云彩往南摇旱船
> 云彩往北发大水

他告诉我此时云彩正往东行，意思是风将吹走云，天就要停止流泪——雨就要停下来了。如果老掌柜不说出这番话来，我还有可能在酒馆待上一会儿；听他用民谚破解了天相，我连花生米也没吃一粒，就一头扎进雨帘之中——我不愿意雨停下来，我喜欢在雨中回家。

"你……"他在后边朝我喊着，"你会淋出病来的。"

我理解他的好心，但是他不理解我的那颗童心。他哪里知道我的心田里，深藏着雨中求索的秘密，那是古人杜牧赐给我的一个雨中的情梦，那诗中的意境支配我走进雨幕并被淋成了一个小小的水鬼！

驿站听雨

驿站这个名字本身，就给人以非常遥远的感觉。按字意来解析，它指的是远方行者临时落脚的地方。俄国诗人普希金曾写过一篇《风雪驿站》的小说，那是发生在北国俄罗斯一片冰雪世界的故事。记得，我年轻时捧读这本书时，曾深深被它的意境所吸引，并向往未来的生活中，也能到雪国充满诗情的驿站驻足，以享受那种人生情韵。

我的愿望倒是实现了，而且不止一个，但我所经历的驿站与普希金所描写的不同，是知识分子流放的苦难驿站。在那一个个不断更迭的劳改营地，冬天的风雪，对我来说似乎没有了浪漫的情愫，它只能让我向往炉火火焰的温暖；但是夏天的雨声，却总能唤起我对人生的感悟。每逢雨天，我总是想起一个静物写生的画面：画面上没有别的，只有几枝枯焦的荷叶，伸向天空、伸向四面八方。不知是在童年的什么时候，我在爷爷书房的墙上看到过这幅水墨画，画的名字叫作《枯荷听雨》。

我之所以对这幅画情有独钟，并不因岁月年轮的增长而有所淡忘，不仅因为这幅画蕴藏着艺术的深邃意境，更大的缘故是沉沦到社会底层的我，就如同那枝炎阳下的枯荷。二十年的劳改生活，我早就死了那份童真，取代那田园诗情的，是贝多芬弹奏人生行程的乐章《悲怆》。记得，每逢夜间落雨时，躺在大土坑上，听着那滴滴答答的雨打地面之声，我们这些来自天南地北的知识分子囚徒，似乎都忘记了白天劳改的疲累，就像那无水之湖里的朵朵枯荷，在期望着老天能下上一场爽透淋漓的滂沱大雨，以缓解我们心田中的焦渴。此时，同是那个"雨"字，比童眸中雨的形象多了不少的含义，那是垂天而落的雨柱，不仅仅是自然落体，而且富有了更多的社会内涵。

记得，我们曾在雨夜，打过这样的哑谜。在大坑上有人出题说：

> 东边日出西边雨
> 道是无晴却有晴

立刻引起了不同的回应：有人说，这只是文人涂抹的梦，不符合阶级斗争的学说。有人说，自然界确实有这种奇观，只是不会出现在我们头上的天空。有人说，自古知识分子爱做梦，这是自作多情。还有人一语道破个中玄机说道："你们是不是在向往一场政治上的及时雨，梦想你我都能离开囚瓮吧？"有人立刻对此做出了调侃的回答："老天爷倒是下了大雨，它是为等雨的枯荷而下的吗？《水浒传》中有个绰号叫'及时雨'的宋江，难怪他造反不成，因为那雨水都'送'到江里去了！"

哑了——大土坑上几十口子会出气的人，都成了雨中哑了嗓子的苦蝉，顿时失去了任何声音。这只是知识分子在雨天说梦，如同枯荷听雨那般，老天并不因其想雨盼雨，而湿润他们苦涩的心田。所以，每到夜雨时刻，我不可能再织童年的情网——它早死了——而是像雨天的一只蜗牛那般，躲在自己的壳体之内自舔精神伤痛。

雨虽然医治不了灵魂的痛苦，但是对肉体还是十分温柔的。记得，在一个大盐碱滩劳改时，由于那儿的土质原因，田野里几乎看不到一株根深叶茂的大树；即使有一些柳树艰难地活了下来，也都像是长得歪七扭八的畸形儿，无法起到遮挡酷暑炎阳的作用，因而我的皮肤被晒得如同非洲人，皮肤表面起了一层白色浮皮。当热得实在无法承受时，我曾退化成一个原始人，全裸着在炎阳下挖沟开渠。此时此刻，哪怕是天空中的片刻云影，或偶然响起的几声雷鸣，都会唤起我对雨的祈祷。有时，大雨当真瓢泼而落，那种兴奋和喜悦，就像刑场上获得解救的死囚似的，我能激动到泪水与雨水同流。我喜欢雨——即使滂沱大雨下得如银河决堤，我平伸开两条胳膊，闭合上双眼，就像是苦难十字架上的耶稣，尽情地享受着天雨的冲洗！

天雨虽然不能彻底解救我的精神苦难，但能给我肉体上一时的快乐。此外，每逢天雨号啕痛哭之时，劳改队都要"打道回府"，田野里无法继续劳作，只是缘故之一；更大的原因，是防止囚犯借雨幕逃跑。当然，雨大收工也不能叫你来个一百八十度、伸平了腰腿躺在土坑上睡个大觉，恢复一下耕作的疲劳，而是还要念那本据说是常念常新的"语录"，但总比在骄阳的蒸烤中面朝黄土背朝天地劳作要轻松得多。在那"一句顶一万句"的朗朗祭神仪式之中，你的精神可以成为一匹脱缰之马，在神谕面前开个小差，到淅淅沥沥的雨声中去寻找属于自己的精神世界。记得，在全国山河一片红的日子，一个回家探亲的囚犯不知从哪儿弄来一本自然科学杂志，里边两篇谈雨的文章，曾让我久久沉湎其中。第一篇文章中说，雨虽然来自天体云间，但有的雨丝呈现出迷人的色泽；非洲就曾飞落过赤、橙、红、绿、青、蓝、紫的七色彩雨，当那种彩雨降落之时，天地之间的万物，一律变成了彩虹般的童话世界。另一篇谈雨的文章，就更加让我为之神往，据说在民国初年，安徽一带曾下过一场奇特的鱼雨，在破天而落的大雨中，一条条的鱼儿也随雨从天上倾泻下来……按说，对经历了人生苦难的我来说，这种自然界的奇观是难以步入我的精神领域的；但在无书可读的年代，这本解析天雨之谜的杂志，反而成了我苦难驿站上的精神伴侣，我把它压在土坑上的被褥底下，在无法打发精神苦寂之时，我就把它拿了出来当《圣经》读。这是我在劳改驿站，演绎出来的一则雨的神话。

雨转移了我的精神痛苦，这是它的奇妙作用之一。之二，雨也给我带来浓郁的情殇。古人称下雨为"天哭"，之所以如此形容，皆因它的音响如泣如诉。特别是在夜深人静之时，雨声连成一片，好像大地为之动容。每逢这个时刻，我会想起年迈的老母和年幼的娃儿——我沉沦社会底层，连累了家中一老一小，使昔日宁静的家成了风雨飘摇中的一只孤舟，因而那连绵的雨声，常常勾起我对亲人无限的思念。

这是天上滴落下来的情泪对苦难驿站里的天涯浪子在感情双向上的慷慨馈赠……

京都祈雨

进入生命的夕阳黄昏，才理解了"雨"这个简单的汉字里，包容着人生四季。

从科学角度来解读雨，是地面上的水蒸气，在天空凝成为水滴之后，返还到地面上来的过程。它在不同季节，有着变形的本能：春雨悄然无声，充满了孩子气的稚嫩和温柔，像刚刚出生不久的婴儿那样，形象上有点腼腆；夏雨滂沱，象征着旺盛的生命力，在这个时节草长莺飞、庄稼拔节上蹿，就如同一个人从童年进入青年时期一样，显示出无与伦比的阳刚气势；秋天的雨声，欢乐的音符里掺杂进去了一些忧伤的咏叹，那淅淅沥沥不绝于耳的雨声，除了让人看见果实的成熟，感到收获的喜悦之外，还容易让人联想起《红楼梦》里的黛玉悲秋，这是人与自然同时走向了成熟的标志；到了冬天，雨的体形变为片片白雪，与老人的银发一色，这寓意人已经走到了生命暮年。待到白雪结成寒冰的日子，就是人生终点站到了。于是在墓园里，耸立起一座座白色的人生纪念碑。

步入老年，我更加喜欢雨了，尤其偏爱在雨天散步。每逢雨天，公园里少了游人，街道上少了行者；连两旁的树木花草，都因为雨滴的洗礼而流露出它的灵性。树更绿了，花更鲜了，就连街道和公园的石头，都在雨洗之后，裸露出它的生命花纹。我惬意地打着一把雨伞，在雨中踽踽而行时，倾听着人生四季中雨的各种音韵旋律：少年时无拘无束的童真，青年时的学海苦渡，中年时在"老君炉"中的修炼，花甲之后的心若静水……在雨中回眸人生的苦乐酸甜，与在书斋中伏案回忆往事，是迥然不同的两种境界。后者，因为缺少了雨作衬托，如同人生戏剧少了背景，多少有点禅佛中晨钟暮鼓的意味。而把记忆带到雨中来燃烧，不仅可以升华记忆的色彩，雨在此刻还能转化为助燃之剂，让记忆铭刻上雷鸣与电闪的音韵，成为浪漫的抒情和感伤的咏叹。

记得在一个雨天，我看见一个老者领着一个娃儿——身后还有一条小狗，一起来到公园的湖边。那条小狗对于雨天出游，表现出了无限惊喜，它一会儿跑到老人和娃儿前面，一会儿又溜到一老一小身后。但是那个男娃儿与那条小狗的欢快相反——虽然老人为他打着雨伞，他仿佛仍然无法走入雨的梦幻之中。

老人说："你看那荷叶上的水珠儿，多好看！"

孩子仍然噘着他那张小嘴，向湖里斜了一眼，但无动于衷。

老人又说："天一起风，那水珠儿就看不见了。"

孩子似乎并不喜欢雨中的静物世界。他在百般无聊之际，把那条小狗招呼到脚下，喊了"一、二、三"之后，在雨中与那条小狗开始了赛跑。老人出于心疼孩子，拼命想阻拦这场人与狗的雨中嬉戏，但他刚刚张开胳膊，那男娃和那条狗已然跑进了雨幕之中。老人无可奈何地叹了口气，坐在我身旁的长椅上，对我说："您看……"我立刻截断他要说的话，对这位老人说："孩子难得有在雨中撒欢的时机，他会写进他的生命记忆，到你我的年纪都忘却不了，多好！"果不其然，待那娃儿与狗环湖赛跑回来，虽然人和狗都像从水里捞出来的那般，但那个男娃和那条狗，一个开心地笑个不住，一个欢喜地对天狂吠起来……那老人阴沉的脸，终于渐渐还阳了，最后与孩子笑在了一起。多好！这真是一幅难觅的雨中写意画面！

看着这个充满动感的雨中画卷，我情不自禁想起我的童年。虽然儿时我的雨中寻觅，与这男娃在雨中的动态进击，完全属于两个世界的东西，但我们都在雨中感受到不同的快乐。因而，在我眼里，雨是有灵性的东西，它不仅能洗涤人的肉体污秽，安抚人的伤痛之灵魂；它给各种人的向往，以各种不同的满足。雨丝，从其造型上去看，像是连接了天和地之间的条条琴弦；每个雨滴都是在琴弦上跳跃着的音符；天空和大地，是它演出的无边无垠的舞台；它演出的，是人世间无与伦比的大自然的美丽乐章。它还有着极为博大的胸襟。在它心中，没有贫贱与富贵之分，没有肤色与人种之别；没有国界的樊篱，也不受各种信仰的局限——它很自由，愿意到哪儿去潇洒，它就随着云影去了，并在那儿的天空织成雨后彩虹，聚成江河，流向大海；给高山编织银冠，给大地献出冰川。

2003 年夏日

阿里山看云

　　同行都去阿里山巅看日出了。出发时间是早上 3 点。他们要爬很高的坡，走很远的路，然后乘小火车，奔往观看日出的大山峦峰。

　　我喜欢水，而不爱山。留守老营的我本想多睡一会儿，以缓解抵达台北之后的疲劳，但是他们临行前的响动太大，当莫言、张炜、苏童、余华和几员文坛巾帼王安忆、舒婷、池莉等一行，带着防寒衣离开宾馆后，我再也难以成眠，索性从床上爬了起来，穿上毛衣步出阿里山宾馆。时值十月初，在台北时我们身穿单衣还热汗淋漓，昨日黄昏抵达阿里山时，却不得不人人增穿秋衣。虽然不见落英缤纷，树上的叶子还是一片滴青流翠，但是我们如同走进祖国大陆北方的秋季。

　　四周静静的，阿里山还在沉睡。只有山麓上几盏灯火闪着幽暗清冷的光束。我沿登山的石阶缓缓而上，每一次鞋子与石头接触发出的轻微声响，就是这里唯一的音乐。对于我这个久在喧嚣都市生活的人来说，长长地吐出几口浊气，吸进几口阿里山的清新空气，真是一种难得的享受。天上还有残星挂在天穹一角，我忽然记起古代的一首童谣："天是棋盘星是子，地是琴键路是弦。"真是妙不可言，我这颗北京的棋子今天移位到阿里山来了。过去，我只是从台湾省地图上看到过这个名字，她的身旁躺着静静的日月潭；前天夜宿日月潭，今天散步阿里山，这本身就是使人痴醉的歌——在台北由于血浓于水的手足情谊，63 度的金门高粱白酒，让我留下酒醉台北的趣闻逸事；而阿里山则完全是另外一种情愫，这里没有频频的碰杯声，也没有文人无羁的朗朗喧语——这儿只有我一个人，在山麓上踽踽而行。

　　鸟儿是最早与我对话的朋友。不知什么时候，那些鸟儿睡醒了，在林中吟唱第一支歌。那是一只北方也有的布谷，高歌着"光棍好苦——光棍好苦——"从我头上掠过。我儿时在家乡就听过这支歌，农民说它唱的是"赶快布谷——赶快布谷——"但是乡亲们把它的歌人性化了，变成了"光棍好苦"，想不到一泓碧波相隔的台湾岛上，也有这种鸟儿。它之所以十月还在吟唱，大概是由于这里天气炎热。这只穿梭于阿里山丛林的鸟儿，错把初秋当阳春了！不，或许它是在吟唱两岸同胞相思之苦，期盼回归的啼鸣吧！近半个世纪的隔海眺望，已经够长久的了，有什么利刃能割裂开这浪花彼此簇拥、血色和肤色一致的情缘呢？！

　　接踵而来的是百鸟合鸣。我分不清那些鸟儿的名字，也无法得知它们是躲藏在哪儿歌唱，反正那鸟儿的大合唱，完全打破了阿里山的沉寂。我惬意地坐在一块石板上，静听着这动人的森林音乐会，记忆中我曾有缘聆听过这独特的鸾凤合鸣，那是在祖国大陆的长白山，在祖国边陲大兴安岭，在云南思茅山的林间驿道，在与台湾一水之隔的厦门鼓浪屿。记得，那是与燕祥一起沿海岸神游，在与金门发生过炮战的何厝，我们曾用望远镜眺望台湾岛的形影。让人难以忘怀的是，在海岸神游路过当年郑成功陈设于斯的古炮台时，不知是哪位游客，在生了锈的炮口上插了两枝盛开的杜鹃花；不言而喻，那两枝杜鹃花有中华民族和睦团圆的寓意，我和燕祥都曾为这两枝花儿动容，为此我还写了一篇题名为《开在炮口上的杜鹃》的散文。

　　阿里山上也有杜鹃花。这是在天色微明时，我从山坡上看到的。她躲藏在亚热带植物家族的襁褓之中，与三角梅、美人蕉等花卉同林而居，色彩显得更加娇艳。我走过树丛花海，信步向山腰走去，由于少了林木遮眼，顿感阿里山的巍峨奇秀。它像是一条灰褐色的海鲸，跳海而出斜卧在陆地上，那高耸的头伸向天穹远处，那尾究竟伸向哪儿，我是看不到的。心旷神怡的同时，我也为登山去观日出的同伴扫兴，因为我在仰望这条"海鲸"时，看见了天上的流云，有云的早晨是无法看到日出的，我有点窃喜没有去看日出。与其空跑一趟，还不如在这儿享受阿里山的晨曦呢！

　　在这儿看云，令人遐想无穷：一片片白絮在天空时而组合为一，时而又化为片片桅帆各自远去；间或露出一隅如海的蓝天，但是那一线碧蓝很快被白云吞噬了。云在天穹下不断变幻着身影，一会儿像古埃及人面兽身的狮子，一会儿又像一只温驯的波斯猫，一会儿像是金戈铁马的决斗，一会儿又像是白衣缟素的仙女在瑶池浴后起舞……这种云的诡谲无形变幻，在北方城市是永远也看不到的，也许只有阿里山的清晨才能看到这海市蜃楼般的奇观。我不知道那游云从哪儿来，更无法知道它们又要到哪儿去。它们的表演真像步履匆匆的人生大舞台的一幕，看天上表演大地上的人间万象，那真是难得的一乐！

更让我心醉的是，这是我从没涉足过的中国一隅，在这儿独自一人观云，不是难得的人生乐事吗？！遥想古代诗祖屈原，留下诗章《天问》，何其博大宏伟！我模仿屈老夫子一回，唯一的祭天之语就是期盼祥云能飞落一场甘霖，浇在两岸国人焦渴的心田之上……

记得，我早在1986年的中秋之夜，面对窗外一轮皎月，曾写下过这样一首题为《遥望海峡》的诗：

你是一滴水／凝聚着／宝岛的云／琼山的月

你是一束浪／亲吻着／断裂的岸／塌落的崖

你是一支箫／低奏出／南来的思／北来的盼

你是一缕风／吹动了／情殇的帆／寻故的船

今天，一条大陆来寻亲的船载着我们十几个作家，终于叩访宝岛来了。阿里山的云，你何时变成海峡上的彩虹之桥，将宝岛和大陆合二为一？

山林里传来的嬉笑声，撕碎了我的思绪。那是从阿里山云中走出来，到山下去上学的儿童。接着有摩托声，那是上班族到山下上班。台湾的摩托多如大陆的自行车，那一阵嘟嘟的声响，撕碎了阿里山的宁静。百鸟啼鸣声消失了，阿里山立刻从无声的禅境中，还原成了人世间的一座石山。之后，便有叽叽呱呱的人声，从山上的石阶滚落下来，那是去看日出的一群日本人，他们用日语对我说着什么。当他们终于觉察出我是中国人时，便对我打开了手势，我理解他们手势的意思是，白跑了一趟，没有看到日出——因为天上有云。

不久。山峦中有了我熟悉的声音，我听出来了，嗓门最高的是余华。但是首先出现在我面前的是带队的范宝慈，她喘着气愤愤不平地说：

"你可倒好，在这儿优哉游哉，我们可累死了！"

我调侃道："我早就知道今天是乌云蔽日，你们去看日出，我在这里看云。"后来，我又开张炜的玩笑："你这个山东汉子，在泰山没看过日出？到这儿来出什么洋相！"

他长出一口气，脸上流露出淡淡的苦相："早知空跑一趟，还不如与老兄一块儿在这儿逍遥呢！"

2005年6月修订于北京

散文随笔

549

国门风景

一个人是一部历史。一个界临异国的边城，更是一部包罗万象的历史。

北国国门满洲里，称得上一部浓缩中国百年风云历史的大书。

横穿莽莽林海最后到达行程的终点——东北边城满洲里。它是中国北方边陲与俄罗斯接壤的国门。

汽车开到这座边城时，已是夕阳落山的黄昏。憨实好客的主人首先带我们去一家酒店吃饭。其实我们下榻的友谊宾馆，设有供旅客就餐的食堂，但是主人开了车来，力邀我们去另外一家酒店吃晚饭，客随主便只好上了汽车。到了这家酒店之后，才知主人用心良苦——这儿进餐的同时，可以观看俄罗斯人的芭蕾舞演出。餐厅内的饭桌围成一个圆形，中间有一个圆形舞台，就餐者可以边吃边看。我对此颇不理解，因为许多正式艺术演出不仅规范演员，还规范观众，这样边吃边看不是对艺术的不敬和亵渎吗？主人为我解疑说："该怎么说呢，说得通俗一点，他们是从俄罗斯远东地区来中国边城打工的，他们并不要求档次，像过去中国江湖卖艺的那般，主要是为了生活。"边城主人虽然把问题说得非常透彻，但我出于对原苏联一代芭蕾皇后乌兰诺娃艺术造诣的崇敬，内心还是百感交集，并升腾起一种难以言喻的酸楚之情。

我说："是市里请来的，还是他们自动来满洲里的？"

"还用请？"他笑了，似乎在笑我对边城今朝的无知，"明天你到交易市场上去看看，就会更了解今天的边城了。"

演出开始了。我停下手中进食的刀叉，眼睛专注地凝视着舞台。舞台上先后出现了几个身材窈窕的俄罗斯少女和与之伴舞的俄罗斯青年。无论从舞台上的轻盈旋转还是从"倒踢紫金冠"的芭蕾技艺上看，他们都绝非野台子出身，肯定是正规芭蕾舞团里出来的。但在这21世纪初，这些舞者却远离俄罗斯故土，到中国边城来筑巢谋生了。这里边蕴藏着的不仅是艺术主体的移位，更意味着历史天平开始向中国倾斜。难道不是吗？要知道，回报他们艺术演出的，没有掌声，也没有鲜花，餐厅的食客们有的在吞云吐雾，有的时不时地发出碗碟与刀叉的撞击声。此情此景，让我记起小时候在北京天桥看"西洋景"或围观在此走江湖舞刀弄棒的把式演出；唯一不同的是没人喊叫那一声长长的"好——"字。但是舞台上的他们依然温文尔雅地面带微笑，好像这里不是酒店里的自助餐厅，而是莫斯科大剧院。

真是此一时彼一时也。历史记载，在整整一个世纪之前的1900年，世界列强瓜分中国版图时，我们北方的近邻显示出出奇的贪欲，俄国沙皇尼古拉二世自任侵略军司令，出兵十七万人，先侵占了东北的呼伦贝尔草原，最后占领了草原明珠满洲里。1902年满洲里的名字从中国的版图上消失，由一个拗口的洋名取而代之，洋名为霍洛金布拉格。这座美丽的小城从此陷入了噩梦之中，沙皇军队奸淫烧杀，演出了一幕幕弱肉强食的血腥戏剧；接着有一大批俄罗斯商人和远东平民像风卷荷叶似的拥入了满洲里，边城人民俨然成了沙俄的仆从。有血气的边城百姓不甘这种屈辱，曾奋起反抗沙俄，虽然曾一度使沙俄军队失魂落魄，但终因人单势孤而被沙皇的屠刀镇压了下去。因而尽管时间已然跨过了一个世纪，这座边城的血色记忆并没褪色。当然，由于年代的久远，许多历史沧桑已然如云雾般飘逝，唯一能勾起世纪悲情的纪念物，就是留在市区街道两旁一座座古老的俄式的"木刻楞"房屋。其实，那些完全用木料盖起的房屋，其建筑式样是非常美丽的，但是在这美丽下面，却深埋着边城历史的眼泪和屈辱。

其实，一个城市的建筑遗留，就是最好的历史图解。京城遗留下一座帝王宫殿，从中可以回眸千年历史；上海遗留下许多租界和洋行，可以远眺中国近代商海的变幻；满洲里的街市，可以让人敏感地感知它与俄罗斯难以割舍的地缘关系。因而，当我们穿行整个呼伦贝尔草原，汽车开进满洲里之后，那些俄式的"木刻楞"式的房子，如同让我翻开了尘封的历史卷宗，让我听到了这个边城遥远的历史足音。满洲里三个字，闪烁出的血色太浓烈了，除了沙俄对其百般蹂躏之外，隔着一瓢海水的小小东瀛也像贪食荤腥的野猫一样，于1932年冬天，派关东军先遣部队强行占领了这里。到了"二战"临近结束之际，苏联倒是派兵强攻下满洲里，但是当地的平民百姓对此褒贬各半——苏联红军以飞机大炮赶走了日寇，是名垂千古的历史绝唱。但是与此相伴的是这些士兵肆无忌惮的疯狂掳掠。据不久前的史料披露，斯大林把战时关押着的死刑犯释放出监狱当敢死队员，派到远东与日本的关东军打仗，他们中间的部分队员是从满洲里杀进来的，因而在那曲雄浑美丽的国际主义大乐章中，留下了许多令边城人民心悸的旋律和音符。这是这座中国边城独有的凄美韵律和冰冷的记忆。

正是这些往事织成的灰色大网，致使我在观看俄罗斯芭蕾舞演出时，悲悲喜喜的复杂心情从心中跃上餐桌。因此，我有感而发地对边城主人说："真是今非昔比，想不到这些俄罗斯的子民，居然远离自己的乡土到中国边城卖艺谋生来了！"

陪同我们来酒店的边城主人说："带你们到这儿来，就是让你们感受一下历史。明天，带你们到边贸市场去看看，你们的感悟一定会更为强烈。"

第二天，我们参观了边城通往俄罗斯的中国国门。站在国门的遥望台上，目光远眺远东，近处一片片丛生的茅草，远处隐约可见俄罗斯的零星村落，天与地之间，有几只苍鹰展翅于中国与俄罗斯领空，时而盘旋于国界那边，时而又飞到中国这边，它们是自由自在的空中美神。不知为什么，在这一刻我的思绪飞得非常遥远，我突然想起了俄罗斯屠格涅夫笔下的美文《白净草原》，继而想起托尔斯泰的文学史诗《战争与和平》。文人永远当不了屠杀人类的政客和暴君，就在于他们心中揣有一颗善良的心——而历代的帝王——包括中国历史上的有些帝王，其生命基因中最欠缺的，就是体恤民情，总是在政权巩固之后无限制地扩张领土。中国诗歌中"可怜无定河边骨，犹是春闺梦里人"，就是这种血色的写照。俄国沙皇更不例外，他亲自下令入侵中国边城，虽然得意于一时，但是却使数以千计的俄国士兵的冤魂与中国抗暴的无数忠魂，都葬身于呼伦贝尔草原。纵观世界历史上所有野心勃勃的暴君，从拿破仑到彼得大帝，从希特勒到日本天皇，似乎很难找到一个能驾驭别的民族，并将其置于死地的先例。他们凭借暴力，只能让一个民族处于一时的"休克"，而不能永久据为己有。因而，历经百年潮涨潮落的历史轮回，中国边城满洲里经过血与火的洗礼，不仅依然屹立在欧亚桥头，在 21 世纪到来之际，它又返老还童般充满了青春的靓丽。

国门之侧，是个开放的边贸市场。那儿停放着约二十辆大巴，车上是远道而来的俄罗斯人，到边城来购买我国商品。他们走下车来，行色匆匆若过江之鲫，通过中国神圣的国门，直奔边贸市场而来。我和文友陈忠实站在国门之侧注目观之，人流中有老年人，更多的是中年人、青年人，其中还掺杂了一些正处于学龄期的少男少女。很显然，他们是为生活奔忙的群体。虽然他们的相貌各异，但每个人手里提着的大塑料袋，却都是大一统的黑色。经市场管理人员介绍才知道，这些人流近处的来自远东赤塔附近，远程的购物者多来自贝加尔湖畔的一些市镇。最让我感到惊异的是，他们中有些人并非自己购物，而是受雇于当地俄国蒙古族（俄罗斯称为"布里亚特族"）的小老板，专程来这儿当"倒爷"的。他们背着大黑袋，忙于在市场上过秤过磅，凡是超过五十公斤的大包，都要不厌其烦地解开大包，向不足五十公斤的包包里充填，直到每个塑料大包都定位在五十公斤的秤星上为止。北国边城的八月下旬，已然一片秋意，但是人人忙得满头大汗，像冲锋打仗那么紧张。市场管理人员告诉我，他们之所以忙着倒包，让每个包包的货物重量都必须整整五十公斤，是因为俄罗斯海关规定，凡超过五十公斤重量的包包，都要缴纳关税——他们大汗淋漓地忙来忙去，让每个大包正好五十公斤，只为了不缴入关的关税；而包内装的东西，如果不满五十公斤，则觉得自己吃亏——因为他们长途跋涉来中国边城，汽车要穿行远东千里荒原，是非常艰难的行程，所以人人都忙得像热锅上的蚂蚁。此情此景，足以说明今天俄罗斯庶民百姓生活之艰辛。

在告别满洲里的前夕，主人带我们去街市上闲游。入夜之后，这座边城条条街道的华灯一齐绽放，我们走在北国边城的街道上，其灯火辉煌的绚烂色彩，足以和中国任何大城市媲美。特别让我心旷神怡的是边城市中心有个非常宽阔的广场，音乐喷泉喷射出的彩色水柱，把北国边城装点得如诗如画。有的老人在音乐旋律中翩翩起舞，有的老人坐在长椅上享受安闲——那些不安分的孩子，则像穿梭的流星一般，在彩色光环闪烁中滑着旱冰；成双成对的青年人，在广场幽静的角落里低声倾诉他们爱情世界的语言……在这一刻，我这个远道而来的叩访者，欣喜之情油然而生：在噩梦般的风云世纪之后，中华民族的北国国门终于像一颗璀璨的明珠在中国的边陲闪亮了！

2005 年 7 月修订

山的图腾

　　飞机在西宁降落之前，我俯视舷窗外连绵不断的莽莽群山时，已经心跳加速。舷窗下视线能及的地域，除了山还是山。尤其奇妙的是，这里的山颜色各异：有红山，有绿山，有黄山，有紫山，有青山；还有在山表上，如同长着一层苔藓似的乳白色的银山。因而还没走下飞机，我已然认定青海是个大山的王国了。

　　下了飞机，更觉青海山川的奇伟瑰丽，你无论走到哪儿，大山都与你结伴而行，让你感到它的王者风范。活了大半辈子的我看过的山不能算少了；特别是二十年的漂泊生涯，我像风中的一片落叶，曾穿越中国许多座高山大岭，但是当我走进青藏高原之后，这里的奇峰峻岭和大山中条条深邃的沟壑，像大山头上的皱纹似的，对来者述说着它的岁月沧桑，让我心灵受到阳刚的洗礼之余，引起精神上的强烈震撼。如果让我将其总结成一句话，那就是昔日看到过的名山大川，无论多么雄险奇秀，都是山的车、马、相、士——山的"老帅"和山的真正原始鼻祖，在中国版图中的青海。

　　孕生这样的感悟，绝非出自文人的浪漫幻觉，而是青藏高原的山峦像美酒那般迷醉了我的感官神经。一天，我们乘车沿红色山谷间的栈道，盘旋而进地去寻觅黄河的源头时，山路一侧皆为红色的高山峻岭，车子行驶于其中，如同盘旋在燃烧的火焰之中，让我内心升腾起一种从未有过的冲动。难怪友人邓友梅在行车途中，看见山上耸立着的一块充满曲线美的红石时，立刻赋予了它生命，诙谐地向文友们喊道：

　　"看啊！那是诗人舒婷在山巅上向大地吟唱她的新诗呢。"

　　这个比喻可谓天衣无缝，因为那天南国女诗人舒婷上身穿着一件红色的外衣，亭亭玉立之姿颇像大山峰顶上那块婀娜多姿的红石。舒婷并没有反驳。她的目光流连于窗外的大山，她倾吐的感言是："人在旅途中，已是美的享受。"她的喃喃之语，如同给大山定位的箴言，一语道破了高原上红色大山诱人的奇丽与娇美。

我在车上虽然无言，却也沉醉于大山的遐想之中：我在美国滞留期间，曾游历过美国西部的"红石山国家公园"，那儿的地质地貌与这儿的红色山峦极其近似；但是从气魄上来衡量，美国的"红石山国家公园"显得太小家子气了。如果非要有个形象上的对比，那就如同一支绵延无尽的棕红色的驼队，与一头孤驼之分，差距大到不能放到一个秤盘里来称量其重量大小。这是远古天崩地裂时，天地造物之神让大海沉沦地下，让红色高山凸起于东方大地上的杰作。它诱惑一切游人的想象能力，因为这里不仅有友梅戏言的舒婷读诗，还有纯天然的亭、台、楼、阁；那耸立于山峦中的楼状高石，颇像空中的殿堂和寺院。如果将它和时代的距离拉得更近一些，这层层叠叠的耸立于云间的山峰，有的像原子弹爆炸后升腾起的蘑菇云，有的像是一条条虹鳟鱼遨游于太空……其形之怪，其貌之绝，让我目不转睛，直到我双眼酸涩时才愿意眨一眨眼皮。

我向司机询问山峡的名字。

他说："这峡谷叫'拉水峡'。"

第二座令我为之情动的山峦，当数青海通往西藏的要道日月山了。它古时的名字叫赤岭，但是山体色泽却与红红的"拉水峡"完全相异，密密的青稞与碧树绿草覆盖了整个大山，凸显出它生命的青春永恒。凭窗外望，当汽车沿青藏公路向其山梁进发时，无论你向东、西、南、北哪个方向眺望，目光所到之处都是青春的绿色。间或，可以遥见一束束彩绸飘逸在山峦之间，导游告知我们，那儿是藏族兄弟为死者举行天葬的祭台。

仅仅是导游的一句话，立刻把我们带进了原始古老的氛围之中：噢！这是到了古代汉、番的分界地，过了这道山梁，就开始迈进藩属的领地了。因而，当汽车沿着青藏公路向日月山的山脊上攀时，一个古老的人文历史故事随之盘升于我的心头。据史记载：641年，唐皇之女文成公主，就是穿越这个山口进入西藏的。当时，文成公主在翻越这座大山时，因惜别长安和中原故土，曾拿出父皇赐给她的一面日月宝镜，观看镜中的"八水绕长安"的美景，以抒发远离故土的悲伤心境。面对即将前往的茫茫草原，她的泪水凄然而下。此情此景被奉命来接她去西藏与松赞干布完婚的使臣发现，这位使臣为了帮她驱散离情的悲楚，便在遥远驿路上，偷偷把她使用的那面镜子换成了一面石镜。此举弦外之音，不外是让她忘却对乡土的眷恋，以防文成公主愁断心肠。聪颖过人的文成公主见到这面石镜之后，立刻把她从长安带来的那面日月宝镜摔碎，以示她诀别故土、踏进西藏与松赞干布完婚的决心。她无论如何也没有想到，此举成了日月山之名称的来由。后人为了纪念文成公主那颗亮若太阳和月亮般的心，从此之后，此山就失去了赤岭之名，由日月宝镜演绎出来日月山的圣洁名字，一直延续至今。

我是第一个下车的。我无论如何也未曾料到，山顶的风有那么大，我差点被吹了个跟头。当我站直身子后，中枢神经又传来第二个信号，这儿气温极低，夏日的单衫根本无法御寒。我不得不匆匆返回车内，穿上毛背心后再把夹克衫罩在身上，以抵抗日月山的高原之寒。在这一刻，我才第一次意识到自己是到了海拔3520米的青藏高原，不仅心跳加剧，进而呼吸也有些急促。以自己之切身感受，去遥想当年在宫廷的蜜窝里长大的文成公主要经历这种行程磨砺，该有多么艰难？但是她没有退却，而是为了民族和谐和中华大业，终于迈过了这座大山，进入海拔更高的西藏。

为此，我和几个文友把一路上藏族朋友送给我们的多条哈达，都找了出来，将其拴系在山脊的祭台之上。这既是向历史前贤文成公主表示后来人的敬意，也是向日月山献上一份中华的赤子情怀——因为这日月山的内涵已然不仅仅是巍巍的石山，它与历史结缘之后，已然成为中华龙的象征和山岳中的精灵了！

青藏高原上的山是迷人的。它不是雕塑出来的盆景，而是浑然天成、令人回肠荡气的大自然杰作。西行路上，笔者在与大山无数次对视中，心灵得到了最为完美的陶冶，故而写此"山的图腾"，以为青藏高原之行的永恒纪念。

2005年秋于北京

梦幻阿尔山

　　阿尔山美得让人心醉，使每一个来自城市的人，都感到昔日生活在灰色的楼宇之中是件多么乏味的事。这里的天蓝得扎眼，这里的云白得如同一朵朵百合花，盛开在天穹之上；什么叫真正的蓝天白云，阿尔山能给你一个标准的答案。因而，我们虽然历经了几天的长途跋涉，只要抬头看看蓝天白云，疲劳就顿时化为乌有了。再把目光从天上收拢回来，小城旁边到处滴青流翠，无论是山上山下，都是层层叠叠的绿林——那比绿色略显幽暗的丝带是环绕在森林中的河流，里边没有船舟的帆影，更没有垂钓人的踪影。阿尔山的主人告诉我们：这是"深锁闺中人未识"的美丽新娘。

　　从北京动身之前，我曾打开地图了解它：发现这个地处内蒙古东部的阿尔山，属于兴安岭森林南翼的边缘地带。还没走进森林，绿色就扑面而来，让我们这些久在城市生活的人目瞪口呆。同行者中，有老友燕祥、扎拉嘎胡、查干和新的文友陈忠实。记得陈忠实在阿尔山刚走下汽车的第一句话就是："想不到内蒙古，还有这么一块风水宝地。"我说："你这陕西关中汉子不知道，我在北京也没听说。每次从北方刮过遮天蔽日的沙尘暴，北京人都要骂上内蒙古几句，说'这几百万吨黄沙，是从内蒙古刮过来的'，然后紧闭门窗，望着满天的黄沙发呆。想不到内蒙古还有无边无际的绿色呢！至少应该给内蒙古东部平反！"蒙古族作家扎拉嘎胡和查干，都是从内蒙古东部呼伦贝尔草原走出去的，听了我与忠实的对话，不禁喜上眉梢。查干说："你们睁大眼睛看吧，这是新娘子刚刚揭下盖头，好看的、让你们心醉的风景，还在大山深处呢！"

　　是吗？文人的话常常过于孟浪，我对此将信将疑。之所以如此，在20世纪50年代，我去过蒙北草原。那片没有被开发过的处女地，虽然也是"深闺佳丽"，但是它绿得过于单一了，没有人文历史风情相衬，没有色泽的浓淡相间，似乎让人一眼就了解了它的全部容颜，这多少让我有一点遗憾。在我看来，真正的美丽应该有"犹抱琵琶半遮面，千呼万唤始出来"的含蓄和静雅。在阿尔山，我看到了一幅无声的大美之图。小城一边是木质的老屋，一边是新建的宾馆和旅店；古老的风韵与现代时尚相融，我似乎抚摸到了阿尔山的昨天与今朝。据历史记载，这儿是蒙古族祖先发源宝地。铁木真（成吉思汗）的祖先，曾在这儿繁衍生息，并从这儿上马挥戈，一直远征到东欧，饮马多瑙河畔、写下蒙古部族英雄史诗。几个世纪的时光流逝了，风霜雨雪早已洗净了战争的遗痕，但是那美丽的大自然却没有因为历史沧桑，而失去它的艳丽色泽。

　　这儿相继发现了七十六眼自然泉水，属世界上最大最富有的地下矿泉之乡。地下矿泉有温泉和冷泉之分，温泉水可以洗涤沐浴，冷泉水可以饮而壮身。关于温泉，这儿流传下来一个美丽的故事：在清代，有一个蒙古王爷吃野味成癖，派一个名叫敖力吉别的奴隶去兴安岭打猎。敖力吉别在密林里用强弩射中了一只梅花鹿的腿。那只梅花鹿带伤逃进了老林，待他追到它的身旁时，见那只梅花鹿正在安闲地用舌尖蘸水清洗伤口。等敖力吉别上前捕捉它的时候，那只梅花鹿拔腿便跑——它居然用泉水舔好了它的腿伤，三蹦两跳地不见。敖力吉别好奇地望了望那一潭冒着热气的泉水，觉得不可思议，在空手而回后只好对王爷说明实情。王爷不信，反而说他是胡编乱造，还令手下亲信将敖力吉别的一条腿打断，并令其到泉水中去医治伤腿。敖力吉别自己也不相信那泉水能治好他的断腿，但在无奈之际也只好挂着一根木拐，瘸着伤腿走回到那眼温泉旁边来撞大运。真是神泉——他到温泉洗了伤腿后，那条折断了骨头的伤腿，当真完好如初了……可能因为这个传说过于诱人之故，我们来阿尔山的几个作家都自愿到温泉里泡了两个小时，一洗远行边城的一路风尘，二洗回归自然的心。我不知道那几个文友的心态如何，反正当我们光腚跳进温泉时，我突然联想起我童年时跳到家乡大河中戏水之乐。记得陈忠实在来森林的路上，曾患喉咙疼痛，在这儿洗过温泉之后，他神采飞扬地开玩笑说："也真怪了，我的喉咙不疼了。"

　　我说："这是不是阿尔山神泉显灵之故呢！"跳下温泉是在阿尔山的乐事之一。其乐之二，是大口大口畅饮阿尔山的冷泉：在几十眼地下泉水中，最清凉而又解暑的要算是五里亭冷泉水了。森林城市虽然比其他城市气温要低一些，但是今年的南北气候，如同"美人的心那么反复无常"，到了中蒙边陲，盛夏余威依然不愿让给秋日，所以行走在森林边城，也经常热汗淋漓。因而，在我们乘车环游阿尔山途经五里亭时，主人停下车来，让我们下车去品尝冰冷甘洌的冷泉之水。这儿之所以叫冷泉，是因为泉水来自地下千米深处。经过化验，其水质除了有其他矿泉水中的营养元素之外，还含有其他矿泉水中没有的营养元素——"氡"。据研究矿泉水的专家鉴定，在中国矿泉水中泉深千米且含有宝贵元素"氡"的独此一家。世界上任何珍贵的东西，都有它自己的特殊性格，"氡"也不例外。它的脾气就是极容易在空气中挥发。因而，当我们在五里亭下畅饮之时，主人不断提醒我们："要在这儿多喝点，以壮身提神。灌进瓶子里一会儿，那东西就飞了！"

冷泉之水果然凉透心肺。我不管"氡"会不会飞走，还是灌满了所有的空瓶子——在北京喝自来水，常常带有一股铁锈气味，而这冷泉水是大山腹地、千米之下流出来的乳汁。我带着圣泉之水，向大兴安岭森林的腹地进发。在奔往大森林的路上，我眺望着圣洁的阿尔山，心中的思绪飞往了远古：成吉思汗之所以能成为中国历史上的一代天骄，策马张弓驰骋万里，摧枯拉朽一般，把当时中国的版图北扩到贝加尔湖，西征到多瑙河畔，怕是这片绿色圣土及环绕这片圣土丝带般的阿尔山河（古称哈拉哈河）——包括地脉之下纵横交错的圣泉，赋予了他和整个蒙古民族以血浆和灵肉吧！不然的话，一个草原游猎民族，何以会在历史上留下这震惊世界的绝响呢？！

因而，我到阿尔山来，不仅是一个来兴安岭观绿的游人，而且还是一个远途而来朝圣的行者……

2006 年冬日定稿

上海往事

我生在北国，与上海相距千里之遥。从地域文化上寻根，找不到什么类同之处；可是从我的生命依存以及文学旅痕去回眸，却梳理出与上海"剪不断"的文化渊源。

今年冬日，因为要从书橱里淘汰一批书籍，小阿姨帮我清理书橱的时候，从书堆里翻出几本封面已发黄的旧书，她认为这是需要淘汰的处理品，便信手将其扔在纸箱中。多亏我检查了一下即将送往收购站的装满五个纸箱的旧书，不然的话我会遗憾终生，因为她把我的三本最开始发表的作品也当成文化垃圾装于纸箱之内。我立刻将其取出，擦净封面的浮土，重新放回书架上去。她颇为不解地问我："书页上都有虫子屎了，留它还有用吗？"我没有回答她的质询，因为其中有她无法听懂的历史——那是半个世纪前的50年代，我在上海新文艺出版社出版的长篇、短篇小说和散文集——其中的散文集，是我的处女作《七月雨》。也许是这几本书差一点就变成废纸之故吧，我萌发了对上海悠长的思念。

记得，那是1954年秋天的一个上午，刘金先生与另外两个编辑（其中有一位姓翟），走进我北京的住处，与我签订了处女作《七月雨》的出版合同。之后，我的长篇和短篇集也是经刘金先生的手，分别在1956年和1957年之前出现在新华书店的书架上。之后，由于1957年的反右派斗争，我生命中留下了二十多年的文学空白，因而那三本20世纪印刷于上海的书籍，是我青年时期的文学履痕，我格外珍惜。这里，除去文学的情缘之外，还有着更深层次的生命意义：这三本书我总共获得8000多元的稿酬，在当时这是个天文数字（刘绍棠当时用2400元在中南海一侧购置了一所独门独户的三合院，院内有五棵大枣树），当我后来身陷囹圄时，家中抛下的老母和幼子，在二十年沧桑岁月中，这一老一小不能喝西北风活着；支撑他们活下来的，主要是这笔数目可观的稿费。因而，当我复出文坛到上海时，虽然没能见到当年的刘金先生，我还是向当年新文艺出版社的编辑们表达了我的文学谢意和赖以生存的生命谢意。

另一件事，对我来说也是刻骨铭心的。1977年，我还没有获得解放、属于"另册公民"的时候，出于对几年来在劳改矿山挖煤生活的感悟，我伏案于山西临汾一间窑洞里的小桌上，写了一篇题为《女瓦斯员》的短篇小说，没经任何考虑就寄往《上海文学》。我在小说的附信中，道明了我当时"鬼非鬼人非人"的政治身份。当时我既不知刊物的主编是张三还是李四，也不知编辑部的确切地址，因而不存在发表的奢望，只是发泄一下心中炽热的创作欲望而已。真是鬼使神差，在信皮上只写下"上海——上海文学编辑部"几个字的邮件，居然邮寄到了编辑部。不久，我接到当时《上海文学》赵自先生的一封复信，除了言明"小说即将发表"之外，他在信中还同时代表唐铁海对我始自1957年的驿路风尘，表示了深切的同情。记得，接到这封复信时，我百感交集，早已枯干了的泪腺，居然有几滴泪水夺眶而出。1957年至1978年，二十年光阴流逝过去了，原本就十分陌生的同时代人（只是1956年在全国第一次青创会上见过面），居然还能记起有我这片随风而去的落叶，让人感到当时的社会虽然冰冻三尺，但春水仍然在冰层下流。

这篇小说问世于上海的时候，比《收获》发表我的《大墙下的红玉兰》要早上一年的光景，在以阶级区分敌我的年代，上海的人文情怀让我一直记忆至今。面对过去，我曾问过自己：尽管那时百花凋零，北京也有那么几家刊物还在苟延残喘地活着，我为什么舍故土而把文稿掷向上海呢？我梳理不出个头绪来，大概是故土留给我伤痛太多之故吧！记得，1957年北京的一本文学刊物上，一位大师级作家批判我时使用的词汇，令我毛骨悚然："从维熙的反动小说意在煽动农民反对农业合作化……"因而，我的精神本能支使我把小说寄往了上海。当1980年我应上影之邀去写剧本时，特意到赵自先生家里看望，并带上了进入历史新时期之后我出版的第一本书和一瓶茅台酒。历经苦难磨砺的人，更知人世间一个"情"字的分量。记得，那天在赵自先生家中聊天聊得忘记了时间，又因我多喝了几杯酒，因而下午赵自带我去探望长者吴强时，我神态有些迷糊，吴强以为我病了，要带我去医院看看——成为我留在上海滩的一个笑柄，其实这都是人间情感使然。

当然，《收获》编辑部在那个年代敢于发表《大墙下的红玉兰》，则更是我文学死而复生的一个标志，我曾有过如是的感悟："如果我投错了，把它寄给别的刊物，很有可能延缓我文学再生的时间。一年、两年……常常是刊物主编的人文良心，决定着作家的命运。"这是我写在1979年的日记，事隔多年那日记的纸页虽然变黄，但我对巴老的尊敬之情依然闪亮如初。因而，在巴老百岁华诞之际，我写了长长的祝贺文字，以示对"世纪良心"的敬意。

终生难忘的上海情愫之中，还有我难以忘却的一页。当《大墙下的红玉兰》在《收获》问世后，在千余封读者来信中，有一封寄自上海第二军医大学的来信，写信者是大学医院的一名从事X光射线工作的军医。她在信中说，读了我的小说，像对我进行了一次心、胸透视一样，知道中国知识分子的头脑和心脏功能良好，没有被"文化大革命"挤压得变成畸形。她说她读了我的小说，彻夜未眠，清晨提笔写这封长信。她在信中让我难忘的几句话，至今激励着我在文苑苦耕。她说："但愿中国历史再没有反复。如果你再次身陷囹圄，就是一个军医变成民间'郎中'之日，到时我将去监狱探视你。这是我读过小说后，一个军医的心誓……"由于这封信写得情真意切，我驻留上海的时日，特意到城郊的第二军医大学医院回访了这位身着橄榄绿的军医，并与她一起到王肇岐家里，与上海文化界的朋友欢聚畅饮。记得，当初出版我处女作的刘金先生似乎没能找到，后来成为上海文艺出版社总编的江曾培先生倒是来了——那是二十五年前，我难以忘怀的一段尘封往事。

整理书斋，由于几本最早出版的作品的失而复得，让我记起了上海以及上海的友人；与此同时，我还记起上海街道上成行的梧桐。在我的认知里，梧桐与性喜追风的杨柳相比，生命内核要显得端庄和凝重。这就是我整理书斋时，文海钩沉的人生感悟。

2007 年初整理于书斋

少年时，不懂爱情

说起来真像是一场梦，说得确切一点，那是我的一场童真年代的"糊涂梦"。我于1946年从农村到北平来求学，插班于西四北小学六年级。一天，我们正排队准备进课堂时，站在我后排的同学突然爆发出一阵大笑，我不知何意，便回过头来好奇地寻找笑源。就在这时，一个名叫刘惠云的女同学朝同学们大声喊道："笑！有什么好笑的，人家是从农村来北平求学的，你们就……"我立刻不安起来，因为全班只有我一个人来自乡下，难道同学们是在笑我？果不其然，当我把目光投向同学们时，后排的男同学都在对我嬉皮笑脸，女同学虽然大都把视线看向别处，但也有忍不住掩唇而笑的。我正在不知所措之时，女同学刘惠云的声音又响了起来："从维熙同学，他们笑你裤子后边破了一个小洞，你下学回家时缝一下就行了——"我脸红了，顺手一摸，立刻抬不起头来了——因为在农村习惯不穿内裤，显然是露出了臀部，才引起同学们的嬉笑。我从小自尊心很强，因而当时晕头涨脑，不知如何摆脱困境。最后教我们国文课的关老师把我叫进办公室，我说我请假回姥姥家让姥姥缝补我的裤子，关老师剪了块胶布贴在我裤子的破洞之处，然后拉着我的手，一起走进教室，让我跟她去上语文课。讲课之前，她批评了嘲笑我的同学，表扬了刘惠云的果敢，大概是为了维护我的自尊，说我虽然来自农村，但作文是班里的标杆云云。从这天起，我开始知道了穿内裤的必要，从这天起，我牢牢记住了一个名字——刘惠云，男同学在下边耳语时，都不称呼她的名字，而称呼她的绰号"刘白美"。

小学毕业，我到东城内务部街的二中去读初中。在同班同学中遇到同乡学子谭需生，我曾向他倾吐过这段丢人现眼的少年经历，以平息内心之痛。当时，我没有往男女感情那方面想，只是当作我的一次耻辱，直到我再次碰到她，我才感到她对我的真情。有一次学校组织我们去颐和园春游，一队胸前戴着女三中校徽的女学生正好走在我们的身边。我刚迈过颐和园大门高高的门槛，就听见一声呼喊："喂！前面走的是从维熙同学吗？"听声音有些耳熟，待我回过头来一看，脸立刻红涨起来——呼喊我的竟然是曾为我打抱不平的刘惠云。

我走出队列，心跳如同擂鼓地说："是你，你考上女三中了？"

她两步追了上来："你上男二中了？"

两校同学对我们侧视而笑地走了过去，我和她落在了人流的后边。不知为什么，我不敢直视她，因为当天她嫩白的脸上围着一条玫瑰红的围巾，与穿着一身黑色学生装的我，似乎是来自两个世界的人。两个落在队伍后边的人，大约走了几步路，我就向她表达了迟到的谢意："在小学时，感谢你为我这个'小土包子'说话！"

她说："当年我之所以为你鸣不平，因为我感到你比城市学生真诚。"

虽然此时天气还很凉，我的额头还是滴下汗珠，正当我用袖口擦汗的瞬间，她伸出手来低声说："让我们握个手吧，我们还没握过手呢！"

在我和她握手的刹那间，我本能地朝队伍望去，看见同班同学都在回头看着我俩，我顿时不知所措了。无奈之际我失礼地说："同学们都在等我，我得去追赶队伍了，再见——"说完，转身就跑。她在我身后叮咛我说："我知道你在二中上学了，我会给你写信的，你要注意查收信件……"一幕颐和园巧遇的戏剧，虽然匆匆收场，但接踵上演的"糊涂梦"，使我内疚至今。春游归来不久，我当真接到了她的一封来信，信封上标注的地点是西四北大红罗厂她家的地址，信中除了回叙同学友情之外，还约我有时间和她一块儿去看一场电影。她说不用我回她的信，请用电话回答她的邀请，她在信尾留下了她家的电话号码。我虽然属于不开窍型少年，但毕竟在北平耳濡目染了几年，仅从她家中装有电话，就可以断定她是官宦家庭的娇女——因为在1947年，电话还是个稀有物，同学们家中装有电话的几乎没有。当时我就读的二中，只是在传达室装有一部供学生使用的电话。

记得，我给她回电话时，拨号的手一直在哆嗦。她在电话中显得异常兴奋，约我星期日在西单商场旁边的蟾宫电影院见面，那儿正在上映美国电影《出水芙蓉》。我立刻一头雾水，因为从我来到北平之后，还没有进过电影院。怎么办？不应下对不起她的真情，答应下来又觉得胆怯——因为在童真年代，异性是充满了神秘感的不可知物。到了最后，我还是鼓起勇气说了声"好"。但应下约会之后，我便后悔了。我虽然身在名校二中，除了作文达标之外，小代数曾经得过零分，是班里理工科的低能儿，这不是"黄土"混充"朱砂"吗？

无奈之际，我只好又去求救于同乡学友谭霈生。他说他在颐和园看见过她的形影，人长得漂亮不说，还曾对我有过恩惠，我没有理由逃避。我请求他陪我一起前往蟾宫电影院，我再给他买一张电影票，以为我壮胆。霈生说："这不是给人家下不来台吗，人家看中的是你，我去只会扫人家的兴，而成为你俩中间的'绝缘体'。我不能去！"我缠着他死活不放，最后他出于乡友之情和少年的好奇，极为被动地应下星期天与我一起去蟾宫影院。

至今，我还清楚地记得我俩出现在她面前的情景，她蛾眉高挑生气地说："票是事先买好的，现在没有票了，你们俩进去看电影吧，我家里还有事——"说罢，转身走了。我的一场"糊涂梦"到此收场。

后来听说在北平解放前夕，她随父母去了台湾。岁月如白驹过隙，一晃六十多年过去了，我和谭霈生今天都已浪里白头（他曾任中央戏剧学院教授，已退休），我俩通电话时，我还不忘提及此事。我说："你没忘记我的那场'糊涂梦'吧？"他答："怎么能忘记呢，不怨天，也不怨地，怨我们在童真年代不懂爱情，我去了，真的充当了电流的'绝缘体'了，欠下了人家的一片情！"

也算是命运的巧合吧，生活给了我一个补过的机会。1988年初，台湾诗人痖弦把一封向我约稿的信函寄到了中国作协。当时他任台湾《联合报》副刊主编，说要在春节期间，刊出大陆作家的专版，希望我能尽快给他写一篇文章。我苦思冥想了许久，突然忆起少年时不懂爱情的往事，便写了篇《寄梦》给《联合报》。其文意是向我少年时代的刘惠云同学问好，祝福她事业有成并有个美满幸福的人生。到了1998年，我随中国作家一行出访宝岛台湾时，还不忘询及痖弦此事，他说《寄梦》发表后，没有收到相关的信息，很可能她已然离开台湾，游走到地球另一个国度去了。我说："不论飘到哪儿，她都像她的名字一样，是一片关爱弱者的祥云……"

2009年12月初于北京

一曲琵琶醉了秋

　　十月中旬，几位作家来到湖北随州采风。晚上与当地文化友人联欢时，一位身着粉色长袍的姑娘为我们弹奏了一支动听的琵琶曲。第二天我们乘船游水，才知道眼前群峰环抱中的这一泓碧水，芳名就叫琵琶湖；原来昨晚姑娘弹琵琶只是乐章中的序曲，乐曲的高潮是展现在我们眼前的琵琶湖。

　　"太美了——"船上的人异口同声。之后，可能是女性爱美的本能超越男性之故吧，韩小蕙竟然说出一句令男作家失尊的话：

　　"这是我们女人的湖！"

　　她的比喻虽然太霸气了一点，但不得不承认，她摸到了琵琶湖的心脉。之所以这么认知，实因它不仅充满了湖的柔媚，还能勾起人的千般遐想：比如，那些不知名的水鸟，有的环湖面而飞，有的在湖边的草丛里嬉戏；那声声鸟鸣让我情不自禁地想起诗经的开篇之作"关关雎鸠，在河之洲；窈窕淑女，君子好逑"。中国美丽的湖泊，我游览过不少，但多是见景生情，而不能唤起我对远古的遐想；但在琵琶湖，却让我联想起中国文学之开篇，何故？我的答案是：这儿是炎帝神农的出生地和出土古代编钟之故里——人是有情物，面对琵琶湖上穿梭而飞的水鸟，一个作家的联想本能让我的思绪延伸到了远古文化。昨天我们参观了炎帝陵，并亲自击打了博物馆内的编钟，所以眼前的琵琶湖勾起我怀古的一缕幽思，让我在船上如痴如醉。

　　摇船人告诉我们，我们目睹的只是琵琶湖的一翼，它的水面有一万二千多亩，在九曲十八弯水波与山峦之间，藏满了中华历史故事：有"楚武王伐随的石碑""圣母修行的神龟山"……我虽然也爱听这些典故传说，但更关注琵琶湖的色泽。让我惊异的是这里的湖水之清，有时能见到湖底的卵石，这在中国湖泊里是罕见的。摇船人为我们解惑说，湖边乡里之所以都喝湖里的水，在于水质的洁净——就连我们下榻于水边的阁楼，喝的也是这湖圣水。

经摇船人提示，我们无一例外地都把手伸进水波当中，我还用掌心捧了一口湖水，送进我的嘴里——该怎么评说琵琶湖的圣水呢，清凉而又爽口，这让我这个北京来客如同走进神农时期的农耕古国，那时天地之间还无"污染"一词，在琵琶湖当一回返古的文人，是一次人生难觅的享受。难道不是吗？之后，我联想到中国夺人眼球的湖泊有千百个之多，杭州西湖也好，江苏太湖也好，它们的风景都美不胜收，但这些美湖中的水，今天还能直接进口吗？因而，琵琶湖又成为湖泊家族中的独一份。

湖的周围是层层叠叠的绿峰。淡绿色的是清竹和行行茶树，浓绿的树多为阔叶林木。绿色中偶见丝丝橘黄，那是湖边茅草开始黄了梢头。十月中旬，毕竟是进入了秋时，北方的候鸟飞到这儿觅窝筑巢。我目光所及的湖滩，水鸟成群，野鸭列队，可贵的是沿湖严禁捕猎。大自然与人类生活和谐地联结为一，是今天琵琶湖另一幅精神肖像。再把目光从群峰收拢到湖上，我惊愕地发现湖的形体真的状若一只琵琶，横卧在青黄翠绿的峰谷之间，那琴弦是微风吹起的水纹，弹琴的不再是那身穿红衫的随州姑娘，而是从空中俯冲下来，戏水捕鱼的水鸟——它们欢快地啼鸣，让琵琶湖的乐曲变成了天籁之音。

偏偏此时，又有一奇特的风景纳入我的眼帘：湖边的白石坝上似有白绸飘动。它若虚若实，时隐时现。待船儿慢慢地摇了过去，桥上的迷离风景才渐渐清楚起来：原来那是新娘子的银色纱裙，她正和一位身着西装的男孩，在琵琶湖畔举行结婚盛典呢！我们向她和他招手，表示远方来客的祝愿，新娘扬起纱衣纱袖，向我们答谢。瞧！琵琶湖真是魅力无边，连城里人都开车到这泓丽水之畔举行婚礼来了。古色古香的湖水，突然穿插进来现代人的音符，顿使琵琶湖的古韵生津，成为一首古典乐章与现代音响的融合……

此刻，琵琶湖醉了。

此刻，船上的我们也醉了。

连天宇间的秋色，也为之醉了。

笔者之所以有如此的感悟，是因为此时天上突然降下霏霏细雨——那是天穹为琵琶湖之美景，滴落下来的喜泪。为此，在游湖之后的午餐上，当地友人向我举杯敬酒时，我与友人碰了碰酒杯说："今天我已然醉了——醉在秀美绝伦的琵琶湖！"

2010 年 10 月 24 日于书斋

文学百年悲与欢

从文学的染色体落笔

预卜未来的中国文学，带有巫师的色彩——如果展望明天，作家唯一可以当作参照的，是文学的昨天和文学的今天。但是说到底文学是析梦和涂梦的工作，而梦又是生活的折光，因而它又有着它的共性——人人都会做梦，没有梦的人是木偶，只是人们生活各不相同，梦也随之相异罢了。对文学来说，正是这种相异的梦境，组成了色彩斑斓又各自相异的画廊。

这里需要说明的是，梦的产婆是生活。无论你笔下涂鸦的梦是写实的，还是空灵的；是抽象的，还是具象的；是中国传统的，还是西洋欧化的，都是由作家生活感知所决定的，而非空穴来风。第二次世界大战后，因写了多篇以小人物的目光看待战争的作品而获得诺贝尔文学奖的伯尔，战争万象使他无法用抽象手法表达，所以他的小说是具象写实的。他儿子小伯尔生活在和平年代，便一反父亲的写实主义，而成为一个德国的抽象派画家。小伯尔来北京举办画展时，我特意去看了他的画展。能不能如此认知：生活的经历不同，导致了梦境的不同，因而使作家涂梦的方式也产生了差异？

经历过战争烽火洗礼的作家，梦中多是铁和血的回光返照，他的笔锋无可逃避地向战争倾斜，这大概不属巫言之例。我是历经二十年劳改生活的作者，不是我不想在笔锋下风花雪月一番，而是生活赋予我的梦境几乎始终是一条泥泞的驿路。夜半梦醒时分，我才知道这是过去，而不是今天。说来也有些可笑，我在德国波恩莱茵河畔夜宿时，梦里竟然出现我劳改时环绕于一个劳改驿站的金钟河。我无法逃避寒梦对我的追随，即使身在异国他乡，它也叩打我的心灵门环，让我无处藏身——这就是我近二十年来，一直涂梦于属于我那片冷土的原因。

当然，除了梦境的尾随之外，也还有一种反思历史与人的内在精神的探求，支撑着我去析梦写梦。法国思想家帕斯卡的一句名言对我有极深的启迪，他说"人是一支有思想的芦苇"。这句话的含义，可以做两方面的解释：其一，芦苇腹内空空，它的生命是十分脆弱的；其二，如果将其腹中空空充填一种精神，则可视为人的挺拔和坚韧。我想，如果把帕斯卡"精神芦苇"的内涵延伸到作家身上，它启示作家该是骨骼里富有钙质的血性动物，而不是权势的手中玩偶；不是金钱的情妇，不是笼子中的金丝雀，更不是任何仕途的功利股票。

所以吐出以上这些梦呓，意在说明作家对文学的选择往往不是出自响应什么号召，甚至有时也不决定于作家自身的愿望，文学的个性化的遴选在更大的程度上取决于生活的给予，并受作家自身的内在气质的梳理和匡正。这种内在与外在的染色体相互结合，便孕生了各自相异的文学产儿。我想，这可以被视为文学艺术的自身规律。以此规律为尺，丈量一下中国百年文学的得与失，才能由表及里深掘出其兴衰的根本。

母亲的"马拉松"

　　不知道人世间的母亲，有多少经历过我母亲的伤痛。我父亲就读于天津北洋大学时曾参加了一二·九学生运动，后来又参加了请求抗日的爱国"卧轨请愿"，因而在三十多岁时，被关进国民党的铁牢监狱，因肺病复发而死。孤独的母亲好不容易把我养大成人，在反右运动中我又因对文学的直言，被关进了新中国的大墙，而我又是母亲唯一的孩子，因而母亲承受的精神煎熬如天塌地陷，但是她筋疲力尽蹚过了人生的苦水河，进入历史新时期后，她又把两个曾孙揽于怀中，撑起了曾经解体了的苦难之家。因而，文坛友人陆文夫曾把她比喻为当代生活中"补天的女娲"，友人刘心武则说我母亲是中国当代的一部活生生的"母亲字典"。

　　今年清明为母亲扫墓，在祭悼苦难母亲的同时，忆起了 2012 年 5 月，是她的 115 周年诞辰，于是"心当画笔泪为汁"，为母亲画下灵魂肖像……

天灯坠落的七月之痛

　　1995 年 7 月 21 日清晨，母亲告别了艰辛的八十八载人生。在十七年前的 7 月 20 日晚上，书房顶上那盏顶灯突然坠落，幸亏电线没有断裂，那盏灯便悬于书房的半空之间。此时，阿姨小张正到书房去取东西，因而被吓得惊叫了一声，便匆匆从书房里跑了出来。此时我和妻子紫兰正守候在已然昏迷的母亲身边，阿姨的那一声喊叫，母亲是无从知晓的，但是小阿姨告诉我和妻子书房顶灯坠落的消息时，我俩本能地彼此对视了一眼，心照不宣的心语则是：是不是上天在通知我们，在苦难中煎熬了一生的母亲，要告别她走过的漫漫长途，离我们而去了？

　　我和母亲之间，是一个完整的生死轮回。1933 年农历三月十三中午，母亲生下了我，把她的乳头塞进我的唇舌之间，让我成为世界上的一个生灵。在书房内顶灯坠落的第二天早晨8点钟，六十二岁的我半跪在母亲的病榻之前，给八十八岁的母亲喂食乳汁酪蛋白，以延续母亲的生命。当时，我用手摸了摸母亲的前额，惊喜地发现母亲的高烧全然退了。我对处于昏迷状态的母亲说："妈，您退烧了，您要把这碗酪蛋白全喝下去，病会慢慢好了的。"

我想得到母亲的一丝回声，但是没有任何反应。

母亲的病榻是一张她用了四十多年的双人床。在我给母亲喂食时，妻子紫兰和阿姨小张正竭尽全力架起母亲沉甸甸的身子，以她们的身体当母亲背后的靠垫。不然的话，意识模糊的母亲是无法从病榻上坐起来的。真是怪了，母亲昨天在高烧中一直闭口拒食，今天却十分安静地吞咽着我喂她的酪汁。至今我也无法断定这一瞬间，是母亲的回光返照，还是出自母子连心的情缘，反正她半张开了她的嘴唇，把我喂她的一碗酪汁，一口口地吞服了下去。她的嗓子发出咕咚咕咚的声响，这声音着实让我喜出望外，因而我又对母亲说："妈，您今天真好，把一碗酪汁都吃完了！"

此时此刻，阿姨小张与我的妻子正在忙活着为母亲擦拭汗津津的身体。待这一切都完成之后，她俩又把母亲的身子慢慢放平，让母亲在床上躺好。我正在为母亲退烧、进食而兴奋的时候，妻子忽然惊叫一声："不好了，妈好像没了呼吸！"她是副主任医师，这几天听诊器一直挂在她脖子上。接着她翻开母亲的眼皮，用手电检查母亲的瞳孔，然后匆匆地给急救站拨通了电话。急救站的医生来了，心电图上显示母亲的生命已然终结。此时的时间是1995年7月21日8点30分。

母亲生我下来喂我第一口奶，母亲临上路前我喂她最后一口食。这是我唯一的精神安慰，余下的则都是悲痛和感伤了。其实，朝阳医院的专家们来家里为我母亲会诊时，早就提示我做丧事准备，我固执地认为母亲是个历经长途跋涉的强者，不会这么快就离世的。妻子也以医生的科学态度告诉过我，母亲难以再维系生命，我总是以感情坐标对待生命科学的罗盘——母亲终于离我而去，我顿时陷入了难以言说的悲痛之中。

记得，我那颤抖的手指拨通了越洋电话时，正是美国晚上的7点。儿子、儿媳以及我的两个小孙孙，并不知道地球这半边的家发生了什么事情。听着孙儿在电话中用童音高喊"爷爷"时，我几乎失去了告诉他们老祖去世这个噩耗的勇气。儿子从我的沉默中，似乎感悟出来了什么不幸，主动询问我说：

"是不是奶奶……"我无法再隐瞒下去，只好告诉了他们实情。刚才的欢悦童音消失了，代之而来的是一片低泣声——特别是老祖的第四代曾孙从磊，首先号啕大哭起来。那撕裂肝肠的悲恸哭声震得我的耳膜隆隆发响。我十分理解小小年纪的他何以会如此动情：他离开老祖、随父母去美国时才六岁，我的母亲——他的曾祖母曾一直将其揽于自己的怀抱之中。有一次，磊磊半夜被尿憋醒了，老祖来不及取尿壶，一泡童子尿有一半撒在了老祖脸上。

老祖为此开怀大笑。

曾孙也为此而嬉笑不止。

磊磊之所以纵声而哭，是否因记起了童年的这一幕？这个越洋电话中，地球的两边都因养育了三代人的老祖仙逝，而陷入了深深的悲伤之中。那天，她度过八十八周岁生日整整两个月。按照中国人的平均寿命来看，母亲算是长寿了，可是如果按人生的苦乐来衡量，她一生负重而行，就像是沙漠中苦寂的骆驼，背负着超过她生命能够承受的苦难，踽踽行走在无花无草无水无路的荆棘丛中。

儿子从众立刻从美国起程飞回了北京。与我母亲性格同样刚强，因一个家里难以容纳两个"太阳"而与我分手了五年的前妻张沪，也赶到母亲的亡灵之前垂首默哀。尽管我们并没有把母亲的死讯告诉任何友人，但母亲离世的噩耗还是不胫而走。我生平最好的朋友房树民驱车去昌平寻觅有山有水的墓地。中国作协来人了，《中华儿女》编辑部来人了，作家出版社来人了，友人们纷纷来到母亲的遗像前，献上挽联和白菊花环。连年事已高、满腹经纶的楚辞专家文怀沙也匆匆赶到家庭灵堂，低垂下他的满头银发和银须，对我母亲的遗像三鞠躬说："一位人间伟大的母亲走了，虽然您不是文化人，我还是要对您三鞠躬，以示我对一个中国母亲的一生付出由衷的敬意！"母亲逝世时王蒙在外地出差，归京后他特意来我家安慰我说："没赶上给伯母送行，真挺遗憾的。伯母大半生受的苦，是一般母亲难以承受的。有幸晚年总算过上几年舒心日子，八十八岁高龄也算是喜丧了。维熙，你一定要节哀，尽快从伤痛中走出来！"

尽管友人们不断化解我的忧伤，但是我还是两个月内封了笔，一个字也没有写不说，还要靠安眠药度过每个夜晚。之所以如此，实因母亲为我以及这个多灾多难的家庭，付出得太多太多了，而我不仅给予母亲的太少太少，而且在青少年时代还深深地刺伤过母亲的心……

年少时曾往母亲的伤口"撒盐"

我四岁时，父亲死在国民党的监狱，直到我步入少年时期，我母亲一直隐瞒这件事。我的祖父出于关爱，也一直对我封锁这个噩耗。因而，我浑然不知从那时起痛苦的十字架就背在了母亲身上。在我的记忆中，母亲当时正年轻，但是浅浅的皱纹已然出现在她的眼角和额头，常常对我发出一声长叹。

至今，那清晰如初的一幅幅画面，还常常浮现在我的眼前：一盏孤灯在北国农村的土炕上闪亮，母亲一针一线地为我做鞋，或用一缕一缕棉絮为我缝制棉衣。窗外北风在吼叫，窗户纸在风中发出扑通扑通的声响，风从窗棂缝隙中吹进来，那灯苗便左右跳动起来。待我躺在热被窝里一觉醒来，母亲还坐在那里飞针走线，她见我醒了，总是为我掩掩肩头的被角，怕我受凉。那时我还是个不懂事的孩子，在更残的午夜，不知对母亲说上两句宽慰她的话。直到我年长了，才知道母亲青灯冷对时，躯体里深藏着无尽的悲伤，她正在独自咀嚼着年轻丧夫的悲凉。

我是个无兄无弟无姐无妹的独根苗苗，自然成了她生存下去的全部精神寄托。可是那时我正年少，根本不知母亲的心里长着一棵苦苦的黄连树，常常逆她的意愿而行：她不让我下河玩水，我则偏偏到村南和村东的两条河里去玩水。那时候为了制止我下河，母亲唯一的办法是说河里有水鬼，专拉小孩的腿。其实凡属少年，都有好奇之心，母亲越是说有水鬼，我和那些小伙伴，就越想看看水鬼的模样，因而每到夏天，下河玩水成了我的爱好。母亲为此曾拿着扫帚追我打我，她的两只脚都缠过，是无法追上我的。在我的记忆里，母亲曾经为此而暗暗哭泣。爷爷最疼爱长孙，何况我又是失去了爸爸的孙儿，因而爷爷与母亲联手，制止我下水嬉戏。爷爷检查我是否下过水的办法是：用指甲划我的胳膊，只要划出白道道来，就证明我是下过水了。爷爷不谈水鬼拉腿，不谈水怪吃人，而是不断对我进行家庭伦理说教——他是清代最末一茬秀才，可谓满腹诗文。记得最清楚的往事，是他让我看《二十四孝图》，并让我一个个背出那些古代孝子的故事，以此警示我要听从母亲的每一句话。

当时，我倒是记住了爷爷的古训，但我毕竟是个娃儿，一旦进入伙伴群体，便把那些东西丢个精光。记得，最让母亲伤心的一次是我与小伙伴们玩"打仗"。村东有个破旧的空墙圈，八九个男娃分成两摊：一方演守城，另一方演攻城。我被分在攻城的一方，我们老家是山村，双方使用的武器都是沾着泥土的石片，那东西锋利如刀，贪玩的娃儿谁能想到它的后果呢！而战斗正酣时，一个飞来的石片正好打在我的鼻梁骨上，血立刻流淌了下来。这是使母亲伤透了心的一件事。记得，惊愣了的小伙伴们吓得东逃西散，我母亲闻讯赶来时，先是揪下棉衣襟上的一团棉花，擦着我鼻梁骨上的血，然后就面对旷野呜咽了起来："还算是老天有眼，要是石头片子再往左歪半寸，儿呀，你就成了独眼龙了。你要是瞎了一只眼，妈还能活吗？"她哭得泪人儿一般，直到今天我还能记起她那撕裂人心的嘤嘤哭声。这时家里的叔叔婶婶们，也都到这漫荒野地里来了，爷爷当断则断："立刻套车去县城医院。"

冬日苦短，此时已是太阳落山的黄昏。吃罢晚饭，绰号"瘸老五"的长工摇动皮鞭上路，我母亲坐在古老的铁轮车里，用棉被先把我捂了个严严实实，并把我紧紧搂在她的怀中。我那时不知分担母亲的忧愁，反而连连喊疼。我年长了，才想到那是妈妈心里流血的一夜。刺向母亲心窝的东西，不是长矛，不是短剑，而是与她心脉相连的儿子。她心里分明在流血，嘴里还要不断地哼着转移我伤痛的乡间民谣：

小耗子
上灯台
偷油吃
下不来……

多少年后，每每对镜看见自己鼻梁上那块浅浅的疤痕时，我都感到那是我年幼时对母亲犯下的罪过。那一夜她是无法入睡的，到了县城门口，日本鬼子还没打开城门。多亏城门外有个"仁育堂"中药铺，是我大姨夫家开的，拂晓时分叫开了中药铺的门，大姨夫为我热敷上一些草药。也算是歪打正着吧，免去了进城到东洋医院看病的麻烦。

不知是不是我险些成为独眼，对我爷爷刺激太大之故，我无法知道爷爷的心思，反正我伤愈不久，全家人从乡村搬到县城去住了。我的家庭属于书香门第，父亲从荫檀就读过天津北洋大学，叔叔从荫芬毕业于北平辅仁大学国文系——在那个年代，一个燕山脚下的小小山村，能走出两个名牌大学的学子，算是个奇迹，但是到了国内革命战争时期，按阶级分类我的家庭仍属于地主家庭，因而还没等到土地改革风暴开始，全家人就离开故园，祖父母到了在通县教学的叔叔家里，我母亲不愿增加叔叔的负担，毅然带着我像两片风中树叶那般，飘零到了北平。

母亲更为凄苦的生活开始了：我在北平二中求学时，母亲在学校对面一个有钱人家里当用人。至今，那段生活仍震撼着我的心灵，我愧对爷爷，在学校里没有成为一个好学生不说，最最亵渎母亲期望的是，我不爱数理化，而偏爱看闲书，弄得英语和代数双双不及格。其中，最为可耻的记录，是我的小代数得过零分，并为此而留级。我花着母亲的血汗钱上学，而又亵渎了母亲对我的期望，等于是向我母亲流血的伤口上撒盐，这是我一生中对母亲欠下的最大的一笔良心债务。试想，她在有钱人家当用人，已然是伤痛万分，而我这个逆子不仅不为母亲解忧，反而给苦难的母亲心上添堵，该让母亲流下多少伤心的泪水？后来，由于解放战争的炮火逼近了北京，母亲打工的那家人飞往台湾，我的母亲不得不离开北京，到我在通县教书的从荫芬叔叔家中去借住，我也跟随母亲到通县去续读初中。但是没住多久，母亲便离开我叔叔家，回到我出生的那个小山村去务农。其道理十分简单：叔父家中养着我的祖父祖母，经济上已然十分艰难，母亲不愿再增加叔父的负担，便决心重回山村的庄稼地耕耘。苦难铸就了母亲坚韧的个性，叔父虽然觉得让我母亲回乡有负兄嫂之情，在挽留不住的情况下，也只好让她踏上了还乡之路。

逆子回头的一剂猛药

该怎么梳理当时我的感情呢？记得，在我送母亲到还乡的长途汽车站的路上，我起初是泪水涌出眼帘，最后竟然泣不成声了，因为母亲第一次告诉了我父亲死在国民党监狱的消息，她说她和全家人之所以对我隐瞒这件大事，是怕我为此伤心，影响我的成长，现在我已经快成为青年人了，她不得不对我倾吐她的悲楚心声。之后，她一边用袖口为我擦着泪水，一边叮嘱我说："国民党支撑不了几天了，你长大了要像你爸爸那样，干出一番事业来，才不愧是你爸爸的儿子……"

这次母子分离以及母亲路上的心语，在我人生之路上，可谓是一剂让我起死回生的猛药。当年我虽然只有十六岁，但是第一次听说爸爸早就死了，而且是死在国民党的监狱。当时，母亲的声音虽然低沉，但对我来说无异于一声晴天霹雳，让我如陷漫天迷雾之中，久久说不出一句话来。因而，我送母亲登上回乡的长途汽车之后，见到我叔父的第一句话就是："叔叔，国民党为啥把我父亲关进监狱？"叔父知道我母亲已经告诉我此事，再对我隐瞒下去毫无意义了，便低声告慰我说："你爸为何入狱，咱家里谁也说不清楚。他远在重庆，连个音信都无法相通，千方百计通知家里这个消息的，是你爸北洋大学的一个同乡学友写来的一封皱巴巴的信，邮到了我读书的辅仁大学，至于为了什么，信上只字也没敢写，我估计与你爸爸亲共有关，你年纪太小还不知道一二·九学生运动，记得当时你爸回家给我看过一本小册子，叫《共产党宣言》，所以叔叔认为，你爸爸在重庆一定又闹出什么事来了，不然不可能关死监狱。"叔父对我说完这番话后，立刻叮嘱我在学校不要乱说，要把此事锁在心里，重要的是要在这儿读好初中，不能再愧对母亲和全家人对我的期望。

无言。

沉默。

我陷入深深的悲悯之中。也许是从这天开始，"良心"与"责任"这两个词汇，闯入我的心扉并生根发芽，同时我那双童眸开始审视社会与人间的黑白。特别不能忘却的是，从小就翻阅过家中古书（包括古典文学的四大名著）的我，在家叔的居室里无意间发现了一本叔叔发表在天津《大公报》上的诗歌和散文剪报本，这对我尚未萌发的文学生命，起到了点燃和引爆作用。我似乎在我厌恶理科的绝路上，发现了人生的另一个让我兴奋心跳的路标。20世纪80年代后期，我在中国作协党组工作时，春节期间到前辈冯至和萧乾家中拜年，两位文坛前辈因为先后在天津《大公报》编过副刊，又因为从姓在百家姓中稀少罕见，曾不约而同地向我问起从陆人（繁体从字为六个人组成，故而叔叔笔名为从陆人）的情况，我告知他们，他是我的叔叔，已死于"文革"期间。基于家叔文学写作的启迪，我在通县初中毕业，考入北京师范学校之后，于1950年——新中国成立的第二年，便开始在报刊上发表豆腐块大小的文章，后来因迷恋俄国的屠格涅夫和中国作家孙犁的作品，开始勾画以我童年生活为背景的小说，并将其发表在孙犁主持的《文艺周刊》上。当时，在亲情和良知的要求下，我急于做的第一件事，就是把稿费寄给孤身一人在农村苦熬的母亲，这不仅是物质上对母亲的支持，也是对母亲生我养我的感情回报，更是对少年时刺伤母亲心灵的忏悔。由于我文学上的绽放，北京师范学校曾破例请示教育局，想把我保送到北大中文系学习，但在我毕业前夕，北京市召开了人代会，会上决定要提高小学教师素质，因而教育局的批文失效——我请求到离京城最远的农村去执教，以接近农村田园生活。但我只在北郊青龙桥小学教了半年书，北京市委一纸调令，便把我调到《北京日报》去当编辑、记者了。

此时是1954年春天，当年夏天我便把母亲接到了北京，以缓解我心灵上的重负，我与母亲开始在魏家胡同一个大院里生活。应该说，这是母亲少有的几年欢乐日子，因为第二年春天我第一本散文集《七月雨》由上海新文艺出版社出版，我冬天又娶妻完婚，到了1956年我的短篇集《曙光升起的早晨》和长篇小说《南河春晓》相继问世。1957年初，我的儿子从众诞生，孤独了大半生的母亲，怀里抱起了孙儿，这种变化让母亲脸上绽放出灿烂的笑容。这是她生命的马拉松长跑中难有的欢快，因而就在孙儿落生满月的那天，我与文友林斤澜登上北行的火车，到北大荒去北京青年垦荒队体验生活，母亲不仅没有阻拦，还支持我去北国边陲接受天寒地冻的锻炼，那儿成了我长篇小说《北国草》的怀胎之地。在北大荒期间，斤澜兄因家里有事，提前回北京了，我原想在北大荒住上半年的，但在当年的四月，我接到友人刘绍棠一封来信，他信上说："维熙，你何日回京？50年代第七个春天，将是文艺的璀璨季节。毛主席明确提出了'百花齐放、百家争鸣'的方针。我们的文学艺术，或许能进入一个繁荣昌盛的年代。如果可能，希望你尽快回来参加大鸣大放……"

尽管我难以割舍北国冰雪，但是友情的呼唤大于"圣命"——我回来了。

母亲再次坠入历史冰河

关于我1957年被划右的过程，因文史资料中已有许多，我不想再次赘述，浪费篇幅。简要明析之，主要由于一篇我与刘绍棠共同署名的文学短论《写真实——社会主义现实主义的生命核心》，发表在《文艺学习》上，当年四月我又应《北京文艺》鸣放之约发表了《对社会主义现实主义的几点质疑》，并在《长春文学》上发表了的短篇小说《并不愉快的故事》，从而被卷入1957年的台风眼，成为反右斗争中的靶牌。

如果误伤我一个人，我虽然痛苦还可以承受，因为家里还有我前妻陪伴老母和幼子——我无论如何也想象不到，出身于革命家庭，十七岁就在上海参加地下党的我的前妻张沪，因为一首打油诗而与我一起跌入右派泥潭。后来又因对当时"超英赶美""跑步进入共产主义"等乌托邦口号提出质疑，我与妻子遭遇到对右派的最重处理——双双被送进了高高的大墙。

新中国成立才八年，我的家庭又解体了。在空了一半的鸟巢里，母亲开始了又一次的生命付出——她像抚育我那样，开始了老鸟喂养雏鸟的生活。可以想象，又一次的打击对我母亲来说是多么凄楚和沉重。多少年后，据同住于魏家胡同大院的邻居刘嫂告诉我，我们离开家刚进囚牢时，母亲最初天天以泪洗面，致使她怀抱里的孙儿，也少了孩子应有的快乐，但是这段日子不长，我母亲很快没有了悲凉的表情，而投入抚养孙儿的行动之中。母亲曾对刘嫂说："人生祸福无常，既然倒霉的祸事都让我赶上了，我就得挺直腰板活下去，把孙子抚养成人。"

好在新中国成立初期，文章稿费较高，我出版的三本书，有七千多元的稿费积存，它成了祖孙二人——一老一小以及我俩在劳改队生活下去的支撑。记得，1960年是中国的困难时期，劳改队里的众多老右都得了浮肿病，轻者蹬着小马扎上炕，重者年纪轻轻就进了天堂。那个年代，我母亲扮演了搬运工的角色，她手牵着年仅几岁的孙儿，拐着两只缠过的小脚，肩上背着食品包裹，风尘仆仆地奔向地处渤海湾边上的茶淀劳改农场。先从北京前门火车站上车，下车后要步行几十华里，把防止浮肿的营养品分别送到我和前妻所在的劳改分场。那儿是一片荒芜的大芦花荡，夏天的花脚蚊子和成群飞舞于苇丛中的吮血的"牛虻"是不分善恶的，来者身上都要留下一串串被叮咬的大包。

每每到了母亲拉着我的儿子出现在接见室的时候，我的眼泪立刻泉涌而出。不知是母亲的泪腺已然干枯，还是她已然蹚过了人生苦河之故，在那个特殊的囚牢，她不仅没有落泪，有时还帮助监督接见的队长，说上两句激励我的话语：

"哭啥！你看小众（我的儿子）长多高了。你要好好劳动，争取早日全家团圆。"

儿子像我小时候一样，还不知人世间的悲凉，睁着两只圆圆的大眼睛，提出令人心酸而又无法回答的问题："爸，你和妈妈什么时候能够回家帮我捉院子里的蜻蜓？"

我无言以对。儿子在刚刚蹒跚学步的童年，便随祖母来到监号看我，并在我面前述说"捉蜻蜓"的童话，已让我心痛不已，苦命的母亲千里迢迢来探监，不仅给我带来解饥的食品，还背来我冬天穿的棉衣，让我一双泪眼不敢正视母亲。在那一时刻，我记起了儿时母亲青灯冷对飞针走线的形影，今天我已经是个成年人了，她还给我送来这些防寒的衣物。昔日古诗中写的"慈母手中线，游子身上衣，临行密密缝，意恐迟迟归"中的深深爱意，也都尽在无言之中了。

　　待我回京探望母亲和儿子时，有几件事是我终生难以释怀的。其一，母亲已然是掉进人生苦井里的人了，她还不忘去为别人解忧。"文革"开始前的1965年，我从大芦花荡中劳改队回家探亲。我刚刚迈进大院的门槛，就被外院迟家大嫂拦住。她向我倾吐了我母亲对她的真情帮助。迟家大嫂的男人，也是东北某监狱里的一个劳改犯，她迫于生活压力靠在胡同口外的商店门前给购物人看自行车来养活她和她的儿子。她儿子非常顽皮。一天她去上班看车，把儿子反锁在屋子里，这个顽皮的娃儿，竟然打碎了窗玻璃，从窗子里钻了出来，他的脸被尖尖的玻璃碴子剌伤。正好赶上母亲带着孙儿买菜回来，她看见迟家娃子满脸是血，便让七岁的孙儿把菜筐提回家里，她知道此时去找看自行车的迟家大嫂，不仅延误时间而且是无济于事的，便带着迟家娃儿去了附近的隆福医院。迟家大嫂下班回来，看见娃儿脸上缠着多条医用绷带，娃儿告诉她是从家奶奶带他去看病的。因而，她到我家来感谢我母亲时，几乎跪倒在地，我母亲把她搀扶起来，并把刚刚烙好的几张大饼，塞到迟家大嫂手里。

　　第二次回家探亲，适逢"文革"高峰时期。尽管从劳改农场骑一辆破旧自行车回到北京城内，我已十分疲惫，但我怕因为我突然回家探亲，给本已多灾多难的母亲带来什么麻烦。因而尽管我的两腿蹬车蹬得已经十分酸痛，还是不敢直接回家，想先到街邻熟人那里探个虚实。

　　我骑车先到了东四人民市场，找到在那儿当售货员的同院邻居刘嫂，询问我母亲的情况。她躲开别的售货员，用最轻的声音对我说："你先不要着急回去，等天黑了再回也不迟。你妈前几天已经被红卫兵挂上一块大大的木牌。我晚上偷偷去屋里看过她，她精神还不错。"

　　"抄家了吗？"

　　"搜了一遍，好在你家也没有啥属于四旧的东西了。"

我不敢在刘嫂身边逗留，怕给好心的刘嫂招灾惹祸，可是夏天天黑得又比较晚，出了人民市场，我沿着小胡同转了很久，待天大黑之后才偷偷溜进院子。屋门没有关，我轻轻一推，就进了屋子。真是最知道儿子的莫过于母亲，她听见我的脚步声，就从里屋走了出来。垂挂在母亲脖子上的那块大木牌子，与囚徒苏三颈上的木枷一样。特别使我心痛的是，那块大木牌子不是用绳子而是用铁丝挂在脖子上的。木牌又大又沉，母亲的脖子被铁丝勒出一道深深的沟槽。我的第一个反应就是用手去摘她颈上的牌子，母亲一下拨开我的手说："不行！不行！"我说："晚上没有人来，您怕个啥！""隔墙的街坊就是红卫兵，说来就来。你还是少惹一点是非吧！"

　　我拗不过母亲，只好松开手，然后拿来一块布片，垫在母亲的脖子上。这样可以减轻一点她的疼痛。母亲不放心地听了听窗外，惊恐地对我说："没有打死我，就算阿弥陀佛了——你听，东院吴家正在打人哩！"

　　我侧耳听了听，当真是一片鬼哭狼嚎。刚才我进家时，精神太紧张了，竟然没有听见这令人毛骨悚然的声音。"我看你还是连夜回农场去吧！"母亲央求我说，"一旦他们知道你回来了，是会来抓你的。听妈的话，你看妈没伤着胳膊断了腿的，你就放心吧。挂牌子就挂牌子，扫街就扫街，你放心好了，妈挺得过去。"

　　这时我才发现，我的儿子不在屋里。母亲告诉我，她不想让孙子看见奶奶这个模样，所以运动一来，就把孙儿送到姥姥家去了。母亲能如此从容而清醒地面对乱世，使我有些吃惊。从1957年到1966年，她带着孙子已经苦度了九个年头了。也许只有在苦水中泅渡过的人，才有对各种突发苦难的应变能力。我呆呆地望着苦命的母亲，泪水立刻盈满眼眶，我真想把她颈上的那块反革命家属的大牌子取下来，挂在自己的脖子上。但是感伤解决不了实际问题，我只好安慰她："妈，我一定要陪您过一夜。这么晚了，没有人会来找我的。"

　　"你进院时，有人看见你没有？"她神色不安地盯着我的双眼，似乎是想从我的回答中判断我的话是否诚实，"外院的一家人，有个中学生当了红卫兵。红卫兵来咱家搜查时，她是跟着一块儿来的。"我继续宽慰母亲说："我是悄悄溜进门来的，没有人看见。"

　　这是一个不眠之夜。不要说隔墙吴家的武斗声使人不能安眠，就是没有任何声音，我也不会产生一丝睡意了。母亲死活不肯摘下她脖子上的那块木牌，我硬是给她取了下来，答应她只要听见人声，立刻再套在她的脖子上。

母亲说："造反的红卫兵说了，反革命家属兼地主出身，是不能住在这个院子里的，要换城里的无产阶级来住。"

我说："妈，您一切听他们的，不然会吃亏的。"

"总不会送我回乡吧？我一个人回乡还没啥，可是我走了小众怎么办？他姥姥、姥爷都有病，孩子又正上小学，这不是愁死人吗！"

"走一步说一步吧。"我满腹愁肠地对她说，"实在不行，跟着我去劳改。"

"那可不行，他还是个小娃儿。"

我说："在茶淀有个带着儿女进来的，还是个北大的助教。"

"宁可我带着他去要饭，也不能让他去你们那儿。"母亲的口气非常坚决，"你们俩就这么一个孩子，到里边学不了好。我舍出老命，也要让他成个有用的人。"

那是一个无眠之夜。虽然我和母亲都躺在床上，母亲还在对我低声耳语。她说为了怕惹是生非，把全家族和我儿时候的照片一把火都给烧了。唯有一张我父亲在北洋大学读书时的照片，她保存了下来。她对我指了指她身上的内衣说："我把它缝在衣服的夹缝里了——"说着，她对我拍了拍她前胸，"这是留给你和孙儿的，万一我有什么……什么……意外，你一定记住我这件内衣的颜色，里边藏着你爸爸的头像！"此时，眼泪已经无法表达我的悲痛，我拉紧母亲的手说："妈，您比我坚强，我相信您会渡过难关的。"

大概母亲想要慰藉我的心吧，她话题一转，说起儿子从众，在小学门门功课都不错，他特别喜欢美术。每到周日休息，便去画院子里墙上的藤萝和花花草草。

我说："您别说了，睡吧！明天您还要扫街……"

"好。你也睡，明天你还要骑车回农场呢。"

其实我和母亲都没有睡觉，我在为母亲的处境而忧伤，她则为我明天回劳改队而操心，因而不断用手电筒观看桌子上的闹钟，她不敢开灯，怕惊动周围四邻。到了四点多钟，母亲催我立刻回场。我是强忍着悲伤的泪水而走的，因为我的泪水会刺激母亲那颗伤痕累累的心。

当我骑车穿过南池子街巷的时候，见到了惨不忍睹的一幕。此时天刚微亮，一群红卫兵在斗争一个躺倒在街心的老太太。瞧那阵势，是连夜的批斗会。无论是斗人者还是被斗者，神态都已走形。皮带、链条虽然还在对那老太太不停地抽打，但已显得有气无力。那被打的老太太，此时如同一只死狗，看不清她到底还有没有呼吸。我猜想她还活着，不然那些红卫兵应该早已散去。为了提高斗志，一个男红卫兵突然喊了一嗓子："嘿！该你们长头发的发挥威力了，'半边天'不能只是站脚助威呀！给我上！"

几个原本站在外围的女红卫兵便一起挤上前去。她们没有打那个老太太，可是却比用皮带和链条抽打更残暴，其中一个竟然跳到那老太太胖胖的肚皮上，像是跳踢踏舞似的，在上面踩个不停。她一边踩，一边对那老人喊叫着："你这死顽固，看你交不交出房契？不交出来就踩死你这老资本家！"我大着胆子探头看了那老太太一眼，原来那个被斗的老人手里死死攥着一张纸，可能就是红卫兵索要的房契。我不忍再多看一眼，跳上自行车惶惶而去。

归途中，我想得很多很多。那个女孩，怎么会想起在老太太肚皮上蹬踩呢？按年纪算，她不过十六七岁，刚开始步入人生花季。老师不会教给她，她的父母也不会告诉她，那么她怎么会有这种惊人的表演？《第三帝国的兴亡》一书记载，那些以杀人取乐的德国士兵，原本都是十分善良的孩子，可是希特勒掀起罪恶的战争，大日耳曼民族狂热情绪被诱发出来之后，德国人人性中恶的潜能，便被发挥到极致和畸形的地步。踏在老人肚皮上跳舞的那个姑娘，是不是就像那些杀人取乐的德国士兵？与此同时，我暗暗为母亲庆幸：她虽然胸前挂着大大的木牌，每天去清扫街道，总比这个老太太面临死界要幸运一些。

以上是我第二次从劳改队回家探亲的伤痛记忆。我第三次回家探亲时，已发配到山西晋城的一座劳改煤矿。千里迢迢回京探亲时，正是严寒的冬天。当时"文革"的高潮期虽然已经过去，但是留在心中的影像，却超出了前两次的悲凉。我走进魏家胡同大院母亲和儿子居住的三间房舍时，同院的刘嫂低声地告诉我，街道的造反派已强行让一老一小——我的母亲和儿子，搬出这所宅院，到吉祥胡同一个大杂院去住了。刘嫂是个好心人，她看看此时天已昏黑，便让我跟在她的身后，出了院门从魏家胡同拐进一条窄而小的胡同，用手指了指一间临街的房子，告诉我："就在这儿——"我谢过刘嫂，走到这间只有七八平方米的屋前时，看见檐下堆放着的蜂窝煤和麻包之类的杂物，我简直失去了叫门的勇气。

屋里的电灯突然亮了，日日夜夜神经高度紧张的母亲突然对着窗外喊话说："谁？"我本想回答母亲一声"是我"，但声音如同卡在了嗓子里，无论如何也吐不出来。

门开了，走出来的不是母亲，是我的儿子从众。他向屋里高兴地喊道："奶奶，是我爸回来了。"他接过我手中沉甸甸的包裹，走进窄小的屋子。在母亲捅开炉火，给我热饭的瞬间，我的第一个感觉就是儿子长大了，十五岁的他比我高出了半个头，他立刻从床下掏出一个破木箱，找出一床棉被铺在床上，并说："今天这张双人床睡三个人，冬天挤着点更暖和！"当天夜里，我虽已疲惫至极，但还是难以成眠。苍天哪！一老一小何罪之有，非把祖孙俩拱出林木葱葱大院的三间瓦房，到这间只有八平方米的斗室来生活？我不敢询问母亲，原来装满文学书籍的高大书橱现在到哪儿去了，因为母亲知道我爱书如命，我如果询问母亲，等于往她流血的心口再捅上一刀。想来一定是被勒令搬迁时，祖孙俩将其当破烂卖了。真是难为母亲了，她背负的心灵重压，比我在大墙之内所承受的苦难还要沉重，因而我没有勇气询问母亲。

唯一给我精神安慰的是儿子从众的成长。第二天他从抽屉里拿出一张纸让我看，我以为是读高中获得了什么奖状呢，但呈现在我面前的是孙儿画的祖母的头像。那额头的皱纹，那脸庞的轮廓，就像照片一样逼真。在我眼里唯一有点失真的，是儿子没有勾勒出她内心的悲凉，画面上的老祖母反而在启唇而笑。儿子似乎觉察到了我的心绪，告诉我说："奶奶带着我就是这么活到今天的，在她眼里没有迈不过去的坎。不然的话，咱家怎么能支撑到现在？我又怎么能成为一个高中生？"

我无言以对了，儿子不仅长大了，而且能体恤祖母的心了，这是我回到八平方米矮屋里唯一的心灵安慰。当时，我顾不上鼓励儿子在美术方面的天赋，一老一小能够艰难地活下去，我就很知足了。因而这次回家探亲，在凄楚悲凉之中，似乎得到了一丝暖意，那就是年幼的儿子继承了祖母的生命基因，与我当年不知母亲之痛反而往母亲伤口上撒盐，有着天壤之别。这就是我几次回京探望母亲的切身感悟。母亲坚韧，儿子挺拔上进，让我在劳改中少了些忧愁和烦躁，静待中国历史冰河解冻和蚀月变成一轮圆月之时。

她的无言期盼够漫长的，一等就是二十年。二十年折算起来等于七千多个日日夜夜，待我和前妻结束囚徒生活归来时，我的二十一岁的儿子已考进中央美术学院雕塑系，成为一个年轻的雕塑家。我和前妻没能对儿子尽到一点责任，儿子是在祖母抚育下成长的。儿子告诉我，由于我和张沪双双被关进大墙为囚，他没有资格报考大学，而是到一家工厂当工人，直到"文革"

结束之后要为右派改正的 55 号文件下达，他才报考了中央美术学院雕塑系。这个系当年在全国只招收五名学生，他是抱着泥塑的祖母头像去面试的。是母亲凄楚的人生感动了美院教授，还是从众的美术天赋得到了教授的认同？反正他当年就进了美院，成为雕塑系的一名学子。待我结束劳改生活，从山西回到那八平方米老屋时，那张仅有的双人床已然空了一半——儿子住进美院宿舍了，我正好接替儿子睡在母亲身旁。

泪河哭干之后的坚韧，沉默中的漫长等待，含辛茹苦的人性瑰丽，知更鸟般的期待黎明……这就是母亲的人生。中国历史上曾有过千千万万伟大的母亲，但我不知道有没有承受人生负荷如此沉重的中国母亲！

抽屉中的历史真存

母亲的名字叫张鹤兰。当她驾鹤西飞到天国后，我们清理她的遗物时，再一次发现了历史赋予她难以言喻的悲凉。

生前，她床头有一个小桌，抽屉总是挂着锁。我们过去没有开过这个抽屉，老人下葬之后，我们打开了它，其中最有分量的是一布袋五六十年代一到五分钱的钢镚儿，其他几乎清一色都是各种粮票、菜票、油票、鸡蛋票。我查看了一下，票证中最早的是一张 1962 年 9 月的菜票，票面颜色红不红、紫不紫，上边还标明着"一天"和"过期作废"字样。票面上没有编号，也没有印刷日期，但是用眼细看，则可看见一棵隐形的白菜，说明它是用以买白菜的票证。根据年代标志，我可以想象那个年代的母亲，一只手牵着五岁的小孙儿，另一只手抱着一棵白菜，从副食店走出来的模样。

母亲逝世一周年之际，那两代人从美国回到中国为老祖扫墓。我的儿子从祖母的遗物中选择了几张粮票和菜票，给我的孙儿们看。孙儿不知道那小小的纸片是些什么东西，因而他们曾经天真地提问：

"那是中国的邮票吧？"

"不是。"

"那是什么东西？"

"对你们说不清楚。"

是的，这两个落生在中国历史新时期的小人儿，怎能理解那小小的纸片？要让他们知道那些貌似邮票的小小东西，怕是要讲上半天，即使磨破嘴皮，他们怕也无法得知其中的万一。因为那些看上去像是邮票的东西，可以看作一部始自 20 世纪 60 年代的中国史书，也可以看成一幅昨日中国一穷二白的肖像，如果与母亲的生活对接起来，还可以解析为母亲承受过的生活和精神的双重沉疴。

孙儿们的天真，深深地触发了我的感伤之情，它让我回忆起来，在 20 世纪 60 年代我有机会从劳改队回来探家时，母亲从副食店给我买回来一斤粘连着蛋皮的冻蛋。那年月新鲜鸡蛋不知道被藏到哪儿去了，那冻蛋下锅之后，立刻散了蛋黄，就像是一摊黄黄的汤儿，分不清哪部分是蛋黄，哪部分是蛋清。让我感伤至今的是，我当时不知道被我狼吞虎咽吃进肚子的鸡蛋，是我老母亲和我儿子一个月的鸡蛋供应量。

其中最刺激我中枢神经的，还不是这些清理出来的粮票、菜票一类的历史遗物，在抽屉的最里边，我们翻出来一个红绸包包，当时我们都以为母亲藏着什么重要祖传，但是打开一看，竟是一沓子按年份排列下来的选民证。最早的选民证已然纸面发黄，但是纸面上洁净如初。我知道老人在世时，最珍惜这些东西了。那时候阶级斗争年年讲、月月讲，她的儿子和前儿媳双双是折进囚牢里的"阶级敌人"，她为此承受的政治压力沉如磨盘，时刻碾压着她的灵肉，承受过如此重压的母亲当然会把一张张选民证，当成护身的符咒了。即使这样，她还是不能自救，在"文化大革命"中，那些代表着宪法的选民证，成了一张张废纸，但她仍然把它视为珍宝，包在红绸子包儿里，一直保存到生命的最后一刻。

我理解母亲多年的凄苦，因而我复出文坛出版第一本小说之后，立刻把稿费的存折交给她。虽然外人看来这很迂腐，但是我还有什么更好的办法来回报母亲为我一生的巨大付出呢？从 20 世纪 80 年代初到 90 年代中期，我出版的四十九本书的稿费，笔笔我都交到老母亲手里。她省吃俭用剩余下来的钱，也都在木桌的抽屉里。此外，那两本大大的相册几乎占据了她的半个抽屉。相册中的照片除了孙子、孙媳和两个曾孙在美国工作和读书的照片之外，还有一张半寸的褪了原色的照片，那是在"文革"期间，她脖子上挂着牌子扫街时，冒着生命危险缝进内衣里的父亲的照片。此时，母亲将其放到全家的相册里来了。多么沉重而悲凉的历史往事。直到我 1998 年出访台湾，在高雄的姑姑家中，才从父亲昔日一个北洋学友那里得知：当年，父亲原本是机械工程师，在抗日战争中武汉失守后，沿长江水路携重型机械南迁重庆后不久，因不满国民党重庆政府在民族危亡时刻的腐败和暗暗推行的剿共政策，便想与另一个北洋同学计划借水路北上，投奔革命圣地延安。事情败露后，父亲便被抓进大牢铁窗，因肺病复发死于重庆监狱。事后，北洋同学为他送葬，埋骨于山区的北碚陵园。

可惜的是，母亲虽然知道父亲死于国民党监狱，直到她1995年离世，也不知道父亲死亡的具体原因。"文革"年代母亲冒着灭顶之危，千方百计保存下来父亲的遗像，我有责任让母亲知其内情。因而在我访问台湾归来之后，第一件事就是对着书房内母亲的遗像，向母亲默默陈述父亲入监以及埋骨于北碚的经过，以解我心怀的重压。我想，母亲在天有灵一定会听见儿子心语的，因为母亲年轻时带着我寡居时，她魂牵梦萦的人就是爸爸，直到晚年，她常常拉开抽屉，戴上老花镜翻看那本相册，久久地凝视我爸爸的遗像。此时她知晓了爸爸死于监狱的渊源，在九泉之下，也可以解除她一生心里的问号了。

母亲除了凝视相册中父亲的遗像，也常常把视线移到第三代人和第四代人的照片上——她孙儿和曾孙的肖像，这是她自我医治心痛的精神处方。最后她常常是在泪花闪烁中合上相册，显然她是在想念孙儿和曾孙之后，又想起了当年与她在燕山脚下成婚的爸爸。孙子、孙媳和两个曾孙是在20世纪90年代初期，离开她的羽翼飞往那半个地球去的。她内心如同被掏空了一半，但是多年的生活磨难启示她，不能阻拦雏鸟远飞长空，所以在曾孙临行之前，她把两个曾孙拉到她那张木床上一起睡了多天，以享受长长别离前的天伦之乐。可以这么说，母亲的木床和木桌间的抽屉，是她老年精神生活的全部所在，它既是中国历史的写真，也当真称得上是一部人间的"母亲字典"。

月季花的无言述说

在我的记忆里，母亲是在四世同堂的家走了第三代和第四代以后，精神开始老化的。过去她上楼下楼从来不拄拐杖，那一年她开始拄上拐棍了。她每天在接近中午时分，都要拄着拐棍下楼走一回。起初，我这个做儿子的，不知母亲为何偏偏在这个时候下楼，后来值班室的陈师傅告诉我，母亲是去等信的，当然她不是在等期刊编辑部给我的来信，而是眼巴巴地等那远在美利坚的两代亲人的来信。因而，那相册里的照片，至少有一半是母亲拿上来的。记得，有一天中午我正在写作，她突然来到我的写字间，对我高兴地说："你看看，这是我刚刚拿上来的信，上边的字我不认识，你给我读读。"我接过信来一看，除了照片之外，还有两张期末考试成绩单，我告诉母亲，两个曾孙各门功课成绩都是 A。她不懂 A 是什么，我说就是最好的意思。那一刻，她的眼里又闪烁出泪光了，这是她晚年流出的欢欣泪水。

母亲在承受苦难的年代，是从来不落泪的。在那漫长的岁月中，她的泪腺似乎被历史熔炉蒸烤干了，到了她生命的晚年，随着时代的回春，她的泪腺似又恢复了流泪的功能。她常常在看电视时，为剧中出现的悲情而落泪。好像她昔日的苦难都不是苦难，只有别人的痛苦才是痛苦。家中走了两代人，为了解脱母亲的寂寞，我常常让小阿姨把楼里几个与她同龄的老人，请到我家来喝茶聊天，她也常常去楼内几位老人家里回访，给没有牙的老姐妹送去香蕉，给牙口好的老姐妹带上梨和苹果。母亲有一颗十分善良的心，她说其他老人时下活得还不如她，她该为老姐妹们分忧解难。

她来到这个世界上，除了承受苦难之外，好像就是为别人活着的。即使是家庭生活好转了以后，她也一直恪守着她那份清贫。80 年代到 90 年代，我和妻子曾先后给她买过几根质量很好的拐杖，有佛山带来的禅杖，有雕花的山桃木手杖，她碰都不去碰它们，上楼下楼依然挂着那根漆皮早已脱落净了的、光秃秃的柳木拐杖。我曾就此劝说过母亲，她说那根柳木拐杖拿着轻便，还不惹人注目。她一生不愿意抛头露面，有时电视台来家里采访我，她是绝对躲开摄像镜头的，她的生命就像一株无名衰草，没有鲜亮的色泽，即便是在大地回暖时节，她也不愿显示她的存在。该如何准确地形容我那多灾多难的母亲呢？柳木在树木家族中是最易成活并有着抵抗干旱和水浸的能量，母亲的形象就像她手中这根漆皮褪尽了的柳木手杖——过去是，生活好转了以后还是。因而在母亲辞世后，我们把那支疙疙瘩瘩、裸露出白白木茬的拐杖，看得格外有分量。我们把它与母亲的其他遗物放在一起，保留了起来。

中国古诗中留下"春蚕到死丝方尽"的佳句。母亲把这句诗演绎到了极致，直到她停止了呼吸。母亲故去后，骨灰被一分为二。一半留在了中国，另一半被孙儿带到了美利坚。在火葬母亲时，还有一段小小的插曲：孙儿从众认为祖母在逆境中养育了几代人，自己却一无所有，因而特意从美国带回来一条金项链，想让祖母带走，以宽慰他思念祖母的心。可是此举被火葬场工作人员阻拦了，说那不符合火葬条例，而且容易引起许多的后患，如导致火葬工人犯错误云云。在无法解除那半球的曾孙对曾祖母的哀思和怀念的情况下，从众只好用一个骨灰盒，把祖母的一部分骨灰带上了飞机，带到美国凤凰城去了。后来，我从儿孙们寄来的录像带里看到，每到中国的清明时节，我的儿子、儿媳和两个小孙孙，在那半球都要对老祖举行祭悼仪式。按照东方人的习惯，先给老祖下跪磕头，然后把骨灰盒摆在客厅最显眼的位置，以使东方来的老祖，时刻能看到她膝下的第三代、第四代人的音容笑貌，让西归的老祖含笑于九泉之下……但是中国自古对待逝者，就有"入土为安"之说，我和妻子于2006年赴美探亲时，将母亲留在异国他乡的另一半骨灰带回了中国，与母亲下葬于龙泉陵园的骨灰合为一体。

为此，儿子和孙儿曾询问我："您把骨灰带回去了，我们在清明如何祭悼老祖？"

我告诉他们，老祖的名字叫张鹤兰，有一种春天开的花儿叫"望鹤兰"，因为花的形状像一只鸟，别名叫"天堂鸟"。清明节到来，你们就用与老祖同名的花儿祭奠老祖，非常合适。儿媳听罢立刻到当地花店寻看，归来后告诉我他们居住的美国凤凰城，也有这种花儿，只是英文名字与中文不同罢了。儿孙们说，骨灰带回中国入土后，每到清明他们就用"望鹤兰"祭悼老祖。

母亲安葬在京北昌平的龙泉陵园，位于一片山峦之腹。京密运河的一泓清波，从山前缓缓流过，山下的一片果园，每到春夏之交桃李争艳。自从母亲故去之后，我和妻子每年清明去扫墓时，也都在鲜花丛中插上几朵望鹤兰，不仅因为那花儿的名字和我母亲绝对近似，还寓意着家人和母亲永远相守相望。墓碑上刻着我写下的碑文。全文如下：

> 吾母张鹤兰，一生含辛茹苦。吾四岁丧父，吾母历尽艰辛将吾拉扯成人。吾不幸于一九五七年被划为右派，母亲以春蚕吐丝、杜鹃啼血之坚毅，哺育吾子成才。吾于一九七九年平反回京之后，老母又将吾孙揽于其怀，其博大精神状若"精卫填海"。使吾及吾子吾孙永世铭记于心。

本来刻在碑上的碑文，是抒发我和儿孙们对老人的情怀的。第二年夏天，母亲逝世周年的忌日，我和妻子钟紫兰去墓地祭悼母亲时，母亲墓碑前的幼松旁边，忽然多了两株盛开的月季花。那儿满山遍野都是翠柏环绕的白色碑林，唯独母亲的墓碑前，粉红的月季花开似锦。经询及陵墓管理人员，才得知花是一位巡墓老人特意为我母亲栽下的。那巡墓老人是从碑文上看到母亲的事迹，认为我的母亲很不平凡，特意为其栽种下两束月季花。这是我的母亲在西归之后，受到的特殊礼遇，其情其景让我们感触良深。为此，我特意找到那位巡墓老人，表示谢意。他说："我之所以在你母亲墓碑旁种上月季，而不种上艳丽的玫瑰，因为月季在夏季月月开花，是百花中最辛勤的品种，此花枝蔓弯弯曲曲，挺像你母亲的坎坷人生的。"

时至 2012 年的清明，那两株月季正含苞待放。妻子躬下身擦洗母亲的陵墓和石碑，我则打来一桶清水，浇灌着陵墓前的幼松和月季。之后，我和妻子先后在母亲的墓碑前，双手合十地向母亲倾吐心语。我的心语是："妈！如果人当真有来世的话，我还做您的儿子——童年时我再不会是逆子了，而是自幼就奋发图强的少年，让您笑颜取代愁眉。"之后，我向母亲的陵墓三鞠躬，对母亲表明我的心志："妈！我今年虽然已是年近八旬的老翁了，但在我生命的晚年，更要以您为尺，以真为镜，走完我的文学人生！"

完稿于 2012 年 5 月母亲节之前

绿为媒

——感受红与黑两极风景

古长安，今西安，不仅留下我人鬼转变期的生命足迹，之后电影剧本《第十个弹孔》也拍摄于西影。西安"白鹿书院"开院时，陈忠实老弟一个电话，让我三临西安，并登上"白鹿原"，到原上的思源学院讲学。但是让我最难忘怀的是第四次西安之行，因为此行既让我抚摸到了中国革命的红色图腾并亲临远古历史上的黑色鬼谷，更有纪念意义的是，带我走进红黑两界的，不是昔日文学圈里的朋友，而是身穿过绿军装的一位1939年入伍的老兵。

走进红色驿站

这位老兵不是别人，就是我的岳父钟相国。多年来，我的笔墨沉溺于中国知识分子历史的回眸，常常忘却对我身旁亲友的凝视。比如，对1939年入伍今已九十高龄的岳父，我只知道他是获得过抗日战争和解放战争多枚勋章、离休多年的军职干部，并感知老人是个生活低调、严于律己的军中楷模。比如，部队给他配备了专车，而他常常与岳母徒步去街头散步和超市购物。我有时询问他战争年代的往事，他总是对我诙谐地一笑说："不外是冲锋陷阵，舍生忘死而已。"对这样一位前辈，我很难破解其生命中的光环，加上我的笔锋多年一直抒写知识分子的人生命运，也就把探索老人的事儿搁置一边了。

巧就巧在这次二炮工程学院邀请我们到西安后，首先安排我们瞻仰的是"八路军办事处"纪念馆。这对于我来说，是个极大的诱惑，因为我虽然三次来西安朝圣，登上过古长安的城墙，览胜过秦始皇地下兵团——兵马俑——的方阵，并在骊山杨贵妃当年的沐浴之池清洗过身上劳改二十年的污垢，但对中国革命中的这个红色驿站，我却没有任何机缘光临，而据中国革命史料记载，从国外来支援中国革命的白求恩医生，是经过"八路军办事处"去往延安的。仅仅 1938 年春到当年秋，就有两千八百名热血青年经过这里奔向抗日战场。还有当年文坛中的萧军、萧红、丁玲、周扬、舒群、贺敬之等，都在"八办"留下过生命足迹。因而这次能与当地军人一起来到当年的"八办"这个红色驿站，我内心充满了新奇。

夜宿部队的招待所。第二天清晨，二炮工程学院派车把我们送到七贤庄的"八办"纪念馆。在车上我就感到老岳父的神情有些异常——我坐在车的前排，从汽车后视镜里，看见老人先是非常兴奋，后又似乎用手指在抹眼角，直到我岳母递给他一块手绢，我才得知老人默默地流泪了。文人都是超级敏感动物，我立刻猜想到我们要去瞻仰的这个昔日的红色驿站，似乎跟老人有着什么内在联系。果然不出我的所料，走进"八办"后，我正在观看墙壁上昔日革命元老和前辈文人经过这里的照片，岳父就被工作人员请进了接待室，我跟了进去，看见岳父正在接受工作人员的采访——至此，我才猛然醒悟过来，老岳父的革命人生一定与这儿有着血肉联系，不然的话，在来"八办"纪念馆的路上，老人何以会出现精神异常，用手绢来擦湿润的眼角，刚到这里，又何以会被请进接待室，接受馆内人员采访。

与老岳父对话的是两位女性。一位是馆内资料收藏人员，另一位是馆内的负责同志。从他们的对话中，我才知道老岳父是从这里穿上抗日军装走向革命的。更让我心动的是，1939 年时他演绎出来的参军故事，有着中国少年的神勇和悲壮。当时他只有十六岁，是父母双亡的孤儿，在四川万县读初中时，接触到该校党的地下工作者韩克明和李明辉，他不仅从他们那里拿到一些毛边纸印刷的革命书刊，还明白了能拯救中国命运的只有象征革命的那颗闪闪的红星。当年让他明白这一点的，除了革命书刊之外，还有武汉沦陷于日本侵略者手中后，国民党军队的溃逃。万县地处重庆下游，在江边他目睹了逃往重庆的船舶上有溃败的国军，更多的是难民，因而十六岁的他，毅然向韩、李请求到敌后去抵抗日寇。

韩、李二人虽然被他要求北上抗日的热情感动，但告诉他要经过西安"八路军办事处"的审核，让他在万县等待西安"八办"的接应。但他当即向党表态："我想立刻去当一名抗日的八路军，你们让我走吧！"

韩、李问他："眼下虽然是国共合作时期，国民党在陕川边境还是有很多暗哨检查过往行人。四川万县离陕西西安有千里之遥，没有西安那边的接应，你小小年纪怎么去得了呢？"

他答："我是孤儿，是从小吃苦长大的，在我眼里没有爬不过去的山，也没有蹚不过去的河！"

韩、李看他意志坚定，两人商量了一下，破例为他写了一封致"八办"的信函，并告诉他把这一纸封函，卷在钢笔芯中，以防在路上遇到国民党的暗哨盘查。为了掩人耳目，他俩还特意把陕西某中学的一枚校徽，戴在他的胸前。最后，他俩又叮咛他两件事：第一，路上不能阅读任何革命书刊；第二，万一遇到意外的险情，宁可将钢笔芯中的密信吞咽到肚子里，也绝不能败露地下党在万县的组织。他立刻向韩、李保证："绝不辜负党的信任，我一定千方百计到达西安。"

老岳父在"纪念馆"陈述这段往事时，表情平静而安详，穿越几十年革命风雨之路的他，似乎把少年投身革命的遥远往事看得十分平常。但坐在旁边聆听的我，已开始为之心动，因为无论如何，我也想象不到，影视作品中地下党发展革命者的故事，竟会在一个十六岁的少年身上发生，而这个人不是别人，竟然是我今日的岳父。之后他向纪念馆述说来西安的艰辛过程，更让我内心狂跳起来，因为事情远远超越了我的想象，比影视作品更有震撼力。他的叙述如下。

"离开家乡那个夜晚，万县小城已是万家灯火。对于这座美丽的山城，我并无太多的眷恋。我从小在江边戏水，唯有脚下波涛滚滚的长江让我有些难以割舍。顾不上脱去外衣，我一头扎进江里畅游，以此告别这生我养我的山城水域。上岸之后擦干身子，戴正了那枚假校徽并把钢笔扣紧在校徽下的衣袋上。当我要离开长江之畔时，吓了一跳，因为我从裤子口袋里摸出来一个湿漉漉的纸本本，正是韩、李不让我带在身上的革命丛书，因为我走得过于匆忙，忘记把它焚烧掉了不说，还带在奔往西安的路上。为了让自己永远记住这次违纪行为，我把那本小书投进了长江的波涛之中，并对着东去的江水倾吐我心中的誓言：'今后，绝不再有这样的疏忽——'然后向波涛东去的大江，弯腰鞠了一个大躬，才转过身来面朝北面的陕西而去。

"几经周折，到达重庆后，我心中的第一件大事就是到临江的长途运输站，寻觅到一辆开往陕西境内的'黄牛车'（当地人对长途货运大卡车的称呼）。也算是上天怜惜我这个投身革命的少年吧，在天快放亮的时候，我终于找到一辆开往陕西宝鸡的大货车。我看看周边没人，便立刻爬上车顶货物之间的夹缝中藏身。但让我没想到的是，货车司机开车前查验车上货物捆绑是否牢固时，发现了龟缩在车缝中的我。我忙跳下车来，向司机解释，说我是个贫苦的陕西学生，到四川看望亲人后便没钱坐车回去，才偷偷爬上这辆'黄牛车'。货车司机是个中年人，借着初升的阳光，看看我学生装上别着的校徽和钢笔，不像个'三只手'的小偷，便一挥手让我坐到司机旁边的座位上去，然后开车奔向了陕西。

"在路上，好心的司机告诉我，因为四面八方投奔延安的青年太多，凡是开往陕西的长途客货车，都要在关卡接受暗查。

"'看你这样子，也就十五六岁吧？'司机问我。

"为了不出任何纰漏，我只好以谎言欺骗了真诚：'我才刚刚十五岁……'

"'真够可怜的，也算是你找对了庙门，碰上了我。'说着，司机拿出几个四川火烧和两个陕西馍馍，一边往自己嘴里塞，一边让我填填肚子。

"我对老司机连连表示了谢意之后，心里暗喜碰上了好人。但老司机告诉我，路上各个关卡检查得非常严格，特别是青年人盘问得更多，为了行车安全，老司机要求我到关卡前，提前下车步行过关，因为步行过关的人多，我又是个少年学生，比在车上要安全一些。老司机答应他过关卡之后熄火停车，在前边等着我过了关卡再一起走。

"少年的我，虽然听出来老司机的话中不无自保的意思，但一路把我当孩子对待，我内心已然感激不尽了。好在当年四川去往陕西的人着实不少，我排在过关卡的人群之中，虽然心跳如同擂鼓，时不时看上自己胸前的钢笔一眼，但国民党的关卡哨兵把我当陕西的娃子对待，没有搜身也没盘问，就放我过关了。好心的黄牛车老司机向我一招手，两人便又合二为一了。让我至今难忘的是黄牛车穿越崎岖山路的惊魂一幕，由于路面起伏不平，卡车曾发生过一次侧翻，车上纸箱等杂物滚落下来很多，我扒去上衣、光着膀子帮司机重新装车后，老司机感谢我说：'没有你的帮忙，咱们怕是要在这山里过夜了。'我反过来答谢老司机说：'要是你没让我坐到车厢里来，此时我从车上翻下来，还不是变成陕西的一个野鬼了？'司机听罢开心大笑说：'缘分，这真是你和我的缘分！'所以当黄牛车抵达宝鸡后，老司机请我去他家里坐坐。我何尝不想去他家喘口气，但宝鸡离西安还很远，我急于奔往西安，便婉谢了他的一番美意。"

老岳父在追述这段革命往事时，虽然表情依然轻松，但他端起茶杯喝茶时颤抖的手指似乎告诉了我：从宝鸡到西安，比从万县到宝鸡更为惊险了。他说，第一，无车可坐；第二，无食可觅；第三，因为"八路军办事处"在西安，无论任何人去西安，都要通行证明。年少的他，面对严酷的现实，当真傻了眼。因而他在破落的宝鸡县，不得不开始了流浪生活。在两天的乞讨生活中，还碰上了雨天，在夜无宿处的情况下，他只好龟缩在店铺前的门廊之下。可就在这个落雨之夜，他遇到了个比他年纪大几岁的乞丐也到廊下躲雨。在他们闲聊时，无意中的一句话让岳父在鬼门关内找到了生门。那乞丐对他说："我后悔从西安来宝鸡讨饭吃了，这地方的人比西安人要抠门儿得多……"说者无心，听者有意，他立刻反问那乞丐说："西安离宝鸡这么远，你走了几天才到的？"那乞丐朝他轻蔑笑道："听你问的这句话，就知道你是刚刚讨饭的娃子，丐帮的人往返城镇，没有靠双腿走的，都靠夜里往返的火车！"

这句话点到了岳父的脉门上，第二天刚刚天黑，他就从围栏间钻进了火车站。他想爬上开往西安的货车斗里去藏身，但是一节节车斗上的货物，都被捆绑得结结实实。百般无奈之际，他忽然看见一个人扒在火车头两边探出的边沿上，他刚走过去想问问这个扒车人，坐在这儿是否安全，幽暗灯光下躺着的那个人，突然坐了起来，向他指了指嘴让他不要出声。他立刻全然明白了，这个车头两侧长长的铁板，就是丐帮能游走江湖的器械，他立刻无声地坐在了那儿。之后，他想把双腿伸直，以缓解一下几天来的身心疲累，在抬腿之际，他才惊愕地发现，一只布鞋的鞋底已经只剩下一半，至于那半只鞋底何时断掉的，因为神经紧张而一无所知。待火车带着隆隆声响，风驰电掣般地开动起来，他不得不用双手捂紧双耳，因为那火车鸣笛之声震耳欲聋，再加上车头喷烟吐雾，好不容易车到了西安后，他已经变成了黑头黑脸的黑"李逵"。

岳父当年就是以这副神态走进"八路军办事处"的。我从事文学创作大半生了，自认为并不缺乏想象力，但听到年仅十六岁的他如此演绎人生中的少年故事，还是感到不可思议。因而岳父的自述给予我的不仅仅是目瞪口呆的感动，还从文学与生活的关系上，让我更加确认了文学无论神圣到何等高度，它永远都是生活的产儿。不是吗？所以从那天起，我就保存好当天的录像带和录音文件，以备有一天我把它变成文字，向读者展示这个"红色驿站"和这位年近九旬的老兵初绽的风采。

不能略去的一笔是，岳父黑头黑脸走进西安"八办"的时候，也产生过我今天这样的惊愕，因为他走进"八办"的屋子时，竟然看见万县地下党的韩克明，已然先于他到了"八办"并坐在一把破木椅上。韩克明并没有理会他的惊奇，而是先检查了他钢笔芯中的密信，当韩确认岳父行程正常之后，才告诉他本来是让他等待西安地下党的接应，与他一块儿来"八办"的，但他执意要早到陕西来抗日，以昭示自己抗日之决心，其结果是早行晚到，但这遥遥千里的艰难之行，正好考验了他参加革命的铁血肝胆。因而韩当即向"八办"表示，他将是岳父的入党介绍人，以示对岳父的绝对信任。当天晚上，他在"八办"洗去一脸乌黑，第二天，他就脱去了一身学生装，穿上了八路军的军服，与同时来参加革命的几个热血青年，坐汽车先到潼关，后又从潼关乘船渡过黄河，奔赴太行山脚下——山西长治屯留的抗日军政大学分校，成了该校的正式少年学员，并于当年加入了中国共产党。

当老岳父一口气说完他与"八办"的灵肉关系后，"八办"纪念馆的两位同志显然被老兵的精神感动了，她们让老兵休息一会儿，喝上几口茶后再往下说。可是老岳父却说："你们很忙，干脆长话短说吧，抗日战争年代，我在太行山参加了抵御日寇的游击队，并负过伤。解放战争年代，我参加过淮海战役和渡江战役，当时我在华东第三野战军政治部负责宣教工作……"

"您一定有功勋奖章一类的纪念品，能不能……"

"有。等我回北京后精选一枚给'八办'送来，以示对'八办'的谢意。"岳父说到这里，忽然又低垂下头神色凝重地说，"来'八办'访故，让我感到剜心之痛的是，引导我参加革命的韩克明同志，他……他……后来在四川被捕了，在中国天亮之前，死在了重庆渣滓洞，这一笔你们要记下来，以让后人不忘先烈之血。"说到这儿，老岳父声音哽咽了，面壁而立很久，似在向韩克明的英魂默哀……

回访红色驿站的故事，到此画上了句号。但当我们要离开"八办"之际，那位拿笔记录老兵与"八办"血肉关系的工作人员，突然把目光转向了我说："我不记得读您哪本书时，看过您的照片，如果我没记错的话您是位作家，请给我们题个字吧！"

我虽然对她说出我的真心话——"在这儿，我没资格"，但苦于此时她将笔和本本都递到我的手里，我已没有退路可寻。因而便挥笔在留言簿上，写下一个后来人对"八办"的真实感悟："革命圣地，后人敬仰。"

至此，算是结束了我们这次红色驿站之行。

悲泣黑色鬼谷

能亲临红色驿站，是身穿绿装的二炮军人为媒，能去黑色鬼谷祭奠亡魂，还是绿色从中穿针引线，否则，我一生中能否找到秦始皇焚书坑儒之故地，怕是一个大大的问号。之所以这么说，是因为我前三次来西安时，曾询及陕西多位文友，包括拍《第十个弹孔》的电影导演艾水，都没有寻觅到秦代众多书生的殉难之地。所以我这次再来西安，并没有找到该地一观的奢望。但人生中有许多出人意料的"蒙太奇"，陪同亲人去"八办"，已是出乎我意料的事情，又去秦坑儒谷祭古，对我来说简直是圆了我多年的梦。

一天，在餐桌上吃饭时，二炮工程学院刚刚退休的王守仁政委低声对我说："我读过你写的书，因而知道你是历经苦难梅开二度的作家，不知你去过秦始皇焚书坑儒的地方没有？"我告诉他，这是"踏破铁鞋无觅处"的事儿，当年西影导演艾水，找了辆车陪我找了一天，结果是无功而返。我也询问过本土作家陈忠实，他也说不出确切位置。因而那块血色之地，成了我心中的历史谜团。王政委对我说："你如果有兴趣，我带你去那儿看看如何？"

我虽然为此而怦然心动，但很快就恢复了平静。我说："你又不是考古工作者，怎么能知道它在哪儿？"

王政委笑笑对我说："你刚才不是说'踏破铁鞋无觅处'吗，我这里说是'得来全不费工夫'。"接着，他对我说起他发现那块地方的经过："我发现它，完全出自偶然。几年前，我带部队帮助附近的农民收割麦子时，曾看到麦田里竖立着一块黑色的石碑，走近一看，上边刻有'秦坑儒谷'的字样。至于那石碑是什么年代立的，我已然无从记忆。"

我激动得放下碗筷并站了起来："能带我们去看看吗？我在梦里已经寻它千百度了！"

他回答说："没问题，我当向导。"

于是在饭后，我们随他登上了汽车，奔往两千多年前葬埋众多儒生的历史遗址。半路上，我的思绪非常复杂：昨天是"绿为媒"让我感受革命的红，今天下午依然是"绿为媒"，带我看远古封建王朝之黑。此时清明节刚刚过去，秦川大地上的许多土坟之前都残留着生者祭祀死者的花圈。是见景生情之故吧，我后悔自己在上车之前，没能买上几束素花，用以祭祀那些倒霉的儒生。

转念一想，两千多年过去了，那些因议政而蒙难的儒生的尸骨，怕是早已化成宇宙灰尘了，何必为此而自责？我真是一位当代腐儒！

汽车下了公路，拐上了乡间土路，身后是古城西安，迎面是绵长的骊山山脉，两旁的村野除了绿色之外，就是清一色的土黄：黄色的村落，黄色的围墙，黄色的土屋。在绿与黄的上空，有一丛丛的银色光斑，那是秦川大地上漫山遍野的泡桐树在暮春时日绽放出来的白色花朵。我想，我没有带来一束悼念亡者的花，权且把这些天地间的白花当成我祭奠蒙难冤魂的硕大花环吧！

当汽车拐进一个叫洪庆堡的村庄之后，王政委说了声"到了"。我们下了汽车，步行到了村南，首先映入眼帘的是麦田边缘上竖着的一块黑碑。由于碑身上遮满黄尘，我俯身在石碑前仔细看了一会儿，才看出碑身上的刻字："坑儒遗址"。立碑者是临潼县人民政府，立碑时间为1982年。跟着友人沿麦田间的一条田埂小路继续向东行约百米，另一块高大的黑色石碑耸立于麦田中间，上刻"秦坑儒谷"四个大字。这便是两千多年前，秦代儒生们的殉难之地。

此时已是黄昏时分，斜阳把一抹橘黄色的光亮涂染在石碑上，顿时给我不安的心田增加了几分凄楚悲凉的色泽。我走到高大挺拔的石碑之前，久久地凝视着它，似想从它的肖像中，让时光倒流回到远古，但是任凭我怎么臆想，除去那只形若乌龟驮着石碑的赑屃诱人遐思之外，眼前一片寂寥和荒凉。传说中赑屃是龙子之一，它的命运似也不比地下的儒生们好多少，头似被什么利器砸断了，因而它只能用它残缺不全的身子，驮着那高大沉重的石碑了。碑身后面，树碑人留下长长的碑文，笔者摘引其中片段供读者咀嚼：

> ……秦坑儒谷即今临潼县洪庆堡南之鬼沟。《史记》中之"秦始皇本纪"云，始皇三十五年，书生议政有犯禁者四百六十余，皆坑于咸阳。《文献通考》又云，其后秦始皇再坑儒生七百人于骊山脚下……秦始皇命人种瓜骊山山谷中之温处（即此鬼沟——笔者注）……诸贤解辩至则（儒生们觉得山中种出瓜果来不可思议，便前来观其真伪——笔者注），伏机弩射自谷上填土埋之，历久声绝……

以上，是秦始皇屠杀儒生们的血腥纪实。以下的文字则让后世人对另一位帝王刮目相看了，他就是唐朝风流帝王李隆基。昔日读史书时，只知道他是一位娇宠杨玉环之后，"从此君王不早朝"的浪漫帝王，但碑文中却展现了唐玄宗的另一侧面。碑石上是这么记载这个帝王对待秦始皇暴政的：唐玄宗时，建旌儒庙于此，命中书舍人贾至撰文勒石，影祭先贤。1970年于此遗址中，发掘出古唐刻儒生像一尊，现存临潼县博物馆，足以证明此即众多被坑害的儒生之冢。

瞧！唐明皇不仅宠爱杨贵妃，还悲悯被权谋杀害的众多儒生，他留下这么一页历史绝笔，在大秦之后的历代帝王中，属于"稀有品种"了。权谋政治产生权谋文化，在史书中多见帝王为了维护其统治，绝对不干不利于其政权统治的事情，唐明皇属于一个例外，他居然令中书官员前去超度秦代儒生的冤魂，并在谷地摆设儒生石像，以示追思悼念死于暴虐屠杀中的亡灵，真可谓帝王中之传奇了。笔者臆想，之所以在他执政的年代，发生了安史之乱，在南逃途中致使杨玉环被迫用三尺白绫自缢于马嵬坡前，从而让诗人白居易留下了帝王爱情史诗《长恨歌》，这一切似在诠释唐明皇不是一位铁血皇帝，而是一个鄙视施暴的性情帝王。

碑文最后提及的是无史可查的民间传说，只能姑且听之了。碑文上如是描述焚书坑儒谷的悲楚：传云，诸生阴魂不散，天阴雨湿，鬼声凄厉。村人称之为鬼沟。至此，不难看出秦始皇焚书坑儒之举对后世影响之深。我曾就此询问麦田中的一位老农，他说他没有听到过鬼哭狼嚎，这是后人为众多书生冤屈之死，"吃柳条拉柳筐——满肚子瞎编"出来的鬼怪故事。但他后来的一番话，则让我吃了一惊。"这儿虽然没有闹过鬼，但对后世影响可大着哩！'文革'过了很久了，村里的大人不让孩子上学，说是学问多了，会变成这儿的鬼。"这位老人，还将其说延伸到了更远，"前些年中国不是也发生过啥抓右派吗，挨整的就是一些学问篓子，到了'文革'年头，有一句啥话来着……我想起来了，叫'知识越多越反动'，俺这儿八百里秦川，死的也多是有知识的人！"

笔者无论如何也想象不到一个农村老汉，会对我说出这样的一番话来。面对鬼谷周围的山，面对鬼谷上空的云，面对"秦坑儒谷"的高大石碑，我失语地站在那儿。他见我久久无言，便对我道破了其中的奥秘："其实，我是个大字识不了几个的半文盲，能想到天下事，都因为我的家在'鬼谷'边上，虽说没听到过屈死鬼喊冤，却给我这颗脑袋上了一堂大课，让我从古代想到了今天。"

带我来这儿的那位部队友人，见我仍在碑前徘徊，便在远处的汽车旁向我频频招手。我看了看表，时间确实不早了，因为下午六点还要赶到市内与友人陈忠实、庞进见面，于是向老农表示了真挚的谢意之后，匆匆用数码相机录下"秦坑儒谷"石碑上的碑文，并百感交集地向石碑弯腰鞠了一个大躬。这既是我对远古含冤而死的儒生们的心祭，又表达了我对立碑人的诚挚敬意。然后，恋恋不舍地离开了这荒芜寂寥的"鬼谷"。

在归途上，我想了很多很多。首先感谢部队友人把我带到这个地方来，让我重温秦王大帝的历史。据碑文叙述，此碑立于1994年，由陕西省教育学院图书馆馆长撰文、秦始皇坑儒遗址筹建处勒石、富平县石刻艺术馆完成了此碑的刻字。我虽无法得知其全部运作是属于政府行为抑或是民间行为，但从中可以看出，国人在张扬可贵的人文良心。因为秦川大地深埋着许多地下宝藏，或许考古工作者的双眼只是盯紧皇陵的开掘，因而秦"焚书坑儒"谷一度成了被遗忘了的历史角落，但在今天，有良知的文化人把它摆到了中国历史的经纬之中，供后人反思其味，真是功莫大焉！笔者之所以如是认知，是因为皇陵中的金银文物是中国历史的组成部分，固然也很重要，但帝王留下的罪恶，也不容淡化。

这些也是中国帝王历史的一部分，如果忽略它的存在，中国历史将永远是一轮缺圆的蚀月。时至21世纪的今天，中国已经迈入"以人为本"的民主进程，似更需要回眸和梳理几千年历史的蚀月，才能更完美地创造新中国的月圆。这就是"秦坑儒谷"给我的沉重而悲悯的启迪。

因而，在返回二炮住所的车上，我与老兵岳父，有如下的几句对话：

老人说："我很难过，这儿让我联想起了新中国成立后的历次运动，不仅你们文化人遭遇了劫难，连比我还老的开国元勋——"

我怕他过于感伤，便打断了他的话说："但愿在我们中华民族的伟大复兴中，能勇敢地面对过去的重大失误，做到真正务实求真，才能让中国更为强大并永远屹立于世界民族之林。"

这既是我与老岳父的对话，更是我"走红""观黑"后的两句心语。

2012年10月初旬于北京

贵妃之谜

古城西安历史变化的扑朔迷离，就像历史在这里的更迭一般，始自西周、秦、西汉、隋、唐——直到李自成屯兵古城、张学良兵谏骊山，金戈铁马之声响彻中华大地。新中国成立后，老农杨培彦打井时，发现了兵马俑遗址；法门寺修复时，在地宫内发现佛骨舍利……加上这儿是帝王爱情史诗《长恨歌》的孕生摇篮，因而从古至今，没有一个文人能把古长安的神奇写得爽透淋漓，后人对它的发现，也永远没有止境，这正是这座古城的魅力所在。其中，唐明皇与杨玉环留在一千二百多年前爱恨交织的情话，无疑是对后世影响最为深远的一个文史话题：而在这个话题之中，杨贵妃之死以及她死后的种种传说，给后世留下了一团迷雾。

我有幸曾在华清池洗浴过一身汗臭。1979 年，西影导演艾水带我到华清池。我们爬山登上"捉蒋亭"后，都已汗流浃背。待回到山下，他说去杨玉环沐浴过的池子里洗洗澡。按说这是天大的好事，但怎奈我当时刚刚结束劳改生活，习惯在蛮荒野地的河沟子里洗身上的臭汗，听他说要去杨贵妃的浴盆里洗澡，我当即回绝了他。我说："不行，那儿不是我去的地方。"他说："不去也得去，票都买好了，你总不能浪费人民币吧！"无奈之下，我拿出跳河一闭眼的勇气，扒光了衣服走进了昔日贵妃洗浴的池塘。其结果并不太美妙，当我洗去身上的臭汗，从池塘里爬起来准备去更衣的时候，因为池塘的边缘太滑，我的小腿从池塘边缘滑了下来，虽然没有伤及肌肉，小腿内侧还是被划掉了一层皮，赤红得如同水煮一般。艾水当即开我的玩笑说："你知道这是为什么吗，这是杨贵妃不愿意放你走——"因而，"回眸一笑百媚生，六宫粉黛无颜色"的一代东方艳妃，也曾让我产生过跨越时空的联想。

这是华清池留给我的遥远记忆。二十六年后的 2005 年，让我感兴趣的话题却是杨贵妃的生死之谜。20世纪的尾声，翻译我《走向混沌》的日本学者池上正治夫妇，在来我家做客时，向我抛出一个新闻，他说当年的杨贵妃并没有死，而是渡过波涛滚滚的东海，隐身于日本奈良。他说：日本不仅有杨贵妃的坟冢寺庙，当地电视台还曾播出过她后人的影像。我告诉池上先生，我访问日本期间，在日本老作家井上靖家中做客，他与我们交谈时，也曾谈起这则神话，但他对此传说持否定的态度——为此他还写了一本有关杨贵妃传记一类的书籍。池上先生笑笑说："其实肯定与否定，都是妙笔添花，后世人没有亲临现场，只能都当成神话听听。但从中可以看到一点：这位唐代帝王的娇宠，对东方影响之大。"

时隔多年我已然淡忘了此事。但在今年春夏之交，笔者两次去华清池和马嵬坡访故时，此离奇怪诞之说重新飞入我的耳朵。笔者现将其简录如下：

755年发生了安史之乱，唐明皇携贵妃在南逃四川途中，途经陕南马嵬坡的时候发生兵变。唐明皇在极度无奈之际，只好赐杨贵妃一死。756年6月14日，杨玉环被迫用三尺白绫，自悬于马嵬坡佛堂前的一棵梨树上。当时，贴身宫女发现她还有轻微的心跳，昔日在宫中服侍贵妃的著名的艺伎谢阿蛮，便与宫女们起了救主之心。她们一方面对杨贵妃进行抢救，一方面用被褥等遗物，做成贵妃的假遗体，连同她用过的香囊等物，放入棺木之内以掩人耳目；与此同时，机智过人的谢阿蛮，与寿王李瑁（杨贵妃的前夫）取得联系。6月15日凌晨，杨玉环在寿王总管张永的掩护下，登上一辆逃难的马车，开始了逃亡生涯。经过半个月的颠沛流离，当马车到了湖北襄阳时，总管张永因劳累染疾而死，贵妃身体则完全康复。之后，由宫中一个名叫马仙期的乐工陪同，弃车乘船沿长江而下，到达了江苏扬州。日本遣唐史官滕原得知这一消息之后，千方百计将贵妃送上东渡之船。滕原亲自陪同贵妃登船，历经海上许多风险之后，船在日本靠岸，贵妃便在奈良附近落脚。自唐至今，日本尚存两座杨贵妃墓，一座在久津，一座在山口。据说，当唐玄宗在病危时得知这一消息后，这个帝王中的情种特意派使臣送两尊佛像到日本山口的寺院，从此这座寺院有了"二尊院"之称。直到今天，这座寺院里安放着一尊洁白的杨贵妃雕像，与中国马嵬坡今日的杨贵妃雕像一模一样。故事如此离奇古怪，一直流传至今，让后人真是难以判断其真伪了。如果说，这一切都属于讹传，一个无人能解答的问题接踵而至：安史之乱平息之后，唐明皇想重新厚葬杨贵妃时，棺木内竟然"凤去楼空"，只发现了随葬时的鞋袜和香囊等物品，却不见了杨贵妃的尸骨。

她的遗体哪儿去了？昔读文史书籍，曾从学者俞平伯在 20 世纪初发表的文章中，读到贵妃临危被救，逃到她出生地四川当道士之说。除此之外，关于杨贵妃的生生死死连当地的兴平人（马嵬坡在陕西兴平），至今也说不出个所以然来：一说是被她四川祖籍来的人挖走了；二说是因她年幼时曾在山西永济生活过，故而被那里的人盗走了；三说在兵变时被仇恨杨家的士兵灭迹了……说法不一而足，但都无凭无证，只能当成一个个传说。为此，我曾问询过陕西作家、友人陈忠实和学者庞进，他们也都无法解开这个谜团。生前千娇百媚，死后毛发未存——因而这位中国艳妃的生死去向，成了难以解开的谜。我不知道当年曾声言要写杨贵妃的鲁迅先生，后来何以搁笔，这个倾国倾城的女人留在马嵬坡之谜，怕也是他搁笔的原因之一吧？

尽管如此，在我去马嵬坡寻古的当天，我还是看见游人向那里的工作人员讨购"贵妃粉"。何谓"贵妃粉"？即取自贵妃坟上的土也！据传此土能白嫩女人的脸庞。昔日曾有一个丑女，因其相貌奇丑无比而痛不欲生；但有一天，她在贵妃墓前因恨自己无美女之貌，哭诉命运蹉跎时而拍打了贵妃之墓，让她没想到的是，贵妃坟上飘飞起来的尘埃竟然改变了这个丑女。待她在坟前醒来之后，已相貌全新，成了一个远近闻名的美丽女子。这就是"贵妃粉"的由来。于是，一些痴心于丑小鸭变成白天鹅的时尚女子，宁可信其有，也不信其无，便来这坟墓上挖土，当作美肤养颜的圣药。日久天长，致使马嵬坡贵妃墓的管理人员不得不将其土坟，用青砖砌上以保护唐时的文物。既然贵妃墓已然不是土坟，因而所谓的"贵妃粉"已非取自墓地了，她们何以还会解囊，买下一包包的泥土呢？或许那些游客是想留下一个马嵬坡的纪念物吧！

据史记载：几千年来中国孕生了四大美女，唯独杨玉环的生死扑朔迷离。单纯从人间情恋对后世的影响去衡量，无论是西施，还是赵飞燕，抑或是让三国时吕布为之丢了脑袋的貂蝉，都无法与之相比。据陕西文化工作者统计，从唐朝到晚清，仅历代诗人歌其倾国倾城之恋或悲于其命运血色诗章的，足有 500 篇之多。除了诗人，还有官宦政要以及历代忠奸。

同是肉体凡胎的女子，她的戏剧大幕何以永不垂落？探其根源，诗人白居易功不可没。杨贵妃在马嵬坡遇难 50 年后，他的一首《长恨歌》让她名垂千古。至今，马嵬坡杨贵妃的墓旁，耸立着一座石碑，碑文上刻着毛泽东手书白居易的长诗《长恨歌》。但是她的灵魂是否能感应后世对她的垂念，则是一个大大的问号了。

2012 年尾整理于北京

底层情缘

今年年初，我收到一个寄自江西农村的快递邮包。我十分惊愕，因为江西没有我的亲友，打开包裹一看，是一块腌肘子。仔细查看寄件人的姓名，邮寄人叫吴成丰。就在同一天，我去值班室取报纸的时候，值班人员又递给我一个包裹，说是一个湖南女孩送来的，上楼找我不在，便把这包裹放在这儿了。我打开看，是两条湖南产的鱼干。

这两件意外的事儿，给我的生活增添了不少的快意。因为这是来自遥远南方的情意，赠物人都是弱势群体中的打工族。那个给我送咸鱼干的女孩，是我们楼下餐馆的服务员，想必是她春节回乡探亲归来，给我带来了家乡特产。平日，我常到这个小小餐馆独饮，随手带去的报纸和刊物，便顺手送给她了。因为她是湖南岳阳地区的高中生，为谋生到北京来打工的，生活之艰辛可想而知，给她一些报刊让她能与文化相伴，充实她枯燥而单调的生活。城市生活五颜六色，每天充满各种诱惑，对于一个来自农村的清纯女孩，好的书刊可以当成防腐剂，让她在奋斗中不至于迷失方向。仅此而已。我想：她送来的家乡特产，可能是对我的一种答谢吧！

通过邮政快递送来猪肘子的打工者吴成丰，他在邮件附言中说，他无以答谢我对他的帮助，家里年底杀了一头肥猪，便邮来刚刚腌好的猪肘，让我尝尝新鲜。我觉得农村生活相当清苦，杀上一头猪过年，怕是他们一家人新春时节最高的享受了，我怎么能接受这么沉重的馈赠呢。但是东西已经邮来了，给他退回去，无疑会伤害他的心；不退回去，吃那猪肘子时我和妻子将如何下咽？在无计可施的情况下，妻子想出来一个办法，按着快递单据上的地址，给他家寄去二百元钱。直到她办完了这桩事，我俩忐忑不安的心才算安顿了下来。但是令人意想不到的是，没过上几天，那二百元钱又被寄了回来，吴成丰在汇款附言里写了这么几个字：老师，你们曾关心过我的冷暖，给过我精神上的火光，我家虽然很穷，但不能花你们的钱。我和妻子顿时愣住了。

说起来，我和他之所以相识，缘起于他作为装修队里的一个油漆工，去年冬天曾在我家粉刷过我的书房。一个北风吼叫的日子，室外温度已降到了零下十摄氏度，妻子看见小吴只穿着一件单衫，出入于楼内楼外搬运我家书房的装修涂料，冻得直流清鼻涕，便把我的一件羊毛背心，送给了他并让他立刻穿在身上。记得，这个小吴当时挺惹我生气的。他说他不冷，死活不肯收下这件"雪中送炭"的暖身之物。为此，我对他发了脾气说："你如不穿，就别干活了。我看你这个样子心里难受。"小吴大概不愿丢了这份工作，最后十分无奈地把毛背心穿在了身上。也算是"不打不相识"吧，我觉得这个小青年的自尊心有点出格，内心深处对社会似乎有某种仇视心理。于是，我主动找他聊天，想解开这个谜团。真是"不说不知道，一说吓一跳"，他对我倾吐出来的东西，让我对打工族生活之艰辛，有了更为深刻的了解。

小吴为谋生，走遍了大半个中国。被骗，遭遇过社会的白眼——特别让我为之情动的，是他在广州打工期间，还被人打断过肋骨。最最让我想象不到的是，他还是个文学迷——当他从我的书橱里把我的著作与我的名字对上号时，便给我带来了厚厚两本他写的杂记，其中有古诗摘抄，有对当今诗词的针砭；有对为富不仁者的冷嘲，有对他童年生活的回忆……一句话，他是个有鲜明个性的青年。用文学的尺子去丈量，这些胡涂乱抹的文字还远在文学的门槛之外，但从中可以看出他是个血性青年。因而对他不接受我羊毛背心的馈赠，就找到了内在的根据。从这时起，我对这个打工者的怜悯之心便油然而生。

我与他聊写作，与他谈人生。有一天，我特意到民工们住的屋子里，去看望他，并给他带去一些稿纸和几本书籍。其中有我初涉文学时的感悟《文学的梦》，有刚出版不久的长篇小说《龟碑》。在《文学的梦》一书的扉页上，我特意写上英国作家萨克雷《名利场》中的几句人生经典格言，送给了他。这几句人生经典格言是：生活好比一面镜子，你对它哭，它也对你哭，你对它笑，它也对你笑。记得，小吴读了这几句话后，立刻对我说："这对我太重要了，谢谢你从老师！"我说："你别谢我，这位老师在英国，入土一个多世纪了。因为我二十年劳改中，这几句人生格言曾给过我生活的勇气，现在我转赠给你。"

我的书房装修完毕的时候，已然接近年底了。他回江西老家过年去了，便有了腌猪肘子飞到我家的事儿。我自己曾叩问过自己的心灵：那么多从农村进入城市的打工者，人人都有一本难念的经，你行善行得过来吗？自审之后的心灵回声是：北京住着几百万打工者，悲情故事天天发生，不要说我一个文人，就是政府的民政部门，怕是都难以解决他们的问题。我信守的格言是：只要是让我碰上了，就不能装成一个盲人，而是尽可能地给他们一些温暖。

仔细推敲起来，这种精神本能的形成，除了因为我出生在农村之外，更大的原因，可能与二十年底层生活经验有着千丝万缕的内在关联。我经历过苦难，我知道苦难的沉重；但若我来个孙悟空的七十二变，变成只会向上看天而不会向下看地的"势利眼"，那就是精神的解体和灵魂的堕落。

记得，那是在十年前的 1995 年，家里进行过一次粗装修，一下子九只来自湖北的"九头鸟"，飞进了我的家。说起来，可能会让城市人感到不解，我与他们有时同吃，晚上有时还挤在他们之中，与他们一块看电视直到深夜。我这种十分随意的态度，反而让那些"九头鸟"有点不好意思了："你老不怕我们脏？很多涂料味道是很难闻的！"

"你老听湖北话，是很费劲的，为什么还爱听？"

"你老是不是在体验生活，准备拿我们做模特？"

"我们走了许多城市，还没有见到过你老这样的人呢！"

对此，我只是笑笑，不作回答。因为讲起我的生活经历来，不仅劳神费心，而且会把自己带入从前，无论对于他们还是对于自己，都不是一件高兴的事情。因而在一段时间之内，我在他们面前，是一个不解的谜团。当时正是夏末秋初，我让他们轮换着到我的住室里洗澡，其中有的人病了，妻子还要尽医生的义务，为他们打针开药。我记忆中最难忘的一天，是 1995 年的国庆节，那天我和这九只"九头鸟"一起喝酒，状若长者与晚辈共欢；之后我又与他们一起拍照，把洗印好的照片，分别送到他们每个人手中。事出有因情到此还不算结束，我通过媒体将他们的照片发表在这些湖北娃的老家——黄冈地区——的报纸上，让他们家乡的父老都能看到他们娃儿在北京的生活情况。因而，当这几只"九头鸟"飞到别的城市去打工的时候，有的给我来信，有的路过北京时给我送来当地的土产。每每遇到这种情况，我一定要把打工者留下来，在碰杯中享受与上层酒宴迥然不同的底层之乐。

但愿城市中的文化人都能关注打工族的生存状态。这不仅是社会和谐之所需，也是人类良知之所在。

附录

从维熙主要作品出版年表

1955.5 →《七月雨》，新文艺出版社。

1956.7 →《曙光升起的早晨》，新文艺出版社。

1957.1 →《南河春晓》，新文艺出版社。

1979.10 →《第十个弹孔》，群众出版社。

1980.9 →《泥泞》，广东人民出版社。

1980.11 →《从维熙小说选》，北京出版社。

1980.12 →《从维熙中篇小说集》，中国青年出版社。

1982.7 →《遗落在海滩的脚印》，花城出版社。

1982.8 →《洁白的睡莲花》，春风文艺出版社。

1983.2 →《远去的白帆》，四川人民出版社。

1983.5 →《燃烧的记忆》，群众出版社。

1984.2 →《北国草》，北京十月文艺出版社。

1984.9 →《雪落黄河静无声》，中国文联出版公司。

1985.8 →《断桥》，作家出版社。

1985.8 →《驿路折花》，人民文学出版社。

1985.12 →《文学的梦》，江西人民出版社。

1986.6 →《从维熙散文特写选》，群众出版社。

1986.9 →《从维熙集》，海峡文艺出版社。

1988.11 →《鹿回头》，中国青年出版社。

1989.1 →《德意志思考》，中国华侨出版公司。

1990.12 →《牵骆驼的人》，中国青年出版社。

1991.10 →《鼻子备忘录》，华艺出版社。

1992.9 →《人生绝唱》，花山文艺出版社。

1993.5 →《空巢》，海天出版社。

1994.2 →《灵肉之裸》，中原农民出版社。

1994.9 →《春天织梦》，中国华侨出版社。

1996.8 →《酒魂西行》，群众出版社。

1996.11 →《从维熙海外游记》，华文出版社。

2001.4 →《走向混沌：三部曲》，北京出版社。

2002.1 →《亡命天涯》，时代文艺出版社。

2002.5 →《男儿山女儿河》，作家出版社。

2002.5 →《守望田园》，作家出版社。

2003.1 →《伴听》，群众出版社。

2005.7 →《风泪眼》，中国社会出版社。

2006.8 →《裸雪》，作家出版社。

2006.8 →《从维熙自述》，大象出版社。

2008.9 →《从维熙散文精选集》，新世界出版社。

2010.11 →《大墙下的红玉兰》，花城出版社。

2012.10 →《走向混沌》，作家出版社。

2013.7 →《岁月笔记》，中国社会出版社。

2014.1 →《我的黑白人生》，生活·读书·新知三联书店。

2014.7 →《从维熙精选集》，北京燕山出版社。

2016.1 →《历史，从未这样》，广西师范大学出版社。

2016.1 →《从维熙散文集》，高等教育出版社。

2018.2 →《从维熙文集（全 14 卷）》，河南文艺出版社。